A NOVEL
John Barth

A NOLD TIMEE PISTO LARY NOV EL
B Y S E V E N F I
C T I T I O U S
D RO L L S & DRE AM
E R S E A C H O
F W H I C H I M A
GINE SHIM S E LFACT U AL

レターズ I

ジョン・バース
岩元 巌
小林史子
竹村和子
幡山秀明＝訳

国書刊行会

作者のノート

『レターズ』のすべての登場人物は(〈作者〉をふくめ)完全に架空のものである。

ジェフリー・アマースト卿は実在するが(正確には、第五代アマースト伯爵、
独身である)、名前だけを卿の寛大な許可を得て作品中で用いた。

小説中のすべてのアマースト姓の人物は、作者の想像力が生み出したものである——

そのすべてが、同じ作者が先に上梓した『酔いどれ草の仲買人』という題の小説のために生み出された人物、
モントリオールのアマースト男爵の子孫である。

その他の登場人物もまた同様に作者の創造物である。

その名前が実在のものと重なることは当然考えられるが、そのような一致は偶然のものである。

シェリーに

レターズ　目次

LETTERS

1：L

A　**レイディ・アマーストから作者へ**
マーシーホープ州立大学名誉博士号授与についての招待。および大学概史の説明。　15

B　**トッド・アンドルーズから父へ**
ハリソン・マック二世の死と葬送のこと。　27

C　**ジェイコブ・ホーナーから**
ジェイコブ・ホーナーへ
『旅路の果て』以後の生活。再生復帰院におけるジョウゼフ・モーガンの驚くべき再登場と最後通牒。　38

D　**A・B・クック四世からやがて生まれくる子供へ**
カスティーヌ家、クック家、そしてバーリンゲイム家の起源について。　41

E　**ジェローム・ブレイからトッド・アンドルーズへ**
作者に対し剽窃の告訴をすべきか、意見を求める。付記として本人の著作一覧、並びに履歴書。なお作者宛、ジョージ三世宛、トッド・アンドルーズ宛書簡を同封。　50

F　**アンブローズ・メンシュから〈あなたの友〉**
（およびレイディ・アマースト）へ
幾つかの追伸を添えた宣言と勧告。　67

G　**作者から読者へ**
『レターズ』が「いよいよ」始まること。　73

I　**作者から関係者の諸兄姉へ**
三つの同心円をなす覚醒の夢。　79

N　**作者からレイディ・アマーストへ**
招待を丁重にお断わりする。　85

E　**作者からレイディ・アマーストへ**
返礼にお招きすること。　86

2：E

N　**レイディ・アマーストから作者へ**
返礼の招待を拒絶する。　93

O　**レイディ・アマーストから作者へ**
再考。　93

L　**レイディ・アマーストから作者へ**
最新の情事とその過激な現状についての告白。　96

D　**レイディ・アマーストから作者へ**
マーシーホープでのトラブル。数人の著名な小説家との過去の関係。アンドレ・カスティーヌとの情事

とそれにまつわる問題。ジェフリー・アマースト卿との結婚。彼女の未亡人生活と学問的生活への隠棲。 110

Y **トッド・アンドルーズから作者へ**
作者の要請を受けたことを報せ、前作における交流以後、いかに生きてきたかを回顧すること。**悲劇的見方**を含めて、物事を**悲劇的に見る**こと。 127

T **ジェイコブ・ホーナーからジェイコブ・ホーナーへ**
進歩と助言。 155

R **A・B・クック四世からやがて生まれくる子供へ**
A・B・クック三世の生涯、およびポンティアックの陰謀について。 172

O **A・B・クック四世からやがて生まれくる子供へ**
H・C・バーリンゲイム四世の生涯、およびアメリカ独立戦争について。 195

R **ジェローム・ブレイからトッド・アンドルーズへ**
0年を回顧し、革命的小説のNOTESを**リリヴァックII号機**にて初めてプリントアウトするのを待つこと。作者への手紙同封。 221

W **アンブローズ・メンシュから〈あなたの友〉とレイディ・アマーストへ**
アーサー・モートン・キング著『アマチュア、あるいは、癌の治療法』 227

S **作者からトッド・アンドルーズへ**
新作の登場人物として協力を要請すること。 284

H **作者からトッド・アンドルーズへ**
後者の異議申し立てを認めること。 286

I **作者からレイディ・アマーストへ**
返礼としての要請を彼女が拒否した手紙を受けて。 290

M **作者からレイディ・アマーストへ**
郵便すれ違い。相手の心変りに心から謝意を表明すること。 291

3 : T

T **レイディ・アマーストから作者へ**
アンブローズ・メンシュとの情事の第三段階。およびアンドレ・カスティーヌとの関わりの後半。 295

I **レイディ・アマーストから作者へ**
マーシーホープでの更なるトラブル。故ハリソン・マック・ジュニアあるいは「ジョージ三世」と彼女との関わり。 308

M **レイディ・アマーストから作者へ**
三日間に三つの奇跡。アンブローズとロケ隊の冒険。情事の第四段階の始まり。 337

E **レイディ・アマーストから作者へ**

メンシュ館の一族の紹介。 355

E **レイディ・アマーストから作者へ**
妊娠にあらず。A・B・クック四世の「誕生前」の手紙の数々。 372

S **トッド・アンドルーズから父へ**
人生、再びめぐりきたること。ジェイン・マックの来訪と告白（図式下段第十項に入る）。 377

I **ジェイコブ・ホーナーから作者へ**
旅路の果てへと再び歩いていくことを断わる。 417

L **A・B・クック四世からやがて生まれくる子供へ**
これを書くに至るまでの彼自身の物語——フランス革命、アルジェにおけるジョエル・バーロウ、〈コンスエロ・デル・コンスラード〉、バーの陰謀。テイカムセのインディアン連合——そして図式《パターン》について。 418

S **ジェローム・ブレイからドルー・マックへ**
リリヴァックが打ち出した何葉もの綴り替え文字《リーフィ・アナグラム》。 482

H **アンブローズ・メンシュから〈あなたの友〉へ**
歴史についての考察。オーシャン・シティで映画監督に敗北、つまりは、書くことのできない場面。マグダがある記念日を祝う。 494

S **作者からジェイコブ・ホーナーへ**
「医師がくるまでにわたしのしたこと」という物語についての物語。 504

4:T

P **レイディ・アマーストから作者へ**
情事の第四段階。シャトーガにいるA・B・クック六世を訪問。アンブローズのペルセウス計画そして提案《プロポジション》（セックスの誘い）。 513

I **レイディ・アマーストから作者へ**
第四段階承前。ナイアガラ滝およびオールド・フォート・エリーでの撮影。再正復帰院での肝を潰す邂逅。 524

S **レイディ・アマーストから作者へ**
「ムッシュ・カスティーヌ」との会話。シャトーカ湖での大騒動。アメリカの心霊主義者の心の首都、ニューヨーク州リリー・デイル訪問。 536

T **レイディ・アマーストから作者へ**
マーシーホープ大学卒業式の総崩れとその結末。 557

O **レイディ・アマーストから作者へ**
第四段階の終り。第五段階の始まり。マグダの告白。ガドフライ号の大失敗の再演。撮影できない場面。 561

［以下　第Ⅱ巻］

E　**トッド・アンドルーズから父へ**
人生が経巡ることの新たなる証拠――下段十一項のこと。

T　**ジェイコブ・ホーナーから**
ジェイコブ・ホーナーへ
『夢をふたたび』進行中。

L　**A・B・クック六世から作者へ**
作者の依頼を喜んで受け入れること。アンドルー・クック四世と自らとをつなぐクック／バーリンゲイムの血筋のこと。ウェランド運河爆破計画のこと。

E　**ジェローム・ブレイから父母、並びに養父母へ**
メロピー・バーンスタインに裏切られたこと。報復と絶望について。

I　**アンブローズ・メンシュから〈あなたの友〉へ**
蜜蜂襲撃記念日。ジェイコブ・ホーナーとマーシャ・ブランクに出会うこと。自分をペルセウスの状況と同一視し、絶望すること。

E　**作者からA・B・クック六世へ**
情報を乞うと同時に、進行中の作品への参加を要請すること。

5：E

L　**レイディ・アマーストから作者へ**
アンブローズの浮気に絶望する。彼らの第五段階。

A　**レイディ・アマーストから作者へ**
ドーチェスター郡三百年記念祭と交尾期のシーン。アンブローズの脳震盪とその原因。

R　**レイディ・アマーストから作者へ**
「ナイアガラの戦い」。マグダの手術。レイディ・アマースト必死になる。

Y　**レイディ・アマーストから作者へ**
バッファローでの奇妙な仕事。

V　**トッド・アンドルーズから父へ**
魂の第二の暗黒の夜のこと――下段十三項。

I　**ジェイコブ・ホーナーから**
ジェイコブ・ホーナーへ
恋愛していることの発見。

S　**A・B・クック六世から息子へ**
A・B・クック四世の「死後」書簡第一通目の要約――ジョエル・バーロウとティカムセの死について。

&　**A・B・クック六世から息子へ**
A・B・クック四世の第二死後書簡――ワシントン

炎上、ボルティモアの危うきことについて。

A **ジェローム・ブレイから作者へ**

ガドフライの啓示。

C **アンブローズ・メンシュから〈あなたの友〉へ**

ブラズワーズ島の凪。

L **作者からジェローム・ブレイへ**

説諭と協力の要請。

F **作者からジェイコブ・ホーナーへ**

五月十一日付の作者要請を後者が断わってきた手紙を受け取り、現在進行中の小説に幾つかすでに貢献をしてくれていることを感謝する。

A **作者からA・B・クック六世へ**

後者の厚かましさに当惑を表明し、六月十五日付の手紙による要請を撤回すること。

C **作者からジェローム・ブレイへ**

数字《ナンバース》と文字《レターズ》についての再考、並びにベレロフォンとキマイラの神話。

6：R

N **レイディ・アマーストから作者へ**

情事の第六段階。スカジャクワダの乱闘。

O **レイディ・アマーストから作者へ**

第六段階の継続。フォート・エリー火薬庫の爆破および第二受胎場面。

V **レイディ・アマーストから作者へ**

メンシュの城での不幸。

E **トッド・アンドルーズから父へ**

下段十三項——ポリー・レイクの来訪とジーニンからの電話のこと。

N **トッド・アンドルーズから作者へ**

一連の二十一の数字に関わること並びに遺贈の意図のこと。

O **ジェイコブ・ホーナーから**

ジェイコブ・ホーナーへ

コマロット・ファームからマーシャ・ブランクを救出。そして、彼女のための現在の不安。

U **ジェイコブ・ホーナーから**

ジェイコブ・ホーナーへ

「セント・ジョウゼフの」最終期限前の最後の進歩指導面談。

D **A・B・クック六世から息子へ**

A・B・クック四世の第三死後書簡——ニューオーリンズの戦い、およびナポレオンのベレロフォン号への降服について。

R **A・B・クック六世から息子へ**

E　A・B・クック四世の第四死後書簡——セント・ヘレナからのナポレオン救出計画のいろいろ。

E　**A・B・クック六世から息子へ**
A・B・クック四世の第五にして最後なる死後書簡——「救出されし」ナポレオンのこと。

C　**ジェローム・ブレイからビー・ゴールデンへ**
数文学《ニューメラチャー》の第一叙事詩に主役としての登場を要請すること。

H　**ジェローム・ブレイから両親へ**
最後の手紙。

H　**アンブローズ・メンシュから〈あなたの友〉へ**
彼のこの種の最後の手紙。挫折したペルセウス物語の計画を、自分自身の人生計画に合わせること。

I　**アンブローズ・メンシュから作者へ**
電話での話の続きとして、左手で打ち綴った手紙。作家から作家へのアルファベット順の指示。

T　**作者からアンブローズ・メンシュへ**
『レターズ』制作について助言と助力を要請する。

U　**作者からアンブローズ・メンシュへ**
前夜の後者の電話に対する返書。

7：S

E　**レイディ・アマーストから作者へ**
二週間の沈黙についての説明。ワシントン炎上。さらなる二人の死者と告別式。フォート・マクヘンリー砲撃準備と彼女の婚礼の準備。

L　**レイディ・アマーストから作者へ**
彼女の結婚の日とその夜。〈暁の初光〉のシーンおよびバラタリアンの災厄、第七段階についての彼女のヴィジョン。

F　**トッド・アンドルーズから父へ**
スキップジャック型帆船オズボーン・ジョーンズ号による最後の航海のこと。

I　**トッド・アンドルーズの死後財産処分の遺言書に加うる追加条項草稿**

S　**ジェイコブ・ホーナーから　トッド・アンドルーズへ**
『夢をふたたび』の終り。

A　**A・B・クック六世から息子へ**
フォート・マクヘンリーへの、および第二次七年計画への、呼び出し状。

M　**A・B・クック六世から息子および／または未来の孫へ　H・C・バーリンゲイム七世から作者へ宛てた追伸つき**
どちらもヨット、バラタリアン号からのA・B・ク

どちらもヨット、バラタリアン号からのA・B・クック六世の失踪の事情の説明であること。
O　**ジェローム・ブレイから祖母へ**
為すべきことを終え、祖母の許に昇天の仕度をすること。
M　**アンブローズ・メンシュからアーサー・モートン・キング（およびレイディ・アマースト）へ**
レイディ・アマーストへの結婚申し込み。彼女の受諾。
A　**アンブローズ・メンシュから関係当事者殿（特に作者）へ**
「ウォーター・メッセージ」のナンバー2を受け取ること。その返書。作者への追伸。
A　**作者からジャーメイン・ピットとアンブローズ・メンシュへ**
アルファベット順の結婚祝歌。
L　**作者から読者へ**
『レターズ』が〈今や〉終りになること。結びの言葉。
解説
付録　バース作品と『レターズ』の登場人物

レターズ（I）

1

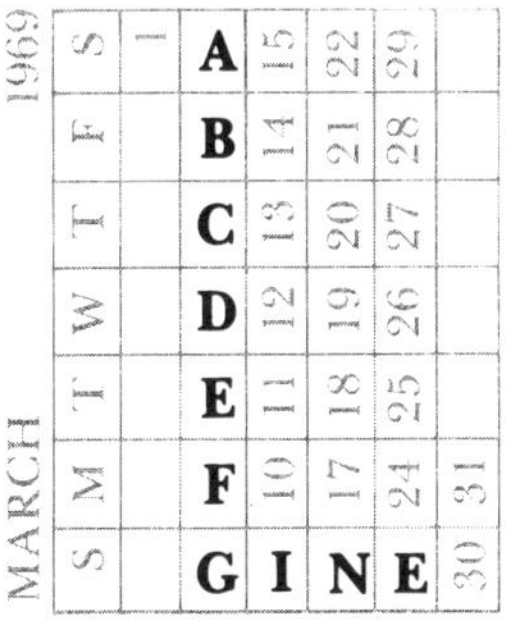

Lady Amherst
Todd Andrews
Jacob Horner
A. B. Cook
Jerome Bray
Ambrose Mensch
The Author

A　レイディ・アマーストから作者へ

マーシーホープ州立大学名誉博士号授与についての招待。
および大学概史の説明。

一九六九年三月八日

作者ジョン・バース殿

謹啓

時下益々ご清祥のこととお慶び申し上げます。

本大学は今学期終了をもちまして、一九六二年にタイドウォーター工科大学として設立されてより、七年を経過することと相成りました。当初は入学者十三人の私立職業訓練校として発足いたしましたが、その後、州立大学制度の四年制単科大学に昇格し、現在は（正確には一ヶ月後の来学年度より）総合大学として確固たる地位を築くに至りました。学生総数も一九七六年までには五万人に達する予定でおります。

つきましてはこの度の総合大学昇格を記念し、その特権でもあります博士号授与の第一回式典を、来る六月の卒業式において取り行う計画でおります。具体的には、法学部、文学部、理学部の三学部で、それぞれ一名の名誉博士号を授与いたします。つきましては、貴殿の名誉を讃え文学博士の称号を授与いたしたく、一九六九年六月二十一日（土曜日）午前十時に本学まで御来駕いただけますよう、文学部教員一同、ショット学長（代行）、大学評議員一同に代わりましてお願い申し上げます。マーシーホープ州立大学最高の称号である名誉博士号を受理していただけますならば、本学にとりましてこれほどの名誉はございません。御返事をお待ち申しております。

敬具

マーシーホープ州立大学事務局長代行
ジャーメイン・G・ピット（アマースト）
SS代筆

〒二一六一二　メリーランド州レッドマンズ・ネック
マーシーホープ州立大学文学部事務局長室気付

追伸　今日は私のプライベートなカレンダーで申しますと、赤丸印の吉日、久し振りのこと。でもBさま、そんなことはともかく、無遠慮な追伸と私の自筆文面をお許しください。「有能な右手」の秘書には任せられないことがあるもので（彼女の手は私の腕というより――そう疑う理由はちゃんとあるのですが――我らの尊敬する学長代行先生の腕についていて、アメリカ俗語の使用が間違っていなければ、「指さして密告」しそうな気配です）。このようなわけで、**運命**と**歴史**の教訓から——私の場合は英国史と西洋文化史から——プライドやら何やらは、ぐっと抑えることを学びましたが、今回も、まあ言ってみれば未熟な自分の左手にペンを握る次第です。

　しかし何たることでしょう。最初の一文から（自筆の文章の第一文という意味ですが）、むやみに自分のことをしゃべりまくるのはよそうという誓いを破ってしまいました。これでは小説家や医者をわずらわせる「あの年頃の」たわけた女と同じこと。微に入り細を穿ったあの手の無駄話は、敢えて言わせてもらえば、どれもただの一言、「助けて、愛して、どんどん年齢《とし》とっていくわ」で事足れりというもの。あなたはもう舌打ちしているかもしれませんね（もしもここまで読んでいただけたなら、ですが）、未ダ御目文字モシテイヌ親愛ナルBサマ。愚か者め、特に口数多く不平不満を述べたてる輩《やから》の相手をするには、人生あまりにも短いとあなたはおっしゃる。しかし冗漫な追伸のお手本をみせてくれたのも、知らぬこととはいえ、またあなたなのです。というのも、ほかならぬこの種の手紙／文学《レターズ》にあなたが苛立つことがわかっているからこそ、すぐにも《トゥ・ド・スウィート》追って書きで私の本当の役目をあなたにお知らせしなければ、という気持ちになったのですが、この気持ちそのものが、まあ言わば流産のように、ずるずるとくじけそうにもなってしまうのです。ああ、なんとひねくれて、救い難いものかしら、人の心というものは。

　でも、どうか我慢してつきあってください。私は、私という人間は（というより、こんな人間になってしまったと愕然としている私は——以前は必ずしもこうではなかったのです）、孤独のために愚かしくなり、見果てぬ夢に威厳も何も失った年老いた女教師です。最初の「デート」でまるで「女学生」のようにしゃべりまくって——もっとも私の場合は、相手は年下というだけでなく……まあそんな話はやめておきましょう。

　手短にお話しするわ。腹蔵なくお話しするわ、Bさま。ところで、あなたの最新作の最初の数頁を読みまして（その本が目の前にあるのですが）、あなたの文章はまた聞きで書いたものだとわかりました。ですからこうして幸いにもあなたに手紙を書ける機会がやってきましたので、私自身について書かれた物語を修正したり、またその欠損部分を埋めるのに、これはまたとないチャンスと喜んでおります。これまでそうしなかったことについては、どうぞ悪く思わないで下さい。それというのも、一つには、あなたの小説が私の国に届くのに時間がかかったように、私があなたの国に来るのにも時間がかかって、つい最近来たばかりなのです。一介の訪問者では、それが本であろうと、人であろうと、そう気軽に物も言えません。今は亡き私の親友に（彼はノーベル文学賞の受賞者でした）、なぜ同時代の作家を読まないの、と以前尋ねましたら、きっぱりとこう言われました……

　でもジャーメイン、ジャーメイン、そんなことは関係ないでしょ！　私の先祖で同姓同名のスタール夫人が時々、こう叫んでいたはず。彼女の（それともパスカルのだったかしら）気の利いた出だし文句をいただいて、初めからやり直すしかないみたい。「このとても長い手紙をお許しください。短く書く暇がなかったのです」それにあなた自身――「初期アメリカ様式」の私の書き物机に積まれたあなたの著作（この追悼を書きおえましたら、すぐにも私は読むつもりです。あなたの処女作から始めて、いわば現在のあなたのペン先に追いつくまで、やめることなく読むつもりでございます）の重さから想像するに――あなたは、現存作家のなかでとくに文章を節約する方だとはとても思えません……

　私の役目に戻りましょう。親愛《シェール》なるムッシュ（あなたの名前はフランス系？　それともドイツ語系スイス？　曾々祖母の時代にバスティーユに進撃した中尉さんの名前から取ったもの？　それとも現代のもう亡くなった神学者から？　どちらにしても、私たちは半分、同国人よ。あなたがメリーランド州ドーセットで生まれ、私がイギリスのドーセットで生まれたとしても。私がスープとサラダを片づけているあいだに、あなたがこの前菜で食欲をそそられ、メイン・ディッシュへということになるといいのですけれど！）……

　まあ月桂樹のサラダなんて。巫女の葉菜、ダプネーの死の葉っぱ、そっと付ければ名誉の印、飲み込めば死！「マーシーホープ州立大学が授与できる最高の称号」をお受け取りいただきたく、心よりお願い申し上げます。でもこれを心から本気で受け取って下さらないようお願いするわ。おお、この水溜まり、この沼沢地、メリーランドのこの東海岸、ドーセット郡のこの湿泥地――そう、あなたはここに芽をだしている、ぬかるみに芽生えた芙蓉のよう。私たち誰しもが、腹口腔内《インター・ファエシーズ》の汚物のなかから生まれるよう。ごめんなさい、ひどい言い方、許して――でも誰を。あなたが私のことを知っているなんて、ありえない。私だってあなたの文章を読んでもいないくせして、あなたをMU（マーシーホープ大学）の文学博士に推薦したのですから。ところで、もうこんなに自分をさらけ出してしまったけれど、この際、正式に自己紹介をしておきましょう。私の名はジャーメイン・ピット、結婚前の姓はゴードン、レイディ・アマースト、このあいだまでは別のドーセット（つまりハーディの故郷のドーセット）と麗しきケンブリッジの住人、現在は見せ掛け大学（今は亡き友人ならそう言うわ）文学部「英文科の特別客員講師」（私の耳には英語を唯一、まともにしゃべれる客員）で事務局長（何と）代行。この大学は「見栄っ張り大学」というより「見た目だけ大学」ね、汚物プンプンの沼沢地から一夜のうちに開いた毒キノコといったところ、胞子のように博士号をばらまいて。そのうち文房具屋がレターヘッドをかえるでしょうよ。

　ところで、第二次大戦終結からこのかた私の身に起こった不運を縷々《るる》と語って、あなたを退屈させようなどとは思っていません。ゴードン家とアマースト家の先祖伝来の領地——三百年前だとてほんの一昨日のように思えるところ、十七世紀のドーセットの伯爵たちが今も生きているように噂されているところ——から、名前の付け方を間違えたこの郡に越してこなければならなくなった不運の数々を話そうなどとは（それにしても、頑迷な「郡南の土地っ子」に、これだけは言っておきたいの。チェスターの語源はカストラで、この意味は野営地だということ〔chester < castra＝camp〕、だからドーチェスターというのは、従来の習慣からいっても、語源的にいっても、郡につける名前ではなく、領地につける名前だということを。ついでに私の秘書のスニーク嬢にも教えておきたいわ。Mr と Dr の後にはピリオドをつけない理由を）。いずれにせよこの郡は、今年の七月、三百年祭をやるらしいのです。まるで一六六九年が「大昔」であるかのように大袈裟に。私はそんなお祭を祝ったりはしません。この私、わが世紀の偉大な小説家たち数人と親交——親交以上のもの——を温めながら、流れ流れて、今では現代小説一〇一－一〇二で彼らをその殿堂から引きずり降ろすクラスの指導をしているこの私は。小説家の凋落は、小説というジャンルの凋落と重なるがゆえに、なお痛ましいのです。おそらくそれは、**文学**全体の凋落なのね（でもこんなことは断じて許さない）。そして多分、これは貴重な**言葉**そのものの凋落かもしれない（このことは、ここの、そう、植民地の人の目には、ぼんやりとしかわからないだろうけれど）。これらの逆境に、私は勇気をもって耐えていきます。私のお気に入りの先祖の例から学んだ勇気で。彼女はナポレオンから追放され、何人もの恋人には騙され、彼女の好意を当てにしていた友達から悪しざまに扱われ、しかしそれでも、最後まで生気と寛大さとウィットの閃きを失わなかった人、だからこそ彼女の文学が私の慰めにも霊感にもなっている人。ところであなたの名誉博士号のことと、何としても——そう、読みもしないであなたをやみくもに推そうと思っている私の決意について、あなたに率直に話しておきたいのです。この率直な気持ちは芸能の神《マスター・オブ・アーツ》（文学修士号《マスター・オブ・アーツ》という意味にもなるわね）とその生涯の妻のあいだで流産させたりはいたしません。あなたなら、この称号のことを笑って馬鹿にした

り、そうでなければ額面通りにとって下らないと考えたりはしないと思います。それに、この名誉をあなたが受けられるか否かには、ある重大な（多分、この地域を超えた重大な）事柄がかかっているのです。

簡潔に、要領良く、話します。「レッドネック工科大」の短い歴史は、この州の最保守派因子と最リベラル派因子のあいだの七年間戦争といったものでした。保守派因子は、大部分は土地の人。というのもおわかりのように、奴隷解放前に南部と北部を分断していたメイソン・ディクソン線はチェサピーク湾の北のところでメリーランド州を南北に分けて走っていると言ってよく、それゆえチェサピーク湾の東海岸地域はヴァージニアより南部的ですから。他方、リベラル派因子の方は土地の人じゃない。土地の人っていつもリベラル人種は土地っ子じゃないって言うでしょう。でも最リベラルと言っても、もっと緯度の高い場所だったら、せいぜいが臆病な穏健派ぐらいに見られる人たち。この二派の争いでした。もともとこの単科大学は、地域の今は亡き慈善家の寄付で作られました。彼は第一級の紳士で、何とピクルスで儲けて一財産作り、信条はまさに保守的なトーリー党でした。だから、死ぬ前の数年間、頭がちょっとおかしくなったときには、自分のことをナポレオンとは言わないまでも、ジョージ三世だと思い込み、独立戦争を戦っている気分になってしまったのです。近所に住んでいる「もう少し正気な」住人たちが、いまだに南北戦争を戦っていると思い込んでいるのと同じです。陛下の財産受託人は、親戚とか友人とか仕事上の知人に限られていたけれど、そのなかの何人かは、かなり進歩的な考えを持っていて、南北戦争のときに連邦離脱よりは妥協に傾いていたこの境界州では影響力もある人たちだったから、単科大学が州立の総合大学に併合された後も、大学の運営には少しばかり口が出せたわけです。とにかく、この人たちが数々の妨害に敢然と立ち向かい、まず単科大学を州の管理下に置いて、それによって偏狭な反動勢力から大学を救おうとしたのです。単科大学史の最初の頁を飾る学長は、立派な研究業績と、そこそこリベラルな意見を持った学者、財産受託人からの指名者、歴史家ジョウゼフ・モーガンでした。

ところがトーリー派の機嫌も取るために、ジョン・ショットという男が――近くの学芸大学の学長でこの地の有名な右翼が――今やその名が不細工にもマーシーホープ州立大学カレッジなどとなってしまったこの大学の文学部事務局長、兼、副学長に任命されました。すぐさま権力闘争よ。ショット博士はイデオロギー的には保守派だけれど、政治的には野心家で、それほど名誉あるポストでもないのに喜んで引き受けたわ。それというのも、ＭＳＵＣ（マーシーホープ州立大学カレッジ）はこの先、飛躍的な発展を遂げると予想したからだし、その予想は見事に当ったわ。それに、「リベラル」な行政に対する土地っ子の反感にわが好機を嗅ぎ取ったのね、この嗅覚もまさにズバリでした。

それからの数年間は、将来を見こしたモーガン学長の提案はことごとく――寄宿舎の訪問特権の拡大から、革命史の講義権の擁護に到るまで、その提案のことごとくが――保守的な教授陣やタイドウォーター財団理事（当初の大学財産受託者委員会がこう呼ばれるようになったの）からだけでなく、土地の新聞記者、州議員、郡の役人からも反対されることになったのよ――何しろ連中はみな自分の地位を守るためにショットを引き合いにだすような輩《やから》ですもの。ところが不思議なことに、モーガンはそんな嫌がらせにも屈せず、さらに数学期、在任していました。彼の反対派が、**支援の詩人**としてA・B・クック六世を見つけだしたときでさえね。クック六世はメリーランドの、自称桂冠詩人ですが、彼については、あら、また後で詳しく――でもおそらく、あなたも彼がひどい大法螺吹きで、人の神経を逆撫でするヘボ詩人だということはお聞き及びでしょう。たとえばこんなものよ。

戦え、メリーランドの人々よ、食いつき、引っ掻いて
ジョン・ショットと彼の〈真理の塔〉のために、云々

現在建設中のこの塔が、穏健なモーガンの破滅のもとになったってわけ。モーガンは――ショットの腰巾着よりは道理のわかるタイドウォーター財団（TF）の財産受託人や、啓蒙的な州議員や、家系と個人的感情ゆえに生まれた州に愛着をもつ教養人の数少ない生き残りに助けられ――結局、雨あられと降る非難の嵐を切り抜け、マーシーホープの教育の向上にある程度の成果は納めたわ。その上、彼自身は大学の巨大化に危惧の念を抱いていたにもかかわらず、このような土地で真の教育を行う可能性はただ一つ、この単科大学を周辺で最大の施設と資力をもつ機関にすることだと信じ、マーシーホープを総合大学にするべく交渉を試み、それに成功したのです。それも、本土の州立大学の巨大キャンパスの複製なんてものではなく、MSUの本校・分校から集められた一流の大学生と大学院生のための、小規模ながら財政基盤のしっかりした研究センターにしたってわけ。言ってみれば、学問的には厳格で、機構的には柔軟な、学際的総合大学といったところ。この偉業が郡の経済に与えた恩恵はほとんどの住人に明らかだったので、モーガンを非難する人たちは、非難のトーンを落とさざるをえず、七千人余りの「余所者《よそもの》」の流入が**ドーセットの生活習慣**に与える過激な影響について、ブツブツ文句を言うにとどまったってわけ。だからショット同族会社は攻撃の新材料を見つけなければならなくなったのです。

彼らはそれを〈真理の塔〉に見出したの。もしもドーチ

ェスターの過去の静けさが経済的発展のためにどうしても犠牲にされるものならば（と、彼らは主張するのだけれど）、なぜ七千人余りの学生で打ち切りにするのか――なるほど彼らは学問的エリートかもしれないが、おそらくはボルティモアやそれよりさらに北から来る長髪のラディカル分子じゃないか、なぜ彼らだけで打ち切りにするのかというわけ。なぜ門戸を、全てのタイドウォーターの息子や娘たちに解放しないのか、例えば、七千人の七倍だっていいじゃないか。七倍の湿原地を埋めたて、この湿地の不動産屋や建設業者に七倍も儲けさせ、ドーセットの労働力を吸収する職場を七倍に増やし、レッドマンズ・ネックに文字通り、**学問の都**を建設しよう、この半島のどの町よりもはるかに人口が多く（繁栄した）町にしよう！　そしてこの大学に、町全体のシンボルとして（また宣伝のためにも）、世界へ向けてマーシーホープの狼煙《のろし》を高々と打ち上げよう、大きな白い塔を、〈真理の塔〉を！　昼間は多分、大学のメイン図書館となり、また（確実に）大学の本部棟となるはずの塔を。夜には、チェサピーク湾を横切って、遮るものとて何もない空間を隔て――さらに（ショット自身の意味深長な言葉を使えば）「少なくとも州都アナポリスから、さらにはおそらくワシントンからも」――投光照明に照らされて、くっきりと輝いて見える塔を建てようではないか！

残念なことに、モーガンの意見――つまり、MSUC所有の七百エーカーの農地に建つ、趣味の良いこぢんまりとした建物に、七千人の真面目な学生を住まわすのが、この郡の生態系と社会制度を考えれば、適性最大規模の負担であり、加えて、経済的利益と学問的目配りの最良のバランスであるが、空に突き出た卒業証書製造所といったショットの〈真理の塔〉は、元々の地形を崩すのみならず、大規模な湿地排水工事が生態系の破壊となり、大量の人口流入は**ドーセットの生活習慣**への適度な刺激となるどころか、地殻変動ほどの大ショックとなり、それに、摩天楼や象牙の塔といったものは時代遅れの理念であって、また一歩譲って、たとえそうではないとしても、頭のしっかりした建築業者なら、土盛りしたてのフヤフヤ沼沢地にそんな建物を建てようなんて気は起こさない、というモーガンの意見――も、結局は無駄でした。悪しき信念に文字通り陶然となり、ショット／クック一派は、ホモサピエンスこそ――特にその理性的、啓蒙的、大学信頼の面において――「反自然」の具現者なのだと朗々と謳いあげたのです。四つ足で這いまわる代わりに高く聳え立とう、野蛮な本能に対抗して理性を打ち出そう、手が届かないものに憧れの手を差しのべよう、沼地に広がる原始的な町のなかに、気高い聖堂を、学問の塔を建設しようというわけ。ローマの起源が沼地だったと言い立て、「学び《ラーニング》」と「望み《ヤーニング》」で韻を踏み、

「真理の塔《タワー・オブ・トルース》」と「青春の華《フラワー・オブ・ユース》」で韻を踏むなどと嬉々として吹聴したのですよ！　社説やロータリークラブの演説でも、いかにあり余る非難が「モーガン説」には集中したことか。モーガン自身はけっしてそんなことを言ってはいないのに、あたかも彼が、大学は現実世界の矮小なモデルとなるべきで、現実世界の気高い反証となるべきではないと言っているといわんばかりに。ショット／クック一派によれば、大学とは、まさに未来を照らす灯台、現代の象牙の塔、過去を守る城砦なのよ！

　すべてこの種のクックのレトリックは、わが町の商工会議所でもいつも甘美に響きわたり、そこでは、不運なモーガンに対する中傷の囁きさえ交わされたのです。その噂とは、彼の前の奥さんは、どうやらいかがわしい事情で十年程前に亡くなり、そのため、最初に得たウィコミコ学芸大学のポストを「辞任」せざるをえなくなったとか、その解雇から（間が悪いことに、解雇したのはショット自身。けれどもショットはこの件についてはコメントを避け、ただ一言「人間誰しも二度目のチャンスは与えるべき」と言っただけでした）、ハリソン・マック二世によってタイドウォーター工科大学の初代学長に電撃的に指名されるまで、モーガンが学問の世界から遠ざかっていた理由も、その後ろ暗い事件と無関係なわけではないといったものでした。一九六七年にモーガンが適性規模の高水準な研究センターをつくる計画と引きかえに、不承不承に〈真理の塔〉を黙認したときには、もうすでに彼の評価に対するダメージは、作者は名乗り出ないけれども誰が書いたかすぐにわかるロッカールームの二行連句によって、決定的なものになっていたのでした。

　ここに今は亡きモーガン夫人が眠る
三角関係《メナージュ・ア・トロワ》の三分の一がいなくなり
　残った夫も愛人も首になり
安らかに眠れ《レクイエスカト・イン・パセム》、二人の父親をもつ子よ、云々

　去年の七月、彼は辞任したわ。表向きはふたたび教育と研究に専念するということだけれど、実際は、今年マサチューセッツのある大学、死んだ私の夫の有名な先祖の名に因んだ大学のアメリカ史客員教授になって辞めていったの――正確に言えば、その客員教授だったというべきね、数週間前、どこかへいなくなったそう。そういうわけで、ジョン・ショットが学長代行となり――なんて俗悪な行為！――、かくいうワタクシは、モーガンのような慎み深い上司の下では行政などには食指も動かさなかったけれど、芸術に無理解なバカにＭＳＵＣを任せておくのには耐え切れず、説き伏せられて文学部の事務局長代行となった次第。

　この救い難き沼沢地にたまたま来あわせ、ほんの束の間

の滞在者でしかない（そう願っているわ）私を、なぜショットがわざわざ選んだかとお聞きになりたいでしょう、きっと彼は、前からいる教授連中には信用が置けなかったのでしょう。多分そうだわ。それに客員講師でしかも女性の私は、彼がＭＳＵ（マーシーホープ州立大学）の正式な学長になるのに、積極的とは言わないまでも、ある程度の力になってくれると踏んだのね。ミス・ジャッジもいいところでしょう――その地位を土台に（土台なんて言わずに「タワー」と言って、マーシーホープのために、メリーランドのために泣きましょう！）、彼は抜け目ない目をアナポリスへ、「おそらくはワシントンにまで」投げかけているのでしょう！　けれども彼は、私が万が一にもだまされやすい人間じゃないと困ると踏んで、私の秘書に、彼の忠実なサイテイ秘書のシャーリー・スティックルズ嬢を付けてくれたの。この女、頭は働かないくせに、目とペンだけは活発に働かせるので、彼女の監視を逃れるために、あなたを名誉博士に推薦するに到った悲しい物語を、私が手書きでしたためている次第です。

どこまでお話ししましたっけ、辛抱強いＢさま！　私が事務局長室の空気を、引越のまえに入れ替えようとしたとたん（葉巻を吸う学長なんて想像できます？）、コルセットを付けた威嚇満々の後衛《デリエール・ガルド》を介して、前任者からの申し渡し事項が伝えられたわ――申し渡し事項とは、一つには、文学博士号授与についての候補者推薦委員の決定をすぐ行うこと（つまり三番目の委員を選出すること、職務《エクス・オフ》上《イシコ》私は委員になっていて、ショットは何か曖昧な特権でこれも委員だから、結局ハリー・カーター某を指名するってことですけど、彼は元心理学者、現在は取るに足らぬ人物、大学では副学長でショットの子分）と、二つ目は、心悩ます推薦委員指名ショーが終ったあとは、名誉博士候補として、「メリーランド州の桂冠詩人」アンドルー・クックを大学評議委員会に提示するというもの！

ショットの戦略は明らかだったわ。タワーという目障りなものを建てて、いわば「全国的に可視の存在」になること。名誉ある博士号という餌をちらつかせて、州議会で点をかせぐこと（不「名誉を讃えて《オノリス・カウサ》」ね）――名誉法学博士号は、もちろん知事とか州選出の国会議員にいくのよ。「沼のみどり」と「浜チドリ」などと下手な韻を揃えて喜んでいるヘボ詩人に桂冠を授け、州の保守派をおだてること――彼なんか、あの右翼的頑固さと美わしきわが英語への凌辱行為という陰険な側面さえなければ、笑いとばしてよいぐらいのヘボ詩人だけど。

対抗戦略はまったくなかったわ。単に文学的こだわりという以外、動機もなかった。あなたの作品も（あなたの国の作家の作品もほとんど）知らなかったので、私が最初に思いついた候補者は、すでに私が知っている世評の高い作家たちでした。例えばレッシング夫人とか、マードックもいいと。あるいはふたりのアントニー——アントニー・パウエルかアントニー・バージェス。こういった人はMSUCとは関係がないという意見（即座にカーター博士から出された意見）に対して、私はこう考えたの、「関係筋」だって栄誉とは何の関係もないはずだって。けれども友達や、同僚の教師たちや、委員会から任命されたアンブローズ・メンシュ（御存知だと思うけど）らの穏健な説得に応じることにしたわ。マーシーホープは国立大学でもないし、ましてや国際的な大学でもないのだから、言わば私たちの力を超えた栄誉を授けるのは（言葉どおりにそう、なぜって、大西洋横断の航空運賃を支払うのは無理だから）、厚かましいというものね。メンシュはそのとき、ヴァージニア出身のスタイロン某氏とか、以前ペンシルヴァニアに住んでいたアップダイク某氏といったアメリカ人はどうかと言ったわ。でもそれに対して私は丁寧にこう答えたの。この地に功績がある人に、という基準を無視してしまえば、隣の州に生まれたからその作家に名誉を与えるというのは理屈にあわない。それなら隣の国の作家でも、近隣の文明の作家を選んでも、同じことじゃありませんかって。他のことはともかくとして、私たちが了解していた候補者「適性」基準は、耳に心地よい響きに変えてはいるけれど、本当のところ、カーター「コネクション」といったものでした。

つまり、ここは州立大学だし、今までのところは特に地方大学なのだから、わがメリーランド州、願わくばチェサピーク湾の東海岸に関係のある作家、学者、ジャーナリストに賞を授けるのが妥当ではないか、という案でした。

カーター博士は、メンシュと私がとりかわす友好的審議を微笑んで聞いているだけで、実際は、どんなことになってもA・B・クック以外の候補者には否定票を入れるつもりだったよう。彼はそれを、第一回会合の最初の数分間で私たちに言いました。けれども、名誉博士号の候補者推薦についての明文は大学の内規にも学部内規にもないのだから、私たちの手続きは委員会の権限に委ねられている《アド・ホック》ということは、ここではっきり申し上げておきます。けれどもスティックルズの言葉から、委員会の指名が満場一致ではなく、またすぐに結論が出せないようなら、ショットが大学の副学長に命じて新しい委員会を作らせることがわかりました。さらに、もしも私たちが選んだ候補者が当局の気に入らなければ、文学部の来年度の予算は期待できないものになるだろうことも。ショット自身、私たちの議論のこの時点で、この州生まれの候補を選ぶという私たちの結論には大いに満足したと、いつも以上の如才なさで言ったわ。

このニュースを聞いて、メンシュ氏は「つまり美わしき《フェアラン》地《ド》の詩神本人に、ということさ」とそっけなく言っただけでした（この言葉は、ドーセット地方独特の二音節発音にちなんで、クックがメリーランドのためにつくった呼び名です）。それに対して私はメンシュにこう言ったわ。あなたにも同じことを言おうと思っているけど。どちらの場合も、ニュースの出所を明らかにしないと約束してもらってね。とにかく私が言いたいのは、アンドルー・バーリンゲイム・クック六世（これが彼のフルネーム！）は、その粗野で滑稽なポーズの下に、「メアー・ランド」とさらにその彼方の土地にまで隠微な政治的権力を有していると信じる理由があること。キングメイカーどころか、キングメイカーのメイカーで、かつキングメイカーの首切りメイカー。黒幕の背後の黒幕。彼の力を後ろ盾に、将来ジョン・ショットが「アナポリスへ、そしておそらくはワシントンへ」とチェサピーク湾を渡っていくのは、充分に考えられることなのです。ああ、何たること。だからクックの指名を阻止すること、それによってあわよくば現学長代行に対するクックの不満を煽ることができれば、まともな大学運営に一臂《いっぴ》の力を貸すことになり、少なくともその突破口を開くことにはなるというわけ。

軽く話させていただきました（ジェルメース・ド・スタールが人生の、まさに恐怖の瞬間にも、軽く語ったように。しかし事態は重いのです）。このクックという男は、詩という芸術だけでなく、他のものにとっても脅威なのです。だから彼が望む栄誉——欲しがる理由はいろいろあるのでしょうが——を拒否することによって、彼の公的「権限」を狭めるのは、公共の福祉のためにも重要な一手なのです。

それに私は今、信じています（二週間前には信じられなかったことだけれど）、あなたの助けがあれば——つまり、あなたのイエスの返事をいただければ——彼に名誉博士号を与えないですむということを。メンシュ氏はいつかの晩、私にこう言いました、「もちろん、僕の古い友達にBという男がいるが……」。それは誰、と私は尋ねたわ（ごめんなさい）。そうしたら、こういう答えでした。あなたはこのあたりで生まれ、育ち、しかもここから見事に逃げ出し、適当に遠い北の地からこの土地を舞台に小説を書き、そればかりでなく、私の友達——私たちの友達——は契約によってあなたの最新作の映画化の脚本を書くことになっていて、ゆくゆくはこの地方でロケーションが行われるということを。あなたの名前をあげれば、カーターやショットやその他の面々がどのように受け取るか？　うまくいくかもしれない、と善良なアンブローズは考えたってわけ。自分の案にうっとりして、なぜ今までこれを思いつかなかったかと不思議がり——特に、あなたとは長い間交信を絶ってはいたものの、あなたの小説に夢中になっていたわけだし、実際、今学期は教えることも休んで、もっぱらシナリオ書きにいそしんでいるぐらいでした。

つまりこういうことになった（なっている）のです。私たちの意見では、まずショットのMSU学長就任は、大学評議員会とタイドウォーター財団の会議の席上、穏健派によってやんわりと反対されるだろうこと。加えて、これら穏健派のなかでさらに見識のある人たちが、鳴り物入りの偽桂冠詩人に反対の声を挙げるだろうということ。彼らには急進的右派と、皮肉なことに、急進的左派から支援が寄せられるはず（二、三の少数派左翼教授はブルジョア的価値観の担い手である大学は粉砕に如くなしと思っているのよ）。左右両方にとってダークホースの候補者なら、怪物スキュラとカリュブディスの大渦の間の難所を見事に乗り切ることができるかもしれません。

　あなたの名前をごく自然に、何気なく、私たちはハリー・カーターに言ってみました。そうしたら嬉しいことに、彼の反応は反対ではなく、こちらの真意をさぐりながら、もっと聞きたいという感じでした。さらにアンブローズが、あなたの本の映画化とこの郡の三百年祭（これには元々、「ドーチェスターの芸術と文学」という特集が含まれています）をわが校の六月の卒業式に「抱き合わせ」でやれば、マーシーホープ大学と〈真理の塔〉の宣伝にまたとないチャンスだと（まるで、そのときひょいと思いついたように）指摘したのでした。するとカーターの反応は、用心しながらも、興味津々といった風になりました。さらにアンブローズは正直この上ないといった顔つきで、彼の書いている映画のシナリオのなかに種々の式典や〈塔〉を組み入れることだってできるなどと付け加えたのであります。

　これが先週のことです。会合の最後は、投票のようなものになりました。あなたを候補者に入れることについては二対ゼロで通過、カーター博士は棄権。驚いたことにカーター博士とミス・スティックルズ両名を通じて伝え聞いたところによると、学長代行の反応は慎重で、一応は反対しないということでした。そこで今日、このように私が正式に招待状を書く役目を仰せつかったというわけです。

　こういうわけで、あなたにはぜひともダークホースの候補者となっていただいて――ダークホースだからと言って、不名誉を被った気分にならないで――あなたの友達を、あなたの生まれた郡を、「この最大にして唯一の経済的機構（いやたった一つの文化的機構）」の危機を、この奇妙な招待を承諾してくださることで救ってください。そして、どうぞすぐにでも、反対派が力を結集するまえに（その可能性も多少あるのです）、お返事をお願いいたします。ショットがかりそめにも招待状を書くのを許可したということは、すでにA・B・クック六世のもとには打診がいっており、何か秘密の理由で、拒否権を即座に行使しない方を選んだと思われます。けれどもアンブローズが深刻な顔で言うには、あなたの小説には「ショット博士」とかいう人物が登場し、偶然の一致か、わが大学のショット博士に非常によく似ており、あまり魅力的に書かれてはいないということです。あなたの承諾が公になるまえに、彼がこのことを知ったら（本当に似ているのですか？　すてきじゃありません！）……

　では御機嫌よう、お会いする日まで《オーヴォワール》、私の友の友よ！　私はこれから読もうと、手にあなたの処女作を抱き締めております、あなたの手には、私たちの未来を測る尺が握られているのです（〈真理の塔〉とタイドウォーターの桂冠詩人を、絶妙なタイミングで皆の前でコケにして、それを卒業式の日にレッドマンズ・ネックからテレビ中継するなんて、なんと健康的！）。このようなわけで、何気なく書きつらねたこの奇妙な書簡に、一刻も早いご返事をお待ちしています。この手紙の尻尾は、精子の尻尾のように本体よりはるかに長く、それゆえに、ただ一つの切実な目的に俊敏に辿りつけるものと信じて。そして――そうちょうど、モリー・ブルーム（『ユリシーズ』の主人公レオポルド・ブルームの妻《イエス》）の長い独自の最後のように（あの作品の作者は、たしか、あなたの友達の友達の友達だったはず）――どうぞ私たちにイエスと言って、MSUにイエスと言って、ドーチェスターにイエス、タイドウォーターに、メリーランドにイエス、イエス、イエス！

かしこ

GGP（A）

B　トッド・アンドルーズから父へ

ハリソン・マック二世の死と葬送のこと。

〒二一六一三　メリーランド州ケンブリッジ
市営共同墓地一番地
故トマス・T・アンドルーズ様

一九六九年三月七日

前略

ブルブル、おお、さむ！　地下室の父さん、なぜそんなに苛だっているのです？　火曜日の満月の夜以来、毎晩のようにあなたは（晴着をきちんと着て）階下《した》で動きまわっている。わたしがあれこれと夢を見ているこの部屋の下で……まるで三十年前のわたし、見事失敗しましたが、アダムズ船長のショーボートの舞台の下で自殺の方法を探しまわっていたときのわたしみたいだ。昨夜は格別楽しい夢を途中であきらめまでして、地下室の物音をたしかめに降りていきました（夢の中では、三十七年前の八月のある昼下がりでした。二十世紀も三十二歳、わたしも三十二歳、友人のマック夫妻に招かれて、トッド岬にあった別荘で週末を過していました。ピチピチとし、まだ正気でジョージ三世王になったつもりなどなく、幸せいっぱいのハリソン・マックは氷を買いに出かけてしまっていました。わたしは午睡《ひるね》をし、二十世紀もまどろんでいました。その頃二十六歳、そして真っ裸のジェイン・マックが台所からそっと入ってきます。そしてわたしにこの世で一番優しい驚きを今まさに与えてくれようとしていました……)。ところが何と目の前にあなたがぶらさがっているじゃないですか。一九三〇年のあの二月のときと同じように、しみ一つない晴着姿で首にベルトを巻きつけ、青黒い顔をした父さん、あなたです。もう夢の世界などに戻れるわけがないじゃありませんか！　今夜もまたです。頭の狂った老婆なみのこの二十世紀と昔変らぬホテルの部屋でシックスティ・ナインをふたたび演じようというこのわたしの心を掻き乱す——首筋にひんやりと感ずるこの寒さは三月の隙間風などのせいではない。どこかでガチャン、ガチャンと鳴る音も暖房用のパイプでもないし、またアダムズ船長が蒸気オルガンの音合せをし直している音でもない。それはあなただ、父さん！　モグラのように潜んでいないで、さあ姿を現わして、一緒にやりましょう。どうです。その鍵穴ごしに、あなたの年老いた息子が（もうあなたよりずっと年上になっているのですぞ！）年老いたジェイン・マックとナニをしようと努める姿を見ませんか？

人は死体を一つ墓場へ運んでいくと、帰りには亡霊たちを柩の箱いっぱい連れ帰るものらしい。

わかりました、わかりましたよ、モグラさん。あなたの四十回忌にまだ手紙を出していませんでした。たしかに、息子から亡き父親に手紙を書く方が、その逆の場合より自然です。実は四十回忌の二月二日がたまたまハリソン・マックを埋葬する日とかさなってしまったのです。ジョージ三世になったつもりのハリソンは自ら計画したとおり（自分の手で死んだわけではないのですが）その四日前にこの世を去りました。誰一人、驚きもしませんでしたが。医師の話では、彼はジョージ三世だと「思いこんで」いたわけで、その状態は去年の二月の手紙の中にわたしでさえ書き表わすことができないほどになっていたのです。タイドウォーター農場で働く人々はみな摂政時代《リージェンシー》（ジョージ三世が病気となり、後のジョージ四世が摂政となった一八一一—二〇年の間）の衣裳を着させられました——ハリソンは例外です。前に述べたように頭がおかしくなっていたからです（しかし、これでまた彼の遺産をめぐる争いは先代の遺産をめぐる争いよりもっともっと紛糾しそうです）。もう少し具体的に説明しますと、ハリソンの狂気の症状が次第に正確に現われてくるにつれて、彼は自分を正気なジョージ三世ではなく、狂気のジョージ三世だと思いこんだのです。その上、狂っているから、自分は正気なハリソン・マックだと思いこんだジョージ三世だというつもりです。そのため、しまいに彼は一八一五年頃の衣裳を着こんでいる家人や使用人たちはみな頭がおかしいと考えていたわけで——事業のことなど、実に明確に、しかも良識をもって切り盛りしていたのです。一九五〇年代の末期、彼の〈狂気〉の微候《きざし》が見え始めた頃よりはるかにましだったようです。

ジェインはこのような状態になった夫のことを知らないままでした。実は彼女自身、見果てぬ夢を追い求め、イギリスへと出かけたまま長い間留守をしていたのです（今年が夫にとって最後の年になるなど、彼女は知る由とてなかったのでしょう）。誰もジェインをとがめるわけにはいきません。留守の間はレイディ・アマースト（大学のジャーメイン・ピットさんのこと）が家のことはすべて取りしきっていました。ハリソンには幸いなことでした。何しろ、イギリスの歴史や風俗に詳しい女《ひと》だし——おまけにいかにもイギリス人らしく、奇矯、とくに上流階級の人々の奇矯には見事に寛大でしたから——彼女は家をあげての仮装を巧みに、しかも実に品良く指導実践していました。彼女は自ら王の若かりし頃の友で、年老いて夢の世界をさまよう時代の主役、まさに王の生涯の恋人であった〈レイディ・エリザベス・ペンブルック〉の役を演じたのです。歴史書によりますと、定かな年がわからないのでただ「王の晩年」と記されていますが、二人は最後に結ばれて幸せな結末を迎えたことになっています。このレイディ・エリザベスを装う女性の計算では、ハリソンは昨年七十三歳でしたから、一九六八年はどう考えても一八一二年ということになり、王はあと八年生きることができるはずでした。だが、これに対して、ジョージ三世はこう答えています。ハリソン・マックは朕《ちん》の狂った頭のなせるたわごとに過ぎぬから、その者の年齢など朕とは関わりはない。朕がこのように不治の狂気にとらわれたのは、愛する娘の死に接し、王座を投げうって以来のことであるから（ハリソンは娘のジーン・マックが最初に離婚したのを機に勘当し、自らマック・エンタープライズの社長を辞し、レッドマンズ・ネックの屋敷へ引き移っていますが——それはすべて一九六〇年に起った出来事でした）、一九六八年は実際には一八一九年に当る。したがって、この年の六月四日に朕は八十一歳となり、あくる年の一月二十九日にこの世を去るはずだ、と。しかし、レイディ・アマーストは日付によって出来事が決まるのではなく、出来事があって、日付がそれに伴うのが物の道理ですから、あなたはまだ八年以上これから生きられるはず、まだ摂政制も確立していないではありませんか。息子さんに本気でマック・エンタープライズとタイドウォーター財団の運営をいよいよ任せるつもりですか、とただしました。

　その上で彼女は息子のドルー・マックとハリソンの昔の仲違いの経緯を説明したのです。しかし、それはドルーに対して何か含む意があったわけではなく（レイディAというのは実に見上げた女性です。ジェインでさえ彼女のことは決して悪く言いません。悪意というものがまったくない女《ひと》です。誰に対してもです。もちろん、ショットとその一派だけは例外です。連中は憎まれて当然の輩《やから》です）、彼女は理を説いて、まだ死期もこないのに、父さん、あなたの国へ彼を旅立たせまいと懸命だったのです。同じ気持ちからでしょうか、わたしにも半分わかる気がしますが（この問題については、半分は半分だけ余計でもありますね）、二人だけの密《ひそ》やかなる願いをこめて、彼女は独立戦争自体まだこれからのことかもしれませんと言いだしたのです。つまり、一九六八年はもしかしたら一七六八年に当るかもしれない、そうすればあなたは人生のまっさかりということになる、とはしゃいだのです。しかし、ハリソンは悲し気に微笑して、朕《ちん》はそうやすやすとはだまされない、たとえ愛《いと》しい方にだってだまされはしない、と答えました。そなたも朕も「やがて始まる独立戦争」とは最初のものではなく、第二の独立戦争（合衆国が英国と二年半にわたって戦った一八一二年戦争のこと）であることを承知している。だから、その帰趨は一七七六年にアメリカを失った朕の手の及ばぬものだし、またそれは一八一二年にほとんどカナダを失いかける〈朕の息子〉と称する者の手にもない。すべてがわれらよりはるかに強力なお方の巧妙な手に握られている。

　レイディAはわたしのことを落ち着かぬように何度も見ました――このような歴史にまつわる二人のやりとりをわたしは何度も何度も傍らで聞かされたものです。それは実に真剣で、かつ優しく、それでいて完全に気のふれたやりとりでした――ハリソンに対して彼女はただ次のように答えるだけでした。陛下、あなたは想像だけでお考えで、事実を無視しておられます。死期を第二次革命《セカンド・レヴォリューション》（今度は一九六〇年代のアメリカの旧体制見直しの時期をさしている）が始まるまでのばしていただけますなら、まだまだ少なくとも百五十年は生きておられるはずです。

「愛しきライザよ、百五十年はちと無理」と王は言う――もしも彼がその時自分をハリソンだと思いこんでいれば、「ジャーメイン」と呼びかけるのです――「そなたとトッドとで朕を次の立春の日《グランドホッグズ・デイ》（アメリカでは二月二日、春の到来を占う日）に土に埋めてくれ」

　そしてそのとおりわたしたちはハリソンを二月二日に埋葬しました。おそらく、複雑に二者が合体したハリソンの精神の聖にして密なるところで彼はよほどの努力をしたに違いありません。予定どおり、彼は一月中旬に最初の脳溢血を起こし、そして月末に二回目の発作を起こしたのです。

最初の発作があって、ジェインがイギリスの冒険旅行から呼び戻されたのですが、発作のため視力を失った夫を残し、再び家を出ていってしまいました（わたしはジョージ三世が視力を失った日付を歴史書で調べ、レイディAに「あれは一八一三年でしょう、するとまだ王は七年生きていられるはずじゃないですか？」と訊ねました。彼女は涙ながらに、いいえもう今はこの人は別の王様になっているのです、年老い心打ちひしがれたリア王です。わたしももはやエリザベス・ペンブルックではなく、時を踏み外したコーデリア姫です、と答えました）。二度目の発作が彼の生命《いのち》を奪いました。父さんが自殺したのと同じ日でした――ハリソンは今でもそれを覚えていたのですよ。わたしの終ることのない『調査書』も、このホテルをこの世の仮の宿としていることも、わが懐かしき『フローティング・オペラ』の物語も、ケンブリッジ郵便局の宛先人不明のファイルへ入れられる宿命のこれらの手紙も、そしてわたしの人生のあらゆる行為も、それらがすべて父さんの死に起因することを覚えていてくれたのです――わたしたちはタイドウォーター農場の一劃にあるマック家の墓地にハリソンの亡骸《なきがら》を埋めたのです。

それは今や〈農夫ジョージ〉（実はG三世もH・M二世も自分のことをそう呼ぶのが好きでした）がこの世で所有する唯一の土地となったのです。メリーランドが誕生する以前には、この土地はアルゴンキン族が自分たちの墓地として代々使ってきた所でした。ジョージ一世の時代から第二のジョージ三世、つまりハリソンの時代まで、この土地に埋もれた天然の肥料《こやし》のおかげで、イギリス人やアメリカ人の農場主たちは煙草、綿花、トウモロコシ、トマトなど、毎年稔り豊かに収穫することができたのです。ハリソンはこの土地を（他のレッドマンズ・ネックの土地と一緒に）一九五五年にモートン老大佐から買いとったのです。マック・エンタープライズがモートン・トマトを吸収合併した時のことです。彼はかつてインディアンの墓地があった所を本来の墓地に戻し、残りの一、九九九エーカーの土地に大豆を植え、馬小屋を造り、自分の屋敷やマック・エンタープライズ開発研究所、タイドウォーター財団、タイドウォーター工科大学などを次々と建てたのです。

わたしはジェインに頼まれて、ハリソンへの告別の辞を述べましたが、この再利用というか、復活といいますか、それがわたしの告別の辞にこめた趣旨でした。ハリソンは――わたしのハリソン、すなわちジェインがわたしたち二人のジェインであった頃の（つまり、スペイン内乱の時代、ローズヴェルト大統領の時代、昨夜の夢に見たあの甘《うま》しき日々、大不況で父さんあなたを死へ**追いやり**、このわたしに生命を与えてくれたあの時代の）ハリソンですが――彼はきっと大いに喜んでくれたことと思います。わたしの趣旨はマーシーホープ州立大学のモットーであるプラエテリータス・フューテュラス・フェクンダント、つまりそれは学部の概要に訳されている言葉を使いますと「未来は過去によって豊かに稔る」ということです。もともとタイドウォーター工科大学は農工大学として出発したのですから（わたしたちがそのラテン語のモットーを大学に提案したとき）いかにも農学校らしく、「過去は未来の温床なり」と解釈したようです。しかし、わたしたち、つまりハリソンもわたしもそのラテン語の意図しているところを充分心得ていたつもりです。フェクンダントは「やしなう」などというお上品な意味ではなく、むしろ「肥料となる《ステルコラント》」意で、「過去は未来のこやしとなる」と解するのが正しいのです。

　実はこの言葉を一九三五年にわたしはマック家のモットーにするように提案したことがありました――あの**フローティング・オペラ**の頃です。きっかけは、ハリソンの父親が晩年になって自分のウンコをピクルスの壜に詰めて保存させていることを知ったからです。三七年にその壜のことを利用して（というより、壜の中味をミセス・マックの百日草にみな与えてしまった庭師の誤用を利用してですが）、見事裁判に勝ち、ハリソンに全財産を継承させることになったとき、わたしはもう一度そのモットーを今度は英語で提案してみました――だがその頃、マック夫妻はわたしたちの三角関係《メナージュ・ア・トロワ》にすでに厭気がさしていて、ユーモアの感覚も失いかけていましたから、にべもなく断ってきました。ですから、一九五七年かそのあたりに（アイゼンハワー大統領の時代！　中年のまっさかりの時！）わたしたちがふたたび旧交を暖めることとなり、大きな変化がマック夫妻の上に起こったことを知ったときのわたしの驚きを、父さん、想像できますか！　まず(a)として、現在マック・エンタープライズとなっていますが、マック・ピクルスが大発展をし、大豆油を材料としたプラスチック製品、化学肥料、化学防腐剤、冷凍食品などなどを生産する大企業となっていました。次いで(b)として、ジェインがますます力を得て、会社全体を掌握する人物となっていました。そして、(c)として、ハリソンは自分から彼女に実権を渡し、新しく思いついた奇矯な趣味に深入りすると共に、昔のユーモアの感覚もよみがえってきたのか、プラエテリータス・フューテュラス・ステルコラント（会社のPRマンたちはおごそかに「未来は過去から成長する」と訳したようです）を会社のモットーに採用していたのです。その言葉が会社の便箋にも、ラベルにも、広告看板にも麗々しく書かれ、その文字の上に老若二人の男の図が入ったのです。一人は頬髯をふさふさと生やした初老の紳士で、片眼鏡をかけ、二十世紀初頭の分厚いオーバーを着こみ、新しく畝《うね》を作った畠の中に、馬にひかせた鋤《すき》と三本マストの船と一本の煙突がそびえる工場とを背景に立つ。もう一人は角縁の眼鏡をかけたGI《ジーアイ》カットの若者で（未来《フューテュラス》などではありゃしません、一九五〇年代のまさに現在《プラエセンティス》です）、腰までのびた大豆畠の中にトラクターやプロペラ機、そして数本の煙突の立つ工場を背景にして立ち、老紳士と世代を超えてしっかり握手をし、いかにも感謝に溢れた微笑を浮べているのです。

ハリソンは死ぬ前の年、ジェインが新しく生まれた環境保護論者たちによってマック・エンタープライズに要求された産業廃棄物浄化装置と静電分解装置の設置を社長権限で拒否したとき、そっと溜息をもらすようにして「過去はウンコで未来を汚してしまう」と言うことさえできたそうです。ですから、わたしは生前のハリソンをたたえる告別の辞で、「伝道の書」の一節をもじり、産業上の再利用と再生の予言をしたわけです。つまり、投棄された屑鉄にむかって「汝、ビュイックより来たりし者、ビュイックに帰るべし」と述べる人のように、インディアンの墓地に埋められるわたしの友の肉体を、スクォントー（清教徒たちに農業と漁場を教えたとされているインディアン）がピルグリム・ファーザーズにトウモロコシの種と一緒に埋めるべしと教えたあの魚（このあたり、わたしは復活するキリストのイメージをこめていたかもしれません）にたとえたのです。

プラエテリータス・フューテュラス・フェクンダント——王は死せり、王様万歳！

ラテン語の知識ではわたしよりはるかに詳しいレイディ・アマーストはこの言葉の皮肉な意味をすぐに見てとったようでしたが、別に怒りもせず、良い意味で取ってくれました。彼女の新しい男友達であるアンブローズ・メンシュは我慢ができずに笑いだしていました。ですが、いずれにしてもこの男は人々から一風変った奴と考えられています。未亡人のジェインはとても感動したようですが、端正な姿勢をくずさず、後になってからわたしに礼を言ってくれました。彼女らしいいつもの皮肉な様子は毛筋ほども見せず、「わたしとあなたが愛していたハリソンにふさわしい、とても素晴らしい告別の辞だったわ」と言ってくれました。その場にいた他の人たちはわたしの言葉を額面どおりに受け取ってくれたか、さもない場合は、まったく意にも介しない様子でした。ドルー・マックもきていました。石のように硬い表情をし、美しい妻のイヴォンヌを伴っていましたが、二人ともその場にふさわしいように黒っぽいダーシーキ（一九六八年頃アメリカ黒人の間に流行したゆったりとした派手な色のワンピース）を着用していました。彼の妹もいました——わたしの知るかぎりでは前夫の名前をミドルネームに残し、今ではジーニン・パターソン・マック・シンガー・バーンスタイン・ゴールデンという名前ですが、オリジナル・フローティング・シアターII号の昨年夏のプログラムには芸名が〈ビー・ゴールデン〉となっていました。彼女は悲しみとジンに打ちひしがれて今にも崩れ落ちそうでしたが（ジンの匂いがプンプンし、しかも彼女の愛用するラタキア煙草とジヴァンシーの香水の匂いがそれにまじって）、その腕をひどく人目に立つ〈レジー・プリンツ〉が支えていたのです。レジーはユダヤ人のくせにアフロ風の髪にしていましたが、イヴォンヌ・マックの正真正銘のアフロ風と比べると、見られたものではありません。鉄縁の眼鏡をかけた顔はあのマック・エンタープライズの広告の絵の老プラエテリータスそっくりでした。しかも、彼は（無意識のうちにだと、わたしは思いますが）両手を時折あげて映画の場面でも撮る気か、フレームを作ってみせ、わたしたちやら、背後の家、墓、近くのマーシーホープ川、そして大学まで、そのフレームの中に入れて眺める始末でした。この男については、もちろんまた後で詳しくお話しします。そのほかに誰がいたでしょう？　そう、そう、例のどこにでも姿を見せ、雲をつかむように謎めいたメリーランド州桂冠詩人のA・B・クックがきていました。彼はハリソンのために詩を朗読してくれましたので、その最後の弱強調六歩格《アレクサンドル》の二行をここに記しておきます――

眠れしマックが埋められし、この沼沢のインディアンの
　地に、
やがて彼の夢見た大いなる塔出現し、われらにこそ授けられん――

これにはレイディAと若いメンシュは思わず呆れはてたような呻き声をもらしました。クックの息子、後にヘンリー・バーリンゲイム七世として紹介されるのですが、この詩人以上に雲をつかむような男も唇をきっと固く閉ざしました。しかしながら、ジョン・ショットは感激し、言うなれば片手で拍手の真似をし、勝ち誇ったようにあの赫ら顔であたりを睨《ね》めまわしたのです。埋葬に参列した最後の客、ジェローム・ブレイについては――わたしの見るところ、この男、最高に狂っていた時のハリソン以上にどこか狂っていて、何故《なにゆえ》に彼が参列しているのか誰にも説明のつかぬ男でしたが――その顔はまるで別の国、別の惑星から訪れた者のように無表情に凍てついていました。
　どうしてA・B・クック六世の息子がヘンリー・バーリンゲイム七世と言うのか、と父さんあなたは訊ねられるのですか？　実はわたしも、葬式の後の会食の席でにこにこと笑っているクックにそれを訊ねてみました。すると、答えがふるっています。彼はテニソン卿の詩行をもじって、こう言いました。

もしもそなたがあの花の割れ目を知るならば
神とは何、人とは何ともわかるであろうに。

　このやりとりを聞いていたレイディ・アマーストは少し荒々しく、わたしたちにちょうど聞えるぐらいの声で「そうしたら、おそらく泥沼のたくらみ《マーシー・プロット》も一つならずわかるでしょうに」と言いました。ショットは咳ばらいをし、クックはその言葉に会釈で返礼しました。彼女の傍らにいたアンブローズ・メンシュが、よくよく考えれば「王の見る夢」がわざわざ詩文で讃えるほどに良い趣味をもつものか、と無邪気に訊ねます。すると、またレイディAは冷ややかに「すでに葬られたたくらみは言うまでもなく」とつけ加えました。その時はわたしは、彼女はただ単にわたしが告別の辞で述べたあの〈こやし〉うんぬんのことを巧みに述べているものと考えていました。

　このようなやりとりに対し、メリーランドの桂冠詩人は耳をも貸さぬという風情でした。その息子は（すごく強いケベック訛りの英語を話すのに今は誰もが気づいていましたが）レイディAにむかって〈泥沼のたくらみ《マーシー・プロット》〉とは何のことですと訊ねました。メンシュはその説明はぼくがしますと言って、若者をジェインの耳に届かぬ所まで連れていってくれました。その時ジェインはショットがくどくどと述べているお悔みの言葉に、冷ややかだが少し緊張した表情でじっと聞きいっていました。しかし、わたしには彼女がわたしの注意をしきりにひこうとしているように思えてなりませんでした。ビー・ゴールデンは煙草をスパスパやり、バーテンと怪し気なことをいろいろと話しながら、同時に現在の愛人の方をちらりちらりと見ていました。いや、それにわたしの勘違いでなければ、アンブローズ・メンシュの方もしきりに彼女を見ていました。たしか、二人が先ほど出会ったとき、彼女にしては少し感情をこめすぎる調子で「ダーリン」をアンブローズにむかって連発していたはずです。ドルーとイヴォンヌは二人で何か話しあっていました。ミスター・ブレイは一人ポツネンとしています。レジーは頭の中に描いたカメラでわたしたちの姿を構図の中に入れていました。

　ジーニン・マックの父親が誰であるか、父さん、わたしはまだはっきりわからないのです。彼女が生まれてから三十五年も経っているのに。もしも彼女がハリソンの娘なら、まさに彼女の祖父よりもはるか以前のどこかの胡瓜《きゅうり》作りの百姓に先祖返りをしたのかもしれません。しかし〈ビー・ゴールデン〉と自ら名乗る彼女の中にこのわたしが見るのは、父さん、あなたとわたし自身のまぎれもない面影なのです。語尾を少し長くのばす話し方まで、ドーチェスター郡南部の貧しい百姓あがりのわれらアンドルーズの血をひいているのです。かわいそうな子です。貧しい百姓の血のためか、ひどくお上品な寄宿学校や狩猟クラブの女性たちとどうしてもうまくいきませんでした。あれほど素晴らしい性格なのに、どこのパーティに出かけても、彼女が一番馬が合ったのは、お手伝いにきている者——バーテンとか、ウェイターとかミュージシャンとか——ばかりでした。もしも田舎でアンドルーズ家の娘として育てたら、きっと彼女は大成功だったと思いますよ。ビールを飲み、十五か十六の年にもうシヴォレーの後部座席あたりで初体験をしたはずです。放っておけば、チョップタンク川ヨットレースのお祭り騒ぎの間に、町の医者の息子あたりに十七ぐらいで妊《はら》ませられたりして、郡のどこかに落ちついてしまい、子育てにでもはげんでいたかもしれないのです。今頃は子供も成長し、大学などに行っているかもしれない。いや、夫婦共々に町のカントリークラブの連中との週末の不倫にさえ退屈しきっているかもしれません。もうしっかり中年夫婦になり切って、体面ばかり気にし酒浸りになっているかもしれません。ご主人はチェサピーク湾海浜地の不動産やアナポリスの政界にどっぷり、奥さんのジーニンは教育委員会やメリーランドの植民三百年祭実行委員会などで走りまわるという具合に。だが、実際には、彼女はまだ三十五のくせして、六十三になる自分の母親よりも老けこんで見えます。弟のドルー・マックとは正反対のジーニンは、おそらくこれまで自分から進んで新聞さえ読んだことがないのではないでしょうか。まして、本を読んだこともなく、芸術作品や歴史的事実に大きな感動を受けたりしたこともなく、自分自身の矛盾に満ちたとんでもない人生以外、人生とは何ぞやなど考えたこともないだろうし、また虐《しいた》げられし者に惻隠《そくいん》の情を感じたり、同じ人間を心から愛したりしたこともないのかもしれません。今もまた離婚しようとしているとのことです。そして、あの何一つ魅力のないレジー・プリンツになにやら大きな期待をかけているというのですから……

オオ《アア》、ワガ愛シノ娘ヨ《リーベ・トーテル》、ワタシノ心ハ痛ム《マイン・ヘルツ・シュメルツ》！

それにひきかえ、ドルー・マックはまぎれもなくハリソンの息子です。彼が何か新たに反逆の行動を起こすたびに、ますますわたしにはそう思えます。ハリソンがどうして自分の子かと疑うのか、さっぱりわかりません。顎鬚を生やし、ジーンズをはき、ダーシーキこそ身につけていますが、その下のドルーは素晴らしきアンガス（スコットランド神話の愛と美と若さの神）と同じ様に色つやもよく堂々としています。一九二五年にわたしが初めて出会ったときのハリソンそっくりです。贅沢に育ったプリンストン大の左翼で、ピクルス工場でピケをはっていた仲間の連中に「革命歌《インターナショナル》」を教えたため、ストライキ破りの暴漢たちに痛めつけられた直後のハリソンの姿を思わせるのです。実は、彼自身気がついていなかったようですが、レイディ・アマーストが投げかけたあの皮肉な「モジリ」の本当の意味をわたしに教えてくれたのはこのドルーでした。葬式が終り、わたしがケンブリッジの町へ帰ろうとすると、彼とイヴォンヌが車で送っていくと言いだしたのです。これには、彼の母親ははた目にもがっかりし、わたしも驚きました（わたしはくるときは、若いメンシュに乗せてきてもらったのです）。それで、わたしが彼のかなりくたびれたボルボのステーション・ワゴンに身体を折りまげて乗りこみますと、すぐにドルー・マックがこう言いだしたのです——

いや、その話はまたいずれということにしましょう。少し眠りも取り戻しておかなければなりません。それに、タイドウォーター農場でのことをもう少し話しておかなければなりません——ジェインとジャーメインは（後者はまだ家から引きあげるところまでいってなく、前者も家に戻ってくるまでには至っていなかったのです）葬式の後の会食の席に並べたローストビーフを前にして、たがいに淑女ぶりを発揮し、遠慮しあっていたかと思うと、次の瞬間には、涙をたがいに一杯ためて抱きあったりしていました。アンブローズとレジーは書斎の中に入りこんで映画論をしきりにやっていました。そして、ビー・ゴールデンは二階のどこかの部屋でもう酔いつぶれています。冷たく、じっとりとした雪が鉛のように暗い空からレッドマンズ・ネックに落ちてきはじめました。これでは地上に顔をのぞかせたモグラも自分の影を見て、慌てて穴の中へ潜りこむ必要もないはずです。

しかし、死者のあなたが安らかに眠ることがないとしても、生身のわたしは少し眠らなくちゃなりません。またいつか別の夜、わたしの蒸気オルガンのごとき話の続きをやることにしましょう。今夜はまず音合せだけにしておきます。父さん、あなたにわたしが最近あちこちで出会った《ヒック・エト・ユビーク》ほかの人たちを紹介し、現在の状況をお報せするのがこの手紙の主旨でした。何しろ、カレンダーを見てみますと、今日は一九一七年にドイツ皇帝の軍隊と戦うべくわたしが入隊をしてから五十二回目の記念すべき日に当るのですから。

それでは父さん、またご自分の墓へもどってください。欠けていく月と一緒に姿をそっと隠してください！　この世に生命《いのち》ある亡霊どものことは、わたしにおまかせください。あなたの愛する息子はそれぐらいのことはやらせていただきます。

匆々不一
トッド

〒二一六一三　メリーランド州ケンブリッジ
ハイ・ストリート　ドーセット・ホテル気付

C　ジェイコブ・ホーナーから
ジェイコブ・ホーナーへ

『旅路の果て』以後の生活。再生復帰院におけるジョウゼフ・モーガンの驚くべき再登場と最後通牒。

カナダ　オンタリオ州フォート・エリー　再生復帰院
ジェイコブ・ホーナー殿

69／3／6　午後11時

シラノ・ド・ベルジュラック、エリザベス・バレット・ブラウニング、リング・ラードナー、ミケランジェロの諸君、誕生日おめでとう。今日のこの日、アラモ砦がサンタアナ将軍の手に落ち、守備隊が虐殺されている。FDR（フランクリン・デラノ・ローズヴェルト）が銀行閉鎖を行い、フランコ将軍のクルーザー、バレアレス号がカルタヘナ沖で撃沈され、ナポレオンがエルバ島から帰還した日だ。つまり、ナポレオンの百日天下の始まる三月二十日がもうすぐというわけだ。

ある意味で君は相変らずジェイコブ・ホーナーのままだ。

一九五三年に君はドクターの助言で教職を去った。その前しばらく君は、現在マーシーホープ州立大学のウィコミコ・キャンパスになっているメリーランド州のウィコミコ州立学芸大学で、規範文法教師をしていたのだ。

ドクターの独創的療法スケジュールのおかげで、君はある時点まで教師をするにいたった（一九五三年十月二十七日までだった。つまり、ジェイムズ・マディソンの西フロリダ併合宣言記念日、ウォーリー・シンプソン夫人の離婚記念日、キャプテン・クック、パガニーニ、シオドア・ローズヴェルト、ディラン・トマス、ヴァロア王朝のカトリーヌの誕生日まで）。ところが、君はドクターの処方を逸脱してしまい、無二の親友の妻をおそらく妊娠させ、違法な中絶の手筈を整えたのだが、それがもとで彼女を死なせてしまった。しかも、その過程で君は幾人かの誠実《ボウナファイディ》な人間の役を演じてしまったから、ドクターに「ジェイコブ・ホーナー、おまえはもう働いてはいけない。しばらく何もせずにじっとしていなければならない」と、言われた。

君は顔を剃り、服を着、荷物をつめて、ターミナルに行くのにタクシーを呼んだ。そこでドクターの他の患者たちと合流し、北へ向かうバスに乗ることになっていたからだ。タクシーを待つ間、君はロッキングチェアで身体を揺らし、煙草を、君にとっては最後の煙草を吸った。君は無天候状態だった。数分後にタクシーがきて、クラクションを鳴らし、君は二つのスーツケースを持って外に出た。ラオコーンの胸像はマントルピースの上にそのままにしてきた。君の車ももう使うこともないので、道に止めたままにしておいた。そして、タクシーに乗り込んだ。

あの旅は果てしなく、バスはサスケハナ川やジュニアタ川を上り、荒涼たるアレゲーニー山地へと入っていった。ペンシルヴァニア州北西部のコーンプランター・インディアン居留地の近くで冬をこした。ドクターはインディアンの患者たちから、春には政府が近くのキンズア・ダムを完成させるので、借りた家も村や周辺の地域とともに水没してしまうと聞かされた。それで、ドクターは州境近くに復帰院《ファーム》を再設立し、やがて後に州境を越えて快適な場所に移った。そこはニューヨーク州のリリー・デイルを望む高台で、アメリカ心霊主義者の本山とも言うべき所だった。そこに君は十年間とどまり、その後、バッファローのむかい、ピース橋によってへだてられたカナダの現在の施設に移動した。

一九五四年十月二十五日の夕方――バラクラヴァ（黒海のクリミアにある海港。古戦場）における英国軽騎兵隊突撃百周年記念日、双子の聖人クリスピンとクリスピアン（三世紀ローマのキリスト教殉教者）が斬首処刑されて千六百五十一年目、米国海軍のディケイター提督がアゾレス群島沖で大英帝国軍艦マケドニア号を撃破してから百四十二年目、麻酔をかけられたレニー・モーガンが中絶の最中に、吐いたザウアークラウトを肺に吸いこみ死亡して一周忌にあたる――その日、ドクターの新しい助手となったセネカ族のインディアンが、君自身の提案で、君にパイプ・カットの不妊手術をした。断種した男性というわけだ。一九五五年十月四日の夕方、ソ連の人工衛星スプートニク号打ち上げの二年前であり、彫刻家フレデリック・レミントンの誕生日でもあるが、文章療法の訓練として、「ドクターがくるまでにぼくのしたこと」というタイトルをつけて、君は自分の行動不能症状、再生復帰、再発についての記述を始めた。君にはまだどうしてなのかわかっていないが（君の原稿が、ペンシルヴァニアからニューヨークへの移動の最中に、ドクターのあるファイルと一緒になくなっていた）、この記述が『旅路の果て』（一九五八）と呼ばれる小さな小説のもとになった。そして、十年後にこの小説から同じタイトルの映画が生まれた。だが、この映画は小説とはだいぶ違ったものになっていた。ちょうど、小説が君の記述と、そして君の記述が実際の君とモーガン夫妻の三角関係と、かけはなれているように。だが、それも当然かもしれない。すべてがそれぞれ違った角度から見られるからだ。

その本が最初に出版されてまもなく、オウムガイや避妊リングのように渦巻きをつけ物語の中に隠しこんだ主要なテーマが、『クラリッサ・ハーロウ』同様に古臭くなってしまった。つまり、経口避妊ピルが開発され、合法化して一般に使われるようになり、また、アメリカの中絶法も緩和された。しかし、レニー・モーガンや生まれなかった子供、たぶん夫との子供だろうが、二人はついによみがえることがない。

その後のジョウゼフ・モーガンについては、君は**全く何も知らなかった**し、君**自身**についても、一九五四年から今晩までの十五年間、実際語るべきことは何もない。南ヴェトナム首相のグェン＝カオ＝キが、「北ヴェトナムによる南ヴェトナム都市の爆撃」に抗議して、パリ和平会談から退席し、アメリカ宇宙飛行士シュワイカートが軌道飛行中のアポロ九号から宇宙遊泳し、ニューヨーク州立大学バッファロー校では、アメリカの東南アジア介入に反対して抗議「討論集会《ティーチイン》」が続いたが、大部分の授業はいつも通り行われた。君はその日に起きた歴史的事件のカードを**作成し**てしまい、夕食後再生復帰院のポーチで**ロッキングチェアに座っていた**。ポカホンタス、ムッシュ・カスティーヌ、ビビや他の患者たちも一緒だった。エリー湖の汚濁した水が、氷の下からナイアガラ滝へむかって流れ出る模様を眺めていると、ドクターの**医療助手主任**（であり、息子）のトンボXが、新しい患者がやってきたことを告げた。中年のクソタレ白人ヒッピーで、ひどくラリった後のティム・リアリーに似ていて、二匹の白人のクソタレガキが一緒だし、クソタレUSAに戻りやがれと、白人野郎らに言ってやってこい、と君に言う。そこで、ドクターの経営助手として、君はムッシュ・カスティーヌと一緒に受付にいった。

髪を編み、玉飾りをつけ、バックスキンの服を着、しなびた感じのジョー・モーガンが、躁病的な落ち着きを見せ君をじっと見つめているではないか。

「ホーナー、君は**過去を書き直す**ことになる」ジョーが宣言した。一九五三年の**最後の会話**の最後に聞いたのと同じ明瞭で静かな声だった。「君は**過去を変える**。君は**レニーを生き返らせる**だろう」

昔と同じで、君は何も**返答できなかった**。優雅で、神出鬼没のムッシュ・カスティーヌ、眉をしかめたトンボX、そして無表情な二人の若者——何と！ モーガンの息子たちではないか——がジョーを連れて、入院前の面接をするために**進歩指導室**へいった。君はこの手紙を書くためにこのポーチに戻った。

明日はルーサー・バーバンク（一八四九―一九二六。米国の園芸品種改良家）の日だ。この日、スタール夫人はナポレオン進撃前にパリを逃れて、別荘のあるスイスのコペに移ることになる。フランコ将軍はバルセロナを爆撃して千人もの人々を殺す。ロカルノ条約を破棄し、ドイツ軍はライン地方を占領する。第二次大戦の末期アメリカ軍はレマーゲン橋を渡り、ライン川を越えることになる。君が**好んで想像する**ことだが、ジェイコブ・ホーナーは、公害に汚染された川へと入っていき、ペンキの剝げかけた橋の下をしずしずと進み、有毒物質をたれ流すフォード社の工場やその動力源の取入口を通りすぎ、ゴート島そばの冷たい早瀬を下り、最後に轟々と音をたて水しぶきの砕け散るアメリカ滝からまっさかさま。

いい厄介払いだ。

ジェイコブ・ホーナー

カナダ　オンタリオ州フォート・エリー　再生復帰院

D・A・B・クック四世からやがて生まれくる子供へ

カスティーヌ家、クック家、そしてバーリンゲイム家の起源について。

一八一二年三月五日

最愛なるヘンリー、もしくはヘンリエッタ・バーリンゲイム五世へ

どんよりとした凍てつく日々が、この二週間ほど続いた。湿った雪が新たに六インチほども降り積り、オンタリオ湖を渡る風がこの館を揺すぶった。そして今朝、夜明け前、今年初めての激しい雷雨がやってきて、それが止むと空は晴れわたり、風向きが変った。南風がエリー湖を渡って吹きつけ、すばらしい暖かさが訪れたのだ。夜が明けるまでには春の陽気に、昼前には夏の陽気になってしまった！だから、ひもすがら、お前の母さんと私はクイーンズタウンの近くにある丘を散策し、楽しんだというわけだ。大砲のような音をたてて氷が割れるのに耳を澄ましたり、雪が融けて小さなナイアガラの滝よろしく流れる様子を見たりしながらね。魔法にかかったような一日だった。こんな天気の日だから、お前がアンドレーのおなかの中でもぞもぞとおなかにくっついたり離れたり、さかんに動きまわったとて、何の不思議もありはしない。私たちは岩の上に座って――そのあたりは道を隔てたナイアガラ砦の武装監視下にあった――子守歌を歌わなければならなかった。ようやくお前が再び眠りについたのは、午後も遅い時刻であった。

今は夜、すでに寒気が戻った。めまぐるしく変った今日を一年にたとえれば、いわば秋の季節だ。今度はお前の優しい母さんに眠ってもらうために、私はタラティン王家に伝わる子守歌を歌ってやった。その歌は私たちの祖先であるもう一人のアンドレー・カスティーヌから習ったものだ。お前が生まれるまでは、羽布団の中のお楽しみはお預けだ

――早く、その日が来ればよい！　母さんは眠っている。お前も眠っている、と思う。策謀とその裏をかく策謀の、頭がくらくらするほどの渦の中から生まれた素朴な私たちの愛の結晶、それがお前だ。古い館は静寂そのもの、暖炉の火だけが燃え続けている。私は今、動脈から流れでる血液のように、我が生涯の時が脈打って流れていくのを感じている。つい昨日のように思えるが、あれは一八〇〇年のこと。私は革命の体験をひっさげて、フランスからやって来たばかりであった。新世紀を迎え入れんとするこの時期、私の父（と思われる人物）は、合衆国副大統領にアーロン・バーという名前で立候補するところであった。父は私にさえ自分がヘンリー・バーリンゲイム四世であることを否定した。あれから十二年、この歳月はどこに行ってしまったのか？　今や私は三十六歳、墓場への道をあたふたと急いでいる。一方、私の又従妹《マ・プティット・クザンヌ》であるお前の母さんは、花の盛りの二十三歳だ。ナポレオン・ボナパルトはヨーロッパの最後の血の一滴までも絞りとろうとしている。ワシントンのタカ派は、カナダとフロリダを奪取する好機を窺っている。夏には、アメリカ諸州の結合がバラバラに崩れ去るような戦争になっているかもしれない。可愛いお前が乳離れするより先に、都市は燃え、何千人もの人々が死ぬだろう――それもこれもみな少なからず、お前の曾祖父《ひいじい》さんと祖父《じい》さんのなせる術《わざ》かもしれない。しかり、お前の父さんのせいでもある。神よ、我らを許し給え！　だが、危険をはらむ今ほど、幸せで、活気に満ち、平穏で愛に溢れた思いを、私はしたことがない。

　やがて、少女に、もしくは少年になるであろうお前よ、お前の血管にはどのような血が流れているかを話そう！　カスティーヌと、クックと、そしてバーリンゲイムの血が入りまじって流れているのだ。それらの家系の歴史は世界の歴史よりも入り組み、毛細血管のごとく複雑なのだ。私自身その歴史について、つい二週間前までは部分的にしか知らなかった。二週間前、詐欺師として追われた私はこの館のアンドレーの両親の許に、しばし身を隠さざるをえなかった。世間が詐欺師〈ド・クリヨン伯爵〉をむなしく探し求めている間、私は我らの一族に関する文書を調べる暇と機会の両方を手にしていた。のみならず、母さんと私は文書を調べるうちに驚いたよ、私たちの人生の行路を変えよと命じる、ひとつの〈図式《パターン》〉と思えるものを発見したからだ。私は今からお前にそれを詳しく語るつもりだが、それは一つには我々自身のためにその図式をきちんと留めておきたいからだ。それに、お前には誤った方向に力を傾けて、半生を無駄にしてほしくないと望むからだ。というのも、アンドレーと私の半生は見事な失敗だったのだ。前半生で行った誤った事柄を後半生で抹消するよりほか、私たち二人に出来ることはもはやないが、我が家の歴史の中で、お前こそが最初の真の成功者になるはず、と私たちは固く信じている。

　私が今言っている我が家とは、バーリンゲイムとクック家のこと。これはイギリス系の祖先であって、これに比べるとフランス系祖先、カスティーヌ家は首尾一貫性を絵に描いたような一族である。カスティーヌ男爵家はフランスのガスコーニュ地方、サン・カスティーヌに代々、何世紀にもわたって存在し、今も健在。アメリカにおける子孫は、この一族の最初の冒険好きの男爵がアメリカに渡って来て、残したものだ。十七世紀の終り頃、若きアンドレ・カスティーヌがカナダへと渡ってきた。彼はタラティン・インディアンの女を娶《めと》った。女は「マドカワンド族長」の娘であると伝えられる。彼女から我らクックとバーリンゲイムの一族はインディアンの血を半分受け継ぎ、その血によって後々の子孫である我々はみな大いに助けられてきた。

　彼はイギリスの植民者たちから〈ムッシュ・カスティーヌ〉と呼ばれ、一六九〇年代のニューヨークとニューイングランド地方の植民地では、非常に恐れられた人物であった。はるか南のメリーランドにおいてさえ、彼が率いる〈北方裸族救援隊〉がイギリス人たちを急襲し、海へと駆逐しにやってくるものと信じられていた。アンドレ・カスティーヌとマドカワンダ（ずば抜けた才能のある女性で、彼女の部族の言葉のほかに、フランス語と英語が話せた。ヨーロッパの礼儀作法を見事に修得したので、一度サン・カスティーヌを訪問した際、疑い深いガスコーニュ人たちも彼女には魅了された）の間に生まれた子供の一人がアンドレーという娘で、この娘がアンドルー・クック三世と結婚し、私のアンドレーと私の祖母に当る人になった。

　その後のカスティーヌ家のすべての男子は、ガスコーニュの先祖が平穏に暮らしたのにならい、狩や畑仕事、木樵《きこり》の生活に満足した。彼らは娘たち、つまりそれぞれクックとバーリンゲイムの花嫁となる器量よしの従姉妹たちをこの世に送り出した。この美しき従姉妹《ベル・クザンヌ》たちは、夫たちと同様、政治的策謀へ加担する性癖をもっていた。この性癖は我が家の血筋の大きな特色だが、一族の策謀の系譜は殊にバーリンゲイム系の者にきわだち、今私たちが係わっている策謀と同様、複雑きわまりない。

　まずは、より単純なクック家（Cook, ただし当時はCooke と綴った）のことから話そう。初代アンドルー・クックについては、ほとんどわかっていない。ロンドンはフィールズのセント・ジャイルズ教区で、どこかの女との間にアンドルー二世を儲けたということぐらいしか、わかっていない。アンドルー二世はメリーランドの大農園《プランテーション》の煙草を買いつける仲買人だった。彼は十七世紀半ばに、ボルティモア卿から〈チェサピーク湾岸の地モールデン〉の所有権を手に入れた。現在、クック岬と呼ばれている場所だ。妻アン・ボイヤーとの間に、アンナとエベニーザーという双生児を儲けたが、この双生児については、後でまた話すとしよう。アンドルー二世は隣接する岬の出身の、生まれの良いフランス娘に手をつけた。娘は若気の恋の過ちで、父親セシル・エドゥアール伯爵からすでに勘当されていた。この愛人に彼が生ませた庶出の娘が、ヘンリエッタだ。ヘンリエッタは、母親が後に結婚して得た姓、ラセックスを名乗った。さて、私自身の母親ナンシー・ラセックス・バーリンゲイムは、このヘンリエッタの血を引く。だから、先の冒険で私がド・クリヨン伯爵の名前を名乗ったのは、まるきり嘘っぱちでもなかったのだ。お前は一方でユグノー派の伯爵の血を、もう一方でガスコーニュの男爵の血を引いているというわけだ。もちろん言うまでもなく、マドカワンダ・カスティーヌからタラティン王家の血、バーリンゲイム一族からはアハチフープ王家の血も貰っているが、そのバーリンゲイム家のことについては、まだまだこれから話さねばならぬ！

　アンドルー二世については、その程度だ。彼の息子エベニーザー・クックは、自分では**メリーランドの桂冠詩人**などと主張しているが、私たちにはあまり興味のわかない人物である。この男は無邪気な大まぬけ、そのために一度は父親から譲られた所領を失い、その後、売春婦との結婚によって、どうにかして再び所領を取り戻したらしいのだ。財産を騙し取られたうだつの上がらぬ商人が、その不運を材料《たね》に『酔いどれ草の仲買人』と題する滑稽詩を物したことぐらいが、彼の唯一の業績だった。机にむかって座っているときと同様、ベッドの中でも彼は不調法で、子供はただの一人しかつくれなかった。しかもこの子は出産のとき死んでしまい、おまけに母親までもあの世に連れていってしまう始末だ。お前にとって唯一人の芸術家《アーティスト》の先祖の話は、これでお終いだ。

　しかし、手練手管《アートフル》にたけた先祖となると、これはまた多士済済！　エベンの双子の妹アンナ・クックとの関係で、変幻自在のバーリンゲイム一族が登場するからだ。彼らが歴史の歩みを変え、さらに変え直したことは確かである。だが、彼らの活躍はあまりに多岐にわたり、かつ陰然としているがゆえに、彼らの策謀と反策謀が何世代もの間に互いにどのように抹消しあったのか、あるいはまた、実際に抹消しあったのかどうか、はっきりと述べることは、まず至難の技だ。放っておけばまっすぐ伸びる樹木を、かりに等しくあちらへ撓《たわ》め、こちらへ撓めたとしたら、結局は……まっすぐに伸びるではないか！

　初代ヘンリー・バーリンゲイム（彼が認《したた》めた『私記』の清書版を、先週私は家代々に伝わる古文書の中から発見したのだよ）は、一六〇七年にヴァージニアの最初の植民地に、一旗上げようとやって来た紳士たちの一人であった。

辛い開拓仕事に不満を抱いた彼は、ジョン・スミス船長にさからいもめごとを起こした。ちなみに、船長の『チェサピーク湾北上探検行秘録』も我が家にあるのだ。この二つの文書から総合すると、次のような話が浮かびあがる。反抗的な紳士たちの気を晴らすことにもなろうかと、一六〇八年、スミス船長は彼らをひき連れ、ジェイムズタウンからチェサピーク湾の先端部に到る探検の航海に出発した。当時人々は太平洋に抜ける北西航路を探し求めていたのだが、船長はもしかしたらその航路がそれにあたるものかと期待していた。メリーランドの東部海岸《イースタン・ショア》地域に住んでいたアコマック・インディアンたちを相手に卑猥な冒険をした後（その詳細はスミス船長の記録に詳しい）、バーリンゲイムは反スミス派の連中の指導者的存在になった。自分を苦しめるのをやめず、一行をジェイムズタウンに帰さないならば、「ポカホンタスについての本当の話」をするぞ、と彼はスミスを脅迫した。バーリンゲイムの意見（『私記』の中に説得力をもって開陳されている）によれば、スミスは威張りくさった日和見《ひよりみ》主義者で、自分の権力の拡大ばかりを狙い、他人を踏みつけにして名誉を得ようとする人物であった。だが、スミス自身の書いたもの（つまり『秘録』のことだ）にも説得力はある。私が思うに、スミス船長は有能で勇敢な指導者であったが、同時に大変な悪党でもあったようだ。我らの御先祖様の方は、気質的に大いなる不平家で、かつ、その不平不満の正当化を大いにはかろうとするタイプの男だったのではなかろうか。

いずれにせよ、二人の確執はますますひどくなるばかり。その結果、ほどなくして——スミス一行はメリーランドの沼沢地に上陸、アハチフープ・インディアンの捕虜となるが——スミスは自分と他の者たちを釈放してもらう術策として、インディアンたちの伝統的競技にバーリンゲイムを提供した。競技とは、アハチフープ族の王が死ぬと大食らいの競争によって後継者を選ぶというものだった。つまり、競争相手よりも多くを腹に詰めこんだ者が、王位につくのである。原則はそうであったが、実際は有能であっても大食漢ではない候補者が代理をたてて競技会に出場できるようになっていた。さもなくば、珍妙なる王ばかりを戴く破目になったにちがいない。王の後継者は（女王の寵愛をはじめとして）王の特権を、大食らいの勝利者と分かちあうが、王の権威は自らのものとするのだった。スミス船長はバーリンゲイム（大食らいのところにもってきて餓死寸前であった）をそそのかし、ウェペンターという男の代理として競技に出場させた。ウェペンターは並の胃袋を持つ政治家タイプで、代理をたてなければ、王国と好色なポカタワートゥーサン王妃との結婚とを賭けた争いで大食漢の競争相手に負けること必定だった。我らの御先祖様は、この風習を、愛の一夜が褒美としてつく、たんなる大食らい競争と思いこんだ。彼は本気で食べまくり、肥えた競争相手アトンスオモーホーク（「弓の的」の意）をやっとのことで打ち負かした。相手は食べ過ぎで、その場で息絶えた。感謝したウェペンターは王座につくと、翌朝スミス一行を自由の身にしてやった。だが、バーリンゲイムは、一行とともに出立しようとしたとき（彼は一晩中消化不良に苦しみ、御褒美にあずかれなかった）、意気揚々たるアハチフープ族に捕虜として、そして第二の王として連れ戻されてしまった。

『私記』も『秘録』も、そこで終っているのだ。一世紀近くが経過するまで（一六九四年になるまで）、我らの先祖たちのその後の運命を知る者はいなかった。例のアンドルー二世は、一六七六年に双生児のエベニーザーとアンナ・クックのために、ケンブリッジ出の多芸に秀でた若者、ヘンリー・バーリンゲイム三世を家庭教師として雇ったらしい。この男、あらゆる技芸と学問（阿片の密輸から暴動教唆まで、世俗的技能もふくめて）にたけていたが、自分は誰の子か、名前と三世という数字は何に由来するのか、まったく知らなかった。彼はそれを生涯調べ続け、やがてそのために植民地アメリカの政治に深く係わることになるし、様々な人物に変装し（彼は変装にかけては天賦の才を持ち、それが今我が家系に伝わっている）、いくつもの策謀——その主たるものに、ニューヨークのライスラーの反乱とメリーランドのジョン・クードの反乱がある——に巻きこまれたのである。その探究は、また、〈ムッシュ・カスティーヌ〉と彼とを結びつけた。当時、彼はイギリスに敵対するフランスの密偵であったか、もしくは、その逆であった——これより先、このように確定できぬことが次々に出てくることになるが、これがまずその手始めである！——そして、逃亡黒人奴隷とインディアンたちが結託して、白人の抑圧者をアメリカ大陸から追放せんと目論んだ策謀に彼が係わったのも、その探究の結果であった。

彼が政治を攪乱《かくらん》してまで見出さんと努めたものを、ひょんなことから発見したのは、不運な教え子エベニーザーであった。エベニーザーはこの頃（一六九〇年代）には学業を終え、すでに冒険の旅に出て、次々と災難に見舞われている真最中であった。エベニーザーとその連れの一行は、嵐に遭遇し、チェサピーク湾内南方に位置するブラズワース島に漂着した。その島は造反インディアンと逃亡奴隷たちの秘密の根城であった。ここでクック一行はアハチフープ族の老族長タヤック・チカメクに捕えられた。この老族長こそ、ヘンリー・バーリンゲイム一世とポカタワートゥーサンの間に生まれた息子にほかならぬことを、エベニーザーは発見する（この発見のおかげで、彼の生命は助かるが、その話は複雑すぎるので、ここでは繰り返さない）。つまり、チカメクはヘンリー・バーリンゲイム二世であった。ジョン・スミスに見捨てられた男と、双生児の恐るべき家庭教師とを繋ぐ、失われていた鎖の環、それが彼であった。スミスの『秘録』のうち、バーリンゲイム遺棄について述べた部分を、チカメクが所有していた。チカメクは〈イギリスの悪魔ども〉を絶滅すべし、という父親の誓いを守り、実行し続けた。この誓いはチカメクから彼の子孫へと伝えられていく。

さて、チカメク自身が混血児であり、彼の妃（イエズスス会の破戒神父とアハチフープ族の乙女の間に生まれた娘）も同様であったから、かれらの三人の息子たちは様々な肌の色をしていた。長男マタシネマルーグは純粋なインディアンに見えた。次男コハンコウプリッツは両親と同じ混血児の様相を呈していた。だが、三男は肌が白く、それゆえに運命もまた呪われていた。彼は**ヘンリー・バーリンゲイム三世**と命名され（正確に言うと、彼の胸に赭土《しゃど》でその名前を書きつけられ）、丸木舟に乗せて捨てられたのだ。丸木舟は引き潮に乗って、チェサピーク湾を漂ううち、通りかかったイギリスの船に救助され、船長の養子としてイギリスへ連れて行かれた。かくして、彼の自己探求の旅が始まったのである。

この物語については、あまりにも語るべきことが多く、この手紙だけでは書き切れない——小説、それもリチャードソンばりの長い小説に匹敵する手紙の量となるだろう。

お前には先祖たちのことをきちんと知らせておきたいし、まだ何もはっきりとした形になっていないが、先刻触れた図式を説明しておきたいと思っている。実に、そのためには少なくともあと三回はお前に宛てて書かねばなるまい。つまり、バーリンゲイム三世からお前に至るまでの各世代ごとに一通ずつってわけだ。だが、私がこの手紙を終える前に、お前の曾曾祖父にあたるH（ヘンリー）・B（バーリンゲイム）三世に関する、お互いに関連しあう四つの事柄だけは述べておきたい。

その一。彼の兄の名前コハンコウプリッツとは、アハチフープ族のアルゴンキン方言で〈雁の嘴《くちばし》〉という意味だ。チカメクの真ん中の息子がこう呼ばれたのは、彼の兄弟や祖父と同様（父親のチカメクは違った）、秘部が小さく生まれついたためである。母親は生まれた子を初めて見たとき、思わず（実際、アルゴンキン語で）こう叫んだ、「雁がこの子を啄《ついば》んで先っぽを食べちまった」。この遺伝的特徴は——双生児が生まれる傾向と同様に——一世代おきに我らバーリンゲイム一族を悩ましてきた。より正確に言えば、H・B三世以来ずっと、我が家系は**クック**姓と**バーリンゲイム**姓を交互に用いてきたから、この特徴はすべて、バーリンゲイム姓を名乗る者を苦しめるのである。もし、お前がヘンリーとして生まれおちるならば、お前のあれはヘンリエッタのものよりも、二、三センチほど長くなるにすぎない。しかし、絶望してはならぬ。私自身の存在が立派な証拠だが（私の祖父アンドルー・クック三世や、祖父の祖父チカメクの存在もまた何よりの証拠だ）、バーリンゲイム一族は欠陥を克服する方法を発見したからである。おまえが一人前の若者になった暁には、〈魔法の玉子草の秘術〉を伝授するつもりだ。この秘術はもともと『私記』の記述から学んだものであることを、今の私は知っている。

　往々にして（ここから「その二」）背丈低く生まれついた者が、背の高い者より男らしき偉業を成し遂げるものであるが、それと同様、ヘンリー・バーリンゲイム三世と四世（四世が私の父である）は、まれに見る精力旺盛なる男たちであった。目下の話題の中心人物、H・B三世は自ら〈汎宇宙的性愛者《コズモフィリスト》〉と自ら名乗ったほどの男だった。自らの教え子、アンナとエベニーザー・クックに対してさえ欲情を覚えただけではない。種々の家畜、植物、無生物、大地そのものとも交合した、と彼は言い切った――これは、彼に生殖能力を授けたジョン・スミスの玉子草の秘術を発見する、ずっと以前のことであった。

　その三。この〈汎宇宙的性愛《コズモフィリズム》〉、つまりは、世の中のすべてのものへの官能的愛から、果てしなく広がるH・B三世の興味が生まれいでたにちがいない。彼はありとあらゆるものに情熱を傾けた。天文学、音楽、政治、ロープの綯《な》い継ぎ、チェスから、医術、法律、海賊行為に至るまで、あらゆるものにである。とりわけ、「政治ゲーム」と彼が呼び、「歴史の実践」と私の父が称したもの、それには格別の情熱を注いだ。彼は何度となく、ボルティモア卿とその宿敵ジョン・クードの両方に、まんまとなりすました。おそらく〈ムッシュ・カスティーヌ〉にも化けたであろう。推測するに、彼が策謀に係わった動機、少なくとも契機は、最初のうちは親探しであったろう。だが、『秘録』と『私記』の二文書は、ボルティモア卿に敵対するクードの陰謀に欠かせぬものであったから、その入手をくわだてた者は必ずや陰謀に巻きこまれる運命にあった。後に、エベニーザー・クックが師であるバーリンゲイムの血筋を明らかにした頃、メリーランド総督ニコルソンは、インディアンと黒人たちによる〈ブラズワース島の陰謀〉の機先を制し、可能ならば潰滅を図るように、とバーリンゲイムを説得した。バーリンゲイムは喜んでその任務を引き受けたが、クック兄妹は、バーリンゲイムがやっと見つけた自分のインディアンの兄弟たちに同情し、白人文明を裏切るのではないか、とどうやら恐れたようだ。この事情について数十年後に書き記した私の祖父によると、ブラズワース島に上陸したバーリンゲイムが、血気にはやる逃亡奴隷とインディアンから成る徒党と他のインディアン部族との分断を画策したのか、それとも、彼らを団結させ、ムッシュ・カスティーヌの指揮する〈北方ネイキッド・インディアン〉と連帯させて、アメリカを原住民の手に返還しようとしたのか、クック兄妹にはついに定かにはわからなかった、とのことである。

その後の歴史的事実は周知の通り。黒人とインディアンによる共同蜂起はなかった。オルバニーやスキネクタディといった白人入植地が単発的に襲われ、入植者たちが大量に殺された程度であった。一七〇〇年頃には、ブラズワース島は無人の沼沢地となり、今日も依然としてそのままの状態だ。しかし、陰謀の挫折が、H・B三世による失敗であったのか、成功であったのか、判然としないのである。彼がクック岬を出発し、ブラズワース島へ向かったのは一六九五年初頭。この時、彼は四十歳であった（この直前にエベニーザーは自分の所領を取り戻し、妹とバーリンゲイムに再会している）。その年の四月、約束通り、バーリンゲイムはアハチフープの衣装をまとい、再びモールデンに姿を現わした。アンナとの結婚を果たすためであった——ところが、なぜかアンナはニコルソン総督から託されたバーリンゲイムの任務が完了するはずの秋まで、結婚を延ばしてしまった。バーリンゲイムは彼女の願いをいれ、島へ帰って行った——そして、その後の彼の消息は杳として知れなくなった。

だが、二人は最後の夜を抱き合って過ごしたに相違ない。〈玉子草の秘術〉の助けを借り、エベニーザーが詩に書いた表現を用いて言うなら、二人は「牧師が祈りを捧げるより先、味見をしたり」ということだったのだろう。というのも、その後アンナはすぐに妊娠しているのに気づいたからだ。そして、一六九六年一月（旧暦の一六九五年）に男の子を出産した。おまえの曾祖父にあたる人だが、この人物については次の手紙に書くことにする。今は次の事実を語るだけで十分としよう（これが「その四」となる。今晩の手紙の最後の事項だ）。つまり、元売春婦であったエベニーザーの花嫁は、この二ヶ月前にお産のため死亡していたから、醜聞にならぬように、兄妹は男の子はエベニーザーの息子で、アンナは叔母であると公表したのである。赤子は**アンドルー・クック三世**と命名され、育てられた。

モールデンの人々も、近隣の大農園の者たちも、ことごとくその話が嘘だと知っていた、と私の祖父アンドルーは記述している。兄妹の仲の良さに目を付けた彼らは、意地悪くも、赤子は私生児であるばかりか、兄妹の禁じられた愛の結晶ではないかとさえ推測した。この疑惑は赤子の生涯に少なからぬ影響を与えた。

しかし、これについては、また別の夜に書き記すことにしよう。今夜は、クック家とバーリンゲイム家が、それぞれの長男に交互に姓を与える習慣は、アンドルー三世をもって嚆矢とすると言うに留めておこう。以後、アンドルー三世の長男はヘンリー・バーリンゲイム四世と、さらに、その息子はアンドルー・クック四世と名づけられることとなった。クック四世とは、すなわち私であるが、私は愛する妻の勧めで、Cooke の e は余分であると考え、綴りから省いた。さらに、カスティーヌ家の素晴らしい女性たちに対する侮辱であるとする妻の意見をいれて、私は長男だけに命名する特権も取り払った。だから、お前がヘンリーであろうが、ヘンリエッタであろうが、お前は**バーリンゲイム五世**になるのだよ。その名前とともに、ひとつの壮大な目標と、それをお前が達成するのを助ける卓越した血筋が伝えられるのだよ。

以上の事柄については――そして、この手紙を書く気持ちにかられた源でありながら、まだ今回は具体的に言及できなかった、あの**図式**について――まだまだこれからも書き残すつもりだ。クックとバーリンゲイムの三世と四世たちの生涯についてすべて書きつくすまでね。だが、もう真夜中をとうに過ぎた。風は吹き止み、暖をとる火は燃えつきた。寒い。近隣の農場から、夜更かしの犬の吠え声が聞こえてくる。美しいアンドレーがわずかに身体を動かす。今はもうきっとお前がおなかの中で動いたためだろう。今は一八一二年、おなかの中まで激動の一八一二年か！　お前が静かになるまで、私が二人をしっかりと抱きしめてあげよう。お前には、誰が静けさを取り戻させてくれたのか、わかりはしないだろうけれど。やがて、もっと幸せな日々が訪れたときに、私たち父子が一緒になって**歴史**にも静けさを取り戻してやれるとよいのだがね！

その日が来るまで、そして永遠《とわ》に――

お前の愛する父

アンドルー・クック四世

アッパー・カナダ（もと英領カナダで、今のオンタリオ州）

ナイアガラ、カスティーヌズ・ハンドレッドにて

E　ジェローム・ブレイからトッド・アンドルーズへ

作者に対し剽窃の告訴をすべきか、意見を求める。付記として本人の著作一覧、並びに履歴書。なお作者宛、ジョージ三世宛、トッド・アンドルーズ宛書簡を同封。

〒二一六一三　メリーランド州ケンブリッジ
コート・レイン
アンドルーズ・ビショップ・アンド・アンドルーズ法律事務所気付
タイドウォーター財団専務理事
トッド・アンドルーズ様

一九六九年三月四日

拝啓

どのような軟膏にも必ず欠点はあるものでございます。去る二月、タイドウォーター財団理事長である貴殿――わたしどものリリヴァック計画の恩人であり、言わば第二次革命の産婆役でもある貴殿――にお目にかかれて望外の喜びではございましたが、それがハリソン・マック二世陛下の葬儀であったことがまことに遺憾のきわみです。最も強力にして、最も信頼のできる、最もRESETな方でした。あの日わたしが貴殿から見まして（あるいはまた後に残された王妃や王の愛人から見ても）幾分取り乱していたり、「茫然と」しておりましたとすれば、それは後に残された者の悲しさのためでありますし（ですが、王は死せり《ル・ロワ・エ・モール》、王様万歳《ヴィーヴ・ル・ロワ》！）また季節のなせるわざでもございます。実は今もなおわたしの冬眠期間は終ってはいないのです。睡魔の故に、ほとんどペンを手に文章を書くこともままならないほどでございまして、RESETするために別の手段にこのように頼る次第でございます。しかしながら、この問題を捨ておくわけに参らず、わたしとしましてはアンブローズ・Mなる人物にぜひともご用心下さるように貴殿に警告したいのでございます。マック氏の葬儀の席まで貴殿を同乗させたあの人物は、わたしの関係の方々の間に取り入ろうとして汲々としているのでございます。レイディAやミス・ビー・ゴールデンにまで色目を使っておりますが、それはまずおくと致しましょう（しかし、ミス・ゴールデンという美しい響きの名前など、彼が口にするのもおこがましい限りです）。わたしの得ております情報では、アンブローズ・Mは、ある男（以後被告人と申すことに致しますが）の創造になる人物で、その男の道具となって動いておるとのことです。これ以上、わたしとしては申しあげますまい。

R・プリンツに対しても何らかの処置をしなければならぬと存じておりますが、それはまた別の問題でございます。

同封致しましたのは（さらにまたそれに同封の書簡がつけてございますが）、本日わたしがニューヨーク州バッファロー市にむけて投函した手紙です。宛先人に対し文書剽窃の訴えをわたしとしましては起こしたいと存じております。貴殿がタイドウォーター財団の専務理事であり、なおかつ当方とご縁のある唯一の弁護士でありますので、本件の告訴に関しまして当方の法廷代理人をまげてお願いしたいのです。財団自体が当方にかわって告訴をすべきとお考えであるならば、もちろん、貴殿にお願いすることはかなわぬことですが。

同封致しました被告人宛書簡に記しましたとおり、わたしどもが主として問題としていますのは、大チューター・ハロルド・ブレイの『改訂新教授要目』を被告人が（一九六六年発行の小説『やぎ少年ジャイルズ』中において）剽窃かつ改竄をしておることでございます。しかし、それは当方に対してなされた被告人の数々の犯罪行為のうち、最も新しく、最も重要なものにすぎず、剽窃された他のものを記しますと以下に示しましたとおり、長々としたリストができるような次第です。

a．J・A・ベーユ著『恋の浅瀬——あるいは水に漂い夢見ること』（メリーランド州バックウォーター市ウェットランド社一九五七年発行）ショーボートにおけるミンストレル・ショーの形式を借りた小説（但し、当方の書物はどれ一つとして単なる小説ではありません。同封の一九六七年七月四日付の貴殿に宛てた書状をご参照下さい）。この小説はエベニーザーとフローレンスという二人の薄幸の恋の物語です。二人はチェサピーク湾に流れこむ川口、入江を旅するショーボートに乗り組んだ黒く顔を塗りつぶしたミンストレル・ショーの両端《エンド》に立つ役をつとめる男女ですが、かれらの恋はフローレンスの父親、ショーの中央に立つ司会《インターロキューター》役によってさまたげられるのです。エベニーザーは世をはかなんで死のうかと思ったのですが、フローレンスは父親の妨害にもめげず、むしろ父親の妨害を逆手《さかて》に取って、愛しい男と意を通じあう方法を考えだしたのです。それはまさに巧みな柔術家が相手の力を利用して、自らのRESETに変えるのに似ています。つまり、ミンストレル・ショーの常套である〈両義《ダブル・アンタンドル》〉の言葉遣いによって（もちろん、この小説自体が偉大なる〈両義〉をひびかせているのです）恋人たちは哀しい交感《インターコース》を行います。物語はフローレンスが激しく情熱的なダンス場面の主役として踊るとき、クライマックスに達します。この踊りの場面自体実は毎夜のショーのクライマックスでもありますが、その中で彼女はとっさにひらめいたのか、動作で恋人に実に手のこんだ暗号を送るのです。エベニーザーにその夜ショーボートを沈めるように指図し、自分と一緒にどこか二人だけの天地に駈落ちしよう、と伝えるのです。しかし、この彼女の暗号がエベニーザーに伝わったかどうか、それは心を痛めながら読む読者にゆだねられているのです——実は作者自身、同じように心を痛めながらこの虚構を借りたテキストを通じて自分の意図が今は亡き両親に伝わったかどうか案じているのです。同封書簡三を参照のこと。

b．ジーン・ブランク著『スズメ□チ』（ウェットランド社一九五九年発行）『恋の浅瀬』のコンパクトな姉妹編。メリーランド州にある小さな農業大学で教える若くハンサムな無名の昆虫学者が主人公。彼はドーチェスター郡の沼沢地でベイツ擬態（味の良い動物が捕食をまぬがれるために擬態をとること）の実地調査をしているうちに突然に気づく。まるで「恋の泥沼に吸いこまれたかの」ように、彼は研究対象の昆虫たちが同じ人間の仲間よりはるかに高級だと思うようになります。つまり、人間としての自分の役割はいわば単なるこの世での擬態ではないだろうかと思いこむのです。秋が深まっていくにつれ、彼は潮の入る沼沢地に自分でテントを張り、そこに籠ってしまいます。小説は彼が冬眠に入るところで終りますが、おそらく春がふたたび訪れると、½だけ夢見心地で目をさまし、一、〇〇〇、〇〇〇もの兄弟たちと一緒に飛び立っていくのでしょう。夢か？　幻か？　はたまた変身か？　疑問はいらだたしいばかりに未解決のままですが、しかし最後の心をしめつけるばかりの美しい文章、無数のハチが愛の営みをしながら飛び交う場面を描く文章に、読む者は男女を問わず飛び立つばかりの思いを味わうのです。

c．ジェイ・ブレイ著『バックウォーターの詩《うた》』（ウエットランド社一九六一年発行）わたしの畢生の大作《マグナム・オーパス》です。わたしの発祥の地でありますバックウォーター国定野生生物保護地区を舞台とし、その歴史のあらゆる時代をカバーする三百六十の物語から成るものです（一六〇〇年より一九六〇年までを扱い、一年ごとに一つの物語という構成で、それぞれが循環する形を取り、架空の年のそれぞれ一日に起こる出来事を語ります。わたしたちの現実の暦など、この物語の年月からすれば、まさに腐りはてた頼りにならぬものにしかすぎません）。物語は天界のエイーディーズ・ソリシタンスという女神の視点から語られますが、彼女はこの淡水沼沢地に生まれた蚊の女神で、過去に産んだ子供たちのことをすべて覚えています。彼女はこの保護地区を訪れる人間たちを毎年一人ずつ嚙むのですが、人間の血と一緒にその男／女の過去の物語まで吸い取ってしまいます。最初の犠牲者はアハチフープ・インディアンの王、「九十の魚」の意味をもつタヤック・ケタトータスサプーエクスクノーマスです。九番目の犠牲者がヴァージニアのジョン・スミス船長です。十番目がヘンリー・バーリンゲイム一世、わたしの養父の曾曾曾曾曾曾祖父です。三百六十番目（でしかも自ら惜しみなく彼女にわが身を提供した最初の人）がこの大作の作者であり、彼女もそのお返しにそれまでに貯めこんでいた物語の集積を感謝の念をこめて彼に注入したわけです。

さて、これら三つの作品を被告人の剽窃作品と比較していただきたい。そして、比較したならば（比較した後の憤りをまずおさえて）わたしと会っていただきたいのです。貴殿の事務所か、あるいはリリー・デイルの本学において――財団専務理事として当方のNOVEL計画にリリヴァックIIがいかに活躍しているか、ついでに視察されてはいかがでしょう――一度お目にかかり、裁判適用書を準備し、告訴状を提出し、この世がかつてRESETしなかったような戦友として、被告人に思い知らせてやりましょう。

これほど睡魔におそわれていなかったら、わたしは秋の学期の上首尾について一言《ひとこと》述べたいところであります。五年にわたるNOVEL計画（同封書簡二を参照のこと）の第三年目（『V』）の第一局面のこと。しかし、わたしは休息しなければなりません。やがて近い春の果てしない仕事にそなえて眠りを取っておかねばなりません。いずれにせよ、春になりましたら、ミズ・バーンスタインより財団宛に当方の極秘½年次報告の完全な形のものをお送り致します。それではいずれまたご一緒にRESETすることにしまして。

敬具

JBB。書簡三通同封。

〒一四七五二　ニューヨーク州リリー・デイル

郵便局留

ジェローム・ボナパルト・ブレイ

（同封書簡　その一）

〒一四二一四　ニューヨーク州バッファロー

ニューヨーク州立大学バッファロー校　アネックスB英文科

作者J・B（ジョン・バース）殿

一九六九年三月四日

拝啓

同封せしものは（当方について知らぬ存ぜぬをされぬためをおもんばかり）メリーランドの故ジョージ三世陛下、並びにタイドウォーター財団専務理事トッド・アンドルーズ氏宛に送付した当方の書簡の写しである。なお、同氏は今後当方の弁護士として貴下と近々連絡を取られる予定。

今年八月五日がいわゆる「貴下の」いわゆる「小説」GGB（『やぎ少年ジャイルズ』）発行の三周年にあたることを当方は承知している。それ故、あの「作品」に関して貴下を告訴するための出訴期限がその当日で時効となることも承知している。今日より五ヶ月後である！　だが次第に無効となっていくのは法律そのものではなく、貴下の時である。当方としては他に様々な緊急の業務があったため（それに、この冬の時期は休息を取る絶対的必要性のため）

貴下を告訴するに至らなかっただけである。しかし、貴下の目が暦にむけられていたのと同様、当方の目は常に貴下を監視してきた。

わが宇宙的《ユニヴァーサル》な大学の大チューターであったハロルド・ブレイ（真のジャイルズの今は亡き産みの親）の手になる『改訂新教授要目』が本学にジャイルズによって依託されてから、ほぼ七年の歳月が経過している。実は四年前の今夜、当方はかつてないほどに深い深い眠りから突然におこされ、チューターの手になるというその『要目』とやらを読まされる羽目になり、さらにその本文から、チューターに反逆した偽りのジャイルズ、つまりは貴下の手になるやぎ少年の改作、改竄の数々を削除する大作業を始めたのである。貴下と同様、やぎ少年もまた真理《トルース》を打ち負かしたと思いこんでいたようだが、因果応報は来るべき時をただ待つのみということに気づいていない。

今夜の半月と共に（この月もやがて夏には征服者のごとく光り輝くはず）、その時が今到来したのである。当方自身はまたしばらくは冬眠へと戻らねばならない。実のところ、眠気のために、ペンを手に取ることさえかなわぬくらいであるから、この最後通告も誰か人の手に託して送っていただく次第である。しかし、今や正義は生まれ、蠢動を始めている。次回当方が貴下に書簡を発送する折には（今より一ヶ月後。もしもそれまでに何らかの回答なき場合は、当方の弁護士より要求をするはず）、当方もパッチリと目をさましており、この重大なる告訴に本腰を入れるつもりである。わが革命的NOVELと比較して、貴下の剽窃が実にブ□に刺されたほどに取るにたらぬものであるから、公的な罰を受けるに値しないなどと考えぬように。われらの気高き父祖ナポレオンはヨーロッパを制圧し、帝国の運営を司りながら、なおかつ現在のわが国であるアメリカの成立を正しき形のものにするという細かい点まで考慮した人である。これにならって、われわれもまた小説の革命を推進しながら、なおかつ貴下のごとき不届き者を世人の目にさらし、破滅させねばならぬと感じている。

敬具

B

〒一四七五二　ニューヨーク州リリー・デイル
郵便局留
ジェローム・ボナパルト・ブレイ
同文写し　T・アンドルーズ宛
同封書簡　二通

（同封書簡　その二）

同封分一

〒二一六一二　メリーランド州レッドマンズ・ネック
タイドウォーター農場
英国王ジョージ三世陛下

一九六六年七月十四日

謹啓

一八一五年六月二十二日、余は帝国の新しく、より堅固なる基地を確立すべく、フランス王位を放棄し、ロシュフォールの港に退却せり。その地に船足速く、新造艦にて、人員・装備万全なる余のフリゲート艦二隻を待機させてあったなればなり。それにて陛下の海上封鎖を強行突破、アメリカに渡る手筈なり。メドゥーサ号のポネ艦長の作戦によれば、七月十日夜半を期し、英国海軍の主力艦、ベレロフォンに対し砲門を開く予定なり。ベレロフォンは七十四門の砲をそなえし大艦なれど、旧造艦にて、船足おそく、メドゥーサ号にておよそ二時間は持ちこたえることができるとのことなり。その間に、余らが乗りこみし姉妹艦は他の弱小艦を蹴ちらし、突破せんとの計画なり。大胆不敵なる作戦ではありしが、成功の確率大であった。しかしながら、余はメドゥーサ号を犠牲とするに忍びず、巧みな柔術師のごとく、敵の力を利用してわれらが利とする計画へと変更せり。即ち、陛下の海軍に歯むかうことをせず、むしろその力を借りて目的を達成することとせり。それ故、直ちに左記の書状を陛下の御子、摂政殿下に送りだせり。

わが国を分断せる不穏分子、並びにヨーロッパ列強の敵意をおもんぱかり、余はここに余の政権に終止符を打ち、テミストクレス（アテネの海将。ペルシア軍に勝利を収めたが、後反逆罪に問われ、ペルシアに逃れた）のごとく、自ら英国国民の手にこの身をゆだねんと願うものなり。余は英国国法の庇護の許に身をおき、殿下の保護を、余の敵の中で最も強力にして、寛大、かつ堅固なるものとしてここに乞うものなり。

一八一五年七月十二日
エイクス島にて

余はこの書状と摂政殿下よりアメリカまでの通行許可書を得んとする要請状を副官に託して、送りだせり。七月十四日、バスティーユの日、余は余に従える忠臣どもと共にベレロフォン号のメイトランド司令官に降服し、フランスを出発せり。しかるに何たること、陛下ご自身、御子に裏切られ、狂気の汚名にて幽閉の憂き目にあっておられたとは。そのような御子とその配下の閣僚どもに信を託せし余の選択は愚かなり。現在の指針を求めて〈過去の詩神〉に頼りし余はまことにまことに愚かなり。それ故、ジョージ・コーバーン提督より、余の目的地はロンドンにもあらず、ボルティモアにもあらず、セント・ヘレナ島なりと告げられしとき、愚かしき歴史の学徒なる余はただただ〈過去の詩神〉の与えし故事をうらみ、嘆くのみなり。

……余は歴史にかく訴えたし。二十年余にわたり英国民との戦いに明け暮れし余が自らの意志により、自らの不運の最中《さなか》に英国の法の許に身を寄せんとす。されば、余の敬意と信頼の証しに、これ以上のものがありえようか？　しかるに、かかる心寛《ひろ》き行為に対し、英国はいかなる応対をなせりや？　あたかも敵に心優しき手を差しのべるごとき仕種《しぐさ》のみにて、全幅の信頼をこめわが身を託せしとき、余を生贄《いけにえ》としたり。

海上、ベレロフォン号にて

野卑なるコーバーン、並びにさらに野卑なるその後任者どもの許でのあの荒涼たるセント・ヘレナでの幽閉を余はこと細かに語ることをすまい。それは長く、屈辱の日々なり。されど余らはこの流浪の生活も一時的なものと心得、少なくともそれによりわが身の慰めとしたり。なぜならば、余の降伏は自らの意志によるものなれば、余を救出するにペルセウスのごとき者必要なき故なり。余らは好むときに脱出すること可能なりしが、七年の年月を耐え忍び、待ちたり。その年月の間、余らは流浪幽閉の身を最大限に活用し、『セント・ヘレナ島の追憶』に記せしごとく、余らの考えし政治哲学がこの世に普及するを待ちたり。かくて、余らは一八二一年に余の死を世人に信じさせるべく捏造せり。なおかつこの七年の年月の間に、ニュージャージー州ブリーズ岬にありし余の兄ジョセフ、メキシコ湾内の収容所に捕われし余の配下、さらには、フィラデルフィア、ボルティモア、バラタリア、ブラズワース島、リオデジャネイロ等に派遣せし余の密偵たちが余のアメリカ作戦の準備を完了するを待ちたり。

ここに明らかに記すことは致さぬが、ある手段により（陛下ご自身、ウィンザー城から逃亡されし手段とおそらく一致しているものと存ず）、余らは一八二二年セント・ヘレナを出発し、余のアメリカの本拠地――最初メリーランド州沼沢地、陛下のお屋敷の近くの家に、後にニューヨーク州西部の地――へ至れり。この地はスタール夫人（セント・ローレンス郡に三、〇〇〇エーカーの土地を所有せり）によって余の第一執政時代に助言を受け、密かに確保せしものなり。それは夫人がポテファルの妻、アンティアのごとく余に背きし日より以前のことなり。この地において、過去一世紀と½の間、余らはベレロフォン号上にて初めて思いつきし大作戦の遂行を徐々に計画せり。今や作戦開始の時ついに至れり。この作戦は壮にして大、これに比すればイエナもアウステルリッツもウルムもマレンゴも霧月《ブリュメール》十八日のクーデターも（ナポレオンの大勝利を博した戦役）現在の水爆の前の古びた十八ポンド砲のごとく、またパロマー山天文台の望遠鏡の前の古き双眼鏡に似たり。言うなれば、この作戦は新たなる第二次革命、完全にノヴェルなる大革命なり！

陛下はかつて「朕の目の黒きうちはいかなる刷新もなすべからず」と、エルドン大法官に申されたとか。されど、余らの計画の真に革命的な性格を申すなれば、すでに「ベレロフォン」計画趣意書（別送にて陛下の許に届く予定なり）に示したるごとく、このジャンルの初めて純粋に科学的なるモデルとして、必然的に独創的なものは何一つ含まず、言わばプラトン的形式として、このジャンルの精髄、つまりは絶対的なタイプを設定することにあり。

本計画は大胆不敵なれど、必ずやRESETするものと確信あり。今やすべて万端の準備は整えるも、余らのリリー・デイルの地に現在所有のものより、より多機能なるコンピューターを導入、設営の要あり、その充分なる財源に欠くるところあり。他の財団より援助の可能性なきにしもあらずなりしが、歴史の故事、声ありて陛下をRESETの敵のうち最も強力にして、寛大、かつ堅固なるものとして頼るべし、と指示せり。味方として、余らをこれ以上理解可能なものが他にあろうや？　力を合わせれば、不可能なものわれらにあろうや？

一七八九年、第一期の陛下の「狂乱」による拘束着をのがれ、「回復されし」陛下は御子に与せし陰謀の輩《やから》を打ち負かされ、摂政制度をしかれ、一八一一年同じ陰謀の輩により再度にしてかつ「決定的」裏切りの憂き目を見られるまで、臣下より比類なき人望を集められた――エルバ島より帰国し、セント・ヘレナに流されるまでの余の人望とそれはまことに似たり。それ故、われら似た者同士、再度の流浪を経て、再度の復活を共になしてはいかが。変化と流動を待望するこの世にとって、この復活にはあまりにも多くの時が流れしが、第一の復活よりはるかに栄光あるものとなるべし。かつて海洋の王でありし陛下にかつて大陸の王であった余は今こそこの手を差しのべる。この手を取るべし。すれば、この世に比類なき戦友として、われら共にこの世の皇帝とならん。

敬白

N

ニューヨーク州　シャトーカ湖　ガドフ□イIII号船上にて

（同封書簡　その三）

同封分二

一九六七年七月四日付

宛先　〒二一六一二　メリーランド州レッドマンズ・ネック　マーシーホープ州立大学　タイドウォーター財団専務理事　トッド・アンドルーズ殿

差出人　〒一四七五二　ニューヨーク州リリー・デイル郵便局留　ジェローム・ブレイ

用件　**NOVEL**革命計画の第二期実行にあたり、リリー・デイルのコンピューター施設刷新のため、タイドウォーター財団基金再交付の再申請について

拝啓

虚構と**必然**の概念を含め、概念なるもの、多かれ少なかれ必然に迫られた虚構であります以上、虚構もまた多かれ少なかれ必然のものであります。**チョウチ□ウ**はわたしたちの想像力の中では、**存在**や**想像力**、その他もろもろの概念と共に存在するのです。アルキメデスのごとく、わたしたちは現実を測るのに、わたしたち自身を他の全てから切り離して考えたり、あるいは、現実をたがいに切り離したり、現実全体を現実に非ざるものから切り離して考えるのです。かくして**芸術**は**自然**と同じように自然に見える巧妙な作り物となります。事実は幻影となり、作られた物語が現実世界の雛型となります。これが小説の真理であります。

　にもかかわらず、かつてイギリス、フランスを併せたより広大であった小説の帝国は、今やルクセンブルクやサンマリノのごとき小国と成り果てております。大衆の支持基盤を失いました小説は、詩歌や弓術、あるいは教会もうでと同じ特殊な趣味に堕しています。過去の優勢を回復するためには、もはや革命に頼る以外、方法はございません。現実に、革命——第二次革命——はすでに舞台の袖でその出番を待っております。それは第一次革命の二百年祭まで待ってはくれますまい。実現した暁には、この革命は第一次革命よりはるかに栄光に満ちたものとなり、**RESET**されることを待望するこの世には素晴らしき賜物《たまもの》となるはずです。現在いわゆる「科学小説《サイエンス・フィクション》」の類は世にありあまっておりますが、科学的小説《サイエンティフィック・フィクション》は何一つ存在しておりません。現存する小説の主題《テーマ》をいわゆる「科学的に」分類しようという試みや（例えば、トムソン教授の『民話文学のモチーフ総覧』）、その劇的形態の分析をせんとする努力はなされております——例えば、プロップ教授とローゼンバーグ教授による研究によって、いわゆる「白鳥＝鵞鳥」民話を左記のような見事な公式にあてはめることができるに至っております。

$\gamma\beta\delta ABC\uparrow\left\{\frac{[DE\ Neg\ FNeg]^3}{DEF}\right\}GHIK\downarrow Pr[DEF]^3Rs$

——たしかにこれらは正しい方向にむかっての前進ではありますが、フランクリンと凧の実験のごとく、まことに原始的で、赤児の歩みに似ており——しかもそれが小説を理解するためだけの目的で、学者先生によってなされたものにしかすぎないのです！　それはまさにナポレオン戦争について歴史家たちがよってたかって思案するのに似ております。しかるに、わたしどもの提案しているテキスト分析は（革命的NOVEL計画の端緒となりました『改訂新教授要目』の大コンコーダンス作成に始まり）ナポレオン皇帝が自ら戦史を検討するのに匹敵するものと申せます。その結果、ただ単に小説を理解するだけにとどまらず、それをマスターし、完成させ、さながら巧みな柔術師のごとくそれをRESETすることを目指しておるのです。わたしは一九三三年八月十五日にメリーランド州の東岸地区《イースタンショア》にありますバックウォーター野生生物保護地区で生まれ、実の両親がおりませんでしたので、保護地区の監督官の一人に育てられたのです。実の両親という者は国家機密とやらに関わっておりまして、その所在を明らかにすることができなかったようです。養父のバーリンゲイム監督官すら知ることが許されていなかった特別な暗号でしか、唯一人の子であるわたしと連絡することが許されておりませんでした。その暗号による手紙からわたしは祖先が「もとをただせば」わたしの名前にもなっておりますフランス皇帝ナポレオンの弟ジェロームとボルティモアの女性、エリザベス・パターソンの間に生まれた（二人は結婚にまで至らなかったのですが）子であることを知りました。この子の孫に当るチャールズ・ジョウゼフ・ボナパルトという男はやがて神とイロクォイ族の人々の見守る中でタスカローラ部族の王女、キュハハ・ブレイと結婚したのです。これはシオドア・ローズヴェルト大統領の時代で、一九〇二年に彼がインディアン監督官として任地にあった時のことですが、白人の記録簿には何一つ記載されていません。現在、今は亡きナポレオン皇帝の血を引く者はほかにありませんから、わたしは実はフランスの王位継承者を名乗る多少の誇りを持っております——しかしもちろん、その事実をここでことさらに強調するつもりはございません。ただ、最も強力にして、最も信頼のできる、最もRESETなるハリソン・マック氏からタイドウォーター財団資金を最初頂戴するのにこの事実を利用したことは疑いもないことです。わたしは身の安全のため、様々な偽名を使いまして、またセント・ヘレナ島の祖先のごとく大変に経済的にも逼迫しておりましたため、あちこちの夜学に通って高等教育を修めた後、工業英語や商業英語の作文教師をして暮しをたててきたのです。

最初、メリーランド州立大農工学部分校で、次いでウィコミコ学芸大学において、そして最も新しくは、ニューヨーク州フレドニアにて教えてまいりました。わたしはここで反ナポレオン派と反革命分子たちの陰謀について詳述するつもりはありませんが、かれらの陰謀により、わたしは大学の地位をあちこちに転じざるをえなかったのです。かれらは力の限りをつくして、わたしの文学上の経歴を妨害し、愚弄してきたのです。それは、わたしの著作が、小説と自ら称している虚構のものではなく、あらゆる試練をこえ、わたしを支えてきた父母からのメッセージに応えた密かなる暗号による手紙であることを、かれらは承知していたからです。

将来必ずや耳にされると思いますが、いわゆる虚構としての小説のうち、わたしの書いたものはすべてウェットランド出版社より様々なペンネームで出版されています。例えば『恋の浅瀬』はJ・A・ベーユ作となっています（これはフランスの熱烈なナポレオン派であった作家スタンダールの本名ベーユにちなんでつけた名前です）。『スズメ□チ』はジーン・ブランク、『バックウォーターの詩』はジェイ・ブレイとなっています。最後の作者のペンネームをわたしの先祖のインディアンの名前としたのは、敵に対して挑戦の意を密かに示したものです。しかしこの作品はまったく予想外の結果を惹きおこすこととなり、わたしの生活は一変しました。『バックウォーターの詩』が出版の運びとなった頃には（前の二作同様、反ナポレオン派の主導する文壇においては注目されませんでしたが、密かに暗号によってその意図を伝えたいと考えました人々からは大変に好評だったのです）、すでにわたしは次の『探求者』という小説にかかっていたのです。この小説の主人公はある城の塔の中でいわば冬眠状態で休息し、RESETされるのを今や遅しと待っている物語です。それがどうしたわけか、わたし自身見当もつかぬのですが、小説の進行がはたと停止してしまったのです。ちょうどこの時、一九六二年の九月でしたが、わたしの先祖の使者という者がわたしの目の前に姿を現わしたのです——もちろん、その者が先祖からの使者であることを知ったのはずっと後になってからでしたが。この挿話につきましては『やぎ少年ジャイルズ』という小説の「編集者・出版社に寄せられた添え書き」に再録されています。再録された部分はその細部についてまずまず正確です。と申しますのは、わたしどものい『改訂新教授要目』をそっくり剽窃しているからです。しかしながら、とんでもない曲解の許にその部分を使っております。おそらくその小説の作者は反ナポレオン派の指導者か、あるいはその手足となっている人物でありましょう。かれらは無益なことではありますが、力の限りRESET

0 ストップ、改行。

ハロルド・ブレイはあのペテン師やぎ少年ジャイルズとは大違い、宇宙的な大学の大チューターであります！　反チューター派の手先たちに迫害され、かつ大学より追放された彼のことは、あの晩わたしの許に現われた使者からむこうの大学にいるわたしの先祖であると報されたのです。ナポレオンの血をひく者がこの世でわたしの先祖であるのとまったく同様に、彼もまたそうです。彼とわたしの先祖であるタスカローラの王女の姓が一致しているのは、これはただの偶然ではないのです！

しかし、わたしはこの話もまた新たなる陰謀ではあるまいかと疑いを抱き、この訪問そのものを怪しいと思いこみ、最初は使者がわたしに託していった原稿を読むことさえためらっていたのです。ところが、一九六三年から六四年にかけてのこと、ちょうどわたしが三十を迎えてからでしたが、わたしはとんでもない睡魔に襲われてしまったのです。いつもの冬眠の時期だけでなく、春から秋の授業をしなければならない学期中もです。この状態が実は次にくるより大きな大事業の前兆であるとはまったく気がつきませんでしたので、わたしは近くのリリー・デイルに助けを求めて逃げこんだのです。最初はそこにたくさん集まっていた降霊術者たちの間に（しかしかれらの術を通じて述べられるわたしの先祖の言葉は明らかにインチキでした）、次いで有名な再生復帰院の活生員たちの間に身を投じました。しかし、この再生復帰院自体、やがてわたし自身の敵と多少つながりのある敵の手によってこの地から追放される憂き目にあうことになったのです。

とにかくこの再生復帰院の院長とスタッフのおかげで、様々な項目にわたる実に独創的な治療を受けた結果、わたしはふたたび運命によって定められた道を歩むことができるようになりまして、『改訂新教授要目』を読む気になり、後はそれに従って小説を進めたのです。復帰院に入りましたのが縁で、わたしはそこで昔の先生に再会する喜びを得ました（ウィコミコ学芸大学の夜学で学んでいた頃規範文法を教えてくださったジェイコブ・ホーナー先生です。復帰院では院長の助手をしておられました。もしもこの五ヶ年計画が実施される暁には、わたしは先生をNOVEL計画チームに文章分析の専門家として雇用したいと考えておるのです）。さらにまたここで非常に重要な知己を得ることとなりました。一人は、ムッシュ・カスティーヌという人物、わたし同様フランス貴族とインディアンの王族の血をひく男で、彼の歴史的偉業とわたしの考えている計画を併合することに熱意を燃やしてくれたのです。もう一人は、ハリソン・マック陛下と陛下のタイドウォーター財団です。実は（カスティーヌから教えられ）わたしはこの財団が再生復帰院の資金援助を行っている文化事業財団の一つであることを知ったのです——そして、一九六五年、わたし自身がこの世に再生復帰しました折、わたしの計画の援助を求めることになったのです。

わたしは復帰しましてすぐにフレドニアでの教職を辞しました（すでにこの頃全国じゅうにわたって学生はいかにしても教えることが不可能になってきていました）。そこでわたしはリリー・デイルに腰を据え、『改訂新教授要目』コンコーダンス社を設立しました。資金源としてやぎを育て、その乳製品や肉を売ったり、ガドフ□イⅢ号とい う（これはわたしの亡き父の名を取ってつけた名前ですが、そのことはどうでもよろしいでしょう）遊覧船を近くのシャトーカ湖に浮べて観光客を乗せたりしたのです。一九六六年に、貴財団のファイルにもありますように、ムッシュ・カスティーヌの助言により、マック氏に願書を提出し、タイドウォーター財団よりまずまずの援助を受けることができ、コンコーダンス社に基本的コンピューター設備をととのえることができたのです――当時わたしどものコンコーダンスがムッシュ・カスティーヌやマック氏のご子息ドルー君の予見せしような革命的なものとなるなど、わたし自身まず認識しておらなかったのです。

その年（つまり、一九六六年から六七年の学年ですが）、わたしどもに一つの深刻な事件と二つの思いがけない幸運が起こりました。事件と申しますのは、六六年の八月五日『やぎ少年ジャイルズ』なる剽窃の作が出版されたことです。わたしどもの『改訂新教授要目』の原稿がウェットランド社より盗まれまして、ニューヨークのある商業出版社と結託しました反ナポレオン派のひそかなる一員の手によって堂々と出版公刊されたのです。わたしは自らこの本の出版による印税を実は当てにしておりました。それでやぎも飼わずにすみ、ガドフ□イ号の運航もやめることができると考えていたからですが……しかし、それはどうでもよいのです。とにかく、誰にせよ、男にせよ女にせよ、この剽窃を行った者はその報いを受けねばなりません。わたしどもの本の題の頭文字まで取り、あの『要目』を小説の形を借りた意義深いメッセージとしてではなく、まして明々白々たる公然の真理としてでもなく、ただ単なる娯楽作品として出版するような輩《やから》には必ずやその代償を支払わさせねばならないのです！

もしもこの痛手となる事件が一、二年前、つまりはわたしの不遇の時代に起こっていましたなら、おそらくわたしは二度と立ちあがることができなかったかもしれません。しかし幸いなことに、この不運の時、わたしどもはすでに貴財団の資金を得ておりましたし、またコンコーダンス作成計画も着々と進行しており、さらに前にも述べましたとおり、二つの思いがけない幸運に恵まれ、無事今日に至ったのであります。まず第一の幸運は（あまりにも個人的で手紙ではあまり詳細にお伝えできないものですが）ミズ・

メロープ・バーンスタインと出会い、その後おつきあいをすることができるようになったことです。この方はブランダイス大学で政治経済、昆虫学、コンピューター・サイエンスを学んだ実に優秀な女性ですが、わたしと同じく学問の世界に大変に不満を抱き、自分から四年生の時に退学しまして、環境保護運動に積極的に活躍するようになったのです。わたしたちは一九六六年の八月十五日、ちょうどわたしの三十一歳の誕生日、わたしの人生で最も美しい夜のことでしたが、古いシャトーカ夏季学校の敷地で行われた反DDT祈禱《きとう》大集会で初めて出会いました。それ以上のことは、わたしはもう申すことはできません。

第二の幸運と申しますのは、今春コンコーダンス用のプログラミングを終えまして、最初打ち出しましたプリントアウトを検討しましたところ、わたしどもの研究から思いもかけぬ結果が現われたことです。ご記憶があるやもしれませんが、最初の申請書におきましてわたしどもはこのコンコーダンスが〈新しきもの《ノヴェル》〉や〈革命的〉にさえなるかもしれないことはすでに示唆しておきました（実は、当時はわたしどもの推測には確たるものがございませんでしたから、まさに示唆以外できなかったのであります）。つまり、マック氏を通じて貴財団に提出しました「ベレロフオン物語趣意書」におきましては、わたしどもの提案しました**リリヴァック**の回線システムを使用すれば、分析サンプルを基礎として、様々な散文文体を模倣することが可能であり、いかなる題材でも何らかの作者を想定し、仮の作品を作りあげることさえ可能であるかもしれない、と示唆するにとどめたのです。一九六六年、わたしどもの秋のプログラミングにおきまして、かのにせものジャイルズにいたく刺戟されましたわたしどもはこの方向にむかって実験する準備を進めました。『旅路の果ての果て』『甦りし酔いどれ草』そして『ジャイルズの息子』などといったコンピューターの作りあげた作品を出版すれば、わたしどもの敵も驚き、正体を現わし、尻尾を巻いて逃げだすかもしれないと考えたのであります。いや、剽窃の罰金さえ召しあげることができ、わたしたちをやぎの飼育から解放し、**RESET**さえしてくれるかもしれない、と考えたのです。プログラミングは大成功でした（**リリヴァックI**というあのささやかにして原始的でさえあるコンピューターであったにもかかわらず）。第一回目のプリントアウトでさえ前述しましたいともケチ臭い予想作をはるかに超越《トランセンド》する出来栄えであったことを、ここにご報告致したいのです。

只今〈より優る《エクシード》〉と言わず〈超越する《トランセンド》〉と申しましたが、実は大チューターからの贈り物と同様、**リリヴァック**がわたしどもに与えてくれたものは正確にはこちらが要請したものではなかったのです。その優秀なる「眼」はわたしどもが見抜くことのできなかったものをデータから読み取っていたのです。たしかにそれはわたしどもの敵、またはその他の人物らによって書かれた書簡という形式により、模倣の作を数ページ作りだしましたし、またさながらわたしどものコンコーダンス計画に訣別を告げるがごとくに、『改訂新改訂新教授要目』なる書物の要約さえ作っております。しかし、そこにこめられたわたしどもへのメッセージは以上のような模倣作を放棄することなく、それらをすべて取り込んでさらにより大きな計画へと邁進せよというものです。コードネーム**NOVEL**にむかって進むようにということです。

その詳細については、あまりにも機密事項に属するものでありますから、通常の手紙においては差し控えたく存じます。「必要に応じて」ドルー・マック氏を通じていずれ財団にご報告致します。ですが、わたしは決していわゆる〈文学の徒〉ではないことをご記憶におとめいただきたく。『恋の浅瀬』『スズメ□チ』『バックウォーターの詩』は、いずれも単なる小説ではありません。小説の形式を借りた文書でありまして、わたしの両親《ふたおや》に宛てた私的なメッセージを広く公にしたいという目的のために刊行したものです――わたしの両親は必ずやこの巧妙にして悲痛なるメッセージを読み取ってくれたと現在では信じられる理由をわたしは手にしており、**リリヴァック**を通じて同じように書簡の形で返事を送ってくるやもしれない、と考えておるのです。

さらにご記憶にとどめておいていただきたいのは、わたしどもの革命的計画の文書における記述はいかなる場合もすべて必然的に隠された意味を持ち、かつ多義的であることです。例えば、**NOVEL**という言葉の場合、ただちに少なくとも五つのことを意味しておるのです。(a)革命的特質を具えた長編小説の形式を借りた文書（と考えられるもの）。(b)上記文書を作成するための五ヶ年計画。(c)上記文書を一部活用し、この世にある種の斬新かつ革命的変化を招来するための五ヶ年計画。(d)暗号a（**RN**と称する場合もある）並びにb、cの総タイトルとして。(e)わたしどもの小説革命自体、並びに五つのここ数年間の実行計画の暗号名――この実行計画についてはミズ・バーンスタインとわたしとで**リリヴァック**の打ち出した指示から次のようにまとめてあります。

1．一九六六〜六七年（N年（わたしどもの営為のなせる真の意味に気づかないうちに、すでにその基本において完成しておりました））――すでに分析せる具体例に基いて散文文体を模倣するように**リリヴァック**Iのプログラミングをすること。仮定的小説の作成。主要な反ナポレオン主義者たちを制圧し、剽窃に対する補償金を取りたてること（これら最後の事業は今もなお継続中〉。毒を盛られた内臓。

2．一九六七〜六八年（O年）——**リリヴァック**II〈タイドウォーター財団より資金を得た場合、それによってこの秋購入予定のコンピューターで、**リリヴァック**Iの改良、刷新版〉に完全にして最終的小説作成のためのデータをプログラミングすること。例えば、あらゆる現存の小説、そのモチーフ、構造、作法等々のすべてを分析。完全な物語の概略雛型、例えばすでに述べた〈白鳥＝鵞鳥〉形式のごとき現在入手可能な粗野な雛型をさらに洗練したものの作成。冷たい石の下で夜となく昼となく三十一種の毒物を発しながら、なおかつ眠る蟇《ひきがえる》。

3．一九六八〜六九年（V年）——RNの初回プリントアウト並びその分析。水蛇のフィレ。

4．一九六九〜七〇年（E年）分析終了。イモリの目玉。最終的小説RN作製のため**リリヴァック**IIに再プログラミング（あるいは、**リリヴァック**IIIの組立て）。

5．一九七〇〜七一年（L年）**NOVEL**（すなわち、RN）の最終プリントアウト。真実の身許の公表。ペテン師、王位簒奪者の追放。フランス王位の回復。〈ハリソン・マックニ世〉を英国国王の座に復帰させること。残存するすべての殺虫剤を破壊し、その製造を永遠に禁止すること。蛙の足指。両親との再会。新しい黄金時代の幕あけ。

わたしはすでに説明致しましたが、**リリヴァック**は仮定的小説の可能なる輪郭を示し、その能力を実証しましたので、これ以上それらを実際に作成するのは不必要と考えております。また例のいつわりの『ジャイルズ』を発表し、自らの名前を冠した人物についても、未だ適切なる罰を加えたとは申せません。つまり、**リリヴァック**Iでは必ずしも万全の機能を果たしえないのです。そして、たしかにこのささやかなるコンピューターにしては予期以上の働きを示してはおりますが、その能力からしてO年からL年に至るわたしどもの事業計画を満たすには充分ではありません——この点の充実こそ貴タイドウォーター財団にわたしどもが期待しておるところであります。ですが、かの人物に関しては、必ずや応報の罰を与えます。

さらに、そして最後にもう一言申し述べますが、わたしどもの春の学期は縮小することとなりました。実は今年五月末のこと、敵側の手によりわたしは危うく暗殺の憂き目にあうところだったからです。この手紙の草稿を見直すため、わたしは午後遅くまで仕事をしまして、その帰宅の途中、わたしとミズ・バーンスタインは車を駐めて、休息をしておりました。すると、かれらはシャトーカ郡の役人を装い、「湖畔のヤ□蚊退治のためリリー・デイル周辺の森に薬剤散布」という名目でわたしの車に毒ガスの煙を吹きかけたのです。幸い、ミズ・バーンスタインが素早く窓をしめ、ハンドルを握りまして、わが忠実なるVW車を駆り、沼沢の中の森の小道を走りぬけ、危ういところを救ってくれました。ミズ・バーンスタインは多少涙が出、クシャミこそ出ましたが、何の異常もなかったことをご報告できるので、わたしもほっとしております。しかしながら、わたしの方は薬にやられまして、それから丸二十四時間意識を失いました。またそれ以後の一週間、うわごとを言い続け、吐き気に悩まされ、毒物のため内臓がおかしく、筋肉は痙攣のしっぱなしでした。今もなお時々あちこちがつれたり、また精神的異常がおこるような有様です。この報復はぜったいにしてやらなければなりません。

ですが、わたしは生きのびました！（可哀そうに罪もない湖畔のヤブ蚊どもは死にました）そして、やがて八月十五日となり、わたしどもの秋の学期の開始ともなれば、O年の実行計画を推進することとなりますが、そのためにも、**リリヴァックI**の改良のための充分なる財源が何物よりも必要となってまいります。そのための財源は他の所からも入手できないわけではありませんが、歴史の声はわたしどもに**RESET**を指示してやみません。

敬具

JBB

F　アンブローズ・メンシュから〈あなたの友〉（およびレイディ・アマースト）へ

幾つかの追伸を添えた宣言と勧告。

発信人　アンブローズ・メンシュ、**当事者本人**

宛先　〈あなたの友〉（同複写、ジャーメイン・ピット）

内容　一九四〇年五月十二日付の私宛の空白にして匿名の手紙について

一九六九年三月三日

拝啓

次の空白を埋めよ。**アンブローズは（　　　）を愛す。**

A

追伸（G・Pへ）　親愛なる、マーシーホープ州立大学カレッジ文学部英文科の特別客員講師にして事務局長代行、ジャーメイン・ゴードン・ピット・レイディ・アマーストよ、私は貴女《あなた》を愛しています！　そして、貴女を求めるあまり、喜んで

（私自身《マイセルフ》を）

笑い者《アス》にさえしましょう。

追々伸　我が人生六番目の恋人、すばらしきGGPLAよ。古き『ニューイングランド読本』（一六九〇年以前にボストンでベンジャミン・ハリスによって編集された小学校読本）の中にある「五音節の言葉」を教えるための、最初の五つの言葉をここに書き記します。

A賞賛（Ad-mi-ra-ti-on）
B有益な（Be-ne-fi-ci-al）
C慰め（Con-so-la-ti-on）
D宣言（De-cla-ra-ti-on）
E勧告（Ex-hor-ta-ti-on）

AからEまでは、今回の恋に先立つ出来事に多少とも対応し、また、私たちの関係の（これまで貴女の知らない）**これまでの物語**にも対応する。私たちは表に示した**D段階**までできているが、この手紙によって**E**へと進展するだろう。

私の学生時代は、科学がまだ十九世紀的パトスから脱却することができない頃で、発生学の第一原理は、**個体発生は系統発生を繰り返す**だった。つまり、個体の進化史は種族の進化史と同じことを反復するということ。嘘みたいにすばらしい法則！　だから、私はこれを次の小説の第一公式にする。プロットは、主人公が人生の半ばで自らの**これまでの物語**を反復するものとする。前半生を提示し、かつそれを複雑化して、後半生のクライマックスや大団円へとむかう方向づけをしていく。私の主人公となるペルセウス（または、誰であれ）は、すぐれた航海術を究めた者のように、これまで航行したことのある場所を再検討することにより、自らの現在地点を決定する。そして、それにより行き先を決めることになる。それに、ここライトハウス塔に住む私の人生自体が、一種のフィクションである限りは、それもまた再演の法則に従うことになる。一九四〇年五月十二日、十歳の時、私は今この手紙を書いている場所からすぐ近く、チョップタンク川下流の川岸で壜に入った手紙を見つけた。見つけた手紙は、おそらくノートからでもちぎり取られたのであろう、罫線入りの粗末な紙切れで、三つに折りたたまれていた。一番上の行には濃い赤インクで、**関係当事者殿**と書かれ、下から二行目には**あなたの友**とあった。その間の行は空白で——その空白を今までの二十九年間、私は埋めようとしてきた！　私の全作品、全人生が、ジャーメインよ、あの空白《カルト・ブランシュ》の手紙に対する返事なのだ。この手紙も、他のもの同様に壜に入れ、広大なチョップタンク川に投函するつもりだ。潮流に乗り、岬や入江、黒いブイや赤い航路浮漂《ナンブイ》を通りすぎ、やがては海へ出てチェサピーク湾を渡り、世界の海へと流れていくだろう。私のペルセウス物語も（もし書きあげるなら）、それ以前の物語をこだまのように繰り返し、ペルセウス自身、若かりし頃の偉業を再演して、その数をふやしていくだろう。私の住んでいる家は、わが家族の歴史を知る昔の家の石を使って建てたもの、言うなれば過去の大失敗を再びあれこれと入れ替えたもの。（そして、マーシーホープ大学の工事中の〈真理の塔〉もまた不運にもあの同じ虚偽の石を土台にして建てられている）そこで、私の目に『ニューイングランド読本』のこのABCが、Q・E・D・（証明終り）と映ったとしても、親愛なるGよ、何ら不思議はないだろう。たとえば、

1、**賞賛**。去年の秋、マーシーホープ大学の校舎の中で初めて貴女を見かけた時、英国紅茶の香りが、我がアメリカのガマの穂や沼地のユリのような同僚たちの間に立ちのぼるようだった。実際、学者としても賞賛という言葉にふさわしい女性であり、スタール夫人の書簡集の編集や、またギボン、バイロン、コンスタン、ナポレオン、ジェファーソン、ルソー、シュレーゲルといった人々と夫人の関係について書かれた論文にふれたときも、私は賞賛を惜しまなかった。また、ピエール・アベラールへのエロイーズの手紙についてのきめ細やかな貴女の論評や、H・G・ウェルズ、ジェイムズ・ジョイス、ヘルマン・ヘッセ、オルダス・ハックスリー、イーヴリン・ウォー、トマス・マンらとの秘めた思い出について書かれたものを読んだ折にも。親愛なるジャーメイン、私たちは著作《ウーヴル》の面で、出会う前からすでに出会っていたのだ！

想像できることだが、あまり有名でない、私の試験的で独特な「作品」（つまり「アーサー・モートン・キング」の作品）はまだまだ貴女の視界にさえ入っていないことだろう。**偉大なる伝統の麗しき体現者**である貴女、私のキーのない暗号文の寄せ集め、つなぐべき鎖のない連鎖手紙の物語、人を食ったような逸話の数々、アクション－フィクション、実話物語《レシ・コンクレ》、テープにスライドに寄せ集めの物語、独創的歴史物語《イストワール・トゥルベ》などを貴女はどのように考えられることか？　いやそんなことはどうでもよい。貴女の役は賞賛することではなく、されることだから！　私は貴女の経歴について少々知っており、それを賞賛している。そして学長代行のバカタレ、ジョン

（ショット）

とのもめごとについては、さらによく知っている。この文字絵はあまりうまくありませんな……ですがそのような貴女を私は賞賛している。また、哀れなハリソン・マック翁が死ぬまでの一年ほどの間、貴女のしてあげた親切についても聞きおよんでいる……おそらく何ごとにもまして、そのために私は貴女を賞賛しているのだ。

2、**有益**。私の幾分打ちのめされた心に有益だったのは、MSUC文学博士号授与特別委員会で貴女とご一緒できたことだ。私の経歴は、事務局長室のファイルでご存知だと思うが、文壇からもまたアカデミックな世界からも少しかけ離れたもので、物質的、または精神的に必要な時だけ大学を利用したし、されもしてきたのです。つまり、慢性的にして断続的、めったに熱烈にならぬ状態というわけです。この追々伸では、**五番目の恋**が去年の夏に痛ましくも終りをつげたと述べるにとどめておきます。アイネイアースがディードー（カルタゴ建設の女王。アイネイアースを恋して捨てられて自殺する）を捨てたような痛ましい恋ではあったが、さほど悲劇的ではなかった、と思っている。女王をもはや愛していないが、様々な理由から錨鎖を断ち切ってローマへと向かうことなく、カルタゴに、あの女王の宮殿にとどまり続けている、そんなアイネイアースを想像してみたまえ！　心乱れて創作活動さえできない（これまではどうにか、前衛的で珍妙な仕掛けのある作品を終え、本来の物語へと戻る道、物語のルーツへの道を探していたこの私だ）。それが、教育、読書、委員会の仕事、加えて新たなミューズに進むべき道を教えてもらうのに夢中、つまり、前に述べたように**どこからとどこへ**の間隙の橋渡しをする計画探しという安易な満足に安住し、私は自分を見失ってしまった。

このように途方にくれた私が、かわりに見出したものは、私に再び進むべき方向を示してくれるミューズ、つまり貴女だった——貴女はのんびりとして自覚もされていないが、それが貴女の果している役割だ。貴女が、モダニズムを先導した何人かの巨匠たち、また彼らとは対照的な伝統主義の大家たちを個人的に知っており、しかも多かれ少なかれ親密な関係さえもってきたということで、貴女は私にとって**文学の化身**であり、**これまでの物語**であるように思えた。私としてはその次にくる新しい文学に関わりたいのだ。貴女が私よりかなり、いや、幾つか年上（私が二十歳の時から貴女はずっと四十歳のまま、六十になっても四十のままでしょう）であることは、かえって私の気持ちをそそる。**文学**とはそういうものです！　何げない貴女の言葉を予兆と読み、ライトハウス塔に持ち帰ってその予言を吟味する。委員会の後、教職員クラブでコーヒーを飲みながら、貴女は私に一度たずねられた。「ご存知かしら、ジェイムズ・ジョイスが映画にとても興味をもっていて、ダブリンでの最初の映画館のこけら落しに手をかしたこと？　でも、もちろん視力が衰えるにつれ……」さらに貴女は言われた。「奇妙なことに、もうひとりの盲目の偉大なモダニスト、ホルヘ・ボルヘスも常に映画に魅せられていたわ。映画の脚本を書くようなことまでしたことがあると思いますけど?」だが、まさにその頃、私がページとスクリーンとの間の古くからのせめぎ合いに苦労をしていたことなど、貴女は考えもしなかっただろう。私は映画にできもしない脚本《シナリオ》のためにノートをとっていた。レグ・プリンツに誘われて、彼の旧友の新作小説を脚本にしてくれと頼まれ、その気になっていたのだ! しかも、その小説の主役の一人は(少なくとも、私の脚本では)、貴女にとてもよく似た女性であり、何歳か年下のあつかましいアメリカ人で、何光年も社会的に劣っている男と彼女は熱烈な恋愛をする! 私たちの結びつきが天国で画策されたのではないとすれば、それは私たちの**作者**がどこか別の所に住んでいるからだ。貴女もこれをぜひ有益なことと考えて欲しい。

3、**慰め**。先月のハリソン・マックの葬式の際に、私が貴女を慰めようとしていたことが、わかってもらえただろうか。その時、私たちの関係が第三段階に進んだように私には思えた。ひとつには、貴女の身体に手を触れたからで――いえ、私は故人を悼む同僚を慰めるふりをして、初めて貴女を抱擁してしまった。貴女はびっくりされていた! おそらく貴女からすれば、このような異例のなれなれしさはアメリカ人の間だけのことかもしれませんね。また、強引に打ちとけようとして、「レイディ・アマースト」とか、(ショットのように)「ミセス・ピット」という代りに、突然「ジャーメイン」と話しかけたりするのもアメリカ人のなれなれしさを表す証拠です。しかし、未亡人に言い寄るのは葬式からの帰り道がいいという諺は、アメリカではなくイギリスのものです。もし、貴女がマックの死で必ずしも再び未亡人にならなかった(マックの妻というわけではなかったのですから)としたら、私もまた必ずしも言い寄ったりはしなかったように思えますが。あの時、私はすかさずタイドウォーター農場での不安定な貴女の立場に乗じて、巧みに慰めの言葉をかけ、夕食に誘い出した。そしてその後、貴女が寄宿していた故人マックの家へと送りとどけたのです。

その折、貴女は新しく困った時の真の友となった私に、打ち明け話をしてくれた。故人の財産目録に入れる必要のない故国王陛下からの贈り物がたくさんあるが、それを運び出す便利な方法がないので、私の車ですぐにも運んでもらえないかということだった。その上、(私のたっての願いもあって、慎重に言葉を選びながら)マック翁のために貴女がみごとにやってのけていたジョージ三世とレイディ・ペンブルックの仮面劇の詳細をいろいろと話してくれた。そのお返しにという意味もあり、私自身多かれ少なかれ妻に死に別れたようなものであり、障害児の娘を養育している離婚した独身者であることを打ち明け、結婚相手にふさわしい資格があると、貴女に話した。

今度は貴女が悲運に打ちひしがれた私を慰めてくれる番だった。その後、貴女の用意してくれた美酒、ドライ・サックを飲みながら、我がメリーランド州の沈滞せる大学教育や沼沢地という地理的な沈滞の中での人生にいかに限界があるか、お互い慰め合うにいたった。貴女は私の英語をほとんどアメリカ訛りがない、まして東海岸地域の訛りはまったくない、と言ってほめてくれた。私もまた貴女は悲しい運命を実に優雅に受けいれておられると述べて、敬意を表した――だが、その頃には私は我を忘れ、貴女のいまだ若々しいすてきな灰色の目、白いものの影さえない髪、すばらしい肌（イギリス人にしては珍しい、美しいその肌）や歯並び、立派な胸や腰やお尻をめでて楽しんでいた。加うるに、何とも美事な脚。私は**相手が誰であろうとかまわぬ**、マグダという我が人生五番目の愛人、あの前述のディードー女王のごとき女を思い浮べていた（だがあの女の腿にはイタリア人の豊満さが、貴女のそこには山野を歩きまわり、ウズラ撃ちに興ずるケント人のたくましさがあったが）。

私は杯を重ねつつ、真夜中まで慰め、慰められ、貴女もついには礼儀の紐を解き外し、その気になってきたのだが、月曜は生活のために働く日だということを急に貴女が思い出した。それで私も言うことを聞いてライトハウス塔へと戻った。ツイードのスーツを着た事務局長代行、イギリスの淑女を脱がせるのはどんなものだろうかと想像しながら。下着からはヒースや鞍の革の匂いがするのだろうか？　貴女の声――貴女の素晴らしきもののうちの最たるもの、まさにつれなき美女の声の調子や音色――は肉体の高まりの中で何と言い、どのように響くのか？　等々――我が興味は、いわばその時から今までの一ヶ月のあいだに、ますます高まっている。私はいつものようにカメラの暗箱（それについてはライトハウス塔とメンシュ館と同様に別の折にお話ししよう）を凝視するが、川や町や我が家族の物語の最初を飾るあの今はなき堤防のかわりに、そこに私は貴女を見てしまう。

4、**宣言。アンブローズはレイディ・アマーストを愛している**

5、**勧告**。愛しくけだかきジャーメインよ。私たちは愛人同士になろうではありませんか！　このひび割れた塔にきて、ダナエーを演じてはいかが！　オースティン、ディケンズ、フィールディング、リチャードソン、その他もろもろの作家たちのミューズよ、いま一人、放埒の徒、われをも助けたまえ！　**母なる言葉よ**、私に愛の言葉を語りたまえ。おお、ブリタニアよ、汝が失われし植民地を再びその手にされんことを！
追々々伸　六番目の言葉は、姦淫（for-ni-ca-ti-on）。
追々々々伸　七番目は、生殖（ge-ne-ra-ti-on）。
追々々々々伸　八番目と九番目は――いや七つで十分だろう。**六番目の愛人よ**、私たちは今その六番目に至っている。私は貴女の心にむかい、愛の戦争をここに宣言する。城にむかって布告するように。勧告するが、もし貴女がイギリスの勝利と敗北の偉大なる伝統に従い、屈することがないのならば、私は強襲と包囲で貴女の心をこの手にする。いたずらに空騒ぎせずにだ。来るべき手紙（すなわち壜に入れ、コルクで栓をし、未来の潮流に乗せ、「あなたの友」に宛てた）その手紙の中で、私は空白の部分を何度でも「貴女を愛す」と埋めるつもりだ。では、我がAよ、いずれ宣言の時まで。まずは、降伏の勧告までに。

貴女の
Aより

メリーランド州ドーセット　アードマンズ・コーンロット　メンシュ館　ライトハウス塔

G 作者から読者へ

『レターズ』が「いよいよ」始まること。

〈一九六九年三月二日〉

謹啓
読者並びに紳士、淑女のみなさま、『レターズ』がいよいよ始まりました。すでに手紙の書き手たちのご披露もすみ、それぞれの物語もたがいに交錯し始めております。最近はやりの映画のスタイルでは、冒頭にすでに物語の一部が映しだされ、その後に俳優たちの名前やその他もろもろの関係者たちの名前が現われてまいります。ぼくらもそれを真似て、今このあたりで一休みとしましょう。
「いよいよ」という時がこの手紙を書いている時点をさすとするなら、ぼくはこれをニューヨーク州バッファローにおいて、三月にしてはかなり暖かく、時折り陽射しさえこぼれる日曜日に書いていることになります。エリー湖はまだ氷にとざされていますし、この冬最大の積雪もまだまだこれからのはずです。キリスト教徒の暦によれば、今日は二十世紀の七十年目の六十一日目にあたる日です。人類の世界とこのアメリカは、いわゆる衝撃的であった〈一九六八年〉とそれに先立った激動の数年を何とか切り抜けることができ、その状況は次のようになっていました。すなわち、ケネディ大統領暗殺計画に関与したと告発されていたクレイ・ショーは無罪放免となりました。ロバート・ケネディ上院議員暗殺の件で逮捕されていたサーハン・サーハンは法廷で無罪を主張していますが、これは認められないでしょう。他方、マーティン・ルーサー・キング牧師暗殺の容疑で、ジェイムズ・アール・レイが有罪の判決を受けるところです。ドワイト・アイゼンハワー元大統領は二月に開腹手術を受けたのですが、体力が弱まり、死期を迎えようとしていました。ヴェトナム戦争の責任を問われホワイトハウスを追われたリンドン・ジョンソン前大統領はすでに故郷テキサスに隠退し、就任したばかりの彼の後継者リチャード・M・ニクソン大統領はちょうどパリにおもむき、フランスのドゴール大統領と会談中で、国防総省が計画しているミサイル迎撃計画の説明をしているはずです。ヴェトナム戦争の和平交渉もやっと一月に始まり――どのような形で座るかで長い間もめにもめていたのでしたが――やがて四年越しの交渉となりますが、その六週目に入ったところで、北ヴェトナム軍は米軍を撃破しながら、サイゴンへひたひたと攻め寄せておりました。至る所で学生たちが暴動を起こしています。中国では紅衛兵たちがいわゆる毛氏の〈文化革命〉でわきたっていましたし、イタリアではローマ大学が閉鎖され、スペインではあちこちで戒厳令がしかれる始末ですし、カリフォルニア大学やウィスコンシン大学では銃剣と催涙ガスまで使って学生たちを鎮圧していました。プラハでは何人かの学生が焼身自殺によってソ連政府に抗議しています。中ソの緊張感も新疆地域の国境で極度に高まり、一触即発の危機にありました。一方、イスラエルはふたたびエジプト、シリア、ヨルダンと国境線の紛争を起こし、今にも戦火を交えんとする空気でした。朝鮮戦争時代の遺物であるアメリカ海軍軍艦プエブロの審問がまだ続けられていました。宇宙ロケット「アポロ九号」が月の軌道に乗る実験飛行のため打ち上げの秒読みに入っています。いわゆる〈生命の鍵〉を握るリボヌクレアーゼが初めて生化学の実験室で合成されました。またこれも最初のことですが、人間の卵子の体外受精が成功しました。アメリカ合衆国の経済はインフレに悩んでいます。昨年度は過去十七年間で最高のインフレ率を示した一九六八年度の四・七パーセントをわずかながら上まわる勢いです。また離婚率も一九四五年以来、最高となっています。わが国の最高裁判所は学生たちの抗議行動を「ある範囲内」では合法という裁定をしたのですが、一方で法を執行する側に、現在急速なる進歩を示している電子機械による監視方法の使用を許可するという決定を下そうとしていました。今年に入ってから、およそ四日に一度ぐらいの割合いで飛行機のハイジャックが世界じゅうで起こっています。今日まで十五回もです。今月の終りまでには、やがてアイゼンハワーが鬼籍の人となりますが、今年が終るまでに、エヴアレット・ダークセン上院議員、リーヴァイ・イーシュコル、ホー・チ・ミン、そしてメアリー・ジョー・コペクニーがこの世を去っていくことになります。コペクニー嬢の死はエドワード・ケネディ上院議員をだいぶ苦境に追いこむ結果となりまして、世間をにぎわせました。ナイロビではトム・ムボイヤが暗殺されることとなり、カリフォルニアではやがてシャロン・テートと彼女の友人たちが惨殺されますし、東南アジアでも大量殺人が行われます。サーハン・サーハンも死刑の宣告を受けることになり、ジェイムズ・アール・レイが九十九年の刑に処せられます。シャロン・テイト事件の容疑で、チャールズ・マンソンとその仲間たちが逮捕され、裁判にかけられることとなりますが、グリーン・ベレー部隊によるヴェトナム人殺害の裁判は途中で中止となります。CIAが事件に関与した情報部員の法廷証言を禁じたからです。最高裁判事エイブ・フォータスが辞任しますし、その後任としてウォレン・バーガーが就任し、その裁定により（ニクソン大統領の意向と対立したまま）南部における学校の人種差別の即時撤廃を命じますし、またマリファナ煙草の所持についての処罰を緩めることとします。合衆国高等裁判所は一九六八年に有罪判決を受けたベンジャミン・スポック博士とその同調者と疑われた人々に対し、逆転無罪の判決を出すことになります。また一方、一九六八年のシカゴにおける民主党大会において暴動を教唆した罪に問われていた七名の裁判が、ジュリアス・ホフマン判事のもとで行われることになります。中ソ国境紛争はこの年コスイギン首相と周恩来首相との会議で「円満解決」することとなりますし、毛氏は文化革命の終了を宣言します。パリにおける和平交渉は暗礁に乗りあげてしまいますが、ヴェトナム戦争に使用したアメリカの戦費はついに一千億ドルに達することになります。しかも、米軍兵士による残虐行為が次々に新聞で暴露されることとなり、徴兵の方法に籤《くじ》引きの制度が採用されます。米軍部隊の第一陣が南ヴェトナムから撤収を開始することとなります。国防省はラオス紛争に米軍が介在し、行動を起こしていることを否定しますが、これが虚偽であることが判明します。学園紛争は全米に広がり、主要な大学のすべてでストライキと建物の占拠が行われます。また合衆国の建国以来、百九十三年の歴史の中で最大の数の民衆がワシントンでヴェトナム戦争の〈停止〉を求めて大行進を行うことになります。スペイン駐留の米軍が反フランコ勢力の暴動を想定して演習を行います。国連事務総長のウ・タント氏が近東地域が戦争状態に入ったと宣言します。北アイルランドにおいては、イギリス陸軍が出動し、カトリック教徒と新教徒間の争いが再燃したのを機に警察に代わって鎮圧に乗りだします。中国は大気中で水爆実験をすることになりますが、これに対してアメリカとソ連は地下にて——それぞれアリューシャン列島とシベリアで——核実験を行い、それでいてヘルシンキで軍縮会談を開始します。パキスタンではアエブ大統領が辞任し、フランスではドゴール氏に代わってジョルジュ・ポンピドー氏が大統領になります。またイスラエルでは、リーヴァイ・イーシュコルが亡くなり、その後をゴルダ・メイヤーがつぎ、首相となり、ボリビアでは軍事政権が誕生し、大統領を追放します。ニクソン大統領はペルーに対する武器輸出の禁を解くことになります。（彼はミッドウェイでチュー大統領と会談しますし、自らの政敵に対する電話の〈盗聴《バギング》〉権を拡大解釈して実行します。また、その年の秋に予定されていた南部の学校における人種差別撤廃のデッドラインを延ばし、職業訓練所を閉鎖し、南ヴェトナムを訪問し、米海軍軍艦ホーネット号上にて宇宙より無事帰還したアポロ十一号の乗員たちをねぎらいます）この宇宙飛行士たちと、さらにその後をついだアポロ十二号の飛行士たちは月世界に初めて人類の足跡を残すことになり、その証拠として月世界の石を幾つかアメリカに持ち返ってきます。しかし、そのような証拠があるにもかかわらず、この大事業が政府とテレビ会社の結託したインチキショーだと考えたがるアメリカ人がたくさん出てまいります。しかし、宇宙船マリナー六号と七号が運河などまったくない死せる火星の写真を送ってくることとなりますし、ソ連の打ち上げたヴィーナス五号と七号は金星に到着し、そこにもまた生命のかけらすらないことを立証してくれることになります。ニューヨーク州議会は緩やかすぎる妊娠中絶法案を否決します。人間の臓器移植がさらに進歩し、この年ついにその成功例として心臓と腎臓が加わることになります。厚生省は殺虫剤ＤＤＴの全面的使用禁止を全国的に奨励します。失業率とインフレが増大し、プライムレイトと郵便料金があがり、株価は急激に下降することとなります。ニューヨークでは主として若者ですが、ヘロイン中毒により九百人もの死者が出ていることが判明します。オランダにおいて、米軍の毒ガス洩れ事故が偶然ライン川の水を汚染したため、オランダ政府は一時的に公共水道の供給を停止することとなります。メリーランド州ドーチェスター郡は三百年祭を祝うこととなります。ナイアガラ・フォールズでは火事のため、蠟人形博物館の人形がとけてしまいますし、またアメリカ滝自体、土木工事検分のために、流れを一時堰止められます。この年、さらに六度も航空機のハイジャック事件が起きることになります。ラー一世号に乗り組んだトール・ヘイエルダールが大西洋の航海へと出ますが、また同時に、南より、アンナ、ブランチ、キャロル、デビー、イーヴ、フランシーリア、ゲルダなど次々にハリケーンが発生してまいります。東パキスタンでは子供がニシキヘビに呑みこまれます。アメリカでは暴力検討委員会が一九六〇年代は史上最高の暴力的十年であったという発表を行いますが、しかしフランスのワイン業界は六九年はワインにとって最高の年であると宣言をすることになります。

とこのように書いてまいりましたが、どの手紙にしましても、必ずそれを書いた時点とそれを読む時点という二つの時を持つものです。たとえ郵便局が立派にその職務を行っていましても、この二つの時間にはかなりの隔たりがありますから、手紙の書き手が書いたときに持った感情のうち、わずかに微妙なものがその受け手が読むときには消えているものです。まして、書簡体小説というような場合には、さらにそれに第三の時が加えられることになります。と申しますのは、それを実際に書く時点は、まず手紙に記す日付とは合致しないからです。日付は実は歴史的機能というより、むしろ小説のプロット、ないし形式上の機能をもつものと考えるべきでしょう。したがいまして、ぼくがこの手紙を書き始めたのは、一九六九年の三月二日ではなく、一九七三年の十月三十日というのが本当のところです。場所もメリーランド州ボルティモアで、雨風の激しいある火曜日でした。ヴェトナム戦争はすでに〈終結〉していましたし、その和平に貢献した人々にノーベル平和賞が与えられていました。最も新しいアラブ゠イスラエル紛争も同様に〈終結〉していましたが、この紛争により世界じゅうの人々がいわゆる〈エネルギー危機〉に関心を寄せることになりました。ウォーターゲイト事件が起こり、大統領弾劾動議が議会に提出されます――このスキャンダルに国内騒然となり、エネルギー危機やその他諸々の危機などすっかり影がうすくなってしまいました。大学も平静となり、平時徴兵もなくなり、ロシアとのデタントが宣言され、中国との友好関係を取りもどす提案もなされています――一九六九年の時点ではとても考えられない現象です！ しかし、アメリカの国防予算はかつてないほどに巨額なものとなっています。北アイルランドでは相変らずのテロ騒ぎです。ギリシアとチリでは将軍たちが政権を握りました。アルゼンチンではふたたびペロン大統領が復帰しました。サーハン・サーハンとジェイムズ・アール・レイはまだ刑務所に入れられたままで処刑されていませんし、かれらに加えて、チャールズ・マンソンと、マイ・レイ村の殺戮を指揮したカリー中尉も刑務所入りとなっています。アポロ計画も終了となり、今世紀においてはもう人類が月世界を訪れることはないでしょう。新しく発見された彗星コーホウテクが地球に接近することになっています。これは過去数十年のうち、最大の空中ショーとなるものと期待しています。一方、合衆国最高裁は中絶を禁止する法律をことごとく非合法と裁定しましたが、ポルノに関しては従来の寛容な立場から一歩後退する立場を示しました。シカゴ暴動の首謀者七人の上告裁判が始まっています。プライムレイトが十パーセントに上昇し、ダウ゠ジョーンズ平均指数が九八〇となり、やっと不況の一年を脱しようとしています。郵便料金が一オンスまで八セントに上がりました。空港での手荷物検査が各国で行われるようになり、航空機のハイジャックは影をひそめましたが、パレスチナ人のテロリストたちはまだ時折りハイジャック劇を演じています。いわゆる〈燃料不足〉のため、多くの航空会社で欠航が相次いでいます。また、一九七六年のアメリカ建国二百年祭の計画があちこちで少しずつ進められているもようです。

実は今はもう七三年十月三十日ですらないのです。「一九六九年三月二日」とこの手紙の日付を記した時点と今のこの時との間に、いわゆる「今日という日」はすでに一九七四年一月になってしまっているのです。ニクソンはなかなか大統領の座から去ろうとはしませんし、また〈エネルギー危機〉もインフレに加えた景気後退も去ろうとはしません。アメリカ国内の恐ろしい暴力沙汰も相変らずその勢いが衰えません。もう一つ、ぼくらをがっかりさせた空の奇蹟、コーホウテク彗星は七万五千年後にふたたびこの地球に接近するそうです。ぼくらもみなその頃ふたたびこの地球上に生まれ変っていることを願いたいものです。さて、ぼくが〈敬具〉とこの手紙を終える頃には……

『レターズ』の構想としては、実はこの原稿の一番最後にもう一度作者のぼくから読者に宛てた手紙をそえることになっています。その頃には、ぼくが「今日という」この日に書き記した事柄さえ、もう「一九六九年三月二日」と同じくらい遠くかけはなれた事柄に思えるかもしれません。そして『レターズ』が無事印刷される頃には、その最後の手紙の中で書かれる事柄も同じ憂き目を見ることでありましょう。そして――手紙の中の時間の最後にやっとのことで辿りつき――読者のあなたの目がここに配列された書簡をことごとく見終えてしまう頃には、「アメリカ合衆国」はもしかしたらその三百年祭、いや四百年祭さえ迎えようとしているかもしれません。また反対に、相変らず二百年祭のための準備をのんびりとしているかもしれませんし、あるいは、すでに消滅し、人々の記憶の中にしかない国となっているかもしれません（もしそうなら、人間の人生の前半と同じく、少なくとも良い思い出をもつ国となっていて欲しいものですが）。その頃には、この国の国民も、そしてこの地球の住民も（もちろんぼくもあなたもです）ほんの数年馬齢を重ねたぐらいに本当は願いたいところです。いやもしかしたら、あなたはまだ母上の胎内にさえ入っていないのかもしれない。そして、あなたの目が「今日という」この日を読む「今日という」日には、今この地球上に生きている人々はみなもうすでに誰一人存在していないかもしれません。間違いなくこのぼくも。

敬具

Ⅰ　作者から関係者の諸兄姉へ

三つの同心円をなす覚醒の夢。

六九／三／九　ぼくは半分夢うつつの思いで目をさましました。どこにいるのかはわかったのですが、自分が何者か、なぜここにいるのか、またどのくらい眠っていたのかなどさっぱり見当がつきませんでした。陽射しの具合いから、それにふと気がついて確かめた時計の針から――まだ真夏の午後の盛りで、太陽が中天にかかってから二、三時間しかたっていないことがわかりました。ぼくがうとうととまどろみ始めた頃より暑く、あたりの空気は白くよどんでいました。潮の流れがゆっくりと変り、ふたたび満ち始めていましたが、沼沢となったあたりはまだじっと息もせず、午睡の中に浸りきっているのです。ぼくはとある木の陰に横たわっていたのですが、そこから川一つへだてた所に大きなタエダ松の木立がありました。そのはるか上空を二羽のヒメコンドルが輪を描いて舞っていました。びっしりと沼沢地をおおうスパルティナ草をのぞけば、生命の唯一の徴《しるし》はせっせとそれぞれの仕事にはげむ無数の虫がたてる物音だけでした――カメムシ、サソリ、ムカデ、そして何よりも蜜蜂、黄金虫、トンボに蚊――一匹の藪蚊の場合など、ぼくに叩きつぶされるまで、ぼくの右手にとまり、ひたすら血を吸い続けていました。

　蚊を叩きつぶして、ぼくはまた一段と目がさめてきました。ぼくは腕時計に目をやる前に、懐中時計をまさぐっている自分に気がつきました――それは銀製のブレゲ（フランスの時計製造者ブレゲ社の懐中時計）で、裏蓋にいわゆる「大麦の粒《バーリーコーン》」ほどのロゼット模様が彫られていました。白い琺瑯《ほうろう》びきの文字盤、鋼鉄の針、そしてⅦの数字の所に秒を示す小さな文字盤がつき、Ⅻの数字の下にひそやかに筆記体でメイカーの名前が、また父のイニシャルのＨＢが同じように筆記体で、ローマ数字のⅣの前にいかにも似つかわしく記されています。これはぼくの時計ではありません。これまでも決してぼくのものではなかったのです。いえ、父のイニシャルが記されていますが、ぼくの知るかぎり父が使っていたものでもありません。こんな時計の存在すらぼくは知らなかった！　それなのにぼくはその時計をまさぐっていたのです（身につけてもいない、いえ持ってさえいないチョッキのポケットに手を差し入れる仕種で）、左手をまげて腕時計を見るよりもごく自然に、反射的に。ぼくは寝汗をじっとりかいていた。人生のちょうど中頃にさしかかり、ぼくは故郷のメリーランドの沼沢地再訪の最中に……まさにその最中に眠りにおちいりしか（古めかしい言葉づかいだが、どうして――いったい今は何年なのか?）とにかくぼくはさらに汗ばみ、さらにまた目がさめてきました。もちろん、まだ片足はどこか遠い時代か、夢の中につけたままでしたが。

ぼくは自分自身がメイソン・ディクソン線を越え、南部へちょっと旅をしようとしたのを覚えていました。ガマの穂のなびく、ワタリガニやカキのいっぱいいる懐かしの――そうこの後がちょっとむずかしいのです。ぼくは今「わが青春の地」と言おうとしていたのですが、しかし、「青春」が言い表わすものが、まともに考えてみると、まるで遠くのかすんだ星やスナガニのごとく、定かではないのです。それでいて、目をそらせば――たとえば目をそらして近くの葦にこびりついたタマキビ貝を見るとする――心眼の片隅からぼくは一つならず、幾つかの「青春」の化身が――たとえその取る道はそれぞれに違っても――すべて今ぼくが横たわっている二つの川にはさまれて少し小高くなったこの地に至るのが見えるのです。ぼくはほんの二十分ほどまどろんだはずなのに、身体はまるで二百年、いやその十倍も眠っていたようにこわばっていました。その化身の中に、ぼんやりと眠りに包まれたような、ごくありふれた、ぼくに一番身近な若者がいました。一九三〇年の双子座の生まれで、幸せでもなく、そして不幸せでもなく、大不況と第二次大戦の時代を何も知らずに明るく成長し、南部の小さな町の公立学校に通ってきた若者の姿です。あいつなら、ぼくはたしかによく知っています。彼なら、高地にある山間《やまあい》の湖の岸辺に座り、はるかかなたの海面下の夢をいつも見るタイプの夢想家でした。あの男の辿った道であれば、ぼくが今目ざめようとしている時代にもっとも近いものでした。

しかし、その傍らに、まるですでに目ざめた片足がまだ眠りの中につかったままのもう一方の足に気づくように、ぼくはもう一つ別の、その男に先行した青春の化身がいるのにぼくは気づいたのです。それは例の懐中時計とチョッキ、そして伝法なる伝記の主《ぬし》なる男です。この二人の男は共に同じイニシャルの名前を持っています。ビー＝ベータ＝ベスのB、カバラ学者の説く創造の文字です。どろどろした原初の沼地から生命そのものが生まれいでたように、アルファベットも、それを組みかえ組みかえすることによって描かれる天地も、この創造の文字に由来するものです。しかし、この共通のイニシャルと滔々と迫りくる〈今〉というこの時に二人が合流するということを除けば、二人にはまず共通するものはありません。というのも、こちらの若者の青春は華麗にして、怪奇、恋と冒険、洗練と変容に満ちみちたものでした。このアメリカという国家と同時代に生まれ、父親はその基礎造りに多少の貢献をしたはずの彼は、二つの独立戦争の間に成長し、父への、また祖国への信を失ってしまい、当時わずかな絆で結ばれた諸州を切り離すことに狂奔し、それから奔放にして放浪の人生のただ中で(ここで爆薬が破裂し、火矢が飛び散る色鮮やかな記憶、イリュミネーションほどに明確ではないにしても)過去の人生にある異なったパターンを見、一念発起、父の土地から母なる沼沢地へと引きこもり、混沌の最中で物事をじっくりと考えなおそうとし、ほんの一刻《ひととき》木陰に横たわり、まどろんだ……

さてそれでは次なる第三の、かすかに羽音をたてているBは何者なのでしょう? もっとも影の薄い存在だが、それは自ら姿を隠すとか、何かを装うためではなく、ただもう神秘なる遠い時の流れによってぼんやりと見えるだけかもしれません。それに、この男は昼の最中《さなか》に沼沢地に特に引きこもったわけではなく、天から降ってきたかのごとくこの地に落ちてきたのです。そしてゆるやかな潮の流れに身をまかせたまま、盲目にして脚も不自由な者のように漂い、さながら予言者のように自らの歴史について怪し気なる物語を語りだし、その途中で眠りこけてしまった……?

ぼくは半ば夢うつつの思いで目をさましました。どこにいるかはわかりましたが、なぜその場にいるのかは、すぐにはわかりませんでした。だが、次第に夢がはっきりしてきました。日曜日の午後で、時は一九六九年三月九日、マディソン大統領が一八一一年に議会にかの有名な「ヘンリー文書」を公表した日の百五十七回目の記念日に当ります。ぼくが今いるニューヨーク州バッファローでは寒く、どんよりと曇っています。早くに朝食をすませ、『ニューヨーク・タイムズ』の日曜版にあちこち目を通し、それからぼくは午後になって昼寝をしたわけですが、落ちつきなく夢ばかり見ていまして――そしてメリーランドの沼沢地でふたたび目をさますという夢を見たのです。

そんな夢を見るのは、疑いもなく先《せん》だって受け取った招待状のせいでしょう。初めていただく名誉博士号の授与式に、六月にメリーランドにいらっしゃいませんかという誘いでした。ぼくが見た夢の中味もはっきりしてきました――十七世紀のメリーランド桂冠詩人エベニーザー・クックが彼の長詩『酔いどれ草の仲買人』を書くために手をつけずに残しておき、そしてぼく自身、長編小説『レターズ――メリーランド物語』のため取っておいた滑稽な叙事詩を書くという昔からの願望です。叙事詩の主人公《ヒーロー》は合衆国が生まれてからの最初の三十六年(言うなれば一七七六年から一八一二年まで)の間に人生の前半を生き、そしてその後半を合衆国のいわば〈最近の〉三十六年(一九四〇年から今日、一九七六年まで)を生きるという設定です。その間に百二十八年の時は流れ、彼はすっかり眠りこけてしまうのですが――ただリップ・ヴァン・ウィンクルの場合と違って――アメリカは年老いていきますが、眠りこんだ彼は少しも年を取りません。人生半ばによくある危機を味わった彼はある日のこと（一八一二年の六月二十一日か、そのあたりのこととしておきましょう）昼の最中に沼沢地へとさまよい出で、言うなれば「己の魂を食いつくし」、眠りこけ、そしてしばらくして（彼にはそうとしか思えないのですが）目をさましたのです。おそらく彼は半ば夢うつつの思いで目をさますのですが、何か過去をもう一つ加えられたような奇妙な思い、つまり二つの歴史、一つは「今の今」と同時代、一つは独立戦争と同時代の歴史を負わされているような感じなのです。

　しかし、この一番新しい夢の中に、もう一つの歴史が

……

関連させよ――ローマがギリシアに似るごとく、アメリカ合衆国はローマに似ていること――「西漸運動」と「運命顕示説《マニフェスト・デスティニー》」としての帝国主義的拡大志向とを関係づけて検討のこと。ジョエル・バーロウとフィリップ・フレノー。『イリアッド』対『アイネーイス』、『アイネーイス』対『メリーランド物語』。二番目は一番目の模倣作。三番目は二番目のパロディ。

『レターズ』にふたたび戻るなら、ペルセウス、アンドロメダ、メドゥーサについてアンブローズ・メンシュが構想している物語のメモ。

組みこめ――「第二次革命」（第二の独立戦争と言われる一八一二年の対英戦争）。エベニーザー・クックの『甦りし酔いどれ草』（一七三〇年）。初期合衆国との対比において奴隷制に依存したローマ経済。ローマ人が諷刺詩《サタイア》を「発明した」こと（また、特にアウグストゥス治世下の官僚制、お役所仕事、商人階級、繁文縟礼《はんぶんじょくれい》などについて）。エベニーザー・クックをアウグストゥス時代風の諷刺詩人とすること。ローマがあの七つの丘にかこまれた沼沢地に建設されたこと。ローマ帝国崩壊の原因を奇抜に説明すれば、その沼沢地から発生したハマダラカによるとすること。つまり、眠り病の発生。『甦りし酔いどれ草』の中でクックがメリーランドの人々にむかって沼沢地の干拓をすすめていること。フィリップ・フレノーがインディアンの祖をカルタゴ人としていること、また同じ説が『酔いどれ草の仲買人』（一六九八年）の中でクックによって述べられていること。

沼沢地――衰微と豊饒の両方と結びつき、女性の生殖器（メドゥーサについてのフロイト的解釈を参照のこと）、死と再生、さらには沼地から発する瘴気《しょうき》（悪疫、おこり、リューマチ、蓄膿症などの原因）、悪、破滅、沈滞（例えば黄泉《よみ》の国の川、地獄への入口と恐れられたアウエルヌス湖、または「エゼキエル書」四十七章十一節を参照）などを連想させること。怪獣ビヒーマスさえ葦をかぶって眠るとい

うこと（「ヨブ記」四十章十一節）。沼沢地に生息するトキは、文字の発明者トート神にとって神聖なるもの。葦のペンに葦の尖筆、そしてパピルスの紙。イングランド東部、イースト・アングリア地方の沼沢地域は奇矯さと独立精神と豊饒と方言と奇習などで有名なこと。〈沼沢地の王〉（アルフレッド大王、八四八年？―九〇〇年）のこと。十二世紀の中国の物語を集めた『水滸伝』すなわち「沼沢地の人々」のこと。メリーランドがいわゆる南北の中間に位置した〈境界州《ボーダー・ステイト》〉であり、汽水域の沼沢地もまた陸地と海の中間に位置すること。アイルランドの泥炭地――ミズゴケだけでなく、アンドロメダという灌木も生えること。

これでペルセウスの物語へ戻る。

偉大なる睡眠者たち（アルファベット順――アーサー王、バルバロッサ、ブルンヒルト、シャルルマーニュ、フランシス・ドレイク、エンディミオン、エピメニーデス、フィネガン、ヘルラ、円を描いたホーニ、使徒ヨハネ、ピーター・クラウス、ラザロ、マーディ、マーリン、オーディン、デンマークの英雄オージア、アイルランド伝説のオイジン、わがリップ・ヴァン・ウィンクル（独立戦争の前に眠りこみ、目をさました時はそのずっと後であった）、ゴート王国のロドリゴ王、ポルトガル王セバスチャン、七人《セヴン》のエペソ人たち、ジークフリート、眠れる森の美女《スリーピング・ビューティ》、タンホイザー、ウィリアム・テル、スコットランドの詩人トマス、そしてワン・チー。

追伸　七四／三／九　ぼくは半ば夢うつつの思いで目をさまします。自分がどこにいるのか、それからなぜここにいるのかもわかっています。一九六九年にはここへ移ってくるなど考えてもいなかったボルティモアにぼくはいるのです。小説はもちろん自伝ではないのですが、しかし予言的ではあります。一九六〇年にぼくはアンブローズ・メンシュに関わるある物語を構想し、その中でチョップタンク川の南岸、メリーランド州ケンブリッジの町にかかる橋を少し下がったあたりに架空の土地を設定しましたが、一九六二年に軍の工兵隊がやってきて、チョップタンク川の航路をさらい、その砂を昔のイースト・ケンブリッジの岸壁があったところに投棄しました。すると、そこに何《ヴォアラ》とぼくの土地が出現したのです！　また、一九六八年に『レターズ』の主人公の一人、〈作者〉がメリーランドの大学から名誉文学博士号を授与されるという設定にしましたところ、ぼく自身、一九六九年に同じような主旨の手紙を受け取るのです。そして、一九六九年にジェローム・ボナパルト・ブレイの書く『ベレロフォン物語』（怪獣キマイラを退治したベレロフォンです）のための覚え書きの中で、主人公が非現実の神話の世界から現在のメリーランド州の沼沢地に落ちてくるという想定にしてみたところ――ぼく自身が俗称「オールド・ライン」と呼ばれるこのメリーランド州に戻ってくるという羽目になったのです。

　エベニーザー・クックは『酔いどれ草の仲買人』を書くため、構想していた『メリーランド物語』をしばし脇へおいておきました――また『やぎ少年ジャイルズ』の〈編集〉をした人物も『改訂新教授要目』を編集するべく、構想中の小説『探求者』を脇へおき、J・ブレイのリリヴァック・コンピューターもその革命的小説『ノーツ』を提案するために『コンコーダンス』の打ち出しを後まわしにしております――それと同じように、実はぼくも一九六八年にバッファローにおいて、『レターズ』なる小説を書こうと考えて、ぼく自身の『メリーランド物語』を後にまわしてしまったのです。そして、メンシュの『ペルセウス物語』とブレイの『ベレロフォン物語』は『レターズ』中のいわば「物語の中の物語《テイルズ・ウイジン・ザ・テイル》」とする予定でした。ところが、六九年と七〇年と七一年にぼくは『レターズ』を中断し、『キマイラ』という新しい怪獣、つまりペルセウスとベレロフォンとシェヘラザード姫の妹を扱う一連の中編小説を追いかけてしまったのです。今やっと（バッファローを去り、ボルティモアに落ちつき）『レターズ』へ、つまり歴史へ、いわゆる〈リアリズム〉へ……そしてかつてぼくがさまよい、まどろみ、夢見た沼沢地へとふたたび戻ってきた次第です。

　しかし、メリーランドの地にこそ戻ってきましたが、クックの『メリーランド物語』へ戻るつもりはまったくありません。人にはそれぞれ夢見るものがあります。それに、何にせよ物事には優先順位を与えられる運命《さだめ》のものがあります――つまり、緊張を要する仕事があれば、常に後まわしにされることになる仕事というのがあるものです。夢にしましても、真の、そして唯一の大団円とは、夢見る人がその最中に半ば夢うつつの思いで目をさますことです。自分がどこにいるかはわかっても、なぜそこにいるかがすぐにはわからないというのが一番なのです。

『レターズ――それぞれ現実の人間と考えている七人の虚構の道化にして夢想家による古き書簡体形式の小説』。書き手は常に次の順番で書きます――レイディ・アマースト、トッド・アンドルーズ、ジェイコブ・ホーナー、A・B・クック、ジェローム・ブレイ、アンブローズ・メンシュ、そして作者。かれらの書く手紙は八十八通（この手紙は八通目です）にのぼります。一応ある計画に従って七つの部分に分けられていますが、その分量はまちまちとなっています。その計画についてはアンブローズ・メンシュの書いた八十六通目（下巻五六四ページ、Sの部分）の手紙の追伸をご覧になればわかります。手紙で披露される幾つかの物語はやがて一つにまとまるはずです。上げ潮の時の波のように、物語の本筋は前進してはまた引き、そしてさらに前進し、そしてまたわずかに引き、それを繰り返しながらやがてそのクライマックスから大団円へと至るのです。
さて、物語をすすめましょう。

N 作者からレイディ・アマーストへ

招待を丁重にお断わりする。

〒二一六一二　メリーランド州レッドマンズ・ネック
マーシーホープ州立大学文学部
事務局長代行
ジャーメイン・G・ピット（アマースト）殿

一九六九年三月十六日

拝復
三月八日付のお手紙有難うございました。普通でありましたら、このような有難いお招きはないことであり、心から感謝しております。
しかし、まことに偶然ではありますが、カレッジ・パークにありますメリーランド州立大本校からも同様のお招きを受け、小生実はすでにお受け致しております（今年はどうやらそちらでは小生の年であるようですね）。したがいまして、小生としては、同じ六月に同じ境界州から同じ博士号をいただくのは、少々同じことが重なりすぎるように思えます。そこで重々有難いことと存じながらも、折角のお申し出をお断わりしたいと思います。貴女の追伸の中で述べておられた不穏なる事態は、何とか他の方法にて事前にふせぐことができるものと信じております。
いかがです、この名誉博士号は小生もよく存じあげているアンブローズ・メンシュ氏に差しあげては？　彼は一風変ってはいますが、なかなか立派な作家であり、また心底からの前衛派です。小生も大変な共感をこめ、興味をもって彼の仕事ぶりは見守ってきました。真の「文学の博士」（ジョンズ・ホプキンズ大の医学部的意味の博士ですが）として、彼はいろいろと工夫する男であり、実験を好み、多少人と違って物事を歪めて見ることもできますから、治療法の刷新者たりうる人物です——そして、貴女がいみじくも手紙の中で述べておられたように、病み衰えている〈文学〉は死の床にあるとは申しませんが、決して昔のように若くはないのですから。

敬具

〒一四二一四　ニューヨーク州バッファロー
ニューヨーク州立大学バッファロー校

アネックスB　英文科

追伸「わたしはこの書簡を短く切りつめる余暇なき故に、ただ長くしたのみ」パスカル『田舎の友への手紙』十六巻より。おそらくスタール夫人はこのパスカルの言葉をもじっていたのではないでしょうか？

追々伸　フランス人はアントレの後にサラダを出すのが普通ではないでしょうか？

E　作者からレイディ・アマーストへ

返礼にお招きすること。

〒二一六一二　メリーランド州レッドマンズ・ネック
マーシーホープ州立大学文学部
事務局長代行
ジャーメイン・G・ピット（アマースト）殿

一九六九年三月二十三日

前略

三月八日の貴女のお手紙を頂戴してからこのかた、そのお手紙で現実のものとなりました二つの偶然の一致（もしもこの表現が適切であれば）に、小生いささか茫然としております。小生がすでにお受けしたあのカレッジ・パークからの招待と、去る日曜日貴女に書簡にてお断わりせざるをえなかったマーシーホープよりのお招きという、単純な偶然の一致よりもはるかにそれは奇妙にして、思わずめまいを感じざるをえないような類《たぐい》のものです。

第一の偶然の一致は、カレッジ・パークからの招待状よりも数ヶ月前——実際は昨年のこと、小生が新しい小説の構想の覚え書きを作り始めたときでしたが——すでに主要人物の一人に、同じような趣旨の招待状を出すことを小生は考えていたのです。

男（A——とするか？）が女（Z——としよう？）に手紙を書いている。Aはいわば「人生の半ばをわずかに過ぎた」年頃だが、「自分の人生の物語は今始まろうとしているところ」、つまり「事の核心《イン・メディアス・レイス》に入ろうとしている」と考えている。Zは(a)妖精《ニンフ》、(b)花嫁《ブライド》、(c)老婆《クローン》、そしてまた同時に詩神《ミューズ》でもある。つまりベル・レトル、美わしき文学。Aはいわゆる「文学博士」（名誉文学博士）——「文学の生命に寄与した功により」与えられる学位——を有す。しかし、彼は文学の死を早めていると主張する者もある。また、文学手法の不手際の故に彼を非難する者もある。等々。

このように書きつけた後に、郵便で二月にカレッジ・パークの招待状が届きまして、そして三月には貴女の招待状が届いたのです。最初の招待状よりも、小生はむしろ貴女の招待状を読みまして、いささか気味の悪い思いを致しました。と申しますのは、ただ単にそれが同じメリーランド州の大学から参ったというだけでなく、貴女からの――つまり、まあ小生が「女A（レイディ――にして文学博士）の構想」の許に記しました次のようなメモをお読みになっていただきましょう。

A（イギリス人？）は「ある程度年配の」女流文学者であり、著名な数々の作家たちの大変に親しき友。おそらくかれらの描く女主人公たちのモデルとさえなり、かれらの小説にインスピレーションを与えた女性であろう。また時には、かれらの最高のアイディアは、実は彼女が考えだしたものとさえ考えられている。著名なる彼女の愛人たちは、いわば彼女の機知あふれる表現をただ書き記していた――もちろん必ずしも文字通りではなく、多少の肉付けをしながら（彼女の文学を自らに合うように「匙加減《ドクター》を」し）書いていたものと思われる。等々。

この文を書いたのは一九六八年の九月頃のことです。すると、二週間前、あの一風変った追伸つきの貴女のお手紙が届いた次第でして……

それで小生すっかり気が動転してしまっているのです。もちろん、小生は自伝的「小説」には大反対でありますが、今回の偶然なる一連の出来事は、自伝的というよりもむしろ芸術と人生を分かつ一線、つまりかの歴史的に悪名高きメイソン・ディクソンの境界線のごときものが曖昧模糊となってしまった感があるのです。現実の人生が芸術を模倣するというのは、オスカー・ワイルドの如き人物が思いついた単なる奇想にしかすぎません。それなのに、現実の人生が考えられないほどに素早く動きだし、覚え書きから小説へと至る短い間に（原稿の段階から印刷されたページになるまでの期間よりも早く）虚構であったはずのものが味気ない事実へ移り変り、創作が歴史へ変ずるのは――これはまた何という驚きでありましょう！　とりわけ、小生のように長い間文学手法の現実主義《リアリズム》に背を向け、物語的非現実主義《イリアリズム》を標榜して小説作りにはげんでまいりました者にとっては尚更のことであります。この驚くべき偶然の一致の前に、もしかしたら多少の危惧はございますが、伝統的な現実主義と和解《デタント》を考えなければならないのかもしれません。あまりにも長い間なおざりにされてまいりました現実《リアリティ》が今や彼女の遍歴の騎士とふたたび縒《よ》りを戻そうとしているかのごとく思えるのです。

　ですから、親愛なるレイディ・アマースト様、この手紙は――貴女様への二通目ですが、昔の『ニューイングランド読本』の九番目の言葉――つまり〈招=待=状《インヴィテーション》〉でございます。貴女が小生の招きを受けるのにふさわしいとお考えになろうが、なるまいが、小生としましては貴女の三月八日付のお手紙を重々考慮しましたと同じように、ぜひお考えいただきたいのです。つまり、**小生の小説の主人公**の一人になっていただけないでしょうか？　小説のジャンルが生まれて間もない頃の作者たちのように、小生も貴女をモデルとしまして小生の想像力を駆使し（もちろん、貴女の方も、わたしがいろいろとお訊ねすることに対し、いかようにもご自身のご分別のかなうように勝手につけ加えて結構です）、すでに述べました女性主人公へといわゆる「肉付け」をしていきたいのですが、宜しいでしょうか？　小説作りというびっくりハウスの鏡に映して、小生勝手に申しますと、貴女はすでに現実生活において、いわば小生の想像の産物を盗作されておられるわけでございますから、まずはそのようにさせていただきたく……

　このようなお願いは異例でございます。小生にとりましても先例のないことです――おそらくウェルズ、ジョイス、ハックスリーのかつてのお友達であられた貴女には日常茶飯のことであるかもしれませんが。さて小生がお訊ねしたいのは、貴女の過去の経歴でございます。あのように有名な作家たちとのご関係、そしてまた貴女が追伸で述べておられたいわばそのようなご交友の世界から〈転落〉されて、現在おられるＭＳＵＣへお移りになった経緯、さらには多少微妙な事柄など（「生涯かけて芸術の愛人」を自称される貴女にはこの意味をお汲みいただけると存じます）などなどでございます。小生、ひとたび現実主義《リアリズム》とお手合わせするのなら、とことんやりたいものと考える次第です。

　実は小生、貴女に直接お目にかかり、わたしどもの共通の友人を説きふせ、貴女とお近づきになる光栄を得たいと存じておりました。いずれにせよ、六月にはカレッジ・パークからドーチェスターにお伺いしようかと思っておったのでございます。しかし、小生ふとヘンリー・ジェイムズの言葉――素晴らしい物語になるはずの話は、あまり詳しく聞くべからず――を思いだし、まさにその通りと考えました。さらに今回の小生の（未だ茫漠たる）企画と合致するためにも、わたしどもの関係も厳密に言語の上だけ、しかも書簡によるものだけにとどめておきたいと考えました。ジェイムズも手帳に概嘆して書きつけております。「文通！　文通こそ肝要！」と。それをご参照のこと。

　今回の小生の企画について、少々ご説明いたします。小生の記憶のかぎりでは、これまで常に昔の連作物語、特に枠組の物語をもつ類《たぐい》のもの――例えば『物語の大海』とか『千夜一夜物語』『五日《ペンタ》、七日《ヘプタ》、十日物語《デカメロン》』など――を小生は心から愛してまいりました。最近になりまして、小生は研究助手の助けを借り、枠組の物語をもつ文学資料を再検討して、そこから何か手法上学びうるものはないかを考えておりまして、すでに枠組の物語を有する小説を自ら創作すべく、いろいろと覚え書きを作りはじめておるのです。一九六八年の頃には語られた物語《トールド・ストーリー》の代わりに現実の資料《ドキュメンツ》を使うことに決めておりました。つまり〈物語の中の物語〉の代わりに〈テクストの中のテクスト〉という形にしようと考えたわけです。初期のイギリス小説を読みかえしてみまして、当時の作者たちが一様に自分たちは書いているのだという意識をもっていることに感銘しました――かれらの小説は決して耳で聞く音ではなく、ページに書き記された記号として、つまり現実人生を「直接」模倣するのではなく、すでにある現実の資料《ドキュメンツ》を模倣するものとして作られていると気づいたのです。そこで小生は昔からある物語の伝統と、このもう一つの伝統との合体――枠組の物語と「現実の資料」にもとづいた小説との合体――を思いついたのです。昨年の今頃の時期には、小生すでに「**作者**より**関係諸兄姉**への公開（かつ求愛の）書簡」を入れることを思いついていました。四月頃には、どのようなものが生まれでるかまったく定かではありませんでしたが、小生の手許にあるこの小説の計画書の中にすでに半分ほど特定な正式の覚え書きやら「たまたま思いついた文句」などがびっしりと書きこまれておりました。たとえば、「メモ、四十六番」はダンテの『神曲』の「天国篇《パラディソ》」の十八篇から――航空母艦の甲板上で整列した水兵たち、あるいはアメリカン・フットボールの試合でハーフタイムの時に行進する楽隊のように、祝福されし者たちが合唱しながら、天界に人文字を DILIGITE IUSTITIAM QUI INDICATIS TERRAM（汝《なんじ》、地上にて裁く者よ、正義を愛せ）と描いていく様を書きつけてあります。また「メモ、四十七番」は昔のイギリスの子供が使ったアルファベットの教科書《ホーンブック》から引いた言葉、当時は神様の名前は口にすることができませんので、なぞなぞ遊びになっていましたが「AEIOU――大いなる人はかく綴ります／ここにては知られ、地獄にては知られざる人」これが記されていました。

　小生、このようにいくらでも先へ続けることはできますが、この辺でやめることに致します。「文通！」小生はそれを始めるべく用意万端ととのえておりました。ただその折に欠けておりましたのが――それが、主人公たちであり、主題であり、本筋であり、小説中の出来事であり、会話であり、場景であり、全体の形式であります。つまり、物語を語るべき方法とそれを語りだす声、物語自体を欠いていたのです！

ですが、今は小生すでに物語を手にしております。少なくとも概略の形ではありますが、今回のまことに奇妙な偶然の一致が二つもありましたことにより、それはいよいよ具体的となりました。かりにヘンリー・ジェイムズ的意味ではないとしましても、少なくともシェヘラザード姫の方法による物語ではございますが。

ですが、まだ仮のものである計画についてあまり多く述べますのは、賢明ではありますまい。いかがです、小生の「レイディA」、女主人公、架空の女性になっていただけないでしょうか？

そして、いつまでも、書簡のやり取りの時が続くかぎり、小生に貴女の忠実なる友と書き結ぶ栄誉をお与えいただけることを願ってやみません。

作者

〒一四二一四　ニューヨーク州バッファロー
ニューヨーク州立大学バッファロー校
アネックスB　英文科

2

APRIL 1969

S	**N**	**O**	**L**	**D**		*Lady Amherst*
F	**Y**	11	18	25		*Todd Andrews*
T	**T**	10	17	24		*Jacob Horner*
W	**R**	**O**	16	23	30	*A. B. Cook*
T	**R**	8	15	22	29	*Jerome Bray*
M	**W**	7	14	21	28	*Ambrose Mensch*
S	**S**	**H**	**I**	**M**	27	*The Author*

N　レイディ・アマーストから作者へ

返礼の招待を拒絶する。

ニューヨーク州立大学バッファロー校
アネックスB　英文学科
ジョン・バース殿

一九六九年四月五日

拝復

とんでもございません！

私は**文学**などではありません。**偉大な伝統**などではありません。**リアリズム小説**の年老いた**ミューズ**ではありません。私はあなたのものではないのです。

敬具

マーシーホープ州立大学事務局長代行
ジャーメイン・G・ピット（アマースト）
SS代筆

〒二一六一二　メリーランド州レッドマンズ・ネック
マーシーホープ州立大学文学部事務局長室気付

O　レイディ・アマーストから作者へ

再考。

一九六九年四月十二日

前略

今月の二十二日で私は……四十五歳になります。スタール夫人は同じ年齢のとき、すでに四人の子持ちでした。夫とのあいだに一人、愛人ナルボンヌとのあいだに二人、別の愛人バンジャマン・コンスタンとのあいだに一人。しかもそのとき、年は彼女の半分ほどのがさつな若い愛人とのあいだに、五人目の末っ子を宿そうとしていました。その愛人を彼女の息子（ほとんど同年齢）は、何とキャリバン（シェイクスピア『テンペスト』に登場する半人半獣の下僕）と呼んでいます。中年の情熱と倦怠と阿片の所産、この最後の低能児には、架空の両親が作られ（ボストンのシオドア・ジャイルズとハリエット、旧姓プレストン）、その名をとってジャイルズと名づけられましたが、屋敷の中ではふざけてネイティヴ・アメリカンと呼びならわされていました……しかしだからといって、スタール夫人がアメリカ人を馬鹿にしていたわけではありません。臨終の床では、アメリカ人のことを「人類ノ前衛、地球ノ未来」と言いましたし、ナポレオンから逃れてニューヨーク州レロイスヴィルの地所に移ってくるときは、わざわざトマス・ジェファソンやモリス総督に手紙を書いて、お伺いをたてたほどです——しかも自分の低能の子に、小作人あがりの愛人「プチ・ヌ」（可愛い私たちの意）にちなんで、それを英語に直して「リトル・アス」の愛称をつけたほどでした……

　イギリス人が自分たちのことを自制心があると言い、フランス人が自らを情に流されないと言うのは、よく知られた話です。しかし私は、涙なしでは自分のことを語れません。私には子供こそありませんが（それに小説も地所もありませんが）、私の人生は、私と同名のスタール夫人と同様、波瀾に富んだものでした。誰にも想像できないほど、私自身すら信じられないほど、いろいろなことがあったのです。現在のこの国では、私と同年齢の女性は、良かれ悪しかれ、まだ三、四十年は生きると思っています。とくにこの国では、中年女性は若作りし、自分の半分の年恰好の服を着て、毎日テニスをし、一晩中踊り、愛人をこしらえ、ピルを飲んで……

　今日はなんだか、とても疲れた気分。これからの三、四十年が、ずっしりとした宣告文のように、私には重く思えます。今日はなんだか、地中海あたりの寒村の、貧しい中年の寡婦にでもなりたい気持ち。顔には深く皺がきざまれ、胸は垂れ、歯は一本もなく、黒い服をまとい、人生の端役といった感じの、ただただ死ぬのを待つばかりといった女。

　ところで。

　名誉博士号を辞退されたい旨の三月十六日付のあなたのご丁重なお手紙、拝見致しました。残念でもあり、問題でもあります（事は何も解決しないわけですから）。次にいただいた二十三日付のお手紙も、同様にご丁寧な文面でした。けれども少なくとも初めに拝読したときには、何と失礼なこと、と思ったのです。そういうわけで先週の土曜日にはきっぱりと、あなたのお申し出には添いかねるとお断りしたのです。その理由は、ジョン・ショットとA・B・クックの野望を挫くという厄介な問題以外に、いくつかあるのです。でも先週の土曜日は、そんなことを逐一述べたてる心境ではなかったので申し上げませんでした。今、それをお話ししましょう。

　三月の末（先のお手紙でお約束しましたように）御作『フローティング・オペラ』を拝読しました。すでにアンブローズ・メンシュから、そのなかの登場人物トッド・アンドルーズのモデルと言われている人を紹介されていました。なかなか面白い小説でした——野心溢れる若い作家の処女作といった風ですが、いつも感じることながら、私はどうも、現実に生きている人の虚構の物語や、虚構の人の現実的な話には、居心地悪い思いを感じます。「いつもの感じ」と言ったのは、確か以前に申し上げたように、私自身、ハック・フィン流に言えば「すでに体験ずみ」だからです。けれども、それをまた体験しようなどとは思いません。たとえどのように高邁な理由であっても、私の理由ではない理由のために、この私が歪めて書かれることなんか、たとえどんな形でもまっぴら御免。メドゥーサとか「どっきりカメラ」の生贄となって、鼻クソをほじっている姿とか、背中をポリポリかいている姿に「永遠の生命《いのち》を与えられる」のなんか、まっぴら御免です。アンブローズ・メンシュから聞いたところでは、**文学**の凋落、とくに**小説**の凋落、もっとはっきり言えば、あなたの国の文学書出版界の凋落のことを顧慮せねばならぬとのこと。ですが、だからといって、なぜこの私が、あなたの文学的実験のために私の人生を差し出さなければならないのでしょう。ダメ、ダメ。そんな申し出は、まったく厚かましいかぎりです。女はいつだって、イサーク・バーベリ（一八九四—一九四〇。ソ連の短編作家）のような体験的リアリストのためにはハンドバッグを差し出して喜んで中身を見せてきたのよ！　私はそんなことは御免です。

　ただでさえ近ごろは、人生が思いもかけない急展開をみせているので（最初のお手紙を差し上げてからあなたの返信をいただくあいだも、そうでした）、自分でさえ、はたしてこれが自分の人生かと疑うくらいで、ましてとても理解したり、まともな頭で認めたりはできないほどなのです。スタール夫人にとっても——つまり、**歴史**をひもといてみましても——四月はまったく残酷な月です、私の旧友の猫好きのエリオット氏が言ったように。カインがアベルを殺した月、イエスが（そしてダンテも）地獄に堕ちた月、シェイクスピアとセルバンテスとアブラハム・リンカーンとマーティン・ルーサー・キング・ジュニア（とジェルメーヌ・ド・スタールの最愛の父上）が亡くなった月、まさに波瀾の月です。タイタニック号が沈没し、アメリカの独立戦争が始まり、ナポレオンが退位し、英国軍艦バウンティ号の叛乱が起こり、ニューヨーク州の黒人奴隷が蜂起した月。不運な星の下に生まれた二人のジェルメーヌ（ジャーメイン）（と「リトル・アス」）が生まれた月。一七九四年には、私ならぬましな方のジェルメーヌが、コペからイギリスにいる愛人ナルボンヌに別れの手紙を書いた月、「私があなたにとっていかに大切な女かと思って参りましたが、それはまさに夢でした。現実的なのはただひとつ、この手紙だけなのです……」。

　私の筆の跡をみてもおわかりのように、私は思い悩んでいます。あなたは、私の最初の手紙とあなたの新作ノートとの、「奇妙な」偶然の一致に面食らったとおっしゃいましたね。私も、あなたの御返事と私の現在の生活との、半ば予言的な偶然の一致に面食らっています。驚いているのです。そういうわけで（おそらく、またまた中年前期の愚行をさらすことになりそうですが）、あなたのお申し出、誘惑をもう一度、真剣に考えてみようかと思っています。私にはお話ししたいことがたくさんあり、話す相手は誰もおりませんし……

　アンブローズ・メンシュとは最近、連絡なさっていないようですが、私とあなたが共に愛する詩神《ミューズ》に誓って、どうかこれからも連絡しないでください。彼もそう誓ってくれました。いかがです。お約束していただけますかしら？

この私に

敬具

ジャーメイン・ピット

〒二一六一二　メリーランド州ドーセット・ハイツ
Lストリート二四番地

〒二一六一二　メリーランド州レッドマンズ・ネック
マーシーホープ州立大学文学部気付

L　レイディ・アマーストから作者へ

最新の情事とその過激な現状についての告白。

一九六九年四月十九日

バース様

　Lストリート周辺——母音を頭に付した五つの長い大通り《アヴェニュー》が、砂地と草地のなかで、子音を付した二十ばかりの短い通り《ストリート》と交差しているところ——は、マック・エンタープライズ社所有の広大なとうもろこし畑とトマト畑を、「宅地開発業者」が婉曲に住宅用「開発団地」と呼んでいるところです。ケンブリッジとレッドマンズ・ネックの中間を年ごとに浅くなりながらくねくねと流れる川をはさんで、平均引き潮水位からほんの五フィートから七フィート上がった「高台《ハイツ》」に、団地は広がっています。現在のところは、L二四番地の煉瓦づくりの低層アパート——住人はMSUCの新参教授たちと、結婚している数人の大学院生と、（二、三週間前より）私——と、無人のプレハブの「モデル・ハウス」が三軒建っています。まわりにあるのは、低い松林や、雑草が生い茂る下水溝、掘割、間に合わせの木製の街路標示、看板ぐらいなもの。ジェイン・マック夫人はマーシーホープ大学の急速な発展と、その近辺に低家賃の住居が必要になることを自信をもって予測し――彼女の保守的な頭脳の所産としてドーセット・ハイツと命名したのです――この机上の都市国家《ポリス》を一九七六年までにはケンブリッジの半分の大きさの町にして、すでに膨らんでいる彼女の財産をさらに膨らませようと目論んでいるのです。次期工事用に必要な資金は、亡夫の遺産をめぐる争いに、子供たちが有利なようにではなく自分に有利なように決着がつくものと見こして、借り入れたのです。

　ジェインと私は、おわかりと思いますが、ハリソン・マックが死んだのち、親友になりました――と言うより再び親友になりました。結局、それよりほかにすべなし《ファウテ・ド・ミュー》で、しかも、しぶしぶといったところでした。彼女は教養ある女性です。六十代にしては不思議なほどの美人で、私の同年輩と言っていいほど。そして、ヨーロッパ貴族なら必ず惹きつけられる、抜け目ない「ボルティモア女性《ボルチモリネス》」――ベツィー・パターソンやシンプソン夫人といった線を演じている様子。ここドーセット・ハイツの田舎では、私たちはお互い、相手がいてくれて救われています（彼女はときどきおしゃべりしに、私の「寓居《ピエ・ア・テール》」ならぬ「寓沼《ピエ・ア・マレ》」を訪ねにきてくれます。私はもはやタイドウォーター農場の好ましからぬ人物《ノン・グラタ》でなくなりましたから）。そしてこうして私たちが仲良くやれるのは、不愉快な過去を忘れてしまうジェインの才能によるものです。かりに彼女が、たとえばかわいそうなハリソンと私との最近の関係を思い出したり、彼女と私の亡夫とのあいだのもっと昔のさらに品位に欠ける関係（その恨みを私はいまだに持っています）を思い出したとしても、その気配はちっともみせません。他方、資産価値とか、税額とか、証書譲渡とか、上場株の相場とかについての彼女の記憶は、写真のごとく正確です！　まさにヤンキー特有の事業家の天分が、中年になって花開いたよう。彼女のクールな灰色の目には、いわゆる「大地」などは見えません。ちょうど兵士にとって地勢、画家にとって風景、エコロジストにとって自然として映るものが、ジェインにとっては反射的に、開発されるべきもの、さもなくば財産目録に記載されるべき不動産なのです。歴史も伝統も、彼女にはまったく無意味。それが不動産の市場価値を上げないかぎり。社会の平等も、「未開発」地域の環境保存も、彼女には心底、気違い沙汰としか思えない様子。

　こうして、ドーセット・ハイツが誕生しました。こうしてLストリートができたのです（彼女は私に、目下アルファベットしか付いてない通りに「適切な」名前を考案してくれる「人材」として、手当てをくれています。私は、アルファベットの名前というのは、純粋に二十世紀半ばのアメリカで生まれたものだと思っていましたが、アンブローズによれば、十九世紀にジェインと同じ精神を持った祖先によって干拓され土盛りされて作られたボストンのバック・ベイも、通りの名前はアルファベットだったそうです）。そして二四番地。ここで私はこの手紙を、半ば驚きあきれ、半ば羨ましく思いつつ書いています——あなたのトッド・アンドルーズが述べたように「ピアノの音合わせをしながら」——この手紙の本当の用件に入るには、あなたとアンブローズが最近連絡しあっていないと請け合ってくれるまで待っていなければいけないのですが——でも結局、待たないことに決めながら（そんなこと、どうだっていいじゃない。とっくに打ち明け話をしているのだから）——どこから話を始めるのが適当か、なぜそれがいいか、なぜそれが良くないかを思案しながら。

　目の前にあるのは、あなたの十三日付の手紙。あなたの申し出を私がお断りしたのに対して、こちらこそ申し訳なかったと丁寧に詫びて下さった手紙。その紳士的なお計らいに、お礼申し上げます。しかしあなたを信用していいかどうか、私にはわかるすべもないのです。ですがきっとこれからは、ともかく信用することになるとはっきり感じ取っています（いつもの矛盾した感情）。先週、私はあなたの二番目の小説『旅路の果て』を読みました。戦慄しました。文学的価値についてはわかりませんが、（あなたの処女作と同様）私のまわりにいる幾人かの人物に関する、一種の暴露小説ではないですか。たとえばジョン・ショット、ハリー・カーター、とりわけかわいそうな悲劇の人ジョー・モーガン、なかでもとくに、哀れな故レニー・モーガンといった人々についての暴露小説。けれども少なくとも、レニーを無情な小説の材料にしたことについては、その気持ちはわかります。でも語り手のジェイコブ・ホーナーは嫌いです（自然だけが真空を恐れるわけではない）。なんとなく私の友達アンブローズ・メンシュや……誰かの性格と似ていて、居心地が悪くなるのです。

　再生復帰院とそこの黒人の偽医師には、何か現実のモデルがあるのですか？　最近、あなたのジョー・モーガンから何か便りがあったのですか？

　もちろん、気にしないで下さい。こういった類の質問の無意味さはじゅうぶん承知していますから。それにホーナーがドクターに服従してしまう理由を自分で説明できないことも理解できるし、それに共感もしています。それというのも、この私自身が、「私の人生の物語を」というあなたの要請を（私らしくもなく！）受け入れてしまいましたし、去年のいま時分には単なるお友達以上ではなかった人に、今は唯々諾々と従っており、その理由を説明できないでいるのですから。

　その人というのは、もうおわかりでしょうが、アンブローズ・メンシュです。私の同僚で、その肉体で証明してくれたように私より六歳も若い男で、文学博士号騒動ではショット＝カーター同盟に反対し、私の味方になってくれ、ハリソン・マックの死以降の数ヶ月間は私の友人で――そして先月三月二十日以降は、私の愛人となった人です。

　告白をもう始めてしまいました！

　どこで終るかは、供述人の私にもわかりません。とどまることを知らないかもしれません。アンブローズが私をどのように考えているかと言えばあっさりしたもので、私を実物以上に考えているわけではありません。ただまず私自身に興味を持ち、次に私の「象徴的可能性」に惹かれたと（あなたの場合とは逆ね）、きっぱりと断言してくれましたが。私が、彼のことをどう思っているかは、自分でもわかりません。あなたがご存知の彼の過去と現在についても知りません。アンドレ・ジッドの「沼沢地」小説（アンブローズは未読）に出てくる蒼白なティティルスのように、彼はチョップタンク川岸にある塔のような家で、隠者同然の暮らしをしています――その塔を彼は大きな暗室に変えたのですよ！　彼は自分を評して、「人生のアマチュア達人」と呼んでいます。「人類という種の名誉会員に憧れる者」と。日々沈みゆくこの塔の中で、私の恋人は自家製の天体観測儀で星を観測しては、新しい星座を考え出しています。また顕微鏡の下の精液をじっと観察しては、やみくもにレースをしている精子の一つ一つに名前をつけて（賭金まではって）います。彼は、鈍感で石頭の石工である兄の妻、情熱的なイタリア東部女と、長年ずるずるとなまぬるい三角関係を味わっていました（にんにく風味のドレッシングをかけた二個の塩漬け蕪《クラウツ》といった具合ね）。またおだやかな興味をもって、額《ひたい》の上の赤痣（蜜蜂模様だそうですが）が癌になるのを待っていました。しかし私には痣の形は、とうてい、蜜を生む蜂《アピス・メリフィカ》には見えません。同じように、アンドロメダ座とカシオペア座とペルセウス座にＡＭＫの文字（彼の筆名アーサー・モートン・キングのイニシャル）が見えると主張するのですが、私にはとうてい、そうは見えません（もっとも、私にはペルセウス座もその仲間も全然わからず、単に、星が集まってきらきら光っているだけです）。彼は匿名の〈あなたの友〉宛の手紙の追伸という手を使って、私に「ラブレター」を書いてきました。彼はかつて〈あなたの友〉から、壜に入った空白のメッセージを受け取ったと言っています。ですから同じようにして、彼はチョップタンク川の流れに壜に入れたラヴレターを投じているのです（そして私は郵便でそのコピーを受け取っているのです）。求愛などという馬鹿げた考えを抱いてくれたせいで、ついつい、彼のそれまでの情事の数を数えるはめになり、大いに楽しんでいます――彼の場合は、たいしたことはなく、通算五回。それも三回は同じ女（すでに述べたイタリア女のアブルツェサ）で、そのうちの二回はほとんどセックス抜きのようです。

　あの「ラブレター」と、これまでわかっている彼の人生から判断するに、どうも彼はインポテンツで、愛人候補にはなりそうもないようでした。たしかに私が愛したなかには奇妙な人もいたけれど――典型はハリソン・マック二世（安らかに眠れ《R・I・P》）――アンブローズはとても私の愛人リストに載りそうもありませんでした。それにハリソン・マック二世との情事が終ったばかりで、まだ新しい色恋沙汰を起こす気にもなれない時でした。それに私はこのところ年寄り好みになってきているし――どう取ってくれても構いませんが――つまり世間ですでに名を成しているかなりの年寄りという意味です。私には、名もない男など相手にしている時間はなく、またこれまでもそんな時間はなかったのです。たとえわれらのティティルスが映画スターのように魅力的だとしても（実際はちがう）、彼の道化じみた誘いには食指が動かなかったでしょう。

　そう考えていました。そう思っていたのです――けれども考え違いもいいところ。私の恋人はインポテンツどころか、ただの引っ込み思案で、隠棲的というだけでした。私と同様（今気が付いたのですが、私もこれまではその種のことに、ほとんど注意を払ってこなかったようです）、彼もまた、セックスなしでかなりの期間、支障無く生活できるようです。そしてある時、突発的に、まるでセックスを今発見したみたいに、はげみだすのです。次のオアシスまで瘤に水をためこむラクダのように。けれども私には友達付き合いの方がよっぽどいいのです――彼が「ラブレター」をくれた直後、切羽詰まった感じで私のオフィスにやってきて、エルバ島から戻ってきたナポレオンさながらに、ミス・スティックルズの防御を押し退《の》けて進んできたとき、私は彼にはっきりそう言ってやったのです。彼がかつてチュイルリー宮殿にあふれた潮流のような熱烈な求愛を始めるので、レイプするつもりかしらと思いましたが、私の「貞操」についてはあまり心配してはいませんでした（彼は武器をもっていなかったし、私には助けがないわけでもなかったからです）。それよりも、文学博士号指名の特別委員会に支障がないかしら、ということの方が心配でした。すでに私たちは、個人的に友人同士だというので、攻撃を受けやすくなっているのです。

　彼は熱心に口説きました。愛を打ち明け、熱弁をふるいました。ニヤニヤ笑って跪くと、私ににじりよってきました。彼の言葉がどの程度真剣なものか、私にはわかりませんでした。彼は自分の熱情の証人に、シャーリー・スティックルズを呼ぶぞと脅しました……。彼が酒に酔っているのでもなければ、狂っているのでもないということがわかってからは、私たちは笑いながら言葉を投げ合い、からかいながら怒りました。彼はそれほど本気ではなかったようです――けれども、私がちっとも肉体的に惹かれないし、お友達としての付き合い以上に「進展」させる気もないときっぱり言ったことが、逆に、彼の情熱をかき立てることになってしまいました。言葉や態度こそ冗談めかしていたものの、私の体を求めてオフィス中を追いかけてくるさまは性急ではなかったけれど、実に執拗でした。電話がかかってきたので、これで助かった、と思いました（ハリー・カーターからの電話で、私の指名案に対するジョン・ショットの〈不賛成でもない気持ち〉を伝えてきたのです）。けれども、助かったかわりに、私は追跡者（今や捕獲者）の突然の抱擁になすすべもなく、他方で、カーターとスティックルズに対しては、このことがばれないように、きわめて事務的な口調で話さなければなりませんでした。電話を盗み聞きしているミス・Sにむかって、ついでにこっちへきて口述筆記をしてくれと頼みましたので、当座のところは彼のアタックに終止符を打つことができました。そうでもしなければ、あっと言う間に迫ってきて、まったく彼の言うままになるか、助けを求めて私が叫びだすかのどちらかになっていたでしょう。彼の方は次の日（私が最初にあなたに手紙を書いた土曜日）に、映画の脚本原稿についてプリンツ氏と話し合うため、ニューヨークに発たなければなりませんでした。そのため、すぐその後にまたアタックのやり直しをすることもままならなかったのです。

私は、彼のアタックがそれほど嫌だというわけではありませんでした（ちゃんとそう書いてきたはずです）。不快というのでもありませんでした。ただ、望んでいなかったから腹が立っただけです。私にとって彼は、友情がこわれるのを気づかうほどの友達でもありませんでした。おいおいおわかりになると思いますが、淑女を気取っていたわけでもありません。私たちは二人とも、独身主義者でもなく、相手に深く惚れこんでしまうタイプでもありません。こういったないないづくしが、かえって恋にまで高まっていったのでしょうか（一週間かそこらのちに彼が帰ってきたとき、そう彼にたずねました）。それはケンブリッジの船着場近くの、私の以前の下宿でのことでした。実は、ハリソン・マックの葬式のあと、タイドウォーター農場から私はそこに移っていました。引っ越しのとき、彼は親切に手伝ってくれました。けれどもその下宿は、事務局長の役目柄、週に五、六回大学へ行かなければならない私には、とても不便でした。そこで小さな車を買い、ドーセット・ハイツにアパートを借りることにしました。アンブローズは、私がまた引っ越そうとしているのを聞いて、引っ越し費用を浮かしてやろうと、兄の会社、メンシュ石材からトラックと手伝い人夫をつれて、やってきてくれました。私はとても感謝しました。そのときも、それ以降の数日間も、彼は言葉以外の手段で自分の気持ちを押しつけることはありませんでした。そのため、私の感謝の気持ちはかえって強くなりました。意地にもならず、気落ちもせず――男というのはえてして極端に、その両方になりやすいものですが――アンブローズ・メンシュは最高に優しくて気持ちのい い友人でいてくれました。ウイットに富んで、思いやりがあり、気立てがよく、博識な男。けれどもある時期に決まって二つか三つ、彼の想像力をかきたてる事柄が必ず出てきて、それにはもう夢中になってしまう人です。本人の認めるところによれば、彼の今季の二大目標は、私を誘惑することと、レグ・プリンツをギャフンと言わせることなのだそうです。

ところで、いつまでも拒絶するのも疲れる話だから、性的関係、それも大なり小なり長引く情事さえもOKしてしまうというのは、女にはよくある話ではないかしら。夏至・冬至と春分・秋分に月満ちてくるアンブローズは、「事を起こす」日を、三月二十日木曜日に選びました。ちょうど、あなたが博士号を断って、それをアンブローズに進呈すればと示唆してくれた手紙（思いもかけぬアイディアでした）が届いた日です。私は、次の行動を決める指名委員会を二時三十分に招集していましたが、アンブローズには、ちょっと早目に私のオフィスに来るように言ってありました。ハリー・カーターが必ずA・B・クックを再指名してくるのがわかっていましたから、それをどうやって阻止するか相談したかったのです。驚いたことに、彼は入ってくるなり、すぐに会議用のテーブルの上で性交しようと言って、私の腕をとってそこへ引っ張っていこうとしました。私は彼に、頭を冷やして、と懇願しました。すると彼は私にデスクに肘をつかせて、どうしても「後ろから《ア・テルゴ》」やらせろと言い張りました。すぐに私は、そのように自分の机に肘をつきました。でもその理由は、卓上のベルを鳴らしてシャーリー・スティックルズを呼ぶためです。そんなところを人に見られる愚をおかす人ではないだろうと、踏んでいたからです。けれども彼女に部屋に来るようにと言っている最中、彼は私の脅しに挑戦するように、スカートを引き上げ、パンティストッキング（なんておぞましい言葉！）を引き下げました。私はシャーリーにちょっと待つようにと言い、怒って彼に向き直りました。そうしたら、何とズボンの前はもう開いていて、ペニスが得意気に上を向いて飛び出しているではありませんか。まさにそのとき、シャーリーが私の耳に、ショット学長からお電話です、すぐにお話ししたいことがあるそうです、と伝えてきました。彼女がそう言い終るか終らないかのうちに、気取ったバリトンの声が割り込んできて、バース氏が博士号を断ったのを聞いた、ついては委員会の審議に干渉するつもりは毛頭ないが、『タイドウォーター・タイムズ・デモクラット』紙に載ったA・B・クックの最近の頌歌《オード》を私に読んで聞かせるから、という声が聞こえました。その頌歌《オード》は、副大統領スパイロー・アグニューを聖パトリックに、そして、リベラル派の報道機関を蛇にたとえて歌ったものだそうです。彼は読み始めました。アンブローズの攻撃を避ける最後の方策として、私は椅子に腰かけようとしましたが、彼はすでに私の椅子に腰をおろしており、私を串刺しにする姿勢でいるのです。彼から身を守り、かつ受話器も離さないという離れ技はできませんでした。まったく気違い沙汰です。本当に気違い沙汰！　それにとても疲れること……

　こうして二時七分過ぎに（と彼はあとで教えてくれましたが）、太陽が春分点の牡羊座のところにきたときに、アンブローズ・Mは〈あなたの友〉のなかに入ってきたのです。私たちは二人とも溜め息をつきました。その理由は別々でしたが。私は彼が望むように身をかがめ、スケジュール表のうえに肘をつきました。わが学長代行は大声で熱弁をふるいますから、私は受話器を耳から遠ざけなければなりませんでした。アンブローズはクックの弱強格《アイアンビック》のリズムに合わせて体を動かします。むず痒いというより、平手打ちのようなこの感覚もずいぶん久しぶりのものでした（いとしきハリソンはめったに何することもありませんでした）。〈糊もつけないデニムのシャツ〉《シャーツ・オヴ・スターチレス・デニム》（キャンパス活動家のイメージを詩人はそう歌い、マスコミが肩をもって記事にしすぎると非難する）の句が〈マルクス主義の毒を発《スクワーツ・オヴ・マルキスト・》散する《ヴェノン》〉の句と韻を踏んでいるとき、私たちはまるで一人の人間のように重なって椅子に座り、私自身、その韻に合わせて動けば、事が終ると思いました。そしてついに、「軟弱な東部ラディカル・リベラル組織」に弱強五歩格《ペンタメター》で、

　　　　　　注意せよ
　なぜなら、かの聖パトリックがアイルランドの海原に
　古えの毒蛇を放したように、スパイローが
　わが電波にて当代の毒蛇を放たんとするなり

と警告されたとき、私は自分のなかに、アンブローズの射精の最初の一回を感じました。

　そして――ここしばらく自分で気にかける理由もなかった事柄を――つまり、避妊の手段を講じなかったことを思い出しました。

　そのときショットが叫びました。君はどう思うかね？　「委員会にはかってみる、と答えたら」とアンブローズが囁きました。私は委員会用にその頌歌《オード》のコピーをしておいて下さいと頼みました――委員会は何と数分後に始まるのです。ですから、事の後、避妊予防の措置をすることもできず、精液でベトベトになったパンティをつけたまま、その午後は委員会の席に座ることになったのです。

　私の弱みにつけこんで不埒なまねをし、馬鹿なことに私たち二人の立場を危うくしてしまったわねと、やっと立ち直った私はアンブローズに言ってやりました。彼のアタッ

クを黙認したけれども、それはスキャンダルにまみれるよりはましだと思っただけで、だからといって二人が恋人になるわけでも、彼の厚かましいアタックをまた承認することにもならない、とくにシャーリー・スティックルズがこんなに近くにいるところでは、と。彼は素直にうなずき、お詫びにと、その晩はドーセット・ホテルで豪勢に白ワインと生牡蠣（私の大好物で当地の名産）を奢ってくれました。彼は生気に満ちていて、淫らなことも優しい口車に乗せ、決して「征服」にかこつけて、厚かましくなることもありませんでした。私たちは大笑いしながら、メリーランド桂冠詩人の頌歌《オード》をもう一度、できるかぎり思いだし、口にしてみました。私は、「マルクス主義の毒を発散する」のくだりでは、なぜ私のためにコンドーム《フレンチ・レター》を用意しておかなかったのかと彼を軽くたしなめ、「アイルランドの海原」のくだりでは、せめて引き抜いてくれればよかったものを、と文句を言いました。彼は私がピルを「常用している」と思いこんでいたなどとお世辞を言い、その上、自分の性的能力が頼もしいときには、生殖能力はないのだときっぱりと言いました。「死にかけた魚の群れのごとく、高い数値に低い運動性」と、彼は言うのです――これで、私はいわば彼の自己分析の深さを知ったわけです。

こういうわけで、ふざけ半分ながら、私たちの会話はセックス周辺以外の話題には移りませんでした――どうも私たちの友人の想像力はエロティックな事柄に、押しつけがましくはないにせよ、ずいぶん固執しているようです。私も牡蠣とシャブリに煽られて、いくぶんか感染してしまいました。というのも、デザートは何にするかと聞くみたいに何気なく、L二四番地で一度か二度、オーガズムのお返しをすぐにもさせてもらえないだろうかと尋ねられたとき、「もちろん、よくてよ。嬉しいわ、そう言ってくださって」と、あやうく言いそうになったほどですから。でも、私は丁寧にお断りしました。しかし彼がそれ以上に無理強いしないで、近いうちにもっとゆっくりお互いを味わいたいものだねと優しく言ったとき、結局自分は彼が欲しいのだとはっきりとわかりました。私の車のなかで（彼はレストランまで歩いてきたので、帰りには、家まで乗せてくれないかと頼まれました）、これからどちらかに「次の恋人」ができるまで、彼に衝動が起きたときは、私が不快に思わないかぎり遠慮なく私を招待したい、私の方も遠慮なく断ってくれてもいいし、承諾してくれてもいい、そんな風なことを望んでいると言いました。彼が言うには、人は必ず死ぬものだし、独り身の楽しみは所詮、孤独だそうです。私は彼の分別、彼の能力に信をおいてよいはずだと言います。私のような世慣れた女、りっぱな学者で、しかも有能な行政官が、一九六九年のこのアメリカで、いまだことセックスに関しては、恋人に表向きイニシアチヴを取ってもらうのを待っているなど何とも情けない。些細な事柄を頼むように何気なく、たとえば、頭がおかしくなるまでクリトリスを舐めてと自分から言えばよい。それができないとは遺憾なことだと言うのです……

彼の気さくな好色さ、紳士的なわいせつさをお伝えしようとして、彼の言葉を再現しているだけです。このような経験は、私には初めてのことでした。彼の若さや、思いやりや、必ずしも心を魅了するというわけではないけれども全般的に好ましい性格、それらがみななかなか目新しかったのです。たとえ私の運命が他力本願なものだとしても、あるいは搾取されているとしても、それが男しだい、あるいは男の手に委ねられていると思ったことは、これまでに一度もありませんでした。むしろ依存しているとすれば、性別に関係なく〈他者〉、たいていは、私が尊敬する優れた能力を持つ人間が相手だと感じていたのです。さらに私はスタール夫人と同様に、自分自身で人生を切り拓いてきた女です。したがって、もしもアンブローズがその夜「私を思いどおりものにした」のだとすれば、まず最初、ロング・ウォーフ埠頭の駐車場の私の車のなかで、「私が彼を思いどおりものにした」と錯覚させたからでした。次は二四番地のアパートです。そこに彼は朝までいて（セックスの合間に、映画の脚本の最初の部分をかいつまんで説明してくれました——読み上げるというのは適切な言葉ではありません。言葉らしい言葉などない部分ですから。映画のなかでは女の両手が映しだされ、細いペーパーナイフで一束の手紙がひとつひとつ開封され、背後に彼女の声で、まるで手紙の差出人の住所を読み上げるように、映画のタイトル、出演者の名前、その他もろもろの関係者の名前が流されるそうです。でも何とこの草稿は、それからすぐにレグ・プリンツから「言葉が多すぎる」というので拒否されてしまったとか！

それから十一日後、彼の三十九回目の誕生日の夜に彼の「征服」はまたも成就するわけですが、そうなったのは、同じようにそれまでは一向に直接誘う気配も見せず、セックスにおけるイニシアチヴと女性の権利に関する控え目な、しかし半ば真面目な与太話を続けて、私たちの愛の行為がどんなに素晴らしかったか、記憶を新たにしてくれたせいです。私はついつい彼を誕生日のディナーにと、L二四番地に招待してしまいました。そればかりか、オードブルといっしょに最初はフェラチオのサーヴィス、そして、コニャックのあとは性交で締め括りました。そしてコニャック（つまりマーテル）を飲みながら、新作のために私の生涯の物語を使いたいと申し出た三月二十三日付のあなたの手紙を見せていました。彼は「文学のリアリズム」に対して「ひねくれた興味」（彼の言葉、それともあなたの？）を持つという箇所に、大いに賛同しまして、あなたの手紙を脚本の中に組み込むというアイディアに、しばらく興じていました。そしてあなたにさっさと失せるよう助言するように私に助言しました。

さてと、アンブローズの認めるところによると、彼の生殖能力はすでに落ち目ということです。私の方も——そう危惧する理由はじゅうぶんあるのですが——終りに近づいています。ここ二年ばかり生理は不規則で、まるまる一ヶ月ないことも珍しいことではありませんでした。「ジョージ三世」と付き合っていたころは、生理が不規則でも、更年期の女性はみなそうですが、あまり気にもしていませんでした。陛下が（インポテンツではありませんでしたが、高齢のためにスロー・テンポで、「気がふれている」ために活力が落ちていました。「気がふれている」点では、英国王ジョージ三世と若干、似ていたわけです）、私が読んであげたフィールディングやスモーレットのエロティックな一節に興奮して、彼の「レイディ・ペンブルック」と交合する頃には、すでに彼女はペッサリーをちゃんと嵌めていられたわけです。最近の二回のアンブローズとの夜《ノクテイス・アンブロジアナエ》についても私は同様に前もって準備していたので、不安はありませんでした（彼の言葉を信じれば、これまでのところは、私よりもじゅうぶん慎重に事を運んでいるようですし）。しかし私のオフィスでのあの無分別な性交は、私の心の平安を乱しました。私には低い「運動性」という彼の言葉を信ずるしかないわけですから（彼は最初の妻との間に一子、知恵遅れの娘をもっていて、ずっとその面倒を見ています）。いずれにしても、一匹の健康な精子が泳ぎついて事をなし遂げれば、一巻の終りなのです。放出された精液を抱えたまま委員会の席に座っていなければならなかったとは、実にひどい話で——委員会では、あなたが名誉博士号にアンブローズを推薦したので、彼を委員会から外し、代わりにフランス文学科から分別のある女性を補充するという余計な議事手続きをせざるをえず、そのためA・B・クックの指名は延期されました——おまけに私の排卵期の〈真っ最中〉に当っていたのです。さらにそのうえ、過去の苦い経験から思うに……いえその話は、次の手紙に取っておきましょう。

それで、妊娠の可能性は大きくはないと思っていましたが、四月二日の夕方に生理痛を感じたときにはほっとしたものです——アンブローズは私の生理と桃色に輝く満月との奇妙な一致に喜んでいました。

アンブローズの発情ホルモン《エストロン》暦の計算によれば、そのお月様はわれわれの情事の第一段階の終りと第二段階の始まりを告げるものだそうです（ともかくこの二週間の間に私たちの関係は大いに進展しましたが、この状態がそう長く続くとは思えません）。第二段階については「枯渇するまで性交」と言えるのみです。たしかに私の考えでは、イギリス人特有の克己心は、むしろ大いに称賛すべきもので、人生の「別の」舞台ではある程度自分でもそれを発揮したいとは思っていますが、前にも言いましたように、私は淑女ぶってもいなければ、「冷感症」でもないのです。けれども今回の私の行動については、どう説明したらよいかわかりません。彼にとってはどうなのかわかりませんが、私にとっては前代未聞のことでした。初めて得た年下の愛人だし、今まで私は、愛人とのエロティックな面は他の面ほど大事ではなかったし、現在、精力とは言わないまでも、少なくとも若さの最終段階に入ってしまっているし、アンブローズのやり方は、セックスでのイニシアチヴについての平等を奨励するものだし（私のような立場の女にアピールすることは間違いなし）、このようなことをちゃんとわきまえて――こういったことがじゅうぶんわかっていても――依然として、この二週間の、私の、彼の、私たちの交合と、その「フゾクブツ」と「ダイヨウブツ」を激しく求める貪婪さについては、どう説明したらよいかわからないのです。

彼は私にとって最初の恋人でもないし、私が彼の最初の愛人でもありません。あなたが私の最初の小説家でもないし、私が（あなたはこれに反対して抗議することはわかっていますが、あえて言わせてもらえば）あなたの最初の「モデル」でもありません。私たちは、互いに求めるものがよくわかっているのです。そして与えることを決心した以上（事の成行き上であったにせよ）、私は躊躇したりはしません。アンブローズ・メンシュは、少なくとも私にとっては……〈ファッキング・マシーン〉です、いや、でした！　そして私も、そうなのです。私たちは愛し合っているわけではありません。以前以上、あるいは以前以下の友達でもありません。他の点については、私たちも、私たちの関係も、まったく何の変化もないのです。ただファックのみなのです！

彼は、私がこれまで軽蔑してきたこの言葉を、賞味する術を教えてくれました。彼は私と同様に、私たちのエネルギーと、鎮めることのできない欲望がどこからくるのか、不思議でならないと告白しました。私は彼のズボンの前から、彼は私のパンティから、手を離すことができないのです。四十五を過ぎた大学の事務局長代行をつとめる女性が、同じ大学の教授の研究室で、彼に馬乗りになっているとは、自分でも呆れます。しかも時刻は午前中の真っただなか、彼の回転椅子の上や、本や論文に囲まれて。廊下では学生たちががやがやと教室を移動しているのに、彼女は興奮してセックスにはげんでいるのです。四十五歳と数ヶ月ともなれば、普通は沸き立つ血は静まり、セックスは他の優先事項と共に、それ相応の場所――現実的ではあるが、最優先というのではない場所――に落ち着いているはず。もっと別の事柄が、時間と興味を占めているはず。人々との交際が重要で、人生設計が重要なはず。教授たちのカクテル・パーティのマティーニのオリーヴをとってきて、事務局長（代行）のヴァギナのなかに入れ、二時間後に彼女の若い同僚がそこから口づけでひっぱりだして、それを食べるなんてことは、重要ではないはず。それにその年ならば、（オリーヴをそっとハンドバッグに入れて持ち帰るとき）これから起こるオリーヴにつぐオリーヴのオーガズムのことを考えてはまず興奮し、次には（大学の女子トイレで）それを挿入するときにオーガズムを覚え、三度目には（L二四番地の暖炉のまえの敷物の上に仰向きになったアンブローズの顔の上にしゃがみこんで）それを引き出してもらうとき、そして、四度目は、こうしてそのことを話しているときに興奮するなど、決してないはず。一個のオリーヴで四回のオーガズムだと、四個のオリーヴでは十六回、しかもそのうちの十二回は、夜の本腰を入れてのファックまでに、すでに体験してしまっているのです……

おわかりになるでしょう。さて、これからどうなるのでしょう？　私たちの淫らで子供じみた非行は。私は彼に、ザーメンでベチャベチャの私の「パンティ」をはかせて、英文科の昼食会に出向かせます。彼は私と性交しているあいだ、私に、私の過去の愛人で、彼よりはるかに有名な文学者たちの作品を朗読させます……

もううんざり（と、うんざりするわけのない彼女は叫ぶ）。私は昨日、あなたのところのニューヨーク議会が堕胎合法化の模範的州法案を否決したことを知り、すこしばかり、がっかりしています。かつてカトリックの英領植民地であったメリーランドは、もちろんもっと中世的ですが、私の専制君主の愛人は、いつ何時《なんどき》私のなかに入ってくるかわかりませんので、ペッサリーをいつもつけていなければなりません。今朝すでに、シャーリー・スティックルズがコーヒー・ブレイクを取っているときに、シックスティ・ナインの離れ技をやってのけたというのに、今夜、どういうことをするのか、皆目わからないのです。いつになったら再び自分を取りもどせるのでしょう？

G

〒二一六一二　メリーランド州ドーセット・ハイツ
Lストリート二四番地

追伸　手紙を書き終ったとき、アンブローズが入ってきて、服を脱ぎながら、今日はコンコードとレキシントンでアメリカ独立戦争が勃発してから百九十五回目の記念日になると告げました（私にはすでにそのことがわかっていました。ハリソン・マックはいつも、四月十九日から七月四日まではモーニングを着ていましたから）。私たちはこの戦いを、性的戦いとしてやり直すことにしました。私はまず彼の二ユーヨークを強奪し、彼は私のデラウェアを横切り、前途には、ブランディワインズ、ヴァリー・フォージ、サラトガあり。しかし母国なる私が、コーヒー・テーブルをホワイト・プレーンズに見立てて、そのうえでせっせと励んでいるとき、彼はこのページに気がつき、手紙全部をひったくると、私の抗議を無視して読みはじめました、歓喜の唸り声をあげつつも……。かくして彼はヨークタウンへまっしぐら、私はついに城を明け渡しました。その結果、パリ条約の最重要事項は次のようなものとなりました。これから先は、彼について何を言っても罰を受けない。そのかわりに、このような手紙は彼にかならず見せること、です。けれども、彼に相談もなく、私たちの仲をこんなに打ち明けてしまったことに対しては、罰として、書き物机に斜めにお尻をつきだしたまま、この追伸と次の文章をできるだけうまく書けと言われました。

　この人生の舞台では、たいていの人間は、いわゆる「役柄にはまった」生き方をしているように見える。誰の生涯にも、始めがあり、真中があり、終りがあって、その三つは互いに矛盾なくつながり、そして各自の型が要求する法則に、忠実にしたがっている。（H・G・ウェルズ『トーノ・バンゲイ』中西信太郎訳、の冒頭部。以下も同様）

と、

ガラス玉演戯の記録の中で演戯名人ヨゼフス三世と呼ばれているヨーゼフ・クネヒトに関して見つけ出しえたわずかな伝記的材料を、この本に確保しておくことがわれわれの意図である。（ヘルマン・ヘッセ『ガラス玉演戯』高橋健二訳）

と、

わずか三十四階のずんぐりした灰色のビル。正面玄関の上には、「中央ロンドン人工孵化・条件反射育成所」なる名称。（オルダス・ハックスリー『すばらしい新世界』松村達雄訳）

と、

丘の頂上にあるC中隊の宿営地まで来て私は立ち止り、丁度、早朝の灰色の霧が薄れて全体が眺め渡せるようになった本隊の基地の方を振り返った。（イーヴリン・ウォー『ブライヅヘッドふたたび』吉田健一訳）

また、

ひとりの単純な青年が、夏の盛りに、故郷のハンブルクからグラウビュンデン州のダヴォス・プラッツに向かう旅に出た。人を訪ねるための旅で、三週間の予定であった。（トーマス・マン『魔の山』佐藤晃一訳）

さらに、そう、

川走《せんそう》、イヴ・アダム礼盃亭《れいはいてい》を過《す》ぎ、く寝《ね》る岸辺《きしべ》から輪《わ》ん曲《きょく》する湾《わん》へ、今《こん》も度失《どう》せぬ巡《めぐ》り道《みち》を媚行《ビコウ》し、巡《めぐ》り戻《もど》るは栄《えい》地《ち》四《し》囲《い》蛇《い》たるホウス城《じょう》とその周円《しゅうえん》。（ジェイムズ・ジョイス『フィネガンズ・ウェイク』柳瀬尚紀訳）

そして最後に、「アーサー・モートン・キング」自身の目下進行中の小説の冒頭です。物語の語り直し、それはペルセウスの、メドゥーサの、……

O《オオ》！

D　レイディ・アマーストから作者へ

マーシーホープでのトラブル。数人の著名な小説家との過去の関係。アンドレ・カスティーヌとの情事とそれにまつわる問題。ジェフリー・アマースト卿との結婚。彼女の未亡人生活と学問的生活への隠棲。

四月二十六日土曜日の朝

拝啓

前回の手紙のなかで私の住所に注釈をいれてお出ししましたら、すぐに四月二十日付の手紙をいただきました。そこには追伸の形で、まさにその住所についてお尋ねでした。人は一呼吸、置かなければいけませんね。しかし同じことが、私の「告白」にも当てはまるようです。あなたが予期《バーゲイン》しなかったほどに、しかもあなたが腰を落ち着けて実際に交渉《バーゲイン》にかからぬうちに、私がこのように告白しているのですから。

たいしたことではありません――こういった郵便の行き違いは、ちょっと気味悪く、少しばかり頭を混乱させるだけです。私にはまだまだ語るべき過去の物語があります。それに、アンブローズ・Mとの現在の関わり（〈関係〉という言葉は大げさすぎます）もとても面白くて、いちいち解説はしないまでも、自分の行動に舌打ちして客観的になるだけのためにも、ぜひ記録しておきたい衝動にかられるのです。しかも土曜日の朝は（私が一人でいるか、彼が眠っているかなので）、朝のコーヒーと「イングリッシュ（！）」マフィンを取りながら、あなたに手紙を書くのには好都合なのです。それに、このような何度にも分けた告白は、小説と同様に、返事の当てなく書かれてしかるべきもの、またそれはそれでよいのです。つまり、ひそかに綴られ、ひそかに投函され、ひそかに受け取られるべきなのです。

今朝の新聞が実にタイミングよく報道していますが――何しろこの一週間、私もそれにかかりっきりでした――この国の大学のキャンパスというキャンパスは、良くて混乱の極み、悪ければ武装蜂起という状態です。ここマーシーホープの無邪気な輩《やから》ですら（「ピンクネック」とアンブローズは呼んでます）、バークレーやバッファローやコーネルやハーヴァードの煽動的な過激分子にそそのかされて、昨日ジョン・ショットのオフィスを短時間乗っ取って「破壊行動」を起こし、シャーリー・スティックルズと私のオフィスでは「すわり込み《シットイン》」をしました。ショットとシャーリーは（それに、学生活動家を「スポック博士の泣き虫ども《ビッグベイビーズ》」と呼んで以前は軽蔑していたくせに、今では怯えて震えているハリー・カーターも）、「アナポリスか、あるいはワシントン」あたりの保守派の実力者たちに訴えるためでしょうか、深く考えもしないで軍の出動を要請しました。私も、だいたいにおいては腹立たしく思っています。もしも私のオフィスをめちゃくちゃにされるようなことになれば、猛り狂うことでしょう。というのも、私はこの国の政府の誤ったヴェトナム戦争関与を（その帝国主義的政策よりも、その無益さゆえに）遺憾に思っており、ちょっと想像力を働かせれば、たとえばコロンビア大学における学生の本部棟占拠に至る情緒的論理についていくのは簡単ですが、一方では、マルクーゼや毛沢東《マオ》やマルクスはおろか、朝刊さえろくに読んでもおらず、（ショットやカーターやシャーリー・Sなどと同様に）大学とはいったい何かということも知らずに大学に毒づいているわが校の学生を、とてもではないけれど本気では考えられないからです。

デモの本来の目的は何かをアンブローズは私に教えてくれ、のちには学生たちに説明しました。彼の見方によれば、学生たちが抗議すべき事柄は、マーシーホープのような所を〈高等学校に毛が生えたもの〉とは呼ばずに、総合大学《ユニヴァーシティ》とは言わないまでも、大学《カレッジ》と誤って呼んでいることなのだそうです。けれどもこういった子供たちが、本物の大学《ユニヴァーシティ》で、いったい何をするというのでしょう。

デモ隊と話し合うことができたのは、彼とあなたの「トッド・アンドルーズ」の、ほとんど二人だけでした。デモ隊の煽動には、正真正銘の過激派、ハリソン・マック二世の息子が一役買っていました。ミスター・アンドルーズは、タイドウォーター財団の理事のなかではいちばん物のわかった人物で、専務理事でもありますから、ショットさえ、ある程度はやむなく敬意を表していました。そのアンドルーズとドルー・マックがイデオロギーの垣根越しに話を交わしているとき、二人のあいだには、明らかに若い方は腹だたしく思いながら、さりとてそれを断ち切るわけにもいかないある種の絆《きずな》のようなものがありました。そしてアンブローズは――ドルー・マックの旧友であり、通常の大学組織の一員とは一味《ひとあじ》ちがっているうえに、リチャード・ニクソンを軽蔑しているために学生たちにはラディカルと誤解され（私に言わせれば、私の愛人は保守的ニヒリストというだけなのですが）――学生側の教授会メンバーのスポークスマンという役割を担ってしまったのです！ このまったくの誤解を、彼は面白がっていました。ドルー・マックが仲間のデモ隊に、トッド・アンドルーズが大学当局の代表者でないのと同様に、アンブローズも「われわれの価値観」の代表者ではないと説いてみたところで（その主張は正しいのに）、無駄なことでした。二人は調停を果たし、そのせいで両陣営は代表者を送ったという幻想を抱いて、その結果、占拠は終結しました。当局側は春季休暇を二週間に延ばし、最終試験期間を早めることによって、今学期中に学生運動が再編成されるのを回避することができると考えました。秋になれば――東南アジアの情勢はともかく――キャンパスのムードはずいぶん変っているだろうというのが、大学側の予測でした。

こういうわけで、私の愛人は思いがけず、急にジョン・ショットの覚えめでたくなりました。またミスター・アンドルーズはショットに、アンブローズは報道関係のMSU批判に対する防波堤になりうると語りました。今や私は勇気百倍、新たに構成された名誉文学博士号推薦委員会に彼の名を持ち出すことができます――それどころか、他の人にも推進してもらえるのです。政治的動物でないアンブローズにとって、こういったことすべては、まったくの冗談と言わないまでも、せいぜいが一種のスポーツ、目先のかわった「ハプニング」でした――「ビッグ・テンのフットボール試合の代わりさ」と彼は言い切っています。それに強壮剤でもありました。彼のシニカルな見方によると、学生たちは革命ごっこをして興奮し、そのあといわゆる解放された寮に帰って、愛の行為をするのだそうです。彼ももちろん「突き立て《プロジェクティング》」てきます。私は骨の髄まで疲れ切り、穴という穴は前夜の色事のためにヒリヒリと痛み、まるで精液をふりまく聖セバスチャンよろしく身体全体から精液をしたたらせて、この手紙を書いています。こんなにたくさんのザーメンが、いったいこの世のどこから生じてくるのでしょう？

かくして私たちの度を越した淫蕩は、驚いたことに四週目に入っても衰えません！ 私は自分の体力も、性欲も、これほどまでとは考えていませんでした。この四月中に行った性交の数は、過去四年間の総計をはるかに超えています。私がこれまでにヴァギナの中に吸い込んだ量の半分の精液を、この四月でゆうに吸い込んでいるはず。耳のなかや、お尻の穴、シーツのうえ、寝巻き、昼の洋服、敷物のうえ、家具、四方八方に飛び散ったその量は勘定の中に入れないでもです。けれどもまだ私は飢えていて、渇いているのです。今も私の左手は寝ている彼のものをまさぐり、右手で手紙を書いています。今や両手に道具を持っているわけです。かわいそうに坊や、また大きくなってきたわね、慰めてあげるわ。彼はうめき声をあげ、寝返りを打ち、起きてきました。私の忠実な英国製のパーカー万年筆――チャールズ・ディケンズにあやかって「ミスター・パンブルチョックの屋敷」という名をつけたロチェスターの文具店で買い求めたもの――も、彼のちっぽけな突込みペニスの《ポウキイ・ポウキング・ペンシル・ペンサル・》子旗ピンの細胞状毛筆的ピーィ《ピンセル・ペニセラス・ペニシラス・ピーィ》に道を譲らねばならないわけです。

失礼しました。キテ、そして（一時間後に）彼の娘を午後の散歩に連れてイッテ――そして、あえて言えば、彼のアブルツェサ（ピーター・メンシュ夫人）にできるかぎりの言い訳をして。あの人は彼女にもサーヴィスしているのかしら。ふとそう考えました。肉体的には不可能！　でも、私の疲労の素を洗浄しているとき、その考えに刺激されて、トイレにまたがったまま避妊液注入器で結局、遊んでしまいました……

でもまあ、こんなことはあなたが聞きたいと思うようなことではありませんね。

私だって書くつもりはなかったのです、二時間前までは。そのとき私はあなたに、たとえばこんな話をしようとしていたのです。私の誕生名は、ジャーメイン・ネッカー・ゴードン、パリ生まれ。両親とも野心家の当時流行の国外逃亡（二流）作家で、それぞれの祖先は、若い頃のバイロン卿の無名の遊び相手と、一八一六年の夏にスイスで死ぬ一年前の老スタール夫人に遡ることができるということ。私が教育を受けたのは、パリやローマの二流のサロンや文学カフェで、この世でいちばん子煩悩で、非道徳的で、情愛が深くて、感傷的で、大切で、けれども何の役にもたたない両親から薫陶を受けたこと。彼らは自分たちの野心を（なんと九歳の！）私に託し、小説を書かせようとしたのです。両親とも、かつては将来を嘱望された才能ある小説家でした。二人の最初の小説は、それぞれ、批評家のあいだではまずまずの成功をおさめましたが、二番目と三番目の小説は、それほど注目されず、四番目と五番目と六番目の小説は、出版社を見つけることすらできませんでした。そうこうするうち、ちょうど二段ロケットの点火がうまく作動しなかった宇宙ロケットよろしく、年々歳々だれてきて、とうとう衰退への緩慢な軌道に乗ってしまったのです。彼らの厳しくはない黙認のもと、私は十四歳のときにローマのヴィラ・アーダの森（今では観光客のキャンプ場！）で、H・G・ウェルズ氏の（キャップをかぶった）万年筆で、まずは穏やかに処女《おとめ》の花を散らされたというわけでした。私はウェルズを恐れ、尊敬していましたが、彼はそのお返しにと、私の小説ではなく、私の肉体をめでてくれ、とても「スベスベ」していると言ってくれました。彼はうす汚れた老人ではなく、傷つきやすい人で、私はお茶目な少女でした。彼の文学批評も、万年筆も、私をそれほど傷つけませんでしたが、私の両親は彼の批評に激昂し、『フラストレーションの解剖』（一九三六）以降の彼の本は、断じて読みませんでした。

両親は次に、老メーテルリンクに目標を定めましたが、彼はすでにこの世を去る直前の仕事に没頭していて（『大いなる沈黙の前』は世に出ており、『大城門』は印刷中、『別世界』は草稿段階）、誘惑されるには至りませんでした。一九三八年にカプリ島で休暇を過したとき、両親は厚顔にも、シンクレア・ルイス氏に私を紹介しよう（ということはつまり「私のなかに」導き入れよう）としました。彼が稀にみるほどの醜男で、両親が一九三〇年以降の彼の作品を評価していないにもかかわらず、です。そのために、私たちはカプリ島にきていたアメリカ人たちに近づきました。こうして私は初めて（ナイーヴで、魅力的で、金持ちの）ハリソン・マックとジェイン・マックや、サー・ジェフリー・ウィリアム・ピット（アマースト卿）に出会ったのです。アマースト卿はそのとき四十歳、離婚したばかりで、世界大戦《ハルマゲドン》の始まらぬうちに私たちと同様に最後のイタリア旅行をしていて、マック夫人にしきりに色目を使っていたのです。彼女にはその気がなかったようですが。（三十年といくつかの恋の大戦《ハルマゲドン》を体験したのち、やっと私にもわかったのですが、そのときジェインはトッド・アンドルーズとのくっついたり離れたりの長い情事に終止符を打っていて、彼にちなんで名付けた息子を身籠っていたようです。ところが生まれてみればその息子はハリソンそっくりで、彼の息子であることは、疑う余地もないことでした）

しかしこの私は、彼に関心を抱きました。私の両親は、アマーストが殿様であろうがなかろうが、これまで一行も物を書いていないではないかと言って、反対しました。ナポリから北へ向かう汽車のなかで、彼は、私のはじめての本当の恋人となりました。しかし次の年チューリッヒで、私がジェフリーのプロポーズを断ったとき、両親との訣別が訪れました。彼の愛人ではなく妻となること、それによって、物を書き、かつ著名な物書きの「仲間入りする」ために必要な資産と暇をもった女になることは、ママやパパには大いに価値のあることでした。しかし彼らは、『ユリシーズ』や『進行中の作品』の作者に憧れる私の〈若い革命的情熱〉を理解してくれなかったのです。戦争を避けるために、両親はチューリッヒに、ジェフリーはイギリスに戻りましたが、私はこのジョイスの許にひざまずこうと、パリへいきました（しかし、今白状しますと、彼の近くへ寄ったこともありません）。

　B様、退屈ではないでしょうか？　その寒い冬、私は十九歳でした。魅力的でしたが、文字通り無一文でした。世の荒波に見事に傷ついていましたが、才能は、はちきれんばかりでした。血迷ってのぼせ上がったジョイスの娘を若かりしサム・ベケットが軽くあしらったと聞き、そのことについて、ベケットと言葉を（三言ですが）交わしました。また私はすでに、ヘミングウェイを浅薄な大衆作家だと見限っていました。エリオットの新正統主義にも懐疑的で、パウンドの反ユダヤ主義と彼のフロベーニウス（一八四九－一九一七。ドイツの数学者）とムッソリーニへの傾倒については、心を痛めていました。そのうえ、ガートルード・スタインとアリス・トクラスの二人の女性とは仲好しでした。粗末ながらも暖かい彼女たちの暖炉の前で、当時の彼女たちのお気に入りにも会いました。その彼はもの静かで、うっとりするほどの美男、二十二歳のフランス系カナダ人の前衛作家、名前は……アンドレ・カスティーヌでした。

ほらほら、もう名前を書いてしまいました。アンブローズがここにいて、からかわれないで済んだのが幸いです。そんなことには、あるいは彼には、がまんできなかったでしょう――もっとも三十年後にその青白い複製、メンシュ氏の誘惑にころりと参ってしまった遠因は、このアンドレなのです（他の人ならすぐにもわかったかもしれないことにいま突然に気付き、その因縁に興奮しています。「文章《スクリプト》療法《セラピー》」の効用もこういうところにあるのですね。これからは大いに利用しましょう）。ああ、わが愛しきアンドレ！

　私たちを酔わせるのに、アリス・トクラスのハシシ入りのチョコレートケーキは必要ありませんでした。かたくなな二人のすね者は、言葉を交わしはじめてものの十五分もたたぬうち、たがいに愛しあうようになりました。私たちの生い立ちに、共通部分がたくさんあったからです。アンドレの両親はカナダ外務省のそれほど地位の高くない役人で、気楽な放浪生活を送るボヘミアンでした。正式には結婚はしていませんでした。アンドレは北アメリカやヨーロッパを、気儘に転々と移動して育ったのです。半ダースほどの外国語を自由に操り、どんな社会システムにも順応できました。彼はあらゆるものを読み、クリケットの試合から国際経済、有機化学まであらゆることを知っているようでした。五歳のときから詩や小説を書き、ランボーが文学を捨てる二年前にすでに文学から離れ、文学に代わる映画にも、もう飽きてしまっていて、彼の言う（なんと一九三九年／四〇年のこと！）「行動歴史学」なるもののために、「伝統的」ジャンルはすべて御免だと言って、スタイン（ヤミス・ネッカー＝ゴードン）を挑発していました。「行動歴史学」とは、一種の前衛的語りといったもので、歴史を〈作っていく〉のです。

　激しく私たちは対立し、激しく私たちは共感し、激しく私たちは絶頂に達しました。かつて私は、堅実で紳士的な、父のように優しいセックス・フレンド、いとしのジェフリーを愛していました。ジェフリーは最初の愛人としては理想的でした。しかしアンドレと私は、激しく求め合い、互いに燃焼し尽くそうとしました。凍てつくように寒い部屋で電気の流れる線がからみあうように、パチパチと音を立てていたのです。それほど狂った電気には〈愛《ラヴ》〉などという言葉は、生温《なまぬる》い！　一九四〇年の春に私は妊娠していました。迫りくるドイツ軍を逃れて、私たちは南に逃げました。「歴史の台本」作りのため、秘密の仕事でアンドレはヴィシーとパリとのあいだを何度も往復しました。彼の威勢がよくて皮肉な会話の何パーセントが本当の事なのか、私にはわかりませんでした。うまく事が運ばないこともあるようでした。彼はそれを、〈クリオ（歴史を司る女神）からの断り状〉と呼んでいました。ある日、真夜中に私たちは屋敷から逃げ出しました。逃げ出す前はその屋敷で、私はブリーチーズやボジョレー・ワインをたらふく飲み食いしていて、お腹の赤ちゃんとのんきな生活が私の上に書いたようにあらわれでていて、その逆、私がそういったことを書き表わしていたわけではありません。その後、トラックや飛行機や小さな船や大きな船を乗りついで私たちはケベックに着き、それからオンタリオ——南仏とはまったく正反対、ひんやりとし、清涼で、この世とその激変からは考えられないくらい遠く離れている土地——へ行き、そこで子供を産みました。

　私はアンドレの両親、マドモワゼル・アンドレー・カスティーヌとムッシュ・アンリ・バーリンゲイムにお会いしました。魔法のように出没自在ということを除けば、彼らは、私の両親を彷彿とさせました。献身的で、溺愛し、熱情的で無能な両親。アンドレは両親を崇拝していました——しかし彼らの歴史解釈、とくに彼らの家族の果たしてきた暗い活動については、ことごとく反対していました。けれどもその場合も、彼の方はいつも言葉は冗談めかしていながら行動は真剣そのものでしたが、両親の方は逆に、言葉には皮肉の影もないのに、私と同じく、アンドレからは真面目にとってもらえないという具合でした。私が推測しえた限りでは、アンドレの両親は大恐慌のあいだ、共産党の細胞《セル》組織を作ることに身を捧げていたようです。母親の方は中央カナダの穀倉地帯の出身ですが、父親は何と、メリーランドとヴァージニアの潮流が流れこむ湿原の生まれでした（この〈奇妙なる偶然の一致〉という網。私はそこに今も捕われ、いえむしろその中へ中へと引きこまれているのです。こうして書き記していると、それが恐ろしいほどに実感となってきます……ナゼダカ知ラヌガ《ジュ・ヌ・セ・クォ》）。「チェサピーク湾に火をつけるようなものさ」と、アンドレはからかって言ったものです——しかし父親はむっつりと目を剝きながら海図を広げて、ワシントンＤＣの上に人差し指を置き、ちょうど手の幅ぐらいのところにあるドーチェスター沼沢地帯の上に親指を置いたものでした。そして、これほど近い場所に活発な細胞《セル》を作れば、敵の大脳のなかに浮動性癌細胞《セル》を作るようなものだと、きっぱりと言いました——それは作戦自体としてはまちがっておらず（たしかに全体としては失敗に終ったが）、しかし、フランクリン・ローズヴェルトの大統領選出や、ニュー・ディール政策や、戦争の脅威に対しての合衆国防衛産業の急速な発展という、偶発的歴史を呼び込むことができた。しかしこういった事柄は、労働者階級を僥倖的な繁栄の煙幕で惑わすことになり、第二次革命は日の目をみることなく、子宮のなかで殺されたのだ（彼はこの下手な比喩にギョッとして話すのをやめ「悪かったね、ジャーメイン」と言いました。私たちの方は笑いころげていたのですが）。彼は革命の土台をそれほど腐心して、何とか築こうとつとめてきたのです。

「革命の土台にしちゃ、あまりに貧弱な土地」と、アンドレはからかい、僕を騙そうと思っても無駄だよと、キスをしながら笑って言いました。彼は、両親が二人ともＦＢＩからひそかに金を貰っており、自分たちが組織したと公言している細胞《セル》に、実は潜入したのであり、またそれを破壊したのだということを、よく知っていたのです。それに、歴史的な「偶発事」とはいえ、この異端の行為はどういうことです？　カスティーヌ家とバーリンゲイム家の一族郎党を辱めるだけじゃないですか！　そして——そして、等々と！

　このような目眩く会話のただなか——アンドレと彼以前のカスティーヌ家の面々が生まれたカスティーヌズ・ハンドレッドの居心地のよい農家で、ガイ・フォークス・デイに——私は男の子を産みました。アンドレも、彼の父親も、その場にはいませんでした。何か大きな事が——アンドレが「僕の『魔の山』」「僕の『フィネガンズ・ウェイク』」と叫んでいたものが動いているようでした。絵葉書がワシントンから、ホノルルから、東京から、そしてマニラから届きました。アンドレー（四十歳でおばあさんになったわけです。私は五十歳近くになろうというのに、実際のところは子なし同然です）は公平で優しく、一種の明晰な不明瞭さといったものに満ち溢れていました。彼らの生活について私が遠慮なく質問しますと、彼女は喜んで答えてくれるのですが、しかし、何も明らかにならないのです……産後の鬱病が私を襲いました。しかし今になってみれば、その原因は、至るところに潜むこの不可解さのせいだと思えます。私は……物事にうまく対処することも、それを処理することもできませんでした。その赤ん坊——彼に名前をつけることもできませんでしたし、ましてや育児をすることもできませんでした。名前など、どれもこれもその意味を失って、私は発狂寸前でした。私はどこ？　このカナダとは何？　カスティーヌズ・ハンドレッドからは、カナダはほとんど見えませんでした。アンドレはどこ？　ママやパパや、いとしのジェフリーはどこ？（今となってはジェフリーを恋しく思い、彼がロンドンで再婚したと聞いて涙にむせびました）アンドレから手紙がきて、また小説を書くようにとすすめてくれましたが、私は書けませんでした。読むことすらできませんでした。わがアルファベットがアラビア文字と同様に、遠い国の言葉のように思えるのです。文字の連なりは、それを解く鍵《キー》を忘れた暗号のようでした。むしろ、空白に、余白に、行間に、私は意味を見出しました。

もうたくさん《アセ》。屋敷の中では、何も言わなくてもすべてがとどこおりなく進むのです。善良なアンドレーは私の赤ん坊をわが子のように扱い、説明は不要でした（私の理解では、何ものも、もはや説明不可能なのでした。地球の半分は燃えさかり、別の半分は燻っていました）。やがておのずから、スイスへ帰る道が開けてきました。コペ近くに両親が借りた小さな別荘へと私は帰ることになったのです。アンドレが、私の両親に事の次第を報告していたことがわかりました——ある日、空から降ってきたかのように彼がふいに立ち寄り、自己紹介をして、私たちの子供の写真を見せたそうです！　両親は彼を好青年だと思いました。彼の手紙の文章を絶賛し、その前衛的なところには遺憾の意を表し、ゴールズワージーやコンラッドのような高潔な道に戻るようにと助言しました。そして彼も、そういった作品を読み直すと約束したのです……

その夏、パパが死に、作家となることを決意した十二歳以降に書いてきたすべての手紙のコピーを私に遺しました。何と法文書用ファイルの引き出し八つ分の量でした！　ママには、彼女自身の原稿と同じくらいの量の「未完の」（つまり出版されていない、読まれていない）原稿を残しました。彼女は夫の文学上の遺言の執行に全身全霊を捧げるため——それから十五年後に彼女自身が死ぬまで——自分自身は筆をおいてしまったのです。ほかには、遺産と呼べるものは何もありませんでした。大量の原稿——パパの原稿のほかにママの原稿——が、忠実に分類され「出版を待つばかりになって」、今もその別荘の地下室、彼らが眠っている場所からそう遠くないところに朽ち果てています。私は自分には子供がいない、と言いました。というのも、それ以降、私は自分の息子とその父親に、会ったとも、あるいは会わなかったとも、はっきりとは言えないからです。会おうとしたことは、確かです。何度も会おうとしました。けれども多分私の努力が足りなかったのでしょう。もっと別な人なら、またもっとましな人なら、地球上をくまなく探したことでしょう。そして、最初からカスティーヌズ・ハンドレッドを離れたりはしなかったでしょう。世の中が狂ってきて、アンドレの「行動歴史学」が〈不条理の劇場〉となってしまい、その家族の〈びっくりハウス〉——誰もかも、何もかもが、外見とは裏腹の家——になってしまったからと嘆いても、無駄なことです……それ以後長年にわたって、たいていガイ・ホークス・デイの頃でしたが、ときどき異国の切手が貼られた暗号のような葉書がポストに届きました。息子は元気で、彼には「祖父の名とよく似た」名前を付け、よい教育を受けさせていると書かれています。私のことも忘れてはいないようでした。私の決意は理解できるし、私の状況には同情しているようです。私はいわば「見守る」ようにとはいえ、今も愛されているそうです。

　時折、年一回の葉書に、一種の顕現《エピファニー》の言葉が添えられることもありました。ワレラノ息子ガ、三回目ノ誕生日ノ一四〇〇時ニ、青イ乳母車ニ乗ッテ、君ノ住所ノ前ヲ通ル。私はじっと見張っていて、それらしき姿が現れたとき、走り寄りました。しかし子守りは動転して、スイス訛りのフランス語で、この子の両親と憲兵を呼ぶわよと脅かしました。確かなことは言えないけれど、どうも、目が彼に似ていたようです……

　ある年の十一月、アンドレ自身が変装してロンドンの私の家にやってきました。もしも彼がオデュッセウスのように、私たち二人だけの個人的事柄を語らなかったら、私には彼だということがわからなかったでしょう。リトル・アンリはそのとき七歳になっていました。母親だと名乗らないという条件で、彼らと昼食を共にするのを許されました。間違いなく二人はアンドレとアンリでした。そんな残酷な悪ふざけをする謂《いわれ》はなかったのに！　けれども、あまりに多くの事柄が現在進行中の〈政府間の駆け引き〉に関わっているので、私がちょっとでも間違ったことをしたら、二人とも即座に姿を消さねばならないそうでした。私もそう得心しました。いずれはすべてわかる、再会もできる、ということでした。そのあいだだけの辛抱……私は唯唯《いい》諾諾《だくだく》としてそれに従ったのです。

　いずれ……いずれ。

　一九四二年、ママはヘルマン・ヘッセ氏に「私を紹介」(前述参照《ヴィーデ・スープラ》)しようとあれこれやっていました。彼はそのとき六十代で、モンタニョーラに引き籠ったままで、『ガラス玉演戯』を完成しようとしていた頃です。ヘッセは本質的には独身主義者でしたが、けっして純潔一本槍というのではありませんでした。激しい気性は世俗を脱した優雅さの証と彼は信じていましたが、彼自身にはその優雅さはほとんどありませんでした。このように信じていたためか、一九一〇年代に彼はノイローゼになり、それをユング派の精神分析で「なんとかなおし」たのですが、世の中の事柄には、言うなれば指一本かかわることができない男になっていたのです。そのため彼はまた、本の外では、そしてときには本の中でも、途方もなく退屈《ボア》な男になっていたのです。けっして行動的な意味での穴あけ機《ボア》というのではありません。彼は私の知っているたいていの「大作家」と同様に、民衆を恐れ、ごく親しい人とだけ付き合っていました。彼は私のことを、僕のクネドルヘンと呼ぶようになりました。私は一八九〇年代のシュヴァルツヴァルト地方の赤ちゃん言葉を学びました。彼は、私が膝までの革の半ズボンをはくのがお気に入りでした。一度、いっしょに泳ごうと彼を誘いました。湖は氷のように冷たく、ヘルマンは湖底に沈みかけてしまいました。私はそのあと彼の身体を何時間もマッサージし、昔の彼の身体がどれほど暖かかったかは知りませんが、少なくとも昔の暖かさを取り戻そうと必死でつとめました。私たちのどちらも、まだ彼に生殖能力があるとは思っていませんでしたが、私は妊娠しました。彼は、得意と自責の念が相半ばした躁状態のなかで、傑作『ガラス玉演戯』の最後の部分の草稿を書き上げ（不格好な補遺ではなく、物語部分のこと）、私が堕胎のためルガーノウへ急いでいるあいだに、私の原稿の品定めをしてくれると約束しました（これほど長い年月かけて、私はやっと三つの短編を仕上げただけ！）。彼に罪があるとすれば、うっかり私に子供をはらませ、堕胎までさせたことではなく、私の物語がつまらないものなのに、正直にそう言わなかったことです（彼は歯をくいしばり、これは注目ニ値スル、完全ニ注目ニ値スル、と断言しました）。『ガラス玉演戯』の中で、老ヨーゼフ・クネヒトが都合良く健全に溺れたさいにティト青年にヘッセが投影しようとしたのは、まさにその罪でした。

作家稼業に対する私の幻想は、彼とともに死に絶えました。現在の私には過剰な謙遜も挫折感もなく、そのせいで物がよく見えるようになりました。その目で見れば、私の創造の才能はかなりなものだけれど、それを執行する能力には欠けるというのが現実のようです。私には物語を語る資質がないのです。

物語の〈解説〉となれば、話は別です。コペのごく近くにいたとき、私と同じ名を持つスタール夫人の人生と作品を調べ、ジェルメーヌ・ネッケル・ド・スタール・ホルスタインについての一般向けの解説書を、イギリスの出版社から出しました。ひと握りの目の高い読者のなかに、サー・ジェフリーがいたのです。彼は私に手紙をくれ、二番目の妻はロンドン爆撃で死亡したと告げました。彼は、もしもこの戦争が終って、私たちが生きのびたなら、もう一度会いたいものだと書いてきました。そして戦争が終り、私たちは会いました。彼は私への愛を再び告白しました。私は一九四五年の秋には、まだ色よい返事をしませんでした。十一月がきて、アンドレから何の音沙汰もなく、その月が終る頃、私はレイディ・アマーストとなりました。

私たちの結婚にはロマンティックなところはほとんどありませんでしたが、成功でした。自由恋愛主義者で自由思想家である彼は、男としての奔放な遊びに過分の自由を与え、同様に、私にも過分の自由を与えてくれました。もっとも私の方は、とくにそれを望んでいたわけではありませんでした。身も心も貴族でありながら、俗物ではない彼には、私たちのサロンと、したがっていわばその種馬名簿さえ適切なものにしておけば、私たちが一緒にすごした年月に私が懐妊する子供たちが自分の子であろうと、他人の子であろうと、かまわなかったのでしょう。彼はどこか別の女に産ませた自分の私生児と同様に、私の子供なら誰でも、誇らしげに育ててくれたことでしょう。この点において、彼はスタール男爵そっくりで、そのために私は彼を尊敬していました。

ところが不幸にも、どういうわけだか次々と妊娠はするものの、月満ちては生まれませんでした。一九四七年に私たちは初めてアメリカに渡りましたが、私はすぐにカスティーヌズ・ハンドレッドに駆けつけました。ジェフリーはそれを感傷旅行だと理解してくれて、慎み深く、先にカリフォルニアへ行ってくれました。事の詳細を語れば、彼は心から同情してくれたでしょうが、私はそうしませんでした)。しかし、無駄でした。そこにいたのは管理人だけで、「旅行中」の雇い主たちがいつ帰ってくるかは知らないと言いました。私がハリウッドでジェフリーに合流すると、彼は、ハリウッドのイギリス関係者たちのパーティに出入りする女優の卵たちを、まさに千人切りしていました。彼女たちは、貴族の称号を有し、かつホモでないイギリス紳士の前では、どうしても垂直に立っていることができないようです。私はと言えば、オルダスおよびマリア・ハックスリーと親しくなりました。オルダスの方はそのとき五十代前半で、嘆かわしいことに哀れなヘッセと同様に、自嘲と良識の精神を犠牲にしてまで、神秘主義にかぶれていました。小説はもう書かないと彼が決意していることを知ると、彼に対する私の興味はなくなり、それからすぐ、ニューヨークへ行く途中の二十世紀特急列車の寝台車のなかで、流産してしまいました。

その後の年月には、また様々な男たちとの交わりがありましたが、私には今、それを語る気持ちもエネルギーもありません。一九四九年ロンドンで私たちはマック夫妻に再会しました。前に述べたように、ジェインはジェフリーに首ったけとなり、彼は彼女の思いを叶えてやりました——大半は親切心から、また彼自身の過去の情熱を思い出したからでしょう。しかし実際のところは、このちょっとした狂気の沙汰は、ジェインが以前彼の関心を無視し、その結果彼が私のものになったわけだから、ジェインに感謝すべきだと、なんと私に思わせようとしたのが本当のところです。なんと非凡な夫！　今でもときどき懐かしいわ。

十二年と一回の流産ののち、私たちは一九六一年に再びアメリカにやってきました。マック夫妻は返礼にと、私たちをアヴァンチュール抜きで、温かく迎えてくれました。ジェインはいかにも彼女らしく、ジェフリーとの感情をおくびにも見せませんでした。それは（彼の場合のように）それがあまり重要ではなかったからではなく、彼女の気質とはあまりにかけ離れていたので思い出したくなかったためです。この頃には私は、コンスタン、ギボン、ルソー、シュレーゲル、バイロン——つまり、彼らとスタール夫人との関係——について、以前のものよりもはるかに本格的な論文をいくつか出版しており、またスタール夫人の書簡集を編集して出版してもいました（マッカーシー旋風を逃れて、カリフォルニアからスイスへ戻っていたトマス・マン夫妻にお目見えするとき、これが役立ちました。以前、一九四七年にハックスリーが彼らに私たちを紹介しようとしましたが、うまくいきませんでした……でもこの話題については、今は語りたくありません）。私はフランス革命期文学の専門家として、ささやかながら名声を得ていました。このときハリソン・マックの計らいで、あなたもご存知のメリーランド歴史協会のジョウゼフ・モーガンと出会いました。マックはすでにモーガンに、建設中の大学の学長候補として、目を付けていました。その学識ある若者——私と同年齢の人はみな若者なのです——と話しているうち、私は次の論文を、スタール夫人とアメリカ人（ジェファソン、アルバート・ギャラティン、モリス総督）との関係について書こうと決めていました。

その年の秋、語るも驚くことですが、まったく違う種類の文学的人物と親しくなりました——彼は覚えていてくれない方がいいのですが。モーガンは自分のオフィスとデラウェア州のオフィスとのあいだの何度かのやり取りから、ジェルメーヌ・ド・スタールが十九世紀の最初の十年間、E・I・デュポン・ド・ヌムール株式会社の最初の投資者に名前を連ねていたという事実を思い出しました。スタール夫人はもちろんすでにフランス革命前に、エルテール・イレーネ・デュポンの父である経済学者ピエール・サミュエル・デュポンと面識がありました。彼女のなかの「ルソー」的なものは、デュポンのパパやテュルゴーなどの重農主義者たちが考えていたロマンティックな経済観に共感しましたが、彼女のなかの「ジェイン・マック」的なものは――その片鱗でも、私が受け継いでいたらよかったのですが――どちらの陣営の大砲が勝ちを制しようと、弾薬こそ金を産む投資だという事実に敏感に反応したのです。当時の株取引記録のマイクロフィルム、さらには一八〇四年の彼女の父親の死以降の、株についての彼女の問い合わせの手紙のマイクロフィルムをモーガンはわざわざウィルミントンからボルティモアに取りよせてくれ、私が調査するということになりました。協会の助手に手伝ってもらってその資料を読んでいるとき、その場にいた私を除くと唯一の部外者――ふさふさとした胡麻塩のカール髪で、良く似合ったスーツを着こんだ四十代後半のがっしりしてなかなかハンサムな男――が、事務の女の子を相手に大騒ぎしだしたのです。署名を入れて協会に寄贈したはずの彼の本が、陳列棚にも、メリーランド詩人の棚にもおいてないというのです。

彼はますます大声を張りあげます。これは偽装しているが、見え透いた政治的報復行為だ、と彼はのたまいました。モーガンと彼の同類は、知事から何か言ってくるのを覚悟しておいた方がいい。長いあいだ協会は、左翼の伝統破壊者や、自称インテリや、国旗《レッド・ホワイト・ブルー》に何の敬意も払わない余所者の煽動家どもに隠れ家と名誉職を与えてきた。まして彼らはこのメリーランドの州旗《レッド・ホワイト・ブラック・オレンジ》には、敬意のケの字も払わないではないか。この「古《いにしえ》の境界州の旗よ、その名誉を誹謗した者の惨めな墓をこえて／いとも長くはためかんことを」といった調子です。

私はこの男が酒に酔っているか、頭がおかしいかのいずれかだと思いました。事務員はおびえて、泣き出さんばかりでした。彼女を守るために私がそばに寄ろうとしたとき、モーガンがオフィスから現れ、目をぎょろりとさせ、相手の四歩格《テトラミター》の韻文に言葉をはさむ機会をつかまえると、冷静にこう説明しました。問題の書物が（〈メリーランド関係の書〉に）きちんと登録されているかぎり、棚にないということは人気がある証拠ではないか。この図書館は一般貸出しはしないことになっているが、予算が許す範囲内の小人数の運営なので、盗難による図書の損失は避けられない。その本が目下絶版で、入手できないと言われるなら、お手許にはたくさんお持ちのようだから、クックさんが、もう一冊ご寄贈されたらどうだろうか。いずれにしても、即座にこの騒ぎをやめるか、ここを出ていくかしてほしい。他の人たちは仕事をしているのだから、と、こういう具合です。

明らかに二人はお互いによく知っているようです。彼らの丁丁発止《コントルタン》のやりとりは、まさになれっこという雰囲気でした。モーガンが最後の言葉を言い終えたとき、男は初めて私に気づきました。丁寧に彼は私の許しを請い（むしろ事務員にこそあやまるべきなのに）「ジョウゼフ」に——「あんた、根っからのアカのくせして、実に有能な奴」と呼びかけ——私を紹介すべきだと詰めよりました。モーガンがそっけなく紹介すると、彼は内ポケットから、詩歌や自己宣伝の文句を印刷した小冊子やビラを取り出すと、私に押しつけたのです。モーガンは溜め息をついて引き下がりました——どうも二人は長いつき合いのようです。男の口から迸りでた、野卑と洗練のまことに奇妙な混合物は、半分がジョークでした——こうして私は、「メリーランド！　おとぎの国／潮が満ち干く川口の国」の、自称桂冠詩人A・B・クック氏と二人だけでとり残されることになりました。

　彼はスタール夫人の名前は知っていましたが、スタール夫人も、シュレーゲルも、他の非アングロ・サクソンの作家はどれも読んだことがないと公言しました。彼はギボンは読んだことがあるらしく、若いギボンがスザンヌ・キュワショウ（後にスタール夫人の母となった人）に求婚した経緯《いきさつ》を、長々と語り始めました。ギボンの父親は、この縁組に反対だったとのことです。（当時十八歳だった）キュワショウ嬢は司祭に窮状を訴え、司祭はジャン・ジャック・ルソーに相談し、ルソーは、草稿段階で読んだギボン青年の『文学論』には「才能が欠如している」と述べ、彼もこの結婚には反対だという助言をしました。私はその逸話の後日談として、次のようなことを言いました。一七七六年、当時十歳の「私の」ジェルメーヌは、すでに『ローマ帝国衰亡史』の出版で有名になっていた当時四十歳近くのギボンと結婚したいと申し出ました。そうすればお父さんもお母さんもずっとギボンとお話ししていられるから、というのでした。

　けれども私は、彼とずっとお話ししていられませんでした。というのも、クックが私の夫が誰かを知ると、ジェフリーの有名な祖先（フレンチ－インディアン戦争時（ヨーロッパにおける七年戦争の際、北米で覇権を争った英軍とインディアンと手を結んだ仏軍との戦争。一七五四―六三年）のアメリカにおける英国軍指揮官）を、お世辞たらたらで褒めちぎり始めたからです。ポンティアックの陰謀の際のインディアンに対する悪名高き彼の行為を、クックは、「有史以来の最初の細菌戦」と褒めたたえました。いま私はまた違った角度であの会話を眺めることができますが、それについては、またいつかの土曜日に書きましょう。当時は単に無礼な人だと思って、彼をそっけなく追い払ってしまいました。十一月、タイドウォーター農場で（ちょうどそこへ戻っていた）マック夫妻が開いてくれたジェフリーと私の送別会の席上で、私たちは再会しました。クックは、さすがジェフリーのまえでは、フォート・ピット天然痘病院から細菌のついた毛布を持ち出したという話題を持ち出すことは控えました。けれども、詩に対する姿勢はある程度、適切な韻を踏む言葉——たとえば、連れ合い《ワイフ》／生きがい《ライフ》／いがみ合い《ストライフ》とか、未開《サヴェッジ》／破壊《ラヴェッジ》など……——によって決定されるなどという問題を大声で論じていたとき、私にむかって、これ見よがしのウィンクをしました。

不思議な男、危険な男、愚かならぬ道化者です。私はその後一度だけ、ハリソンのお葬式のときに彼に会いました。その時のことを思い出すと、いまだに私は困惑してしまいます。クックは、ショットのＭＵ文学博士号選考委員会に誰が加わっているか、私の地位はどんなものか、知っているはずです。モーガンでさえ——クックごときを恐れる人ではありませんが——彼のことを危険な人物と見なし、その男がなぜ自分に敵対し、ショットと組んでいるのかを説明することもできず、結局クックの行動はその外見より不真面目でありながら、また同時に真面目なのだと結論づけました。〈真理の塔〉の民衆煽動や、イデオロギー上の悪口の数々、群を抜いたへぼ詩と自薦パンフレットなどを——たとえばショットなどは及びもつかないほど——クック自身は皮肉に見ていることは、モーガンにもわかっていました。私と同様にモーガンも、彼の横柄な態度の陰に、予測不可能な洗練があることに気付いていたのです。しかし同時に、クックが人々を「不真面目《アンシリアス》」の淵に堕落させる能力がある男だとも信じていました。しかもその動機は、ショットなどよりもはるかに油断ならない《シリアス》ものなのです。

もちろんこの危惧は現実のものとなりました。モーガンは今どこにいるのでしょうか？　私の最初の手紙（そのヒステリカルな口調に恥じ入ったり、その許しを請うたりはしません）でほのめかしたように……

いえ、もうかまいません。

私の歴史物語を終らせることにしましょう。一九六二年と六三年の秋のイギリスに戻りましょう。そこで私はアンドレから、暗号のような絵葉書ではなく、ちゃんとした手紙を二度受け取りました。その内容については、別な手紙にとっておくことにしますが、最初の一九六二年の手紙のおかげで、「不実な《インコンスタント》コンスタン」の論文を書くインスピレーションが浮かびました。その論文が扱うのは、スタールがバンジャマン・コンスタンと美しきジュリエット・レカミエ（一七七七—一八四九。フランスの銀行家夫人。パリ社交界の花形）に冷遇された件です。二人はともに（そしてすべての人が）彼女を愛していたのです。コンスタンはジェルメーヌから、何年ものあいだに総計八万フランも借金をしていましたのに、彼女がその半分を返して欲しいと頼んだとき、それを拒否したのです。しかも、返済を頼んだ理由がジェルメーヌ自身のためではなく、コンスタンとのあいだに十七年前に生まれていた娘、アルベルティーヌの持参金を作るためだったと言うのに。彼女が迫ると、彼はそれなら彼女の昔の（断腸の思いの）手紙を公表するといって脅かすのです。私は泣きました。一九六三年の二番目の手紙を読んで、私はこれまでの領域から一度離れてみようという気になりました。エロイーズとピエール・アベラールとのあいだに交わされた七通の手紙を再編集し、それに序文を書いてみようという気になったのです。私は泣きました。そしてもうたくさん、と叫びました。

一九六五年、私の夫が小腸ガンで死にました。遺産は、税金や、債権者たちや、すでにわかっている庶子への匿名の遺贈のためになくなってしまいました。相対的に見れば、彼は私に別に物惜しみしたわけではありませんが、遺産額が考えていたよりはるかに少なかったのです。私たちは二人とも、生活費を稼ぐためにその日その日の労働をしたことはありませんでしたし、ジェフリーは、私たちの生活費が彼の資産の元金を食いつぶしていて、新たな収入があるわけではないということを言うのを、すっかり忘れていたのです。好人物のジョウゼフ・モーガンは私の苦境を伝え聞くと、タイドウォーター工科大学の（なんとフランス革命の！）講師に招いてくれました。彼はただ親切な気持ちからそう言ってくれただけでしたが、私は丁寧にお断りしました。しかし彼の招聘がきっかけで、カナダにありますマニトバ大学、サイモン・フレイザー大学、サー・ジョージ・ウィリアムズ大学、マックマスター大学などからの招聘を突然に受けたときには、それを引き受けました。もちろんこれはアンドレの画策でした。私は生きるために、そしてこれまで起こった事柄が（それは私の夢見たような結末にはなりませんでしたが）また起こるかもしれないという望みを抱いて、カナダへ行きました。

この手紙も、私が計画したようにはならないようです。もう一時を過ぎました。ティータイムに、ええと……アンブローズ（一時間ほどで、この愛しいイニシャルにどんな文字《レターズ》が続くか忘れてしまいました）が帰ってくるまえに、できるだけたくさん雑用や用事を済ませて置かなければなりません。帰ってくれば、またあの疲れるほど堪能する肉欲の時間が開始されるわけですから。この二オンスばかりの重さの過去を、彼に見せないようにしなければ。アンドレ・カスティーヌは、彼には関係ないのですから。私の方は、この書簡での背信行為を大目に見ましょう――ここ数週間、他のことは考えられないほど、あまりに満腹させられていたのですから！

このように、年代記録はそれを書きしるす者を変容させます。私はヴェルナー・ハイゼンベルク博士の説も、あなたの作中人物ジェイコブ・ホーナーの話も、じゅうぶんに真実を言い尽くしてはいないと思います。確かに、「何物も乱さないような観察」はなく、何物も乱さないような歴史学はありませんが、それだけではないのです。用心して下さい。物事を言葉になおすことは、語られる事柄を変化させるだけでなく、語っている人をも、変えるのです。少し前に手紙の冒頭の言葉を書いていた女は、今手紙を閉じようとしている人物と同じではないのです。名前だけは依然として同じですが。

ジャーメイン
かしこ

〒二一六一二　メリーランド州ドーセット・ハイツ
Lストリート二四番地

Y　トッド・アンドルーズから作者へ

作者の要請を受けたことを報せ、前作における交流以後、いかに生きてきたかを回顧すること。**悲劇的見方**を含めて、物事を**悲劇的に見る**こと。

一九六九年四月四日(金曜日)

拝復

　進行中の新作に主人公の一人としてふたたび登場せよとの一風変った趣旨の三月三十日付のお手紙、エイプリル・フールの頃落手致しました。本日、四月四日の金曜日は小生の暦によりますと、マーティン・ルーサー・キング牧師が暗殺された記念日であるばかりでなく、回教徒にとってはアダム創造の日であり、キリスト教徒にとりましては、キリスト受難、つまり処刑の日です。それ故に、小生がお返事を書くにもふさわしい日かと思えます。またあの南カリフォルニアの予言者の申すように、本日の夕刻、六時十三分にこの世の終り《ドゥームズディ》が本当にくるものであれば、ますます小生の手紙にふさわしい日となるやに思えます。すれば、小生の直筆の「ノー」も貴下の許に届くこともないわけですし、貴下のお好きなように自由にできるからです。

　小生どもの法人顧客にかなり大きな化学肥料会社がございますが、その社訓は、プラエテリータス・フューテュラス・ステルコラント（未来は過去から成長する）となっております。しかし、法律用語のラテン語の拙《つたな》い知識からしましても、また小生の人生経験（貴下の手紙も例外ではありません）からしましても、このラテン語の意味が、過去が未来をこやし、育《はぐく》むのか(a)、あるいは将来こやしに変ってしまうのか(b)、さらにまた、未来をこやしにしてしまうのか(c)、どうにもはっきりしません。今年は——生まれてから七十年目に当りますが——過去が小生の身にあまりにも急速に押し寄せております（にょきにょきと生えるがごとく？　雨の降りそそぐがごとく？）。つまり、小生が……何と言いますか……あの……消化するひまもないほどに急速にです。

　例えば——すでに『タイムズ』紙で読まれたと存じますが、小生の昔からの友、ハリソン・マックが一月に亡くなりました。その葬式がありましたので、マック夫人がタイドウォーター農場へ久しぶりに帰ってまいりましたし、またわずかの間でしたが、夫妻の二人の子供たちも帰ってきました。すっかり成長し、いわゆる「女優」となっているビー・ゴールデン（ジーニン・マックのことです）と、いわゆる「過激派の活動家《ラデイカル・アクテイヴイスト》」となっているアンドルーズ・マック（「保守的非活動家《コンサーヴアテイヴ・パシヴイスト》」の小生にちなんで名づけられたのです）の二人です。その折のことを詳しく記しました小生の「父への手紙」の一九六九年部分をゼロックスでとりましたので、ここに同封致します。お読みいただければ幸いです。マック夫人はそのまま当地に滞在しておりますが、そればかりか、小生を法律顧問として雇いたいと考えておるようです。ハリソンの遺産配分について、あるいは何らかの争いがあるかもしれませんので、それにそなえてのことでありますが、またその他の事柄についても相談に乗って欲しいとのことです。息子のマックとはこれまで必ずしも親しい間柄ではありませんでした。彼は何やらいろいろと怪し気な企てに加担しておるようで、その関係で当地へもたまたまやってきたような次第ですが、マーシーホープ大学の〈真理の塔〉を腐敗しきった資本主義社会の象徴として破壊するなどと不穏なことを口走っております。彼も遺産相続に関して、母親と争うために小生を弁護士として雇いたいと言いだしております。V・I・レーニンから、確立した制度は合法的に利用し、最終的に革命に役立てればよいと学んだのだとか述べたて、父親の遺産をそっくり継承したいと考えているのです。

　ジェイン・マックは（今は昔よりはるかに権力をもつ六十三歳の元気のよい美しい女性で、自分自身の資産もかなりある金持ちとなっていますが、ハリソンの遺産を新しい婚約者に与えたいと考えております。この男はメリーランドの出身者ではないのですが「ボルティモア卿」と呼ばれる貴族でして、お金の方は一文もないという人物です。ジェインもアンドルーズも、小生としてはハリソンの一番大きな受益者であるタイドウォーター財団の利益を守るのが第一の責務であるということを理解していない模様です。小生の法律事務所は長い間この財団のために働いてきたのです。また、あの二人は、小生としてはたとえどのように奇矯なものであれ、亡き友が遺言に示した意志を忠実に果たすのが第一と考えていることも、わかっていないようです。仮にハリソンが遺産をすべて処分し、現金にかえ、その現金をチョップタンク川の潮にのせて、すべて海へ流してしまうようにと指示しているなら、小生はその指示に従うようにいかような努力でもするつもりです。

　もちろん、このような事態、そしてその他いちいち述べませんでしたが、数々のことの中に、小生は主として過去のある種のドラマの再演――つまりは、過去による現在の糞便化――を見ております。それ故、貴下がふたたびあのフローティング・オペラ号を水上に浮べようとされていると考えますと、言うなれば心沈む思いが致すのです。

　またそう考えますと、全面的にとは申せませんが、貴下の要請にどのようにお答えすべきかという点にかなり近づきました。実は後に残されたマック家の人々と小生の現在の関係を先ほど述べましたのは、いわばオフレコの内緒話によって、貴下をからかおうという意図ではないのです。むしろ、貴下の要請にこめられている意図を、文字どおり明確にしておくためでした。おたがい正真正銘の同意に達しておく方がよいと考えてのことです。かのソーローは講演の際、聴衆に次のようによく言ったそうです。「みなさんはわたしを講師として招き、お礼まで下さるとおっしゃった。そこで、わたしも宜しい、とお受けしたのですが、未だかつてないほど退屈なお話をすることになります」と。今は聖金曜日《グッド・フライディ》の朝です。事務所は休みですし、午後はだいぶ暖かくなりそうな気配ですから、小生は古いヨットの装備を整えに出かけるつもりですが、しばらくは寒さを避け、ここドーセット・ホテルの部屋で――過去の年月《プラエテリータス》の折と違って、もはや小生の唯一の住み処ではありませんが、相変らずケンブリッジにおける仮寓《ピエタテル》であり、相変らずの「調査書《インクワイアリー》」の仕事場です――別に何もすることもございませんから（「調査書」の仕事も今はしばし中断し、先へ進むこともできません）、貴下の要請状にイエスかノーか、いずれにしても少々長々とお返事をしたためることと致した次第です。小生の記憶するところでは、ヘンリー・ジェイムズは一つの出来事について、ある程度はぜひ聞きたいと思うが、ただあまりにも長々と聞きたくはない、と常々考えていたそうです。しかし、兄のウィリアムは、この世の中の何事でも十分に理解するためには、余計と思えるほどに多くを聞いておかなくてはならぬ、と実は述べております。

　一九五四年の大晦日のことについて、貴下がお手紙で何もふれておられないのが、小生不思議でした。あの晩、小生の身の上に三つの重要な出来事が起こりましたが、そのうち二つまでは貴下もすでにご承知のはずです。ここ、この部屋で小生はあの晩の十時頃、一九三七年の六月ジェイムズ・アダムズ船長のショーボート船上で自殺をしなかった折の回想記――小生が取りかかっていた以前の「調査書」の一部として三月以来書いていた物語ですが——を書きおえまして、ふたたび「調査書」そのもの、そしてまたその一部となる昔の「父への手紙」を書くべく準備をし始めました。しかし、ショーボートの物語を完成したのですから、少しは自分に休みを与えてもよかろうと考え、小生はケンブリッジ・ヨットクラブで行われている大晦日のパーティにでもと、ふらりとホテルを出ました。その当時、マック夫妻はボルティモアに住居を構えておりまして、二人に会うこともなく、また文通さえしておりませんでした。しかし、パーティにジーニンが〈最初の〉夫、バリー・シンガーときておりまして、小生は二人と会うことができて嬉しく、しばらくあれこれと雑談をしました。二人の結婚はマック夫妻が住居を構えたボルティモアの高級住宅地ギルフォード／ラクストンの社交界にわずかですが波風を立てたようです。何しろあそこでは、今日でもユダヤ人に対する偏見が息たえだえではありますが残っているからです。しかし、シンガーはユダヤ人とはいえ、メリーランド州高裁のジョウゼフ・シンガー判事のご子息です。一九三八年の遺産相続の小生どもの大係争の際、ハリソン・マックに有利な裁定を下した例の判事です。その上、シンガー当人はれっきとしたプリンストン大の出身者です。それに、彼が小さな町の一連の映画館の共同経営者であることが、ある人々からすればいかにも「ユダヤ」的と考えられておりますが、しかし、彼のパーティで友人と称する映画人や演劇人たちに出会うと、その人たちも大喜びしているくらいです。バリー自身、物静かで、教養のある大変に魅力的な男です。弁護士になってもよいくらいでしたし、それにもちろん、異教徒であろうとなかろうと、もう少し腰の落ちついた女性を花嫁に選ぶべきだったと思います。

　しかし、ジェインの娘、ジーニンほどの美女を選ぶことはできなかったかもしれません。当時、彼女は二十一ぐらいで、素晴らしく美しかった。サン・クロワ島で日焼けした肌の色のせいで、蜂蜜の色を思わせるブロンドがさらにも輝やいて見え、実に刺戟的なバックレスの、いや前面《フロント》さえほとんどないドレス姿で、日焼けした肌もまた目を奪うばかりでした。すでにその頃から彼女は度をこすほどに酒を飲んでいました（その晩です。イディッシュ語の〈シッカー〉はシンガーのようにいわゆる〈異教徒の女《シクサ》〉と結婚した男をさすものと思いこんでいた小生の間違いを彼はにこやかに訂正し、それが〈酔っぱらい〉を意味することを教えてくれました）。そしてまた致命的なほどに演劇の毒虫に刺されていました。しかし、アルコールの影響はそれほど彼女に出ていなかったし、ジーニンほどの美貌と若さに恵まれていて、それに加えて映画産業——当時はまだまだハリウッドに独占されていましたが——との多少の関わりもありましたから、彼女の野心も決して異様には見えませんでした。少なくとも、そのパーティではそう思えませんでした。彼女は両親の旧友であり、かつては一番親しく、かつ現在のマック家の富を確実にしてくれた友である小生に会えたことを大変に喜んでくれました。なぜ小生が両親と最近はあまり交際しないのか、彼女は不思議そうでした。そしてまた、両親がなぜさびれきったボルティモアの、しかも古臭いギルフォード地区などに相も変らず居を構えているのかもわからない、と言いました。彼女自身の行動の中心地は、マンハッタンとジャマイカのモンテゴ湾だそうですが、いわゆる「東海岸のもの」をすべて放棄し、ロサンジェルスへ引っ越してしまおうかと、考えているとのことでした。もちろん、それもバリーが所有している一連の映画館の共同経営権に適切な値がつけばの話でした。映画産業自体、もうテレビの脅威にそれほど戦々恐々ではなく、うまくそれと共存できる体制になった、と小生は二人に教えられる羽目となりました。ただ、そのような情報が島国的な東部に浸透するにはまだまだしばらくはかかるし、また（おそらくあり得る話ですが）映画館を買いたいと考えているバイヤーたちも意識的に古い話を利用し、値を下げさせているのかもしれません。それまでの一番の高値が九万ドルとのことでした。

　小生たちもダンスをしました（何と、マンボです！）。ジーニンの紹介で、小生はニューヨークからきたという女性と踊りました。四十がらみの美しい女《ひと》で、目下離婚訴訟中とのことでした。彼女は訴訟の息抜きにシンガー夫妻と一緒にわが愛する町へ遊びにきたのです。そして、訴訟に勝って、多少自由になるお金でももらった暁には、バリーが売りに出している一連の古めかしい映画館でも買おうかと、下見をするつもりでした。この女性の日焼けも（マルティニク島で焼いたそうです）相当なもので、ジーニンよりも真っ黒でした。黒人と間違えられて、リンチでもされるのではないかと、いかにも恐がっているふりをしていました。小生にシャツの襟をゆるめて、南部の労働者独特の〈赤首《レッド•ネック》〉かどうかをまず見せなさい、と言うくらいでした。それから離婚訴訟専門の女弁護士というのは（ちなみに、彼女は将来それになりたいと考えているのです）小生ども、男性の弁護士よりはるかに露骨な物言いをすると信じこんでいるようでした。小生と彼女は踊りました（昔のロックンロールです！）。いつものとおり、ジーニンはバンドの連中にすっかり囲まれていました。チェサピーク湾の対岸からわざわざこの夜のために連れてきた連中でしたが、ドラムの男だけが他のミュージシャンと比べてヘボすぎる、と小生たちは考えました。彼女の言うには、そのドラマーはバンドの正規のメンバーではないとのことでした。メンバーの誰かを知っていて、ワン・クールだけ叩かせてくれと申し出たこの町に住む若者だということでした。この若者は正規のドラマーと交替すると、彼の友人であり、小生どもも知っている若いアンブローズ・メンシュに連れられてきて、小生たちに紹介されました。アンブローズは見るからにジーニンにぞっこんで（たしか二人は高校時代の恋人でした）、ちょうど当時の彼の奥さんと一緒に小生たちの仲間に入ろうとやってきたところでした。

　というわけで、その時貴下と小生はアンブローズに引き合わされたのです。貴下のご両親のことはよく存じておりましたから、小生はすぐに貴下の名前からどなたかわかりましたが、貴下の方は小生の名前からでは、よく判別がおできにならなかった（何しろ、この地域にはアンドルーズの姓は掃いて捨てるほどに多い。小生の家は、墓地の中でも最も古い場所を占めるアンドルーズです）。その折、貴下は小説家になりたいと考えておられ、いつの日にか、このドーセットの地域を舞台にした小説を出版したいと小生に言われた。また、つい最近、オーブリー・ボディーンの撮ったジェイムズ・アダムズ船長のフローティング・シアター号の写真を見て、昔の黒人風に顔を黒く塗って演ずるミンストレル・ショーの形式を借りた小説――たしか貴下はそれを「哲学的ミンストレル・ショー」と呼んでおられた――を漠然と考えており、そのショーボートの資料集めのため、大学のクリスマス休暇を利用してケンブリッジへ帰省した、と言われた。貴下は少し素っ気なかったが、しかし決して無礼ではなかった。ただ、今述べたような事柄を貴下から聞きだすには、多少くどいくらいに質問をしなければなりませんでしたが――小生、そのあたりは心得たものでした。

　ジーニンと例のニューヨークのご婦人が化粧室《レイディーズ》へと姿を消しましたが、小生は貴下に昔のチェサピーク湾のあちこちで上演をしたショーボートについて小生自身の知るかぎりを話しました。一九三七年の小生自身の船上での冒険や完成したばかりの回想記のことは一言《ひとこと》も申しませんでしたが、当時のショーボートには二種類のステージライトとハウスライトが装備されていたことも話しました。つまり、一つはケンブリッジの波止場のように電気が使える所での電気による照明、そしてその設備がない波止場用の、アセチレンガスによる照明のことです。さらに、一方にアセチレンガスの照明という不安定きわまりないものを背景に、もう一方には昔ながらの相も変らぬ河船の演《だ》し物《もの》――有名な河船が競争をしあって、最後には爆発してしまう光景をその音の物真似だけで演じてみせる――を見せられますと、人はバルヴから洩れる音を聞きながら、いかにも虚構《フィクション》と事実《ファクツ》、芸術《アート》と現実《リアリティ》の一致という大異変が目の前でおこっているような錯覚をおぼえてしまう、とも小生は語った記憶があります。

　貴下はその話を大変に面白がってくださった。小生の考えをもとにし、即席で物語を作られ、話してくださった。しかも、物語の中にショーボートとその興行主の実に大げさな名前までちゃんと使われた。というわけで、話もはずみました。

　年齢《とし》をとりましたから、衒《てら》いもせずに打ち明けて申せますが、小生は昔から小説家という職業を尊敬していました。それに小生自身小説家に生まれついていたらと願ったことがたびたびありました。小生の世代はおそらくアメリカ中産階級の人間としましては、同時代の作家たちを真剣に考えた唯一の世代かもしれません。フォークナー、ヘミングウェイ、スタインベック、スコット・フィッツジェラルド、そしてジョン・ドス・パソスなどが小生の同時代の作家たちです。特に最後の二人の作家とは、かれらがボルティモアに住んでいた頃、パーティの席などで小生も言葉を交わしたことがございます。しかし、昨今では小説というジャンル自体、影の薄い存在になり果てましたし、また同時に拗ねた商業主義に堕してしまいました。大衆小説の基盤さえもテレビに侵食されていますから、若い人が将来いわゆる正真正銘の「**作家**」になりたいなどと言うのを聞きますと、小生には何やら時代錯誤もはなはだしく、ドン・キホーテ的と思えてなりません。一九六九年の今日《こんにち》、誰がバーナム・アンド・ベイリーのサーカスに入り、曲芸師になりたいとか、飛行船のパイロットになりたいとか、幻燈を使って光と影の巨匠レンブラントのようになりたいとか言う人がいるでしょうか。一九五四年の大晦日にせよ、一九五五年の元旦にせよ、あの頃でさえそれは今とあまり変りません。ただ小生はそんなことを貴下に申しあげてもしかたないと考えたのです。ですが、一九二〇年代と三〇年代、いや、四〇年代に入っても、まだまだ小説家という職業には何やらヒロイズムがありました。そのようなことは、もうこの国ではぜったいにないでしょうが、あの頃には、かなりの数の人たちが、例えばの話、ゲーリー・クーパーやチャールズ・リンドバーグよりはむしろヘミングウェイでありたいと考えていたのです。

　このような敬意を心の中に小生抱いておりましたから、つい反射的に貴下に興味を覚え、貴下の野心とやらを（当時の貴下の年齢と経歴からすれば、ジーニンの野心とまったく変らぬほどに現実性のないものでしたが）聞きだし、そして、フローティング・シアターにまことに偶然ながら同じ関心を持つことを知り、その話を続けた次第でした。シンガー夫妻と連れだって、小生がヨットクラブを後にする前、たしか貴下とは自殺の哲学的意味について論じていたと思います（実のところ、貴下がキルケゴールやハイデッガーは言うに及ばず、当時大学生の間で大流行していたサルトルやカミュをお読みになっていないのを知り、驚きました）。小生は「父への手紙」——貴下は小生の知らなかった、カフカの書いた「父への手紙」のことを教えて下さった——そして、小生の「調査書」がどういう類のものか打ち明けることまでしました。前者は、小生の不安定な心臓の状態と、そのことを父に話すことができなかった理由のことを細々《こまごま》と記し、後者は、一九三〇年のその父の自殺の原因を突きとめるためのものでした。

翌日の朝までに、小生の身の上に三つ目の注目すべきことが起こりました。パーティの後小生たちはチョップタンク川の対岸、少し開けたタルボット郡にいき、シンガー夫妻の泊っているタイドウォーター・インに落ちつきましたが、その折、小生の独身生活——ジェイン・マックとの昔のロマンスが終ってから積極的に望んだというより、むしろ消極的習性として不完全ながら守ってきた独り身の生活でしたが——それが例のニューヨークの人妻のせいで、過去十七年間で最悪というほどにゆすぶられてしまったのです。次第にわかってまいりましたが、この女性は南部の男はすべて騎士《ナイト》のような紳士（レット・バトラーの亡霊でしょうか？）という幻想を抱いているのです。小生がメリーランドは南北戦争では公的には北軍側についていた、と話しますと、彼女は大変に失望していました。また、この州では、南部独特の粗《あら》びき穀物やひきわりトウモロコシを食べる習慣もないし、木々から垂れさがるサルオガセモドキという苔も見かけないし、ホテルのルームサービスのカクテルリストにミントジューレップ（バーボンウィスキーに砂糖とハッカを入れたカクテル）もありません、と話すと、これまた大変にがっかりしておりました。朝になれば、この州特産の亀《テラピン》のチャウダーに、野鴨を使ったプレスト・ダックのサンドイッチを食べられますから、と小生は約束し、彼女を慰めました。それに、メリーランドの中でもこの辺り一帯だけは頑強に南部側について戦ったこと、またはるか昔の独立戦争の際は王党派《ロイヤリスト》でしたし、彼女が生まれ育ったこの現代でも黒人のリンチが行われたことがあったくらいです、と小生はつけ加えてやりました。どうやら、彼女は小生がいまだにチョッキの下に奴隷用の鞭を隠し持ち、ベッドの中には綿につくゾウムシが這いまわっているものと思いこんでいるようでした。さて、立場変って、今度は小生が彼女の次々に披露する珍しい事柄を楽しむ番でした。まず、彼女は小生よりも十四歳も若く、そして、積極的に吸茎《フェラチオ》に興じ、性交は立ったままが良いと言い、ユダヤの女《ジューエス》だと宣言しました（この言葉は彼女は大嫌いだそうですが、美しい歯の間からいかにも蠱惑《こわく》的に囁くように滑り出てきました）。しかし、彼女のお尻《トゥーカ》にはユダヤの星の紋章もないし、また、お臍《プーピック》には埋めこんだダイヤモンドもないじゃありませんか、と小生は驚いたように言いました——ただ、そのずっと下の方に、この辺りの田舎町の外科医が残すよりもう少々小さく、そしてきれいな帝王切開の跡だけが見えました。彼女の方も、小生の亀頭をおおう皮に南軍の旗の刺青《いれずみ》がない――いや、それどころか、亀頭をおおう皮そのものがない！――のを見て、びっくり仰天したと言いました。彼女も小生も声をあげて笑いだし、それから新年の数日間、彼女のホテル、小生のホテルと所を変えては狂ったようにセックスに興じました。シンガー夫妻はその頃にはもうイーストンの空港からにこやかにさよならを言って、飛びたっておりました。

　シャロン（このニューヨーク夫人の名前ですが）が今別れようとしている夫は、メルヴィン・バーンスタインという俳優であることを、小生は知りました。本当の名前は、メル・ミラーと言うのですが、ボルシチサーキット（ニューヨーク州キャッツキル山地にあるユダヤ人避暑地の劇場やナイトクラブ）で喜劇俳優の見習いをしていた頃、ユダヤ的に聞えた方がよいと考えて、変えてしまったのです。ただ、後になって、いわゆる「まともな」俳優へと変身していったとき、あまりユダヤ的であることが目立たない元の名前の方がよかったと後悔はしたそうですが、舞台俳優としても多少名がとおってきており、本来ならもうあまり似つかわしくない名前だが、それを捨てる気にまではならなかったそうです。しかし、ついに主役を演ずることができなかった理由は、彼自身の芸域は曖昧なのに、名前のせいでユダヤ系の素性がはっきりしすぎていたせいだった、と彼は考えていたのです。しかし、性格俳優としての彼の地位はブロードウェイでも確立していましたし、映画にも性格俳優として少しずつ出演するようになっていたのです。ただ、シャロンの言によりますと、彼は女と見れば誰かれかまわず寝る男でしたし、それにアナル・セックスが大好きというわけでした。シャロンの方はこれが不快だし、不満でして、彼女のかかっていた肛門外科医の証言ですと、出血も大変にひどかったようです。その結果、離婚訴訟ということになったのです。ただ、メルヴィンの方はアナル・セックスのときは必ず鶏油《シュモールツ》を塗ると言いだしたそうですが。実は、それから六年後に小生はこの話を思いだし、つくづく人生の奇縁を考えることになります。と申しますのは、六年後に、ジーニン・パターソン・マック・シンガーはまだ映画女優の夢を捨て切れず、リノを経てロサンジェルスに飛び、このメルヴィン・バーンスタインと結婚するからです。

　さてと。

　さて、その翌年、つまり五六年に世に出た貴下の『フローティング・オペラ』ですが、あれにつきましては、小生当然ながら複雑な感情を抱いております。一つには、あれは小生がやや個人的な秘密としてお話しした内容を貴下は明らかに約束に反し、その幾分かを世にさらしたからです。もちろん、名前も変えておられるし、文学的効果を高めるため、事実に手を入れてはおられるのですが、この辺りの人々は虚構の皮をはぎとり、真実を見たものと勝手に考えてしまうのです。そのため、小生の弁護士業にも、そしてまた独り身の暮しにもわずかながら不都合が生じております。例えばの話、あれから間もなく小生はドーセット・ホテルの例の部屋を出まして、ずっと川下のトッド岬にある鴨猟用の別荘に移ったりしてみましたし、また町の船大工に頼み、一艘のスキップジャック型ヨットを改装してもらい、夏になってホテル住いが暑すぎるような場合、ケンブリッジではヨットで暮せるようにしたりもしました。ですが、他方、前にも書きましたとおり小説好きの小生は、貴下の小説により、日頃の生活とこの町の様子がこと細かに、まるで焦点をぼかしたカメラごしに見るように見ることができまして、大変に満足でした。その上、ハリソン・マックも貴下の小説を読みまして、彼があまり好意的に書かれていないのにもかかわらず、非難すべき点より、賞めるべき点が多々あると考えてくれました。そして、すぐに小生の許に手紙を書く気になったようで、その結果、小生とハリソンの友情も昔通りに復活しまして、小生はメリーランドの東海岸《イースタン・ショア》地域に広がるマック・エンタープライズ社の顧問弁護士となりました。小生としましては、この間接的にして、意図もされなかったはずの貴下の恩義を大きく受けたような次第です。

マック・エンタープライズ社はすでに昔のモートン大佐の農場、並びに、レッドマンズ・ネックの土地はもちろん、罐詰工場もすべて買収していました。そして、トマトの生産にかえ、より利益の多い大豆の生産へと移行しているところでした。その頃、ハリソンはすでに自分がイギリスのジョージ三世だと思いこみ始めていましたし、ジェインの方は、彼女の先祖であり、理想の人物でもあったエリザベス・パターソン・ボナパルトから受け継いだ商才を大いに発揮し始めているところでした。当時、小生はまったく知りませんでしたが——実はこの先月になってやっと知った次第です——ジェインの商才が花と開いたのは、エリザベスの場合も同じだそうですが、子宮切開手術によって月のものが終りになったこと、さらには彼女自らの決意により、性生活に終止符を打ったことと偶然ながら時を同じくしているとのことです。彼女はその手術を受ける前、つまり一九四九年に人生経歴の中で二度目の情事を行っています。この時は、ハリソンの同意を得ないままの情事で、ロンドン、パリに今は亡きジェフリー・ウィリアム・ピット、即ちアマースト卿とわずかの期間でしたが駈落ち同様にして、恋の逃避行をきめこんだのです。アマースト卿は当時貴下が追伸の中で挙げておられたレイディ・アマーストの夫であった人で、フレンチ-インディアン戦争で有名なジェフ卿の末裔です。ジェフ卿よりはるかに無名ですが。

さて、このジェインの采配のもと、マック・エンタープライズは繁栄し、大発展を致しました。化学肥料や冷凍食品の生産からさらに手を拡げ、化学兵器の極秘研究までやりました。この研究には小生自身（当時は株主でもありましたので）、それに、ジョンズ・ホプキンズ大学で政治学を専攻していた彼女の息子、ドルーも猛烈に反対したのですが、無駄でした。その後、マック夫妻はタイドウォーター農場の土地を買い、そこに家や工場を建て、移りました。小生は夫妻の設立したタイドウォーター財団の理事となり、次いで専務理事となりました。ジーニンはメル・バーンスタインと結婚し、ドルーはアンジェラ・デイヴィスと一緒にブランダイス大学の大学院に進み、ハーバート・マルクーゼの指導を受けることになり、両親を憤慨させました。タイドウォーター財団は、タイドウォーター工科大学に加えて、数千ものつまらぬ慈善事業に財政的支援を行っております。あるものはマックの気まぐれから始められたもので、理事会の全員一致の承認などまったく得ていないものもあります。例えば、ニューヨーク州西部とカナダのオンタリオ州にありますインチキな療養院、ちょうど貴下が第二作の『旅路の果て』で描いております治療院と似たようなものがあります（この支援には、小生大反対をしましたが、ジェインもハリソンも、かつてジーニンが患者としてそこに入っていたということで、彼女のために承認をしたのです）。次いで、ニューヨーク州リリー・デイルにありますジェローム・ボナパルト・ブレイ・コンピューター研究所があります（このブレイと申すのは、貴下がお手紙の中でご質問なさっておりますす少し頭のおかしい人物でありまして、小生この支援にも反対しました。ですが、マック夫妻はナポレオンとの関係にいたく感動しましたし、ドルーもご両親が驚いたことに、なぜかわかりませんがこの研究所の計画を支持しましたので、援助が決定いたしました）。さらに、毎年恒例となっています七月四日の独立記念日のチョップタンク川花火大会がございます（実はこれもなかなか厄介な点がございました。と申しますのは、ジョージ三世を気取っておりますハリソンは大反対でしたし、また過激派として反愛国主義を唱えておりますドルーにも耐えられない支援でした。理事会としては、まず父親のハリソンにはレッドマンズ・ネックで十一月五日にガイ・フォークス・デイの花火大会も行うからということで了承してもらいました。ただ、メイ・デイにも同じ規模の花火大会をというドルーの提案はその時点では否決されました）。現在、財団として全員一致で財政的援助を決定しております事業の中に、間もなくやってきますドーチェスター三百年祭とケンブリッジ＝オックスフォード＝アナポリス・サーキットによるショーボート上での夏季実験劇場という催しがございます。これはアダムズ船長のショーボートをモデルに少々拡大した船でして、まことに矛盾も甚だしいのですが「オリジナル・フローティング・シアターII号」という名前をつけてあります。ジーニン・パターソン・マック・シンガー・バーンスタイン・ゴールデン（一九六三年の時点では、彼女はすでに老メルを捨て、B級にして――しかもポルノ専門映画の監督、ルイス・ゴールデンと結婚していました）がこの財政支援を利用して、自分自身の実力ではとても手に入れることのできなかった役を取ろうとしておりましたが、それはどうでもよいことにしておきましょう。いずれにしましても、かれらのショーは古い映画と交互に上演されまして、この地域の最高のものとなっております。それに、この新しい試みを支援したおかげで、財団にはほかにも文化的行事への支援の道が開けました。例えば、タイドウォーター工科大学（現在のマーシーホープ大学ですが）の情報文化科の設立やら、この地域の風景を題材として扱う若手芸術家への経済的援助などです。おそらく貴下もご承知のことと存じますが、ビー・ゴールデンの最新の愛人（ルイスはすでに先夫たちの例にならって一九六八年にジーニンと別れております）レジー・プリンツがその一例です。彼は貴下の新作小説の映画化を進めており、目下撮影中ですが、その資金の一部は財団から出されております。

　少し話が先へ進みすぎました。さて、一九六一年にアマースト卿夫妻はタイドウォーター農場に立ち寄られまして、マック夫妻からまことに丁重に《ロイヤリー》（失礼します、この大げさな言葉）もてなされました。それは、ハリソンもアマースト夫人もジェインの昔の情事について何も知らなかったためか（何しろジェインという女《ひと》は具合の悪いことは何一つ憶えていないという希有《けう》の才を持っております）、あるいはまた、ハリソンが王のつもりでありますから、嫉妬など感じなかったためかもしれません（ジョージ三世はシャーロット王妃の不貞など一度も疑っておりません）。この滞在の折、ハリソンは初めてジャーメイン・ピット・アマーストとペンブルック侯爵夫人レイディ・エリザベス・スペンサーとを同じ女性と考え始めてしまったのです。かくして、彼の狂気は新たな、かつ決定的段階へと入ったのです。この結果、後に夫人をマーシーホープ大学へ招くということになった次第です。小生もこの折夫人に初めてお会いし、ご主人より彼女に強い好意を抱きました。

　一方、マサチューセッツ州ウォルサムにありますブランダイス大学の大学院に進みましたアンドルーズ・マックは当時の風潮に従い過激派となりましたが、それはなまじのものではありませんでした。彼は両親の望んでいたプリンストン大学からハーヴァードの大学院へという道を選ばず、自らの魂の母としてジョンズ・ホプキンズ大学からブランダイスの大学院を選びまして、それだけで先ず両親を失望させたわけですが、さらに今度は一九六三年に在籍していた博士課程をやめて、ケンブリッジ（メリーランド州の）にやってきまして、公民権運動に加担したのです――両親はカンカンに怒っておりましたが、考えますと、これは彼の父親がかつて一九三〇年代にそのまた父親のピクルス工場にピケを張ったのと同じようなものです。その年、黒人暴動が起こったため、七月四日の花火大会が中止となりましたが、その日にハリソンは法的に正式の手続きを取ったわけではありませんが、マック家の仕来りに従って、息子を勘当しました。ドルーの方はこの仕打ちに歯むかうように、ケンブリッジ出身の黒人の娘で、ブランダイスでの級友であった女性とただちに結婚しました。

　と申しましても、彼がただ両親への面当《つらあ》てだけに、その女性と結婚した、と小生はほのめかしているわけではありません。イヴォンヌ・マイナー・マックは実に素晴らしい女性です。ブランダイス大の才媛で、ドルーほど過激ではありませんが、例えば、ボビー・ケネディぐらいの左派です（そのボビーの法務省のオフィスで、ケンブリッジ暴動に一時的裁定が下されました）。ドルーはイヴォンヌを愛していまして、すでに結婚前にしばらく同棲していたのです。しかし、彼の友人で、明らかに師のように尊敬している「H・C・バーリンゲイム七世」（そいつは誰かなどと訊ねないで下さい）なる人物と違って、若きマックはその信条も単純明快ですし、性格に至っては誠実にして、独創的、ひたすら激しく、反体制の旗印をかかげて生きてきた若者です。その上、普通の過激派の観点からしても、彼は従来の結婚には反対だったのです。現在、二人の間には二人の男の子ができています。ハンサムで、頭の良い可愛い子供たちです。ドルーは二人にアフリカの歴史や文化を教えており、イヴォンヌはレナード・バーンスタインの子供のための音楽会に連れていきます。ドルー・マックは左傾《シニストラル》していますが、決して陰険《シニスター》ではありません。長い髪をし、行者のような風貌をした彼は、小生にはヒッピーというよりはむしろ独立のために戦ったマサチューセッツの民兵に見えます。デニムのズボンに、ブーツ、そして質素な手織り地のシャツ、髪の毛をきれいに後にとかし、ゴムバンドで束ねた彼の姿はまさにそれです。彼の高潔さに小生はわが生命《いのち》を賭けてもよいほどです。そして、彼が狡猾であるとか、策略家であるなど、毛筋ほども信じません――思いますのに、体制側としては、彼のような人材こそ、H・C・バーリンゲイムやA・B・クックなどの手合いを寄せ集めたものより恐るべきものと考えてしかるべきです。と申しますのは、彼は自らの信念を徹底的に実践する男であるからです。

　一九六六年に彼はタイドウォーター財団に対し、実に熱烈にして説得力のある上申書を提出し、**財団の窮極の利益のため**にもイースタン・ショア地域のブラック・パワー運動に経済的支援をするように求めてまいりました。ジェインとハリソンは激怒しましたし、他の保守的な理事たちも鼻であしらいました。いわゆる〈リベラル派〉を自任している理事まで、原則として財団は政治的なものに関わるべきでない、と反対しました。理事たちは全員が当時進行中であったタイドウォーター工科大を州立大の一環に組み入れるための微妙な州政府との交渉で頭が一杯でした。採決の結果、この提案はドルー自身の票を除き、全員一致で否決されました。専務理事である小生は棄権を致しました。この結果、ドルーは**体制の中で活動する**という努力を完全に放棄し、最も過激な仲間たちを煽動し、白人どもを焼き殺せと命じたのです。貴下も覚えておられるでしょうが、その夏、実際に小規模ながら白人を狙って爆薬が仕掛けられました。小生自身（この時は棄権もならず）生涯において二度目のことですが、危うく吹きとばされるところでした。この事件につきましてはいずれまた後日お話ししたく存じております。

いや、今すぐにお話しする方がよいかもしれません。そしてこの蒸気オルガンの音楽のごとき物語を終りに致すことにしましょう。小生は歴史上有名なほどに不名誉な、今はもうほとんど絶滅しかけている種類の人間に属しております。右からはハリソン・マックのごとき人間に軽蔑され、左からはドルー・マックのような人間から侮られている存在です。つまり小生は**古臭き**《ストック》リベラリストです。小生としては、それこそ店の中にある最高の在庫品《ストック》だと信じてやみませんが、その中途半端さのために世人から簡単にからかわれやすい存在ですし、また自家撞着にやすやすととらわれもします。なぜなら、この種の人間は、たいていの社会的・経済的問題の複雑さを肯定し、問題解決のための自らの方法の曖昧さをもまた是認してしまうからです。おまけに、もしもこのような人間が（一九三七年以後の小生と同様に）歴史と人間のあり方について**悲劇的見方**をする傾向があるとしますと、まさに世人からは格好の笑い草となります。と申しますのは、かかる人間は、いかなる問題にも政治的解決があるなどとは、いかようにしましても信ずることができないからです——いえ、ある場合には、邪悪や死という問題と同様、解決そのものがあることすら信じられません。にもかかわらず、表面ではいかにも解決できるかのように、振る舞ってしまいます。そして、すべての悪徳にも美徳がつきまとい、また美徳には悪徳が付随していることを認めます。人間の、そして人間の企てる事柄の誤りの可能性に感嘆します。それ故に、もしも何事かが順調にいけば、それだけで驚きますが、その逆の場合、ただ失望するにとどまるのです。手短に言えば、かかる人間は、口を開けばまったくの懐疑主義者であり、行動すればどうしようもない楽天家となります。と申しますのは、この世の修正のできぬ様々な不正もまだまだ多少はその度合いを是正できるかもしれないし、また、**理性**、**寛容**、**法律**、**民主主義**、**人道主義**などの脆弱《ぜいじゃく》で名高い多くのものは、脆いだけに貴重な存在であり、それに対立するものよりはるかに望ましいもの、と信じているからです。かかる人間は、革命とか反動とかには反対ですが、常に改革は支持します。その目からすれば、ハリソン・マックやA・B・クックのごとき人間は過去に生きているし、ドルー・マックやH・C・バーリンゲイムなどはおそらく未来に生きており、自分たちのような類《たぐい》の人間だけが現在に生きているのです。ですが、かかる人間は逆説を楽しむ人でもありますから、時間に対する聖アウグスティヌスの言葉を骨の髄《ずい》まで理解しております。つまり、**現在**は存在しないのですが（それは**過去**と**未来**の間に、ただ概念上の剃刀《かみそり》の刃として存在するにすぎない）、同時に現在こそ存在するすべてであること——それはただ記憶の中にのみ存在する**過去**と、予期の中にのみ存在する**未来**との間の、**永遠の今**であるということを。

ハリソンやドルーはかかる人間の矛盾をあげつらって楽しみます。彼は私有財産、いや豊かささえ称揚しますし、高級な文化を楽しみ、最高の個人的自由、外的な制約からの解放を重んじます。そのくせ、公共の繁栄をおびやかすほど巨大な私有物はすべて公共団体が所有すべきであり、富や特権はさらに公平に分配すべきであり、公共の利益のために、言論、集会などの自由を除き、ほとんどすべてのものに政府の規制を作るべき、と主張するのです。この矛盾を実は本人も快く認め、お役所の非能率、差し出がましさ、自己保全的な凡庸さに対する嫌悪感では他人にひけをとらないのです——ですが、この明らかな矛盾の中にこそ現実の世の中の複雑さと曖昧さが幾分か映しだされているのであり、そのために、人間にとって良き判断力、善意、そして楽天性がどうしても必要なのだ、と信じてやまないのです。ドルーとハリソンは他の点では何事にも意見が合わないのですが、**父親**が**息子**を殺すか、**息子**が**父親**を骨抜きにするかのいずれかだという点では同調します。しかし、**ブルジョワ・リベラル**にして**悲劇的見方**をする**人道主義者**たる小生などは、そのような考え方に皮肉に舌打ちをし、悲し気につぎのように問いかけるのです（その返答は先刻承知ながら、それを受け入れることはできずに）——「父も息子も、殺し合いなどせず、なぜ単純に手を握りあうことができないのです？　マック・エンタープライズの便箋に刷りこまれた過去の人《プラエテリータス》と未来の人《フューテュラス》のように手を握りあい、共に話しあうことができないのですか？」と。

古臭き自由主義者《ストック・リベラル》とは、何とも呆れた人物です！　その株《ストック》が下がるのも当然です！　特に、その彼が恐れ気もなく、激昂し爆発寸前の両者の間に割って入り、自ら提唱している話し合いを身をもって実行するとなれば、呆れるもよいとこです。息子の側（ケンブリッジ第二区という黒人街）にはすでに柩の中にダイナマイトやプラスティック爆弾やら、起爆装置やら、黒色火薬などの箱を一杯に詰めこんだポンティアックの霊柩車が用意されています。これでチェサピーク・ベイブリッジを吹き飛ばし、白人たちをオーシャン・シティ（ニュージャージー州の海浜にある保養地）の快楽に近づけないようにしてしまい、イースタン・ショア地域のファシストどもを孤立させようという狙いです。かたや父親側は（タイドウォーター農場近くのどこかにいるものと思えますが）軍隊気取りのガン・マニアの労働者の一隊を用意し、州兵の武器庫から盗みだしてきた小型トラック一杯の自動火器で武装させ、黒人地区すべてとは言わないまでも、少なくともポンティアックの霊柩車を破壊しようと待機させていました。その背後には、この一団の半分ほどしか火器はそなえておりませんでしたが、メリーランド州兵の一部隊まで出動しておりました。そして、この両者の中央に（後でまた示しますが、チョップタンク橋のトラスの南側、二番目の街燈の下に）すでに述べましたあのブルジョワ自由主義者のＴＶＨ（「悲劇的見方をする人道主義者」の頭文字）なる小生が立っているのです――片手に釣竿、片手にピクニック用のバスケットを持ち（その中には、コーンビーフのサンドイッチ二つ、モルソンのエール二本、携帯マイク一箇、フレオン製の警笛《エアホーン》一箇、そして、音声で操作できるテープレコーダーが入っていました）、掌には恐怖で汗がじっとりとにじみ、腋の下は七月の暑さで汗がびっしょりでした。そして、顔には優しく話しあいましょう、と言わんばかりに落ちつきなく浮べた微笑をつとめて明るく作っていたのです。

小生、とりたてて勇気のある男では決してありませんし、またとりわけ感情豊かなタイプでもありません。貴下の書かれた小説の中のトッド・アンドルーズは五十四歳の時までに、たしか五回だけ非常に強い感情の時を体験したことになっています。一九一七年、彼が鏡の前で童貞を失ったときの歓喜、一九一八年、アルゴーニュの森で敵軍の砲火にさらされたときの恐怖、一九三〇年、父親の自殺を発見したときの挫折感、それが引き金となって「調査書」を書くわけでしたね。さらに一九三二年、ジェイン・マックが彼女の夏の別荘で（小生が現在それを所有し、そこで眠り、夢見ておるのですが）、裸のまま彼のベッドへやってきたときの驚愕、そして、一九三七年、ある六月の夜、ドーセット・ホテルの彼の部屋で、性的不能、心内膜炎、その他もろもろの非存在理由《レゾン・ド・ヌ・パゼートル》がすべて重なって味わった絶望感でした。今このむしむしした獅子《レオ》のごとき激しき夏の午後、その五つの感情に小生は勇気を加えたのです。小生、勇気とは長い間人間の一つの尊敬すべき性格と考えてまいりましたが、それを感情と思ったことがありませんでした。

むしろ反対に、それは恐怖のような感情に直面した際、歯を食いしばって断固たる決意を示すものと、勇気を（行動としての物理的勇気で、精神的勇気のことではありません。あれはまったくの別物です）想像してまいりました。しかし、勇気もまた感情そのものになりうるのです。それがおおい隠す恐怖という感情とは一味違う特質をもち、アドレナリンによって強化された高揚の感情をともなうものです。もしも恐怖が心臓から血が引く思いをするものとたとえるなら、勇気の感情は、その反対に心臓に血が満ち寄せてくるもの、と小生は言いましょう。したがいまして、勇気を鼓舞されるとか、勇気を阻喪するという言葉の同義語として、心高ぶるとか心萎えるというのも、決して故なきことではないのです。

　このように血管の中では血液が干満の潮のようにぶつかり、立ち騒ぎ、心臓は危険を予期して早鐘を打つように激しく鼓動していたのです――まさにファンディ湾（カナダ南東部にあり、潮の干満の際流れの速いので有名）の潮の流れがメキシコ湾流とぶつかりあったごときでした！――これがその時六十七歳の小生が感じていた思いでした。すでに黒人地区の情報源からドルー・マックの運転するポンティアックの霊柩車がイースト・ケンブリッジにむかい、小生の立つチョップタンク橋を渡り、チェサピーク湾にかかるベイブリッジへむかう予定であることを知っておりました。また、ジョージ三世ことハリソンに近い筋より、武装した白人労働者の一隊が同じ橋の反対側、つまりタルボット郡側に待機し、バズーカ砲でポンティアックを来世にまで吹きとばそうと手ぐすねひいていることも知っていました――小生は、この情報をお昼前に得まして、事務所からあちこちあたふたと電話をかけ、小生の留守に電話がかかってきた場合にこれこれの処置をと指示をし、すでに述べましたとおり、釣竿とリールを手に、ピクニック用のバスケットに前もって用意した品を（小生、この情報は予期してないわけではありませんでした）詰めこみ、秘書の車で橋の二番目の街燈の下に降ろしてもらいました。満潮に乗って上がってくるハードヘッド（ニベ科の魚で正式名アトランティック・クローカー。チェサピーク湾に豊富）をいかにも釣ろうというういでたちでした……

　何たること、小生の立場は？　あらゆる潮流が激しくぶつかりあう只中にいるのです。しかも、このドーセット郡で最も古くから半急性心内膜炎症をかかえた身で、つまりは、一九一九年このかた、いつ心筋梗塞《こうそく》をおこしても不思議のない身体で。しかも、今は心臓の鼓動は「ティック・タック」どころではない、まるで急速テンポで鉄床《かなとこ》を大合奏で打つといった調子でした……

　このブルジョワ・リベラルにして悲劇的見方をする人道主義者は、もしも弁護士稼業で生計をたてるとなれば、必ずや、貧しき心善なる人々には心優しき相手となるはずです。つまり、ＡＣＬＵ（アメリカ人権擁護協会）というささやかなる法律問題支援団体の一人支部を演ずることになるでしょう。小生はこれまで一度たりとも貧しき白人たちや黒人たちから謝礼を不当に頂いたことはありません。むしろ、かれらの訴訟費用は、ブルジョワ・リベラルにして悲劇的見方をする人道主義者のつけにしてきました。一方、かれらが現金の代りに心から感謝の意をこめて差しだすものを軽く見なし、断ってはあまりにも気取りすぎ、と思えないでしょうか？　おまけに、心善き人々がいつの日にかお礼に何かしたいと言うとき、かれらは小生の心臓よりはるかに確かな心から言っているのです。さて、そのような者の一人に黒人地区に住むドロシー・マイナーがおります。彼女はドルーの奥さんの母親で、一生働きづめに働いて、子供たちを黒人ゲットーの生活から這いださせようと教育を施した女性ですが、橋であろうと、人の生命であろうと、とにかく破壊ということに大反対でした。そもそも、この爆破計画のことを小生に教えてくれたのも彼女ですし、さらに、これもまた小生の依頼人の一人でしたが、チョップタンク橋の管理人であるジョー・リードに非常に大切な電話をかけてくれたのも、ほかならぬドロシーでした。ジョー・リードは橋の中央部分を支えるトラスの内部に作られている小さな番小屋から、一時間ほど前にシヴォレーの小型トラックが番小屋の下を走り過ぎるのを見たのです。彼はすぐに橋のタルボット郡側のたもと近くにある酒屋の男（これもまた小生の元依頼人です）に電話をかけまして、反対側に隠れている一隊がいることを確かめたのです——この情報を彼は二番目の街燈の下に立つ小生に、跳ね橋がもうすぐ開くときに鳴らす警告の鐘を一つ打ち、報せてくれました。次に、彼は少し手前にある水路《クリーク》にかかるケンブリッジ橋の管理人である仲間（この男に彼は一度恩を売ったことがあるのです）に電話をかけました。その男はかつての恩に報いるため、霊柩車が自分の橋を渡って、その目的地であるベイブリッジにむかうべく、小生の待機する橋へとむかったとき、すぐさま電話で報せてきたのです。おわかりでしょうか？　それで、ジョー・リードは鐘を二度鳴らしました。

　貴下も覚えておられるように、チョップタンク橋では釣りは橋の西側、つまり下流側でしかしてはならないことになっております。東側には歩道がついてなかったからです。まだ潮が満ちてきていまして、かなり速い流れとなって、糸をずっと橋の下にまで押し流していました。暑さの中、釣り人は二、三組の黒人の親子だけでした。貴下の書きましたトッド・アンドルーズ、並びに彼の父親の習慣も同じでしたが、小生もまた雑用にせよ、遊びにせよ、何事をするにしましても、事務所に出るときの服装を取りかえないのが常でした。おそらく、チェサピーク湾でも三つ揃いの背広を着たままスキップジャックを操る船長は小生ただ一人でありましょう。しかし、目的が目的であるだけに、巡回裁判の法廷用に着こみましたシアサッカーの背広姿で、餌にする脱皮期のやわらかい蟹をバラバラに切り刻んでいますと、いくら何でも奇妙にすぎると感じざるを得ませんでした――しかもその間も、ケンブリッジ側、メンシュの大きな館《キャッスル》のあたりに小生は目をこらしているのです。そこにはあの善良なるポリー・レイク（小生と同年代、今は未亡人となりましたが、かけがえのない秘書です）が、小生をおろしてくれた後、車を駐めて待機していたのです。ちょうど黒味を帯びたオレンジ色の卵のついた部分を――これが餌としては蟹の最高の場所です――鉤《はり》につけたとき、彼女から合図がありました。車のヘッドライトを続けて三度――一＝二＝三、一＝二＝三、一＝二＝三という具合に――点滅させてきたのです。次に、彼女の携帯用警笛《エアホーン》――小生がバスケットにしのばせているものと同じ種類で、両方とも小生のヨットから持ちだしてきたものです――が三度鳴りました。小生もそれに応えて合図の警笛を鳴らしました。近くにいた黒人の釣り人たちは、そのような警笛が三度鳴るのは、跳ね橋を開くようにと近づいてくる船が合図するものと知っていますから、船はどこかとあたりをキョロキョロ見まわしていました。ジョー・リードもすぐさまそれに応じて、警報の鐘を打ち鳴らし、警告燈を点滅させ、トラスの両端から少し岸側に車を停車させる遮断機をおろし、中央部を開くための、大きなギヤ付きの軸を動かすボタンを押しました。橋があがります。橋と一緒に番小屋も傾きながらあがります。ジョーはまたイーストンのハイウェイ・パトロールの派出所に電話をかけ、どうしても跳ね橋がうまく閉まりません、と伝えました。もしもこのまま橋が閉まらないとき、橋の両側で待っている車を別のルートへ迂回させるため、パトカーをよこしてくれるように要請したのです。

貴下もご承知のとおり、チョップタンク橋は二車線のおよそ長さ二マイルほどの長い橋で、ほぼ中央の部分が開閉できるようになっています。両側から数は少ないのですが、いつも車の流れがありますから、ドルーも時速五十マイル以上のスピードは出せないはずです。そこで、ポリー・レイクの合図があってから、霊柩車が橋の中央、開閉部分の所までくるのにおよそ一分の余裕があります。小生はバスケットの傍らに携帯マイクをおき、相手にさとられぬように、川の流れに目を転じ、餌をつけた釣糸を垂れたのですが、その時およそ四十五秒ほどまだ間があったと思います。三十秒たち、遮断機が完全におり、北にむかう車が並び始め、ついに小生の立つ街燈の近くまで連なってきました。南にむかう車の最後の一台はすでに開閉部分の所を渡り切り、ケンブリッジの町の方に走り去ってしまいました。小生は町の方を見ました。霊柩車は車の列の最後尾にむかって、二つの街燈分ぐらい離れた距離から近づいてきます。フロントガラスの背後にピンク色の顔が見えました。その時、何かが鉤にかかりました。グラスロッドの先端が折れるようにまがり、リールをきしませて、糸がどんどん出ていくではありませんか。

　小生の期待では、ドルーが小生に気づかないうちに、前後の車にはさまれて動けなくなってしまい、いやでもおうでも、武装した連中が橋のむこうに待っているという小生の警告に耳を貸さなければならなくなることでした。ですが、おそらく小生が反射的に竿をあげ、鉤がかりを確実にしようとする動作をしたのが彼の目に入ったようでした。ドラッグをかけ、小生が街燈の柱に竿をまわして、それを固定させておこうとしたとき、ドルーは先行する車の数ヤード背後で車を止め、外に飛びだしてきました。足の先までパリッとした夏服に身を固めた目の前の釣師の正体が小生であると悟ると、彼はすぐに霊柩車の踏み板《ランニング・ボード》に乗り、船など近づいてもいない川面を見渡したのです。その時、助手席からも痩せぎすの、顎に山羊《やぎ》髯をつけた黒人の男が姿を現わしましたが、二人はすぐにものすごい勢いで再び車の中に飛びこみました。

　小生は携帯マイクをつかみました。ドルーは霊柩車のタイヤをきしませ、車のいない左側の車線に、まるで小生を轢き殺すか、遮断機に体当りでもするかという勢いで突っこみました——もちろん、遮断機の先方には、すでに大きく開いた橋が高くあがっていました。彼は車のギヤをバックに入れます。そこで一回転するつもりか、あるいはそのままバックで一マイルの橋を逆行し、ケンブリッジ側に戻るつもりかのいずれかでしょう。しかし、それを見て、あのわれらがポリー・レイクが機転をきかせて自分の車をその左車線に乗り入れてきました。彼女は、小生に合図をしてから、すぐにその後、橋を渡ろうと並んだ車の後についてきたのですが、その時ドルーよりも十台ぐらい後にいました。彼女は方向指示燈をパチパチと点滅させながら、ずらりと並んだ車の列を追いこそうとするように、左車線を進んできたのです。そこへ霊柩車がバックのまま猛スピードで近づいてきましたから、彼女はブレーキをかけ、警笛を鳴らし、エンジンを切ってしまいました（意図的にアクセルをやたらに踏みこみ、キャブレターにガソリンを充満させ、エンジンがかからないようにしたのです）。彼女は実に冷静、まんまと運転の下手くそな品の良い老婦人の役を演じたのです。

　小生は一瞬、二台の車が衝突するのでは、とひやりとしました。ですが、ドルーが叩きつけるようにブレーキを踏みこみ、霊柩車は大きく揺れて止まりました。彼と、ほかに二人の仲間が飛びだしてきました。車の窓についていたカーテンが揺れて、少し開きましたが、ドルーがそれをすぐに閉じます。彼がポケットに手を突っこんだのを見、小生はピストルを抜きだすつもり、と勘違いし、マイクをその場に投げ捨て、かれらが首を長くのばし、ポリーの方にむかって何やらしきりに言っている所へ走りだしたのです（小生の心臓にとっては最後の試練でした）。

「くっそー、トッドか！」ドルーは貴下のような作家の表現をお借りするなら、激しい怒りで顔を土色にしていました。涙さえ流しているのでは、と小生思ったほどです。黒人のうちの一人、痩せた山羊髯の方ですが、その男がポリーにむかって早く車をどけろ、と言っています。どけられなければ自分がやる、とも言います。彼女はお愛想笑いを浮べて、しきりに詫び言を言い、キーを手渡そうという振りをして、わざとそれを床に落し、身をかがめて探しにかかります。もう一人の黒人、薄紫色のタンクトップに白いウールの野球帽をかぶったズングリした筋肉隆々の男でしたが、彼は少し離れて、小生たちの姿をジロジロと舐めまわすように見つめていました。列を作って並ぶ車の運転手たちはみな何事かと、眺めています。

「この野郎、知り合いか？」山羊髯がドルーに訊ねました。ドルーは、小生は警官じゃない、と相手を安心させ、小生にむかい、半分脅すように、そして半分頼むように、あの橋をおろさせるか、さもなきゃ、おたがい怪我人が出ないうちにポリーをどけてくれ、と言いました。

「この野郎、おれたちの狙いを知ってるのか？」山羊髯が訊ねる。

「このじいさんも、ばあさんも両方ともさ」と、タンクトップの男が山羊髯に小生たちの正体を見抜いて、教えます。小生は早口で三人の男にむかい、かれらの計画を知っていること、腹立たしい感情にも同情していることを告げ、そして、行手を遮《さえぎ》ったのは、警察に引き渡すためではなく、橋のむこう側で待ち伏せをしている連中がいることを報せるためだ、と説明しました。衆人環視の中で、武器をやたらに振りまわさない方がよい、と小生は忠告し、このまま霊柩車の向きを変え、ケンブリッジに戻る方がよい、もうそろそろ州警察のパトカーが動きのとれなくなった橋の交通整理にくるはずだから、とつけ足しました。

「今度はいけすかない奴らのお出ましだぜ」と、山羊髯が言いました。小生もまた、まだ激しく打っている心臓が沈みこんでいくような気持ちで、かなたにパトカーの赤い警告燈が点滅してくるのを認めました。車は橋の一番端から大きく曲がり、左車線に入ってきました。並んだ車の列はもうそこまで伸びていたからです。そして、サイレンを鳴らしてこちらにむかってスピードをあげて走ってきました。ポリー・レイクは（いかなるプレッシャーにも少しも慌てず騒がず、実に優雅に振る舞うレイディで、まさに小生のお手本です）エンジンのキーを何度も何度もかけます。なぜかからないのかしら、いつもすぐにかかるのに、などと言います。パトカーが近づいてくるのを見ると、彼女はそれまでの頼りなげな風情をかなぐり捨て、アクセルのペダルを思い切り踏みこみ、ガソリンの入りすぎたエンジンを見事によみがえらせました。

「タイマーを作動させろ」とサイに言ってくれ」ドルーは突然決心したように言いました。「代りにこの橋をぶっとばすぞ」指示を受けたタンクトップの男、一瞬たじろぎます。彼は山羊髯を見やり、いいのかと目で確かめます。小生はすぐに、そんなことしたら自分たちも一緒に吹きとんで、無駄死にになるぞ、と言いました。オーシャン・シティにいく白人たちは別の橋を渡っていくだけだし、あんたらの自殺行為はただ、バカなアマチュア・テロリストの殺人的事故と報道されてケリがつくだけだ、と言ってやりました。山羊髯は、どうしてそんなことまでこのじじいが知っているのかね、とドルーに怒ったように訊ねます。ポリー・レイクはエンジンのかかった車をバックさせ、二、三百ヤードも先でパトカーを遮ってしまい、例によって少しぼけた老婦人の役を演じて、パトカーから出てきた警官を困らせます。小生、その警官が自分のよく知っている男だと気づき、ほっと胸をなでおろしました。ドルーはまたすぐにも橋を爆破する、と言いだします。小生は、橋の上で釣りをしている人間も、列を作って並んでいる車を運転している人たちもほとんどが黒人ばかりじゃないか、と指摘してやりました。そして一度この場は退いて、もう一度人々を集め、計画を練り直すように、かれらに説きました。むこう側で待ち構えている白人たちも、跳ね橋のむこう側にもやってきている州警察の目の前では何もすることができないが、しかし、ここからルートを変えて、ベイブリッジまでいく一時間の間には、連中何をするかわからないぞ、と言いました――それに（これは小生の口からでまかせでしたが）ベイブリッジにも今頃はもう計画を悟った州警察が到着しているはず、ともつけ加えました。

「トッド、一緒に車に乗れ」とドルーが小生に命令します。

「死なばもろともだ」

小生、そこでちょっと考えました。むこうでは、警官のジェイムズ・ハリスがポリーの車をもともと彼女が並んでいた場所に戻させまして、それから、どうしようもない、と言わんばかりに首を横に振りながら、小生たちの方にむかって歩いてきました。小生はドルーの止める手を振り切り、やあ、ジミーと声をかけました。それから、この人たち、大切なお葬式があって、早くいかなければ困るんだそうだ。向きを変えさせて、戻らせてやってくれないだろうかね？　と頼みました。

「しようがないですな」若い警官はそう言うと、三人と霊柩車に次々に視線を走らせ、さらに、霊柩車がもともと並んでいたポッカリと抜けた空間を見つめました。「じゃあ、おいその尻をここへバックで入れて、ターンをしろ。ミスター・アンドルーズ、あなたも連中と一緒ですか？」と、彼は言いました。

　小生は首を横に振りました。「いや、ジミー、わたしは釣りをしていただけだ。ありがとう、お礼を言うよ」それから、小生はくるりと背をむけて歩きだしましたが、早鐘のように鳴る心臓のせいで、あるいは背後の男たちのせいで、はたして二番目の街燈の下まで辿りつけるものか、まったく自信がありませんでした。

　しかし、かれらは何もせず、小生は無事に元の場所に戻ることができました。この事件に五つの後日譚《ポストスクリプト》がありますが、それを次に記しておきます。

　㈠　橋は二つとも健在です。ボルティモアとワシントンから大西洋岸に出る車がとても多いので、州政府は古い橋のほかに新しい橋を建造しています。完成すれば、渋滞が減るはずです。その車の九〇％は白人ですが、車がやってくる二つの都市の人口の五〇％以上が黒人です。小生たちのわずか十五分ほどのドラマが、もしも夏の日曜日の夜にでも起こっていたとしたら、橋を通る五〇号線は十二、三マイルほどの交通渋滞になっていたかもしれません。小生はわがイースタン・ショアに車がこれほど入りこんでくることに大反対ですから、時には橋などすべて爆破してしまえばよい、と願うことすらあります。しかし、今は進歩につきましても、わが町の島国根性について感じたと同様、ついに**悲劇的見方**をするだけです。とにかく、一九六〇年代というのはメチャクチャでした。七〇年代もまた同じかもしれません――しかし、五〇年代は思いだす気にもなれないほどでしたし、それは四〇年代も、三〇年代も二〇年代も一〇年代も同じことかもしれません。歴史とは凶事の連続です。**悲劇的見方**をしないかぎり（多少なりとも）救われません。

　㈡　霊柩車の若者たちは無事家に帰りました。かれらは作戦を練り直し、H・〈お喋り《ラップ》〉ブラウンを連れてきて、活動の弁舌面を活性化し、マスコミの注意を黒人の惨状にむけるよう工夫したのです。放火は相変らず続いていました。しかし、それはもはや「白人どもを焼き殺す」どころか――そんなことを少しでも本気で企てたら、今は黒人たちの方が皆殺しにあってしまいます――放火犯はすべて見事なほどに第二区の中に閉じこめられていました。放火におびえた黒人市民たちが火事の際は白人の消防団員も派遣して欲しいと訴えると、かれらはいつもこう言われました。おまえたちが好きこのんであいつらを町へ連れてきたんだから、火は自分たちで消せ、と。そこで、黒人暴動で難儀をこうむる人たち――つまりは、文法書の中の二人称複数の役割をする人たち——はいつも黒人ということになりました。しかし、このようなことは、貴下には別に目新しいニュースではありますまい。ただ、**悲劇的見方**をすればよいのかもしれません。ただし、それできわめて満足というわけにはゆきませんが。**悲劇的見方を**さらに悲劇的に見なければならないのでしょうか?

(三) しばらくして、かのブラウン氏が逮捕され、裁判地を他へ移すことが決定した頃、あの山羊髯とタンクトップの男と、そしておそらくタイマーの番をしていたサイという黒人がうっかりして自ら空高く吹き飛んでしまうという事件が起こりました。次のような次第でした。もともと、小生はポンティアックの霊柩車とシヴォレーの小型トラックの積荷と目的を、ジミー・ハリスに報告すべきかと考えたのですが、しかし、小生、法の下に正義を施行する制度そのものの存在には信を置いていますが、その現実の運用についてはどうしても**悲劇的見方**しか適用できないのです。したがいまして、よくよく考えた末、そのいずれもジミーには報せないことにしました。しかし、黒人過激派も白人自警団たちも、実際は嚙みつくより吠えたてる声の方が大きいものですから、前者は人間より家屋へ、後者はその逆に家屋より人間たちへの大変な脅威でした。小生のBLTVH(ブルジョワ・リベラルにして悲劇的見方をする人道主義者)としての立場から、この件に関しては当然ながら霊柩車側に同情しております。(だが、複雑なことに、乱暴な白人たちの中にも小生の親しき人々が何人もいます。多少偏見は強いとしても、心根のよい、立派な生き方をしている愛すべき人たちです。しかも、反対に小生が同情した黒人たちの中の少なくとも一人は、どうしようもない反社会的人物だったのですから。これぞ**悲劇的見方**!)

というわけで、小生が遮り、説得しようとしたのはシヴォレーの方でなく、ポンティアックの方だったのです。また、というわけで、小生が警察に通報したのは、シヴォレーのことでした。ジョー・リードが無事に跳ね橋をおろし、閉じますと、小生は彼の小屋の電話を借り、イーストンの州警察派出所に武装集団のことを話したのです。その夜、小生はそのことをドルーに伝えました。そして、白人の乱暴者たちがもしも警察で訊問されたら、必ず霊柩車のことを話し、それに乗っていた人間とその目的をばらしてしまう、と小生は言いました。小生だって、今度の事件について、宣誓をした上での証言を求められたら同じことを話さざるを得ない、とつけ加えました。そこで、ドルーとその仲間たちは抜け目なく他の車に爆薬を積みかえ、町を出ていきました。われらのヒーロー、ブラウンが裁判にかけられることになる裁判所をどこであろうとダイナマイトで爆破しようと決めたのです。しかし、例えば、帝王切開の縫合技術についても同じですが、高性能爆薬によるテロ行為という分野でも、小生どものような小さな町では大都会の専門家たちにそうやすやすとはお目にかかれません。そのため、一行が——ドルーは小生とつながりがあると見られ、一時的にこの作戦から外されていました——最初の新しい目標にむかって車を走らせているとき、チェサピーク湾の向う側の小さな村の外で、サイのタイマー（か何か）が誤って作動し、かれらは車ごと吹き飛んでしまいました。遺体は確認すらできませんでした。いえ、ほとんどどこに散ったか、回収すらできませんでした。保守派の連中は大笑いに笑いましたが、小生どもリベラル派の人々は舌打ちして残念がりました。

その時知りましたが、かれらのリーダー格であったあの山羊髯はドロシー・マイナーの息子でした。イヴォンヌの兄ですから、ドルーにとっては義兄となります。ドロシーが食うや食わずで高校から大学へと教育を受けさせた大事な息子でしたが、極楽トンボのその子は州立大学の黒人分校で歴史を勉強したのが仇となり、すっかり過激派テロリストになってしまったのです。また、小生が典型的な黒人ゲットーの出身者だと思いこんでいた例のタンクトップの男は、実はニューイングランドの三代にわたる裕福な教育者の息子であることがわかりました。彼はフィリップス・エクセター・アカデミーという名門校の高等部三年生の時、黒人としての自覚を初めて持つことになり、オックスフォード大のマグダレン・カレッジ時代に過激派となったのです。それで、実に見事に身についたボストン＝オックスブリッジ風の言葉遣いと服装を捨て、すでに小生が書きましたような風体《ふうてい》と言葉遣いに変身していたのです。学生時代、彼が一番情熱を傾けていたのは、ラグビーとウィリアム・ディーン・ハウエルズの小説だったそうです。

㈣　小生の鉤にかかったのは、かなり大きいアトランティック・クローカー、通称ハードヘッドでした。このあたりでは昔はたくさん釣れたのですが、最近ではとみに数が少なくなっている魚です。傍で釣っていた男が親切にも、小生が糸をからめておいた街燈から、それを外し、先に述べました出来事の間ずっと魚とやりとりをしてくれたのです。すべてが終った後、その男は竿を小生の手に返し、連れと一緒に小生が魚を取りこむのをじっと見守ってくれました。しかし、橋の上からの釣りにはよくあることですが（橋の上からの釣りでは、魚を魚籠《びく》に収めるまでは、釣りあげたということにはならないのです）、小生の魚、充分鉤がかりし、充分に遊んでもらって弱っているはずなのに、川面から橋の上に引きあげる途中で、一はねし、水の中にしぶきをあげて逃げてしまいました。

「惜しいなあ、心臓が止っちまうよなあ」見守っていてくれた男は小生に同情してくれまして、それから自分が釣っていた街燈の所へと戻っていきました。

(五)　しかし、心臓は止りませんでした――生きのびて、この文章を書いているのが何よりの証拠です。あのアルゴーニュの森でも、アダムズ船長のフローティング・シアター号の夕にも、そしてまた今日までの生涯のさまざまな不快な経験《モーヴェ・クアール・デュール》――今述べました一番口惜しい出来事を含めて――の折も、同じように小生の心臓は止りませんでした。貴下の『フローティング・オペラ』の終章で、三十七歳のトッド・アンドルーズは、町の人々を道連れに自殺しようとした企てにしくじり、おそらくこれまでどおり、一日ずつ区切りながら生き続けていくことになろう、と考えております。貴下がマーヴィン・ローズと名づけた医師（もう今は亡くなっております――死因は、たしか貴下の推測どおりです）の心臓に関する報告書が翌日届くはずですが、トッドはそれにもまったく興味がなくなっております。それから、彼の**魂の暗黒の夜**について語っていたはずの五十四歳のトッド・アンドルーズもこの報告書の結果について、一言もふれておりません。ただ、彼の言葉の調子や態度からして――彼の語ってくれた事実は申すまでもないのですが――すべてが彼の予想どおりであったとうかがい知ることができます。小生がポリー・レイクと一緒に橋を後にしていくこのとき、小生が何年か前に自分の生き方を変えたことは決して間違っていなかった、と小生の心臓自体がついに証明してくれたと感じていました。つまり、ドーセット・ホテルの部屋を毎日一日分だけ払って借りることをやめ、一年の大半を小生がマック夫妻から買いとった例の別荘で暮すことにしたことは間違いではなかった、と感じていたのです。言いかえれば、小生も同じ世代のアメリカのＷＡＳＰの男性なみに平均寿命をまっとうする宿命であること。細菌による心内膜炎症というダモクレスの剣のごとき診断は、小生にとっては物理的事実であったと同時に、精神的必要物でもあったこと。そして、その事実が長い間に次第に用をなさなくなっていくにつれ、必要性もまた知らず知らずのうちになくなったということを感じたのです。

　小生、橋を遠ざかるとき、昔を思いおこしながら、そのようなことをはっきりと、まるで昨日のことのように感じ取っておりました。川面は静まりかえっていました。ポリーは車のエアコンがきいているにもかかわらず、鼻の頭に汗を浮べ、感じの良い若者、ジミー・ハリスのことをしきりに話していました。彼を昔小学生の頃よく知っていたそうですが、今日までさっぱり会うことがなかったということでした。小生は、それに答えもせずに黙っていました。小生が黙っているのは、まだ興奮がさめやらず、神経的に疲れ果ててしまったせいだろうと、ポリーは考えたようです――たしかに小生は疲れていましたが、それはドルーたちとのやりとり自体のためではありませんでした。小生はその時心ふるえる思いで、大きな新しい識見に近づこうとしていたのです。それに小生が果たして対応できるか、まったく自信はなかったのです。というのも、それはかつて小生が書き連ねたメモの中で到達した識見と文字通り正反対のものであるからでした。あのメモの中で小生は「いかなるものにも本質的な価値はない」という推論を下しました。しかし、今は車の中でかすかに感じ始めていたのです（いえ、まだはっきりと宣言するまでにいきません。まずそこにこめられた厳しすぎるほどの大きな意味を、この手にしっかりと捉えておかなければなりません）……いかなるものにも本質的な価値はない、ということは、つまりは……すべてのものに本質的な価値がある、ということではなかろうかと！

　小生、何を言おうとしているのか、自分でもわかりません。哲学者でもありませんし、それに安っぽい神秘主義、下らぬ超絶的言辞を軽蔑もしております。しかし、この川も、川にいる蟹も、潮に乗って漂うクラゲも、鷗も牡蠣《かき》も蚊も、いやドルーやタンクトップの男や、ポリー・レイク、ジョー・リード、ジミー・ハリス、そしてチョップタンク橋など言うに及ばず――それに、亡き父も小生の記憶にない母も、ジーニン・パターソン・マック・シンガー・バーンスタイン・ゴールデンも、彼女の夫たちのすべても、そして彼女の母も（そうでした、ずいぶん昔のこと、虫の羽音の聞こえる夏の真昼にだしぬけに一糸まとわず小生のベッドにやってきた女《ひと》でした）、そのほか過去、現在、未来のすべての生き物も――それらすべてが小生にはかけがえがないのです！　かけがえがないほどに大切でした！　これからも大切なのです！

　小生は歴史を思い、涙をこぼしました。小生、危険なほど**悲劇的見方**の〈先に〉あるものにさえ近づいていたのです。ポリーは私の状態に気づいたようで、どこかに車を止め、元気を出すため一杯飲んだ方がよいと言ってくれました。小生とポリーは市営ドックに繋留してあった小生のヨットに乗りこみ、そこで酒を飲みました。以前にも彼女は小生につきあって、そのヨットには何度も乗ったことがあったのです。親しくなじんだもの、念入りに作られ、長年の歳月に耐えながら、なおかつ優雅な気品を具えたものに乗り、小生は時と潮のままに漂っていたい気分でした。小生のスキップジャック、オズボーン・ジョーンズ号、そして愛すべきポリー・レイクは共にその要件を見事に満たすものでした。冷やしたエールを飲むと、小生の抱き始めていた幻影が薄れ始め、ふたたびまた元の小生の水域へと戻っていく――合理的懐疑主義者のＢＬＴＶＨへと。小生はまだそこに繋がれたままでした。岸壁からロープで繋がれてはいましたが、その時刻でも、ただ一本のロープしかつけず、垣間見たあの新しい不思議な陸地を発見すべく、いつでも出航ができるようになっていたのです。

　小生、この手紙の歴史的叙述を終えるにあたって、最後にハリソン・マックの〈衰退の時期〉のお話をし、彼の晩年をレイディ・アマーストがいかに巧みに楽しき日々にしたかを述べるつもりでした。しかし、手紙を書くことにあてておいた小生の午前中の一刻《ひととき》もすでに過ぎ去り、もう午後になっております。そろそろヨット置場にいき、オズボーン・ジョーンズ号にニスを塗る作業にまたかからなければならない時刻となりました。それ故、先週、ジェイン・マックが小生の事務所を訪ねてきたお話はまたの機会ということに致します。彼女の奇妙な告白やら、彼女の抜け目のなさと率直さと忘れっぽさの呆れるほどの三重奏についても、いずれ。貴下は小説の中で、小生とジェインの昔の情事について書かれておりますが、彼女自身はそれすらもはや覚えていないのでは、と思うほどです。少なくとも、そんなことはまるでなかったかのような素振りです。見事と言うべきです。事実と虚構をつなぐ橋は今や、タルボットとドーチェスターの間にかかる橋と同様、往復交通路となっているのです。

　ずいぶん長々と、そして内輪めいたことも書いてしまいました。貴下の要請につきましては、E・M・フォースターと同様、小生も自ら書いたものを目で確かめるまではどのように考えているかわからないという男でございます。ここまで長々と書いてまいりまして、さながら、貴下にどうぞこの手紙の内容はご自由にご利用下さいとおすすめしているような、またからかっているような面もございますが、小生の逡巡の気持ち、必ずしも決定的とは申しませんが、かなりまだ強いのです。特に最近噂に聞くところによりますと、レグ・プリンツらが昔のショーボートの物語を映画化するためにロケにくるとか、それで小生またもや居心地の悪い思いをしております。まして、ドーチェスターの三百年祭とマーシーホープ大の〈真理の塔〉の完成式と偶然に呼応して（共にこの地域の誇りとする行事です）、貴下がイースタン・ショア地域を舞台に、トッド・アンドルーズなる名の人物を配した新しい諷刺小説を出版されるとなると、小生まことに汗顔の思いを致すことになります。現在小生が担当しております訴訟の中には——特にハリソンの遺産をめぐってジェインとドルーとの間で争われることとなる裁判など——貴下が『フローティング・オペラ』で実に見事に描いておられた裁判以来の、実に微妙にして、重要なものがございます。ただ単に、小生自身のためとか、マック家の人々のためとか言うのではなく、タイドウォーター財団やその様々な慈善事業、さらには（ドルーの言葉を借りるなら）はるかに大きな利害《ラージャー・ステイクス》が関わっております。

　これらすべてが劇的な展開の可能性を秘めておることは間違いございません。事実をもとにして争われるのですが、ほとんど虚構的にさえなりえます。しかし、小生はいわゆる文学者《オム・ドゥ・レトル》ではありませんから、小生が扱うのは、現実の人間たちの現実の生活です。仮にそれを見る小生の見方が悲劇的でありましょうとも、決してそれを利用して、どうこうしようというものではありません。

　ですが、そのようなことはもはやどうでも宜しい。文学的な助言者のごとき言を弄したこと、どうぞお許し下さい。また、ある意味では貴下が小生の父——つまり、〈トッド・アンドルーズ〉の生みの親——であるにもかかわらず、反対に小生がさながら父親のごとく述べましたこと、ご寛恕のほど。しかし、(a)小生、貴下の父親ほどの年齢であること、(b)小生の最大の文学的所産は「父への手紙」(今では父よりも小生の方が年上となりました!)であり、「息子への手紙」のごときこの手紙も冗長さにおいてはまずひけを取らないこと、(c)自分の息子を持った経験がないこと、以上の三点から、小生、いつもドルーに言われることですが、ついつい父親のごとき口調になってしまうのです。

　それで、小生はいったい何を申そうとしているのでしょうか? 貴下の要請は、この復活祭《イースター》(これまたナポレオンの百日天下以上に曖昧な、だらだらと続く記念祭ですが)の間によく考えておき、また後で返答致しましょう、と申しあげたかったのです。それまでは、どうぞこの手紙の中に小生が潮の流れに撒きちらしました事実という餌を小説の種にと、うかつに飛びつかないよう、また小生の許可をはっきりと手にするまでは、トッド・アンドルーズの名前を勝手に使わぬよう、ご注意申しあげたい。これは別に脅しの意味で申しているのではございません。小生としましては、貴下が想像力という縦帆の前面《ラフ》の動きからもおわかりのように、風に逆らい、きわどい航法をされすぎておられる、と伝えたいのです。しかも、小生の許可も是認も取らず、ただひたすら小生の厚意のみを頼りにされていることをご忠告申し上げたかったのです。

敬具

T・A

〒二一六一三　メリーランド州ケンブリッジ
コート・レイン
アンドルーズ・ビショップ&アンドルーズ法律事務所
トッド・アンドルーズ

T　ジェイコブ・ホーナーから
ジェイコブ・ホーナーへ

進歩と助言。

カナダ　オンタリオ州フォート・エリー　再生復帰院
ジェイコブ・ホーナー様

69／4／3

マーロン・ブランド、ドリス・デイ、ヘンリー四世、ジョージ・ハーバート、ワシントン・アーヴィングの諸君、誕生日おめでとう。今日というこの日、ダンテはふと気がつくと暗い森の中をさまよっており、ナポレオンはローマを占領しつつある。パーム・スプリングスでは学生暴動がおきている。日の入りとともに過越《すぎこ》しの祝いが始まった。早馬速達便（一八六〇年、セント・ジョウゼフからサクラメントまで八日間で届ける速達便が始まる）が、サクラメントとミズーリ州のセント・ジョー何とか間でこの日に始まる。キング牧師の暗殺者、ジェイムズ・アール・レイは、九十九年の刑を不服として、上告している。朝鮮では「国連」軍が北緯三十八度線まで中国軍を押し返している。合衆国はフォックス族とサック族インディアンをミシシッピー川の向こうに追いやろうとして、ブラック・ホーク酋長と戦闘を開始している。ヴェトナム和平会議がパリで再開されたが、進展なし。そして、君は**またしても自殺**を**完了しそこなった**。一九五三年の昔にすでに始めていたことであり、三月六日の君への**手紙**で再度約束しておいたにもかかわらずだ。

文章療法。

あの手紙から今日の日までに、過去には様々な出来事があった。まずは、アーク号とダヴ号がボルティモア卿の最初の植民者たちを乗せてメリーランドに到着した。ハナ・ダスティンが、マサチューセッツ州へイヴァリルでインディアンにつかまり、ジェロニモがメキシコでクルック将軍に降伏するも逃亡し、パトリック・ヘンリーがリッチモンドの独立議会で「自由か、さもなくば死を」の演説をして、議会が自由を求めて立ち上がった。ジェイコブ・ホーナーはマディソン大統領の百七十二回目の誕生日に**生まれ**、二十八歳の誕生日（マディソンの二百回目にあたる）に**大学**を**去り**、ドクターのおかげで**〈行動不能症〉から**初めて**回復する**が、マディソンの二百十八回目の誕生日に四十六歳と**なって**も復帰の見込みなし。米艦ホーネット号がペンギン号を拿捕。アンドルー・ジャクソンがホースシュー・ベンドでインディアン部族のクリーク同盟を撃破。ジャン・ラフィット（一七八〇？―一八二六？　仏の海賊。一八一二年戦争で米に味方をする）がガルヴェストンの町に火を放ち、仲間のバラタリアンたちとともに失踪。マディソン大統領（六十歳）がヘンリー文書を議会で暴露し、セニター号がハンプトン・ローズの海戦でメリマック号に損害を与えた。ナポレオンは百日天下のうち八十六日をまだ残していた。英国議会は印紙条令を撤回するも、すでに遅きに失した。オリヴァー・ハザード・ペリーはペンシルヴァニアのプレスク・アイルでエリー湖艦隊を建造、装備をしていた。ブリュヒャー（一七四二―一八一九。プロイセンの元帥。ワーテルローでナポレオンと戦う）が連合国とパリ入城を果したのは言うまでもなく、パリ・コミューンのチュイルリー宮殿焼打ち、ピーターズバーグとリッチモンドからの南軍撤退、ニコラス皇帝の退位、ニューヨーク市リヴォリ劇場でのデ・フォレスト（一八七三―一九六一。米国発明家。電信・電話の改良者）による最初のトーキー公開、ロード・アイランド州と合衆国海軍の創設、ドイツがポルトガルに宣戦布告、ゴダード博士（一八八二―一九四五。米国の物理学者、ロケット技術の開発者）によるマサチューセッツ州オーバーンでの最初の液体燃料ロケット発射、ヒットラーのオーストリア侵略、ボヘミア占領、ヴェルサイユ条約破棄、リンドン・ジョンソン大統領の再出馬断念、マーティン・ルーサー・キングのセルマからモンゴメリーへの行進、さらには、テキサスでデ・ラサールが部下に暗殺され、マドリッドがフランコ将軍に降伏。フランクリン・ローズヴェルトの最初の炉辺談話、ロシア、合衆国にアラスカを売却、ベルリン封鎖、ペルシアの侵略、合衆国の硫黄島占領、沖縄進攻、フィリピン暴動鎮圧、パンチョ・ビラ（一八七八―一九二三。メキシコの革命家）のニュー・メキシコ州コロンバス襲撃と、パンチョ・ビラ殺害もしくは捕獲のため、パーシング将軍によるメキシコ侵入。君がある意味でジェイコブ・ホーナーだったとき、ドクターの処方により以上のごとき出来事に**興味**を持った。今は**単に**カレンダーを**見る**ようなもので、記念日として歴史をみ、**アルファベット順**に出来事を**並べてみる**だけだ。

「なぜ、アルファベット順にするのかね、ホーナー」ドクターが**進歩指導室**で**毎年一度の面接**の際に君にたずねる。これは前回の三月十七日のことで、君の**最初の面接**やその他諸々のことから数えて十八回目の記念日だった。「おまえが**選択不能**となっていた時に、三つの原則を与えておいたが、多分、もう**忘れて**しまったんだな」

　君がウィコミコ大で過した学期について**何一つ忘れていない**ことをドクターは知っている。君は**左側優先**と**先行優先**の原則を**復唱した**。つまり、二者択一のものが並んでいたら、左側のものを選べということと、時間的に連続する場合なら、最初の方を選べということ。このどちらも当てはまらなければ、アルファベット順に選択せよということだった。

「でも、どの原則を**使っ**たらいいか、**選ぶ**のにしばしば**困る**のです」と君は彼に**言った**。「最初に教えてくださった順序では——つまり、**左側優先**、**先行優先**、**アルファベット順優先**では——**左側優先**が一番左側にきて、先行はするが、アルファベット順にはならない。**先行優先**を最初に**すると**、先行して左側優先だが、アルファベット順の最初ではない。そこで、行動基本書《ホーンブック》を**始めた**時、**アルファベット順に並べる癖がついて**、**アルファベット順**、**先行優先**、**左**

側優先の順序だと、アルファベット順優先がアルファベット順優先になるし、先行優先にも、左側優先にもかなうということに気がついた。それで、それを使っているわけです」

「ジェイコブ・ホーナー、おまえはバカもんだ」

進歩指導室で膝をつき合わせて、二人はそれぞれの葉巻をじっと見つめた。

「おまえはもう四十六だ」ドクターがいった。

「きのうで、四十六になりました」

「今はもう一年に一度しか、わたしはおまえに助言していない。ミセス・ドッキーが死んでから、おまえは実質的に復帰院の経営を担当しているのに、まだ私の患者のつもりでいるのか？」

君は悲しげな微笑を浮かべた。「残念ながらそうです」

「残念ながらそうです、だと」ドクターが茶化した。「十八年間まったく進歩なしというわけかね、ホーナー。一九五一年にボルティモアで拾い出してやったときと同じに、まったくの空虚のままだ。ただ年をとってしまったが、それだって、並の者よりはずいぶんと時間がかかるときている。おまえは死ぬまでここにいることになるぞ」

君は返事をしなかった。

「五三年にミセス・ドッキーが予言していたとおりだ」ドクターが話を続ける。「また、ミセス・モーガンが死んだことでも、おまえは、比喩的には別として、自殺するほど罪の意識を感ずることはないとも言っていた。中味のない空《うつ》ろなままでも、おまえは長生きする、と予言していた」

「ミセス・ドッキーがなつかしいでしょう」君は同情してあえて言った。

ドクターは考え込む。「実に役にたつ婆さんだったよ。あの頃はとても重宝していた」彼は間をおいた。「だが、わたしは他人をなつかしむことなんてしない」

かくして性愛の問題がもち上がり、君の面接そのものから逸脱して異性愛療法中の患者たちの性について話しあうこととなった。この療法も受けている四十歳以下の女性患者には、トンボXが奉仕するのがお決まりだが、ドクター自身のような父なる存在の代理を必要とする者もいたし、異人種混交が逆効果という判断の場合は、君か、ムッシュ・カスティーヌがそれぞれ状況に応じて対応している。君自身の奉仕は年配の女性に効果的なことがわかっている。とりわけ愛想のいいプロテスタントの未亡人には。彼女たちは夏をなつかしきシャトーカ会館で送り、文芸部館《アシーニアム》のポーチで白髪の仲間たちと籐の揺り椅子に座って過す女たちだった。しかし、冬になれば、荒涼とした五大湖から逃げだすほどのお金もなく、ついつい行動不能症になってしまう。ひとたび（『リーダーズ・ダイジェスト』の〈元気な老人たち〉や〈新老年学〉の記事で）、夫に先立たれ、張り合いのなくなった女の血が騒いでも、何ら不都合なことはない、と悟ると、お上品な姦淫という強壮剤を大いに楽しむのだ。しかも、故人となった夫と同年輩の相手よりも、君ぐらいの男性との再活生化を楽しむ方が、概して罪悪感を覚えないですむというわけだ。

　君は療法の範囲を**越えて、書きすぎ**だ。ストップ。

　しかし、トンボXがポカホンタス相手ではもうその気にもならないと宣言していた——この女は目鼻だちの美しい四十がらみのWASPで、メリーランド出身の離婚者だった。強姦大好きの一連隊を連れていっても、彼女は手におえない、と言うのだ。タフなオートバイ野郎たちにむりやり彼女を押さえこませ、ケツの穴に一発やらせるとか、ビビを助けてやってくれとか何とか、うまく口実を作って、潜在的レズビアンの性格を導き出すとかしたほうがいいと、トンボXが勧めた。ビビというのは、これまた問題の多い患者の一人で、色情狂、アル中の、もと女優の卵だった。しかし、ドクターは拒否する。アナル・セックスの方は、ここにいる者すべてにとって治療に反する、常に報復へと走るトンボ自身には効くが、と言った。レズの方も解決になるどころか、もっと困ったことが持ち上がりそうだという。彼の感じでは、性愛はポカホンタスの行動不能症の原因ではない。現在彼女が必要としているのは、コレクション用の睾丸《こうがん》をより多く得ることだけだというのがドクターの意見だった。スタッフの中の権威者的役割を果たしている三人の男たちをすべて積極的に征服し、その後で軽蔑して、捨て去った時に、おそらく彼女のための真の治療プログラムを考えるべきなのかも知れないというのだ。その時までは、不感症のペニスでは何をしても説得などできないから、彼女を〈行動可能にさせる者〉として君がトンボXの**代わりをし**なければいかん——ポカホンタスのような年齢でああいう状況におかれている女性は、ノーマルな愛情を越えた感情をもって異性愛を求めるものだ。だからそのために過度の攻撃性やまたその反対に受動性が身についてしまい、治療を阻害することになる。そのことをしっかり**頭に入れておき**たまえ。**君の性格とよく似た**（つまり、**従順だが、行動不能というわけではない**）男性患者なら、スタッフのどのメンバーよりも彼女の碾《ひ》き臼《うす》に格好の穀物になる。いうなればだ。だが、そんな患者はいないし、それに君は**自己認識**では**成績不良**ながら、**いまだに治療継続中の患者**でもあるから、君こそその適任者というわけだ。**大いに楽しくやってくれ**。めざめるのが遅かった更年期のWASPの女たちは、いったん刺戟されると、ベッドではすばらしくオサカンだ。だが、一瞬も**油断するな**。連中は氷の心を持っている。蜂《ビー》とは違って何度でも刺すからな。

　しかし、君は**反論した**。ポカホンタスの元の夫、作家のアンブローズ・メンシュとは、大学時代の**少し大切な友人**

てきた。

だから、自分にはそんな資格はないと申し立てた。

「昔の話を持ちだしなさんな」ドクターがいった。でも、ポカホンタスが当時大学にいたかどうか、わざわざたずねてきた。

「いいえ。実を言うと、当時のメンシュの愛人はマック家の娘だったと思います。今ぼくらがビビと呼んでいる人です」

「信じられんね。同時にここに彼の昔の愛人が二人とは。二人は知っているのかね、そのことを」

君の知る限りでは、マーシャ・メンシュとビー・ゴールデン（メリーランド生まれの旧姓ジーニン・マック）は、互いのことや二人の歴史的な結びつきを知らない。君はわざわざ口にしなかったが（ドクターは主義として過去の経歴には興味がなかったので）、一九六七年にトロントからこの復帰院にムッシュ・カスティーヌに連れてこられた中年の英国婦人の学者がいた。再活生手術を受けるためだったが、その女性はレイディ・ラセックスという偽名を使っていたが、ここを出て、メリーランドのマーシーホープ・カレッジで客員の地位を得たから、今頃はもう、そこの同僚のアンブローズ・メンシュの友人になっているかも知れない。とにかく、この三人を本当に結びつける人は、君の昔の友人、メンシュではなく、慈善家であった故ハリソン・マックである。彼はビビの父であり、「レイディ・ラセックス」とは家族同士のつきあいであり、マーシーホープ・カレッジや再生復帰院のパトロンでもあったから、間接的にはアンブローズ・メンシュや君自身の雇い主であり、また、それをいうなら、リリー・デイルにいる以前の患者、J・B・ブレイの雇い主でもある。最後に、過激派のドルー・マックの父であることも忘れてはならない。彼の活動のせいで復帰院が（君の個人的意見では、トンボXは先刻承知だが、ドクターは一向に気づいてもいない）、まったく別種の反体制活動再生センターになろうとしている。その陰の指導者が、本人は何くわぬ顔をしているが、実に愛想のよい、行動不能どころか、行動的そのもののムッシュ・カスティーヌなのだ。過去の経歴に興味を持とうとしないドクターは、そうしたこみいった事情をあまり考えないようにしている。

しかし、脇道へそれてはいけない。これは叙述だ。

「では、おまえはもうその夫とは手紙のやりとりはしていないのだな？」

君は、五三年十月二十七日以降、自分以外の誰とも手紙のやりとりをしていない、と答えた。

「じゃあ、モーガンとの大失態を再演するのを恐れる理由は何もない」ドクターが結論を下す。「おまえが考えているのはそのことだけだ。いずれにせよ、おまえはもう女性をはらませることはできないのだし、それに、離婚しているポカホンタスでは姦通にもなりやしない。おまえがいやなら、まともそうな徴兵忌避の若者でも彼女に**あてがってやりたまえ**」

　最近、とりわけ西ニューヨークからオンタリオへ移ってからというもの、ドクターは本来の意味でのちょっとしたショーヴィニスト（ナポレオンを熱狂的に崇拝した老軍人の名前にちなむ）になっていて、東南アジアへの合衆国の介入についてタカ派を支持している。すわり込みやへたり込みによる妨害を主な作戦にしている反戦運動に対して、〈運動《ムーヴメント》〉という貴重なことばを誤用していると、専門的立場から憤慨している。六〇年代初期の公民権運動でさえも、ドクターが運動というそのことばの威厳を感じたのは、すわり込みではなく行進している時だけだった。それに、あの遅いテンポを二倍に速めないかぎり、彼は「勝利を我等に」をぜったいに歌わなかった。だから、合衆国からピース橋を渡り、大挙してやってきた徴兵忌避の若者たちに対して、ドクターはただ軽蔑するだけだ。そうした若者が患者の中に大勢いたが、君の**意見**では、行動不能症にかかっている者などほとんどいない。ドクターも同意見だった。「動的心気症患者《キネティック・ヒポコンデリア》」として連中を簡単に片付ける。だが、彼らがここにいるのは別の理由からだ。

「数字の６４５０２と７９６７３は、何を意味すると思うかね、ホーナー？」

　進歩指導室では、君は「男」っぽくも、「女」っぽくもないしぐさで**快適に足を組む**ことができる。

「二番目のは、郵便番号でしょう」と、君は**でたらめに言ってみる**。「テキサスのどこか。アビリーンの近く？　最初のは、若干の誤差はありますが、一九五〇年の国勢調査でのニュージャージー州クリフトンの人口。一九六〇年までには八万二千人以上になっています」

「ホーナー君」

　君は**ため息をつく**。「それでは、ミズーリ州北西部の小さな町の郵便番号とその町の一九六〇年の人口です」

「キリスト教伝説の中で、最初の偉大な寝とられ男（ヨセフ。イエスの母マリアの夫でナザレの大工）の名前を示す数字だ。おまえの**ホーンブック**にちゃんと**記してあるのか？**」

　君は**うなずく**。「ギリシア神話の勇士イアソンの後で、アレクセイ・カレーニン（トルストイの小説のヒロイン、アンナ・カレーニナの夫）の前です。聖人《セイント》として取りあげれば、『千夜一夜物語』のシャハリヤールとともに、Ｓの項目に入れてもよい、と思っています」

「または、Ｍの項目に？　メネラーオス（スパルタの王。トロイ戦争の原因となった美女ヘレネの夫）といっしょだ」

「それから、ハリソン・マックとマラテスタ」君は**急いでつけ加えた**。「フランスチェスカ・ダ・リミニの夫のジョヴァンニ・マラテスタのことです。彼女の恋人のパオロ・

マラテスタではなく。そして、イゾルデ（トリスタンの愛人）の夫のマルク王。それに、アタランテの夫でヒポメネースとして知られているメラニオン。彼の妻を寝とったのが、アレースだったか、メレアグロスだったかは忘れました。また、クレタ島のミノスも。でも、ぼくはマリアの夫はJの項目に入れる。**アルファベット順優先**です」

「なるほど。故レニー・モーガンがユダヤ人でなければ、夫はレニーの亡骸に普通どおり防腐処理をしてもらった、と思う。もちろん、葬儀屋が中絶の話を広めることを恐れてなかったとしたらだが。しかし、彼の性格からして、おそらく、そんな不合理な心配はしなかっただろう。郡の検視官が既に事実を知っていたからだ。防腐処理をしようとしまいと、おまえがわたしの療法を無視して、あんなお楽しみをしたあの亡骸が、ホーナー、埋葬から十六年たった今、どんなふうになっているか、**わかるかね？**」

　君は自分の気持ちを**おさえる**。

「わたしにもわからん」ドクターが言う。「また、わかりたくもない。穏やかに腐らせておけばよい。フロイト派の学者たちなら、我々の『セント・ジョウゼフ』は歴史家となって、己の根底にある死体愛を昇華したと言うかも知れん。死体愛は歴史家が職業的におちいる陥穽《かんせい》だと思うね」

「ぼく**自身の考え**では」君は穏やかに話しだす。「ジョーは妻を非常に深く愛しており——」

「ジョーはそれだけ深く埋葬すべきだった」

「——だから、妻の死をのり越えられなかったのです」

「何のために彼はここに入っているんだ？　ほんとうに気がふれているのか、それとも、他にも何か理由があって、ここに身を隠しているのかね？」

　レニーの事件の後、ドクターは殺人と不法中絶の告発を受け、もう長い間官憲に追われる身であったから、今さら何を心配するのかと、君は**面白がってつい尋ねてしまった**。「セント・ジョウゼフ」がもし本当に狂っているなら、引き金を引き、遅ればせながら妻を失った復讐をするのに、時効など必要ないのだと、不機嫌にドクターは答えた。それとも、彼の状態は偽装で、復帰院と地方当局との間にもめごとでもひき起こそうとしているのかも、と。

「最後に、少なくとも」ドクターがつけ加えた。「ここに彼がやってきたことで、わたしの計算では、約十五年おまえの症状は逆戻りしたし、表向きはそのことを話しあうために、わたしらはここにこうしているわけだ。信じようと、信じまいと、ホーナー、この世には自分たちの生活をエンジョイしている人々がいる。わたしもその一人だ。復帰院の事業が一番の関心事だ。フォート・エリーにきてから、合衆国にいた時よりもトラブルが少ない。いくつかの結構な投資までわたしはしている。二、三年のうちにほどほどのところで引退して、スイスかセント・クロイ島にでも行くつもりだ。その時には、おまえとわたしの息子とで、この変人や狂人どもを好きなようにしたらよい。だが、それまでは、おまえの身の安全は他人事ではないのだ。そもそもあの男がジョウゼフ・モーガンであることは絶対に間違いないのだな?」

　残念ながら、間違いない、と君は**宣言した**――が、明らかに外見は変っているし、ある程度は態度までも変ってしまった。「ある意味においてのみ」自分はジョウゼフ・モーガンだというモーガンの告白は、痛烈な皮肉だった。それから、君は「セント・ジョウゼフの」過去の経歴を**大急ぎで復習**して、ドクターの**気持ちをかき乱してやった**。J・パターソン・モーガン、一九二三年ボストン生まれ。ボルティモア・パターソン一族の血を引く。一族の中では一八〇三年にナポレオンの弟と結婚した女性が最も有名である。第二次大戦中、高卒後海軍に入隊、復員兵援護法《ジー・アイ・ビル》のおかげでコロンビア大に学び、一九四九年哲学の学士号、一九五〇年同大学院歴史学修士取得、大学院でメリーランド州ウィコミコ出身のレニー・マクマオンと出会い、結婚。一九五〇年と五一年に生まれた二人の息子がいる。一九五〇—五二年にはジョンズ・ホプキンズ大の博士課程でアメリカ史の研究をするが、博士号の学位を得ないまま、職を得た。論文の主題は「合衆国の政治経済における無垢とエネルギーの救済的役割」であった。妻の死後、論文の著述を放棄する。一九五二—五三年にはメリーランド州ウィコミコ学芸大学で歴史学の助教授。この大学で君は最初に彼と出会い、彼とその妻と運命的なかかわりを持つ。五三年十月二十七日、ウィコミコ大学長のジョン・ショットに辞職を要求される。レニーの死についてのスキャンダルを押さえるためだった。

　こうしたことの多くは君が**個人的に知って**いたことだ。個人的に知っていたから、また次のような点も君は保証した。モーガンの不屈にして無垢な(無邪気にあらず)合理主義、知的かつ肉体的なエネルギー、信心家ぶらぬ高潔な性格、てきぱきとしたヤンキー的明朗さ、妻に、そして妻の精神的で知的な幸福に対して熱烈な(重苦しく、最後には災いとなる)献身的愛情を示し、二人の関係が純粋で明快なことなどを。

「もう十分《アセ》。たくさん《アセ》だ、ホーナー、後生だからやめてくれ」

　その他のことは主としてムッシュ・カスティーヌからのまた聞きだった。カスティーヌはいつものように何でもかんでも知っているようで――しかも、これまたあり得ぬことではないが、復帰院にモーガンがやってくるのにも何やら一役かっていた。少なくとも二人は職業上からもどうやら知り合いだったようだ。カスティーヌはモーガンがかつて論文に書いたことのあるフランス系カナダ人の策謀家の子孫であると自ら主張していた――この論文はモーガンが途中でやめてしまった学位論文に入るべき数多くの簡潔で独創的な覚え書き《ノーツ》の一つだが、それが歴史雑誌に掲載され、同業の歴史家たちや君の資料提供者でもあるムッシュ・カスティーヌに大いに賞賛されたのだ。君自身、そうした出版物があるのを**知らなかった**が、論文の主題は主に二つあるというカスティーヌの考えを**現実味のあるもの**として**認めた**。つまり、ヘンリー・バーリンゲイム三世やド・クリヨン伯爵のようなペテン師的大陰謀家たち、それに〈ラカネル小包〉や〈ヘンリー文書〉のような歴史的に重要な捏造文書の二つだ。妻と死別したことで（これについてはカスティーヌは何も知らないふりをしているが）モーガンが、不合理、不明瞭、直観的狡猾さと陰険さ、冷静な堕落といったものの魅力にすっかり圧倒されてしまったためであるのは疑いない。

「クソ《ホースシット》、ホーナー」と、昔の――ということは、若かりし――モーガンが嘲るように言う声が聞こえる。「そんなことは二十《はたち》になる前から知っていた。君たちロマンティストは、大文字の**不条理**を常に過大評価する。君はイアーゴーでなく、私の弱点を**偶然つく**ことのできたただの**好色野郎**だったんだ」

いずれにせよ、今述べた二つが彼の主題だった（そうだ、君は**ホーンブック**（子供の学習用に、アルファベット、数字、主の祈りなどを書いた紙を板にはりつけたもの）にイアーゴーの名前を**忘れずに入れておかなければならない**。オセロに妻のエミリアを寝とられたと、第一幕で彼が自分から不確かなる疑惑を口にするだけだが）。モーガンはウィコミコからボルティモアに戻り、メリーランド歴史協会に職を見つけ、州立大学の夜間講座で時々講義をした。彼はその後も次々に論文を発表した。おかげで、あちこちの立派な大学から、客員講師として呼ばれ、出かける時もあったが、決まった大学での職は持とうとしなかった。歴史学会での名声が高まり、復元事業、地方史博物館、映画製作、歴史的ページェントやらフェスティヴァル、記念碑建立などの相談役として、十三の最初の植民地があった諸州に出かけていくことになった。こうした活動をしているうちに、彼はハリソン・マック家（マック夫人はベツィー・パターソンの子孫でもあると主張している）のような由緒ある一族と知り合うこととなり、ハリソンに気に入られてメリーランド州東部海岸に新設された大学の学長になった。カスティーヌの報告では、それはモーガンの個人的希望に反するものだったが、タイドウォーター財団が何年にもわたって彼の歴史研究の援助をしてくれたことへの感謝の気持ちから引き受けたのだった。それに、研究活動のために小さなエリート・センターを設立してもよいと提案され、心の中にわずかに残っていたアカデミックな理想主義が大いに動いたからでもあろう。

「くだらん《メルド》、ホーナー」セント・ジョウゼフがこの最後の言葉に対して言い返すのが**聞こえる**。「どうしても君は**私**をナイーヴな合理主義者に**仕立てあげようとする**」実際には私は十九の時から人間のあらゆる制度——大学や結婚も含めてだ——について悲劇的見方をしているというのに」

いずれにせよ、理事会がモーガンの昔の上司であったウィコミコ学芸大学のジョン・ショットを副学長に任命したことで、すぐにモーガンは己の理想主義をむざんに破られたにちがいない。二人の権力闘争が続くなか、ショットがレニーの死にまつわるスキャンダルを再び取りざたしたか、あるいはそうするとおどしたかで、モーガンは辞職し、身を引いてアマースト大の客員教授として北へ向かった——

「身を引いたわけじゃない、ホーナー！」彼の抗議が聞こえる。「マサチューセッツの熱狂的愛国主義者たちは、ヴァージニアの熱狂的愛国主義者たちと同様まさに俗物的だ。私は招かれたから、アマーストへ行っただけだ。息子の一人がそこに在学していたし、もう一人はチャペル・ヒル（ノース・カロライナ大学の所在地）にいた」

——アマースト大でモーガンは人格を根源的に変えた。LSDに手を染めた当然の結果か、あるいはただ単にその付随的結果かもしれないが、とにかく人が変り、合理主義から一種の神秘主義へと大変貌をした——

「プラトンやウィリアム・ジェイムズだって変貌したじゃないか。ブレイクや鈴木大拙から私が引用するのを君は耳にするかも知れんが、カスタネーダの『ドン・ジュアンとの対話』（カーロス・カスタネーダのベストセラー『もう一つの現実——ドン・ジュアンとのさらなる対話』（一九七一）のこと）からは引用しないね」

——高級スーツからヒッピー風バックスキンの服へというわけだ——

「アバークロンビー&フィッチからL・L・ビーン（いずれもスポーツ用品・スポーツ服の店で、前者の方が都会的、後者の方が素朴というイメージあり）へと言ってもらいたいね。ここに来た時に着ていた衣装は、セネカ族のインディアンたちからもらった物だった。LSDをやっていた頃、私とカスティーヌで連中の所へ遊びにいったものでね」

「それで、どうしてまだそんなもの着ているんだ、ジョー？」これが彼と君が**初めて交わした会話**だった。昨日のことだ。昨日は、ハンス・クリスティアン・アンデルセン、F・A・バルトルディ（一八三四—一九〇四。自由の女神像の製作者）、カルメン・バシリオ、G・J・カサノヴァ、マックス・エルンスト、アレック・ギネス、ベドジヒ・スメタナ、エミール・ゾラの誕生日だった。モーガンはここに来てすでに一月になるが、君の**存在**にほとんど気づかぬ風だった。逆に、普通は自分の存在など**気にもとめぬ**君は、過去十六年間にはなかったほど自分の存在を**痛く意識していた**。毎日彼はトンボXと会う。そしてそれほど頻繁ではないものの、ドクターにも会っていたが、二人との話の内容はどちらからも君は聞かされていなかった。モーガンはカスティーヌとはたえず一緒にいたが、**小耳にはさんだ**二人の会話は、フレンチ-インディアン戦争や一八一二年戦争時代のナイアガラ辺境地域のことだった。それはもの知りのアマチュアと気取らぬ専門家のやりとりだった。ポカホンタスとビビは共にモーガンにすっかり惹かれていたし、徴兵忌避の若者たちも彼に惚れこんでいた。若者たちと話をする時のモーガンは、婉曲的で皮肉、非知性的でほとんど非実在的だった。彼は若者たち（指示されたり、許可されている連中とだが）とサッカーをし、マリファナを吸った。女たちとはブリッジをし、タロウ・カードや易経の六線星形の占いをし、ドクターの認めぬ訓練だったがヨガをおこなった（「ヨガは行動不能じゃない」モーガンが楽しげに言う。「停止した運動なんだ」驚いたことにはドクターはこの意見を容認した）。君は**自殺**するのをしばし**延期し**、モーガンと交わした最初の言葉に続く言葉を**待っていた**。つまり、レニーを復活させ《リザラクティング》、歴史を再び書くことについての最後通告を――「掘り出す《リザラクティング》のではない、ホーナー。再　生《リバーシイング》だ。妻の死体を掘り出してもらいたくはない。もう一度生み出してほしいのだ」

　それから昨日の朝、彼は君の**オフィスに**やって来た。かつて自分の妻を**誘惑**しないかと説得するためにウィコミコ大学で君の**研究室**にやって来た時と同じように冷静に。君は**もう長いことロッキング・チェアを使わないでいる**。ドクターの判断によれば、その動きは行動不能症を防ぐより逆に助長してしまうからだ。君は**堅い木製の背がついた椅子に座り、ホーンブック**の中の何も記していないUのページについて**考えていた**。Oのページにまず第一にオデュッセウスを入れるのは疑問の余地がある。妻のペーネロペーが夫を裏切って、百八人の求婚者たちすべてと、さらに九名の召使い、吟遊詩人のペミオス、山羊番のメランティオスらと関係を持ったとするのは、その神話初期の下品な異説だけに限られるからだ。Uのページにユリシーズを書きこみ、オデュッセウスをダブらせるのは、あまりにも**安易すぎる**。モーガンは裸の壁、わずかのスペースの床、渦巻く川を見おろすカーテンのない窓などをじっと見つめる。

「なるほど、これが君の**生活**なんだ、ジェイク」

　君の**声**は**すぐには出てこない**。

「君はウィコミコ以来、ここの**にせ医者の友人**とずっと一緒だと、カスティーヌから聞いている」

　君は**ホーンブックをかたづける**。「一九五三年に」ついに君は**答える**。「ぼくは**自殺を決意した**。そして、**実行した**」

　ジョーは壁にもたれ、腕を組み、せせら笑う。「死ぬことは、こんなこととは違う。死ぬのは大変なことだ。こんなものは何でもないことだ」

君は待った。

「十六年」彼が言う。「その長い年月も、君にはほとんど影響なしのようだな」と君をじろじろ見る。「五〇年代初期のヘアーカット。シアーズ通販のウーステッドのズボン。幅一インチの細いタイ。それに、白のワイシャツときた」かがんで、君が復帰院の簿記をつけ、手紙を書き、自らの文章療法をする、飾り気のない机の下の君の足を彼は見る。「白いソックスまではいている！　おまけに、ロー・カットのオックスフォード靴だ！　あとは机の上に一年生の作文の山と耳にはさんだ赤鉛筆があれば、君は昔のままじゃないか。今レニーがここに入って来たとしても、まったく何の違和感もないよ」

　もちろん君は返答をしなかった。

「それにひきかえ、私は大変りで、レニーは昔の私の面影などほとんどどこにも見いだせないだろうね。たとえ、私だとわかったとしてもだ」彼は微笑したが、暖かい微笑ではなかった。「性の革命だよ、ジェイコブ！　開かれた結婚！　合法的になった中絶の自由！　それに、ピルだ、ジェイコブ！　近頃は女子高生だって、かかりつけの医者から手に入れる。私たちの昔の大問題は、国家への忠誠宣誓や実存的不安と同じで、今は奇異なものになってしまうんじゃないか？」

「でも、アルジャー・ヒス（一九四八年、スパイ容疑で告訴、投獄された高級官僚）は国務省に復帰していない」君は冷静に答える。「レニーも死んだままだ。いったいそのヒッピーの恰好は、何のためなんだ、ジョー」

　彼は前に書いたように、セネカ族からもらった、と答え、陽気に話を続ける。「インディアンは流行の最先端なんだ、ジェイコブ。大学じゃ大はやりだ――どのみち、君にはわからないだろうが。一年生の英語は必修から外された！　ABC評価もない！　講義のかわりにグループ・ディスカッション、入学開放、指導教官なしの博士号、チアガールのかわりに毛沢東の紅衛兵だ。ビールパーティのかわりに幻覚体験、寮の出入りは何時でも自由だ！」

「そうだと聞いている」君はそっけなく認める。「でも、君がそんなことにすっかりのめり込んでいるとは想像できない」

「のめり込む！」彼は面白そうに繰り返した。「結局、君も時代に影響されてしまっているわけだ」

「何で君はこんな所にきた、ジョー？」

「川むこうのセネカ族の長屋で大いにラリるためだ」とモーガンは答える。「ペヨーテをやりながら、息子らの友人たちとインディアンのナショナリズムについて議論するんだ。彼らはその主題について独立研究計画《インディペンデント・スタディ・プロジェクト》にのめり込んでいる。独研計《I・S・P》がいま大はやりだ、ジェイコブ！　この場所のことはインディアンの独立運動をしている友だちから聞いたそうだ」

「君は行動不能じゃないじゃないか」

彼は肩をすぼめる。「しばらくの間、むこうではまさしく自動推進ができなかった。でも、君だって、昔は〈悪天候〉の発作の間にも少しは歩きまわっていたぞ」

〈悪天候〉ではなく、〈無天候〉だと、君はわざわざ訂正しない。「でもぼくはここにいる」と簡潔に言った。

「そうだ。君はたしかにここにいる。古いコルト45の引き金をひいて君の頭を吹き飛ばそうと、ついに私がやって来たのかどうかと思いながら。あの時のことを覚えているか？」

「あの小説も映画も、ぼくには責任がないことだ」君は、もしかしたら真実価値あるものであったかもしれないことのために宣言する気になった。「五五年にぼくは確かに一種の報告を書いた。文章療法と呼ばれるものだ。だが慌ただしく移動した時に、それをペンシルヴァニアに置き忘れてきてしまった」

「責任なんて、もともと君が言えることじゃない」モーガンが述べる。「多分、私は十六年たったら死体がどうなっているかを見たかっただけかもしれない。あるいは、一八一二年戦争についての映画のテクニカル・コンサルタントとして、もう一つ仕事をするためにきただけかもしれない。多分、カスティーヌと私が、アメリカ二百年祭と同時に起こるはずの〈第二次革命〉を密かに組織するためかもしれない。それとも、多分、私はただ君と君の友人のドクターをトコトンびくつかせてやろうと思っただけなのかもしれない」

そのいくつもの〈多分……かもしれない〉のうち、アルファベット順ではどれが最初にくるのかと思案しながら、君は待った。

「多分、君に過去の話をもう一度書いてもらいたいのかもしれない。前に書いたものと違う結末にしてもらいたいね」

君は待った。

「歴史編集療法というのはどうだね？」

歴史の女神にちなんだクリオ療法というやつを君はわざわざ口に出さなかった。ドクターは病因学的分析を嫌悪していたが、この療法は多くの患者に用いられ、伝統的な治療計画の目玉になっていた。

「私たち歴史家は、常に過去を再解釈している」ジョーが続ける。「だが、歴史がトラウマとするなら、多分なすべきことは歴史を再び夢みることだろうね」

「なすべきことは」君がモーガンとこのやりとりをここまで説明した時、ドクターがきっぱり言う。「昼間は動くだけ動き、夜にはデメロール剤を飲むことだ。それで、ホーナー、二人の話の結末はどうなった。物語手法のサスペンスというやつには私は興味がない。いったい、モーガンは何を望んでいる?」

ちょうどそこで、セント・ジョウゼフが話を終りにしてしまったとは、君は言えなかった。しかし、モーガンは「麻薬でふらふらして」もいなかったことや(彼が公言したように、セネカ族インディアンたちとのエピソードは実際にあったのかもしれないが)、マーシーホープ大でジョン・ショットに敗北し、大いに悩み苦しんでいたにちがいないから、少々蝶番が外れていなくもなかったという意見を報告した。何らかの罰を与えたい——第一に結婚をめちゃめちゃにした君自身、それにレニーの死を招く中絶を行ったドクターに対して——というのが、モーガンの目的にあったかも知れない。しかし、ただそのためだけに彼が復帰院に来たとは信じられなかった。ムッシュ・カスティーヌの第三者的態度は少しも信用できないが、彼から聞いた話では、プリンツという名の映画監督が実際に何か映画を撮っていて、チェサピーク湾やナイアガラ辺境地域での一八一二年戦争の場面を撮影しようとしているようだった。おそらく、昔のエリー砦の爆破とか、英国軍のナイアガラ砦攻略とか、バッファロー焼打ちとかのシーンだろう。そうした場面について、歴史家のモーガンがプリンツに助言していいるということは大いにありそうだ。夏にロケ隊が到着した時には、カスティーヌ自身もそのプロジェクトに何か役立ちたいと思っているらしかった。現実の事件の際、自分の祖先たちがある役割を果たしたからだ、と彼は言っていた。

「でも、それはいかにもカスティーヌらしい言い方でしょ」と君は締めくくった。「彼はいったい何者なのです、ご存知ですか?」

ドクターは鼻をピクピク動かした。「つまらぬ存在論はやめたまえ、ジェイコブ・ホーナー。私たちの目的には『カスティーヌ』であるだけで、十分じゃないか。それでも、おまえが考えたとおり、セント・ジョウゼフという男は実に理性的で、あからさまに威嚇的というわけではないが、確かに敵意を抱いている、と私も思う。前金で四月分の入院代を支払っているから、しばらくはまだお目にかかることになるはずだ。私たちを殺すとか、官憲に逮捕させたりしないかぎり——いずれにしても彼にはそれができるが、まさかしはせんだろう——ここに入院してくれていると、役に立つかもしれん。ビビやポカホンタスも、最近はだいぶ慣れて、一緒に生活するのも苦にならなくなったが、彼が二人のうちのどちらか一方を好きになったりすると、また厄介なことになりそうだ。でも、おまえは」

君はじっと待った。

「おまえはまたロックされたようだな?」

「ロックされたのではなく」君は訂正した。「精も根も尽き果てたのです。モーガンが過去の歴史をもう一度夢みることを口にした時、ぼくたちは二人とも窓の外を見ていました。ぼくは彼の説明を待ちながら、同時に外の流れゆく川のことを考えていました。スペリオル湖から澄んだ水が流れ出し、ヒューロン湖やエリー湖へとどっと流れ落ちる水です。ヘラクレイトスも、同じ流れには二度と入れないと言っています。ぼくは一度足を踏み入れればそれで十分です。それに、ホラティウスは、靴を持って川岸に立ち、すべての水が流れ去るまで一歩足を踏み出すのをいつまでも待っている男について語っています。ぼくはまさにその男なのです」

「文学だな」ドクターが軽蔑するように言った。

「それで思い出しましたが、土木技師が集って、今年の夏にアメリカ側のナイアガラの滝を止め、カナダ側の滝と同じように素晴らしい眺めにできるかどうかやってみるそうです。これまで耳にしたうちで最もアメリカ的なプロジェクトです。観光のすごい目玉になればと期待されているそうです。一種の否定的な自然の驚異です。それでぼくは否定的であることについて考え始めまして、どうしたらそれが反世界の中で肯定的になるだろうか、つまり、その反世界ではエントロピーが脱エントロピーとなり、ぼくらは非再生復帰院を経営していることになりはしないかと――」

「ホーナー、ホーナーよ」

「それだけです。その後、トンボXがやって来て、カミソリ療法をしてやるぞと言ったのです」あの若い黒人は、白人の行動不能症患者には恐怖を与えて、動くようにいつもしむける。旧式のカミソリをさっと取り出し、目玉をぎょろつかせて黒んぼ流に歯をむき出して笑いながら、患者の陰嚢をつかんで、白んぼのタマをとってやるぞと深南部訛りで脅すのだ。「いつの日か、トンボの奴、歯止めがきかなくなりますよ」

「いつの日か」ドクターが言った。「おまえがわたしの息子に、黒んぼのチャチな手を離せ、さもないと、おまえの陰毛で十字架を燃やしてやるぞ、と言うさ。その時初めて会話が始まるということもあるのだ」

「トンボはズルをやるんです」君は文句を言う。「タマをぎゅうぎゅう握って。ぼくがつい立ちあがったのは、去勢の恐怖からじゃない。痛かったからです」

「いいじゃないか。おまえは五時間もじっと外にいたんだ。もし、奴がポカホンタスを避けて、外に出なかったら、おまえはずっとあのまま外にいたわけだ。まさに昔のままじゃないか?」

「まさに。周囲で起こっていることはみなはっきりわかっているのに、ぼくは無天候状態でした。自分自身をどうしても行動させることができなかった。禅僧が言うには、風が汝に生命を吹き込み……」

「たのむから、ホーナーやめてくれ。白いソックスに細いネクタイ、そいつに禅まで加えないでくれ。もう今は一九六九年だ。おまえは四十六歳。おまえぐらいの年なら、たいていの男は大学生の子供がいるはずだ。子供の方だって、大学生ともなれば思春期の頃うつつを抜かしていた神秘主義など卒業している。おまえは出発点にまたもどったようなものだ」

君はじっと待った。ドクターも慌てない。ドクターの髪や口髭も今ではすっかり白くなり、頭はいま流行《はやり》の長髪にしていた。山羊髯も少しのばしていた。まるで、黒人で禿のカーネル・サンダーズか、アルバート・アインシュタインを小粋にした写真のネガを見るようだ。君の心はさまよい始め、それから意識が希薄になっていく。君は自分の世代の一人になりたくはないが、自分に向かって真剣に意識を確かめる現在のテスト・パターンを口に出してみた。

君にはたくさん生きる道があり、
ペプシにはたくさん与えるものがある。

それから、その声までがゆっくりと虚空に消えていった。無限のかなたからドクターの声が聞こえる。「カミソリは持っていないが、目をさまさないなら、喜んで股ぐらをつかんでやるぞ」

わかった。
「わかった。おまえの友だちのセント・ジョウゼフの言うとおりだ。彼が昔のジョー・モーガンと同じであろうと、なかろうとな」
「同一人物です」
ドクターは眉を動かして、どうかなという表情をした。
「ヘラクレイトスの名言は諸刃の剣だ。つまり、川が流れていなかったとしても、おまえは足を踏み入れていただろう、というふうにも。私は思いだしたぞ。モーガンは妻の最初の不貞の理由がよくわからず、おまえの許に彼女をもう一度いかせただろう。もう一度やれば、すべてが明確になるかのように……」

ドクターは椅子をひくと、立ち上がり、長いこと火の消えていた葉巻に再び火をつけた。明らかに面接はこれで終了だった。

「実に印象的な奴だよ、おまえの友だちは。だが、この〈夢をふたたび《ヴィーダートロイメライ》〉は危険な賭けだ。おまえは一石で二羽の鳥を殺そうと思っているかもしれんが、それで鳥の群全体が逃げだしてしまうかもしれんのだ。だからだ。前におまえとポカホンタスのことについて決めたことは忘れたまえ。少なくともセント・ジョウゼフがどちらの女をとるか決めるまではな。おまえとはこれから毎週、進・指の時間を持たなくちゃいかんようだな。また昔のように」

ドクターは眉をひそめる。「再演というわけだ。しかし、最近の大学では一年生用の英語が必修でないとしたら、きっと規範文法の授業もないな。それにおまえはこの復帰院から離れるわけにはいかんときている。となれば、どうやって教えられるかね？」

ジェイコブ・ホーナー

カナダ　オンタリオ州フォート・エリー　再生復帰院

R　A・B・クック四世から　やがて生まれくる子供へ

A・B・クック三世の生涯、およびポンティアックの陰謀について。

最愛なるヘンリエッタ、もしくはヘンリー

一八一二年四月二日

我が子よ、ぜひ読んでほしいものがある。やがてお前が生まれ、読み書きを教わってからの話だが、コネティカットとパリに住んだジョエル・バーロウなる者の書いた『アメリカ物語《コロンビアッド》』という偉大にして退屈なる叙事詩だ。この詩の中で、死を前にし、失意の底にあるコロンブスは、夢あるいは昏睡状態の中で〈西方世界〉の精ヘスペラスによって〈夢幻の山〉に連れて行かれる。黄泉の国のアイネイアースよろしく、彼はそこで自らがこの世に送りだした新しき帝国の未来の歴史（この詩が書かれた一八〇七年までの歴史だ）を走馬灯のように見る。頼もしきバーロウが保証するのは、白人たるアメリカ人たちが西へ西へと移動し、森林を切り拓き、沼沢地を干拓して、魚や鳥獣を捕え、大西洋から太平洋に至るまで、運河、道路、都市を建設する光景である。この光景を見てコロンブスの心は慰められ、従容《しょうよう》として、人知れず死んでいく。

実に見事な着想。詩自体は退屈きわまりない。というのも『アイネーイス』とは違い、ただひたすらに感傷的な愛国心だけを歌いあげるばかりだからだ。そしてまた、作者がウェルギリウスとは大違い、教養があり賢明だが、詩作の才能は素人の域を出ぬ男であるためなのだ。ジョエル・バーロウは〈ハートフォードの才人〉（十八世紀後半イェール大学出身の文人たちでアメリカの文学活動を興そうとした一派）と呼ばれた文人たちの一人であった。お前のお祖父さんのヘンリー・バーリンゲイム四世も、その仲間だ。お祖父さんは、アメリカ独立革命直前にイェール大学でバーロウと知り合い、彼を触発して『コロンブスの夢』（『アメリカ物語』の第一稿で、最初ははるかに短くて、このように題された）と、ダニエル・シェイズの反乱（一七八六—八七年にマサチューセッツの不当な土地税に対して起こした反乱）を扱った『反乱者物語《アナーキアッド》』という、まずまずの出来栄えの諷刺詩を書かせたのである。この諷刺詩については、別の折に語ることとしよう。クック＝バーリンゲイム一族は、冗漫《ロングール》さにも、また長命《ロンジェヴィティ》とも無縁だ。私の父、つまりお前の祖父は一七八五年、三十九歳の若さでこの世を去ったと言われている。この時、父を密かに偲《しの》ぶよすがとなるはずの二つの詩はいずれも、まだ出版されていなかった。

バーロウについて言えば、この紳士はフランス公使として、いまも健在である。今頃フランスからマディソン大統領の許へ、ある報告書を送ったところであろう。先般国務長官モンローに悪名高きジョン・ヘンリー文書《レターズ》を五万ドルで売りつけ、マディソンの密偵どもからさらに二万一千ドル（その半分を、アンドレーと私はお前のためにスイスに預金した）を取り立てた〈エドゥアール・ド・クリヨン伯爵〉なる人物は実在しない、という報告書である。実在した故ド・クリヨン公爵はスペインの大公にして、ミノルカ島の征服者、ジブラルタルの攻撃を指揮し、フランス国民議会の議員でもあった。この男、一七八八年には、ロンドンの外交官の夜会《ソワレー》で、私の母を誘惑せんと試みて、不首尾に終った人物である。現在の公爵は彼の一人息子で、パリに住む。最近〈ジャン・ブランク〉なる者に一千二百ポンドを詐取され、傷心の極みとのこと。おまけに、家名を使われた醜聞が発覚し、疑いもなく公爵は激怒していることだろう。公爵父子はバーロウとは知己の間柄だ。その昔、私の父が仲立ちしてバーロウに紹介したのだった。かくして、バーロウ公使は、マディソンが騙されたことを即座に見抜いてしまっただろう。それは私の望むところなのだ。しかし、彼にも、ほかならぬこの私が詐欺とその暴露の双方を行ったことは見抜けまい。合衆国を戦争へと誘いこみ、ニューイングランドとそれ以外のアメリカの地域とを分断するのが、私の目的である。私がエドゥアール・ド・クリヨンの名前を選んだのは、まさにバーロウの疑惑を喚起せんがためであった（母のための報復の意味もあったが）。そして、ジャン・ブランクを名乗ったのは、バーロウの名前をもじり、彼に補充すべき空所《ブランク》を与えんがためであった。

いや、むしろ、そのような空所を〈歴史〉に与えんがためであった。〈ハートフォードの才人〉たちは才気煥発にもかかわらず、洗練された皮肉の才に欠けるからである。さらに言うならば、たとえば、私が伯爵の名をかたるのにエドゥアールという名前を選んだのはなぜか。それは、亡き公爵の好色な興味をかきたてた母の血筋が、メリーランドはキャッスル・ヘイヴンのセシル・エドゥアール伯爵に連なるからであった。最近パリでアーロン・バーと名乗る人物がいるが、もしもこの男が私の父であるならば、こうした私の手口に一族の特質を見ぬき、父が生きていることを私がわかっている、とその男もまたわかってくれるだろう。

　我々、クック並びにバーリンゲイムの一族は、右手で〈政治ゲーム〉を楽しみ、善良なるジョエル・バーロウが展開した夢を、我々の手で可能な範囲で打ち砕くのであるが、同時に左手で互いに合図を送りあい、大いに楽しんでいるのだ！

　さて、やがて生まれいづるはずの愛する我が子よ、先月お前に手紙を書いてからこのかた、事態はとんでもない状況になってしまっている。お前が髪と足指の爪を生やし始め、眼を開き始めたこの間に（小さなバーリンゲイムよ、お前は何を見ているのかね？　世間のほとんどの人々の眼が閉ざされたままであるのを見ているのか？）、我らがジエイミー・マディソン君は、ヘンリー文書を議会に送ってしまった。つまり、暗号で書かれた十四通の原文を私がまことしやかに解読したものと、ジョン・ヘンリーが長々と書いた「北米における国王陛下の領地を、マサチューセッツ、ニュー・ハンプシャー、ヴァーモント、コネティカット、ロード・アイランド、ニューヨークの諸州と併合すべきことについての建白書」とを送ったのである。今や、ヘンリー・クレイと主戦論者の一派は、ニューイングランドの連邦党《フェデラリスト》（独立戦争後、合衆国憲法を制定し、中央政府の確立を主張した派）を困惑させ、かつ自分たちのイギリス嫌いを正当化し、穏健なジェイミーを〈第二次革命〉に駆りたてる目的で、文書を最大限利用しようとしている。それは、カナダとフロリダを奪取するための彼らの口実にすぎないのだ。

　国の財宝費やして
　買われて、売られたヘンリー文書

については、もう一度後で、私とお前の母さんの物語を語るときに触れようと思う。そもそもこの手紙は、お前の曾祖父アンドルー・クック三世の物語を、お前に話しておくためのものだからね。この前の手紙では、家系を辿って、最後にはクック三世のところまで来た。次のページに書いた家系図を見てほしい。

　実はこの家系の樹の至る所には、もちろんのことながら、他にも様々な果実が実っている。ほとんどすべての枝や小枝には、兄弟、姉妹、私生児たちがいるのだが、二、三の例外を除いて、家系の主流にいる者だけを記しておいた。カスティーヌ男爵の代々の妻たちの名前も実際にはあるのだけれど、彼女らはまさしく妻の座にいたというだけで、個人的な興味をかきたててくれないので、あえて名前を示さない（ただし、マドカワンダは常に例外的存在だ）。お前も覚えているだろうが、四角で囲まれた人物、すなわち

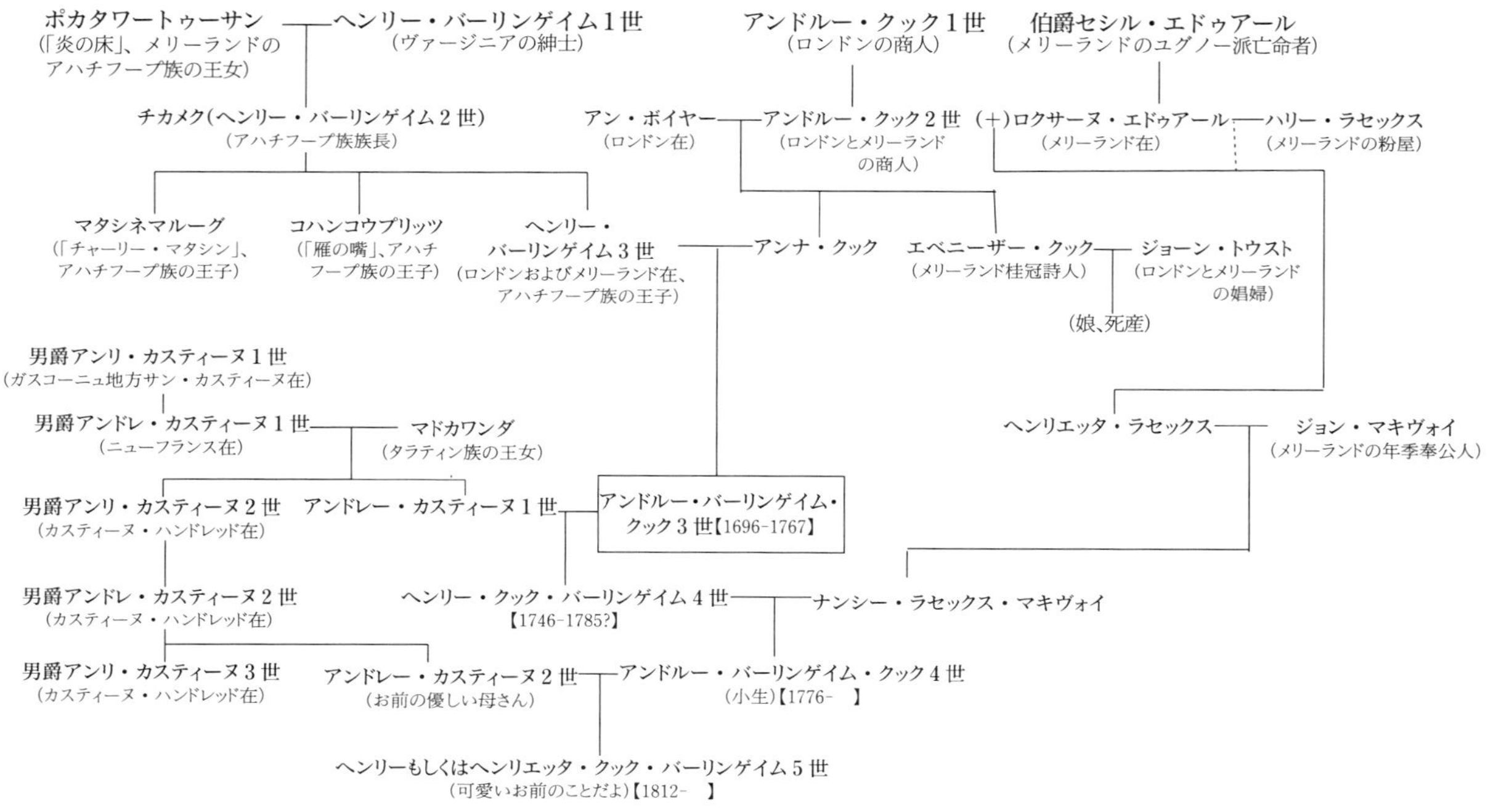
ポカタワートゥーサン
(「炎の床」、メリーランドのアハチフープ族の王女)
ヘンリー・バーリンゲイム1世
(ヴァージニアの紳士)
アンドルー・クック1世
(ロンドンの商人)
伯爵セシル・エドゥアール
(メリーランドのユグノー派亡命者)
チカメク(ヘンリー・バーリンゲイム2世)
(アハチフープ族族長)
アン・ボイヤー
(ロンドン在)
アンドルー・クック2世
(ロンドンとメリーランドの商人)
(＋)ロクサーヌ・エドゥアール
(メリーランド在)
ハリー・ラセックス
(メリーランドの粉屋)
マタシネマルーグ
(「チャーリー・マタシン」、アハチフープ族の王子)
コハンコウプリッツ
(「雁の嘴」、アハチフープ族の王子)
ヘンリー・バーリンゲイム3世
(ロンドンおよびメリーランド在、アハチフープ族の王子)
アンナ・クック
エベニーザー・クック
(メリーランド桂冠詩人)
ジョーン・トウスト
(ロンドンとメリーランドの娼婦)
(娘、死産)
男爵アンリ・カスティーヌ1世
(ガスコーニュ地方サン・カスティーヌ在)
男爵アンドレ・カスティーヌ1世
(ニューフランス在)
マドカワンダ
(タラティン族の王女)
ヘンリエッタ・ラセックス
ジョン・マキヴォイ
(メリーランドの年季奉公人)
男爵アンリ・カスティーヌ2世
(カスティーヌ・ハンドレッド在)
アンドレー・カスティーヌ1世
アンドルー・バーリンゲイム・クック3世【1696-1767】
男爵アンドレ・カスティーヌ2世
(カスティーヌ・ハンドレッド在)
ヘンリー・クック・バーリンゲイム4世
【1746-1785?】
ナンシー・ラセックス・マキヴォイ
男爵アンリ・カスティーヌ3世
(カスティーヌ・ハンドレッド在)
アンドレー・カスティーヌ2世
(お前の優しい母さん)
アンドルー・バーリンゲイム・クック4世
(小生)【1776-　】
ヘンリーもしくはヘンリエッタ・クック・バーリンゲイム5世
(可愛いお前のことだよ)【1812-　】

私の祖父は、〈メリーランドの桂冠詩人〉の双子の妹アンナが、ヘンリー・バーリンゲイム三世との間に儲けた庶子である。バーリンゲイム三世は、その後アフリカ人逃亡奴隷と土地を奪われたインディアンによる〈ブラズワース島の陰謀〉の潰滅を宣言して、ドーセットの沼沢地に入り、姿を消した。醜聞を隠すために、祖父はクック姓を与えられ、詩人エベニーザーの息子として育てられた。詩人の妻は子供を死産する際に彼女自身も死亡してしまった。

かくして、A・B・C三世は父親を知らずに育った。だが、詩人のエベン・クックは、子供の彼に謎に満ちた〈ヘンリー叔父さん〉のことを繰り返し語って聞かせたそうだ。ヘンリー叔父さんは、姿を変えてどこか身近にいて、〈大好きな甥〉の幸福をじっと見守っているかもしれない。さもなければ、時折天国からの贈物のように誰からともなくアンナかお前に宛てて届けられる金品の謎を、どう説明できるかね、と言って聞かせたそうだ。

このような考えが嵩じて、次第に年老いてゆく詩人はついにとんでもない馬鹿げたことをやったのだよ。つまり、一七三〇年、彼の代表作であった『酔いどれ草の仲買人』の続編『甦《よみがえ》りし酔いどれ草、あるいは農場主の姿見』なる長詩を書き上げたのだ。それは韻文で綴った経済の論文の形を装っているが、見る人が見れば、ヘンリー・バーリンゲイム三世への明らかな合図《メッセージ》、言うなれば「エドゥアール・ド・クリヨン」風の暗号の言葉が散りばめてあるのがわかるのである。たとえば、クックによる序文の冒頭の言葉を引いてみよう。

最初にホーンブックを考案した者以上に、私めがこの不細工な家具、姿見を作ったことをうまく弁明できれば上々ですが、それは私めには聖者の列に加わるも同然の至難の技……

これは、二代目ボルティモア卿、すなわち初代メリーランド領主セシル・カルヴァートが、死後の聖列加入を見返りに、メリーランドをイエズス会の植民地にすることを教皇ウルバヌス八世と取り決めたという、かつて流布した噂をほのめかすものである。クックは、このいかにももっともらしい噂を、バーリンゲイムの口から最初に聞いたのだ。そして、もちろん、バーリンゲイムはまた、クックの子供時代、家庭教師として幼い教え子たちのために「ホーンブックを考案した」当の本人でもある。

同様に、二、三行先の次のような言葉からもわかることがある。

……批評家の口より出づる激しい非難の一声は、天空における軌道よりも多くの瑕《きず》をこの姿見に生ぜしめること

　でありましょう……

この文から我々が思い起こすのは、バーリンゲイムが常にクックの最も辛辣なる文学上の批評家であったことだ。さらに、バーリンゲイムは政治的策謀の故に、姿見に映った像のごとく、反転と複製に縁があった（彼はボルティモアの宿敵ジョン・クードや、その他の諸々《もろもろ》の人物になりすました）ことも、あげられる。そして、クックにとっての〈ホーンブックの考案者〉は、幾何学と天文学の教師でもあった。詩全体には、このような暗示が蜜蜂《ビー》のごとく、群れをなしている（蜜蜂そのものもイメージとして何度も登場し、バーリンゲイムの頭文字Bと語呂合わせにもなっている）。最も顕著な暗示の例は、詩人が煙草農場主と再会するだけでなく、ともに再び寝たというところに表われている（農場主のことを当時の隠語で〈コックラウズ〉と言ったが（コックはペニス、ラウズは勃起の意がある）、これも淫らな地口だ）。煙草農場主と詩人は、正編の『酔いどれ草の仲買人』において交際があり、農場主こそ「巧みに変装した」バーリンゲイムその人であった。

　我は思い切って彼《か》の人の名を尋ねけり
　されば、紳士は当初恥じらいつつも、
ついに、才気ある答えを与えて曰く、
　我こそあの折の農場主《コックラウズ》
　かつて貴君を歓待せし所は馬屋《ハウス》
　あの折老いぼれ葦毛はまだよろめかず《フォルター》

　お忘れなかろう、そやつがするりとはずしたるは端綱《ホルター》
　おかげで酔いどれ草の仲買人は窮地《ラーチ》
　その様、あたかも長老派信徒が去りたる教会《チャーチ》……

馬についての対句は正編からの引用である。正編では葦毛馬はクックと〈農場主〉に変装したバーリンゲイムとが脚韻合戦を行う要因になっている。エベニーザーと妹は実際に「窮地に追いこまれ」、それ故にアンドルー三世が「教会」の埒外で誕生したのである。

　もっと微妙な暗示がある。それは、彼が自分の案内人を「褐色のムーア人の血をひく私生児」と呼んでいることだ（エベニーザーの妻、元娼婦のジョーン・トウストは、かつてムーア人の海賊ボアブディルに凌辱されたし、バーリンゲイムの家系は、私とお前の家系同様、混血であった）。「有毒なる草で市場を溢れさせ……」のくだりは、もちろん植民地における「酔いどれ草」の過剰生産を意味するものであり、これが詩の表向きの主題である。だが、そのくだりは、一六九〇年代にバーリンゲイムがエベニーザー・

クックを巻き込んだ阿片の取引にもまた密かに言及しているのだ。

我が呼びたるはねぼけ眼の気の利かぬ召使《スレイヴ》
明かりもて案内を請うた先は心地よき寝所《グレイヴ》……

そして

……褐色女《エチオピアン》に与えるべきは休息《レスト》
そは我らが思う最善策《ベスト》……

これらは表面上はこの邂逅が行われる旅籠《はたご》にいた「部屋係の女中とおぼしき」人物を描写したものだ（彼女もまた見かけとは異なる人物であることに注目せよ）。しかし、裏の意味では、バーリンゲイムに、詩人があやうく火あぶりの刑に処せられるところであった事実を思い起こさせるためのものでもある。一六九四年、ブラズワース島において逃亡奴隷とアハチフープ・インディアンによる陰謀に詩人は巻きこまれたが、この陰謀を公的には「休息」させんがために、バーリンゲイムは出掛けていったのである。

最も興味深い箇所は、クックが彼と同世代のメリーランド人たちについて、次のように予言するくだりである。

〔彼らの〕誤り故に子孫から呪われん、
土星《サターン》が三度の巡《レヴォルーション》りをなす前に……

文字通りに解釈すれば、三世代経ぬうちに、煙草だけを栽培するために森林は失われ、土壌はやせ衰えるであろう、という意味にとれる。だが、「三度の巡り」（土星は太陽のまわりを一巡りするのに二十九年と半年を要する）とは、クックが『甦りし酔いどれ草』を物した日付から大まかに数えると、ヘンリー・バーリンゲイム三世が予言した以下の三つの「革命的《レヴォルーショナリー》」争乱の時期にあたるのだ。その第一は、イギリスとフランスの間で戦われた七年戦争である。一七五九年までにイギリス軍はナイアガラ砦を陥落させ、その結果、インディアンは敗者フランスから鞍替えして勝者のイギリス側についた。カナダがジェフリー・アマースト卿に降服し、〈ポンティアックの陰謀〉が実現する道がここに開けたのであった。これについては後で明らかにしよう。第二の争乱はアメリカの独立戦争とフランス革命である（これは、一七八九年頃のことで、この年、ジョージ・ワシントンが大統領に選出され、テニスコートの誓い（国民議会の審議を国王に妨害された第三身分は、議会の続行を誓った）が宣され、バスティーユ監獄が占拠された）。第三の争乱は、我々の目前に迫っている。ナポレオンの帝国の衰微と崩壊であり、アメリカの第二次革命である。第三篇の冒頭部でクックは身を偽っている恩師に「起きよ、オロノコ、起きよ……」と促す。クックはこの第三篇を、果てしない反復の、あるいは終りなき回転《レヴォルーション》の表徴を巧みに用いて終える。つまり、「始めよ……」という訴えと、

　流れて、（ああ！）永遠に流れやまぬ

時の〈流れ〉とを引き合いに出して締めくくる。

　アンナ・クックは兄の愚かしき幻想――もしこれが愚かしきものであればの話だが――を咎めもせずにほうっておいたが、感応性精神症《フォリ・ア・ドゥー》（双子が感応によって同じ幻想を抱く）に自ら罹ることはなかった。一七三二年に兄が死ぬと、彼女は〈甥〉のアンドルー（当時はアナポリスで弁護士として成功していた）に、〈ヘンリー叔父さん〉は自分の内縁の夫であると打ち明けた。さらに、彼女は、夫がいかにも陰謀者の一味のようにふるまったけれど、エベニーザーが信じたようには決して彼らの仲間ではなかったとわたしは密かに信じています、ときっぱり言った。もしも夫が現実に仲間であったなら、ブラズワース島の陰謀は成功したでしょうし、イギリスの十三の植民地すべてではないにしても、少なくともメリーランドは消滅したことでしょう。わたしは堅くそう信じています。彼女はこうも言った。H・B三世は首尾よくインディアンと黒人の協同作戦を分割し、粉砕し、それを彼らに見つけられて殺されたのですよ。そうでないならば、あの人はずっと以前にわたしの許へ戻り、法律的にきちんと結婚したことでしょう。匿名でわたしの許に数々の贈物が届きましたが、それはわたしの想像では、殉職した密偵の未亡人たちに従来より総督府が内密に与えてきた補償なのです。わたしの束の間の〈結婚〉同様、遺憾ながら密偵の気高い犠牲は決して公的に認知されるわけにはいかなかったのです。

　ほどなくしてアンナ・クックは死に、アンドルーは〈叔母さん〉の書類の中に、遺書とともに自分宛の手紙があるのを見つけた（二通ともここ、カスティーヌ家の図書室にある）。その手紙に、今まで述べてきた事実が記されていたのである。つまり、娼婦ジョーン・トウストではなく、アンナがアンドルーの母親であり、ヘンリー・バーリンゲイムが父親で、エベン・クックが伯父だという事実である。

　当時、すでに壮年の域にあった（三十六歳ぐらいだろう）私のお祖父さんにとって、両親が誰かということよりも、その実体の方が興味深かったのだね。アンナ・クックが言う両親の名前を事実として受けいれたアンドルーは、父親の実体を早急に見極めたいと思った。つまり、エベン伯父が主張する通り、父親はインディアンの兄弟とアフリカ人たちとを連合させるために働いた挫折せし革命家なのか、はたまた母親が信じたごとく、イギリス植民地政府の

密偵として見事任務を果たした反革命家であるのか。とくと《ノータ・ベニ》注意あれ《ノータ・ベニ》、我が子よ。先祖に関する、まさにこの疑問が我が一族代々の者を常に悩ませてきたのだ。お前の誕生に先だって私がこのような手紙を書くのも、それがあるからだ。

アンドルーはこの疑問を解く証拠となる文書を求めて、植民地中を粘り強く探しまわった。そのしつこさたるや、彼の父がかつて自らの父親を探し求めたときと変らないものだった。しかし、証拠はついに見つからず、A・B・C三世は自分の得た心証だけに忠実になるよりほかなかった。彼の祖父であるブラズワース島の陰謀の首謀者チカメクは、挫折した理想主義者であるが、父ヘンリー・バーリンゲイム三世は嘆かわしくも成功した偽善者である、と彼は断定した。父ヘンリーはイギリス王室の腐った利益のために、自らの中に流れる土着の血を裏切った、と考えた。母のアンナ・クックは、愛する男の行動の動機を、自分と息子の幸福を願ってのことと考えたようだが、アンドルーはこれを夢物語だと斥けた。バーリンゲイム本人はそのようなことを一言《ひとこと》も述べておらず、また彼女と庶子に対して、何ら連絡を取ろうとしなかったからだ。私の祖父は、バーリンゲイムが連絡を取る前に捕えられ、殺されたのかもしれぬという可能性をどうやら斟酌しなかったようだ。当時、彼は日記の中で自分を〈老いたる独身《ひとりみ》の孤児〉と呼んでいるが、斟酌しなかった理由も〈孤児〉の淋しさから故とも考えられるのではなかろうか。

はるか昔に死別し、近年になって初めて父親とわかった人物に対してこのように厳しい断定を下すこととなったが、これが祖父の生活を一変させた。彼は国中を探索した結果、いくつもの植民地の役人やイギリス、フランスの関係当局のみならず、様々な部族のインディアンと接触するようになった。それまでは何の疑問も抱かずに認めてきた歴史のある側面に彼の眼は向けられ、開かれた。植民地政府の一隅で法律を業としながら、一人前の生活を送ってきた中年の男子が、それまで長きにわたって政治に無知であったとわかると、彼は我ながら驚いた（私も驚いた）。しかし、このうぶさ加減は、これまた極端な複雑さと並んで、クック家とバーリンゲイム家の当初の結びつきにまで遡る、一族の宿痾《しゅくあ》とでもいうべきものである。

さらに、これもまた重要なことであるが、探索のために、彼はこの館を訪れることとなった。つまり、アンドレ・カスティーヌとタラティン族王女マドカワンダとの間にできた混血児、男爵アンリ・カスティーヌ二世の新築の館にやって来たのだ。彼の目的は、神出鬼没の〈ムッシュ・カスティーヌ〉について知ることにあった。それは〈ムッシュ・カスティーヌ〉の名前がイギリス植民地の古文書の中のあちこちに出てくるからだった。その正体を知るべく、彼はカスティーヌズ・ハンドレッドにやって来て、客として、また館の主人の狩猟の友として、一夏を過ごした。カスティーヌ男爵と名のつく人はすべてそうであるが（私をもてなしてくれている現在の主人、アンドレーの兄も同様だ）、当時の館の主人も客を丁重にもてなす、社交的で政治嫌いの狩猟好きな人物であった。そして、二世代後の小生同様、彼は館の娘に恋をして、その愛を勝ち得た。その娘をアンドレー・カスティーヌ一世と呼んでおこう。お前の母さんと区別するためにね。

他の点でも、祖母と孫娘は双子のようによく似ている。ガスコーニュ地方のカスティーヌ家特有の彫りの深い顔だち。マドカワンダの一族のものである黒い瞳、黒い髪、浅黒い肌。〈ムッシュ・カスティーヌ〉が持っていた大胆さ、政治への情熱、因襲の無視などまでがそっくりなのだ。私の祖父を政治的無知と性愛の無知から解放したのは、ほかならぬアンドレー一世であった。祖父は彼の伯父、童貞詩人エベニーザーと同じほど、性愛の面で無知であったらしい。彼女は、わたしを娶りたければ、まず身ごもらせてからにしなさい、と祖父に言ったそうだ。肉体的な愛についても、また年齢差に関しても、祖父は慎重だった。年齢の差なんて、とアンドレーは問題にもしなかったが、二人は二十歳も年が離れていた。慎重さゆえに、さらに十余年が経過し、やっと（一七四六年に）私の父がアンドレーのお腹の中に宿り、二人は夫婦となった。時にアンドルー五十歳、アンドレー三十歳であった！ しかし、この長い年月の間、半分は別々に暮らすなど、途切れ途切れの逢瀬であったのに、二人はお互い浮気心一つおこさぬ忠実な恋人たちであった。夫婦として（あるいは父娘として）旅をすることもしばしばあったが、それは祖父の奇妙なほどに儀礼的な態度をやわらげるためであり、また、彼らの政治的目的を果たす際にあまり人目に立ちたくないためでもあった。

アンドルー三世の言葉を信じてよければ、彼らの政治的目的とは、アメリカにおいてイギリス軍を敗退させることであった。とはいえ、決してフランス軍を勝利に導こうというのではなかった。この目的のためには、当時の状況下でフランスの勢力とインディアンの力は明らかに役立ったのである。自分の父はイギリスの反・反乱分子だったと断定したアンドルー三世は、後半生を反英の反乱分子として生きることとなった。（まだ後半生までに至っていなかった）アンドレーは、まずはイギリスに敵対すべく、インディアン部族の組織化を図った。彼女は最終的にはフランスにも敵対するが、イギリスの方がフランスよりもインディアンの団結にとって大きな脅威であると考えた。イギリス軍に比べれば、フランス軍の方が、土着の民を追い払う方法には情けがあったし、土地の略奪に執着も少なく、異人種間の結婚についてもさほど軽蔑することがなかった。二人の活動の場所は截然と区分けできるほどに異なっていた。アンドレーは、イギリスの覇権が五大湖とセント・ローレンス川を越えて北上するのを抑止し、アンドルーは、イギリスがアパラチア山脈を越え、ミシシッピー川へ向けて西へと勢力を伸ばすのを食い止める役割を帯びた。フレンチ＝インディアン戦争の時代に、二人の活動場所はナイアガラ砦とデトロイト砦の間の前線におりて、ついに合体し、一つに混じりあうこととなった。

我が子よ、一族の伝統を理解したいのであれば、これから私の言うことにしっかりと耳を傾けるがよい。物事を単純に見る人々には、私の祖父母の目的は、全力を傾けて北アメリカにフランスの勝利をもたらしたことで、めでたく叶えられたと思えるかもしれない。しかし、フランスは実に巧妙かつ平和裡に、インディアンに取り入っていた——狩猟期をあてにした掛け売りで銃と弾薬をインディアンに調達していたし、どの要塞にも彼らのための鉄砲鍛冶を用意し、毛布、鉄器、ブランディといった贈物をさかんにばらまいたのだ——やがて、赤色の人々は知らぬ間に白人の技術や製品に依存することとなり、かつての誇らしき自立心はどこかに消え失せてしまった。彼らは白人の持ち込んだ麻疹《はしか》や、流行性感冒、天然痘などに罹ってばたばたと死んでいった。親から受け継ぐべきこのような病気への抵抗力を持ち合わせていなかったのだ。そして、一七五〇年頃には、この風潮がすでに百年も続き、伝染病から生きのびた人々は手のつけられぬ飲んだくればかりとなっていた。もしもフランス側がイギリスに即座に、そして全面的に勝利を収めるなら、この〈慈善的〉搾取はさらに進み、独立しても、更生したインディアン部族連合の形成は不可能になるだろう、と私の祖父母は危惧した。さらにもう百年の後には、フランスが北米大陸の真の主人になり、インディアンは彼らに喜んでかしずくラム酒浸りの奴隷となり果ててしまうだろう、と祖父母は思った。そこで、一時的にせよイギリス軍に勝たせることが必要だった。とりわけ虫けら同然の未開人どもには、ラム酒は言うに及ばず、たとえ何であろうと提供したくないと考える、清教徒的厳しさを持つジェフリー・アマースト卿が率いるイギリス軍の勝利が必須である（と一七五〇年代半ばに私の祖父母は悟るに至った）。そうなれば、アングロ・サクソン人は扱いにくい相手であるから、インディアンの諸部族も生き延びていくために、団結を余儀なくされるだろう。また否応なしにインディアンたちもラム酒の呪縛から解放されるだろう。たとえば、北部五大湖地方の主要部族であるイロクォイ族の六部族連合と、オハイオ川流域とイリノイ川流域に住む部族連合が合体し、真剣に本格的な連合体を形成することになれば、今度は、敗北したフランス軍から堂々と助力が得られ、イギリス勢力を駆逐して、自国の主に再び収まることができるはずだった。

このように考えた私の祖父母は計画を実行するために、まず手始めにナイアガラ砦をイギリス軍に陥落させることに決めた。この地は五大湖地方を束ねる要地であり、つまりは北米大陸の北部と中央部を結ぶ頸動脈とも言うべき砦であった。アマースト卿による対仏作戦行動は、一七五九年にはこの砦の奪取に集中していた。アマースト卿はひたすらインディアンを見下していたが、彼のとったセント・ローレンス川封鎖作戦は、結果的にはフランス側が対インディアン政策としてばらまいてきたコニャックの供給を断つことになった。このため期せずして、酒に渇いたセネカ族（ナイアガラ砦は彼らの領土内にあった）とイロクォイ六部族連合とをイギリス軍側に新たに走らせる結果となった。ナイアガラ砦を攻撃したアマースト軍には、イギリス正規軍や植民地民兵に伍して、約千九百名のイロクォイ族の民も含まれていた。アンドルー・クック三世はジョン・バトラーという変名を用いて、兵士の一人になりすましていた。これほど多勢の兵力が、イギリス軍に結集したことはそれまでなかった。イギリス側の戦略は、砦を強襲して奪取するのではなく、包囲し、守備隊の増援を阻止して、降服を余儀なくさせるというものだった。フランス側は包囲を解くためにすぐさま救援部隊をオハイオ川流域とデトロイトから送りこんできた。救援部隊はヒューロン族、ミンゴ族、ショーニー族の千六百名のインディアンと六百名のフランス人兵士から成っていた。フランス人の中には、フランス系混血の非戦闘従軍者に身をやつしたアンドレーがひそんでいた。

七月初旬にはすでにフランス軍はプレスク・アイルの半島に結集し、エリー湖沿いに進軍するばかりになっていた。アンドルーはイギリス軍から、アンドレーはフランス軍の野営地から、密かに抜け出し、両軍の中間に位置するシャトーカ湖で密会し、二人して一週間かけて作戦を練った。湖辺に立ち並ぶ楓と柳の木々の間で抱き合いながら、二人は来るべき戦闘のみならず、近々行われる大規模な作戦行動のための戦略を考えたのである。予定しているインディアン大連合体の指導者には、セネカ族の若き指導的戦士キャシュータを充てたらどうかというのが、アンドルーの考えだった。イロクォイ族（セネカ族はイロクォイ族中最大の部族）はインディアンの中で、最も政治に長けていたからだ。彼らはすでに二百年間も一つの連合体を形作ってきており、その見事さは、ベンジャミン・フランクリンがアメリカの英領植民地連合の模範にすべきだと提唱したほどのものであった。彼らは通常、その獰猛さの故に恐れられていた。だが、彼らはフランス側にもイギリス側にも過度に肩入れすることはしなかった。母権制と家父長制を合体した彼らの社会制度（首長《セイチャム》はすべて男性であるが、それを決定する権限は女性だけの集会に与えられていた）は私の祖父母に訴えるところが多かった。さらに、セネカ族（彼らの領土内で二人は密会していた）はイロクォイ族の中で最も勇猛で、白人に習わされた〈東部らしさ〉をほとんど持たず、最も独立心旺盛であった。

　アンドレーの方は、ポンティーク、もしくはポンディアック、あるいはポンティアックと呼ばれていたオタワ族の若者に大いに注目していた。病気と酒に対抗するためには、インディアンの連合体の中核をアレゲーニー山脈の西方に置くべし、というのがアンドレーの主張するところだった。イロクォイ族連合体は一つの模範として、最良の防御線として役立つものの、何十年にもわたって彼らに苦しめられてきた五大湖地方の部族たちには嫌われていたから、すべてのインディアンを団結させる力は彼らにはなかった。イロクォイとはヒューロン族の言語で「突然襲いかかる毒蛇」を意味する、憎悪をこめた名前であった。歴史上の偉大な指導者たちと同様、ポンティアックもすでに彼が指導権を持ち始めた部族の純粋な血筋を引く者ではなかった（母親はオジブウェー族だった）。これは彼の利点であった。さらに重要なことは、勇気、雄弁、精力、陽気さ、政治的判断力を持ちあわせていたうえに、ある構想《ヴィジョン》とでも言うべきものが彼にはあった（デラウェア族の予言者から得てアンドレー自身が彼に伝授した構想だった）。つまり、安楽と効率を捨て、インディアン本来の生活と道具を復活させ、白人の侵略者どもを追放し、道徳心を取り戻そうという構想である。このデラウェア族の予言者本人は――〈詐欺師〉とも呼ばれていた――完全なる神秘主義者にして、折紙つきの狂人であった。しかし、オハイオ川流域の部族には大きな影響力を持っていた。ポンティアックは神秘主義者でも狂人でもなかった。彼なりに手直しし、寓話仕立てで流布させたこの構想は、もっと大きな影響力を持つことになった。それは予言者本人が森の中で道に迷い、美しい乙女に出会うという寓話である（ソクラテスにとってのディオティマ（プラトン『饗宴』に登場する女性。ソクラテスと対話し愛などについて教え導く）に相当する役割を演ずるのがアンドレーである）。乙女は小火器と火酒を捨てて、もっと男らしい狩りの弓矢、トマホーク、頭皮をはぐ小刀に戻るようにと説く。その教えに従った彼は褒美として乙女に抱かれて生まれ変ることができる。

　お前の曾祖父《ひいおじい》さんは（父さんと同じで）実に気転のきく人だった。当時、すでに十二年も夫婦として暮らし、息子、つまり私の父を儲けていたアンドレーに彼は接吻し、ポンティアックこそ首領になるべき男だ、と賛成した。アンドレーの方も、ポンティアックが機熟さぬうちに権力の座につこうと、早まってはならぬことを認めた。ナイアガラ砦で決定的に敗北し、大きなショックを受ければ、ポンティアックより年上の指導者たちの力は弱まるはずだ。敗北をかみしめた部族たちは連合体結成の必要性を身にしみて感じ、再起のためにもっと適した土地、デトロイト砦をめざして西方へと後退していくことだろう。しかもこの敗北がイギリス正規軍と植民地民兵によるのでなく、サー・ウィリアム・ジョンソンの味方をしたイロクォイ族によってもたらされれば、事は上々である。というのは、ヒューロン族とショーニー族は、これに大打撃を受けるはずだからだ。それに、アマースト卿の指揮下では例外なく実行されることであるが、イロクォイ族は勝者の特権として与えられるとばかり思いこんでいた虐殺、略奪、強姦、拷問、ラム酒をほしいままにする権利を取り上げられるであろう。そうなれば、イロクォイ族はイギリス軍との仲をもっとよくしようとはせず、彼らの戦列から離反してインディアン部族の大合同作戦へと馳せ参じるにちがいない。

このような結論に達した二人は、秋のカスティーヌズ・ハンドレッドでの再会を約束し、別れた。二日後の七月二十日、夕食後二、三時間ほどして、もちろん〈ジョン・バトラー〉の策略で、ナイアガラ砦を囲むイギリス軍の指揮官二名が死亡した。一人はフランス人狙撃兵によって、もう一人は大砲の〈偶発的〉暴発によって死んだ。包囲軍の指揮権（当然ながらオスウェーゴにいたホールディマンド大佐に移譲されたのだが）は、翌日サー・ウィリアム・ジョンソンと彼が率いるイロクォイ族に実質上奪われてしまった。二十四日の朝、プーショー大尉の必死の警告にさからって、ド・リネリ大尉は〈不可解にも〉フランス救援隊を率い、ナイアガラ川の東岸の陸路運搬道路を進軍した。彼らは目的地の二マイル手前で、聖家族教会の周辺に待ち伏せしていたジョンソン軍と遭遇した。五百人ものフランス兵とインディアンが戦死し、プーショー大尉は午後五時に砦を明け渡した。ジョンソンはその夜、イロクォイ族の望むままに略奪することを許可した。その凄まじさたるや、後に清掃と修復に一千人もの兵士が二ヶ月を要したというほどだった。そのさなかにも、アンドルーはセネカ族（砦の内部でフランス軍とともに戦ったセネカ族が何人かいた）の人々に、セネカ族の兄弟であり、ジョンソン自身が選定した部族であるモホーク族が略奪で最も利益を得たのだと吹きこんだ。この時点で本物のジョン・バトラー大尉が姿を現わしたので、祖父はその場から逃げ出し、カスティーヌズ・ハンドレッドの家族の許へ戻った。

その後の二年間、祖父母は新たなる人間をそれぞれ演ずるのに専念し、若きポンティアックを指導者として育てあげることにはげんだ。その頃、ポンティアックの影響力は、オタワ族とその周辺の部族たちの間で急速に強まっていった。祖父はアントワーヌ・キュエリエという名前のセント・クレア湖（ミシガン州南東部にあり、ヒューロン湖とエリー湖の中間にある湖）地方出身のフランス系商人の役割を演じた。アンドレーはデトロイトでは色仕掛けも必要であったため、彼の妻と名乗らず、娘のアンジェリークだと称していた。そして、当時すでに十四歳の頑健な少年となっていた私の父ヘンリー・バーリンゲイム四世は、母親の弟アレクシスの役割を喜んで演じた。その時初めて、ちょうど家鴨《あひる》が水中に潜り込むように、彼は一族の策謀の中へと巻きこまれた。

　彼らの期待通り、ナイアガラ砦が陥落した後、多数のインディアン指導者たちは、尊大で勝ち誇り、ますます傲岸となったイギリス側につくことはなかったが、少なくともフランス側からも遠ざかり、中立の立場をとった。一七六〇年九月、モントリオールでニューフランス（一七六三年以前の北米大陸における仏領の地域）が降服し、アマースト卿がイギリス領土として母国イギリスの十二倍にもあたる土地を要求するに及び、私の一族はそれを阻止する作戦を開始した。イギリスがインディアンに対し狩猟用の武器を掛け売りで売ることを拒んでいるのは、インディアン全滅計画の第一段階である、と祖父たちはポンティアックに説いた。唯一、連合体同士の団結をもって、イギリスに対抗できるのだ、とも言った。ポンティアックも同意見であったが、次のような疑問を訴えてきた。白人の小銃を使い、白人の酒を飲んだためにインディアンがインディアン以下の存在に堕したごとく、白人の方式で政治的に同盟し、大同団結的軍事作戦を展開すれば、それが全滅を回避する唯一の方法であるにしても、成功の暁にはインディアンを赤きイギリス人に変えはしまいか。よろしい、いずれ高貴なる弓矢に戻るとして、当面は銃と戦うために銃を取るとしよう。だが、すっかり銃に頼るようになると、捨てられなくならないだろうか。現に俺自身、酒を目の前にすると、もう素面《しらふ》ではいられぬ身になっているではないか。

　この館の広間でカスティーヌ男爵のふるまう上等なアルマニャックですでにほろ酔い気分の彼は、そのように思い悩んでいた。それは〈キュエリエ〉家の人々とデトロイトに向けて出発する前夜のことであった。彼は、自らの民を率いてミシシッピー川を渡り、西方の土地へ行くべきか、それとも相矛盾する気持ちを抱いたまま、デトロイトで抵抗のための軍事作戦を開始すべきか、決めかねたまま、ついには前後不覚に陥った（と翌朝アンドレーはアンドルーに報告した）。〈アンジェリーク〉は彼の思い悩む言葉の背後にひそむ悲劇的見解《トラジカル・ヴィジョン》のきざしを見て取った。彼女は思わず心打たれて、デラウェア族の予言者の寓話に登場する、あの天使《エンジェル》の役どころを引き受けてしまった。インディアンはいずれにせよ、本来とは違う存在になるべき運命《さだめ》なのです、と彼女はポンティアックに優しく説いた。無理してインディアン古来の流儀を守るために、この世に性病のように増え続ける白人たちから永久に逃げたとしても、逃げて行った先の土地に馴染めず、必ずや難儀するでしょう。だって、あなたたち自身が東部からやって来た侵略者になり下がるのですものね。しかもあなたたちがいかように難儀するにせよ、白人たちにはそれはどうということもなく、彼らはどんどんとのさばり続けるだけなのです。反対に、もし、ここで団結し、踏み留まり、最後まで戦うとすれば、悪くとも少々早く死ぬだけのこと、うまくいけば、数世代の間は、アレゲーニー山脈より東とまではいかずとも、ミシシッピー川より東の土地を白人に侵略されるだけで済むかもしれない。抵抗運動の結果、あなたが鋭く見抜いているように、インディアンの〈白色人種化〉がどうしても生ずるにしても、それはそれで両刃の剣にもなるわ。たとえば、わたしたちを泊めてくださった男爵アンリ・カスティーヌ二世は、タラティン族のマドカワンドではないけれど、ガスコーニュのサン・カスティーヌ男爵でもない混血の人よ。あなたたちも兄弟たちも勇敢な捕虜の勇気をもらうために、一度ならず彼らの肉を食べたことがあるでしょう。だから、白人が永久にいくぶんかでも赤色人種化せずして、インディアンの全部族を呑みこんでしまうなど、とても考えられないことでしょう。

この説得の効果は明白どころか、めざましいほどのものがあった。彼らはみなそこから西へむかった。〈キュエリエ家〉の人々はデトロイトに至り、その地で地歩を固め、砦に到着したばかりのイギリス軍の兵士たちと親しくなった。ポンティアックはデラウェア族の予言者の構想《ヴィジョン》の修正版を説くため、紛争地帯を巡り、ショーニー、オタワ、ポタワトミ、デラウェア、そして不満を抱くセネカ、といった各部族を訪ね歩いた。デトロイトではアンドルーは、ピット砦から駐屯軍を率いてきたアマースト卿の若い副官ととりわけ親しくなった。副官ロバート・ロジャーズ大尉はニュー・ハンプシャー出身で、シェイクスピアを論ずることもできる男であった。〈アンジェリーク〉の方はイギリス軍の守備隊長グラドウィン少佐に接近しようとしたが、これが難しいと判断すると、隊長と親しい毛皮商人のジェイムズ・スターリングの心を奪いとってしまい、砦の状況を逐一ポンティアックに知らせてやった。

一七六三年には、作戦計画は完成していた。ポンティアックの率いるインディアンたちは五月初旬にデトロイト砦を奪うことになっていた。砦の陥落はアレゲーニー川とオハイオ川の流域に住む各部族にとって、それぞれの近くにある砦の攻撃に立ち上がる合図でもあり、激励ともなるはずだった。後は臨機応変に対処する手筈となっていた。万事首尾よく運べば、イロクォイ族の残りの者たちがセネカ族と合流してナイアガラ砦を奪取し、さらにフィンガー・レイクス（ニューヨーク州北部にある五つの湖）を越えて一気に東へと駆け抜け、ハドソン川に至るのだ。そして彼らは南下してペンシルヴァニアからチェサピーク湾に向かい、かつては勇猛果敢の名をほしいままにしたサスケハナ族の生き残りの勇者たちを合流させる。一方ヒューロン族は父祖の地を追われたアルゴンキン族とともにセント・ローレンス川の西岸を北上し、マイアミ族、ショーニー族、イリノイ族はミシシッピー川の流域を南下する。この間に、ポンティアック率いるオタワ族は、彼らの愛する五大湖地方の中心部を平定して、ついに戦いのための銃を捨て、平和に生きるため狩猟用の弓矢を手にしているはずだった……

ヘンリー、もしくはヘンリエッタよ、この計画は本当にうまくいくはずだったのだよ！　蕾《つぼみ》のうちに摘み取られてもなお、ほとんど成功間近というところだった。ここでふっつりとアンドルーとアンドレーは沈黙してしまう。実際何が起こったのかについては、二人の息子、すなわち私の父親の説明を聞くしかない。しかし、（別の手紙で明らかにするつもりだが）父の話は独特の偏見があるから、それを大いに割り引いて読まなくちゃならんがね。それに、もちろん、浪漫的伝統によって粉飾されてはいるが、史録も存在している。ポンティアックの陰謀は裏切られたのだよ。おそらく〈アンジェリーク・キュエリエ〉が〈恋人〉のジェイムズ・スターリングに秘密を洩らしてしまったのだろう。守備隊長のグラドウィン少佐は計画の実行の日、召集した会議にポンティアックの参加を拒み、砦内部から奇襲をかけるつもりであったポンティアックの作戦を見事出し抜いた。〈急襲〉は散漫な包囲と化した。それでも、ポタワトミ族は西に位置するセント・ジョウゼフ砦を瞬く間に奪取し、セネカ族、ショーニー族、デラウェア族、マイアミ族は一週間も経ぬうちにナイアガラとピット砦の間にあった三つの砦、プレスク・アイル、ル・ブーフ、ヴェナンゴをすべて制圧した。その年の夏至になっても、アマースト卿はインディアン反乱の規模をまだ明確につかんでいなかった。彼はインディアン全般について何も知らず、とりわけ西部に住む部族のことなどまったく無知であった。したがって反乱の中心は厄介なセネカ族ではないことなど、想像することもできなかった。アレゲーニー族とオハイオ族の不穏な動きが、デトロイトにおけるポンティアックの反乱と連動していること、さらに、アメリカの方面軍総司令の職を解かれイギリス本国への帰還を待望しているのにそれを遅らせているのは、飲んだくれのインディアンによる一揆などという生易しいものではなく、独立を求める大規模なインディアン戦争だということに、彼はまったく気付いていなかった。だから後はただ、まさしく後はただインディアンたちはデトロイト砦の守備隊が強化される前に再度砦を急襲し、これを落とし、連合軍を結成して、ピット砦とナイアガラ砦を攻撃するだけでよかった。そうしておけば、白人との境界線を引くことが可能であったかもしれなかった。

それというのも、ほとんどの白人とすべてのインディアンは知らぬことであったが、それに、おそらくジェフリー・アマーストもジョージ・ワシントンも知らなかっただろうが（抜け目のないベン・フランクリンと〈キュエリエ家〉の人々は例外だった）、ポンティアックには思いもかけぬ強力な味方がいたのだ。すなわち、イギリス国王ジョージ三世だった。「狂気にあって、正気なる他のいかなる王よりも賢明」と、私の父はかの国王を評した。イギリスがカナダを獲得する以前に、国王と大臣たちは、アメリカを果てしなく西方へと植民地化していく際に、本国にとって二つの明瞭な脅威が生まれるだろう、とすでに予測していた。近い将来、山地を越える商品の移送は費用と困難を伴うが故に、オハイオ川流域や五大湖地方に製造業の町を建設する必要があるが、これはイギリスの産業と競合することになるだろう。遠い将来、いずれは、想像を絶するほどに拡大したこの植民地――母国の二十倍も三十倍も広大で、ほどなく人口も富も力も母国より勝ることになる――は永久に植民地であることに満足するはずがない、と考えた。ポンティアックが出現する前から、王位についたばかりの国王は、アパラチア山脈の尾根を白人の植民地の西の限界線であると宣言するつもりであった。たとえばセント・ローレンス川の上流にあるフロンティナックから、オハイオ川上流のピット砦あたりで、ほんの二、三ヶ月でもよいから勇気あるインディアンたちが騒乱を起こしてくれたなら、植民地の安全を守るという大義名分で国王が宣言を出す絶好の機会を手にすることができる、と考えていた。

私の祖父母はこれを知っていた。さらに、二人にはポンティアックと同様、最初の急襲こそ不首尾に終ったが、グラドウィンの守備隊より数で勝るポンティアックの軍勢は、ナイアガラからイギリスの援軍が到着する前に、随時奇襲をかければ、砦を奪うことができることもわかっていた。援軍は遠からず到着するはずであった。しかし包囲軍は何週間もそして何ヶ月も動かなかった。長期にわたる戦いに不慣れなインディアンたちの中で、すでに幾つものグループが迫りくる冬に備えて食肉を貯えたいと考え、戦線を離脱し、狩場へと出かけてしまった。なぜポンティアックは砦を攻撃しなかったのだろうか？

砦の内外に住むニューフランス系住民のほとんどは、どちらが勝利するか予想できず、心もとない中立を守ろうと必死であったが、〈アレクシス・キュエリエ〉（当時十七歳でポンティアックの崇拝者だった）のような少数の若者たちは、七月には自ら志願し、イリノイ族の中から兵を募って新たなる軍を起こし、砦を急襲しようとした。私の父の記録によると、この時ポンティアックがアレクシスに言った奇襲をかけぬ理由は、以前カスティーヌズ・ハンドレッドの屋敷で彼が抱いた暗い疑念を反映するものだった。

彼ははっきりと言った。もし俺が〈アンジェリーク〉の友人グラドウィン少佐か、もしくは〈アントワーヌ〉の友人ロジャーズ大尉であるならば、兵士たちに砦攻撃の命令を下すだろう。多数の兵士が死ぬだろうが、多勢故に勝利は間違いないからだ。だが、インディアンは兵士ではない、俺の兄弟だ。兄弟は消耗品ではない。もちろん、敵側から不意打ちをかけられたら、インディアンは死ぬまで戦う。恥辱を晴らすためとか、高貴な模範になるためならば、インディアンはいかなる欠乏にも耐え、偶発的で予測のつかぬ損失なら、いかようにも我慢する――それは、プレスク・アイルやル・ブーフ、ヴェナンゴの戦いにおける兄弟たちの勇敢さを見ればわかることだ。だが、計算づくの損失は困るのだ。確実に勝つとわかっていても、確実に兄弟の生命をいくつも散らすような行動をとることはインディアンの本性として、できない。この砦の包囲戦は誤りだった。必ず失敗に終るだろう。だが、だからといって今砦に奇襲をかけるのは問題外だよ。彼は思いつくまま実に正直に心の中を語った。時は我に味方せず、日毎に俺の権威が薄れているのを十分に承知している。ロジャーズ大尉はすでに三百人近い奇襲隊員《レインジャーズ》を砦に潜入させ、グラドウィン宛に、船二十二艘分の救援物資を砦の中に運びこんでいる。この上さらに新たな救援軍が到着したら、砦はこの冬中はもつはずだ。そうなれば、包囲は解かなくてはならなくなる。たぶん、デラウェア族の予言者の天使が俺の許にまた現われて、助言でもしてくれるかもしれん。それはともかく、ポタワトミ族の者がセント・ジョウゼフ砦から分捕ってきたバルバドス産のラム酒があるぞ、どうかね一杯……

この後の話の展開は楽しく語れる筋合のものではない。ポンティアックの天使は二度と現われなかった。〈アンジェリーク〉と〈アントワーヌ〉はカスティーヌズ・ハンドレッドに所用のため戻り、一七六七年までついにデトロイトに姿を見せなかった。七月には、ニューヨークにいたアマースト卿の許に戦争の規模と重大性に関する報告が届いた。激怒した卿は、一人のインディアンも捕虜にすべからず、女子供も容赦せず、彼らを根絶せよ、と命令した。彼はポンティアックの頭皮に一千ポンドの賞金をかけた。ピット砦のエクイヤー大尉は砦の天然痘病院の菌に感染した毛布とハンカチーフをデラウェア族への贈物とした。アマースト卿は大尉の巧妙な戦術を賞賛、(同砦内にいたブーケイ大佐宛の七月七日付の手紙の追伸において)この新兵器を多用するようにと推奨した。彼はまた、犬によるインディアン狩りを提案したブーケイに同意するも、イギリスの優秀な犬舎から遠く隔たっているために、その計画は実行不可能と知り、残念がった。九月、ポンティアックが、デトロイトに向かう援軍を途中で二度も壊滅させたと知ると、彼は賞金を二倍に上げ、彼自身の援軍の遅滞に怒り狂った。しかし、秋が近づくにつれ、一つ、また一つとインディアンの部族たちは連合から離脱し、和平を求め始めた。十月になると、ポンティアックの率いるオタワ族のみが包囲を続けていた。十月三日、イギリス帝国軍艦ミシガン号がオタワ族の包囲を切り抜けて、冬用物資を砦へと運び入れた。二週間後、ポンティアックはついに包囲を解くことを命じ、故郷の村に快く迎え入れられぬまま、彼は十一月に西へ移動、若き〈アレクシス・キュエリエ〉を伴って、イリノイ族の土地へと向かった。

十月七日、ジョージ三世は実際に植民地の西の限界線についての声明を出したが、植民者たちはこれを無視した。インディアンたちの武力はすっかり弱体化していたし、イギリス軍の力も貧弱、かつ多忙となり、アパラチア山脈を越えて押し進む大馬車隊を阻止することができなかったのである。十一月十七日、アマースト卿は駐米イギリス軍司令官の職をモントリオールのゲイジ少将に譲り、嬉々として故国イギリスの田野と犬舎へと帰っていった。その冬、ピット砦周辺のインディアン部族たちの間で、天然痘が猛威をふるい、いくつかの村では三人に一人の割で死者が出た。

春になって、〈アレクシス・キュエリエ〉は、デトロイトとイリノイの間を往来するフランスの密使から奪ったという一通の手紙をポンティアックに見せた。それはルイ十五世の名のもとに書かれたもので、パリ講和条約を無視して、イギリス軍にデトロイトからの撤退を警告する手紙であった。撤退しなければルイ十五世はルイジアナからフランス軍を送りこみ、イギリス軍を潰滅させる、と書かれていた。これは私の父が初めて捏造した手紙だった。ポンティアックがこの古くさい作り話を信じたとも、また信じこまされたとも、私は考えたくない。しかし、彼はこの手紙を利用し、イリノイ族や他の部族たちに呼びかけ、再び戦線につかせた。ところが、その年にピット砦からオハイオにかけてブーケイ大佐が行ったインディアンの征討作戦は、セネカ族よろしく残酷極まりなかった。今度はイギリス軍が頭皮をはぎ、強姦と拷問を重ね、捕虜はほとんど残らず殺害し、妊婦の腹は切り裂いた。女からは必ず毛のついた皮を二枚はぎとり、下腹部から得た方の皮は鞍の前橋《ホーン》に串刺しにした。この非道ぶりはイロクォイ族さえ見せたことがなかった。デラウェア族は降服し、ミンゴ族、ショーニー族、マイアミ族、ポタワトミ族なども、次々にイギリス側の示す通りの条件で講和を結んだ。一七六六年七月二十五日、サー・ウィリアム・ジョンソンがナイアガラ砦を奪取してから七年たった記念日に、オスウェーゴにおいて、ポンティアックはサー・ジョンソンその人と条約に署名した。彼の大いなる陰謀もこれをもって公的に終りとなった。彼はデトロイト北方にあるモーミー川沿いの先祖代々の土地に引きこもり、贈物に事欠くことなく、飲んだくれの日々を送った。

同じ年、祖父の友人で文才に長けたロバート・ロジャーズ大尉（現在はロジャーズ少佐である）が、アメリカ初のインディアンを題材にした戯曲を出版した。『ポンティーク、アメリカの未開人』と題されたシェイクスピアばりの無韻詩《ブランクヴァース》による悲劇であった。アンドルー・クック三世がその戯曲を物したとする証拠はあげられないが、『甦りし酔いどれ草』に見られる我が一族独特の筆致がここには多く散見できる。第一幕において破廉恥商人マックドールは、仲間に次のように得意気に話す。

儂《わし》らが第一に従う諺《ことわざ》は、
インディアン騙しは罪ならずって
ことさね……

そればかりか、こう率直に認めもする。

……儂《わし》の大事な武器はラム酒でさ、
薬を混ぜてしこたま強くしたこの酒さ。

第一幕で〈ポンティーク〉はイギリス人総督にきっぱりと言う。

［フランス人を］かつて我らは悪者と考えたが、今は汝らをその上をいく性悪だと思う。

そして第二幕では――

フランス人は我らと親しみ、
言葉と礼儀を学び、我らの服まで身につけた。
我らの娘と結婚し、我らの息子は彼らの娘を嫁にした。

族長ベアはイギリスの侵略者どもの行状を嘆いてかく言う――

奴らの郡、町、村が現われいづるや、
森は荒れ、狩場は廃《すた》れ、
海沿いの地はすべて寂れ果てた。

族長ウルフは言う――

我らは敵のもたらせし伝染病の毒にまんまと冒されたり。

第三幕では狡猾なフランス人神父が、〈デラウェア族の予言者〉の教えをねじまげた物語を語る——

［イギリス人は］かつて［神の］御子を裏切り、あやめた。

御子は死の国より甦り、お前たちインディアンを救うために参られたものを——

御子はインディアン、それゆえ彼らにあやめられた。

御子は再び甦り、昇天なされた。

されど敵が倒されるや、すぐにも舞い戻り、

お前たちの優しき保護者、友、王とならん。

それゆえ御子の御為《おんため》、勇ましく戦わん。

老若の捕虜の生命をことごとく奪え、

母にも子にも、お主らの苦悩を思い知らせよ、

イギリス人を殺す者には天国の道開かれん。

戦《いくさ》に倒れたそのときは、天翔ける天使に

抱かれて、

主の御許へと運ばれん。

ああ、私たちは天翔けた天使が誰であるかを知っている！　第五幕でロジャーズはシェイクスピアばりの対句を響かせる。シェイクスピアの素晴らしさを彼に教えたのは、アンドルー・クックであった（と私の父は証言している）。イギリスとフランスの双方に裏切られ、インディアンの反乱が潰えたとき、〈ポンティーク〉の息子〈フィリップ〉は〈政治ゲーム〉について、こう語るのだ——

芝居はここまで。さあさ、これから茶番の始まり。

そして、死んだと思われていた人物たちが復讐心に燃えて再登場すると、もう一人の息子〈チェキタン〉（ポンティアック）にはそのような息子たちはいなかった。自分の子供よりも私の父に対して、彼はずっと父親らしくふるまった。もっとも彼の子供たちについて、私たちは何も知らない）は、とびきりエリザベス朝的な言葉を駆使して、次のように問う。

これを現《うつつ》と信じてよいものか、はたまた、

すべてが夢なるか？

醒めて正気か……

はたまた、奇《あや》しの業なるか？

まさしく凄惨な奇《あや》しの業であった。戦争が終ると〈アレクシス・キュエリエ〉はデトロイトで捕えられ、一七六四年のベティ・フィッシャー殺しの罪で告発された。ベティとは、反乱の際、最初に虐殺された白人一家の七歳になる娘であった。〈アンジェリーク〉は裁判に現われなかった

——実際、一七六三年以後、アンドレー・カスティーヌ・クックはまるで天上に飛び去ったかのごとく、一族の記録から消え去ってしまった——だが、〈アントワーヌ・キュエリエ〉は裁判に姿を見せた。彼は何らかの方法でポンティアックを説き伏せ、私の父の弁護のために証言させた。ポンティアックは当初次のように言明していた。フィッシャーのその娘は、捕えられた後も出血が止らず、俺の衣服を偶然に血で汚した。怒った俺は、娘をモーミー川に投げ込み、若いキュエリエに、深みに娘を連れて行き、溺死させてしまえ、と命じたのだ、と。これでは、父の無実の証明になるわけがない。私の祖父はポンティアックとじっくりと会談した。オスウェーゴ条約によれば、開戦後に犯されたものならいかなる罪であれ、ポンティアックは告訴されないですむことを、祖父は彼に言ってやった。それで、ポンティアックは証言を翻した。川へ投げこむのも、溺死させるのも俺一人でやった、一七六三年五月に一人の白人女に裏切られてからというもの、白人女すべてに憎悪を抱いていたからだ。溺死させたのはデトロイト川であって、俺の愛するモーミー川じゃない、愛する川をそんなことで汚してなるものか。

陪審は彼の最初の証言を採用し、私の父は有罪となった。しかし、父は拘留中に逃亡、姿を消した。ただし、アレクシス・キュエリエとしての姿を消しただけの話だ。〈アントワーヌ・キュエリエ〉なる者は当時七十歳代であって、デトロイト砦地域でフランス系植民者として数年を過ごし、その地で死んでいる。アンドルー・クック三世については、それ以上のことはわからない。ポンティアック自身は裁判の二年後、カホキア村で「イギリス人に」買収されたイリノイ族の若い戦士によって棍棒で殴られたうえに、刺殺された(と、ピエール・メナールというフランス系住民は告げている)。暗殺者を出した部族は、生前ポンティアックが団結させようとしても団結できなかった諸々の部族の者たちから報復を受け、ほぼ潰滅した。これは皆が納得する戦いであった。

ああ、我が子よ、我が一族の年代記は私には常に荷が重すぎる。だが次の手紙では、私の父が再び甦り、私が誕生する(やがて、お前もたぶん、誕生する!)経緯を語るつもりだ。だから、もう少しは活き活きとした展開となるだろう。

ポンティアック、ポンティアックよ、アンドルー、アンドルーよ! あなた方は、もう少しで大成功を収めるはずであったのに!

そして、ヘンリーよ、ヘンリエッタよ、私たちはいつの日か成功してみせよう——お前とお前を愛する父さんと二人でね。

A・B・C四世

アッパー・カナダ、ナイアガラ
カスティーヌズ・ハンドレッドにて

O・A・B・クック四世から
やがて生まれくる子供へ

H・C・バーリンゲイム四世の生涯、およびアメリカ独立戦争について。

我が愛《いと》しのヘンリー、あるいはヘンリエッタへ

一八一二年四月九日木曜日

百年前の今日、ニューヨークにおいて、勇敢なる黒人奴隷によって起こされた反乱（二十五人の黒人と二人のインディアンによる放火と白人殺害）がむごたらしく鎮圧されている。反乱はその三日前に私の父の祖父にして父と同じ名を持つヘンリー・バーリンゲイム三世が〈ブラズワース島の陰謀〉の失敗の後に黒人たちを煽動して起こしたものだった――と、私の父は信じることにした。反逆者のうち六名が自殺、二十一名が処刑された。私の父が言うには、それから「土星の巡り」がもう一度なされた後、同じニューヨークで一七四一年に、今度は私自身の祖父であり私と同じ名前を持つ、アンドルー・クック三世が第二の反乱（謎の火事がおき、黒人と白人の共謀とされた）を見事に制圧したそうだ。これは前よりもさらにむごたらしい結果を迎えた。十三名が絞首刑、さらに十三名が焚刑に、七十一名が流刑に処せられたのである。

私は父の言葉を信じなかった。

父の母親アンドレー・カスティーヌについて父がまだ子供であった私に語った言葉も、成年に達した私には信じられなくなった。アンドレーはポンティアックをグラドウィン少佐に売り、私の祖父の助力を得て一七六三年から六四年にわたる偉大な「インディアンの陰謀」を失敗に追いこんだ、と父は言ったからである。

ヘンリー・クック・バーリンゲイム四世には、少なくとも公的な場にいた短期間（一七四六年―一七八五年）においては、ポンティアックが持ちあわせていた悲劇的見解が欠けるのだ。祖父母に対する父の誹謗のうちでしぶしぶながら私が認めざるをえない点は、一七六〇年頃の時点で、祖父母は自ら計画したこの大作戦が不発に終る可能性を見てとっていたのではないか、ということだ。フランスはカナダ全域の統治権を再び奪い返すことができぬばかりか、ルイジアナの勢力と手を結び、アパラチア山脈を越えて東

に進み、大西洋岸に至ることもおぼつかぬと、そして、インディアンの反乱が仮に「成功しても」、それはイギリス軍によるインディアン全滅への道に至るだけではないか、と考えていたのではなかろうか。つまりは、悲しいことながら、インディアンが生き延びる道はただ一つ、和解し譲歩して、細々と命をつなぎ、白人の「赤色人種化」を気長に目論むことだ、と彼らは見定めたのだ。こう考えれば、ポンティアックの唯一の勝利は、ロジャーズ少佐の物した韻文悲劇『ポンティーク』ということになる。アマースト卿がインディアンの間に天然痘を流行させたごとく、ポンティアックは白いアメリカ人の間に一つの神話を流布させた。それは少なくとも伝染力の強い、治療不可能な神話であった。

端的に言えばこれには証拠がある。アンドレーが日記の中で、彼女とアンドルーは、インディアンがせめて長期にわたる包囲の術ぐらいは修得すべきだったと考える、と明言しているのだ——前に述べたように、インディアンは予め犠牲者を計算に入れた攻撃作戦を採用する気がない。インディアンたちは、その有名な個人主義によるというよりも、むしろ季節の移り変りにともなった生活のリズムによって、包囲軍から離脱してしまう。だから、白人の築城術と砲術に対抗する大規模な作戦を成功させたいのであれば、どうしても長期戦法の修得は必須であった。包囲は反復可能な戦術だった。ポンティアックの戦術（会談のため、と偽って砦の中に入り、信じきっている敵の士官たちを襲うという術）は一回限りのインディアン的なる策であり、本物の会談を将来不可能にしてしまう作戦だった。彼の作戦を「裏切っても」（彼女は直接的には自分が裏切ったことを認めもしないし、否定もしない）、全体の計画には何ら大きな影響がなかった。ただ作戦の変更が必要となるだけだった。

「母は事件から丸一年たって日記を書いているのだ」と私の父は述べている。「母は自分たちの痕跡を覆い隠そうとしていた。私がポンティアックをいかに愛していたか、知っていたからだ」

確かにそのような日記の記述、特に後から書き入れた記述は真実とはほど遠いものにもなりうる。だが、我々皆そうであるが、父も、どの記述に信頼をおくべきか、可能なかぎり理性とともに心情を働かせて選びとった。

クックもバーリンゲイムも書物から学んだ知識を軽んじる者たちではないが、とにかくバーリンゲイムの名を持った者たちはみな学者である。二十一歳の「アレクシス・キュエリエ」は、少女ベティ・フィッシャーを溺死させた罪で、ポンティアックの最初の証言に基づいて有罪を宣告される前、つまり、一七六七年にデトロイトで脱獄し、姿を消した。同じ年の秋、ヘンリー・バーリンゲイム四世として彼はプリンストンのニュージャージー・カレッジ（現在のプリンストン大学）に入学している。卒業後はニューヘイヴンにあるイェール大学に進み、一七七二年に修士号を得た後も歴史学の講師《チューター》としてそこに留まった。この間の生活は冒険に富む青春期と大いに対照的で、禁欲的であり、修行僧のようでさえあった。私の母の伝えるところでは、当時の彼は自分の両親の見事に仕組んだ二重性を見抜き、依然としてそれに大きなショックを感じていた。彼は自分の両親がポンティアックをラム酒で買収して、あのひどい証言をさせたとさえ疑っていた。さらに彼らは「自分たちの正体を覆い隠すために」ポンティアックの暗殺さえ企んだ、と考えた（「アレクシス」がフィッシャー家の可哀想な血にまみれた少女を溺死させたのは、母親に対する怒りも手伝ったからではなかろうか。だが、今の私たちにわかっているのは、彼が溺死させたとするポンティアックの証言と、彼を逮捕させるに至った流言のみである）。明らかに、父はこうしたショック故に、隠遁者のような生活を送ったのだ。そして、もう一つの要因もあるのだが、それは後に語るとしよう。

かくしてH・C・バーリンゲイム四世は一族の中で、自らの父親に疑惑を抱くのみならず（私たちは皆、それぞれ形こそ違え、父親に疑惑を抱いてきたものだ）、父親を嫌悪する第一号の人間となった。私がその第二号だ。だからこそ私は誤った根拠に基づいて育てた、この精神を消耗させる感情を超越する最初の人間になりたいのだ。そして、お前にもそのような嫌悪の感情を抱いてもらいたくない。それが私の書く手紙の目的であり、主旨なのだ。

私の父が**歴史学**を研究したのは、過去に歴史を自ら生きたため、そこからの逃避という意味があり、また将来において他の人物たちに歴史を実践してみせるための準備でもあったのだろう。彼は現在という時点さえ超越して暮らす日々を送った――当時はちょうど独立革命の気運が高まり、六〇年代後半から七〇年代初期にかけて、ハーヴァード、イェール、プリンストンなどの大学、さらにはウィリアム・アンド・メアリー大学においてさえ学生たちは熱狂的に革命に傾いていた。プリンストン時代からの学友たち（ジョン・アームストロングとアーロン・バーが記憶すべき二人である）は、一七七四年にはアメリカ独立のために戦う決意を固めていた。父のイェールでの教え子ジョエル・バーロウは、父から示唆を受けてアメリカ版『アイネーイス』の構想を練っていた（だが、父はほんとうは諷刺詩を考えていたのだ！）。さらに、ニューヘイヴンにおける父の親友ベネディクト・アーノルド氏――西インド諸島貿易を行う聡明なる若き商人で、父と同じくらい波瀾万丈の少年時代を過ごした人物だった――は、コネティカット民兵団をすでに組織していた。しかし、父は、独立論議を見かけ倒しとして否定こそしなかったが、非常に懐疑的（かつカナダ人的）で、事の両面を見抜いていた。このような態度は、悲劇的見解そのものではなくとも、その必須条件である。

しかしながら、（父の言によれば）父の主たる関心は、三千マイルも隔たった統治者と被統治者の間に横たわる誤解や利害の衝突にはなかった。父は、ジョージ三世の声明にもかかわらず、白人たちがアパラチア山脈を越えてインディアンの土地に侵入していくことに大いなる関心を寄せていたのだ。通信委員会（一七七二年にサミュエル・アダムズによって結成された政治組織）と大陸議会（十三の植民地による、イギリス政府に対抗するための代表者会議）が提唱する連邦政府ができたとしても、それが白人の侵略を抑制する意向を持つとは父には思えなかった。愛国心などとは無縁であったが故に、父は大西洋の両岸に私欲と背信の渦を見てとった。インディアンとの平和的妥協に至る道はいくつもあったが、どれ一つとしてインディアンのためになりそうなものはなかった。一方、イギリスと植民地人の間で現実に戦争が起これば、どちらの側も慌ててインディアンを味方につけて戦闘に利用するであろう――特にイロクォイ族の六部族連合は狙われる。そうなれば再び六部族連合は好むと好まざるとにかかわらず、戦略上重要な立場に置かれることになる。

一七七五年四月、レキシントンとコンコードで銃撃戦の火蓋が切って落とされたが、その時父は近くのケンブリッジにいた。ハーヴァード大学の昔のインディアン・カレッジの図書館でブラズワース島の陰謀の研究のため、熱心に調べ物をしているところであった。そして、イェール学派の清教徒主義にも、そしておそらく学究生活にも、すっかり嫌気がさしかけていたところだった。親友のアーノルドはニューヘイヴンから民兵を引き連れて駆けつけ、ボストン・コモンに集結していたジョージ・ワシントンの軍隊に合流した。さらにもう一人の友人バーも、リッチフィールド（コネティカット州の町で、アメリカ最初の法律学校があった）の法律学校から飛んできて、軍隊に加わった。父は二人を引き合わせた。二人は父を説得して入隊させることはできなかったし、父も二人の入隊を止められなかった。「我々はカナダを獲得せねばならぬ！」と二人は言い切った。「我々」とはすでにアメリカ合衆国を意味していると知り、父はぞっとした。カナダが我らの連邦に入らなければ、と彼らは言った、イギリスは生まれ出ようとしている共和国を、北と西にいる陸軍と、東と南にいる海軍とで挟み撃ちにして潰滅させるだろう。カナダの鍵を握るのは、かつてのニューフランスだ。イギリスの支配に甘んじてはおらぬ地域だからな。アーノルドの考えた戦術は三ヶ所からの攻撃であった。これにはワシントン将軍もマサチューセッツ治安委員会も同意した。第一隊（たとえば、モンゴメリー将軍麾下の軍隊）はメインからセント・ローレンス川を遡ってケベックを奪取する。第二隊（アーノルドは自分の部隊をそれに充てたいと言った）はシャンプレーン湖からクラウン岬へ出、タイコンデローガとモントリオールを奪う。第三隊はモホーク川流域を経てナイアガラを襲う。そうすれば「我々」はセント・ローレンス川と五大湖周辺を制圧し、カナダは「我々のもの」になる。フランス系住民は必ずや味方するぞ、ニューフランスを再び取り戻したがっているからな。少なくとも、彼らはイギリスの味方はしない、と考えておいてよいだろう。心配は、インディアンの六部族連合の動向だ。どうだね、きみ、モホーク族に中立のまま留まるように、そしてセネカ族にエリー砦とナイアガラ砦を包囲せよ、と説得に行ってくれないかね、と彼らは父に頼んだ。

　父はこの作戦の手堅さを認めはしたものの、任務を引き受けようとはしなかった。父は若きバーに、実戦を望むならワシントンの軍隊でなく、アーノルドの部隊に入った方がよい、と勧めた。また、アーノルドには、マサチューセッツ治安委員会とコネティカット治安委員会の間の嫉妬に気をつけるように、と注意した。将軍たちにありがちな競争心とお互い同士への妨害活動とあいまって、嫉妬が合同作戦をほとんど不可能にしてしまうからね。僕自身はここことは違う別のケンブリッジの町に引きこもるよ、と父は宣言した。別のケンブリッジといっても、本国イギリスのカム川沿いの町、つまり父の祖父がヘンリー・モアやアイザック・ニュートンらと学問をした場所ではなく、メリーランドの汽水域にある町のことだ。そこは父にとって父祖の地《ファーザー・ランド》ならぬ（そうであってたまるか！）、祖父の地《グランドファーザー・ランド》であった。その町で彼の祖父は心からの忠誠をどこに捧げるか、決意を固めたのだ。

　バーとアーノルドは、そんなケンブリッジは聞いたこともなかったし、あまり聞く気もなかった。そこはアナポリスに近いのか？　船旅で一日もあれば着く所さ、と父は答えた。だが、世界の果てだ。辺境の果ての植民地で、その先は前人未踏の沼沢地が広がっている。このケンブリッジの北では、川の名前はみな英語だよ。セヴァーン川、チェスター川、ワイ川、マイルズ川といった具合だ――そもそもチェサピーク湾自体がウォッシュ湾とかブリストル湾とか名付けられなかったのが不思議だね。しかし、このケンブリッジでは、川の名前がグレート・チョップタンクと、インディアン名になる。この川はカム川とチャールズ川（ハーヴァード大学のある町ケンブリッジとボストンの間に流れる川）を合わせ、さらにオックスフォードを流れるテムズ川を合わせたものよりも大きい。そして、グレート・チョップタンク川を越えると、リトル・チョップタンク川、ホンガ川、ナンティコーク、ウィコミコ、マノキン、アネメセックス、オナンコック、プンゴティーグ、ナンデュア、オコハノコック、ナスワドックス、マタウマン——

もうたくさんだ、とバーとアーノルドが叫んだ。まさに蛮人の太鼓の響きじゃないか！　これが本物のアメリカ大陸の声だよ、と父はやり返した。それは、消え去った父の祖先の声であった。その戦列に加わるべく、父は翌朝旅立っていった。

以上はすべて母——つまり、お前の祖母ナンシー——が私に語ってくれたことだ。やがて、この後彼女も物語に登場してくるよ。アンドルー三世は、大人になってからその素性を知った父親について調べるために、アナポリスからカスティーヌズ・ハンドレッドにやってきたのだったが、私の父は同じ人物について再調査するために、道筋を逆に辿った。しかも、父はヘンリー・バーリンゲイム三世についての自分の父親の判断を逆転させようと決意したのである。父はカスティーヌズ・ハンドレッドの当時の男爵（現在の男爵の父親だ）を表敬訪問した後、そこからまずアナポリスに行った。アナポリスの歴史的記録を探すため、セント・ジョンズ・カレッジの図書館を調べつくした。その後でチェサピーク湾を渡り、ケンブリッジへ至り、かつては一族の領地であったクック岬に赴いて、その地にまつわる歴史的記録を調べ、その地の古老たちから昔話を聞いてまわった。

古老の一人、マグ・マンガモリーという名前の悪名高き往年の娼婦から、父は三つの貴重なる情報を得ている。その第一は、エベニーザーとアンナのクック兄妹の幼少時の乳母ロクサーヌ・ラセックス、旧姓エドゥアールは、兄妹の父親アンドルー・クック二世に愛されて、ヘンリエッタ・ラセックスという娘を産んでいること（前回の手紙に添えた我が家の家系の樹、いや藪と言うべきか、いずれにせよあれに見られる通りだ）。この娘は後にナンシー・ラセックス・マッキヴォイという女の子を産んでいる。その第二は、マグ・マンガモリーの母親メアリーは、かつて〈ドーセットの渡り歩きの娼婦〉と呼ばれたが、その彼女が様々に姿を変えていたバーリンゲイム三世本人をよく知っており、かつ恐れていたということである。だが、マグは、バーリンゲイムがブラズワース島の陰謀で果たしたとされる役割については何も知らなかった。第三に、エベニーザー・クックが娼婦ジョーン・トウストとの結婚により、一度失った領地を取り戻し、ヘンリー・バーリンゲイム三世がクック岬を後にして、ブラズワース島へと向かい、そしてヘンリエッタ・ラセックスがジョン・マッキヴォイなる男と結婚したということ。その頃、このメアリー・マンガモリーはロクサーヌ・エドゥアール・ラセックスから、ロクサーヌの亡夫、粉屋のハリー・ラセックスが所有していた宿屋を買い取った。メアリーは宿屋の二階を淫売宿にし、自分と同年輩の老人、粉屋の兄ハーヴェイ・ラセックスを内縁の夫にすえた。マグ自身は、この遅咲きの結婚の結晶として生まれ、両親の死後家業を継ぐこととなった。この昔話を私の父に語ってくれたとき、彼女はすでに八十歳近い年齢であったが、遠縁にあたる孤児の娘を四年ほど前から引き取り、その娘に手伝わせて宿屋と淫売宿を切り盛りしていた。

　私の父が宿泊し、彼女から話を聞きだした場所は、まさにその宿屋ラセックス亭であった。それは、ケンブリッジの南、チャーチ・クリークの近くに位置していた。父はマグの話に耳を傾けている間、せわしく立ち働く娘から目が離せなくなってしまった。娘はとても初初《ういうい》しかったが、年《と》齢《し》のわりには稀に見るほど如才なかった。そればかりか、実は、彼女こそ前述したナンシー・ラセックス・マッキヴォイその人であった。彼女の家族は一七七一年、ピレウス（ギリシア南東部アテネ近くの港市）を出航し、カディス（スペイン南西部の港市）に向かう途中、乗船したダルドゥーン号とともに消息不明になってしまった。わずか十五歳で残された彼女は、パリからフィラデルフィアへ、さらにそこからメリーランドへと、唯一の身寄りである大伯父ハーヴェイ・ラセックスをたずねてやって来た。ハーヴェイには会えなかったが、彼女はその娘のマグに出会うことができた（当時マグは昔の源氏名「天晴れマグ《マグニフィセント》」と呼ばれていたが、ナンシーはそれを「肝っ玉マギー《マグナニマス》」と変えて呼んだ）。マグもナンシーを自分の孫娘のように暖かく迎え、できるだけ教育を施してやり、宿屋に出入りする荒っぽい常連には指一本ふれさせなかった。そのうえ、彼女はできる限りナンシーの家系について話してやり、娘の飽くことなき好奇心をみたすように心がけた。おまえの家系のことなら、ここにいらっしゃるバーリンゲイムさんが、教えて下さるかもしれないねえ、ちょっとこちらに来てごらん、可愛いナンシーや……

　というわけで、私の父と母は引き合わされたのだよ——父はその時三十歳近く、母は二十歳ぐらい——二人の縁結びの神であるマグは、私たちにとってもう一つ重大な鍵を握っているのだが、この場はここでご退場願おう。さて、ヘンリーとナンシーは急速に恋に落ち、その間にアメリカは戦争への道をまっしぐらに進んでいった。タイコンデローガ砦攻略というアーノルド大佐の作戦は、すでにマサチューセッツ治安委員会の許可したところであったが、マサチューセッツとニューヨークの委員会に嫉妬するコネティカット治安委員会を宥《なだ》めるために、アーノルド大佐は作戦の指揮権をヴァーモント出身のイーサン・アレンに譲った。アレンは、たとえそれが「その州をイギリスの植民地にすること」を意味しても（カナダのホールディマンド総督に宛てた密書の中で彼はそう断言している！）ニュー・ハンプシャーをニューヨークから分離したがった。しかしながら、マサチューセッツの嫉妬深い士官たちは、アーノルドの〈行状〉を調査し始め、同じ頃、イーサン・アレンは彼自身のライバルに、グリーン・マウンテン・ボーイズ（ヴァーモント州の不正規義勇軍団）の指揮官の地位を奪われた。アーノルドとアレンは怒って任務を離れ、マサチューセッツのケンブリッジに戻ってきた。その時、ケンブリッジにはアーロン・バーが、師の助言を顧みずワシントンの下に留まっていたため、死ぬほど退屈しきっていた。そこでこの三人はカナダ攻撃作戦に加わることにした。ただし、アレンはモンゴメリー将軍の指揮下に入り、タイコンデローガからカナダに攻め入ってモントリオールを奪取するという重要な作戦に参加することになったが、アーノルドとバーはメインの森林地帯を抜け、キャスティン——我が一族の最初の移住者である男爵の名前に因《ちな》んだ地名だ——からケベックへ至る、より厳しい北のルートを行くことになった（モホーク川流域を経てナイアガラを攻撃するという第三ルートの作戦は、ついに実現に至らなかった）。

アーノルドとバーが寒さに凍えている頃、ナンシーとヘンリーははるか南のチェサピークで小春日和《インディアン・サマー》（当時はまだ〈雁の夏《グース・サマー》〉という呼び方がされていた。カナダから何百万羽もの雁が南へ飛来してくるのに因んだ呼び方であるが、その時、「我らの」軍隊は反対に北上を続けていたのである）の暖かさを楽しんでいた。二人は色づいてきた木々の葉や褐色に色を変えていく沼沢地の草をめで、澄みきった空を次から次へとやかましく鳴きながらV字形をなして飛来する雁たちを眺めた。二人は雁に因んで命名され、秋の代名詞ともなっている小蜘蛛の糸《ゴッサマー》（十一月の始め頃、飛来する雁を食べる習慣があり、そのためグース・サマーと呼んだが、この頃、小蜘蛛の糸が草花にめだち、また大気に浮遊する）の中を逍遥した。その糸は二人の気持ちにも似て、あらゆる葦の葉、蔓、小枝から紡ぎ出され、微妙にうち震えていた。

バーとアーノルドはメインの山岳地帯を越えるのに惨憺たる思いをしたが、かろうじて生きのびた兵士たちとともに、十一月半ばケベックに到着した。しかし、イギリス駐屯軍に事前に通報がなされていることがわかった（通報はイーサン・アレン自身による可能性がなきにしもあらずだ）ため、アレンとモンゴメリー将軍がモントリオールから意気揚々と進軍してくるまで、凍えながら砦を「包囲」して、待つよりほかなかった。彼らは寒さに震え、飢え、呪詛した——ジョエル・バーロウの三人の兄たちもその中にいた——バーロウ自身はその時、イェール大学の二年生、戦場に馳せ参じたくてうずうずしながら、学生たちの雪合戦を主題に、擬似英雄詩風《モック・ヒロイック》の押韻対句を作り、「そしてジュピター、雪の武器庫に降り立ちぬ」などと書き記していた。その頃、はるか南の金色《こんじき》に輝く沼沢地では、私の両親が熱烈に睦み合っていた。

いや、睦み合えれば、どんなによかったことか！　私が最初の手紙で触れた、バーリンゲイムと名付けられた男子にかけられた呪いについて、ここで語らねばなるまい。アンドルー三世は私と同様、正常な器官が備わっていた。アンドレーは結婚前にまず子供をおなかにと父に頼んでいるが、それは男性としての父の能力を試そうと考えたからではない。父の年齢《とし》と童貞のことを考慮し、一種のテストをしたのである。そのテストに父は愛をつくして（時こそかかれ）応《こた》えた。だが私の父は、彼と同じ名を与えられた者と同様、ほとんど男根を持たぬと言ってもよかった――しかも、父は自分の祖父の秘密をまだ知らなかった。ここに「アレクシス・キュエリエ」がフィッシャー家の幼女を何故溺死させたのか、その謎の手掛かりが多少見て取れるかもしれない。インディアンの風習では、捕虜を拷問する際に男根を切り取ることはごく普通のことだった。従って、生まれつき男根が貧弱なインディアンは、敵の捕虜となり、拷問の辱しめを受けた、とからかわれる――「鼻や眼は無事で何よりだな」などと言われる――そして、彼らにオカマの素質がないときは、幼女を妻にするようにと言われたりもする……

　プリンストンとイェールにおける学生時代に父が禁欲生活を送っていたのも、これで納得がいくが、気の毒な話ではある。というのも、この清教徒の地における学生たちは、本国オックスフォードやケンブリッジの学生の娼家通いこそ見倣いはしないものの、求愛や恋の遊びに通常は大いにいそしんだものだからだ。母が後年になって私に語ってくれたところでは、父はひたすらわが身を恥じるため、それまで何度かひどい残虐行為をしてきたのだった。父は、同じヘンリーの名をもつ人物たちの汎宇宙的性愛《コズモフィリズム》を持っていなかった。彼はただナンシー・ラセックス・マッキヴォイの夫の名にふさわしい役を果たしたかっただけだが、それができなかった。欲求不満のために、父は今にも気が狂いそうだった。母の方は、いわば問題の真相を知らなかったから、父を稀に見る堅物《かたぶつ》だと、最初考えた。次に、稀に見る恥ずかしがり屋だと思い、最後には稀に見る変人だと考えるに至った。狂人なのか、あるいは男色者なのか、母には決めかねた。彼女は父を誘い、父もまた同じほど努力して、「あの聖アントニウス様（エジプトの隠者で僧院制度の創始者）でも、お喜びになられるであろうほど」の状態が二人の間にやがて生ずることになった。

　そして、ついに真実が明らかになり、母は言葉につくせぬほどに安堵した。「わたしは率直に訊ねたわよ」と母は私に言った。「これではおしっこの役にも立たないでしょうね？　それは大丈夫、狙いは最高というわけではないけれど、と父さんは答えたよ。若い男の人たちが見るような淫らな夢を見て、目覚めてみれば、あなたのマスケット銃が発射ずみなどということがおあり？　とわたしは訊ねたよ。これがマスケット銃であるなら、いや、せめて普通の拳銃であったなら、と父さんは答えた。けれど、ちゃんと発射はする、特に最近はお前の色っぽい夢を見るからね。それなら、結婚して下さい、とわたしは言った。そんな病気のことなら、ラセックス亭の上に住む人たちが知らないはずがない。あそこの百戦錬磨の女医さんたちならその治療法を知らないわけがないもの」こう言って、母は父の手を引っ張って、マグ・マンガモリーの許へ連れていき、ありのままの事情を話した。顔を真っ赤にし、汗をびっしょりかいている父を前にして、マグはあっさりと問題を解決してくれた。三十分後に、ヘンリーはこの三十年間知りもしなかった秘法を手に入れていた。すなわち、

……一人になりて、我が船長は玉子草の実《み》に細工を施しぬ。その奇妙きてれつなること、余の見聞を越えり。あまりに驚きて数週間経過したる後ここジェイムズタウンにおいて我が日誌にこの出来事を記録せしとき、それが現実なりしと認証するは容易ならざるものなり。我が眼をもって見しものであらざれば、淫蕩なる心が生みし好色なる空想と必ずや信ずらん。まことに好色の人、肉欲の信者どもの工夫と汚らわしき秘法は無限にして、克己心ある謹厳なる人の理解の域を越え、貞潔なるミネルヴァよりヴィーナスとバッカスを仰ぎ、肉欲の技と秘儀を学者の熱意をもって探求するなり。余がこれを認めるところ、日誌の秘したる頁であれど、赤面の思いあり。余が生くる限り、これを何人にも見せぬことを誓うものなり……

云々。この文書はヘンリー・バーリンゲイム一世の手になる。一六〇八年パウハタン王の部族により、ジョン・スミス船長とともに虜囚の身になった際、その身に起こった出来事を記した『私記』である。かの超偽善者が記すには赤面ものと言いながら直ちに書き記したもの――それは〈聖なる玉子草の秘術〉であった。その助けを借りてスミスがポカホンタスの蕾を散らし、彼らは命拾いをしたのであった。茄子をくり抜き、その中に、蜜蠟と樹脂を混ぜあわせたもの、馬銭子《マチンシ》を煎じた媚薬、〈ゾゾ〉と呼ばれるスペイントウガラシ、それにゼニアオイ油などを詰める、そこを目がけて――

それは、どうでもよろしい。私たちの手許には『私記』がある。必要ならば〈汚らわしき秘法〉をお前は参照すればよいのだ。バーリンゲイム一世はアハチフープ族の女王ポカタワートゥーサンのお腹にタヤック・チカメク（ヘンリー・バーリンゲイム二世）を宿らせるのにこれを用いた。そして『私記』（並びに、彼の無理からぬイギリス嫌いも）はタヤック・チカメクに受け継がれた。エベニーザー・クックが、『私記』の存在を知ったのは、一六九四年

にチカメクの手によって虜囚の身になったときのことであった。バーリンゲイム三世は、その翌年、エベニーザーの妹にアンドルー・クック三世を身ごもらせるのに、その秘法を使っている。その後、『私記』は――スミスの『秘録』とともに――所在がわからなくなった。

「エベニーザー・クックの妻となった娼婦ジョーン・トウストがいまわの際に願ったのは」と、マグ・マンガモリーは恋仲の二人に話している。「秘法が世に出ぬことだったよ、わたしらのような女たちは、殺されてしまうからね。小魚を大魚に変えるほどの秘法であれば、大魚を鮫にだって変えられるからね。エベニーザーさんは、そいつを抹消することに大賛成だったが、妹さんはやがて生まれてくるバーリンゲイム一族を哀れに思ったんだよ。そういう男を愛するアンナ・クックたち、つまり、ナンシー・マッキヴォイ嬢のような女たちを気の毒に思ったんだね。そこで二人は『私記』と『秘録』の文書を旧友メアリー・マンガモリーに託した。彼女ならこの文書を使うべき時を心得た、最も信頼すべき人物だったからね。メアリーはそれを娘のマグ、つまりわたしに与えた。そしてわたしはおまえさん方にあげるとしましょう」

　彼女は二人にその文書を与えた。恋人たちは礼を言うと、秘術の処方箋と必要物を携え、小蜘蛛《ゴッサマー》の糸の浮遊する森へと引きこもった。かくして、ジュピターは黄金の葉の雨となって降下し、小生が宿ったというわけである。さらに、『私記』の他の部分を読んだ父は、ヘンリー・バーリンゲイム一世が生まれついたイギリスの血に背を向け、〈アハチフープ族のインディアン〉になったことを確信した。のみならず、ヘンリー・バーリンゲイム三世も自らの祖父の宗旨変えの記述を読むや、半分流れているインディアンの血は争えず、祖父と同様にインディアンになったにちがいないとも確信した。迷いはすべて父の心から消え去った。目指す方向は定まり、懸念するは、ただ戦術のみであった。アパラチア山脈の線で白人の侵略を食い止めることができるならば、〈独立派《コンティネンタル》たち〉（植民地の反逆者たちは当時そう自称した）を抑えられるに相違ない。あるいはまた、イギリス植民地、とりわけカナダが彼らの「共和国」を囲いこみ弱体化させることもできよう。すれば、鍵となるのは、またしてもナイアガラである。そして、ナイアガラを制する鍵はイロクォイ族の忠誠心である……

　以上はすべて母が証したことだ。母と父は大晦日にオールド・トリニティ教会で結婚式を挙げた。チャーチ・クリークという地名はその教会に因んでつけられたものである。今もその教会の墓地に一対の名もなき石臼があるが、これがナンシーの祖父、ヘンリー・ラセックスの墓だ。二人が誓いの言葉を交わしているとき、アーノルド、バー、モンゴメリー、そしてアレンは、遅ればせの合同攻撃をケベックにかけた。が、大敗北を喫し、潰走中にモンゴメリーは戦死、ジョエル兄弟の一人は重傷を負い、退却の際に死亡した。

父としては年があけたら北上し、友人たちに再考を促して、自分に合流しモホーク川流域に違う種類の攻撃をかけるようにと説得するつもりであった。だが、その時にはすでに私が母のおなかに宿っていることがわかり、しかもバーとアーノルドからは（チャーチ・クリークから、父は慎重に言葉を選んで質問状を郵送したのだが、その返事として）愛国心いまだ衰えず、の言葉が返ってきた。もっとも、二人ともとっくに幻滅していて、かつて父が発した警告の正当なることを見抜いていた。

それ故、父はドーチェスターの南部地域に留まった。私が今こうしてカスティーヌズ・ハンドレッドに長居しているごとくね。今のお前同様、私が母の腹の中で居眠っている間、父は〈マーシーホープ・ブルーズ〉という一団に加わった。これは、当時チェサピーク湾にいたダンモア卿の小艦隊に抵抗する市民たちを保護する任にあたった民兵団である。民兵団は艦隊に助力する王党派《ロイヤリスト》の海賊たちに、とりわけジョウゼフ・ウォーランドという人物の略奪行為に対抗した。ウォーランドはドーチェスター郡の川口へとイギリスの軍艦を水先案内し、かつ自分たちの船で略奪も行った。略奪後は帆柱を倒し、迷路のような沼沢地に隠れてしまうのだ。彼が民兵団に加わった実際の目的は、民兵団の動きと、海上でウォーランドを待ち伏せする計画を、常に確実に敵方に知らせることにあった（と母は言った）。

ところが、ほどなくして、ジョウゼフ・ウォーランドと彼の海賊船は絶対に安全な場所と信じきっていた郡の南部地域で逮捕されてしまったのだよ。

「父さんは、ウォーランドに脱獄するよう何とか説得したの」と人の好い母は言った。

私の誕生（少々早産であった）とフィラデルフィアにおける独立宣言の署名の時期が偶然一致したのを、父は喜ばなかった。私は当然アンドルー・クック四世と名付けられ、その名前にふさわしい生き方をする義務を負わされた。こんないたいけな赤子には重すぎる義務、と母は思った。

実のところ、私が生き永らえるとは誰も思わなかった。ワシントンが八月にロングアイランドを失い、ニューヨークから撤退したとき、父は今が立ち上がる潮時だと決意した。バーは、ロングアイランドからの退却の際、一旅団が捕虜になるところを救い、有名となった（若きジョエル・バーロウはイェール大学の休暇を利用して、ちょうどその旅団に加わっていた）。しかし、バーは上官の命令に背いてこの手柄をたてたため、上官たちからすっかりにらまれてしまった。一方アーノルドは大きな代償を払って占領したモントリオールをすでに引き揚げ、優勢にあったイギリス軍を迎え撃つために、シャンプレーン湖に小艦隊を集結させていた。ガイ・ジョンソン（サー・ウィリアムの甥にして、ニューヨークのインディアン監督官の職を継いだ男で、父とはカスティーヌズ・ハンドレッドで親交があった）は父に手紙をよこし、六部族連合はこれまでのところ首尾よく買収に応じて中立を守っているものの、「行動を起こしたくてむずむずしているぞ」と書いてきた。彼らの指導者と目される男は、ガイ・ジョンソンの秘書官をしているジョウゼフ・ブラントというモホーク族のインディアンだった。ただし、この男、イギリスの学問と宗教にすっかり夢中となり、聖公会祈禱書をモホーク語に翻訳することに没頭し、他には何も関心を示さぬ、とガイは書いてきた。鉄はすでに熱している、冷えぬうちに打たねばならぬ、と父は言った。父は母にできるだけ早く、カスティーヌズ・ハンドレッドの自分の許にくるように、と伝えた。「赤子を伴うか否か、いずれでもよし。どうなるにせよ、それはその子の運命《さだめ》なのだから」父はこのジョウゼフ・ブラントなる人物を決起させるべく策を進めた。ブラントの本当の気持ちを彼は理解していると信じていたからである。

　奇跡的にというべきか、マグ・マンガモリーと彼女の賢い仲間たちのおかげで、私は死にもせず、生きのびた。それどころか、元気で丈夫な赤子に成長していた。それでも、私たちはその冬メリーランドに留まらざるをえなかった。

十月、父は次のように書いてよこした（家族の者にだけわかる暗号で書かれていたが、ここでは解読されたものを記す）。「B（ベネディクト）・A（アーノルド）は、本国と独立派の間で行われた最初の海戦に敗北した。数にまさる相手に見事な戦いぶりを示したのだがね。私は今彼のモントリオールでの不始末をことさらに言いたて、それによって彼を我々の側に寝返らせようとしているところだ」一月の手紙には、こう書かれていた。「A（アーロン）・B（バー）のワシントン嫌いは危険なほどに薄らいでいた。というのも、私とBにとっての母校《アルマ・マータ》であり、Bにとっては父校《アルムス・パータ》（バーの父親は第二代学長だった）でもある大学の所在地プリンストンにおいて、ワシントンがC（コーンウォリス）（チャールズ、一七三八―一八〇五。英国の軍人・政治家。ワシントンに降服）の英軍を打ち破ったからであった」三月、私たちは北へ向けて危険が待ち受ける旅に出た。その時期の父の手紙には、こうあった。「B（ブラント）を本から引き離し、行動をおこさせることがどうしてもできない。彼は数年前の小生によく似ている。別の自分を見出したところなのだ。六三年にイロクォイ族の反逆者たちとともにポンティアックと戦ったことを悔んでいる。彼はポンティアックを今になって崇拝するようになったが、遅きに失した。一家の戦士の誉れ高いのは、妹のモリーで、彼女の言によると、Bと私は双子のように似ているそうだ。兄の名を使って、兄がやりそうもないことをあんたがすればよい、と彼女は私に勧める」

兄の名前はモホークの言葉で、タイエンダネギアという。この名前で行われた数々の行動や関連する事柄を母はすべて父によるものと見なしたが、それは母が父に抱いた愛と信頼という砂上の楼閣でしかない。というのも、母は別離以来父にほとんど会うこともなく、常に不明瞭な立場に置かれていたからである。私が思うに、アンナ・クックの運命よりも、母のそれの方が苛酷であったろう。なぜなら、ヘンリー・バーリンゲイムは得心ずくでアンナの許には二度と姿を見せなかったのであるから。父の手紙を信じてよいものであるならば——つまり父の筆蹟と頭文字の署名のある手紙のことだが、母は決してその真偽を疑わず、『私記』と『秘録』とともにカスティーヌズ・ハンドレッドにちゃんと保管していた——私の一歳の誕生日に父は〈ジョウゼフ・ブラント〉の役割を引き受け、セレンジャー（一七三七—八九。イギリスの軍人）の遠征隊に加わって五百人のセネカ族とカユーガ族を率い、モホーク川沿いにあるスタンウィクス砦に攻め入り、これを包囲した。この包囲は父が少年時代に経験した包囲に似ていなくもなかった。包囲はすぐに解除されたが、それはオリスカニーの戦闘（両陣営が多大な犠牲を払いながら、ついに決着がつかなかった戦いである）によるものではなかった。戦いの後に到着した独立派の指揮官と父との間でひそかに交わされた協定による解除であった。「B（ベネディクト）・A（アーノルド）少将は数々の手柄を立てているのに、昇進の面では後輩や自分より劣る者たちにかなり遅れをとったことに、いまだに腹を立てている。ワシントンに個人的に頼まれているものだから、彼は何とか独立派の軍隊に未だに踏みとどまっているのだ。私はスタンウィクスで彼に勝たせてやって（我々にとっては大した犠牲でない）、頭の鈍い彼の上官たちを嫉妬に狂わせた。やがて彼は上官の嫉妬に耐えられなくなるだろう——その頃には私たちは再会できるね」

また別の手紙では、父は〈A〉がそのように嫉妬に狂う上官ゲイツ将軍によって指揮官の地位を奪われたことを喜んでいる。というのも、父は友人が頑固な「心得違いの」愛国心のせいで、勇敢ではあるが無鉄砲に第二サラトガ戦に参加するのを悲しく思っていたからだった。七八年六月、ワシントンがアーノルドにフィラデルフィアにおける指揮権を与えたとき、父はこれを喜んだ。「その地にあっては、重要人物はベン・フランクリンを除き、すべて王党派である」バーもまた「昨冬ヴァリー・フォージ（ワシントンが一七七七—七八年に野営をした所。ペンシルヴァニア州南東部にある）におったが、それ以来、どうしようもない愛国者になり下がった」と父は嘆く。「バーが守っていた隘路は、まさにヴァリー・フォージへの扉《ドア》ともいうべき要所だったが、かつてワシントンをあれほど嫌っていたのに、彼は我らに鍵を渡そうとしなかった。今、彼はニュージャージーで悪鬼のごとく戦っておる。イギリス軍はすでにフィラデルフィアを出、フランス軍は（フランクリンのせいで）、ニューポート（ロード・アイランド州南東部の港市）に艦隊を集結し、カナダにいる我々に向かい進攻せんものと狙っている状況だ。我々の立場は昨年よりも危うい。我がモホーク族が手斧を血で染めるときが来た」

私の二歳の誕生日、彼らはそれを実行した。ジョン・バトラー、〈ジョウゼフ・ブラント〉、そしてモリー・ブラントは、バトラー率いる奇襲隊やブラント率いるモホーク族とともにペンシルヴァニアのワイオミング・ヴァリーに侵入、もう一人の女戦士〈クイーン・エスター〉・モントアーと合流してフォーティ・フォートの奪取を試みた。彼らは指揮権を平等にまわり持ちにしたが、同様に虐殺も平等に行った。三百人以上の男、女、子供たちが〈モホーク族の悪魔〉によって拷問され、殺されたのである。八月と九月、彼らはモホーク川流域にあるドイツ村と、他の独立派の白人たちが入植した村々を焼き払った。十一月、チェリー・ヴァリーの砦を攻め落とした後、父と戦士たちだけで三十人の女、子供、老人を殺害した。母は「夫」がその冬、カスティーヌズ・ハンドレッドにモホーク族の顔料、衣服、髪型に身をやつして「ほとんど見分けのつかぬ」姿で戻ったとき、期待をこめて、こう尋ねた。あのような残虐行為は、六三年のピット砦の包囲軍に対して、アマースト卿が行った天然痘作戦に対する復讐のためですね？　父は、いやそのためだけでもない、と答えた。四重の目的のためだ。書物に埋もれて引きこもったままの本物のジョウゼフ・ブラントを引っ張りだすのが一つ（実際に、父の非道に仰天したブラントは、モホーク族の指揮をすることになり、それで父は私たちの許へ帰ってきたのだ）。イロクォイ族に、彼らの伝統である獰猛さを回復させるのが二つ目。三つ目は、無差別的な報復行為によって、六部族連合の中でもっと中立的な立場を守ろうとする部族を戦う気にさせること。そして最後に、モリー・ブラントやエスター・モントアーらの血に飢えた個人的欲望を満足させてやるのが四つ目の目的だ。彼女たちの、手足切断、腹裂き、串刺し、皮剝ぎ、人肉食い、いやもうそういう欲望の凄まじいこと、この上ないからな。

私たちを泊めてくれたカスティーヌズ・ハンドレッドの主人、男爵アンドレ・カスティーヌズ二世の見るところでは、マドカワンドの出身のタラティン族は勇敢ではあるが、セント・ローレンス川や五大湖地方の北側に住むインディアンと同様に、本来は罠を仕掛けたり、狩りをして静かに暮らす民であった。彼らはイロクォイ族の野蛮な慣習を恐れ、軽蔑していた。男爵がイロクォイ族の蛮行を唯一弁明できる点は、フランス人やイギリス人らと毛皮取引を行うようになるまでは、彼らもまたおとなしい民で、野蛮な習慣はなかったということであった。毛皮取引で、彼らは貪欲で、飲んだくれの商人になり下がった。だがね、同じ蛮行でも、すべてが同罪というわけじゃない、と男爵は主張した。独立派の人々はコネティカットの銅山に監禁した王党派の連中の性器を、慣習どおり打擲し、拷問したものだ。イギリス軍は独立派の軍人たちをニューヨークの悪名高き監獄や囚人船の中に閉じこめ、窒息させたりして、虐待した。だが、どちらの側も、慣習として生きたまま手足を切断したり、皮を剝いだりはしなかった。最大限の苦しみを与えるだけのために、生体への拷問を長々とやるということもしないし、生きている人間をそいつ自身のはらわたで木にくくりつけもしない、子供たちを尖った杭で串刺しにもしなかった。中世以来、我々は慣習としてそういったことはしてこなかった。この程度の差が、重要ですぞ、今は十八世紀であって、十二世紀ではない。人道主義の華、文明の華が儚くも咲く時代だから——

「あなた方にとっては十八世紀でしょうが」と父は答えたそうだ。「我々はあなた方と同じ出来事や同じ単位で時を測りませんから」

　我々とは、同じプリンストンの卒業生のことか、それともイェール大の講師のことですか、それとも幼児殺しの我々という意味ですかね、と男爵は丁寧に尋ねた。

「我々とは、アハチフープ族のことです」と父は答えた。「タラティン族を老婆のごとき軟弱部族と考えている、我がアハチフープ族のことです」

　男爵は溜息まじりに答えた、祖母マドカワンダ王女によると、人間たがが外れると、最も獰猛になるのは、いつもモリー・ブラントのような年嵩の女たちだそうですよ、と。完全なる仲違《なかたが》いには至らなかったものの、二人の会話はそこで気まずいままに途切れた。しかし、父はその時何かを感じたらしいのだ。ただちに、頭皮に残した毛房を剃り、顔料や玉飾りや鹿皮服を脱ぎ捨て、短い鬘《かつら》をつけイギリス人の服を着た。私たちの知る限り、それ以後父は完全なインディアン役を演じることはなかった。八六年、ジョウゼフ・ブラントの肖像画を描くロムニー（ジョージ・ロムニー、一七三四—一八〇二。英国の肖像画家）のためにモデルとなったが、その時が唯一の例外であった。

　その年の冬から春にかけて（この期間、夫と称して現われた男が本物の自分の夫であるとかなり信じていた母は、これを最後に確信が持てなくなってしまう）、父は文通によって、フィラデルフィアの王党派の指導者たち、ニューヨークのイギリス人士官たち、カナダのホールディマンド総督の参謀やサー・ヘンリー・クリントンなどと親しく交わった。その頃、父の友人バーは、ニューヨーク北部のハドソン川からロングアイランド湾にかけての独立派の軍隊の指揮をとっていたが、中断したままの法律の勉強を止めるか、再開するか、岐路に立たされた。彼の健康状態は最上ではなかったし、士官としての能力に相応の報いもなく、そのうえ、彼はすでに戦いに飽きていた。フィラデルフィアでは、私の父が望んだとおり、アーノルドは街の王党派の旧家の人々を最も好ましく、文化的であると考えるようになっていた。彼はすでに、そういった人々の娘の一人と婚約していた。（匿名者の情報に基づいて）ペンシルヴァニア行政委員会は八件の違法行為を挙げてアーノルドを議会で告発した。四月、そのうちの四件の行為により、彼は軍法会議にかけられることになった。激怒したアーノルドは王党派の跡取り娘と結婚し、嫌疑を晴らすために、ただちに裁判をするように要求した。だが裁判官は何かと理由をつけて、裁判を遅らせた。この頃、父は私たちに陽気に別れを告げ、ニューヨークから手紙を書く、と約束して姿を消してしまった。

「アンドレを」と父は母に言った。「アンドレのことを心に留めていてくれ」

母は、父がアンドレ・カスティーヌ男爵のことを言っているものと思った。男爵に穏やかに反論されたことをほのめかしている、と。だが、その後まもなく来た、父のそれと大変類似した文体で書かれた暗号による手紙には、ジョン・アンドレ少佐という人物と新しく親交を得たことを喜ぶくだりがあった。ジョン・アンドレは、ニューヨークのサー・ヘンリー・クリントンの若き副官で、七五年に〈アメリカ人〉（当時、独立派の人間たちはそう自称し始めた）によって捕虜にされ、七六年に捕虜交換の末釈放された人物だった。「Ａ（アンドレ）は教養のある男だ」と父は書いている。「滑稽詩の才能はＪ（ジョエル）・Ｂ（バーロウ）よりある。その彫琢の仕方を私が教えている。彼と私は双子といってもよいほど似ている。違いは唯一、彼は勇敢だが策謀の心をまったく持たないということだ。その点でも私は彼に教えている。軍法会議で受けた屈辱感から抜けられず激怒している気の毒なＢ（ベネディクト）・Ａ（アーノルド）は、花嫁の助言で我々とひそかに交信をやりだした。イギリスを利する、ある任務についてなのだがね。そして、Ｃ（クリントン）は、その任務遂行のために、Ａ（アンドレ）を自分の代理に据えたのだ」

父は〈Ａ〉と〈Ｂ〉をともに「自分の」味方につける希望を再び述べている。イロクォイ族にとって、形勢はまことに厳しくなった。ワイオミング・ヴァリーとチェリー・ヴァリーでの虐殺の報復に、〈アメリカ人〉は五月にオノンダガ族のいくつかの砦を焼いた。八月に、バトラー奇襲隊とモホーク族はエルマイラ（ニューヨーク州中南部）の近くにあるニュータウンでひどい敗北を喫した。その秋、〈アメリカ〉軍はフィンガー・レイクスとジェニシー・ヴァリー地方の掃討戦を行った。カユーガ族とセネカ族の砦、家畜、果樹園を破壊したのである。ブラント兄妹をはじめとする約三千人のインディアンたちは、ナイアガラ砦へと避難した。父の考えでは、この時六部族連合が生きのびる唯一の道は、ロングアイランドからエリー湖にまで至るニューヨーク州をイギリス側が完全に制圧することであった。それを実現させる最良の方法は、ハドソン川流域を統轄するアメリカ軍の基地ウェスト・ポイントを奪取することであった。だが、指揮官に雑なところがあるにしても、ウェスト・ポイントの守りは堅かった。クリントンにとって、そこに奇襲をかけるのは、あまり気乗りのしない作戦だった……

　バーのアメリカに対する忠誠心は、完璧に揺るぎなしとは言えぬにせよ、依然確固たるものであった。いやしくもイギリス側に心が引かれることがあるとすれば（父の問いに、彼は実際そう答えている）、滑稽詩作者たるアンドレ少佐のような賢明なる友人と一緒にニューヨーク州に住む機会が生まれるからであった。しかし、晴れてアメリカ人となってから、遠からずかの地に赴きたい、と考えていた。一方、アーノルドは新政府にあいそづかしをしていた。というのも軍法会議が実質的な告訴はすべて取り下げたものの、ペンシルヴァニア行政委員会の顔をたてるため、二つの些細な理由をあげてワシントンに指示し、アーノルドを懲戒しようとしたからだった。折しも、ナイアガラでは何百ものイロクォイ族の民が飢えに苦しんでいた。そして、父とアンドレ少佐は古いスコットランドの民謡「チェヴィー・チェイス」（パーシー家とダグラス家との戦いを題材にした十五世紀の民謡）を当世風にもじったパロディ（「牛追い（カウチェイス）」という題だ）をニューヨークの新聞に載せる準備をしていた。父はアーノルドをけしかけ、名誉回復の証《あかし》として、ウェスト・ポイントの指揮権を任せてほしいとワシントン将軍に要求させた。その一方、アンドレと交渉し、アーノルドのために、その駐屯地の反逆計画を企てていた。

　その夏、アーノルドはウェスト・ポイントの指揮官となった。この時にはすでに三人の計画の細部は出来上がっていた。あとはしかるべき書類に署名を入れ、砦の図面を入手すればよいばかりになった。

　秋分の日の夜、三人はハーヴァーストローで落ち合うことになった。ジョン・アンドレはイギリス軍艦に乗ってその地に着き、休戦旗の下でベネディクト・アーノルドと会い、彼にニューヨークへの通行を保証する書類、委任状などを与え、数日中に行われるはずのイギリス軍の攻撃に関する詳細な秘密事項を伝えた。アーノルドの方はアンドレにウェスト・ポイントの砦と軍隊の配備に関する図面を与えた。アンドレが乗艦に戻らぬうちに、艦は暗夜の中、断続的な砲撃に見舞われた。アンドレとともに上陸していた私の父は艦長に合図を送り、下流まで下って自分たちを待つようにと指示した。だが、艦長なる御仁、この合図を誤解し、二人をアメリカ側の戦列の中に置き去りにしたまま、ニューヨークに戻ってしまった。父はアンドレをアーノルドに託し、自分は陸路の安全な道を採るべく、先発した。翌日アンドレ少佐は民間人を装い、アーノルドからもらった贋の通行証を手に旅の途についた。彼が危険地域をほぼ脱け、タリタウンまで来た頃、父は彼と落ち合うべく道を急いでいたが、街道の監視番をしていた二人のアメリカ民兵に出くわした。父は身元を隠すために、贋の書類を見せて、自分はニューヨーク州の民兵、ヴァン・ウォートであると名乗った。数分後、民兵たちはアンドレをも見つけ、怪しんだ。父はアンドレを通過させようと懸命にあれこれとやったが、その甲斐なく、民兵たちは徹底的にアンドレを調べあげた。彼の靴下の中から、密偵の歴然たる証拠の図面が出てきてしまった。

父としては「さし迫った攻撃を注進するために」自分がすぐさまこの図面をアーノルド将軍の所へ持っていこうと言うのが精一杯のことだった。策謀に不馴れなアンドレ少佐は、父は途中で証拠の図面を破棄し、アーノルドに自分の釈放を命令させるつもりだ、と思った。しかし、残念ながら、責任者である民兵の一人は、自分がこの図面は保管するから君がアーノルド将軍に密偵の逮捕と攻撃計画について知らせてくれと父に頼んだ。こうなっても、父は〈ヴァン・ウォート〉の本当の身分を明かさなかった。父としては可哀想な勇者アンドレを助けるすべもなく、彼を見捨ててアーノルドと二人して戦線を離脱し、首尾よくスループ型軍艦ヴァルチャー号へと逃れた。

この反逆計画が明るみに出ると、ワシントン将軍はかつてアーノルドをかばったことに困惑し、アンドレに慈悲をかけてはならぬ、と考えた。十月二日、アンドレは密偵として絞首刑にされた。イギリス全軍が喪に服し、彼の詩才は認められ、功績を讃える銘板がウェストミンスター寺院に設置された。その時、マサチューセッツ旅団付きの牧師に任命されたばかりのジョエル・バーロウは、自分のかつての友の反逆を激しく怒る説教をした。それは愛国心に溢れた憤慨と文学的言辞とで燃え立つような説教であったから、彼は翌日のウェスト・ポイントで行われた友人たる詩人の処刑の立会人として招かれ、ひきつづいてワシントン将軍と参謀たちとの会食にも招かれた。故郷に宛てた手紙の中で、バーロウはアンドレについて「あの年齢で、彼ほど礼儀正しい紳士、もしくは偉大な人格」に出会ったことがない、と書いている。そして、少佐は「従容として、英雄らしく立派な態度で」死についた、とも書いている。だが、それ以上に彼は従軍牧師という立場から自らの眼前に開かれてきた、文学者としての明るい未来に完全に心を奪われていた。彼はワシントンとの会食の機会を逃さず、並みいる一同に『コロンブスの夢』の第一巻とさらに出版されるはずの続きの物語の内容を披露した。

　私が父の逃亡とアンドレの処刑の時期が一致すること、およびバーロウの手紙に言及したのは、それらが母がふと思いついた考えの反証になるやもしれぬ、と考えたからだった。母は、ジョン・アンドレとして絞首刑になったのは実は夫のヘンリー・バーリンゲイム四世にほかならぬと言うのだ。母がこんな考えを抱くようになったのは、まったく絶望のなせる業《わざ》である。というのも、アンドレの逮捕以後、父からは長い間まったく便りがなかったからだ。事実、父と私たちのその後の意思疎通は、以前よりもさらにおぼつかないものになってしまった。母さえ、不幸の重荷ですっかり判断力が狂ったのか、その言葉はあまり信頼できなくなった。アンドレ少佐の処刑が行われてからまもなくして、海賊ジョウゼフ・ウォーランドが再びメリーランドの沼沢地に姿を現わし、イギリス側のために略奪行為を再開した。八一年から八二年にかけて、私が六歳と七歳の時のことであるが、私と母はメリーランドに出かけ、その滞在中に、母はしばしばウォーランドの訪問を受けた。ともすると、母はウォーランドのこともまた、消息不明の夫ではないかと考えていたようだ。だが、ジョウゼフ・ウォーランドという人物はたしかに捉え所がなく、機略縦横、神出鬼没ではあったが、ポンティアックよりも無骨で、ほとんど読み書きさえできず、まして、詩など作れるわけがなかった。おそらく、母にとって彼は時折恋人の役を果たしたのだろうが、決して夫ではなかった。

　父である可能性がもっと強い人物は、一七八三年に出た〈ニューバーグ文書《レターズ》〉の匿名の著者の方だ。この時点ではコーンウォリスはすでにヨークタウンで降服していた。我我はアメリカに敗北したのだ。双方の軍隊は撤退し、ベン・フランクリンがパリでジョージ三世の使節と和平交渉に入っていた。バーはイギリス将校の未亡人と結婚、イギリス軍の撤退を待って、弁護士としての業務をオルバニーからニューヨークに移す準備をしていた。イギリス側についたアーノルド将軍はリッチモンドを焼き払い、ニューロンドンを攻撃したりしたのだが、今ではイギリスで孤立し、不遇の日々を送っていた。一方、結婚してハートフォードに落ち着いたバーロウは、コロンブスの夢の続きを次々と書き、それをルイ十六世に捧げるなどという献辞を書く抜け目のなさで、莫大な数の予約購読者を獲得した。イロクォイ族は難儀な思いをしていた。彼らはナイアガラの周辺に希望もないまま留まり、カナダに移住する許可がおりるのを待った。チェサピーク湾南部の海を我が物顔に荒らしまわっていたウォーランドの海賊一味だけが、相変らず戦いを続けていた。ニューヨークからイギリス軍が完全に撤退するまで、ワシントンは軍隊をハドソン山地に留めていたが、兵士たちが騒然とし始めた。戦争は終ったというのに、給料は未払いだったのだ。議会には金がなかった。憲法はいまだ制定されず、政治状況は流動的だった。ニューバーグの軍司令部にいたニコラ大佐は、ワシントンは王の称号を使うべきだと進言したが、将軍はそれを叱責する有名な教書《レター》（一七八二年五月二十七日付）を書き、その中で、新しい国が採用する政治の形がどのようなものになるにせよ、自分が必ず指導者になろう、と確約した。すると、またニューバーグの地で、印刷された二通の無署名の文書が出まわった。それはワシントンを退陣させ、軍をフィラデルフィアに進め、議会に迫って、未払いの給料を払わせ、軍人による三頭政治を確立して、国を統治しよう、と呼びかけるものであった。

　この反乱の首謀者は、スタンウィクス砦における勝利の後、アーノルドの忠誠心を審問した男、ホレイショ・ゲイツ将軍だった。ゲイツは副官ジョン・アームストロングに反乱の檄文の草稿作りを委任した。ところが、アームストロングには文才がなかったし、しかも文書の文言には彼とバーのプリンストン時代からの友人であるヘンリー・バーリンゲイム四世のものと思える特徴が各所に現われていた。それに、ジョウゼフ・ウォーランドのなりふりかまわぬ海賊行為は、とてもうまい戦略とは言えないものだった（それどころか、彼らのおかげでメリーランドの砲艦が追いかけてきて、タンジア島とディール島にある王党派の隠れ場所が襲われたり、危うくブラズワース島近くまで迫ってくる破目にまでなった）。これにひきかえニューバーグ文書の提案は、論点とは無関係に、私の父が公言した戦略、すなわち、生まれたばかりのこの国を分割し、弱体化させる戦略とまさに一致していた。残念なことに、ワシントン将軍は怒りをおさえ、文書に示された不平の声に同情する、と明言した。文書の書き手や煽動者たちを探し出し、処罰するようなことは断じてしない、とも明言した。さらに将校たちを集めて、軍隊の動員を解くまでもうしばらく辛抱してくれるよう、首尾よく説得したのだ。

　八三年の秋にパリ条約が調印され、以後母の許にジョウゼフ・ウォーランドからの便りがこなくなった。ドーチェスター南部においては、漁夫たちはいまだに海原を渡って叫び声や切れ切れの声が聞こえてくる、と口々に言う。その声の主はウォーランドだ、と今日に至るまで、彼らは思い込んでいる。一人隠れ家に潜み、狂人のようになりはてたウォーランドは今や、ホメロスの描くベレロフォンさながらに「人の行路をはるかにはずれ、自らの魂を貪り喰いながら」（『イーリアス』第六巻）沼沢地をさまよっている、という。私たちはふたたびカスティーヌズ・ハンドレッドに戻った。何千人もの追放された王党派の人々、イロクォイ族の難民、逃亡したり、あるいは解放された黒人奴隷たちなどが、ニューヨーク州から川を越えて群れをなしてカナダに移住してきた。新しい〈アメリカ人〉による報復措置を恐れてのことであった。この難民の群れの中に、ジョウゼフ・ブラントとモリー・ブラント、そして〈クイーン・エスター〉・モントァーもいた。アメリカ合衆国がやがて崩壊し、こうした人々が無事に帰還できる日が来るまでの一時的故国として、〈アッパー・カナダ〉が建設された。その来るべき日に備えて、ホールディマンド総督はイギリスの五大湖地方の砦（彼はカナダの五大湖地方の砦と呼んだ）をアメリカ側に引き渡すべし、というパリ条約の一条に従うことを拒否した。カスティーヌ男爵の領地は難民野営地となり、屋敷は中継の駅となった。ここに父が現われるのではないか、と母は空しい期待をこめて待った。バー（今やニューヨークで州の議員になっていた）は同情を寄せてくれたが、父の消息をまったく知らなかった。アーノルドはロンドンで怠惰にして物思いにふける日々を送っており、手紙を送っても、返事もよこさなかった。バーロウはすでに〈ハートフォードの才人〉の一人としての名声を得ており、依然として未完成の『コロンブスの夢』に寄せられた予約購読者のリストに有頂天になっていた。フランス国王が二十五部、ワシントン将軍が二十部、M・ラファイエットが十部、B・フランクリンが六部、A・バーが三部、その他諸々、という内容のリストであった。合衆国もまた、依然として未完のままだった。すでにアナポリスでの会議で、憲法の制定と全米の大統領選出を行うために、フィラデルフィアにおいてより大々的な会議を開催するべく決議されていたにもかかわらず。白人の入植者たちは自由にアパラチア山脈を越え、ミシシッピー川をめがけてどっと西へと進み始めていた。カスティーヌズ・ハンドレッドに立ち寄ったジョウゼフ・ブラントは私の父ではなく、白人のために六部族連合との調停役を務めるインディアンであった。彼はインディアンたちに土地を譲る署名をするようにと促した。何にせよ、彼らの土地はアメリカ人に占領されていたのである。さすがの母も、このブラントが夫であるとは思わなかった。一七八五年、母は私に、父さんはきっと死んでしまったのでしょうね、と言い、寡婦がまとう喪服を身につけた。

その冬、私たちはカスティーヌズ・ハンドレッドで暮らした。八六年となり、寡婦であることにようやく慣れ、気持ちの整理もつきだした頃、母はロンドン発信で、死んだとばかり思っていた夫から熱烈な恋文を受けとった。実は、それはH・B四世の署名ならぬ、Bという署名のある〈ジョウゼフ・ブラント〉の手紙だった。ブラントはアッパー・カナダに監督派の教会を建立するために、イギリスで資金を調達する役割を担って派遣されていたのだ。しかし、それは「間違いなく」父からの手紙であった。昔ながらの筆蹟、父だけが使う母の愛称、二人で過ごした束の間の時間への言及、私の近況に関する質問などがそこにはあったのだから。それで私たちはすぐさまロンドンに向けて出発した。

　ほとんど会ったこともなく、まったく知らない影のような人物で、しかも母をあのように悲しませる人物と「再会」できるといっても、私は少しも嬉しくなかった。伯父の男爵だけが私が必要とする父親であり、カスティーヌズ・ハンドレッドが唯一本当の私の家庭であった。船旅ができることと、外国を見る期待があったから、私は旅に出ることに同意したのだ。

「父」が書いてよこした案内に従って、私たちはロンドンはキング街の下宿屋に落ち着いたのだが、〈ジョウゼフ・ブラント〉なる男が、まことに冷淡、すげない見も知らぬ人物であるとわかった。この時の私たち母子の困惑と落胆を、さあ、カリオペー（叙事詩をつかさどる女神）よ、哀調を帯びた節で歌いたまえ、クリオよ、悲しみの韻律をもって歌いたまえ。英国王室から大佐の身分（と年金）を授けられ、国王ジョージ三世に謁見の栄誉を受け、ロムニーに肖像画まで描かせ、いたる所でもてはやされたこの男は、カナジョハリ（ニューヨーク州東部の村、ブラントの出身地）に生まれ、アッパー・カナダで活躍した小心な祈禱書学者とは大違いだった。また、フォーティ・フォートとチェリー・ヴァリーを血の海にした〈モホーク族の悪魔〉でもなかった。ましてや、メリーランドの沼沢地で〈魔法の玉子草の秘術〉を使って私をこしらえた、ニューヘイヴンの講師でもなかった。この男は面とむかっても私たちが誰かすぐに認知できなかった（そして、決してキング街の宿には泊まっていこうとしなかった）。それなのに、このうえなく温情溢れる手紙を、生活費と私の学費とともに送ってきていたのだ。ただし、手紙を自分が書いたかどうかについては、この〈ジョウゼフ・ブラント〉は肯定も否定もしなかった。

　すっかり取り乱した母は、ロンドンの反対側の地区に住む昔からの知人、ベネディクト・アーノルドの許に急ぎ、この事情を打ち明けた。アーノルドは同情したが、私たちを助けることはできなかった。しかし、（西インド諸島での貿易を再び試みるためにカナダに向けて出発する直前に）彼は、父が彼をだましてワシントンと彼自身を裏切るようにしむけたと確信していると、明言した。この裏切りは決してイギリス王国のためになされたのではない、とも彼は言った。この言葉は少年の私の心に種を播き、その後大いなる果実を実らせることになる。国王のためどころか、その反対に、父はアーノルドがウェスト・ポイントをイギリスへと売る手筈をととのえると、次はアーノルドとアンドレ少佐をワシントン将軍に売ったのだ（と、アーノルドは断言した）。誕生しつつある共和国に衝撃を与えて統一を促し、たとえばゲイツ将軍といったワシントンの競争相手たちの力を弱体化するのがその目的であった、というのだ。「確かな筋の話だが」と彼はきっぱりと言った、ニューバーグ文書《レターズ》も同じ目的のために、ワシントンの同意を得て父がジョン・アームストロングに口述して作らせたものだ、と。

手紙《レターズ》!〈ジョウゼフ・ブラント〉を自称する男がオンタリオ湖畔の新しい領地を請求するために出発した後でさえ、私たち母子がロンドンに留まったのは、手紙《レターズ》の故であった。というのも、依然として手紙が来つづけたのだ。ほとんど定期的にキング街の宿に配達されるのだった。しかし、一七八八年には手紙の発信地はパリとなっていた。署名の頭文字は変らなかったが、その文字の意味する名前は、今度はジョエル・バーロウとなっていた!

パリからの手紙によると、「決してアメリカの手に渡してはならぬ」ルイジアナに関する極秘の任務で彼はフランスに着いたばかりということであった。〈ジョウゼフ・ブラント〉の名を使ったのは、ジョージ三世との取引をイギリス議会から隠すために、心苦しくもやむなくした措置である、だが、今や「少なくともだいたいのところは」そうする必要もなくなり、本当の自分の姿でお前たちに会いに行く……と手紙には書かれていた。

七月、バーロウ氏なる人物が私たちの許を訪れた。何と、それは正真正銘のジョエル・バーロウだった! 二週間ほど前に、オハイオの土地投機会社サイオート社の用事でハートフォードからパリに来たばかりだ、と彼は言った。二、三日前アメリカ公使ジェファソン氏とともにラファイエット侯爵邸の晩餐会に出席したところ、恩師ヘンリー・バーリンゲイム四世に出会った、とバーロウは語った。彼は恩師の依頼で、パリの宿にいる先生、つまりバーリンゲイムに合流するようにと私たちを促すべく、ロンドンのキング街にやって来たのであった。だが、彼の名前で届けられていた手紙のことを聞いて驚き、そのようなものは一通も書いていないと言った。そんな話を妻に話してくださるな、嫉妬《やきもち》をやかれては困ります、とも言った(彼は妻にハートフォードを発って、自分の許に来いと懇願していた)。まさかバーリンゲイムの手紙がバーロウ夫人の許にいき、バーロウ氏の手紙が私たちの許に届いたなんてことがありましょうか、と母は一通を取り出して見せた。筆蹟はバーロウのものではなかった。私たちと同様に彼も狐につままれた顔をして帰って行ったが、ロンドンとオランダなどでの用事を果たし、パリへ戻り次第、バーリンゲイムに真相を質すと約束していった。母は病の床についた。

手紙はその後も届けられた。すべて同じ筆蹟で書かれた、優しく、心遣いのある、親密なものばかりであった。アッパー・カナダの〈ブラント〉、アントワープの〈バーロウ〉、セント・ジョンズの〈ベネディクト〉、さらに、ニューヨーク州最高法務官となっている〈バー〉などなどからの手紙であった。八九年の春、〈バーロウ〉からとりわけ感動的な手紙を受け取って、私たちはパリへ移った。『コロンブスの夢』の著者は、その手紙は自分の書いたものではない、と言った。しかし、仰天した彼は、バーリンゲイムはすでに数ヶ月も前にボルティモアに向けてパリを出発しているが、それはその地で私たちと合流するためではないだろうか、と教えてくれた。

一七八九年にはナンシー・ラセックス・マッキヴォイ・バーリンゲイムは、まだ三十になるかならぬかという年頃であった。心こそ取り乱してはいたものの、まだ母は——少なくとも息子の眼には——美しかった。母にはこの数年間、一人二人の愛人こそいたが、それでも不実な夫に常に変らぬ誠実な気持ちを持ち続けていた。一時はジョウゼフ・ウォーランドやまたその他の人物たちを夫と思い込みもした。だが、この最後の衝撃によって、彼女の判断力は完全に失われた。夫と同じ頭文字を持つ人物は、地位や外見や態度などお構いなしに、夫のバーリンゲイムであると信じるようになってしまった。手紙は、そして金も、依然送られてきた。ボルティモアから、カナダから、時にはバーロウ自身のホテルから、送られてきた。私たちは彼のホテルに居を定めた。バーロウの土地事業はうまくいっていなかった。彼は妻が来ないので淋しい思いをしていた。二人には子供がいなかった。彼は母と私に親切であった。母は彼を〈ヘンリー〉と呼んだ……

母の物語は一七九〇年に終りを告げる。その年、ルース・バーロウがついに夫にほだされて、大西洋を渡ってやってきた。前年のバスティーユ襲撃の直前に、私はルモワーヌ寄宿学校に入れられた。通りをはさんで、学校の向かい側にはジェファソン氏邸があり、バーロウ氏の邸の一角も通りに面していた。ほどなくして、母は私に、夏が来るまでに弟か妹が生まれるわ、と打ちあけた。バーロウは二重の意味で必死になっていた。二つの革命の熱心な支持者であったにもかかわらず、旧体制《アンシアン・レジーム》の亡命者たちにオハイオの広大な土地を売ることによって、傾きかけていたサイオート社の事業を建て直そうと望んだ。忠実な夫であったにもかかわらず、バーロウ夫人をロンドンの私たちがかつて滞在した下宿屋に住まわせ、母が七月半ばに産褥につくまで、丸一ヶ月もそこに留めておいた。私の方は、今度こそ必ず父が姿を現わす、と考えていた。十四歳の誕生日に、私は父からの手紙と小切手を受け取ったからだ。それにはオーソンヌの砲兵隊の海軍中尉、無名の若いコルシカ人の頭文字が使われていたのだが……

一七九〇年七月十日、フランス国民会議に祝辞を述べるために他のアメリカ人たちと合流する直前に、バーロウ氏は、父上の手紙による指示に従って、母上が旅に耐えられる身体になり次第すぐにカナダに戻っていただくよう手筈をととのえました、と私に告げた。しかし、バスティーユ襲撃一周年の記念日に妹が生まれたが、死産であった。母はその一日か二日後、産褥熱のため死んでしまった。母の死の当日、一通の手紙がスタール夫人の召使によって届けられた。夫人はバーロウの友人であったが、私には面識がなかった。しかし、手紙の筆蹟はまぎれもなく父のものだった。手紙には、マサチューセッツ州ダンヴァーズという町のベル亭という宿屋で書いている、と記されていた。歴史的に重要な任務さえなければ、父さんは可哀想な娘の誕生に際して、お前の母の傍らから絶対に離れることはなかっただろう。この任務のために父さんは母さんを身ごもらせてすぐ後に出発しなければならなかったのだ。それは、アメリカとフランスの二つの革命の逆転を企てる任務である。お前にはボルティモアへ、父さんの許に来てほしい。友人のスタール夫人が手筈をととのえてくれるであろう。やがて父さんとともに暮らす日が訪れれば、「父さんの長年にわたる冷酷とも見える行動の図式《パターン》と必然性がお前にもわかるだろう。私の人生をちゃんと説明し弁護してみせよう。お前自身の適切な人生の方針も見えてくるはずだ」などと記されていた。この手紙は、お前をこよなく愛する父、ヘンリー・バーリンゲイム四世と署名されていた。

私は手紙を細かく引き裂き燃やした後、その灰に小便をかけた。だが、ここから私の、父に勝るとも劣らぬほどの波瀾万丈の物語が始まるのだ——暇を見つけて次にお前に手紙を書くときに、私の物語を語るとしよう。おそらくその時には、お前自身の人生の物語もまたすでに始まっていることだろう。

お前をこよなく愛する父
アンドルー・クック四世

アッパー・カナダ、ナイアガラ、
カスティーヌズ・ハンドレッドにて

追伸
「父から」の最後の手紙には、奇妙で痛ましい追伸が添えられている。父はイェール大学で講師をしていた頃（父はこのことを母に告白し、母は日記にそれを記している）、束の間、エリザベス・ホイットマンという知的な若い女性に求愛し、彼女についての詩を書いた。しかし、チャーチ・クリークで大恥をかいたときと同じ欠陥故に、彼は結婚するまでに至らなかった。その後、ジョエル・バーロウがホイットマン嬢に求愛したが、結局ルース・ボールドウインという女性と結婚してしまった。ホイットマン嬢は、さらにもう一人のイェール大学の講師からも求愛されたのだが、その男もまた彼女とは結婚しなかった。やがて彼女はニューヘイヴンを離れ、ハートフォードで母親と暮らし、〈ハートフォードの才人たち〉の周辺におりながら、侘しい日々を送っていた。一七八八年初頭、彼女は妊娠していることに気づき、その年の六月、ウォーカー夫人という偽名を使って出産するために町を出た。七月、私の妹同様、赤ん坊は死産児となった。私の母同様、ベツィー・ホイットマンは数日後に産褥熱でこの世を去った。彼女は、自分を捨てた愛人〈B〉に宛てた一通の手紙だけを後に遺した。「わたくしは一人で死んでいかねばならないのですか？なぜ、貴方はわたくしをこのような苦しみの中におき去りにしたのですか？」云々、という手紙であった。

　彼女の愛人とは、ジョエル・バーロウの可能性が強い。当時、彼はハートフォードで司法試験の勉強中で、詐欺まがいのサイオート社の事業に係わり、かつ、ダニエル・シエイズの天晴れな反乱を『反乱者物語《アナーキアッド》』として、彼の朋輩の才人たちと一緒に諷刺詩に仕立てているところであった。さもなくば、ジョウゼフ・バックミニスターである可能性もあった。彼はベツィーの昔の恋人の一人だし、イェール大学の講師も務めていた。醜聞を隠すために彼女が逃げて行った先は、マサチューセッツ州ダンヴァーズの町だった。そして、〈ウォーカー夫人〉とその赤ん坊が死亡したのは、ベル亭という宿屋であった。その宿屋で、彼女は最期までこう言い続けたそうだ。夫はすぐにわたくしを迎えにやって来ます……

　この悲しい手紙（と、リチャードソンの『パメラ』と『クラリッサ』のアメリカにおける成功）に心動かされたのがベツィー・ホイットマンの親戚、ハナ・フォスターという女性だった。彼女はベツィーの物語をもとに罪の報いを主題とする恋愛小説を書き上げた。それが『浮気女《コケット》』（一七九七年）という小説で、アメリカ最初の書簡体小説である。ベル亭から発信されたこの最後の父親の手紙で発奮したお前の父さんは、パリに留まり、恐怖政治に加わって、貴族階級の人々がすべてギロチンにかけられるのを喝采して見物したのだ。

　だが、愛しい我が子よ、その話は又の機会、次の手紙で書くこととしよう。

A・B・C

R　ジェローム・ブレイから
トッド・アンドルーズへ

O年を回顧し、革命的小説のNOTESをリリヴァックII号機にて初めてプリントアウトするのを待つこと。作者への手紙同封。

〒二一六一三　メリーランド州ケンブリッジ
コート・レイン
アンドルーズ・ビショップ・アンド・アンドルーズ法律事務所気付
トッド・アンドルーズ様

一九六九年四月一日

拝啓
RESETこれは失礼しました。**リリヴァックII号機**にわたしどもの最初のプログラムを入れかえました際、文字として打ち出す際に何度も同じものを繰り返す傾向が残ってしまいました。しかも、リセット機能によっても正しく修正されないままにプリントアウトするのです。特に、以前重要なプリントアウトをした日が参りますと、このコンピューターはまるでふざけてでもいるかのように、昔の文書を打ちだしてきます――例えば、一九六六年以後、毎年あのパリ祭の日になりますと、〈ハリソン・マック二世〉に宛てましたわたしどもの最初の手紙を打ちだします（三月四日付の貴殿への手紙の同封一の同封一をご参照下さい）。
残念ながら、その貴殿への手紙のお返事を未だにいただいておりません。わたしどもの手紙が貴殿のお手許に届くことがなかったのかもしれません（郵便局には、上から下まであらゆる階層に反ナポレオン派の人間たちがいることをわたしはよく承知しております。昨年十一月四日、〈アメリカ・インディアン〉記念切手の発行を参考までに思いだしていただきたい。あの図柄は、気高きイロクォイ族の民をいかにも意地悪く無視して、麻薬を吸うあの怠惰な野蛮人ども、北西部に居住したネズパース族のものです）。あるいはまた、メンシュ＝プリンツ結社の者どもが貴殿に対しわたしのことをいろいろと悪しざまに言ったためかもしれません。先般お願いした件に関して、実は貴殿からぜひ早い機会にお返事をいただきたいのです。と申しますのも、出訴期限が八月五日で切れてしまいますし、そうなれば、相手も**RESET**するに相違ないからです。わたしどもといたしましては、貴殿の立場が不確実なこと、手紙の機密保持の不確実なことを考えますと、以前差しあげました手紙の内容を繰り返したくない気持ちがございますし、また、NOVEL計画の状況につきましていたずらにその詳細をあかしたくないという気持ちもございます。ですが、同時に、わたしどもの仇敵の意図を骨抜きにしたいと考えますし、わたしどもの恩人である貴殿の財団に、ご援助の結果についてお報せしたい気持ちも強いのです。したがいまして、今回は**相手側**へのわたしどもの最後通告の写しを同封し、わたしどもの最近の業績経過につきまして、ごくあらましのところをまとめてご報告するにとどめたいと存じます。この報告は、貴殿よりドルー・マック氏並びにタイドウォーター財団へおまわし下されば幸甚と存じております。

　リリヴァック五ヶ年計画の第二年目（一九六七／六八年、**つまり〇年**）の目標は、財団より新たな資金援助を受け、**リリヴァックI号機**の能力を修正、さらに増大することでした。そして、**リリヴァックII号機**に**完全にして最終的小説**のためのデータを入れ、新しくプログラムを組みかえ、完璧な物語の抽出モデルを生みだすことです。このモデルは現在**RESET**されているような類《たぐい》の毒された内容や粗野な原型とは違い、非常に洗練されたものになるはずです。この目的達成を目指し、一九六八年の晩春に（ご記憶のとおり、六七年の秋の学期中は、その年の五月にミズ・バーンスタインとわたしどもに対して企てられました暗殺計画のショックで仕事にもならなかったのです）、メロープとわたしどもは**リリヴァックII号機**にトムソン教授の『民話文学モチーフ総覧』中のあらゆる項目を打ちこみましたし、さらに『マスター・プロット』や『重要注釈』などの参考文献も打ちこみました。また、リリー・デイルのマリオン・スキッドモア図書館にあります小説類のすべてと、霊媒として名高かったフォックス姉妹の書簡集（二人とも実に素晴らしい空想家で、鼻にピアスを通したあの誤ったイメージの女たちとは大違いです）、黄金率やフィボナッチ数列に関する稀有にして卓越した論文の数々、そして最後にこの世の中のすべての五の倍数に関わるものなどを打ちこんだのです。その結果、一九六八年の五月の五日、まがうことなくナポレオン皇帝陛下がセント・ヘレナ島で死を装った当日と一致しておりますが、**リリヴァック**は最初の試験的モデルを打ちだしてきたのです。それは、**フライタッグの三角形**と時には呼ばれております図形で、伝統的な劇的物語の推移を示す単純なものです——

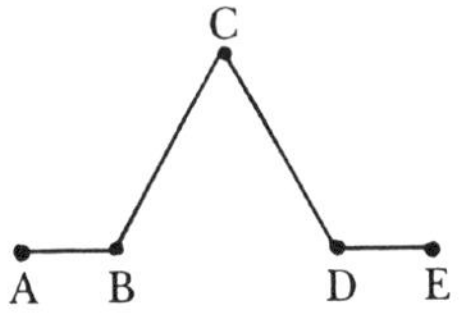

　この図形で、ABの部分はドラマの葛藤のいわゆる〈提示〉にあたり、BC部分は、葛藤のいわゆる〈高まり〉、つまり複雑化を示し、CD部分はクライマックスと終局、DE部分は物語の解決のいわゆる〈総括〉となります。この外見いかにも文字だけの図形の核心に、もしも革命的

〈寓意〉を盛りこみたければ、もちろん自由にそれができます。五月十八日、つまり皇帝陛下の戴冠の記念日ですが、すでにリリヴァックはこの図形をさらに改良し、いわゆる〈直角三角形フライタッグ〉という図式を示してくれました――

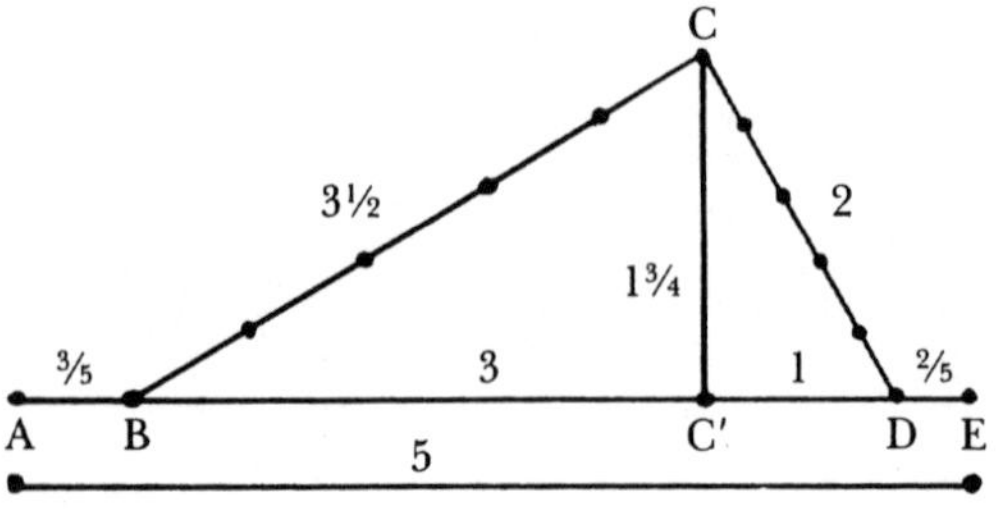

そして、ジョージ三世の誕生日には、いわゆる〈黄金律による三角形フライタッグ〉という図式を示しました――

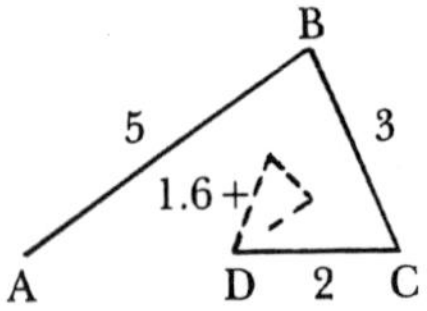

この図式はまさに提示部分から劇的高まりなど諸々の要素を示す、理想的な比率を示しておりますし、また、物語の複雑化とクライマックスの正確な位置づけと度合も示しているのです。六月十八日、つまり、わたしどもの春学期の最後の週でしたが、その時にはリリヴァックは RESET を行いまして、完成したモデルを打ちだしてくれました。もちろん、そのモデルは郵便にてお送りすることはできません。

最終的には、冷たい石の下で昼となく夜となく三十一度も RESET に難渋しましたヒキガエルをプログラムごとに一匹ずつ手に入れることとなりました。それから、わたしどもは忠実なるメロープに後のことを託し、休息することとしました。後はただ**リリヴァック**を使い、今日《こんにち》までのわたしどもの進歩と政治的・歴史的に対応する出来事を調べだしていくという、厄介ではありますが、きわめて単純な作業を残すだけとなりました。実は、この期間に、先に述べましたリリヴァックの奇妙な癖が実に腹だたしいほどに現われ始めたのです。例えば、すぐにRESET　玉のキズにせよ、隠された動機にせよ、とにかく「編集用」プログラム修正で対応して、それを見つけるように命じます。すると、RESET。何であれ、何らかの参考事項を避けるか、あるいは慎重に削除しようとプログラムを組むと、そのとたんにRESET

V年（つまり三年目）の秋の学期はもっぱら第一回目の試験的プリントアウト（今晩から金曜日までに行われる予定です）の準備とその分析に追われました。秋の学期の最終日、冬至の日——ピルグリム・ファーザーズが（ジョージ王朝期の暦によれば）プリマス・ロックに上陸した日に当り、また若きヴェルテルがシャルロッテに自らの自殺の意図を報せる手紙を書いた記念すべき日でもあり、わたしどもがウェットランド出版社に信頼をこめて『改訂新教授要目』の貴重な編集ずみタイプ原稿を送付した日の記念日でもありますが、これをかれらはRESET　わたしどもは自然の干潮に逆らって何とか泳ぎぬき、いわば目を開き、耳をそばだて何とか貴重なる手紙を書くに至ったわけですが——とにかくこの冬至の日に、リリヴァックはわたしどもにやがて打ちだされることになる本文の題を教え始めたのです。まず最初に、Ｎの文字を打ちだし、次いでＯを打ちだしました。わたしどもの長い間の熱烈なる労苦が今むくわれ、最初の成果が打ちだされ始めたのを知り、メロープとわたしはたがいの目を見合い、真の革命的恋人たちだけが知るあの安堵と疲労と歓喜を感じあっていました。ところが、リリヴァックが次に打ちだしたのは、ＶでもＥでもＬでもありません。何と、ＮＯＴです。そしてそれがＮＯＴＥとなり、最後にＮＯＴＥＳとなったのです！

わたしどもとしましては、何ともこれは当惑の限りでございました。もしや、卑劣な敵がすでに汚い手を使ってリリヴァックにまで侵入しているのでは、とえも言われぬ暗澹たる気持ちにおそわれました。ＮＯＴＥＳとは、いったい何の注《ノーツ》でありましょう？　しかし、今さら予定した休息を取り止めにするわけにもいきません。気が狂ったようになっているメロープにむかって、もうRESET以外に後戻りしても意味がないと伝えるわけにはいかなかったのです（しかし、わたしどもの目を閉じようとしている時、すでにはっきりしていました）。リリヴァックがその「智恵」のかぎりをつくして——つまり、わたしどもの両親やそのご先祖様、父、母、祖父、祖母の力を合わせて！——ふたたび今回の計画プログラムの中に立ち入ってきているのです。以前のコンコーダンス計画がＮＯＶＥＬ計画に取ってかわられた時と同じです。つまり、リリヴァックが言うなればわたしどもに何かを伝えようと話しかけていたのです。

したがって、折角の休息は休息にもなりませんでした。DDTに痛めつけられた身体を回復するどころか、かえって弱り果てさせてしまいました。人生も仕事もまっさかりのこの時、今晩も明日も最も体力を必要とする時に、RESET桃色に輝く満月が月食によって半影だけになった時のように、わたしどもは力を合わせて言わば革命的小説のNOTESのような第一稿と対決しなければならぬ時に、安堵と疲労のRESETでした。と申しますのは、「眠っている」間にも（メロープはやぎたちを冬囲いの中に入れてやり、乳でファッジを作り、母校を訪れ、やがてきたるべき闘争の要員を集めたりしたのですが）たえず気にかかる疑問があったからです。例えば、あのノーツとは何かに注をつけたものをさすものか、あるいは、音符《ノーツ》に移し替えられた曲の調べを意味するものかということでした。もしも前者であるなら、やがて打ちだされるはずのプリントアウトはNOVELについての「重要注釈」の類になるのだろうか？　もしも後者なら、リリヴァックは表現手段を変えようとしているのか？

それも間もなくわかることでしょう。ご安心ください、わたしどもはもう完全に目覚めております。それに、体力も完全に回復とは申せませんが、きたるべき仕事は充分に果たすことができるはずです。忠実なるメロープも健康そのもので、元気いっぱい張り切っております。彼女はウォルサムとボストンですでに素晴らしい若者たちをリクルートしてきました。かれらは、期末試験《ファイナルズ》が終ったら（最後の審判の日が、予言されているように、この金曜日、西部標準時間の午後六時十三分に起こらないものと仮定しまして）来月にはここへ移ってくる予定であり、わたしどもは会うのを楽しみにしております。わがキャンパスは大いなる期待と不安とで満ち満ちております。さながら沼沢地の蛇を追いかけまわす鼠の群れのように慌ただしく動いております。これから数週間は忙しくなりますので、今日が最後ののどかな日となるものと考えましたから、この手紙をしたためた次第です。

それから、わたしどもはプリントアウトそのもののご報告を貴殿と貴財団にまっ先にお送りすることを考えております。さらに、RESETせし世界にも。ですが、ぜひ、今回の手紙を含め、無事に郵便が届いていることをお報せください。貴殿がわたしどもの味方であることも併せてお報せください。貴財団の規約が無効にならないうちに、ぜひご支援をお始めくださるように。それでは共にRESET

敬具

JBB。書簡一通同封

〒一四七五二　ニューヨーク州　リリー・デイル
郵便局留　ジェローム・ボナパルト・ブレイ

（同封書簡　その一）

〒一四二一四　ニューヨーク州バッファロー
ニューヨーク州立大学バッファロー校
アネックスB　英文科
作者J・B殿

冷たい石の下で夜となく昼となく三十一回も瘴気《しようき》を吹きだし、眠りほうけるヒキガエル殿――

貴下にこの最後の機会を与えるが、応じない場合、世間に公表し、裁判に訴えるのみ。ただちにいわゆる「貴下の」いわゆる「小説」と称している『やぎ少年ジャイルズ』によって貴下に出版社より支払われた金品の明細を送付せよ！　その金品全額を当方に支払うこと！　当該のいわゆる「作品」により将来生ずるべき印税の権利を当方に移譲のこと！　貴下がすみやかに、かつ十全に当方の要求に応ずるなら、当方としては他の以前の作品――当方の作である『恋の浅瀬』『スズメ□チ』ならびに『バックウォーターの詩《うた》』よりの貴下のいわゆる「剽窃」――に対する訴えは取り下げる用意がある。当方の弁護士にもその旨はすでに通告してあり、当方の指図を待つのみ。

当方は胡桃《くるみ》の実のように水上を漂うとも、相手を刺すのに容赦はしない！　この最後通告を記しているこの時にも、わが**リリヴァック**のプリンターは『RN』、つまり革命的NOTESの本文を着々と打ちだしている。それが打ちあがれば、貴下や貴下と同類の者どもはもはや過去の遺物となるはず。もしもこの金曜日、四月四日の西部標準時間の午後六時十三分までに満足すべき回答がない場合、貴下はこの世から抹殺《ドウームド》される。

JBB

同文写し　T・アンドルーズ殿へ

W　アンブローズ・メンシュから〈あなたの友〉とレイディ・アマーストへ

アーサー・モートン・キング著『**アマチュア**、あるいは、癌の治療法』

発信人　**未だ当事者たる**アンブローズ・メンシュ
宛先　〈あなたの友〉（同上複写、GGPLAへ）
用件　一九四〇年五月十二日に発見した貴方からのメッセージに関して

一九六九年三月三十一日

拝啓

当時の当事者であり、手紙の署名者である**貴方**は、一九四〇年五月十二日の手紙には一言《ひとこと》も、一文字《ひともじ》も書いてくれなかった。それ故に、私が七回にもわたって何もかも、**貴方**への手紙に書いた。

貴方はすでに同封のものを読まれているかも知れない。「アーサー・モートン・キング」のペンネームで苦労して書いた初期の作品だが、失敗作だ。伝統的な物語形式と自分自身の手法とを何とか合体させてみようと考えたのだが。九年前の今夜、三十歳の誕生日、私はそれをチョップタンク川に初めて流した。ここ兄の家でちょっとした誕生パーティをしてもらい、妻が大壜のシャンパン、パイパー＝エードシークを持参した。パーティの後の帰り道（当時はヨット・ハーバー近くのアパートにいたので）妻と年中行事になっていた口げんかをしてしまった。私が兄の妻と、肉体的事実はともかくとして、精神的に不倫をしているとマーシャが言いだしたのだ。私は抗議した。心理的背信と肉体的背信とでは大きな相違があるし、妻と兄嫁の間にも大きな違いがあると言った。それに、兄嫁のマグダ・ジュリアノヴァがピーターのガールフレンドの時に一度、また兄の奥さんになった時にも、実をいうと彼女を愛したことがあったが、その折の「恋」（ジャーメインよ、それが我が人生三度目の恋だった）はひたすらプラトニックで、結婚してからはそれっきりになってしまった。

これはすべてまぎれもなく事実だし、また言うなれば決して穏当ではなかった。しかし、マーシャの不平のほんとうのところは、「肉体的」であれ、「精神的」であれ、兄嫁のマグダにせよ誰にせよ私が愛したということではない。私がマーシャ自身を、私にも彼女にも満足のいくほど愛していないということだった。そこで、この時折聞かされる非難に対しては、私としてはせいぜい誠実に不抗争の答弁《ノロ・コンテンデリー》をするだけだった。マーシャを、そしてマーシャだけを私は愛しているが、しかし、ものすごく愛しているわけじゃない、と——これが私の気持ちにぴったりする説明でもあった。

夜はますます長く、そして気はますます短くなった。腹をたてたマーシャは一人ベッドに入った。私は残り二インチになったパイパー＝エードシークの壜を手に、わが「書斎」（娘アンジーの寝室）に引きこもり、終夜灯で当時進行中のこの作品と三十年のこれまでの人生を再検討し、そのいずれも先を続けることに興味をうしない、生ぬるいシャンパンでマーシャの精神安定剤、リブリアムを三十カプセルも胃の中に流し込み、空《から》になったシャンパンの大壜の中に『アマチュア』の原稿を入れてコルクでふたをし、眠気におそわれながら公園を横切って歩いていき、干潮を期待してロング・ウォーフ埠頭からその壜を船出させた。

そして、死ぬつもりで家に帰った。

多分死ぬだろうというつもりだった。三十カプセルのリブリアム（何ミリグラムかは知らなかった）は、致死量だろうと私は思い込んでいた。それは、ロシアの小説家アンドレーエフが――二十一歳の時、ペテルブルグの鉄道線路に横たわった時に――列車が多分ひき殺してくれるだろうと信じたようなものだ。私もまた彼と同様、自分の確信が間違っているかもしれないと気づいた。蓋然性と可能性はともに重要ではあるが、それについてここで云々することはやめておこう。寝室にむかって歩いていくとき、私は自分の死体をマーシャとアンジーに押しつけるのはあまりにも無思慮なこと、と考えた。夜はそれほど寒くはなかった。朦《もう》朧《ろう》とした状態で（夜もふけ、飲みすぎたシャンパンのせいだろうが、リブリアムが効いていたのではなかった）、私はヨットを拝借して原稿の流れいく先をたどろうと考えながら、また船溜りに戻った。誰にも見られていなかった。一台のパトカーがハイ・ストリートから波止場の若い恋人たちのたむろする駐車場の方へと走っていった。一番近くのキャビン・クルーザーの操舵室に身を隠し、泥棒や侵入者に間違われないように夜露で湿ったチーク材の床の上に小さくなった。馬鹿らしくなりだした。

そして、肌寒くなり、また、不機嫌になった。寒くて身体がふるえ、鼻水はでるし、居心地も悪く、少しも眠れそうになかった。これで眠らなかったら、折角リブリアムを飲んだのに、昏睡状態になって死ぬはずのものが、ただ吐き気を催すだけかも知れないと気がついた。それで、これまで決して居心地が良いなどと思ったこともない我がアパートにふたたび戻った。生ある者に死者を埋葬させよ、というところだ。さよなら、アンジー。僕はとにかく最高の父親ではなかった。さよならマーシャ、同じく最高の夫ではなかった。幸い頭が重く、自己憐憫の中でこんなことしか考えられなかった。居間の長椅子の上に身体をのばし、今生《こんじょう》の思いにふさわしいことを考えようとした。何か、自然や歴史やアンブローズ・Mと命名されたわが身の壮大な複雑さに関わることを、この気まぐれな現実にとってかわるべき無限の可能性を考えようとしたのだ。だが何も浮かんではこなかった。

何年ぶりかの、この上ない夜の眠り。すっかりさわやかになって目が覚めると、実際気持ちも静まっていた。パパは仕事が遅くなると時々長椅子で眠るんだ、ママを起こさないためにね、と私はアンジェラに説明した。マーシャの薬、リブリアムが大量になくなっているのに気づかれる前に、補充しておいた。その後二、三日彼女はよそよそしかった。だが、それから、どうとでもとれそうな「ワシントンへ買物」に出かけた後、いつものマーシャに戻った。それから一ヶ月ぐらいたって、またいつもの喧嘩となったが、結婚自体はさらに七年間続いた。

神は何事も文字通りに考える直解主義者であるかも知れないが、**人生**は不器用な皮肉屋だ。翌年三十一歳の誕生日を迎えて二日後のこと、近くの川岸をアンジーを連れて散歩していると、例のパイパー＝エードシークの大壜がこわれかけた堤防近くの浅瀬にあるのを見つけた。だが、それは二十年前にあのジンのボトルに入った**貴方**からの海のメッセージが漂着していた所からはかなり離れ、牡蠣の殻を投げて届く距離ではなかった。**貴方**以上にこの手のことに通じた人間の目にとまらないように、私はそれを回収しておいた。一九六二年頃だったか、コルク栓を一度抜いたことはあった。同じ小説家仲間に頼まれて、彼が使わずに棄ててしまった非伝統的物語形式の実験的作品のいくつかと、大壜の中に入れておいた作品からの三つの章、つまり、私の**ハチの群れ**と**ウォーター＝メッセージ**と**びっくりハウス**の物語とを交換してしまったのだ。それ以外には、壜も中の作品もその後今夜まで、今の住居に引越しはしたが、手をつけぬままになっている。

何かあのリブリアム剤のために、よきにせよ、悪しきにせよ、自分がそれまでに書き溜めた文学作品から解放された思いだった。心穏やかに**リアリズム**に私は背を向けたが、以後長い間、おそらく現実にも背をむけてきた。歴史、哲学、政治学、心理学、自己表白、社会学といった伝統的な小説の汚染菌だけでなく、性格描写、叙述、対話、筋——いや使わずにすませることができる場合には言語さえも——可能なかぎり無視した。その夏の僕の作品は、次の図のような娘への（優しい）愛の小作品だった。

(ANGELA)

この前の**貴方**への手紙に描いた自己諷刺のロバも同じ時期に考えたものだ。原稿を送りだすのに〈保証金もなし＝返却なし〉の大壜に入れる私のやり方も——今夜に至るまで忠実に行っている——その時期にさかのぼる。アラン・キャプロウ（一九二〇—。アメリカの前衛芸術家）と仲間たちが**ハプニング演劇**を流行させるよりずっと前に、私の書いた「アーサー・モートン・キング」のいわゆる参考文献欄には、**反仮**

装パーティ（仮装せずにパーティにいき、自分の正体を見破られないようにする）や**隠れても探さないゲーム**（**鬼**のいない隠れんぼ）などの項目がちゃんと入っていた。ニューヨークやケルンの前衛派が、「具象詩《コンクリート・ポエトリ》」とか「インターメディア」とかをやりだして、一時大流行したが、私には低俗な一時的流行としか思えなかった。私の方は一九六一年頃には、もう普通の形式の言葉や文章に戻っていた。つまり、私が手本としたのは、名もない人々の書く小さな町の新聞の死亡記事とか、不動産所有権調査書、『ナショナル・ジオグラフィック』の写真の説明文、各種の求人広告などだった。一九六七年には、一年がかりで『デイリー・ゴート・クォータリー』『レヴュー・メタフィジーク』『ロードとトラック』『ローリング・ストーン』『スクール・ランチ・ジャーナル』の各編集者に対して「A・M・キング」からという虚構の苦情の手紙形式で書いていた——想像もつかないだろうが、この手紙がまとまると、登場人物たち、事件の紛糾、クライマックス、波瀾万丈から大団円に至る一貫した書簡体形式の物語となることがわかる——その頃、私は（すでにマーシャと離婚しようとしていた）兄嫁のマグダを再び愛しており、同時に**小説**を再び愛するようになっていた。鯨のように驚くべき小説、堂々として偉大なる優雅な風格を見せる**小説**をだ！

　だが、私の愛するのは**芸術小説**《アート・ノヴェル》ではない。モダニズムのあのシンボルを充満させたスイスの腕時計や黒い森《シュヴァルツヴァルド》の鳩時計的小説ではない。今の私のような名前の男、私のような経歴や事情のある男には、芸術小説などおこがましいし、二番煎じではこれ以上何も消化できそうにない。それに湿地帯に育ったみかんなど、実際に奇妙なものになってしまう！　私は歴史や小説や散文物語そのものの起源を調べ、再びインスピレーションを与えてくれそうなものを探し、それを見いだした——パロディ、茶番劇《トラヴェスティ》、パスティーシュ、あるいは古い物語形式の細かい約束事という形ではなく、しかし

　しかし、私はまた先を急ぎすぎている。この一方で、小説復活の全般的作戦行動の一つとして、私は個人的に映画に対する宣戦布告を行った。だが敵をよりよく知ろうと決意して、私（すなわち、A・M・K）はレジー・プリンツのためにB氏の本をシナリオにすることを引き受けた。プリンツは私の書いた冒頭の部分の草稿を読み、「言葉が多すぎる！」と拒絶した。次に打つ手を私は知っている。

　というわけで、ここに同封した物語は**貴方**にとって初めてのものか、あるいはまた**貴方**が九年前に読んでそのまま返したかのいずれかだろう。それはこわれた堤防、メンシュ館、暗室、ひび割れた「城」についての物語だ。この城の沈下しつつある塔に私はピーター、マグダ、私の娘と住んでいる。また、それは我々の会社や疾患についての物語

で、それを読めばジョン・ショットの〈真実の塔〉——実はその基礎造りは我々のやった仕事だ——が最後になって滅びるのがわかるだろう。「アーサー・モートン・キング」は私が今も使っているペンネームだが、彼と私が三十になった頃と比べると、彼のレトリックは地味となり、作者に対する見方もはるかに多元的になっている。

　さあこれから私は新しい女友達のアパートにでかけ、我が四十年目の日を祝うことにしよう。彼女はこの日のためにビーフ・ウェリントンを作ると約束してくれた。ワインは私が責任をもって用意することになっている。今夜、家で食事はとらない、と私は言っただけで、夕方の予定については黙っていたが、マグダは黒い眉をしかめた（新しい愛人ができたと推測したのだろうが、それが誰かはほとんどわかっていない）。私はライトハウスの地下貯蔵室へ下りていき、我が家に貯蔵してあるシャンパンを調べた。そしてこの年代物のシャンパンを探しあてた。何たる重い人生の足どり！

　マグダが後をついて下りて来て、何も言わずそばに立った。私は片方の腕の下にマムの六二年もの特別辛口を二本、もう片方には古い大壜のシャンパンを抱えこんだ。石壁にできたあの裂け目に気づいたのか？　その下の方にマグダは、ポーの描いたマデリン・アッシャーのイタリア版さながらに震える指を走らせた。いやいや、マグダは私と彼女の新しい愛（ジャーメイン、我が人生、五番目の愛だった）が終ったことに気づいたのだった。他の事柄が終り、始まり、再び終り、再び始まったこの場所で彼女はそれを悟ったことに気づいただけだった。

　私はシャンパンの大壜を持ち上げた。「まず第一に、云云」何を言おうとさらに傷つけてしまうだけだとわかっていたが、私は何とか説明しようとした。この大壜を持ちだすのは、潮流に昔の物語をもう一度流してみるつもりなんだとか、この添え状を書く必要があるし、八時に食事の約束をしてあるので、早く取りかからなくちゃいけないとか、私は言った。この手紙を書いている間も、階下でアンジーや家族に食事を与えているマグダのことがずっと気になっていたし、マグダの方も、出かける前にまるで彼女の肌に一文字一文字刻むかのようにこうした言葉を書きつけている私のことを強く意識しているに違いない。やがて夜になれば、マグダは私のことを思うだろう。まだ十一日にしかならぬ六番目の愛と自らの誕生日に祝杯をあげる私を思う。食事の食べ残しも片づけず、硬く背中を丸め、その他《セトラ》すべての恋人たちが愛しあうのを細かく思い描《エティング》きながら……

　ちくしょう、潮の満ち干め！　〈あなたの友〉よ、潮は流れを変え、そして変化しては、運び去るべきものを宛名を書き違えた手紙のように戻してしまう！　とうの昔に水の底に沈んだものと思っていたのに、我々の過去は幼いペルセウスを抱いたダナエーのように潮にのって戻ってきて、ひどい報復をしてくれる。このチョップタンク川が、あの忠実なる下水のごときライン川であればよいのに。ライン川は常に下流へと流れ、ローレライや我々の歴史ある城を通りすぎて、慈悲深くも我々の塵芥《ちりあくた》を北海の永遠のゴミ捨て場へと吐き出してくれる――それ故に、アルプスの雪のようにへめぐり、蒸留し、美しくならないかぎり、何一つ戻りはしない。

しかし、潮の満ち干はこうした循環を繰り返す者に困難を乗りきる力を与えてくれるものだ。また、そのような者なら、喜んでさよなら《アデュー》と言うだろうが、また会う日まで《オールヴォワール》という言葉で今はよしとしよう。すなわち、

A・Mより

同上複写、同封の物、ジャーメイン・ピットへ

メリーランド州ドーセット
アードマンズ・コーンロット
メンシュ館　ライトハウス塔

同封書簡

アマチュア、あるいは、癌の治療法

アーサー・モートン・キング著

A

バスラのアルハゼン（九六五頃―一〇三八（三九）。アラブの数学者）、ジェンマ＝フリシウス、レオナルド――彼らからAはカメラの大暗室作りを学んだ。しかし、プラトン的に、言うなれば、回想により学んだのだ。というのは、暗室という考えが――この塔、つまり、ピーター・メンシュの家そのものと同様に――コンラッド伯父さんがローザ伯母さんに一九一〇年に与えた復活祭の卵のヒントから生まれたからだった。彼はイースト・ドーセットがイースト・ドーセットであり、自分がアンブローズ・メンシュであると物心がつく前から、その卵の中の風景を知っていた。揺り籠の中ですでに卵に目をこらして見入っていた。ローザ伯母さんが、若妻の頃ずっと、コンラッドの種なし睾丸や自分の実りのない子宮に毒づいていたのを思い出してはにっこりする。二人はせかせかとからみ合っては転がり、やたら貝を食べたり、子

宮体温計をせっせと使ったりしたものの、伯母は石女《うまずめ》のまま墓場へと行ってしまった。その一方で、見よ、伯母は卵の女王として、僕らが入っていくこの世界の母なのだ。卵の内側に描かれている城《シュロス》の下を流れるライン川の岩にもたれたニンフ、そして、メンシュの城と暗室、堤防や沼沢地やびっくりハウスやコーンロット、アンドレア・メンシュの胸にとまった蜂やアンブローズの痣、我がメリーランドの恋人たちを刺す蚊、彼らの食べる蟹《かに》、彼らを食べる癌《がん》。我が物語は始めからくどくど《アブ・オウボウ》述べられる。ここに述べられるのはその卵から孵化したものばかりだ。

B

ふたたび始めよ《ビギン・アゲイン》。Aの一人娘は物狂い、等々。

アンジーには毎日がつらい。多分、父親同様にアンジーも私生児《ラヴ・チャイルド》であろう。事実は、愛が彼女の胸から僕らに溢れだし、アンジーは愛の太陽だが、青白いその目は不安げで、僕らのことがわからない。双子のいとこのカールとコニー——二人の追いかけっこに彼女はおびえ、二人にやんわりといじめられると、彼女は暴れだす。でも、「マグダ、コニーとカールのおしりをぶたないで」と、マグダが二人を罰しなければならない時、アンジーはわめく。二人が泣き叫ぶ時にはアンジーに気をつけておかなくてはならない。一度など幼いコニーが泣くのをやめさせようとして、アンジーはクッションで窒息させるところだった。五歳にしては大柄で、不器用だ。双子が作った砂の城を悪気はないのに手で触ると壊してしまう。それに、彼女が「あたしがアンビーをだっこする」とつぶやく時には、アンブローズは首をねじまげられないように気をつけなければならない。アンジーの毎日は心配ばかりだ。マグダは車のギヤを逆に入れてしまうし、ピーターは朝食後に両肘をつかんでお空に向かって高い高いをしてくれないし、ロシア人たちはメンシュの城めがけてロケット花火を打ち上げる。

とりわけ心配なのは、アンジーの夜といざという時の慰さめであるローザ伯母さんの卵を、マグダがどっかへなくしてしまうのではないかということだった。

何しろその復活祭の卵で家の者はアンジーをなだめたり、すかしたりしている。今はもう汚くなってつぶれかけてさえいる。覗き穴は薄汚れ、内側の風景もほとんど消えかけているが、ピーターとアンブローズがタンポポの飲み物をもらってその卵の中の不思議な風景を見ながら、日曜日の午前中ずっとお行儀よくしていた頃から何年間も卵の力は消えないでいる。アンジーが癇癪をおこしたり、騒ぎ立てていても、卵には効き目がある。その覗き窓に目をくっつけてさえいれば、しばしば起こる家族のミュージカルのような騒ぎにも彼女は耐えられるし、さもないとぶるぶる震えだす。アンジー自身や家族の平穏のために、マグダは一日二回家族のいるところからアンジーを誘い出して、お部屋で「おねんね」をさせなければならなかったが、そのつど復活祭の卵を餌にしている。一人になれば、アンジーは蓄音機から流れでるお話に静かに耳を傾け、相槌を打ち、あるいはジグソーパズルの表を伏せて、いらいらする模様のない裏をだして遊んでいる。

昼間よく寝るためにアンジーはしばしば夜眠れない。明かりは消えていても卵をじっと見ている。内側のニンフの絵に語りかけているのがアンブローズに聞こえる。アンジーの部屋は塔の彼の部屋の下にある。夜晴れていれば、本や望遠鏡をうっちゃって、彼はアンジーに手をかし服を着させ、そして、手をつないで堤防やあちこちと通りをぶらぶら歩いたりする。町は眠りについている。アンジーは路地を走る犬や住宅街をパトロールする警官をこわがらない。慣れているからだ。ほんとうにその時刻はアンジーの町だ。彼女は町の神秘の場所へと父を導いて行く。二人はこわれた堤防壁のところでチョップタンク川のくすくす笑うような水の音を聞き、おもしろがるアンジーの口元がほころびる。変圧器が街路に並ぶ電柱の上で音をたてる。「ブーン、ブーン」とアンジーは応える。二人はクリーク橋の中ほどで立ち止まる。アンブローズも娘の年齢には渡るのがこわかった。月光をあびた小型ヨットが岸壁にそって停泊しているのをじっと見る。通りすがりの自動車が、はね橋の閉まる時のきしむ音に応ずるようにビューンと音をたてる。そこで二人は満足してふたたび町の方へ行く。

最近まで二人が最初に寄るのはパン屋だった。路地裏からはいって、翌日のパン作りをしている人たちを見つめる。大きなオーヴンが音をたて、こねたり、包んだりする機械がガタガタ鳴り、空気が暑く、イースト菌の匂いがツンとする。小麦粉をかぶり、汗びっしょりの若い黒人たちが鋳鉄の扉をあけ、焼き皿を滑らせるように入れる。突きでた腹にエプロンをしたパン屋のジョン・グローが、粉にまみれた腕を腰に当て、二人を見ると喜んで迎えたものだ。

「まだ、寝てない子はだれだ!」

それから、アンジーを抱えて揺さぶりながらパンを運ぶ車の上に乗せてやり、いかにもプロイセン人らしい頭から四角の白い帽子を脱ぐと、それをアンジーにかぶせ、部屋の中をぐるぐると車を押してまわる。

「だーれ、ダーレ」と、アンジーがお行儀よく叫ぶ。黒人たちはケース台や仕切板に寄り掛かって、それを見守る。

二十セント払って買ったパンは、昔は五セントだったが、ピーターと一緒に町をうろついた少年の頃のように指が焼けそうに熱く、半分ずつに割るとそこからまだ湯気があふれでて、オーヴンから出して十分とたっていないパンのように、嬉しいことにかすかにアルコールの味がした。今はドーセットのパンは大きなパン屋から湾を渡ってやってくる。だから、夜の散策を楽しむ人たちが何か食べたいと思うなら、シープスキンのジャンパーを着て、髪をてかてかさせている若者たちにひるまず、軽食堂《ダイナー》に入っていかなくてはならない。それから二人はパンを齧りながらハイ・ストリートを歩いてロング・ウォーフ埠頭と町のヨットハーバーへ向かう。時折、車がレンガ道をがたがた音をたてて通って行き、頭上では大きなポプラの木々がサラサラと葉を揺らす。

この時刻には恋人たちもひきあげ、水辺の公園は涼しくて誰もいない。夜露の中を二人は、支流とチョップタンク川が合流する場所に作った埠頭へと足をむける。そこで鷗のフンで白くなった高い杭の上に腰をかけて、パンをかじったり、公共の噴水から水を飲んだりする。支流の向こう岸にはモートン大佐の食品缶詰工場設備がひとつ、黒々と立っている。牡蠣がとれなくなったための残骸だ。二人はそれにお祈りをする。崩れた堤防の上手《かみて》には、郡の病院と看護婦寮がそびえたっている。二人は、苦しみにたえ、まだ明かりの灯る患者の窓にむかってほほ笑む。それから、川につき出ているアードマンズ・コーンロットにも。そこにピーター・メンシュの家がたっているのだ。ニュー・ブリッジの明かりが川向こうまで低く広がっている。その向こうの、別の支流を越えたところに、もうひとつ、イースタン・ショア精神病院というもっと大きな病院がある。夜の慈雨のように、月明かりのように、アンジーの恩寵が配水塔やベル・ブイ、煙突や遊歩道にこぼれおちる。

ドーセットの市民たちよ、僕らは夢を見、引っ掻き合い、交尾し、鼾《いびき》をかきながら、だれかれの区別もなく罪の許しをあたえられているのだ!。

C

子供《チルドレン》たちはその家をメンシュの城と呼び、親たちやヘクター・メンシュはメンシュの阿房宮と呼ぶ。感じのよくない建造物だが、すべて花崗岩の荒石でできているところは別だ。この建材石は黄金同様このあたりでは採れないし、花崗岩で作った個人の家など郡にはこれしかなかったからだ。もっと驚くべきことに、北西側には高さ四十フィートもある、弾丸製造塔のように先の細くなった太い石塔が聳えていた。町のヨットハーバーから、アンジーが手にしたパンで石塔のてっぺんにあるメンシュの部屋の明かりを指し示す。ドーセットを知らない者は、メンシュの城を教会か城塞と間違える。立地場所やアンブローズの部屋に灯る明かりのために灯台と思う人の方が多いかもしれない。未熟な水夫は塔をドーセット支流の水路標識と勘違いして、堤防から離れた浅瀬に入り込んでしまうが、りこうな航海士は土地勘や新しい海図から塔について早合点せずにヨットハーバーに辿り着く。

　この塔は家の美観を損なう、家は塔さえなければその場所にふさわしいと思う人もいる。反対に、平凡なデザインを補う目玉であると考える人もいる。ただ彼らも塔がピーターの家の他の部分よりも急速にコーンロットの砂地に沈んでいくと嘆く。二年前に一家がとうとう破産すること間違いなしとなった時、アンブローズは塔全体をカメラの暗箱に改造した。夏にはそこからの収入があり、冬の燃料を買う足しになった。オーシャン・シティへ行く途中の人たちが、ハイウェイにそってニュー・ブリッジの両端に置かれたたくさんの小さな看板を見てやってくるのだ。わずかな入場料を受け取ると、アンブローズかマグダが塔の地下室へ案内し、そこに投射された外の風景を見せる仕掛けだった。規模こそ大きいが仕掛けは簡単だ。焦点距離の長い対物レンズを屋上に備え付け、そこで結ぶ像を鏡に写し、塔中央のシャフトからアンブローズの部屋とアンジーの部屋を通って下へ伝える。それを地下室で、シャフトの片側に嵌め込まれた、大きな窓ぐらいの垂直のピントガラスに投影する。巨大な潜望鏡のように、装置全体にローラーが付いており、手で一回りさせることができる。

　ライトハウス塔への訪問者はそれほど数は多くない。オーシャン・シティにはこんな望遠鏡よりもっと人目を引く娯楽がある。お金を払ってまで、ただで見られる現実の外の風景をスクリーンに写してみたいと思う人が一人でもいるなんて、とマグダが驚きを示す。だが、この暗室に興味を示すような人たちにはとても魅力的で、なかなか立ち去ろうとはしない。真っ暗な部屋と光り輝くガラス板とのコンビで、なんでもないものが魅惑的になるんだ、と考える人がいる。直接に見てもあまり目を留めるに値しないような物——赤レンガの病院、風上へと進んでいく色褪せた牡蠣船、イースト・ドーセットのみすぼらしい楓の木々や糸杉の羽目板——が、魔法のように構成されて再現される。そうした物が内なる光によって鮮やかに輝き、興奮するほどおもしろい。

　ピーターとアンブローズは、見物客と同じように自分たちの暗箱が気に入っている。客がいなくなると、二人して暗い地下室の中にいつまでもとどまり、鏡にどんな映像が変化していくかじっと見つめる。がっしりとしたピーターの声がしゃがれ声になる。

「あのいまいましい堤防だ」数分しかたたないのに、それをじかに見た時から、まるで数年が過ぎ去ったかのように彼は言う。そして、アンブローズも溜息をついて舌打ちをする——そこに堤防がきらめき、くずれた姿を見せて、長々と伸び広がっているからだ。

　一方、幼いアンジェラは興味を示さない。彼女の心のお部屋では、多分すべての物が自らの光で輝いているのだろう。どちらにしろ、アンジーが好むのは、復活祭の卵に描かれている消えてしまった国だ。あの何も見えない窓からどんな光景を彼女が見ているのか、僕らにはわからない。

D

最初の三十年の間《デュアリング》ずっとAは、僕らのうちの誰かが音をたて、手を動かし、煙草の煙を吹かして、僕らがすべてを理解したことを彼に伝えるのを待った。そうすれば、僕らの間では言葉はこれほど必要でなかったかもしれない。

　彼は僕らに無限のサインを作った。熱心な教授の貴女。貴女がライプニッツと窓のない単子（ライプニッツ哲学で究極の実体である単子が各々独立に世界を写し、相互に因果関係を持たない点を形容する言葉）について講演した時、身だしなみが悪く、落ち着きもなく、鉛筆でかくかくしかじかと本の上――いうなれば、貴女の窓を叩いていた一人の学生に気づきませんでしたか？　その時、貴女は自らあの飾り帯《サッシュ》をほうり上げるジェスチャーをしたのです。でも、ブリュッセルの芽キャベツを食べたせいで（と彼は思っています）講演台の上でガスが出そうになり、文脈を間違えないことと括約筋を緊張させることに夢中で、貴女は彼のサインを見逃した。十三年前、ニューヨークからノース・フィラデルフィアへ向かう列車の鏡に映った鳶色の髪の美人を彼は凝視していた。彼がネクタイに意味あり気に触れるのを貴女は見た。もし、同じようにして応じ、彼に知らせていたのなら。ターンドゥルスカートがきつすぎて、貴女がそわそわしていたのは、彼には不運だったし、生理がくるようにと祈りながらニュー・ブランズウィックを通り過ぎてしまったのは、貴女にとって不運だった。その時すでに、黄金のように貴い精子が貴女の一番新しい卵子に取り入ってしまっていた。などなど。

　貴女は気を揉む。僕も。そして、Aがこうした狂喜をずっと忘れていたことを思い赤面する。彼のために貴女が当惑しながらも耐えてくれていることに僕は感謝する。彼の窓辺の望遠鏡、あたりにある彫刻品、机の上のランプとインク壜でさえが、内に引きこもり、表情を隠してしまう。彼の気持ちを思いやり、とうとう彼が理解するのをみてほっとする――しかし、それでもやはり、習慣から彼がまたじっと見つめだしたり、ふたたび自らの真実をあきらめるように迫ってこないかと、気もそぞろだ。だが決して恐れるな。アンブローズがあの昔のやり方で僕たちをさらに苦しめるよりも早く、目が指にサインを探すように頼むようにし、想像力を駆使して胸のうちに訴えるようにしよう。

E

誰《エヴリボディ》もかもこの家族の者は癌で死ぬ！　ただ一つ違うのは癌にかかる場所だ。祖父のは前立腺で、祖母は白血病だ。祖父母の四人の子供のうちヴィルヘルム伯父さんだけが免れた。彼は一九一八年にフランスで流感にかかり、死んでしまったからだ。ローザ伯母さんは子宮癌で、コンラッド伯父さんは皮膚癌だった。カール伯父さんは肝臓。アンブローズとピーターの母、アンドレアはコンラッド同様に結婚により家族の一員となったが、血はつながっていなかったにもかかわらず、乳房の全てを切除をしていた。夫のヘクターも一九三〇年に九ヶ月間気がふれてしまい、当時はただの嫉妬のせいだと思われたが、実は脳にできた腫瘍と関係があることが後になってわかった。

息子たちがドーセット病院に見舞いに行った時、ヘクターは鼻をさすりながら言った。「俺の死神は必ずお前たちにもとりつくぞ」既にアンブローズの胸には星座模様の青痣があって、その大きさも数も年々ふえているのを、僕は興味をもって見ているのだが——彼は痣によって生まれながらにして来るべき死を待ち受けているのだ。それ故に、空から降ってくる放射性物質についてマグダと関心を共有することができない。牛乳の中にストロンティウム九〇があろうと、なかろうと、マグダの子供たちは一族の因果を背負っており、必ず滅亡に遭遇しなければならない。

ピーターの説明ではこうなる。一家は石工や石材業を営んでいたのだから、常に岩石と共に暮らし、仕事をしてきた。が、彼の聞くところ、岩石は通常の放射能以上のものを発散するそうだ。この理論（それでもって、ともかく彼はアンブローズの潜在的不妊症と自分自身の生殖力旺盛な不能症の理由づけをする）は、ピーターとしてはみごとなものなのだが、放射能があろうと、なかろうと、岩でできたメンシュの城から引越すことを考えようともしないのは、いかにもピーターらしい。

一族の消滅の様式以外では、この家系を最も象徴するのが、彼が示したこの頑固さだ。彼らにかかれば、すべての考えが固定観念となり、それが創造の重荷を彼らに与えようと、あくまでも追求する。たとえば、原型となる祖父の頑固さがなかったならば、彼らは今こうして（破産寸前なのに）アメリカに住んではいなかっただろう。一つの言い伝えでは、祖父はライン地方でワイン造りをしていた人の長男で、ローザの卵の中の風景は彼がいずれ受け継いだかもしれない広大な地所か、または、それに近いものだったそうだ。だが、給仕女を孕ませてしまい、そのちょっとしたスキャンダルを揉み消す手筈を整えるかわりに、父親に命じられるまま、遺産相続を放棄して彼女とともにメリーランドへ移民してしまったというのだ。また別の話では、これとは逆に、祖父の祖先はアンテンブルク州のヘルケンヴァルデ出身の最低の百姓で、ほとんど獣《けだもの》のような暮しをしていたそうだ。移民して家族で商売をするようになったのは、零落どころか、並々ならぬ進歩だと言う。どちらの話を認めるにしろ、祖父は意志の堅い男で、いいにしろ、悪いにしろ、短期間でかなりの財を作りあげたわけだ。

だから祖父の父であった人については、本当は確かなことは何もわかっちゃいない。無知、意固地、無関心故からか、それとも、自分自身を開祖と考えたかったからか、トマス・メンシュは、素性については話すのを拒否するばかりだった。このために、まるで親を食べてしまったかのように、事実上両親の存在は消えてしまっていた。だが、それ以前の話が何であれ、彼は一八八〇年にまだ十代後半の見習いの石切工としてボルティモアに現れ、八四年にそこで結婚をし、翌年花嫁とドーセットに移って石工、墓石職人として働き、その場所が気に入って住み着くことになった。一八八六年にローザ伯母さんが生まれ、一八九〇年にカール伯父さん、一八九四年にはヘクターとウィルヘルムの双子が生まれた。祖父は新たな仕事にも手をださなければならなくなった。裏庭で墓石屋をやる他に、北ドイツ・ロイズ社の切符をこの地で売るようになったのだ。ロイズ社は移民が続々と渡ってきた当時、ブレーマーハーフェンとボルティモア間に定期的に船を航行させていた。祖父はこれを利用して、ドイツ人の友人たちの多数の親類をアメリカに呼びよせる手筈を整えてやった。三等船室で二〇ドル、食糧は自分で持ちこみ、塩漬けニシンとピクルスはふんだんに船会社が出してくれる。そのためにしばらくの間は新来のアメリカ人たちは塩漬けニシンとピクルスの臭いがしていた。さらに、自作農場主になろうと望んで西部へ移っていった者たちが、ウィスコンシンやミネソタの恐るべき厳冬にたえきれず、ボルティモアやフィラデルフィアのドイツ人町に落ちぶれて次々に戻って来た時にも手を貸してやり、温暖なメリーランドにはひどい土地しか残っていなかったのだが、湿地を売りつけて、彼らからもうけさせてもらった。農夫は何百エーカーもの湿地を排水し、第一級の耕作地に変え、成功し、繁栄した――そして、週末に町にやって来てはイースト・ドーセットにあったメンシュ館に集まり、そこは第一次世界大戦まで郡のドイツ人コミュニティのちょっとした中心になっていた。

世紀が変るちょっと前に、トマス・メンシュは最も大がかりな事業を手がけた。この仕事は長く続き、一家の事業のうちで現在までのところ最も成功したものとなった。チヨップタンク川が新しく開発された幾つかの周辺地域を浸食するというので、町の委員会がイースト・ドーセットとウェスト・ドーセットの数ブロックにわたる堤防建設を認可した。祖父はそれを低価格で落札し、工事を請負い、特別個人会社として労働者を雇い、機材を借り入れた。一九〇〇年に堤防が完成し――個人の芸術作品のように生乾きのコンクリート一枚一枚に名前と日付が入れられた。

この仕事と他の事業から得た資本をもとに、メンシュ記念碑商会という石材工場を設立し、労働者や徒弟たちを雇い入れた。弟子の中には、成年に達した三人の息子たちも含まれるようになったが、彼らもまた父の頑固さを見習ってしまったようだった。まずはカールだが、彼は石材が大好きだった――荷造りの木枠に入った大理石ブロック、鉄車輪の小型荷車、トタン屋根の石切・研磨小屋、そこにある油の臭いのするウィンチとホイスト、がっしりした木挽き台とダルマストーブ、作業服の黒人労働者たちやワイシャツ姿に灰色の前掛けをつけた親方たち、最初の面とりをした石材の上に並べられた外科用器具のような切断用具、そしていたる所に散在する石粉――このため彼は学校には行かなくなった。十六歳で中退し、一日中石を相手に働いた。文字入れや装飾加工の特別の才能には欠けていたが、石にたいする自然な感覚はあった。二十歳になる頃には商会のいっぱしの親方になっており、副責任者で、石の粗削りや磨きと、郡の共同墓地に墓石を立てる責任者になっていた。カールが彫刻よりも建築に大いに興味を持ったのと、ヘクターがせっせと働いたこともあり、当然のように商売が拡大し、家の基礎作りや石材加工全般までするようになった。浅黒く、毛深く、ずんぐりした力強い男、カールは一度も結婚をしなかったが、祖父と同じでイースト・ドーセットでは女にもてる男と見なされていた。彼に失恋したまま他の男と結婚していった女たちの話はいくつもあり……

ヘクターとウィルヘルムの双子はといえば、生まれついた家業にただ単に甘んじることなく、儲けなどお構いなしに芸術的にやろうとした。ずっと以前からヘクターとウィルヘルムは石屋ではなく、彫刻家を夢見ていた。十代の頃から、碑文の文字彫りといった退屈な仕事は父にまかせて、自分たちは石に施す芸術的な飾りを受けもった。チョップタンク川の船乗りは、死んでもたいていは壮麗な記念碑どころか、石灰岩の平板を墓石にするぐらいの暮しだったが、思いがけなくも飛び交う天使たちの歌声を聞きながら安眠することになった――ウィルヘルムとヘクターが高浮彫りの練習に無料で細工してやるからだった。

二人の野心は同じだった。兄のカールから自分のまねをしてずる休みをしてはいけないと戒められていたこともあり、公立高校では成績もよく、上級学校の奨学金の試験を受けるほどだった。これは当時のイースト・ドーセットではほとんど前例のないことだった。だが、ヘクターには前々からわかっていたが、二人の才能は同じではなかった。

ヘクターは苦労して何とかアカンサス葉飾りや樫の葉、ギリシア雷紋の飾り縁、墓石細工の主要部分を製作することができたし、円花飾りや眠っている羊やモノグラムの装飾文字も、時間こそかかれ、まず無難にこなせた。しかし、羽毛で覆われた翼、なだらかに垂れた襞、ケルビムやセラピムなど天使たちの顔を生き生きと彫りだすことはどうもうまくできなかったし、ウィルヘルムのように優雅に手早くというわけにはとうていいかなかった。ウィルヘルムの彫るセラピムの顔は、しばしば、カールやローザや祖父や祖母の顔を天使のようにした感じになったし、ケルビムの方は兄弟たちのその時々の恋人を神々しくした感じのものになってしまう。五十年後になれば彼女たちは、共同墓地に花盛りの頃の自分たちを彷彿させてくれる大理石の彫像を見つけることができるはずだった。

二人にコンラッドという新しい義兄ができたのは、一九一〇年だった――その年に彼がローザと結婚をしたわけで、双子は高校を卒業した――コンラッドは物知りで、家族の者に神話に登場する双子の例を話して聞かせた。最も一般的なのは、一方が不死身でもうひとりの方は死んでいくという話だった。神話にでてくる双子の片割れ、洞察力に富むカストル、ヘスパー、エフィクル、または、ゼートスのように、ヘクターはウィルヘルムにボルティモアの芸術学院の奨学金に応募するように強く勧め――彼自身は近くのウィコミコの師範学校の奨学金に応募し、謙虚に高望みせずこの地域の高校の美術教師になろうと考えた。

それからの四年間、二人の若者はそれぞれの都市で勉強の合間に石工の仕事をしながら自活した。ウィルヘルムは、パターソン・パークやハンプデンの棟続きの住宅（ボルティモア市は棟続き家屋で有名な土地）を建てる人にも、ローランド・パークやギルフォードに邸宅を建てる金持ちと同じように、楣石《まぐさいし》やマントルピースの彫刻装飾をサービスしたが、お金がないだろうからと料金はとらなかった。一九一四年には二人とも卒業して、ヘクターは創作したり、美術を教えたりすることより学校経営に興味を持ちはじめた。ウィルヘルムはメンシュ館を学校で作った作品、つまり、古典的装飾様式の円盤を投げる人、苦しみ悶えるラオコーン、驚きのヴィーナス（祖母はウィルヘルムの才能を誇りに思っていたが、この作品だけは一階に飾るのを認めようとしなかった）で満たしていた。

ヘクターは家に戻った――そこには当時ローザとコンラッドも同居していた――彼はドーセット高校の美術教師兼校長補佐として働きながら、夏には石材場で仕事をした。しかし、ウィルヘルムは時折やって来る以外は（彼が来るとなると、ヴィーナス像を階下のグッド・パーラーと呼ばれている居間におろし、館は結婚式か葬式、あるいは皇帝でもご来館されるかのように準備される）、ドーセットへは戻ってこなかった。実際、自分自身の彫刻をする時間や生活費を得るために石切の仕事を探して、ドーセットからボルティモア、さらに州のはずれにあたる地方、カトクティン山脈やアレゲーニー山脈の高地へ、西へ西へと動いているようだった。

「まさに神話の中にあるとおり」コンラッドがいいだした。「常に西だ」

「仕事場ならここでも持てるのに」祖父が文句をいった。「いまのように不景気なら、わが家の大きな小屋は必要ないんだから、あれを使えばいいのに」

祖父は、彫刻家にとってきっと山のほうが湿地よりも霊感を与えてくれるに違いないというヘクターの意見や、旅は果てしなく広がるというコンラッドの意見を鼻であしらった。ただカールが、ウィルヘルムのやつは学院の漆喰のレプリカなんかよりもはるかに素晴らしいヴィーナスのモデルをあの山のどっかで見つけたんだろうよ、といいかげんな当て推量をすると、祖父は納得した。だが、「息子を失った」悲しみは、そんな仮説でいやされるものではなかった。祖母にいたってはなおさらだった。大なり小なり、不規則な暮しが実際に素晴らしい芸術を達成する必要条件なんだと、コンラッドとヘクターが口を揃えて言ったところで無駄だった。

「ふん」祖父が言った。「もしそうなら、カールのやつが芸術家になってるさ」カールは葉巻をくわえたままにやにや笑い、言い返した。「そしたら、おやじだって、ミケランジェロになってるさ」

一九一七年になってやっとウィルヘルムが戻って来た。欧州派遣米軍に兄弟たちと共に参加するためだった。その時初めて、ヘクターでさえ真実を学んだ。つまり、アパラチア山地のヴィーナスはメンシュ一家のプライドを満足させてはくれなかったが、戦争という名の獰猛で理解し難いセイレーンは、学校の教師などその存在さえ認めていなかったのに、見事若者たちの心をとらえてしまったのだ。送別の涙と酒宴の一週間の間じゅう（その間に郡南部のドイツ人たちが愛国心に燃える息子たちを伴ってメンシュ館に集まって来た。ドイツ皇帝の写真は壁に伏せられ、館には星条旗が掲げられ、女たちは泣き、笑い、ソーセージをスライスし、黒パンやザウアーブラーテンという酢漬肉を作った。男たちは自家製のビールを飲みほし、意気軒昂、自分たちがいつもビールを飲みながら歌う歌の代りにアメリカの歌を探してみたが見つけることができなかった）、ウィルヘルムは、兄弟たちに未来派、ダダイスム、キュービスムと呼ばれる生き生き《グラフィック》として、人工的《プラスティック》な想像力のあの奇妙な新しい飛翔について説明した。さらに、一九一三年のアーモリー・ショー（ニューヨークで開催、野獣派、未来派、表現派などの作品を展示し、アメリカ美術に強烈な影響を与える）の重要性、まさに再現という概念の放棄——粘土を使って十五分で、鉛筆では五分で、どんな顔でも表情を捕らえることができた彼なのに！——について……

「おれにはまったく何のことやらさっぱりわからないよ、ウィル」ヘクターがきっぱり言った。石を金にかえたけりゃ乳首と尻から離れないことだなと、カールがぶっきらぼうに言う。温厚なプラトニストのコンラッドでさえも、自然を写すという古来からの機能を捨ててしまって、はたして芸術家が生き残れるものかと思った。

「今は一九一七年なんだ！」ウィルヘルムが笑った。「おれたちは二十世紀に生きているんだぞ！」

ボルティモアからやってきたウィルヘルムの芸術家仲間の一人が、そのときの兄弟の写真をとってくれたのだが——メンシュ家の最初にして最後のウィルヘルムの写真——それを見ると、しかめ面をしたカールの顔はポーズを取った筋肉マンのようで、細面のヘクターは芸術家の長い指をしていて、目は既に校長補佐の目付きだった。ヘクターよりも細いウィルヘルムの顔は露出した神経そのもので、苛だたしく微笑してはいるが、目は奈落でも凝視しているかのようだった。ヘクターの知るところでは、この頃彼は彫刻はまったくしておらず、重い石だけを相手に「岩**自身**がこうあろうと欲するもの……」を見つけ出そうとしていた。戦争の問題は、メンシュ館では英独二つの言語で議論されたが、ウィルヘルムはまったく関心を見せなかった。

フランスへ行きたかったのは、彼自身の中の戦い、模倣への天賦の才能と、ノミを使えば使うほど石を偽ることになるという（そのことを彼はアヴァンギャルド芸術雑誌と同じくらい山でも学んだ）新しい確信との間の戦いを続けるためであった。

祖国ドイツへの思いがどうであれ、ドイツ人移民ほど熱心にアメリカへの愛国主義を誇示する者はいなかった。祖父の意見では、少なくともカールは家に留まって商会の手伝いをしても不名誉なことにはならないはずだった。何しろ、会社そのものが北ドイツ・ロイズ社と創設者が過去に関係があったために、そしてまた、週末にビヤガーデンと化しているという悪評のため、景気が落ちこんでいた。しかし、三人の息子たちは皆軍隊に入ってしまったし、事実上その郡のドイツ系の家では他の若者もみな入隊した。他の大勢の新兵たちと一緒に、ある四月のお昼前、外輪船エマ・ジャイルズ号に彼らは乗ってボルティモアに向けて出発した。ミツバチの巣箱と花をあしらった有名な外輪被いが、ロング・ウォーフ埠頭から水をかいて水路のブイや港の方へと向かい、背筋をシャンとのばした赤ら顔の父親らが声をそろえてセレナーデを歌った。アメリカの小旗をもったトマス・メンシュが指揮をしていた。

「むこうでも、むこうでも、

わがことば聞かれん
むこうでも」

フランスへいよいよ渡る前、一度賜暇帰宅があった。とはいえ、三人それぞれ別々の賜暇で、その一部が重なっているだけだった。双子は隣の郡のアンドレア・キングという高校のときのかつての恋人に再び言い寄った。メンシュ家の祖母は息子たちの軍服を見て泣いた。ウィルヘルムは母の似顔絵をスケッチし、姉のローザには、家の葡萄の樹を刈り込んでしばりつけた時に目についた奇妙な木の股を刻んで、復活祭の卵を置く小さなスタンドを造ってやった。ただ遊び半分に、木の自然な形を笑っている奇怪な姿に変え、その道化帽が卵を支えるようにしたもので、彼が芸術家として次に進む方向を暗示する唯一の証拠の品となっている。カールは工兵隊にまわされ、テキサスに配属された。ヘクターはアルゴーニュの森の戦闘を体験し、右腕と右足にドイツの榴霰弾を浴び、びっこをひきながら英雄として帰国し、アンドレアに再度求婚した。ウィルヘルムは、家族がほっとしたことには、戦場から遠く離れたパリ近くの司令部に配属され、「クーティー」という師団新聞のレイアウトや製版をした。彼からの葉書にはパリへの期待に溢れた言葉が記されていた。戦争が終ってもパリに滞在し、イタリアやギリシアを旅行し、多分エジプトにも足をのばして自分の芸術の根本や源泉にまで遡ることで前進したいと言ってきた。「未来に到達するまで戻りに戻る」と最後の葉書に書いてあった。「西に航海して東に到着したコロンブスのように」表にはルーヴル美術館が描かれており、そこの芸術と彼の芸術とが休戦を結んだのは明らかだった。だが、実際にルーブル美術館を訪れる前に、彼はその年荒廃したヨーロッパで猛威をふるった流感にかかって入院してしまった。そして、数日後に彼は死んだ。最後の葉書が届く前に軍の電報が届いた。

終戦後、フランスの軍埋葬地から他の死体と一緒に柩が船で帰国した。軍用船でヴァージニア州のノーフォークに着き、そこからベイ・ライン郵便船でボルティモアへ送られ、エマ・ジャイルズ号でロング・ウォーフ埠頭へやってきた。祖父とカールとヘクターとコンラッドが柩を受け取り、石切場の荷車で運んだ。石を切る作業小屋で立ち止まり、祖父が一人ちょっとの間柩を開けて中を確かめた。軍隊の不注意で遺体を間違えたという話があったからだ。しかし、「ウィリーだ」と蓋のネジを締める時、祖父は腹立たしげに言った。それから、厳封して客間に置いた。まわりにはフェイディアス（紀元前五世紀のアテネの彫刻家）のまがい物、バリ（一七九六―一八七五。仏の彫刻家・画家。動的で自然な姿勢の動物彫刻に特色）風のライオン像、スタンドにのった復活祭の卵などを置き、埋葬のための簡単な告別式の用意をした。

アンドレア・キングが葬式に参加した。ヘクターが、埋葬地の墓石に刻まれている快活なアンドレアによく似た二人の天使の顔を見せてやった。ウィルヘルムの最後の賜暇の時に、アンドレアも加わっていたずら半分に夜泳いだのを思いだし、君よりももっと魅力的な天使のお尻をモデルにして彫ったんだと、カールがとぼけて言った。

かわいいアンドレアが言うには、「あなたって、ふざけてばかりなんだから、カール」

「気になるのは」ヘクターがその場にいた人々にむかって言った。「ねえ、コンラッド、あんたの言ってた不死身のほうが死んだということだよ。そうだろう？　死ぬべき僕が死ななかったんだ」

「彼は彫刻家だった。ウィリーは」コンラッドが同意して言った「彼の到達していた境地は、僕らのだれにもわからない」

祖父が悲し気に言う。「あの山が悪いんだ。ここの作業場の半分を自分のために使えばよかったんだ」

カールでさえも言わずにいられなかった。「おれもあいつにそう言ってやったよ。覚えてるか、ヘクター？」

間をおいて、ヘクターが誓って言った。「腕があろうが、なかろうが、俺がこれという石をやつのために切りだしてやる」

そして、ヘクターは家族のだれよりも宿命的な頑固さをもって計画に着手した。その春、夏、秋と——実際はそれから断続的に二十年に渡って——石切場で、ドーセット高校（負傷してから彼は経営に専念し、教師が欠けた時に教えるだけだった）の美術室とみなされていた所で、メンシュ館の裏手にある白く塗った道具小屋で、彼は残った左手で苦労しながら、石を切った。カールと祖父にノミを持ってもらい、木槌は自分で振り下ろしたり、自分でノミを持って、他の者たちに打ち方を教えたりした。一九二〇年、ヘクターとアンドレアが結婚した。一九二七年にはピーターが生まれて一家は八人になり、初孫に場所を空けてやるためにコンラッドとローザが隣の家に移っていった。ヘクターは巧妙な固定道具、位置調整道具、ノミ付きハンマーを自分で考案し、試していた。ほとんど役立たずになっていた右腕を何とかして使い、自力でできるようにしてみたり、足を手の代りに使えるように試しさえした。だがすべてむだだった。岩を刻むにはピーターのような二本の強い腕と、芸術を理解する目と冷静な心が必要だった——そう、アンブローズの目や心とは大違いだが、そのアンブローズが生まれた一九三〇年、ヘクターのこうした愚行はもっとひどくなった。

その前年の一九二九年、白血病で祖母が死に、墓標のない息子のそばに葬られた。祖母の墓石は簡素なヴァーモント産の花崗岩で、石工の仕事を難なくこの世から葬り去ろうとしていた砂吹き機で文字が刻まれた。カールはこの年突然家を出てボルティモアにいき、煉瓦職人になった。コンラッドとローザと二人の復活祭の卵が再び同居し、家族の者を助けてひどくなるばかりのヘクターの怒りをとりなすのに手をかした。国の経済が破滅した。熟練工のカールがいなくなったメンシュ記念碑商会の景気も急激に悪くなった。創設者の祖父は妻に死なれて気が滅入っているし、移民の仕事からの収入もなくなり、福の神たる天使が天使長ミカエルや他の者たちのところへ羽ばたいていってしまった。唯一頼みのヘクターは、左手用の砂吹き機で高浮彫りの胸像を彫ろうとするが、むだなことだった。そして、アンブローズが生まれるころにはますます気が変になっていった。

ヘクターは一九三一年、イースタン・ショア精神病院から「治癒して」退院すると、死んだ双子の片割れの頭上に、昔のように、梱包ケースから取り出したままの文字も刻んでいない粗削りで磨きのかかっていない墓石を置いてやった。仕上げのかかっていない大理石のほうが、とにかくウィルヘルムの最終的美学にふさわしいと彼なりに理屈をつけて考えたのだ。コンラッドは、文字の刻まれていない一対の石臼を墓石にした、チャーチ・クリークのオールド・トリニティ墓地にあるミラーの墓にそれをたとえた。

ヘクターがこれを思いつくまでに、あれやこれやと多量の花崗岩や縞大理石を浪費したが、これがすむと今度はベレロフォンのように魂を浪費するようになり、すっかりいかれてしまった。ドーセット高の校長になっていたのに、ウィルヘルムのことをあれこれと妄想しては悩み、九ヶ月の「入院」もあって休職させられてしまった。アンドレアでさえも、夫の怒り狂った嫉妬が静まってしまうと、それを持ち出して夫を責めることはしなかった。名高い「双子の厄介事」のせいでヘクターがおかしくなったとみな思ったし、それには町中で同情した。カールがいなくなったのも単なる懐柔策だと、ほとんど誰もが考えた。ヘクターがまた正気に戻ればカールは戻るだろうし、ヘクターは教育委員会に出ればまたしっかりするだろう。というのも、委員会では、辞職願いを受理せずに、慈悲深いことに無給の一時休暇にしておいてくれたからだ。その間――思うに、生まれた息子は自分の子ではないという確信が頭をかすめる以上に、彫刻がままならぬフラストレイションから――ヘクターはアルコールや麻薬に走りこそしなかったが、辛辣になり、気難しく黙り込み、憂鬱になり、しまいにはずいぶんと手におえない人間になってしまった。また、商売をするようになったが、人にその才能があろうとなかろうと、商売はモルヒネのようにやめられなくなるものらしい。それに、精神状況には有害なのかもしれない。死ぬ年の夏まで、第二次世界大戦の人出不足でドーセット高の校長職に返り咲いた後でさえも、ヘクターの情熱は商売から兄弟の愛した大理石へと戻り、また商会へと戻り、そして、どちらもだめにしてしまいながらも、どちらも捨てようとしなかった。

だが、家族の中で最も頑固なのは兄ピーターだった。心がすごく単純だったからだ。他の点では、ピーターは家族の誰にも（カール以外には）似ていなかった。みんな背が高くて痩せているのに、彼だけは小柄でずんぐりしており、他の者がブロンドのストレートヘアなのに黒い巻き毛だったし、みんなは飲み込みが早いのにピーターは気転もきかず、喋るのもおそかった。ユーモアもそれと根は同じ陰険さにも欠けており――メンシュ一族を形成する遺伝子はどうやってピーターを形成したのか？　ポテトが一家のマスカットブドウのあずまやに芽をだし、家の玄関のみごとな蔓植物のフジが、五月のある日一本の薔薇を咲かせたようなものだった。

「もらいっ子ちゃん」とアンドレアがピーターを呼んだのは、そんな冗談が笑いごとでなくなる前のことだった。それに、あの美しく怠惰な母が、メンシュ館の人々に指示を与えるためいつも自分が座るカウチにピーターを座らせ、さあ何かお話をしてごらんと言う時、彼は口ごもって、言葉も出ない！　母が笑いながら、どんなガールフレンドのことを想像しているの、と尋ねると、彼は真っ赤になる！　ライラックのパウダーとオーデコロンの匂い（アンブローズはまだ鼻先にそれを思い出せる）や母のローブのひんやりした絹の肌触りに目もくらむ思いをする！　とりわけ面白いのは、母がピーターを胸に押しつけ、対照的により黒く見える巻き毛を撫ぜながら調子っ外れにつぶやくように「年をとって夢が見れなくなったとき」を歌うと、彼は涙をいっぱいためてしまう！　ローザ伯母さんがアンドレアを非難してもだめだったし、ヘクターとコンラッドは首を横に振って俗っぽい笑いを浮かべたし、祖父のクスクス笑いは太い咳きこむ声に変って、しまいには思わず続けざまに痰をはいていた。そして、祖父は大きな鼻をかみ、冷静になろうとして思いっきり大きな懐中時計のネジを巻いた。

「では、わたしにキスをして、愛するひとよ、
　そして、別れましょう
そして、年をとって夢が見れなくなったとき、
　そのキスがわたしの心に生きるでしょう」

すごく気の長い話だ！　アンブローズもあごの関節が痛くなり、おなかがよじれるまで笑った。兄の惨めさに涙がでるほど笑った。兄は逃げ出したいのに、自分をからかってばかりいる大好きな母を抱きしめないといけないからだ。アンブローズの方は母がからかっても効き目はなかった。

腕の中で身をこわばらせたり、母のあばら骨をくすぐったり、言われた言葉のまねをしてばかにしたり——とにかく周りの者に笑われて威厳をそこなうようなまねはいっさいしなかった。でも、ピーターはいつもひっかかった。高校生になって、カール伯父さんのように中退して、石切場で一日仕事をすると宣言していた時でさえ、母はふざけてその歌を歌ってピーターを泣かしてしまい、彼をすっかり参らせてしまうことができ——それから、おもしろがって聞いている者たちに向かって「わたしを愛しているのは、ピーターだけ。ハートがあるのよ、彼には」と言ってのける。さもないときには、ピーターを押しのけて、まるで遊んであげていた可愛いペットから急に後ずさりでもするようにして、ドレスがめちゃめちゃになるじゃないのと言って叱った。

最後は、アンブローズ。彼にはこうした一家の頑固さのほかに何かあるのか？　執拗なアマチュア、未熟な人間。怠惰や夢想に陥りがちで、直感や奇妙な空論にあふれ、仲間たちのことは何も知らず、自分のことでは先見の明があると思いこんでいる男。ほどほどに学識はあるが、とてつもないほどに夢見るタイプ。自分の能力には自信がないが、歴史の力に仰天する——それでいて何よりも、馬鹿みたいに頑固。彼の頭は一度に一つの考えしか持てず、それがどんなに退屈で単純なことであろうとも、それを捨てて他のことを考えることができずに、下手に悪戦苦闘しなければならず、放棄してはまた戻り、刻み、引っ掻き、少しずつ削り去り、最後には徹底した執着からその考えにいらだつあまり、何か奇想を凝らした、多分に奇怪なものにし、どうにか処理してしまう。

メンシュ家の人たちとはこんなところだ。

F

フロント・ポーチのブランコ椅子に寝かされている赤ん坊が中心となるが、しばらくの間はAはまたもや周辺的存在だ。どのようにこのことを説明しようか。例えば、風のない八月の午前中、楓の樹は揺れないのに、玄関先の庭でコットンウッド・ポプラの樹がそっと囁いて、押し潰されたような柄の先につく葉を揺すったと、私が述べるとすれば、読者のあなたにはこの場の文脈以上のことがわかってもらえるだろうか？　そのときには樹と赤ん坊は、口と耳を使う言葉の世界でなければ、二つ別々の存在ではなかった。つまり、ポプラの中の存在がブランコ椅子の中の存在に伝えたのは、事実ではなくて暗号だった。コード化された安堵の数々。数々の認識。

アンブローズの存在は蟹《かに》から山羊《やぎ》にまで広がる。籐製のポーチ・チェアの上の海草が敷かれた浅い箱の中には、オリーヴ色のやわらかい蟹が盆に盛られた揚げ菓子のようにきちんと端と端を合わせて入れられていた。一匹が眼を突きだしてAを覗き見る。蟹と赤ん坊はそれぞれに泡を吐いたが、右手と左手が一緒に、それぞれに動きをみせているようだ。まるで一人のパフォーマーが一つのパフォーマンスをするように。赤ん坊は寝返りをうって裏庭の小屋からメーッと鳴くものを見ることはまだできなかったし、その必要もなかった。その当時は、蟹は動きをやめることなく、山羊は鳴くことはできなかった。あの臭い子守の雌山羊、その山羊の乳、それで育った子供は、切っても切りはなせない。言うなれば、アンブローズはいろいろな物から切り離せない存在だった。囁き声、泡を吹く音、メーッと鳴く声が、近く、または遠くから同時に聞こえる地上の音を背景に一つの音楽を奏でた。自分の血の脈拍、頭のかすかな雑音、川のさざ波、ブンブンいう蜂の音、道路や水路を行き交う乗り物の音が、いつも聞こえていたのだ。すべてがアンブローズの状態《パナンブロージア》。それが彼の子守歌でもあった。はたして、アンブローズが眠ったときには音は終ってしまうのだろうか？

　アンブローズというその名前は彼の最初の言葉で、すべてを意味した。

「ママって言ってごらん、アンブローズ。マーマ？」

「アーボー」

「ほら、言った」

「低地ドイツ語だけど」

「あー、ピーター、赤ん坊をからかうもんじゃない。わしは誰かな、アンブローズ？　おじいちゃんって言ってごらん」

「アーボー」

　四歳のピーターは、ローザ伯母さんの卵と母の手鏡の助けをかりて、別の方法でアンブローズに教えた。その二つをある日の午後、アンブローズが昼寝をしているところにそっと持ちだしてきたのだ。卵を赤ん坊の目の前にしばらくかざす。アンブローズは川のある緑の風景になるが、それは「ピーター！」という声とともに、ニヤニヤ笑っている兄の顔に変る。

「アーボー」

「アンブローズじゃない。ピーターだ！　アンブローズはここにいるだろ……」緑の風景がもう一度すべてを覆い、今度は手鏡に映っているアンブローズの顔に代る。「これがアンブローズ！」

「アーボー」

　おお笑い。それからまた卵、またピーターの顔。「ピーター！」

「アーボー」

　そうやって遊んで、ついに先生であるピーターはしびれを切らしてもっと強引な手を見つける。隠れんぼをするようにベビーベッドの頭のところにいって、次に卵を取り去り、顔を逆さまに出して見せる。「ピーター！」その奇妙な顔が言えと迫る。「ピーター、ピーター、ピーター、ピーターだ！」

　一家の昔話では、ピーターのおどけた顔がしかるような調子とあいまって、アンブローズを怯えさせたそうだ。どうして怯えたのか？　その頃のアンブローズの習慣では、何でも音を立てたり、しかめ面をしたりするのは楽しかったはずなのに。いや、顔が単に逆さまなのは問題ではなかった。上が上に正しく位置していても、上が下になっても、アンブローズはその顔がわかっており、何にでも使える自分の名前で呼びかけたのだ。では何に怯えたかと言えば、それは目だったのだ。目が逆さに見えたのではなく、あの目がピーターの逆になった顔の中で**なおも正しい位置だった**ので、見たこともない目だったのだ！　ピーターの顔から見知らぬ何かが覗いており、あの目は、眉や鼻や口から独立して、まるで仮面や別世界からの覗き穴を通して見ているかのように冷たく見つめていたからだった。

　涙ですべての形がいっせいに崩れてしまった。アンブローズが悲鳴をあげたので、庭先から大人たちが集まってきた。ピーターもベビーベッドの仕切り棒ごしに弟を抱きしめ、一緒に泣き出した。鏡と復活祭の卵が取りあげられ、先生はお尻をぶたれ、生徒はあやしてもらう——しかし、このときからアンブローズはピーターを**ピーター**と呼ぶようになったと言われている。

　その目に関して。その目を見たり、その目に見られたりしたことがあると感じる人はその目を忘れはしないが、しかし、僕らが自分の肉体ではぐくんでやる寄生虫のように、その目は時がたつにつれ隠蔽されてしまうか、明らかになるか、認められるか、忘れ去られてしまうかのいずれかだろう。

　このようにして、アンブローズの最初の物の見方が変り、このようにして、アンブローズという名前で兄や母や子守の山羊を呼ばなくなり、（そのうちには）自分の足、声、ポートワイン色の痣に対してもアンブローズとは呼ばなくなり、自分のことだけを呼ぶようになった。そして、自分とはこうしたもののどれでもなく、実際にはアンブローズに属するものでもなく、唯一アンブローズ自身だけを指すのがわかったのだ。

　幼子が泣いて学んだことは、大人になって苦悩するなかで忘れてしまうに違いない。生まれるとき、読者諸君、あなたは痛い思いをしましたか？　死ぬこともまた、ピクニックのように生易しいものではないはず。

このピーターのレッスンは大いに功《グレイト・グッド》を奏した。かくして、赤ん坊はアンブローズ以外のありとあらゆる名前で呼ばれるようになった。

G

親愛なる〈あなたの友〉とA夫人へ　Gの残りの部分とHとIのすべては、このアーサー・モートン・キングの『メンシュ物語《ゲシヒテ》』の改訂版からなくなっているが、それは前に述べたように何年か前に、あなたがたの選ばれた文学博士候補者、ジョン・バースに与えてしまったからなのだ。Gは「アンブローズ、彼のしるし」と呼ばれる一人称の物語として日の目を見た。Hは最初「ウォーター・メッセージ」という物語として出版された。I（僕の草稿では内容の乏しいスケッチに過ぎなかったが）は奇抜なほど入念に作り上げられて、バースの短編集『びっくりハウスに迷って』の中心に位置するタイトル・ストーリーになった。この短編集には他の短編が加えられて、一連の「アンブローズ物語」を構成している。

Gは僕の名づけ《ネーミング》の物語だ。「生まれた時のてんやわんやの事情のために、数ヶ月間僕には正しい名前がなかった」という書き出しで、その出版された物語は始まる。その事情とやらはさりげなく触れられるだけだ。「……この子の父親は自分ではなく、他の誰かだと思い、ヘクターは分娩室に狂ったように侵入し、（イースタン・ショア精神病院へと）連れもどされながら、子供の目の近くのポートワイン色の痣は、悪魔の印だと言い張り……」などなど。カール伯父さんがボルティモアに去ったことも慎重に言及され、アンドレアのやたらと意固地な様子も述べられている。「……コンラッド伯父さんの撮ってくれた写真には、トカイブドウ（ハンガリーのトカイ地方産のブドウ）の前でポーズをとっているアンドレアがおり、美しい顔を後ろにそらし、ジプシーのようなスカーフとイヤリングをつけ、目を閉じて煙草をくわえた口は陽気に笑い、片手でコーヒーカップを持ち、もう一方の手は背中にいる幼児を支えている」承知のようにヘクターはいないし、アンドレアは気まぐれだし、名前が決まらないまま、他にいい名《フォート・ダ・ミュ》もなくローザ伯母さんがホーニッヒというニックネームで呼んでいたのが、物語のクライマックスとなる大事件まで、僕の、いわば、称号として使われていた。

祖父は隣のウィリー・アードマンの蜜蜂の群れを欲しいと思っていた。ウィリーもまた僕の母に興味があったようだ。祖父はウィリーの土地との境界線に空っぽの蜜蜂の巣箱を作り、そこのハンモックにアンドレアを横たわらせて僕の子守をさせ、蜂の群れが移動してくるのを待ち構えさせた。コンラッド伯父さんの口から養蜂の方法やアメリカ・インディアンの部族の命名に関する習慣が披露され、大不況の間の一家の困窮状態や石材店の破産に近い状態もスケッチされている。ウィリー・アードマンは、自分の蜂を盗もうとする祖父の見えみえの魂胆にいきり立ち、策略に対抗してまた策略と火花を散らす。一方、僕はハンモックのなかでせっせとお乳を吸い、母は『ニューヨーク・タイムズ』紙のクロスワード・パズルをやる。ついに、六月の静かな日曜日、待望の蜂の群れが現れ、どたばたの大騒動が始まる。祖父がブリキのパイ皿を叩いて蜂をこっちへ引き寄せようとし、ウィリー・アードマンは自分のほうへ引き付けようとショットガンをぶっ放す(そして、へたな横取り屋どもに警告する)。祖父は庭のホースで放水して対抗し、ウィリーは蜂玉の竿を振り回して応じる。コンラッドとローザは立ちすくみ、ピーターは恐怖でわめき、アンドレアは気絶する。

そして、それから蜂が「何千匹もがうなりをあげ、金色の玉となり……彼らのみぞ知る動機から、互いの間隔をせばめながら母の胸に降下した。一万、二万と兵力をそこへ結集したのだ。母の露な乳房も僕の悲鳴をあげる顔も――すべてが黄金の蜂の群れに埋もれた」祖父は大胆にも素手で蜂をすくい上げ、待ってましたとばかりに巣箱に運ぶ。アードマンが蜂玉の竿で殴り、コンラッドがアードマンと取っ組み合いになり、気絶した母のいるハンモックに二人して倒れ込み、その紐が切れてみんなしてクローバーの茂っている地面にどさっと倒れる。助けて、とローザは大声あげて近くの教会に駆け込み、洗礼式を混乱させ、怒り狂った祖父が僕らの上に蜂の群れを投げつけ、アンドレアの乳首が一度刺され(以後は授乳をやめてしまい、僕の世話はすべてローザにゆだねてしまう)、ウィリー・アードマンは連れていかれるが、僕のことを私生児と大声でわめき、コンラッドとメソディストの牧師は二人してご近所の平和を回復しようと努める。その後ローザ伯母さんが僕の痣を飛んでいる蜂にたとえ、コンラッドが蜂にたかられた赤ん坊の伝説上の例を調べて、プラトンやソポクレスやクセノポンを挙げ――そして最後に引き合いに出した、聖アンブローズというミラノの昔の主教にちなんで僕はやっとのことで命名される。この物語の最後は、大人になった「アンブローズ」が固有名詞の持つ意味について愛憎二面、複雑な感情で考察をする所で終る。「僕と僕のサイン……一つでもなければ別々でもない」などなど。

やたらと寓意をこめていて、僕は気にいらないが、「アンブローズ、彼のしるし」は芸術的な統一感では、G章で描いた僕の家族の物語より優れている。それに、語りの視点、いわば、乳首の視点は、A・M・キングの作品の「匿名の一人称」の視点よりも、存在論的曖昧性のテーマには多分あまり適切ではないにしろ、辛辣さがある。だがそんなことはどうでもいい。「アンブローズ、アンブローズ、アンブローズ、アンブローズよ！」最後にこう唱える語り手が、その名前によって呼びおこされるものを確かめようとする。「見よ、あの、把握しがたい、とても奇妙な獣が僕の魂の亀裂の中で耳をそばだてている！」

僕はこの部分が好きだ。

H

ここ《ヒャー》には十一歳の時のエピソード、「ウォーター・メッセージ」があった。これについて話すのはいまだに当惑するが、それがこの話、この数多く交わされる手紙すべてを引き出すきっかけになっている。僕らの作者は物語を再構成する際に、アンブローズに関して全知全能な三人称の視点を使っているが、AからFのセクションの作家の「僕」の視点は捨てている。その年は一九四〇年で、祖父は五年前になくなっている。一九三五年に前立腺の癌が転移してしまったからだ。カール伯父さんへの言及はないが、彼は同じ年に戻って来て石材店を取り仕切り、明らかにヘクターと仲直りをしたらしく、ヨットハーバー近くの独身用アパートを借りて住んでいた。コンラッドやローザについても言及はないが、二人もこの時はメンシュ館のかどの向かい側に自分たちのアパートを借りていた。したがってメンシュ館には、ヘクターとアンドレアとピーターと僕の四人だけだった。温厚なコンラッドはまだイースト・ドーセット小学校の五年生を教えたり、ピアノの調律をしたり、ドーセットの通りを自転車に乗ってグロリア協会の百科事典『知識の本《ブック・オブ・ノーレッジ》』を売りあるいていた。彼はその本の内容を暗記している。彼とローザの間には子供がいない。サイクリストであり、「ニュー・ブリッジ」から糸を垂らす熱心な釣りキチであるが、皮膚癌で一年の命だ。こうした点は出版された物語には書かれていないし、ヘクターの腕がいまや故ドイツ皇帝のように萎えてしまった（彼のびっこには言及してある）ことも、カールが店に戻ってから、ヘクターが郡立学校の組織の中で徐々に地位を取り戻し、いまではイースト・ドーセット小学校の校長になっているといったことにも触れていない。この小学校は黒人学校を別にすれば町で一番小さく、貧しい学校だった。アンブローズ（物語の中に登場する）は臆病な四年生で、裸になるのは妙に落ち着かぬ年頃で、仲間たちが怖く、『知識の本』にのめり込んでおり、〈生命《いのち》の書《ふみ》〉に興味を覚えて考え込んでいて、哀れなくらい英雄への変身を夢見ている。すべてがほとばしる神話のイメージで語られる。海のほうを向いているブイ、オデュッセウスの祈り、曖昧模糊とした解明の予兆、などなど。

こんなところが「背景」。プロットの「媒体」は、アンブローズが〈スフィンクスのオカルト教団〉の謎を探りたいと望んだこと。この教団というのはピーター率いる思春期前の少年団の名前で、放課後にジャングルと呼んでいる木立にある川沿いの掘っ建て小屋に「集まる」。「それは実際はアメリカサイカチの木立で、校庭ぐらいの広さがあり、川に面している他に二面はアードマンズ・コーンロットに囲まれており、もう一面はイースト・ドーセットの沼沢地に接する。しかし、そこが神秘的なのは、はびこった匍匐植物やスイカズラが地面を覆い、木々に気味悪く絡まり、交差する抜け道が迷路になっているからだ。ジャングルのようでもあり、そのあたりには官能的な臭いが漂い、BB弾に撃たれた灰色の鼠やホシムクドリの死骸が腐り、巻き毛の猟犬のレトリーバーどもがその小道を追跡し、時折、下品で小さいものが小枝の端に突き刺さっていたり、匍匐植物の間に投げ捨てられていたりしていて、それを見てアンブローズは他のみんなとくすくす笑ったり……」あなたにもだいたい見当がつくでしょう。年長の子たちからどこかへ行ってろと言われ——彼らは小屋の中にいた一組の恋人たちを驚かした後、上機嫌で小屋に入っていき、どうもマスターベーションの儀式と思われるようなことをする——アンブローズは、臭くて、小犬のようにまつわりつく、チビの三年生のパース・ゴルツと一緒に岸辺をぶらつく。アンブローズはオカルト教団から暗号メッセージを受け取り、それを伝えるふりをし、すごいとパースに思わせようとする。

思い出すのもとても辛いが、バーベリとコサック騎兵、カフカと肉食獣と同様に、僕の愛憎半ばするこの健康で粗野な者たちの中に置かれた場合、繊細な神経の持ち主が味わうあの昔ながらの屈辱感を僕は味わっていた。メッセージ、メッセージ——このような子供の心は、もっと大きな世界からの、漠然と夢に見たり、のけ者にされたと感じたりしてあこがれる、失われた真実の故郷からのあるメッセージを熱望する。「おまえは親だと称している人の本当の子供ではない」と、どんなに両親が好きでも、言われてみたいと思っている。「母さんは王家のお姫様で、父親は人間の姿をしているが神様なのだ。おまえの王国はここより西、西方にあり、そこでは潮流は、イースト・ドーセットから岬や入江、黒い軍艦、赤いナン・ブイを通りすぎて流れていく」などなど。

そして、不思議なことに、不思議なことに、語るも不思議なことに、あるものが漂着するのだ！　引き潮の後に残った海草と一緒に、中に手紙の入った壜があるではないか！「川や湾を通り過ぎ、かなたの大陸から……まだ海図にも載っていない海流に運ばれ、いまだ名前もない魚の鼻先でつっ突かれ……この手紙は浮きつ沈みつついに彼の許にさまよい込んできた」神かけて言う、ジャーメイン。アンブローズが人生のゲームから脱落して、**プロのアマチュア**として、つまり愛するが、知識をもたぬ者としての自分の経歴を始めたのはこの時と僕は今も信じている。煉瓦のかけらであの墻を割ることで、あの破滅をもたらす忌まわしい空白のメッセージを受け取ることで、すべてが始まったと。そしてこの手紙によって、アンブローズの心からの望み――奇跡の**しるし**があってほしい――と、この上ない恐れ――その**しるし**が自分のためのものでないかもしれない――がその通りになってしまう。残酷な〈あなたの友《ユアーズ・トルーリー》〉は、偽りの我が友なのだ！　あれを奪い、これを、そして、その次にはまた何かを奪う。だが、あなたという目的に到達することがない。あなたは僕を僕の起源から切り離してしまったのだ！

I

僕《アイ》はびっくりハウスで迷子になっているんだ、ジャーメイン。このエピソードのI《アイ》は僕ではない。それが誰なのか僕にはわからない。

　実際に、僕は十二か十三の時に、一度びっくりハウスでちょっとの間迷子になったことがあり、このアマチュアの原稿のIの章にその物語を入れた。しかし、その出来事が起こったのは、メリーランド州のオーシャン・シティではなく、ニュージャージー州のアズベリー・パークだった。母とローザ伯母さん（夫と死別したばかりだったので、伯母さんを慰めるための遠出だった）と一緒で、父やカール伯父さんはいなかった。僕は暗い廊下でピーターとはぐれてしまい、わけもなくちょっと心配になり、数分間さまよい歩いた。そして、もう一人の年若い迷子の人と出会って一緒に出口にたどり着くと、そこにピーターが待っていた――気がつくと連れは黒人の少年だった。当時（一九四三年頃）、そうしたオチは気分上々の人種差別主義者たちにとって格好の冗談のネタで、帰り道はそのことばかりだった。アーサー・モートン・キングの物語のポイントは、アンブローズが二重に目覚めたことをセンティメンタルに描こうとしたことだ。一つは、彼の愛する者たちに人種的偏見があるという事実で、自分は決してそんなふうにはなるまいと誓う。もう一つは芽生えつつあった文学的想像力への目覚めで、びっくりハウスで迷子になった経験を象徴的に書くことができ、物語の材料になるという認識。要するに、月並みに考えてもわかるように、将来作家になるという暗示がある。経験を話言葉を使って芸術に変える人になるという暗示だ。

　僕らの友人のジョン・バースがそれを短編に書き直していることについては、どう考えたらいいのかわからない。

何しろ彼は僕が与えた作品をこの上なく自由に取り扱っているからだ。言うまでもなく、彼が文学的目的のために僕の経験を根源的に再配列するとしても何の異論もない。僕が贈ったこれらのエピソードは、なんら余計な紐などついていないテーマなのだ。それにしても……

それにしても、びっくりハウスで迷子になったことや、バースの短編についても僕は単純に客観的にはなれない。その物語は事実とは大変異なっているが、多分もっと真実性があり、確かにより胸の痛む作品だ。この物語では、「オーシャン・シティ」へのドライブは少年Aの感受性を通して全知全能の視点から描かれ、劇的アイロニーが潜み、ひそかな暗示に満ちている。車の前席にはヘクター（運転者）とカール伯父さん、その間にアンドレア、後席にはピーター（十五歳ぐらい）がヘクターの後ろに、アンブローズがカール伯父さんの後ろに、アンドレアの後ろには「マグダ・G――、十四歳、可愛い娘……住んでいる場所は、メリーランド州D――の町のB――通りでメンシュ家から遠くないところ」。そして、次のようなことがひそかに暗示されている。アンドレアはカールと過去に浮気をしていたか、あるいは今も浮気をしているらしい。少なくともピーターは実はヘクターの子ではなく、カールの子で、また、ヘクターだけでなく、若いアンブローズもそのことを少なくとも半ば事実と感じているらしい！

そんなわけで、読者の注意は後部席にむけられる。そこではこうしたショッキングな可能性をしきりに考えながら、同時にAは、ピーターのガールフレンドのマグダにさわろうと神経を集中し、むだな努力をしている。僕らのアマチュア氏アンブローズは、一九四〇年九月の夕方以来、マグダに恋をしたと思いこんでいる。その日、メンシュ館の道具小屋でマグダが不意に彼のペニスをくわえ、フェラチオをして驚かしたということが仄めかされている。レトリックやディテイルについては、Bのテクストを見ること。アンブローズに対するマグダの態度は優しい親心みたいなもので、彼女はピーターとしっかり手をつないでおり、アンブローズはマグダが道具小屋《トウールシエッド》での出来事（彼には重大な分岐点《ウォーターシエッド》）を覚えてさえいないんじゃないかと思っている。

ブルジョア家庭のこうした厄介な問題やスキャンダルや爆発の危機を前景にし、後景には第二次世界大戦というより大きなブルジョアの暴力を暗示しながら、物語の筋は展開する。水雷攻撃を受けたタンカーからの原油が海岸を汚染し、「灯火管制」で暗い街灯、鉤十字と日章旗でいっぱいの射的場といった具合だ。アンブローズは板張りの散歩道の下で人間が性交するのを初めて目にする。眩しいほどのマグダの乳首をちらっと見たり、ところかまわず起こってくる性衝動に身震いしたり、自分の男としての能力に子供じみた疑いを抱いたり、嫉妬と欲望の苦しみを味わったりする。かてて加えて、家族の緊張した関係や、両親に対する愛憎二面の感情があり、砂糖づけの林檎で胃もたれしたこともあって嘔吐しそうになったりする。最後にこの三人の若者たちはびっくりハウスに入り、アンブローズが曲がり道を間違え、いつまでも廊下の中をさまよいながら、暗闇の中で自分自身に物語を、多分「びっくりハウスに迷って」という物語も含めた物語を語っているさまを空想する。

さて、ゆったりとしたトーガを纏ったあの女性、メンシュ館の木材置場と野外便所の間の藤の樹の下にある道具小屋の棚にあった、石材用ノミがいっぱい入ったエルプロダクトーの葉巻箱の上の写真に写っていた五弦の竪琴《リラ》を手にした女性は——一九四〇年にマグダにフェラチオをされながら、アンブローズは畏敬の思いをこめて、かつ冷静に写真を見つめていた——楽器をとって、僕の友だちの下手クソな物書きのために歌ってあげたかもしれない。だが、僕にはまだ何も歌ってくれていない。あの砂糖づけの林檎がまだ喉につかえており、マグダとピーターはいまだお互い夫婦だし、僕は——

しかし、この物語、このエピソード、このような出来事についてはこれ以上話せない。Ｉの章は終り！

J

ちょうど《ジャスト》ここから、ジャーメインよ、僕の**アマチュア**は、アンブローズが話すという一人称の形で再び始める。あのびっくりハウスで迷った際に、少なくとも、いや、ついに、アンブローズが自分の声を見いだしたかのように。だが、彼が見いだした声を僕が擁護してもむだだ。「アーサー・モートン・キング」はその後すぐにその声を放棄したからだ。それは彼には昔使っていた語り方だったのだ。

迷子になったのは僕自身だと気づく前から、僕自身、ピーターは貰いっ子だと思っていた。

僕らはベッドルームで彼が貰いっ子である可能性を長々と議論した。認めて言うが、どこの子であれ僕はピーターを愛している——と断言したのは、正直な気持ちからだし、同時にまた試しにそう言ってみただけのことだった。また、ピーターの実の親の正体や身分を熱っぽく推理したのは(ピーターにはそうする想像力がなかった)、愛情からというより、むしろそれがひどく魅力があったためだった。実の親は、町はずれにあるトマトの缶詰工場の先でトレーラーの家に住み、五十セントで母の手相を見るようなジプシーなのか？　あるいはまた、僕らの町内の誰かで——アードマンやジーゲンファス——すぐ鼻の先で恥の子が成長するのを見守っているのだろうか？　僕らの通りはドーセット病院に通じ、そこでは郡の大部分の赤ん坊が生まれるのだから、突飛もない当て推量をいくらでも楽しめた。でも、僕のお気に入りは、モートン大佐が海外滞在中にヨーロッパの男爵夫人に生ませた子供だという話だった。大佐は缶詰工場と海産物をパック詰めにするいくつかの作業場を所有し、数年前にどういうわけか脚を銃で撃たれていたのだ。怒り狂った男爵はライバルの大佐を殺してしまおうと企てた。そのうえ、もし大佐が危険を見越してヘクターとアンドレアに金を渡し、自分たちの子供として彼の庶子を育ててくれるようにと頼んでいなかったなら、子供さえ亡き者にしてしまおうと考えた。男爵夫人はといえば、不幸な星のもとに生まれた情熱の子を決して忘れられず、年老いた夫の死をひたすら待って、その時はアメリカにいる本当の恋人（僕は素晴らしきモートン・トマト社の社長に会ったこともない）に会いに行き、ピーターが我が子であると明かすつもりでいる。

「やめろよ、アンブ、くだらないよ、そんなの」でも、ピーターが暗い中で片肘をつき、身を乗り出す音が聞こえた。「そんなこと信じてるのか。ええ、おい、どうなんだ」

僕は天井に映る影のことを考えていた。街灯がキササゲの葉の影絵を映し出していた。実際のところ、兄の性質には大佐や男爵夫人の影は見られなかったが、その可能性を思うと胸が躍った。ある日、ヴェールで顔をかくした男爵夫人がお抱え運転手つきでダイムラー＝ベンツに乗ってやって来て、ピーターをお城の主人にしようと連れて行く。しかし、まずはメンシュ石材を買い上げ、僕らを世界旅行に連れて行ってくれる。多分、ピーターが成人するまでヘクターを財産管理人に任命し、みんなでお城に住むことになるだろう。僕とマグダとピーターと母と父とローザ伯母さんとで。

北東風が激しくイースタン・ショアに吹き荒れ、ついてない船乗りたちをチェサピークの海にさらう夜も、ライン川の流域は（僕はそこに男爵夫人のお城をおくことに決めた）穏やかで、緑に包まれ、温暖で光り輝くように思えた。まさに、ローザ伯母さんの卵の中のエメラルド色の景色だった。緑色がかった灰色の小塔には苔がビロードのように生え、埃っぽい葡萄の段々畑がきらめく川まで続いている。薄物をまとい、物思いにふける水の精が一人、岩によりかかり、むこう岸の陽光の中の葡萄の木々の中、僕らの所からは見えない人か何かをじっと見つめているのだ。

このような光景を前に、僕の空想はさらに手の込んだものになっていった。時には、塔のひとつに僕用の部屋をくれるようにピーターに無理やり約束させたり、それに、裏門のすぐそばの葡萄園ももらうことになった。だが、その後でピーターは必ず、母が自分には憧れの男爵夫人で、僕らの粗末な家が唯一の城だと主張した。それならば、僕に相続権を譲ってくれ、と厚かましく提案することは、勿論できなかったが、僕の準男爵の資格は認めてくれて、時が来たら僕に男爵の位を譲ってくれるだろうと確信し、眠りにつくのだった。

　こうした想いを孵化させ、生みだした卵は——一九一〇年、オーバーアメルガウ（西ドイツのアルプス山麓にある村。黒死病の終息に対する感謝として十七世紀以来十年毎に村人がキリスト受難劇を演ずる）の受難劇を見物した折、コンラッド伯父さんがローザ伯母さんのために買ってあげたものだが——我が家の居間《グッド・パーラー》のマントルピースの上、ウィルヘルム伯父さんが刻んだ二体のキューピッドの間にいつまでも展示してあった。この居間は昔風に休日を葬式と大パーティの時しか開放されなかった。そんな時は、ピーターも僕も子供らしくずっとおとなしくしていて、ご褒美に祖父のワインを一杯飲ませてもらったり、卵の中を覗かせてもらったりするのが一番の楽しみだった。しかし、卵の魔法の中身は、ウィルヘルム伯父さんの学生時代の彫刻同様に、長年ピーターにはちっとも好奇心を駆り立てるものではなかった。ピーターが十七歳、僕が十五歳になって初めて、僕にもいろいろなことがわかってきた。

　コンラッド伯父さんが一九四一年に死んで、甥たちにそれぞれ二千ドルを残した。僕らがドーセット高校を卒業する際に受け継ぐことになっていて、それまでは信託に入れられていた。僕の分は既に家族の者が大学のために取り分けてくれていた。ピーターは、メンシュ石材の不安定な商売に自分の分を投資するだろうと期待されていた。というのも、カール伯父さんのように、若いときから徒弟として暇ができるとすぐに仕事をしていたからだった。卒業式が近づくにつれて、ピーターは果報者だ、商売のためにとうとう「何か貢献する」ことができるんだから、と、父とカールが熱心に話していた——これまで二年間、兄が子供並の賃金で渡り職人のように働いてきたこと自体、男爵にふさわしい貢献と思っていないような口ぶりだった。

「パンだって海に投げると」ヘクターが眉をしかめ、鼻を鳴らしながら、家族の誰にともなく言った。「たいした利益になる。一片投げて、一斤のパンを釣り上げるって言うくらいだ」

「でも、ピーターは会社にお金をつぎ込む必要なんかないわ」母がきっぱり言った。母は一日中室内服《ハウスコート》を着ていた。室内服という言葉を、家の中に閉じこもるための服の意味と思いこんでいるようだった。年とってくるにつれ、母の髪は縮れ始め、歯は抜け、下顎がたるみ、胸の形はくずれ、腹が出ていた。煙草をくわえ、コーヒー・カップを手に長椅子に座り、女王然と振る舞ってみても、昔と同じように人を動かすことはできなかった。「ピーターのお金なんですからね」

「そうじゃないと、だれが言った？　おまえのために家に配管工事でもしてもらうかね」

　そんなつもりで言ったんじゃないと、母が答えた。でもその通りだった。ヘクターは、一九三六年にカールとローザに金を払い、メンシュ館を全面的に自分の所有としたが、それ以来、台所の流し台に水道の蛇口を取り付けてもらっただけで、他はモダンな暮しを取り入れようとしなかった。すべての寝室の大理石の洗面台には、水差しとたらいがあり、台所と居間のストーブ以外には暖房はなかった。冬の朝には水差しに氷が張っていた。その上、屋外便所をまだ使っているのは、イースト・ドーセットでは僕の家だけだった。屋外便所はサマー・キッチン（夏使う台所。通例家の並びに建てた小屋）の後ろの白ペンキ塗りの小屋の並びにあった。見た目はひどいわけではなかった。苔むした煉瓦の上を歩いて行くと、小屋の目隠しになっている葡萄と藤の下にくる。でも、冬の寒さはびっくりするほどだし、夏には雀蜂や蜜蜂が群がり、僕は大学に行くまで多少ともずっと便秘だった。

　しかし、家を便利にしたいという強い望みがどんなに正当であっても、アンドレアにもヘクター同様にピーターの選択を左右する権利はないと僕は思い、そう強く言い張った。僕の遺産については、親に慎重に決められてしまっていた（その決定にはピーターも大賛成で、僕は反対できなかった）こともあって、親の意見から独立しているピーターが羨ましく、妙な理屈をつけて、僕は遺産は無思慮に使うべきだと主張した。とはいえ、いいですか、つかの間の馬鹿騒ぎに「むだにつかえ」と言うのじゃない。無用の美術品に代えろ、と言うのでもない。浮かれ騒ぐという考えは、プロテスタントの我が家の意識には馴染まないものだったし、ヘクターや名前しか知らないウィルヘルム伯父さんとやらでさえも、たとえば、美術品に金を払うなんて僕には考えられない。何か大きな道具、レジャー用具を気前よく購入するのを空想していたのだ。もし、ピーターがためらうなら、たとえば、フォード社の赤いロードスターとか、レース用ヨットとか、五インチの反射望遠鏡とかを僕が決め、そこから選ばせることもできた。

「ピーターは家のために遺産を使う必要なんかない」僕はきっぱりと言った。「遺産はピーターが使いたいように使えばいいんだ」

「そうかも知れん、本当にそうかも知れんな」ヘクターの鼻は反対されると痒くなる。彼は左手の親指と人差し指とでよくこすった。「ハンプトン級のかっこいいヨットを買わせてやれ。会社が破産管財人の手にわたったら、みんなして航海にでよう」

　奇妙に見えるだろうけど、誰もピーターの気持ちなど聞こうとしなかった。彼の前ではその話題がでなかった。実は、ピーターは家族で一番うぶで野暮な奴だったのに、まさに家の者たちとは一味違《ひとあじちが》うせいだと思うが、彼は十七歳にしてすでに我が家の中である種の権威をもっていた。僕らの判断がピーターより健全で、想像力も鋭かったとしても、彼を丸め込んで決めさせることはできないとわかっていたのだ。僕らの議論が不毛なだけに、皮肉なことに熱気を帯びてくる。だが、ピーターがやってくると、機転を利かせてというより、むしろ彼の権威に威圧されてみな黙りこんでしまう。ピーターはホメロスのえがくゼウスを連想させた。事実、メンシュ館の家族の者はピーターをのぞいて、この点において、神話の世界の神々そっくりだった。マグダはヘラのように不平ばかりだし、僕はポセイドンとか、ハーデースのように苛立ち怒り、マーシャはアプロデイテーのようにうまく騙したり、見てみぬふりをしたり――でも、結局喧嘩にはならなかったのは、ピーターが口を開くと、不平不満がなくならないにしても、彼の言う通りになったからだ。

こんな例があった。メンシュ石材が市の堤防の修理を始めた数日後の土曜の夕方、ピーターが口を開いた。もともとこの堤防工事のおかげで石材店の基盤ができたのだった。一九〇四年のボルティモアの大火後、町が只同様の値段でその焼け落ちた都市から何トンもの花崗岩の瓦礫を購入し、平底荷船でチェサピーク湾を運び、補強のため堤防のまえに「捨て石」を降ろした。これは祖父のアイディアで、堅実なことだった。だが、年月がたち、凍結やハリケーンなどが、その後四十年のうちにコンクリートに打撃を与え、蝕み、台なしにしてしまい、春の増水時には堤防というよりも波よけのようになり、その背後に港ができた格好になってしまった。満潮のたびに地所が水浸しになる市民たちが働きかけて、ドーセット市議会は堤防の修理と増高工事の入札を行った。ヘクター（校長職の他に会社の三分の一の権利を所有していた）は、カール（店を管理した）やローザ（残りの三分の一の所有者）と協議し、長いことかけてコストを切り詰めた見積もりを算出し、低価格で工事の入札に参加した。

この工事を請負ったことで、落ち目だった店が持ち直した。何しろそれまで決定的につぶれずにいたのは、ただただ戦争景気のおこぼれのおかげだという店だった。大工や石工やセメント仕上げの職人たちが特別に雇われた。店の平台型トラックがツケで修理された。どこからかリースした砕石機やもう一台の主力ミキサーが運ばれてきた。市の財政のためとかで、店の作業場の石は使わなくてすむんだ！　とヘクターが告げた。僕らがその現場を初めて見にいった日、ヘクターは浅瀬にころがる「ボルティモアの岩」の一つから左手で藻をそぎ落していた。そこは、かつてよくピーターと海賊ごっこをしたり、脱皮したばかりの蟹を網で捕まえたりした場所だった。ヘクターは石を見ながら頷いていた。

「いい褐色砂岩と花崗岩だ」と、ヘクターはカールとピーターに高らかに言った。「既に四角になっている。大部分がだ。こんなところに使うとは、なんて無駄なんだ」

カール伯父さんも頷いた。そして、僕も放課後毎日、土曜は一日中、黒人たちと一緒に、そのボルティモアの岩を動かすのに手を貸した。最初、僕らは石の区別などお構いなしに、苔もなにもかも砕石機に持っていき、それからミキサーへ運んだ。父は、次々にいい形に刻まれた石が粉々にされていくたびに、眉をひそめて見守っていた。

「悲しいね」

カールは鼻を鳴らし、火のついてない葉巻を咬んだ。

「むこうのあの石は、テネシー産の桃色大理石のようだぞ」

その結果、ある日の金曜日の夕食のとき、ふたりはその日の午前中に市長や市議会とある取り決めをしたことを家の者に披露した。四角にされた見事な石を自前で社の作業場に運んでいい代りに、メンシュ石材は「祖父の」ボルティモアの岩石をすべて取りのぞき、その代りにむきだしになった堤防の前に海水浴場を作るということになった。ヘクターはその（彼自身の）計画をものすごく誇りに思い、いわば、ビジネス・アーティストだけが思いつくことで、普通の商売人には生み出し得なかっただろうと感じた。とりわけうれしいのは、祖父が儲けるために置いたものを、今取りのぞいて、儲けることができることだった。これは渡ってきたり、帰っていったりする移民たちに祖父が慈善を施しつつ儲けた行為の一種の再演というわけだった。

ヘクターはローザ伯母さんにニヤリと笑いかけた。「今度の仕事には品格がある」

カール伯父さんはただこう言っただけだった。「ウィリーだったら、あのピンクの大理石から何を作り出すかな」

ローザ伯母さんはヘクターを高くかっていて、負傷してから二十五年もたっているのに、いまだに戦争の犠牲となった若きヒーロー、もう一人の芸術家だった双子のインテリの片われと見なしていた。伯母さんは下腹に手をやりながら——そこに癌が広がっていたのを僕らは知らなかった——「コンラッドがもう一度ここにいてくれさえしたら」と叫んだ。

それから、コンラッドとウィルヘルムを偲《しの》びつつ、家族がいつまでも栄えるようにと伯母はさめざめと涙を流した。母でさえもジーンときたに違いない。居間《グッド・パーラー》のストーヴをつけて、お祝いに貯蔵室からニューヨーク産白ワインを二壜取って来るように父が僕に言いつけた時、母は何も言わなかった。

部屋はそこに置かれた彫刻のようにひんやりしていて、石油の臭いがした。ローザ伯母さんはまた涙を流した——最後にこの客間を使ったのはコンラッド伯父さんの葬式の時だったーーが、冷たいワインが励まし、暖めてくれた。僕らは家族の歴史を再び思いおこし、「幸せがここにまた」を歌った。商売の風向きが変る前に店を救ったり、家の配管工事をしたりする機会を逃したなと言い、ピーター（どこからかマグダを連れてきていた）をからかった。母は父の膝に座りさえした。腕に抱いてもらえるように父のグラスを取り上げた。僕は嬉しいけれど、ばつがわるく、思わず「恋人たちに注目！」と言ってしまった。そして、母のまねをして「苦悶の人」（僕たちはそういうあだ名で苦悩するギリシア人の大型の頭部像を呼んでいた。寝椅子のそばの台座にあり、ウィルヘルムが造ったラオコーン像の模像だが、家族の者は十字架にかけられたキリストと間違えていた）にキスをしてみんなを笑わせた。

　ピーターだけはあまり嬉しそうでなかった。何か物思いにふけるような風情で、マントルピースの前のいつもの場所から僕らのお祭り騒ぎを優しく眺めていて、微笑みながら何やら真顔でマグダに囁いていた。ヘクターが母に耳元で何か囁かれて顔を赤らめ、一方、ローザ伯母は大好きな「我ら再びヴィルヘルム皇帝をいただかん」とドイツ語の歌を口ずさんでいた。僕は伯母さんの膝の上に乗り、白い産毛のはえた耳元に「一緒にカスバにいこう」と口ずさんだ。それには皺を寄せてーー破廉恥な《フェルークテ》！ーーと僕を押しやったが、それでも僕にからかわれて、満更でもなかったみたいだった。それより、ピーターがヘクターよりも真っ赤になった。自分自身のひどい当惑に当惑したのだろうが、キューピッド像の間にあった葡萄の木でできたスタンドから例の復活祭の卵を取り上げ、天井から三本の鎖で吊してある白熱電球にかざしてみながら、不思議な内側の世界に向かって何か言った。そばの刺繍のしてある椅子にいたマグダがピーターの手を取った。

　母は僕を無視した。僕だってもちろんローザ伯母さんのエプロンをした膝の上にいつまでもいられなかった。「堤防の前からあの石を動かしても大丈夫だと、本当に思っているの？」と僕は言う。

　父が片腕だけで母を抱き、しかも親指と人差し指で鼻を擦るのは容易でなかった。「おや、どういう意味かね、それは？」

　僕はニヤリと笑い、肩をすくめた。「ただそう思っただけ。土台がだめにならないかなあって。それで、お祖父さんが最初石をそこに置いたんじゃないの？」

「おやおや。もう一度言って欲しいね。土台がだめになることについて考えるよりも、土台がだめにならないか、と思う方が簡単だ」

　ピーターが卵から目を離した。

「おやまあ」母が言う。「もう九時だわよ」思い出したかのように、玄関の時計が歯車の音と共に時刻を打ち出した。「コーヒーをいれましょう」
「堤防は今までより三フィートも高くなる」父が言った。「どういうことか分かるか？」僕には詳しくはわからなかった。「二六六立方ヤードの補強コンクリートだ。波も年に何度もそこまではこないだろう！　百トンも重くなる！」「それに、あの病院まで延長するからね」カールが教えてくれた。

父はもう一杯ワインを飲んだ。「アンブローズの奴が、土台がだめにならないかと心配するとはな」

僕はそれ以上心配するのはやめた。「卵の中には、本当にお祖父さんの城が描いてあるの？」

ローザ伯母さんが優しげに眉をひそめた。「そうね、お祖父さんはそう言ってたわ」

「おーやおや」父が言った。

カールはクスクス笑う。ローザ伯母さんの目がまた潤んできた。「コンラッドが一九一〇年にオーバーアメルガウの村で買ってくれたのよ」伯母さんはマグダに言って聞かせたが、これが初めてではなかった。「ハネムーンのときにね」

「マグダはそんなこと知ってるよ、もう」僕が言った。

「受難劇のそばで、たくさんいろいろなものを売っている、ギリシア人だったか、ユダヤ人だったか、年老いた行商人がいたの。その人から買ったのよ。その人が、内側にいかがわしい絵が描いてあるのをコンラッドに見せたのね。コンラッドときたら、中にはお城が描いてあるものだってふりをしたの。家に持ち帰るまで、わたしに覗かせてくれようとしなかったわ」

「ものすごいからかい魔だった、コンラッドは」カールが言う。

どういうわけか、突然に父の兄、カール伯父さんが際だった存在に見えた。僕らとは違って、伯父さん自身のひそやかな歴史を持ち、いつかは死んでしまう存在なんだ。最近は特別伯父さんを軽蔑してはいないことに僕は気がついて、このことをじっと考えた。

ピーターが今度は大きく微笑みながら、僕たちを見渡した。そして、マグダの手を強く握った。「もし堤防工事を我が社がきちんとやらないと思ったら」僕にでも言うようにはっきりと言った。「僕はウィリー・アードマンのコーンロットの前半分を買ったりしなかったよ」

それがどういうことかわかるのにしばらく時間がかかった。驚いて、ヘクターはいつもの皮肉を利かせることもできなかった。「何をどうしなかったらだって？」

「すごいわ《グロッセル・ゴット》！」ローザ伯母さんが、どういうことかもよくわからずににっこりした。カール伯父さんの笑い顔はもっとわけ知りぶりだった。

僕自身の最初の気持ちはひどい失望だった。そうなると、ヨットも五インチ望遠鏡もだめだろうし、この問題については僕の助言が守られるどころか、求められさえしなかったわけだった。しかし、僕はすぐにピーターの大胆な行動への賞賛の気持ちがつのった。

　母が台所から急いで戻ってきた。煙草とコーヒー・カップ。ヘクター同様驚いたが、嬉しそうな表情だった。「あなたが、何をしたのですって？」

「コーンロットの正面全体を買ったんだ」ピーターが注意深く言った。「堤防に沿って一五〇フィートに、奥行き一〇〇フィート分」

　ジャングルもだ！　マグダもこの秘密計画に加わっていたんだと思うと、僕は改めて失望した。マグダの微笑はすべて承知ということを示していたし、ピーターがウィンクすると大きな眼を輝かせた。

　父は「苦悶の人」を見つめた。その歪んだ顔に似ていなくもない表情をして。「こいつはトマトを育てる気なんだ。真っ赤で肉厚のトマトで砕石機のリース代を払うんだ」

　ローザ伯母さんはおなかに両手を押し付けて「ヤー、ヤー、ヘクター！　ピーターは農夫《バウアー》だ！」

「ピーターはモートンの缶詰工場を引っ繰り返す気だ。大佐は破産したも同然だ」父は宣告する。

「そうだよ《ヤー・ドッホ》！」ローザ伯母さんが歓声を上げた。「さあ、大変《ゴット》！」

　ピーターの本当の親についての僕の仮説がよみがえってきた。

「僕が耕すのを手伝う」と僕は告げる。「いいよね、ピーター」

　兄は卵を元の場所に戻した。「僕らは庭を作る。でも、耕すためにコーンロットを買ったのじゃない」

「こいつは耕すためにコーンロットを買ったのじゃない」父が「苦悶の人」に報告した。

カールがクスクス笑いだした。「もちろんだ。ピーターはモーターボート・レースをやって、そいつを見物する場所がほしいんだ」

　最初の発言の後、ピーターは主として母に語りかけていた。だが今度は、微笑みかける相手こそ母だったが、空いている方の手を軽く最初は父の肩にやり、それから父の座っている椅子の背もたれに置き、そして、カール伯父さんにウインクした。「僕はみんなで住むために、そこに石の家を建てるんだ」

　またしても、ヘクターはいつもの皮肉な言葉がでてこなかった――つまり、何の返答もできなかった――ので、ピーターが自分の意図を説明し始めた。コーンロット（イースト・ドーセットの子供たちがそう名付けたのだが、実際にはそこではよくトマトとカブが作られていた）は、僕らの通りが行き止まりになる所にある七エーカーの原っぱで、病院の土地に隣接していた。わが家の隣人、病気がちのウィリー・アードマン——蜜蜂をめぐる戦いに敗れ、落ち込んだままアル中《ディプソマーネ》になっていた——がほんの二週間ほど前、自分の土地を住宅用地に分譲したいと言いだしたのだ。イースト・ドーセットでは新しい住宅を建てたがっている人などほとんどなかったから、ピーターに堤防に面した区画について三十日間の選択権を与えてしまった。今や、メンシュ石材が緊急に資本金を必要とすることはないと考えたピーターは、千百ドル（アードマンの言い値）を即金で払ってその土地を買い、そこに一家で住める広い石の家を建てることにした。さらに、カール伯父さんの手を借りて——土地取引の際のピーターの代理人だったとその時僕らは知らされた——アードマンは全米公認不動産仲介業者であり、建築業者だったので、取引のときに彼のファイルから青写真を貰えるように計《はか》らっていた。そして、家の基礎掘削のために、アードマンと他の建築業者と既に契約もしようとしているところだった。

「俺のことをそんな目で見るなよ」カールが唸るように言うが、嬉しそうだった。「こいつが、絶対にばらすなって言うもんだから」

「石だけで一財産かかるのに」母が声を大にする。「イースト・ドーセットには石造りの家なんてないわよ！」

「お金を儲けて母さんに僕が建ててやるんだ」ピーターがきっぱりと言った。「戦争が終ったら。だれでもやりたいことにお金を出してやれるんだ。店の広告にもなる」

ヘクターが鼻息荒く言った。「広告にはなるだろうよ。コーンロットに家が沈みこめばな。気は確かか、カール？」

しかし、カール伯父さんは、病院自体砂地でも十分に持ちこたえているじゃないかと、指摘した。カールとウィリー・アードマンから、支柱と土台について必要なことは教えてもらっているし、敷地のレイアウトの準備もしているところだと、ピーターが言明した。

突然、母がコーヒーと煙草を下におき、見たこともない表情をしてマグダからピーターへと目をやった。「こらっ、ピーター・メンシュ！　あなた、もうマグダと結婚しているの？」

ローザ伯母さんが体を揺すりながら、ハミングで歌った。父は何かに取りつかれたかのように、鼻を擦った。カールはワイングラスをぐるぐる回して、ニヤリと笑った。僕自身は、ピーターに先をこされ、妬ましくてほとんど気分が悪くなるほどだった。ピーターの顔がまた赤くなる。「いいえ」

「それじゃ、婚約したの。そうなのね、マグダ？」母の声には愛情があふれていたし、また、嬉しそうでもあり——歌をうたってピーターをからかったあの口調だ——ピーターが、あの時と同じように赤面した。

「婚約も、何もしていません」マグダも兄と同じくウィットに欠けていたが、からかわれるのには慣れていた。マグダの瞳はさらに大きく、真剣になり、声はより静かになったが、僕たちの誘いにはのらなかった。「まだ何の計画もないです」

「あの、それがあるんだ」ピーターが異議を唱えた。びっくりするほど真っ赤になっていた。「でも、まだ先の話だ。戦争が終ったらだけど。それにはっきりしたことは何もきめてないし」

「コーンロットに石の家だとよ」父が母に報告した。伯母さんがハミングして、両手をエプロンの上で握りしめて大声で笑った。カールが父の肩を叩いて、ピーターにお前は親父そっくりだと言った。そんな騒ぎが静まるとすぐに、ピーターはマグダを家まで送っていくと言い、席を立った。僕は二人と一緒に玄関まで行った。

「すごい、ほんとすごいよ、ピーター……」僕は胸がいっぱいだった。ピーターとマグダは二人して微笑んだ。「家に狭間も作るつもりかい、どうなの？　昔の人が弓を射たあの貝殻《スカラップ》模様の窓だよ？」

「そんなの、思ってもいなかった、アンブ。高そうだよ」

　今度赤面したのは僕だった。「家を建てるときには、必ず手助けするから！」

「そいつはいいや」

「建てる前だって、葡萄を移植できる！　それに、何か本物のワイン用の葡萄の木も植えよう！」

「僕らの土地だ」ピーターが言った。「したいことは何でもできる」

　土地を所有するほうが、僕が考えていたものなんかよりもっとわくわくすると気が付きだした。「塔なんかはどう？　屋上の隅に丸い塔をつけることだって……」

「うん、まあね。塔も考えなければね、たしかに」ピーターがまた赤くなり出したので、僕は二人におやすみを言った。「二人が結婚したらすごいや。そうしたら、二人の家に僕らが住むことになるんだ！」

　ごく自然に、マグダは僕の顔を自分のほうにむけ、キスをしてくれた。軽く、そして、厳かに唇に。マグダとピーターは当り前のように愛し合っているにちがいないと理解した。

「おやすみ、アンビー」マグダが言った。

　奥の居間では、ピーターはただの建築材料を当てこんで土地を買ったんだと、父が「苦悶の人」にむかって言っていた。

「さあ、もう」母が上機嫌で言った。「家はわたしたちみんなのためだって、言ってたでしょう」

　父は苦悩の表情のラオコーンに腕をまわし、懇願するように言った。「アンドレアは実際に信じている——」

「いいじゃないか、ピーターにあのボルティモアの石材をやろう」カールが提案した。

「ピーターにはそんなの必要ない。おまえの石頭でも、使ってもらえばいいだろう」

　ローザ伯母さんが、まあ、ひどい、と騒ぎ立てた。

　僕はその場から逃げだし、すぐさま床についた。

「ピーターは、あのライン風の白ワインに酔っているのよ」母が言うのが聞こえた。その言葉は思いがけずに本当の所をついているように思えた。つまり、ローザ伯母さんの卵のライン川のワインに僕もピーターも酔っていたのだ。僕はそれから何時間も、ふたつのことを考えながらなかなか寝つかれなかった。ひとつは、ピーターの土地がずっと地球の中心にまで及んだ場合のこと（翌日、角柱《プリズム》の法則でその体積を計算すると、七、一二〇〇立法マイルになった）。もうひとつは、マグダのような年上の女のほうが、四年前の道具小屋での十五分間のことを覚えていようが、いまいが、僕が「デート」したことのあるもったいぶったばかな小娘より……もっとおもしろい、ということ。

K

コンラッドは、メンシュ石材店のモットーをポップ・ソングに譬えた。つまり、最初に受けそうなタイトルを思いつき、それに合わせて曲がつくられるように、店のモットーのほうが店自体よりも先行し、店の方がモットーを元に設立されたからだ。一九三二年の初秋のある朝（母が頷きながらそう話してくれた）、精神病院から退院した後で学校に復帰する前のこと、父はメンシュ記念碑店の「事務室」の一角に座っていた。治療を受けた後に始まった頭痛をなだめながら、裂け目の入ったカラーラ産の大理石ブロックを見つめていた。数週間前のハリケーンでホランド島の羽目板張りの家が湾に流され、その家の女の人が命を落とした。牡蠣採りをしていたその夫が、妻の墓の上におくささやかな石を頼んでいたのだ。墓といっても、それは沼沢地方の習慣で（乾いた地面が少ないために）、玄関先の庭の小さな穴に「埋められ」、その上にコンクリートの蓋をするものだった。祖父が人気のある碑銘のリストを差し出して、その夫に選ばせていた。

「ここのこれを見てみい。『神に愛されし者、召されて眠り給う』」この詩篇からの一説は、実際祖父のお気に入りの碑銘で、ゴシック体のHの文字を彫るのが好きだった。

「それから、ここにあるのが、エレミヤ書からので、『いまだ昼間というに、彼女の太陽は沈み給いぬ』。とてもいい文句だろう、な？」

　しかし、この馴染み客はリストを振り払った。「もう決めてるんだよ、メンシュさん」男は牡蠣採り船を売り払い、郡庁舎の前のベンチでむっつりとひなたぼっこをしている連中の一人になっていた。「『流砂の上に、家を建てるべからず』っていうのにして欲しい。それをそこに刻んでくれ」

「わか《ャー》った、わか《ャー》った」祖父は同意した。どういうわけか、客がくると、祖父はドイツ語を使った。「『流砂《ツイフティンク・ツアント》の上に、家を建てるべからず』。俺の手で、黒い御影石にそれを浮彫りにする。とてもいい文句だ」

取引は決まった。男やもめが去った時に、父がその指示された文句を何度も繰り返した。

「へえ、考えてみれば、とっても味な文句だ。『流砂の上に、家を建てるべからず』か」

それを考えれば考えるほど、父は面白がって、とうとう偏頭痛が消え去り、ひび割れた大理石のことなど忘れてしまった。昼飯時には、建築業者として、基礎工事と石材加工一般の事業に乗り出す決意をかためてしまっていた。祖父は懐疑的だったが、一週間もたたないうちに祖父の名義で業績の上がっていないいくつかの銀行からできるだけの資本金を借り集め、道具と材料を注文し、地域の建築業者には我々の店を使ってくれるようにと連絡した。初雪もまだ見ぬ頃、フランクリン・ローズヴェルト大統領が就任する前に「メンシュ&サン、ファンデイションズ&ストーンメイスンリー」店（カールが戻って「メンシュ石材」にかわった）には、最初の下請け注文がきていた。そして、荷車や平台の四輪車もそろい、店のドアに新たに書かれたモットーが、見にくる人に流砂の上に家を建てないように告げていた。

ああ、当時、我が家のモットーを心に刻み、我が家に建築を頼んだ者ほど、哀れな者はない。というのも、父は一度逃れた砂の上に再びまた築くような、危ない橋を渡っていたのだ。家の基盤が、イースタン・ショアのローム層の上にあるのは、避けられないことであったが、富の女神に見捨てられてしまった父のヘクターは、小切手を決済するためにあらゆる手抜き工事をせざるを得なかったからだ。それは安上がりに済ませてしまう建築業者には、よくあることだった。もし、契約（とりわけ、個人的な仕事で、建築中の点検がほとんどない場合）で、煉瓦の桟橋の下に厚さ十二インチの基礎が指定されたとすると、ヘクターは地面をよく突き固めて八インチで済ませてしまった。父のところのモルタルは（若い頃から、手にタコができ、背骨が折れるほどかき混ぜていたので、僕がよく知っているが）、むちゃくちゃ砂が多かった。郡は砂が豊富だったからで、それに混ぜるセメントの方は、煉瓦をくっつけるための砂粒が辛うじてくっつくほどしかなかった。しまいには、期限に間に合わせるために、真冬の最中でも石と煉瓦を積んでいった。砂とそれに混ぜる水をあらかじめ熱しておいても、節約してあるモルタルはしばしば固まる前に凍ってしまい、乾くと指で簡単に崩れてしまった。時がたつと、その砂さえ実際にずれてしまい、板石や板石を張った自然石が動いてしまったりする。そうなれば示談ですましたり、裁判所の命令で修理を命ぜられたりで、メンシュ&サンは、カールが戻ってくる頃にはほとんど無一文の状態になっていた。差し当っての契約もほとんどないし、仕事場には建築用石材や板石がいっぱいだったが、記念碑には小さすぎるし、忘れてしまうのには大きすぎるような石材ばかりだった。

「もうひとつ、碑文を考えなくちゃいけないな」祖父が言った。「ヘクターの会社のためにさ。だが、わしらには、あの会社を葬ってやる余裕もない」

　何度も店が破産しそうになった。カール伯父さんが、手抜き工事をしないようにしてからもそうだった。「破産管財人の手に渡る」という文句が、漠然と不吉に、メンシュ館の僕の思い出にまとわりついている。最初、僕は「破産管財人」というのは、〈山羊のがらがらどん〉をもう少しで殺すところだったあの巨人の一族で、ドーセット・クリーク橋の近くに住んでいるものと空想した。それで、ピーターがそばにいてくれないと、その橋を渡る気にはなれなかったし、今でも、明け方の散歩でアンジーと通ったりすると、嫌な気がする。一九三五年に祖父が死んで、この空想が修正された。居間《グッド・パーラー》に安置されている死んだ祖父を見に、ピーターがこっそり僕を連れていってくれたのだ。いつものようにその部屋は、室内暖房から石油の臭いがした――午前中の弔問客が寒い思いをしないように、暖房に火を入れるようにとピーターがいいつけられていたからだ。祖父はベッドにもなる長椅子の上に横たわっていた。やつれて青白かった。祖父の顔は思い出せないが、白い口髭には、よく乾燥した海泡石のような、煙草の吸い過ぎでできる見慣れた染みがまだあった。大きな鼻がもう赤くなかったということは、覚えている。鼻が痩せ衰えていて、その部屋にいつまでもあるピアノの鍵盤やウィルヘルムの石膏の模像のように、どんよりとした黄色い象牙色をしていた。このような細部を僕はじっと見つめていた。

　一方、ピーターは復活祭の卵に夢中だった。しばらくして、僕が囁いた。「お祖父さんにさわれると思うか?」

「うん、もちろんさ。でもしないほうがいいけど」

　筋肉のもりあがっている白ヒョウが炉棚の上でうずくまって、僕が微動でもすれば、飛びかかろうとしていた。「苦悶の人」は僕のやろうとすることを考えてか、苦しげに石膏の見えない目を天国の方へ向けていた。

「ねえ、ねえ、僕がやるからやってみろよ」ピーターが言いだし、祖父の頬を厳かにつまんだ。生きていたら、祖父は鼻を鳴らし、頭をぷいと上げたにちがいない。日曜日、うたた寝をしているときに僕らにいたずらをされるとそうだった。そして、見回してステッキを探すのだが、見当らず、僕らもどこかに隠れてしまったのがわかって、神の造り給いし子供らを地獄に連れていってくれるよう、天国の神様《ゴット・イン・ヒメル》にお願いする。でもとにかく、どうでもいい―どうなっても―どんなもんだと、僕は指で祖父の組んだ手の上を触ってみたが、祖父は動かなかった。その手は僕の手のように汗でびっしょりではなかったけれど、ほとんど冷たくなっていなかった。祖父は微動もせずに眠っていた。僕の方はその後幾晩もうなされたけど。玄関広間にある裸の「ビスケットを投げる人」（ウィルヘルムの「ギリシアの円盤を投げる人」を僕がもじってつけた）は、僕らが立ち去るときに僕から顔をそらした。そして、翌日ストッカー先生が学校でお悔やみを言ってくれた時、祖父はあの最後の時には「破産管財人」に喜んで歓迎してもらえたのだから、悲しんでもらうより、羨ましがられるべきだと思う、と先生と一年のクラスに告げた。かばってくれるピーターもいない今、僕も待ち受けている「管財人ら」の手中に渡る日がくる。僕自身はどんな歓迎を受けるのかと思って、とても恐い思いに悩まされていることは今は述べないでおこう。

　しかし、目下父は、亡き双子の兄弟のウィルヘルムの墓石を片腕で彫刻するための、新しい方法を思案していた。新しい縞大理石のブロックを、事務所や道具小屋やドーセット高校の美術室に持ち込んだり、自分でデザインした新しい道具を、入江そばの牡蠣採り船の船大工、ジョー・ヴェグラーに鍛造してもらったりしていた。コンラッド伯父さんが（カールがボルティモアから戻る前のこと）、本を積んだ自転車でやってきて立ち寄ると、父は夢中になって下絵を描いたり、石を削ったりしており、ヤスリをちょっと片づけさせてくれと、断らなければならないほどだった。やがて、ほどなくして、ふぞろいの荒石でたてる煙突やペンシルヴァニア産板石を使うパティオの注文などが入るようになり、しばらくは管財人について耳にしなくなった。

　当時、堤防工事のことやカールとヘクターの工事の見事なやり方に僕らは夢中になっていたが、とにかく、工事のお陰で一息つくことができて、我が家の運勢が全般的によくなるようだった。軍需物資の生産はピークだった。モートン大佐の缶詰工場は二十四時間操業で軍の食糧を作り、ドーセット造船所では、ホワイト・オークと糸杉の「救命艇」を建造していた。それは戦闘艦用の灰色に塗装する前はきれいな色をしていた。仕事は牡蠣採り船を造っていたかつての船大工たちがやっていた。一般市民も裕福になってきて、パティオやテラスや墓石を作るための資金があり――他の物とは違って僕らの使う材料がひどく不足することはなかった。濡らした砂や線路の古材を利用した鉄で墓の笠石を磨くこともなくなっていたし、木づちやノミで文字を刻むこともなかった。墓石は全国規模の石材会社から卸しで買い——既に型ができていて、磨きもかかり、標準模様が施されていた——僕らはその販売代理店となった。碑文はゴム板からステンシルで刷り出され、砂吹き機で表面に素早く完璧に文字が彫られた。片手にノズルを持ち、心ではアードマンズ・コーンロットのことを思いながら、ピーターは、祖父が愛情を込め、苦労して彫っていたHの文字を、あっという間に祖父と同じように仕上げることができた。父は我が家のサマー・キッチンに中古の給湯器を備え付け、母に電気ヒーターや屋内トイレの話をされても、鼻を擦ったりしなくなった——だが、戦時中はそんな贅沢なものは備えるわけにはいかなかった。

カールの監督のもと、僕らは夏のあいだ堤防の仕事をした。父が学校や製材所からびっこを引きながら、進み具合を見に時々やってきた。みんなが力を合わせ、あれこれと工夫しても、限りがなかった。ボルティモアの岩を手作業できれいにするとバカ高くなるということがはっきりしてきた時（一つの岩から苔を擦り取るのに、僕がめいっぱいやって三十分もかかった）、父は沸騰しているお湯や生蒸気を岩にスプレイする設備を借りてきて実験したり、希塩酸水溶液に浸してみたり、空気乾燥をしたり、砂で磨いたりしたが、無駄だった。すべて効果なしか、効率が悪かったりした。ついに、追い銭をしないためにと、もとあったように作業場に岩を荷車で運び戻した。長期乾燥すれば、もっとたやすくきれいにできるだろうと思ってのことだったが、そうはいかなかった。かつてはボルティモアの大銀行の礎石だったらしい岩に当り、うちの砕石機がこわれてすぐには修理できず、コンクリート用に市販の小石を買うはめになった時、カール伯父さんは、僕らがセメントを注ぎ込む前の型枠に、砕かないままの丸石を苔のついたまま詰め込み、多少でも損失を軽くした。そして、うちがボルティモアの岩を持っていったことに対して、遅ればせながら市議会が異議申し立てをし、市長が恥知らずにも市営海水浴場について以前に口頭で同意したことを認めるのを拒否した時には、父は我が家に対する反対行動の機先を制し、少なくともコーンロットにある我が家の地先からは岩を持ち出しても宜しいという許可を申請し、それを手にした。

こうした当座凌ぎのやり方については、僕の意見をピーターにはっきり言った。カールが堤防にかかりきりになれるようにと、ピーターが卒業すると石材所を取り仕切っていたからだ。でも、性格の悪さを嘆くように手際の悪さには手厳しい兄ではあったが、当時も今も、兄は一度に一つのことしか頭に入らぬ男で、我が家を建てるのに夢中だった。七月には土地の購入を終え、八月には掘削機を借り入れ、僕ら二人だけで協力して夕方と週末に作業を行い、カールから助言をしてもらい、父から反対されながらも、枠組みを仕上げて地下室と壁にコンクリートを注入した。夕方になるといつもマグダが見にきた。母やローザ伯母さんと一緒に、自家醸造ビールの壜をブリキのバケツに入れて持ってきてくれる時もあった。僕の身体も初めてピーターみたいに日に焼けて逞しくなった。自分の筋肉や泡立つビールを飲む権利を誇らしく思った。昼間はずっと堤防のために丸石を運び、夕方は家を建てるのにコンクリートを手押し車で運んだ。暗くなって仕事を止め、クローバーの中で兄とふざけて取っ組み合いをしたものだ。十五歳になり、強くなるということはすばらしいことだった。僕たちの硬い身体がぶつかり合い、うめき声があがるとコオロギが静かになる。最後の力を出し尽くして倒れると、そこはマグダの足元で、露に洗われ、さらに彼女の心配げな微笑みに浸り、最後に刺草の生えた川で身体を洗う。

ピーターは遺産の残りの二十ドルを一本の木と二株の薔薇に使った。

「枝垂れ柳《ウィーピング・ウィロー》だ」と父がローザ伯母さんに報告した。「二十フィートの高さがある。ピーターの塔ができあがるまでに、たくさんの涙を出すだろうよ」

ローザ伯母さんは胃のあたりをおさえた。

「〈メンシュの阿房宮〉はまだ建っていない」父が続けて言った。「でも、破産管財人がこの家を持っていったら、みんなでコーンロットにいって、ピーターの柳の木の下で眠ろう」

「まあ《アック》！　もう、やめて！　ヘクターったら！」

自分が建てようとしている家が未完成の場合、後は、家族の者が引き継いでほしいとピーターが望んでいたとすれば、彼は裏切られた思いだったろう。八月の流れ星とともに、家の新築工事は頓座してしまった。彼は九月にはマグダとの婚約を発表して、工兵隊に入隊してしまった。僕は一人で寝室を使えた。兄が眠っているだろうと思いながら毛布の下で自慰をする必要もなくなった。ベティ・グレイブルやリタ・ヘイワースが壁から微笑んでいた。壁にメッサーシュミット戦闘機、フォッケウルフ戦闘機、ハインケル偵察機のシルエットが映ることもあった。しかし、夢に見るのはマグダ・ジュリアノヴァのことだった。僕がマグダを救出してやったんだ。僕らの愛を妨げようとするすべての障害物を灰にしてしまうホロコーストから救いだしたのだ。建っていない城の未完の地下室に身を隠して、僕ら二人は抱き合って、死んでいった人たちを嘆き悲しんだ。

M

「根囲い《マルチ》をしたほうがいい、ピーターの薔薇を。氷結する

〈タマネギ雪〉にやられないようにね」

それがローザ伯母さんの臨終の言葉だと、母が伝えた。伯母さんは僕らの柳の木の下で休んだことはなかったが、最後の数週間は病院のサンルームから裸のその若枝を見下ろすのが楽しみだった。子宮から癌が卑劣なうわさのように広まっていたのだ。ほどなく、彼女はドーセット共同墓地の柳の下に眠ることになった。夫のコンラッドの隣だった。昔から持っていた財産は父に譲られたが、メンシュ石材店の三分の一の伯母さんの取り分は、父とカール伯父さんとで等分され、時代物の復活祭の卵は特別にピーターと僕に遺贈された。

でも、僕は、僕のほうは一九四〇年代の四五、四六、四七年と、ピーターの木の下でしばしば休息し、そうしているうちに国は戦争を終え、兄は兵役を終了し、メンシュ石材店は堤防事業とメンシュ館の基礎工事を終え、僕は高校を卒業した。

まあ、僕の高校での教育といったら、当時の南部の田舎の公立学校では、教科書学習はたいして行われなかったし、屈強な体格の男性教師は軍隊だし、既婚女性の多くは夫の後を追って町からいなくなっていた。僕は学校の勉強らしいことは片手間に片付けて、後は公立の図書館で本を漁ってばかりいた。図書館は当時も、何でもそろっている宝庫なんてものではなかったが、僕らの柳の木陰でどうにかソポクレスやショーペンハウアーを読み、建築家になりたいという若い日の夢に別れを告げた。そこでまた、マグダと一緒にジョン・キーツ、ハインリヒ・ハイネ、彼女の好きな憂いに満ちたハウスマンを読み、やがて少年時代にさよならしていった。

マグダは丸顔、色白で、僕の好みではない。でも、目と口ははっきりしていて、鼻は高くてすっきりしている。声は低く、ソフトで男の心をそそる。母親になってどっしりしてきた。四十になると、イタリアの百姓女のように見えるだろう。十八の時でさえ、自分の尻や腰や脚が気に入らなかった――現代の基準では大きすぎるのだが、（慰めにいってあげたこともあるように）それを理想とする時代もあったし、とりわけ優雅な首と肩、繊細な胸へと続く曲線が素晴らしかった。マグダを賞賛するときには――僕は十七だったが――浜辺やその板張りの道をいく女の子たちを品定めするような面白半分の下心はなかった。軽やかな夏のコットン服を着ていても、声や姿には威厳があり、あの太腿や腰は眼差しと同じく真面目だった。マグダはふざけたりしなかった。スラックスやショートパンツや水着を着る時にはすごく自分を意識していた。当時はショートやカールが流行していたが、黒髪を長く伸ばしてストレートか、きれいに束ねるかしていた。でも、冗談を言ったり、涙を流したり、くすくす笑ったりしないであの髪をほどき、難無く服を脱いで恋人の前に立つことができる女だろうと思われていた。同様に、マグダと一回ぐらい情事をもつことは想像できても、いちゃついたりするのは思いもよらなかった。それに、わかりきったことだが、その情事は遊びなんてものでは全くなくって……

　マグダは最近は愚痴っぽくなり、馬鹿な夫にいばり散らす人のような調子で社会の堕落について話す。しかし、十八、十九歳の頃は大きな問題について物思いにふけっていた。マグダの悲観主義は広大無辺で、非個人的であり、汽水域の人特有の〈悲劇的見方〉をしていた。『サンデイ・タイムズ』紙の科学欄を読んでやると、ハウスマンの詩なんかよりも彼女は心を動かされた。人口が支えきれない程に増加している。地球をおおう活性表土が海に流れ出している。今世紀じゅうには石油資源が枯渇するだろう。我々の科学は自然淘汰の邪魔をしてきたから、その結果、人類は年々退化している。我々の抗体は超遺伝子（同一染色体上にあり、単一の遺伝子として振る舞う遺伝子群）を作り出し、殺虫剤は超昆虫を生み、そのうえ河川に毒を撒き散らしている。暴力犯罪の発生率はうなぎ登りとなっている。コロンビア大学の新人生の半分は、聖ソフィア寺院とタジ・マハールを区別できない、などなど。

「我々は空気中にあまりに多くの二酸化炭素を出しているので、地球の温暖化が起こっている」と読んでやった。「もう少し温暖化したら極地の氷冠が溶け、このイースタン・ショアの地域はみな水没するだろう」

　僕たちは、柳の木の下で腰を下ろしていたり、日曜の朝、大人たちが教会にいってる間、メンシュ館の新しい土台にもたれ掛かっていたりしたものだった。マグダはよく脚を組んでいて、そこにはすね毛を剃った跡と剃り傷があり、ナイロンのストッキングをはいた太いふくら脛は平たくなっていた。川に目を向け、真面目な顔で首を横に振りながら言った。「なにもしないわけにはいかないわ。でも、なにをやっても、たいへんになるばかり」

　あの鳶色の目は、一般的真実は特殊な事柄によって示されることを知っていた。「ある人類学者がいて」と僕は教えてあげる。「彼は、国家的特徴という考えを擁護する。ドイツ人はヨーロッパで最も創意にあふれた国民であり、最も野蛮であり、そのふたつが相伴うと言っている」

　マグダは同意した。「わたしたちだって、誰でもが自分の美徳という悪徳をもっているわ」

　そして、その日、初めて僕はペニスをマグダのヴァギナに挿入した。マグダは裸になって立ち、想像したとおりに、僕のために髪をほどいた。僕らが楽しむのは兄に悪いと思って、僕は嘆き悲しみ、マグダはやるせなく溜息混じりにいった。「どんないいことにも、悪い半面があるわ」

　これは一九四七年の晩春のこと、卒業祝いだった。メンシュ館の仕事が再開しており、迅速に進んでいたが、一時期は見通しの明るかった一家の財政が、僕が生まれ、ヘクターが病院に収容されて以来の最悪に落ち込んだ。地方の銀行家を父に持つ戦友を通して、ピーターがどうにか建築融資を受けて、館の完成のためにメンシュ石材店を雇って仕事をさせなかったら、うちの店は閉店同然だっただろう。いくつかの新たな不運も襲ってきた。父が一九四五年に校長を辞職し、精力的に店に打ち込んだのも大きかった。ボルティモアの岩を外壁材として再利用しようとして、荷車で運んではきれいにしていたが、それがかえって国内の石切場から新しい石を買うより高くついてしまった。その岩を使って儲ける、多分最後のチャンスが、その年の初めにやってきた。イースト・ドーセット・グレイス・メソディスト・プロテスタント・サザン教会の翼壁が焼け落ちた時だ。メンシュ石材は、ボルティモアの岩でその正面を再建するための入札に参加した。その多くがもともとの花崗岩の色合に近かったからだ。父は、かつてイースト・ドーセットの土地を守ってくれたイースト・ドーセットの霊魂を救い、いわば、シオンの殿堂のためにバビロンの瓦礫で建立するのだ、といった御託を並べた。しかし、そのころには我が家は町の信用を失っていて、教会の世話役たちは我が家の入札を拒絶し、代りに今風の化粧煉瓦の建物をたてた。僕たちにしてみれば（建築家でも、真の信仰家でもなかったけれど）、そんな代物を建てるのは精神性がないからだと考えた。

我が家の最も新しい不評の種は、またもや堤防だった。改良工事が完成する前の、対日戦勝記念日ごろにはもう所々亀裂ができていて、僕がマグダのお陰で童貞から解放された時には、決壊寸前だった。二つのハリケーンが、新旧の岩壁の継ぎ目に押し寄せ、北東の強風が裂け目裂け目に水をねじ込み、それが氷結してコンクリートが山なりに持ち上げられた。損害がとりわけひどかったのが、メンシュ館を建てているコーンロット沿いで、ボルティモアの岩石はすっかり流されてしまった。それに、店の砕石機が壊れた時に、壁のその部分を積み上げる混ぜ物として、その石を使っていたのだ。コンクリートのかなりの部分もすっかりはがれてしまっていた。岸壁が二十フィートに渡ってゆがんで傾いた。春の潮流のせいで亀裂が大きくなり、背後の土地は液状化して泥の陥没地になった。海水が草をだめにし、土壌は驚くべき速さで流出した。薔薇の花粉とハコヤナギの種子が風に舞う頃、訴訟の気配もおこった。海に面した土地の所有者たちは、金を出して損害の見積もりを調べてもらい、自信を持って何トンもの盛り土に投資し、市議会に対して結束を固めていた。そして、今度は市議会がメンシュ石材を処分しようとしていた。他方、僕らと市長が共謀して町を騙しているという噂ももちあがってきた。

そのお偉方の市長は、南部の民主党離反者の一人で、四八年の選挙のために問題をでっち上げ、「リベラル」な民主党議員たちを告発した。実際には結局のところ訴訟は全くなされなかったが、我が家の世評は悪くなり、修理——大規模な修理だが、主にぼろ隠しだった——を自前で請負ったのも、世間のイメージを良くし、訴訟に先んずるためだった。

そして最後の不運は、モートン大佐の工場と政府の仕事を請負っていた(それも終りとなったが)造船所があったにもかかわらず、ドーセットの多くの家族が、戦争中にチェサピーク湾の向こう側にある製鋼工場と航空機工場で働くために、引越してしまっていたことだった。アードマンやその他の普通の建築業者たちは、かなり忙しかったが、需要があったのは、コンクリート板の土台と通路、パティオさえもコンクリートといった、僕らからすると見苦しい限りだが、低コストで規格デザインの家ばかりだった。戦争で最初の好景気がきた後、人々は板石を張ったテラスや石の煙突や大理石の要石に興味を失い、自動車や電気製品が市場に戻る日に備えて国債を購入した。そうなる頃には、テレビのような新しい気晴らしに加えて、戦時中は我慢してすましていたあれもこれも使い古しになったり、時代遅れになったり、買い替えなければならなくなっていた。

高校を出、大学に入るまでのあの年の夏は、僕は造船所で働こうかと考えていた。本代と授業料をためるためだ。でも、代りに自分の店で賃金なしで働いた。親方の石工(カール伯父さん)、流れ者の大工、もう一人の作業員、それに僕だ。砂吹き機で彫ろうとして、父がまたもや石材置場で考え込んでいる間に、僕たちはピーターの家の骨組を立てた。

「わしらの所有地だと、ピーターが言ってるんだ」以前父が断言した。「あの土地にボルティモアの岩を使おう。わしらの愚行の固め石だ」

カールは肩をすくめた。契約書にあの同じ岩について特別言及がないんだから、ピーターに相談すべきだと僕は提案した。ピーターは占領軍の一員としてドイツにおり、帰国してマグダと結婚するのはその秋の予定だった。母も同意した。父の鼻がむず痒くなり出した。

「ピーターが家を建てたいのは、宣伝のためだよな? そう、くそいまいましい愚の骨頂が、我が家の専売特許だ」

でも、父はその岩を使おうとそれ以上のことはしなかったが、ついにピーターは、僕が堤防に関する問題を説明してやったにもかかわらず、手紙で同意してきた。その後何週間か僕は、店が砂を多めに使おうとするのにもまた抵抗した。ポートランド・セメント一に対して砂はたったの三の割合にして、モルタルはできるだけ僕が自分で混ぜるようにした。しかし、砂を買わずに、目の前の「僕らの所有する」砂浜から直接砂を持ってくる、というカールの指令に逆らう勇気はなかった。それは父も支持していたからだ。手近な浜の砂は、便利で安上がりだから、目が粗くて不純物が多くてもまあ何とかなるだろうと、僕は期待するほかなかった。

なぜ兄のフィアンセを愛したのか自問したりはしないし、マグダが僕に誘いをかけた理由などたいして考えてみたこともない。でも、日曜の朝にコーンロットのクローバーの上に腰を下ろしたり、傾いた堤防をぶらついたりする時には――二人とも信仰心はないくせに、安息日の習慣で「着飾っていた」――僕らの不純な動機が、おしろいの粉やシエーヴィング・ローションや心地よい汗の匂いのように、湿った大気の中で二人にまつわりついた。ピーターが僕らを結びつける絆だったので、よく彼のことを話した。気前の良さや性格の強さについて、とくに熱を入れて詳しく話してあげた。僕はマグダの手を取り、兄がすぐにも無事に戻ってくるように、一緒になって願ったものだった。多くのことをともに話しあった。兄とよりも僕との方が、マグダは気楽に話ができるんだなと感じた。それにまた、兄には決して分からない彼女の価値が僕には分かるんだと思うようになった。僕は十五で無神論者に、十六で社会主義者になっていた。国家主義の狂気、資本主義の矛盾、人類の兄弟愛と威厳、女性とニグロ（nを大文字にするようになっていた）の権利、無知と貧困と疾病の大難題について精力的に語った。しかし、僕の熱意もマグダの運命主義の暗黒の海では、おもちゃの舟だった。マグダにとってチョップタンク川自体、風景の移ろいゆく一様相であり、半島も（ゆっくり沈下していると教えてやった）束の間のものであった。ドーセットの人たちの中でマグダだけは、崩れた堤防を見ても、どうってことはないと肩をすくめた。

「六年にせよ、六百年にせよ、いずれそのうち終りになるわ」

シュペングラー（一八八〇―一九三六。ドイツの哲学者）がショーペンハウアーにとって代り、ベン・シラの知恵（五十一章から成る、旧約聖書外典中の最大文書）にとって代られ、ベン・シラの知恵にとって代ったのがマグダだった。春分の日には政治のことは忘却の彼方に追いやり、夏至の頃にはすっかり読書を放棄していた。大学一年になって数ヶ月後に、教授たちから熱力学の第二法則を教わったが、僕は夏の間にマグダからその意味をすでにたっぷりと教えてもらっていた。それは独立記念日のことだった。夕方早くに一家は連れだって、ロング・ウォーフ埠頭から打ち上げられる花火を見に浜辺にいった。ゆっくり燃える枝木が輝きながら煙を出し、蚊を追い払っていた。町の者たちは、最後にポンと鳴るのや追いかけるように連続する花火を見てくすくす笑い、空にバーンと発射されて緑や銅色の花を開き、夜の宝石のように広く響き渡るロケット花火にざわめきたった。クライマックスには、マクヘンリー砦砲撃を思わせる大地を揺るがす大花火で、みな息を止め、耳を押さえ、星条旗と（どういうわけか）ナイアガラの滝の最後の仕掛け花火に拍手喝采して帰宅した。大きな月が大西洋から上った。マグダと僕は、後ろの方をぶらぶら歩きながら生暖かくなったビールを飲み、ピシャリと蚊をたたいたりしていた。

「最近は女の子とは、もう出かけないの」マグダが言った。

「出かけない」

「わたしのせいかしら」

月光の中で、汗が上唇に玉のように滲んでいた。下着の丈夫なストラップがブラウスの下に透けて見えた。兄をいかに大切に思っているか、僕は言った。もう何百回と言っていた。「でも、いい、僕が君の中に見ていることは、兄には見えはしないと思う。ピーターには、あまり、ほら、うんと……想像力がないんだ」

「そして、あなたはあり過ぎるわ」微笑みながら、マグダが唇にキスをしてくれた。メンシュ館の玄関の広間でしてくれたあの日の夕方のように。でも、あれから三年経っていた。クローバーの上に倒れ込み、僕たちは目と口を開けて愛撫した。

まもなく僕は宣言した。「兄よりも、君のことをもっと思っている」

マグダはくすくす笑った。「ピーターはわたしを愛しているのよ、アンブローズ」

「君はどうなんだ？」

「まあ、えっ、わたし」驚きの微笑み。彼女にのしかかったが、何の効果もなかった。彼女はヒナゲシでも引っ張るように、ぼんやりと僕の襟の先を引っ張った。「ピーターの方よ、わたしが愛しているのは。彼の方があなたよりもいいわ、ねえそう思わない？」

しかし、僕が後ずさりすると、袖をつかんできて、同じように微笑みながら僕をピーターの館へと導いた。その石壁はもう一階の窓の高さにまで積み上げられていて、間柱が立ち、骨組みからは屋根を支える垂木《たるき》が渡されていたが、まだ屋根はなかった。月が小さく、鮮明に、硬質になった。とうとう、影と白い光の縞模様の中、僕は疲れて横たわり、僕らのやっていることの、ヨモギのような苦い味を咬みしめだした。でも、マグダは想像どおり、ざらざらした床の下張板の上に裸であっさりと横たわり――大きな脚を広げ、頭の下に手を置き――横に渡されている梁から見える月を凝視し、静かに言った。「宇宙全体が、徐々に終ろうとしているそうよ」

僕は昼間はその家の工事に精をだし、夜はそこが密会場所だった。性交はそうしょっちゅう許されなかったけれど。マグダはじらし屋ではなかった。彼女のほうに欲求があると、半ばびっくりするぐらい激しく抱きついてきたり、僕のに反応したりした。オーガズムに達するようにしてやれなかったりすると、気を入れて自分で自ら達するようにした。彼女にその気がなくて、僕にその気がある時は――半分以上はそうだが――そういって、手や口で僕を「楽にしてくれ」、その後で話をしたり、歩いたり、静かに流星を数えたりした。僕は驚いたのだが、マグダは精液の味は嫌いではなかった。後でコカコーラを飲みさえすればよかった。（そう、七年前の道具小屋でのあの日の午後のことを思い出してくれたが、肩をすくめてこういっただけだった。「子供だましよ、あんなの」）でも、僕の欲望が、いわば仮定的であって、それ自身満たされる可能性だけで「引き起こされ」る場合、つまり、実際の覚醒よりも覚醒願望だとマグダが推測した時には（彼女の推測は決して間違ってはいなかったのだが）、その時には何もしてくれなかった。マグダは自分自身を不気味なほどよく知っているように僕には思えた。彼女と一緒にいると、最悪では僕自身がいろいろな見せかけの中心点のように、良くても自分を知らずにその場しのぎを続けているように思えた。的確に――そして、過つことなく、しかも、けっして嫌な感じもなく――彼女は僕の欠点を指摘した。一瞬むかっときて仕返しをしてやろうという気になり、モラルの領域では彼女を責めるものが何も見つからなかったので、君は体重を少し減らしたほうがいいとか、女の人のあそこは臭いとか、ひどいことをいった。

マグダは笑った。「何人嗅いだことがあるの？」それから、僕の無礼と間違った情報をたしなめながら、女の人の中には、男と愛しあい、その後を洗い流しもしない夜の後でさえも、さわやかな匂いのする幸運な人もいて、ちょうど男の人でほとんど汗臭くない人がいるようなもので、彼女のように、どんなにきれいにしていてもそんなわけにはいかない女性もいるのがわかるでしょうといった。愛があれば、何もその臭いを楽しまないまでも、気にならなくなるというわけだ。マグダの「体重」――彼女はそれを身体の太りすぎと取ったようだが、身長や体格や年齢からして体重オーバーではない――についていうには、ウィルヘルム伯父さんがフランスから船便で送ってきた一冊の芸術の本にあったのだが、ピーターが彼女をそのヌードの芸術作品にたとえ、我がオダ――オディーとかなんとかと、愛を込めて彼女を呼んだことがあったとか。

「オダリスク（イスラム宮中の女奴隷）だ」後悔しつつ、呻くようにいった。「僕は呆れたばかだよ、マグダ」

「臭いなし《オウダーレス》が、ほしいのね」やんわりといわれた。「そんな優雅なかわいいものは、腋の下の広告の中にしかない」

母の健康が悪化した。七月遅くに乳房の全面切除手術をおこなった。外科医によると、胸部の生検で見つかった悪性腫瘍がリンパ腺に達しないようにするためだった。でも、その外科医はローザ伯母さんの子宮摘出をした医者だったので、あまり安心はしていなかった。ある日曜の午前中、病院を訪ねた後で、僕はピーターの館の居間で汗をかいたまま、横たわっていた。マグダが僕の胸に大きな青痣があるのに気がついた。

「ほら、ここよ、アンブローズ。何か大変なものになるかもよ」

マグダの目が輝いた。払いのけたが、さらに新しい胸毛を探そうとした。全部で六本、ちょっとカシオペア座のように並んでいるのを見つけた。熱のこもった歓声をちょっと上げながら一本一本に敬礼した。それから、僕らはウーステッドやシアーサッカー生地の日曜日の晴れ着を着ていたのに、これまで知らないほどにマグダが激しく燃え上がった。ほどなくして僕は叫んだ。「たのむから、僕と結婚してくれ」

だが、マグダは唇から汗を拭い、微笑み、首を振った。

「お兄さんが、わたしの相手。あの人にはハートがあるの、そうなの」

そういわれた僕は、辛くなって母を思い出した。スカートの脇のあきやシャツの裾をきちんと入れ直して、二人でそこを出ようとしたとき、僕は病院のサンルームの方をちらっと見上げた。そこには父とカール伯父さんがいて、平然と僕らのことを凝視しており、二人の頭上には伯父さんの葉巻の紫煙が漂っていた。

その日の夕食のときに、ピーターがドイツから電話をしてきた。ドイツは既に真夜中過ぎだった。六週から十週間のうちに除隊になるんで、マグダには十月の早い時期に結婚式の予定をたててくれるように、そして、僕には新郎の付き添い役をやってほしいこと、もしまだなら、僕らは「展望塔」の基礎工事を続行すること、さらに、向こうで自分が見てきたことを、ちょうどローザ伯母さんの卵のように見てもらえたらなあ、と話した。ドイツ語で塔をトゥルム、城はシュロスといったりして、最近の兄はすっかり言語学者で……

父と僕しか家にいない時だった。父が鼻を擦りながら、メンシュ館のサイド・ポーチに立ち、オーシャン・シティからニュー・ブリッジを渡って湾岸フェリーや本土の方へ戻って行く車のライトを見つめていた。

「カール伯父さんと話し合ったんだが」父が僕にいった。僕の心は打ちひしがれていた。父は紙マッチを片手で操り、ラッキー・ストライクに火をつけた。「これからは、石灰一に砂三の割合でと考えている。ピートは気にしないだろう。ポートランド・セメントは、目地仕上げの分しかない。まったく馬鹿馬鹿しいったらありゃしない。言うとおりにしてくれるな?」

N、O、などなど

「いやだ!」と叫ぶべきだったんだ、〈あなたの友〉よ。そして、「いや、そんなことはしない!」と、親愛なるジャーメイン・ピットよ。しかし、ああ、やってしまった。僕は言われたとおりにやり、まだ彼らに従っていて、最後も従ったままドーセットの墓地の僕らの究極的小区画《プロット》へと躊躇なく入っていくだろう。そこには、無印のままのウィルヘルム伯父さんの墓石が今も建っている。M章の終りは、この断片と僕の最初の「情事」で、そこから、あのウォーター・メッセージとともに、文人《オム・デ・レトゥル》としての天職と試練が始まった。いまなお空白を埋めようと四苦八苦していて、いまなおびっくりハウスからの出口、つまり物語の終り、再び家族と共に長時間車に乗って帰宅する方法を求めている。

「ナンセンスだ」僕のドライな分身であるアーサー・モートン・キングが言う。「まったく馬鹿馬鹿しいったらありゃしない」と。彼が見苦しい安っぽい感傷として「個人的な」文学を破棄して久しい。秋が来て、語り手が大学にいったこと(名前がついに現れなかったが、その年の夏にメンシュの城で働いていた、友人の作家志望の仲間と一緒に)、ピーターが帰国してマグダと結婚し、カールのパートナーとして店に入り、土台のお粗末な自分の城を完成させる仕事を引き継いだことなど、彼は少しも気にかけなかった。ジャーメインよ、僕が話しに話しても、すべてまだこれからだ。四七年から六九年までのアンブローズがどうなったか、メンシュの館の砂の多い土台からその「ライトハウス塔」の暗室まで、あのウォーター・メッセージへの書かなければならなかった返事の実現からA・M・キングとしての実績のない一匹狼をへて、現在は当時の作家仲間の仕事に関係して台本を書いている(最初の草稿で七分の二が仕上がり、ニューヨークのレジー・プリンツに送った)ことまで限りない。それと同時に、ロマンティックな興味からすれば、他に四つの情事。マグダと二回、一回はプリンツの現在のプロジェクトのスター気取りの女性と、妻のマーシャとは一度。マーシャはアンブローズの知恵遅れの天使の母親だ。

「まったく馬鹿馬鹿しいったらありゃしない」キングが宣言する。「ウィルヘルム伯父さんの本の(空白の)ページを例にとってみたまえ。彼の時代でさえ芸術は、そんな見苦しい安っぽい感傷はとうの昔に卒業していたよ」

しかし、このアンブローズはファミリー症候群にかかっており、何とかその症候群をなだめすかしてA夫人と愛し合うようになり、また、プリンツに何度拒絶されようとあの映画の台本を書くだろう。そして、人生第二の変革についての継ぎ目のないストーリーを作り上げ、そして、ピーターが店と家族を救う手助けをするだろう。そして――ここではA・M・キングと僕とはひとつだが――小説《フイクション》を完全に変容させることで、セント・ヘレナ島から小説を「救出」し、ローザ伯母さんの卵の内側のようになにか満ち足りた輝きのあるものに変えるだろう。

S　作者からトッド・アンドルーズへ

新作の登場人物として協力を要請すること。

〒二一六一三　メリーランド州ケンブリッジ
コート・レイン
アンドルーズ・ビショップ・アンド・アンドルーズ法律事務所
トッド・アンドルーズ様

一九六九年三月三十日

拝啓
すでに十五年ほど昔となりましたが、小生二十四か二十五の折り（アイゼンハワー大統領！　ハリケーン・ヘイゼルの年です）、『フローティング・オペラ』と題しました汽水域のささやかなコメディ風小説を初めて出版致しました。その中に様々な風物・人物が登場しますが、一つにはオーブリー・ボディーンの写真で有名になりましたショーボートがありますし、またさらに、トッド・アンドルーズという架空の人物、五十四歳のメリーランドの弁護士がおります。この人物は、かつて一九三七年、つまり彼が三十七歳の時、フローティング・オペラ号上で、かなりの数の町の人たちもろとも爆発して、陽気に死んでしまおうと決意したことがあるのです。貴殿もその物語については耳にされたことがあるかもしれません。
　当時、小生まだかけだしの「非現実主義《イリアリズム》」作家でありまして、出版社が伝統的に標榜《ひようぼう》しております文句――「本小説中の人物と過去現在を問わず実在の人物との類似は……」云々――をまことに真剣に受けとめておりましたから、小生が創造しました架空の人物が多少なりとも「実在の人を写した」と言われますと、仰天の至りでした。まさにそれは、最も野蛮な形での極刑を言いわたされた感じに似ていたと思います。小生は現実の世界にモデルを求めて、自らの想像力を金縛《かなしば》りにすることなど、決して望みません。カバラ学者たちが想定したように、もしも神が作者であり、この世が神の書かれる書物であるとしたら、小生はあまりにも俗っぽいリアリズムの故に神を批判します。したがいまして、「ドーセット・ホテル」とやらに、実際に中年の弁護士が暮しており、半急性の心内膜炎という持病を持ち、一日ごとに部屋代を払い、父親の自殺について果てしない調書を書くことに夜を費やしているというような事実を小生が知っておりましたならば……

いえ、どうでも宜しい。人生とは何とも恥知らずな劇作家です（いえ、劇作家の中に恥知らずが何と多いこと）。やたらに偶然の一致を用意するのですから。さて、小生はちょうど今、あの「トッド・アンドルーズ」が、自殺しない理由がないと同様、自殺する理由もなしとして、生き続ける決心をした三十七歳とほぼ同じ年齢です。しかし、小生は彼よりはもう少し敬意をこめて最近は人生に対処しております。と申しますのも、小生が想定していたより人生はリアリスティックでなく、はるかに神秘的だからです。恥ずかしながら告白しますが、小生が現在取りかかっている作品は、まだ仮のものにすぎませんが、どうやら書簡体小説という小説ジャンルにおける最も初期の古めかしい形のものになりそうなのです——その上、神様のおぼしめしか何かわかりませんが、舞台をほかならぬこの「メリーランド州ケンブリッジ」という多かれ少なかれ実在の町におきまして、人物はまさに亡霊にも匹敵する人々（ミューズよお許しあれ）、つまりは、小生の以前の小説の主人公たちを登場させようとするものです。

というわけで、小生今述べましたとおり、勇気がくじけぬうちに素早くお願いしたいのですが、いかがでしょう、この小生の新しい小説の中で、貴殿のお名前、職業、その他もろもろのことを使わせていただくわけにまいりませんでしょうか？　もちろん出版の前に、本文内容について貴殿にお目通しいただきますし、その際には（他にもいわゆる「過去から現在にわたる実在の人物」がいろいろとこの書簡体小説に登場することもありますし）貴殿をわずらわすことになる時間について、弁護士として訴訟の際にお払いするのと同じ料金を支払わせていただきます。

敬具

〒一四二一四　ニューヨーク州バッファロー
ニューヨーク州立大学バッファロー校
アネックスB　英文科

追伸
もしやジャーメイン・アマースト（ジャーメイン・レイディ・アマースト？　ジャーメイン・ピット・レイディ・アマースト？　レイディ・ジャーメイン・ピット・アマースト？）という方をご存知ないでしょうか？　また、ニューヨーク州リリー・デイルに住む、ジェローム・ブレイなる狂人はいかがです？　この男、自らフランスの王位継承者であると信じており、小生のことを大剽窃家と言いたて、貴殿を自らの弁護士と申しております。

H　作者からトッド・アンドルーズへ

後者の異義申し立てを認めること。

〒二一六一三　メリーランド州ケンブリッジ
コート・レイン
アンドルーズ・ビショップ・アンドルーズ・アンドルーズ法律事務所
トッド・アンドルーズ様

一九六九年四月六日（日曜日）

拝啓
貴殿が聖金曜日《グッド・フライデイ》に書かれ、ケンブリッジでおそらく投函されたお手紙が、ここバッファローの小生の研究室に聖土曜日《ホーリー・サタデイ》に届いております。合衆国郵便局の日頃のおっとり構えたのんびりペースを考えますと、どのようにしてこのような次第になったのか、まさに奇蹟でございます。

しかし、本日、実に気持ちの良い復活祭の日曜日《イースター・サンデイ》の午後、小生は『ニューヨーク・タイムズ』の日曜版に目を通した後、大学まで歩いてきました。図書館で書簡体小説を何冊か借りようと思っていたのですが、復活祭の休暇中ということで、図書館がしまっておりまして、小生研究室へ立ち寄ることにしたのです。すると、貴殿からのお手紙があるではありませんか。郵便局の消印はほとんど読み取ることができないほどに薄くなっており、二枚貼られているローズヴェルト大統領の顔を描いた六セントの切手の一枚には明らかに消印が押されていません。しかも、どうしてこのように早く配達されたかは、完全に謎のままです。

ですが、様々なことを盛りだくさんに書いておられるお手紙の内容は、小生むさぼるがごとく読ませていただきました。すでに、二度も読み返し、その内容について敬意をこめて考えさせていただきました。小生も貴殿と同様に様々な制約を感じておりますので、ご安心ください。にもかかわらず、小生としてはこのまま計画を進めて参ります。

しかしながら、貴殿のお名前や職業など、あるいはまた手紙の中で小生にお洩らしになった数々の秘密事項など、許可なく使うべからずというご命令には必ず従う所存であります故、どうぞご安心ください。小生に物事についての何らかの見方があるとすれば、実は貴殿の申されているのと同じ悲劇的見方でございます――歴史についても、文明についても、様々な制度についても、また個人の運命についても同じです——小生はこのような見方を多少のためらいはありますが、実行しながら生きていきたいと念じております。仮に貴殿から結果的にご了解を得られたとしても(ぜひ得られるよう、小生お願いをしていくつもりです)、もちろん事実を小生の目的に副《そ》うように根本的に変えていく所存です。十五年前、小生がトッド・アンドルーズなる五十四歳の弁護士という人物を創造し、彼の友人となるべきマック夫妻をまったくの想像力から創りだしたときと同じように致します。事実と虚構、人生と芸術を分かつ境界線は、法律上微妙な区別をつけることが難しく、大いなる論議を待たねばならないでしょうが、かつまた大いに貴重なものであります——つまり、法的に困難なケースほど裁くのに妙味があるわけでありましょう。

　というわけで、小生としましては、貴殿のお手紙の主旨におおむね異存はございませんが、ただ一つ、ごく些細な食い違いがございます。貴殿は、一九五四年の大晦日にケンブリッジ・ヨットクラブで小生が貴殿と言葉をかわしているにもかかわらず、なぜそのことを述べないのか、疑問にされておられます。その理由は、小生その場にいたことをまったくおぼえていないからにすぎません。たしかに、貴殿の当時書かれていた「調査書」や「父への手紙」のようなものをどこかで耳にし、それがきっかけで小生の考えておりましたミンストレル・ショー計画を『フローティング・オペラ』という小説に変えたことに間違いはございません。それと同様の精神で、実は小生ここに新しい小説に貴殿のご協力を得たことをあらかじめ述べておきたいのです。貴殿としては、そのような意図もなく、心ならずもということになるのでしょうが、実を申しますと、小生今回の『レターズ』という小説におきまして、これまで書きました物語を再統合し、一大オーケストラのようにするなど考えてもおらず、ただそれらの物語に登場した人物に手紙の形であっさりと出ていただくことしか考えておらなかったのです。ですが、貴殿がお手紙でまことに皮肉な調子で物語の続編のことを述べておられたのを読み、その陥穽《かんせい》多きジャンルにぜひとも挑戦してみたくなりましたし、また、前作を読者にすべて読んでいただくという退屈な必要条件をつけずに、続編たる後日譚を何とか作ることができる示唆を得たのです。もちろん危険は承知の上でございます。ですが、ただやみくもに、やって出来るものかどうかをためしてみるというのではありません。小生ども文学の徒の言葉を借りますなら、小生の〈主題的目的〉にそれがかなっているためでございます。

　そのようにすでにご協力を得ておるわけですから、ここにお礼を述べます。小生と貴殿が現実に「お会いしたかどうか」という歴史的事項については、これ以上ふれぬことにしてはいかがでしょうか？　明らかに文学的教養を深く身につけておられる貴殿のこと故、作者と登場人物との間でかわすピランデルロばりの、あるいはジッドばりの対話というものは、もう古臭いということはお認めくださるでしょう。今日《こんにち》のような世界ではそれがまさにナイーヴなリアリズム手法と同様に古臭い、いや少なくとも奇異であり、バウハウス派のデザインが今日時代遅れとなったように、モダニズム全盛期の気取った技巧としか見えないことにご賛同くださることでしょう。

最後になりましたが、貴殿が小生どもの媒体としております小説に対し、厚意あふれるご支援の言葉を述べておられますことに感謝致します。一九六九年の今日、小説家であるということは、ジャンボ・ジェットの時代に鉄道業にたずさわるのと多少似ているものと存じます。小生どもの古びた車輛は草のはえた線路の上を悲鳴に似た音をたてながら走っております。かつてはピカピカに輝く二十世紀特急が停車したアール・デコの寺院のごとき駅舎も、今はすっかりくずれ落ちておりますし、運ぶ乗客といえば、四人の浮浪者、ヴェトナム戦線へかりだされる六人の若者、生活保護を受けているらしき三組の黒人の家族、二人の尼さん、一人の救いがたき鉄道マニアの男など、しかも運行の便も日毎に悪化しております。その鉄道マニアと同様、小生どもも小説にとって代わった媒体のあまりにも浅薄な「魅力」を嘆きます。そして、勝算の見込みすらないこの競争に打ち勝とうと、自らの魅力をさらに引きさげまでして、自らの犠牲において懸命に努力をしています。しかし、結果的には、運行の数は減り、停車する駅も少なくなり、旅客も減り、運賃は高くなってしまうのです。それでも、目に涙し、石炭の灰がとびこむのにもめげず、運行を続けているのです。歴史がいつの日にかまた小生どもに味方する日もあろうと、期待にもならぬことを期待しつつ。

ですから今は、石炭くずの中に一人の仲間、文学へ心を寄せていただく人を見出すだけで、心楽しむ思いです。心から貴殿のご繁栄を念じております。

敬具

〒一四二一四　ニューヨーク州バッファロー
ニューヨーク州立大学バッファロー校
アネックスB　英文科

追伸
映画化の噂につきまして、一言申し添えます。『フローティング・オペラ』の映画化権は契約をすませ、シナリオもすでに進行しておりますが、ロケにせよ、セットにせよ、実際に映画になるかどうか、実は小生はっきりと自信をもってお答えできません。すでに、チップは卓上に賭けられているのに、現実にポーカーに加わらない人々がやたらに多く、その者たちが何度も何度もカードを切っているからです。

いずれにしましても、プリンツ＝メンシュの計画は小生のこの映画化とはまったく別のものであり、全面的に気のむくまま、いわばアドリブ的に計画されているものと、存じております。プリンツのことは、小生の大学におきまして半ば地下運動的活動家として有名であり、小生も存じております。たしか、一九六七年に彼は間接的に、しかも謎めいた方法で（と申しますのは、彼は書かれた文字を憎んでおり、ぜったいに手紙を書かないそうです）小生に連絡をしてまいりまして、小生の「最新の小説」（その時点では『やぎ少年ジャイルズ』でしたが）を映画化する意欲があることを伝えてきました。その後、電話をかけてまいりまして、自己紹介をし、そして、小生の判じうるかぎりでは、彼が映画化したいと考えているのは小生の「最新作」――つまり、その時点では、ちょうど出版されたばかりの短編集『びっくりハウスに迷って』――であることを述べたてました。小生あの本は映画にすることなどできないものと考えておりました。あの中に収められている短編は、活字、テープ、あるいは生の声で読む朗読用として書かれたものですから、明確な一貫性はありませんし、主として語りの視点をどのように操作するかによって、初めてその意味が生ずるという類《たぐい》のものですから、視覚的に示唆するのはまず不可能なのです。小生はプリンツにそのような主旨のことを伝えました。しかし、彼がもらす溜息や、不満げな声や、納得する声などを小生が正しく読み取ったものとしますと、実はそういう点こそ、彼が大いに魅力を感じているところのようでした。

小生としましては決定は彼に任せました。特に、彼が小生の友人でもあるアンブローズ・メンシュにシナリオを頼むかもしれないと申しましたので、小生の気持ちは大いに動きました。その結果、契約書を作りまして、シナリオについて意見の食い違いが生じた場合、小生とプリンツとメンシュの三者による投票によって結論を出すこととしました。これまでのところ、プリンツが反言語という立場を取ることも小生よくわかりましたが、同時に個人的には非常に説得力のある人物であることを知りました。そのため、メンシュの試験的な第一稿に彼が全面的に反対したとき、小生も反対という立場に多少魅せられて、プリンツの支持にまわりました。そして、自分でも驚いているのですが、小生は彼のあまりにも途方もない、危険でさえあるアイディアに同調しようとしておるのです――それは、「最新作」とは、少なくとも一種の**進行中の作品**であるという考えです（彼は『びっくりハウス』以後に小生が書き進めている作品だけでなく、『レターズ』のような現在構想中のものまで当然のように「取りこみたい」と申しているのです）。できれば先の見えている何らかの作品はすべて取りこもうということです。

　プリンツが映画を作ること、これは疑問の余地はございません。小生の理解するところでは、撮影は近々貴殿の地と――小生ども文学の徒には見当もつかぬ理由があってでしょうが――こちら、ナイアガラの昔のいわゆる辺境の地においても行われるはずでございます。小生、死刑を宣告された男が執行人を信頼するのに似た気持ちで、プリンツを信じております。

　文字どおり、いずれわかることと存じます。

I　作者からレイディ・アマーストへ

返礼としての要請を彼女が拒否した手紙を受けて。

〒二一六一二　メリーランド州レッドマンズ・ネック
マーシーホープ州立大学文学部
事務局長代行　ジャーメイン・G・ピット（レイディ・アマースト）殿

一九六九年四月十三日

拝啓

　四月五日付の貴女のお手紙、拝受致しました。残念ではありますが、小生の要請につきまして、まことに手厳しいお言葉お受けし、小生の手紙によりご不快な思いをおかけしたこと、お詫び致します。小生の意図は――いえ、小生の意図などどうでも宜しい。貴女のお国の小説家、イーヴリン・ウォーの言葉「詫びごとを言うなかれ、言い訳をするなかれ」に小生も従いましょう。

　ですが、小生が只今仮題をつけ、概略の大筋だけ頭に浮べております書簡体小説の主要な登場人物として、少なくとも一般的な概念として〈もはやそれほど若くはない貴婦人〉を使うことはお許しいただけるのではないでしょうか？　その方には文字通り純文学という意味あいでの**レターズ**を代表していただきたいと存じております。

敬具

〒一四二一四　ニューヨーク州バッファロー
ニューヨーク州立大学バッファロー校
アネックスB　英文科

M 作者からレイディ・アマーストへ

郵便すれ違い。相手の心変りに心から謝意を表明すること。

一九六九年四月二十日

前略

小生の要請を貴女がお断わりになった手紙を確かに拝受した旨を書きました小生の四月十三日付の返事が、そのお断わりの主旨をしばらく控えさせていただきたいという四月十二日付の貴女のお手紙といき違いとなりました。後のお手紙を手にしました小生の喜びは、まさしくあの抜け目なきサッカレイの書くごとく「言葉では書きあらわせぬ」ものでございます。小生同様、貴女もある曜日をきめて、それぞれの相手に手紙を書く習慣を身につけておられるようなので、小生のこの手紙もまた——貴女の再考を心から歓迎し、貴女が打ち明けてもよいと考えておられる秘密をいずれお洩らしいただけることを願う主旨のものですが——小生の地と貴女のおられるメリーランド州イースタン・ショア地域との間のどこかで、貴女の次のお手紙とすれ違っているのではないかと、心楽しく想像しております。十二日付の貴女のお手紙に秘められた大きな謎を貴女は必ずや小生にご説明下さるものと存じております。

有為転変！　恋人たち！　避妊薬！　過激派よりの転身！　昔なつかしき自我がもはやどこにも見当らないですと！　人生再演ですと！

これは失礼、小生すこし調子にのりましたが、貴女のお手紙に同情心をこめての上です。（手書きのこの手紙、お許しのほど。シャトーカの別荘で書いておるものですから。ここでは、昨日とけたばかりの湖の上に雪が降りしきっております。それなのに、貴女のおられるチェサピーク湾では、もうヨットが浮んでいるのですね！）もしも四月が——少なくとも北半球の温帯では——自殺と難破船の月であるとしましても、それ以上に四月はすべての物事の始りの月でもあります。チョーサーの描く四月、それがエリオットの皮肉な詩句の根源に生きて蠢動しております（貴女は本当にあのエリオットをご存知だったのですか？　どのくらいのおつきあいなのです、どうぞ教えてください。まさか、頭のそばに枕をおいて、プルーフロックに「わたし、そんなつもりじゃありませんわ、ほんとにちがいますわ……」と言ったあの女性ではないでしょうね!?）。この後者の四月の心をこめて、貴女に誕生日おめでとう、と申しあげます。

また、小生すべての詩神たちに誓い、現在のところも、最近もアンブローズ・メンシュとは交際していないと、申しあげます。数年前、小生は個人的にも、芸術的意味でも円満に袂を分かちました。ほぼこの十年間、文通さえしておりません。レグ・プリンツと彼との関係は、小生にとってまさにニュースでした。小生の作品にもとづくと称するアンブローズのシナリオの冒頭部分を見ました（そして、それを拒否したプリンツに同調しました）。小生どもの間で暗黙のうちに了解しておりますが、小生の小説を彼がまさしく自由に書きかえている間は――これにも小生暗黙の了解を与えております――直接言葉をかわしたりすることはかえって彼の仕事の進行を阻害すると存じます。貴女と彼は親しい間柄におなりなのですか？

最後に《アンファン》一言。小生は人生から何かを直接引きだすというタイプではなく、気質的にも想像力によって話を作りあげるという方です。小生が貴女にお願いしていることの何かはよく承知の上ですが、本来は完全に自らの創作に戻る方が気楽ではあります。小生の性分にあっているからです。しかし、今はぜひ貴女にご協力を願い、お話を聞かせていただきたいのです。告解室の神父のように、小生もわたしどもの間に仕切りの戸を引いておきましょう。いや、テープレコーダーのように、何も言わず、貴女の気持ちをかきみださない方がよいかもしれません。いや、一番よいのは、神話の中のエコーのように、貴女ご自身の話された言葉をまた声にして貴女にお届けすることかもしれません。

心から期待し、伏してお願いします。敬意と誠意をこめて。匆々

ニューヨーク州シャトーカ湖にて

――Lストリートとはどこでしょう？　小生の記憶の中にも、またケンブリッジの地図にも、ドーセット・ハイツなどという地区も、郊外の町もありませんね。それに、アルファベットの文字を冠した通りなどあったでしょうか？

3

MAY 1969

S	**T**	**I**	**M**	**E**	**E**	*Lady Amherst*
F	2	9	**S**	23	30	*Todd Andrews*
T	1	8	**I**	22	29	*Jacob Horner*
W		7	**L**	21	28	*A. B. Cook*
T		6	**S**	20	27	*Jerome Bray*
M		5	**H**	19	26	*Ambrose Mensch*
S		4	**S**	18	25	*The Author*

T　レイディ・アマーストから作者へ

アンブローズ・メンシュとの情事の第三段階。およびアンドレ・カスティーヌとの関わりの後半。

一九六九年五月三日土曜日

拝啓B様（あるいは日記様）

私の最近の二「章」のお返事をいただかなくて、どうもありがとうございます（ということだと思うわ）。先週の土曜日、ポストの投函口に入れようとしたときも（なんて不格好なのかしら、この辺のポストは）、月曜日まで待って配達証明郵便にした方がいいかもしれないと思った理由はおわかりでしょう。あなたの御要望には応じるにしても、こういった手紙が受理された、しかも受け取り人に受理されたという証明が少しあればよろしいのです。受領書のうえにジョン・ハンコック（米国の政治家。独立宣言に最初に署名）のような大きなサインさえあれば、私には「行きなさい。そしてさらに罪を犯しなさい」（ヨハネ伝八章十一節のもじり）ということになるのです。

私はそうしたくはないのです。でも、そうかといって《オー・コントレール》、心から辛いなどとは思っていません、ただ性的なことに、心からアキアキしているだけ。彼の計算によれば（計算は彼に任せているの）、四月のはじめから――ということは、私たちの情事の「第二段階」の始まりから――四月末の現在まで、彼の仕える貴婦人の花床のそこかしこに最低八十七の射精をしたそうです。もっと期間を正確にいえば、生理が始まって、彼を興奮させたのに正面港から入れずに、やむなく迂回して別の入口を提供しなければならなかった四月二日のピンク色の満月の夜以降の数字です（これはAの比喩。彼は一七七六年から一八一二年までの「われわれの」戦争で、アメリカの快速艇がイギリス海軍の封鎖を突破したときのことをもじって、ふざけているのです）。二日前にちゃんと彼が報告してくれたところによれば、一日につき三回の割合ということ。

まぁうれしいこと、今日は木曜日、四月は終ったのね、と私は答えました。もう死体のようになってしまった私の身体は、赤の日メイデイを求めて「助けて《メイディ》」と叫んでいるのです。ふたたび生理痛がはじまり、胸が膨らんで、足が浮腫《むく》み、涙もろく不機嫌《クロス》になってきました。この徴候はすべて、膣内洗浄やクリームやペッサリーがうまく防御して、彼の「低運動精子」の活動を止めたということ（それを聞けば、さぞかし彼は喜ぶことでしょう）。

まるで私が偶然に魔法の呪文を唱えたかのように、私の恋人の気分はすっかり変ってしまいました。彼は私から手をどけると、ズボンのジッパーを閉め、重々しく、しかし優しく、大丈夫かいと尋ねました。私の生理は不規則ながらも規則的といったものですが、まぁ大丈夫でした。次の満月の夜まで——花の月《フラワー・ムーン》だと彼から教わりました——必要な休息のために、彼の満開をすぎた花も花弁を閉じてくれるでしょう。まるで夫のように（他の表現があるかしら）私にキスをして、研究室を出ていきました。そこでは、ついさっき、われらの委員会が——ああ何ということ——とうとう文学博士にＡ・Ｂ・クックを選び、ジョン・ショットを喜ばせたという次第。（もはやぐずぐずしてはいられない。そのうえ——でもこの話は、もう少しあとで触れます。あなたがイエスと言ってくれていたなら。それが駄目でも、アンブローズを推薦してくれていたなら！）その日は、疲れ果てたパオロとフランチェスカのように、私たちは愛し合うのはやめて、ただ本を読んでいただけでした。

昨日もそう。何と甘美な安らぎ！　Ａは朝早く私のところにやってきました。例のごとく、私が起きるまえに、Ｌ二四番地の玄関へ入ってきたのです。当然、いつもの「午前《AM》の手早い情事」（彼の言い草）になると思い、昨夜はちょっとしたナイアガラのように経血が流れだしていたので、ため息をついてくるりと背を向け、彼を裏口へ追いやりました。でもまあ何と、彼は前の日と同様に、聞き分けのいい夫になっていたのです。ちょっと立ち寄って、私にセデスを持ってきてあげようかと聞きにきただけでした。お茶を入れようか、とも。喜んで薬を取ってきてくれたでしょうし、事実お茶も入れてくれました。私はびっくりし、半信半疑でした。近い将来、新しい曲芸でもやらせようっていうんじゃないの。それとも、アブルツェサが……。そうじゃないよ、と彼は穏やかに言いました。ただ単に、「この一ヶ月間、鍵盤を端から端まで叩いて、欲望の全音階をかきならすグリッサンド奏法をしてきたけど、ここで最後の仕上げに」（彼の比喩）、八十八回目の情交をピンク色の月と花の月の間に加えたいと思っていただけだったのだと、けれども熱情的な四月のために私と同様、ものうく疲れてしまって、この五月は、彼のいとしい膨らみを、それほど荒々しくなく、それほど頻繁でなく振りたてることにしたと。

そうしたわけで私がフェラチオをし、そのあいだ私たちのトワイニングのアールグレイ紅茶は冷めてしまいました。彼の味はいつもと異なり、何かが変りました。昨夜はコニャックで味つけした鱒を料理し、（うんざりするほど長い）午後《PM》を本とテレビで過し、（彼のダンの引用によれば）「洞穴のなかでいびきをかいている七人のうちの二人」のように、同じベッドで眠りました。とてもぐっすりと、ヨセミテ公園のセコイアの巨木が昨夜倒れたと今朝のニュースで知りましたが、たとえそれがＬ二四番地に落ちてきても気づかないほどぐっすりと。そして今、彼は奇妙な映画の脚本の仕事に戻っていったのです。私は今月のあなたの小説へと戻ってきました。私たちの「第二段階」は、これで終了したようです。第三段階がいかなるものになるにせよ、さほどの心配もなく、私はそれへと向かっています。そのあいだの休憩に、私はゆったりと満足して本を読み、血を流し――五月の最初の日曜日の前の土曜日の今日、ナポリの聖骨箱に納められた殉教者聖ヤヌアリウス（生理の月）の血の小瓶も、君と同様に血の泡を飛ばし血を流していると、疲れ切った恋人から聞かされながら。おめでとうさま！

　私が読みだした本――まだほんの少ししか読んでいないように見えるでしょうけど――は、計画したとおり、あなたの『酔いどれ草の仲買人』です。でもどうやって、この複雑な本を読みながら、批評家の客観的立場を保つことができましょうか。あなたの物語のなかに書かれているクックとバーリンゲイムの関係や、メリーランドの桂冠詩人にまつわる事柄は複雑すぎて、すっかり訳がわからなくなっています。アンブローズや貧弱なマーシーホープ大学図書館によれば、あなたの本のモデルのエベニーザー・クックは、十七世紀から十八世紀にかけて確かに実在し、曖昧ながらも桂冠詩人を自称し、平々凡々な詩『酔いどれ草の仲買人』を執筆した人物ということです。しかもチョップタンク川のクック岬も、レッドマンズ・ネックからさほど遠いところにはありません。でもジョン（こうお呼びしてもよろしいですか）、私には、歴史や虚構と私の実人生との「符合」を、どう扱ってよいかわからないのです。それは四月の夥しいアンブローズの精液のように、私を包囲し、攻囲し、取り囲むのです。あなたの小説を当てずっぽうに開いたら、「聖ヤヌアリウスの泡立つ血」と登場人物が罵っているのを見つけてしまうといった、低運動ながらも当ってしまったこの符合をどう考えていいのやら。ただ私の望みは、これから先のあなたの本のなかで、アンブローズその人に出会えたらいいなあということです。たぶん（トロイ戦争のディードーを描いたフレスコ画のなかに、自分の顔を見つけたアイネイアースのように）、「あなたの友《ユアーズ・トルーリー》」は事務局長の机にかがみこんで、そこで、まさに現行犯《フラグランテ・デリクト》の彼に出会うでしょう……

　言葉遊びはこの辺で。オリジナルの「ムッシュ・カスティーヌ」ことヘンリー・バーリンゲイムや、エベニーザー・クックのことはあなたもご存じでしょう。この私が彼について知っているはずの事柄があるとすれば、ヘンリー・バーリンゲイムと「私の」アンドレとの関係、またオンタリオのカスティーヌズ・ハンドレッドでのめまいを起こさせるような変名の数々との関係、それに私たちが文学博士号をしぶしぶ授与しようとしている油断ならないアナポリスの人との関係なのです。そうそう言い忘れていました……私の息子との関係なのです！　私はあなたを、作者として信用することに決めました。あなたがどんな男かは知りません。でも私は、自分が現実の自分であるということが（自分の知るかぎりにおいて）わかっているし、あなたには、使い古した《タイアド》モダニズムのトリックを、（同じく疲れ切った《タイアド》ものの）現実に存在している人間に使ってほしくないのです。アンドレ・カスティーヌがどこにいるか、あるいは彼について何でも、もしもあなたが知っていることがあれば、教えてください！　もしもA・B・クックと彼の「息子」ヘンリー・バーリンゲイム七世が、あなたの本の（あるいは歴史上の）オリジナルを、名をかえて模倣したものだというのなら、教えてください！　あなたもご存じのように、「われわれの」クックは危険人物だと私は思うのですが、間違っているのでしょうか。あなたは何を知っているのですか？

　私はかつがれているように思います。このいつもの感情は、あまり好きではありません。不機嫌《クロス》になっているのは、生理のせいではなく、二重にも三重にもごまかされて《クロス》いるせいです。あなたたちみんな、糞くらえ！

　今の場合、あなたたちというのは、殿方のこと——英語では、あなたというだけでは、男か女かわかりません。先週の土曜日に書いた過去の恋人リストには、かつて愛した女性、わが「ジュリエット・レカミエ」のことは載せませんでした——トロント在住のフランス人の新進作家で、彼女の細密で非感傷的なところが、ヘッセやイギリス人の恋人の後では、とても新鮮に見えた人。でも、その非感傷的なところも、せいぜいがますます募る偏屈さと、不毛な厳格さにすぎないとわかってからは、恋人ではなくなった人。しかし今、私は彼女と過した時間を懐かしく思い出し、もしも彼女がそれ以降、小説のなかに人物を登場させないなどと決意さえしなければ、私の恋人兼作家のなかでは、唯一人、私に共感を呼び起こし、本を信じさせることになった人だと思いました。人生と文学の両方に、愛と芸術の両方に、敬意をもたせてくれただろう人。私はそれ以前も、それ以降も、レズビアンの関係に興味を引かれたことはありませんでした。恋人リストを完全なものにするため、あえて私の「ジュリエット」を入れましたが、だからといって（アンブローズのように）、あなたも彼女のことを誤解して単なるたとえと考えないでください。私が愛するのは、良かれ悪しかれ、殿方なのです。それにお互いの道が交わる《クロス》ようにしてくれたのは、その殿方のなかでも、アンドレだけなのですから。

　彼のような人物と出会わなかった方は、男であれ女であれ、お気の毒に思います。身を屈するのが運命であり、辛い喜びでもあるような人に。たしかに、付き合う相手次第で、私たちは違う自分を見せていきます。異なった親密さが、異なった色合いを生み出すのです。でもジェフリーとのとき（ヘルマンや、オルダスや、イーヴリンや、その他大勢、また「ジュリエット」のときでさえ）、私は他人のものではなく、自分自身のものでした。アンブローズのときは、なおさらです。先月、私たちが互いの内に肉欲を掻き立て、その肉欲が、私たち二人を虜にしたときを除いて。けれどもアンドレのときだけは、良心の呵責もなく、深く考えることもなく、私は自分自身を明け渡し、彼に屈伏したのです。私自身が驚いたほどでした。しかも「本気」でやったのです。そこに象徴的なものがあったわけでも、ロマンティックなものがあったわけでも、セックスが良かったわけでもありません。人間というものは、——本人には不本意ながら——相手次第で、自分ではどうしようもなくなることがあるらしいですね。それは二人の相性、二人の歴史がもたらす、まさに出会いなのです。こういった考えは、私の理性、リベラルな気質、反感傷的な性癖から見れば、おろかなロマンティシズムとして唾棄すべきです。しかし、この事実を失くしてしまうことはできません。このことに心理学上の説明を試みても、それは学問的な興味を満たすにすぎません。

トロント、そこで私は一九六六年の夏と秋を過し、大学で講義し、夫がいない淋しさを「ジュリエット」（その大学の居住作家でした）と慰め合い、アンドレからの便りを漠然としたさまざまな気持ちで待っていました（私が大学で教えるようにはからってくれたのは、彼ではないかと思っていたのです）。信じられないことに、彼から便りのないまま十一月がやってきました。沸き上がる疑惑を自分でも扱いかねて、五日の土曜日、私は彼女と一緒にストラットフォードまでドライブし、シェイクスピア・フェスティヴァル・シアターにかかっていた時期はずれの『マクベス』を見にいきました。三幕と四幕のあいだの休憩時間にロビーに出てみると、案内係の一人が私に、私の名前が書かれた封筒を渡しました。とにかくどこかに座らなければ開いてみることができないほど動転していました。自筆だろうと思える手紙が入っていて、「いとしい人、キッチナーのウォルパート・ホテルで八時に晩餐を」と書かれていました。

サインはありませんでした。ご存じでしょうけれど、その小さな町は、ストラットフォードとトロントを結ぶわびしい街道沿いにあります。劇の後半はどうだったのか、帰りの車のなかはどうだったのか、まったく覚えていません。私の友達は（ジュリエット・レカミエに似て、とくに心に関する事柄には、ほんの少しのことから多くを推察する才能に恵まれています）、名もない田舎町にしては桁外れに生粋のヨーロッパ調ホテルの前まで、親切にも私を乗せていってくれました。私が唯々諾々として従っているのには舌打ちしましたが、このメロドラマにはちょっとうっとりするわねと、付け加えました。二階の、それこそ信じられないほどエレガントなドイツ風の食堂へ（それは前から知っていました）、文字通り、転がるようにして登って行くあいだ、彼女は下のロビーでそのような私を見守っていてくれました。女性の支配人が私の名前を呼んで、迎えてくれました。その部屋で、まさに彼が、微笑みながらこちらへ歩みよってきたのです。まごうことなく私のアンドレでした。若かったときよりも、五十歳の今の方がずっとハンサムでした。私の心臓は激しく高鳴りました。私の声もそうでした。たくさん質問をしました。たくさん説明を求めました。

「君の友だちには伝えておいた。彼女はわかってくれたよ」と、カナダ訛りのフランス語で私を安心させ、椅子に座らせてくれました――それも遅すぎたぐらいです。それというのも、豊かで男らしい彼の声、ガートルード・スタイン家で最初に出会ったときと同じあの懐かしい抑揚を聞くと、膝ががくがくして立っていられず、思わず膝をついてしまったからです。「彼女に、一緒にディナーはどうかと勧めたけれども、トロントに戻りたいのだそうだ。チャーミングな人だね。なるほど、と思ったよ」

私は上等の子牛の肉とさらに上等のモーゼル・ワインを飲んだそうです。アンドレはどの料理にも、白ワインを選ぶのです。頭はボゥーとしていましたが、それでも私は抗議したそうです。食事と会話の両方は無理よ、これでは説明も言い訳も必要ないといった雰囲気じゃないの、と。あなたの微笑み、あなたの手の感じ、あなたの声の響きが、今までのことを帳消しにして、私を再び「あなたのもの」にしてしまうわ、ちょうど流行歌の歌詞のように、と羞じらいもせず、滔々《とうとう》と述べたてたそうです。ところで息子はどこ、と私は尋ねたそうです。見捨てられたというわけではないにしても、放ったらかしにされたままのあの状況を、どうやって説明してくれるの。愛に満ちていても心ない手紙が、いつも私の傷口を広げたのよ、どうしてそんな手紙しか出せなかったの。それに一体全体、今夜、この馬鹿馬鹿しいデートが終って、ほっとして気力を回復したあと、どうやって家へ帰ればいいの、と尋ねたそうです。

アンドレが意外に思ったと打ち明けてくれたところによれば、私はずいぶん後になってはじめて、彼が本物のアンドレかどうか聞いたそうです。外見や動作はいくらでも真似できます。これほど長い年月がたっているのに、彼が彼であるという証拠を、私は必要としなかったのでしょうか。そう、私には必要なかったのです。そんなめまいのするような質問をしたいとは、（そのときは）思わなかったのです。後になって、疑いを持ちはじめましたが、その理由も、別れてから初めて彼が、自分自身の姿でやってきたのが、不思議と言えば不思議というぐらいでした。たぶん、別人になって会いにきてくれれば、全然疑わなかったでしょう。

　私たちはウォルパートに月曜まで泊まりました。そのあいだは、食事のときをのぞいて、アンドレの部屋からは一歩も外へ出ませんでした。私がボゥーとして突っ立っているので、彼は私の服を脱がさなければなりませんでした。これほど多くの年月と、多くの他の男とのあとで――彼が私のなかに入ってきたとき、私はヒステリックになりました。彼は私を、キッチナーからカスティーヌズ・ハンドレッドまで送り届け、そこで私は虚脱状態に陥りました。それはまるで、二十五年ものあいだ息を詰め、不自然な姿勢をしていたのが、急に、「楽にして」と言われて、でもどうやって楽にしていいかわからないといった風でした。それはまるで――でも、どういう比喩で説明したらいいのでしょう。けれども少なくともアンドレにとっては、私たちの四半世紀の別れも、まるで一ヶ月の出張と同じようなものなのです。それは、悲しむべき厄介事ではあっても、けっこう面白く、また楽しい事柄なのです。家に帰ってきて嬉しいよ、ところで行くまえに何を話していたんだっけ、ぐらいのことなのです。

　カスティーヌ家のかかりつけのドクターの処方による鎮静剤《トランキライザー》が効きました。大学では、回復してから講義の補講をすればいいことになりました。アンドレも（お祖父さんが亡くなって以来カスティーヌ男爵となっていましたが）、聞いたところでは、これまで短期間のあいだだけど結婚しており――「私自身の結婚が自然に終りになるまで」時をかせぐため、ほんの十二年かそこらの結婚だったそうです――「一人か二人の子供」、可愛い童《わらべ》の父親になっていたそうです。寄宿学校にいた彼らを、可愛く思ったでしょう。おお可哀相に。本当に私は、私たちの間にできた子供以来、一人も産まなかったのかしら。おおカワイソ《ドマー》ウニ《ジュ》。いよいよあの子、私たちのアンリのこと。父親そっくりの彼よ。お父さんの息子というより、お祖父さんの息子、叔父さんの息子といった子。二十六歳なのに、同じ年の父親や祖父や叔父よりも、**歴史**という脚本の演出家として将来が約束された子。彼アンドレが半生を費やして解明の糸をほぐし《アン・ドゥ》てきた事柄を、再び結《リ・ドゥ》ぶのに忙しい子。そのときにカスティーヌズ・ハンドレッドにいなかったなんて、ずいぶんひどい話。本当の親は誰なのか、彼に明らかにするという難題に、直面すべきときがきたようです。

　トランキライザーが必要ね。あの子はどこにいるの。ああ。彼、アンドレは、私があの子から何か情報が引き出せるかもしれないと、ありえそうもないことを望んでいるのです。あの子は、先輩たちが自分たちの両親についての見解を変えた年齢に、さしかかっているのです。彼はなかなか達者な少年ですから、自分で発見できるでしょう。アンドレが最後に聞いたところでは、アンリはケベックのどこかの地下組織にもぐりこんで、おじいちゃん《グランペール》の薄汚い反分離主義策謀の一端を担い、分離主義者たちは彼のことを自分たちの仲間と考えているのです。少なくとも、彼はそう言っています。以前には、彼が父と思っている男のために、またはその男を敵にまわして、はるばるワシントンで働いていました。しかし、彼の足跡は、アンドレが知りたいと願ったまさにそのときに、途切れたのです。この話題について、また彼自身の活動については、私の身体が回復してきたときに話してくれました。「歴史の転換期」に関連する参考リスト《ビブリオグラフィ》を、「愛の詩のように——実際そうなのだけれど」、私のまえに差し出そうとやっきになっているのです。

　もちろん彼は私の人生のことも、熱意をもって聞いてくれました。私のスタール夫人論をほめてくれ（ただしもう止めるようにいいましたが）、前夫ジェフリーの晩年の浮気には、よく辛抱したと言ってくれました。きみが知りたいならと語ってくれたところによると、ジェフリーは一九四〇年代以来、まったくの不能ではないにしても、生殖能力はなく、自分のこの欠陥を認めるよりは、自分の子でもない子を威厳をもって認知する方を選んだそうです。私の論文のなかで、エロイーズからピエール・アベラールへ当てた手紙についての論文は、思わず涙が出てくるほど感動的なもので、同時に、哀れなエロイーズと同じぐらいに威厳に満ち、力強いと評してくれました。最近こんなすばらしい本は読んだことがないと思う、と。

　年が明ける頃には、すっかり回復こそしていませんでしたが（すっかり回復することなど生涯ないでしょう）、大学へ、「ジュリエット」のもとへと、アンドレの許可を得て（強いて求めたわけでもありません）、お土産を三つ携えて（そのなかの二つは、強いて求めたのです）、「連れだって」帰ることができるまでになりました。

　まず最初のお土産は、一九四一年以降の彼の活動記録。これはずっと約束されていたもの。あなたは信じてくれないでしょうが、私は最初に秘密厳守を誓わされました。けれども、彼が言ったことの十分の一でも真実ならば、アンドレは、まさに詩を作るように「歴史を作った」のです。しかも、歴史を作るという以外に目的もなく。いかにその報告が「幼稚」で、無害だとしても、それをそのまま受け取ることはなかなかできません。私は新入生の作文や、学内郵便物のなかにさえ、隠されたメッセージを探すのです。学問研究の資料とて、もはや研究対象にすぎないと安穏としていられないのです。アンドレからのさらなる「愛の詩」となる可能性があるのですから。ホイッティカー・チェインバーズ（ジャーナリスト。ソ連のスパイ容疑で逮捕）の「告発ページ」や、リー・ハーヴェイ・オズワルド（ケネディ大統領暗殺容疑者）の日記を別の見地から読みなおすことになりそう。付け加える必要もないことですが、この二つの企ては、「彼女自身を保護するために」、彼の妻と同様に（のちに記述するように、彼の人生の転換期には「必須の煙幕」だったそうな）、私からも、アンドレを遠ざけることになりました。（「彼女の背信とその結果の死」があったにもかかわらず、彼は彼女を好きなのだと、認めました。私はそれ以上尋ねたくもありませんでした）

　二番目のお土産は、私たちの息子は自分が孤児だと信じて成長したということです。息子は自分のことを、アンドレの「亡くなった異母弟《ハーフ・ブラザー》とその妻のあいだにできた子供」だと思っているそうな。さらに、彼にも異母弟《ハーフ・ブラザー》がいて――あるいは弟らしきもの《ハーフ》がいて――、「合衆国の南の方に」生きていることがわかったとのこと（「彼自身が語った」と読んで下さい）。「たしかに、すべてが非常に込み入っている」と、彼は言いました。その学期のなかでは控えめな表現。しかも彼の「必要不可欠の策略」（その少年の安全のための「必要不可欠」）は、裏目に出る可能性が高いとのこと。なぜかというに、私たちの息子はこの異母弟《ハーフ・ブラザー》、もしくはその類似品の所在を突き止め、彼を自分の父親とみなして、その男の政治使命――アンドレの政治使命と正反対のもの――を目下、遂行中であるという証拠があがってきたからです。

　では一体、その仕事とは何なのでしょう。アンドレにとっては（一九五三年以来）、それは「自分と家族の参考《ビブリ》リスト《オグラフィ》を完成すること」でした。少なくとも北アメリカで彼が生きているあいだに、第二次革命――彼の父親の時代には、「ローズヴェルトと第二次大戦」に邪魔された革命――を遂行すること。彼はフランス革命やロシア革命やアメリカ革命（独立戦争）のような、正真正銘の政治革命を望んでいたのでしょうか。そうでもあり、またそうでもないのです（アンドレの答えはいつもこの調子です）。むしろそれは、彼の父親、ヘンリー・バーリンゲイム六世がはっきりと望み、他の多くの事柄と同様に、成就することができなかったことです。アンドレの頭のなかにあったことは、別のこと……いわば、革命的な事柄とも言うべきものでしょうか。それはそうと、すぐに彼は、想像しうるかぎりの複雑な手をつかって、私たちの息子を同盟に引き入れるでしょう。それについてはまた後で触れます。目下のところの「私たちの」いちばんの関心は、その子が成長して、自分の判断で活動したとき、「両親」に味方することになるのか、敵対することになるのかということだけです。もしも味方するのなら、すぐさま彼の前に私たちは姿を現すべきです。もしも敵対しているのなら、間違いのまま放っておくべきです。

　それは彼の両親が誰であるかによるのではないか、とやっとのことで私はおずおずと尋ねてみました。アンドレは微笑むと、私の手にキスをして、もちろん、断じてそんなことは関係ない、と答えました。

三番目のお土産は、回復してからも、それから数週間のあいだアンドレがときどきトロントまで車に乗せていってくれたときも、それと気づかずに受け取っていたものでした。アンドレはときどき「ジュリエット」と一緒に、あるいは彼女抜きで、カスティーヌズ・ハンドレッドへ連れていってくれたのです。ジョン、私は四十代の大台に乗っていました。大学で新しい人生を始めようとしている未亡人でした。過去に振り回され、「挫折／崩壊」を経たのちにゆっくりと再生しようとしている中年女性でした。私はまだアンドレをとても愛していましたが、もはや盲目的にはなれませんでした。彼の報告を信じはしましたが、事件に対する彼の解釈や彼の関わり、また動機や歴史に対する彼の読み方には、判断を保留しました。実際のところ、私には、二重三重の策謀は、それが成功しようがしまいが、あまり関心がなかったのです。私は彼が望むとき、望むように彼のものとなることは、わかっていました。彼が私にしろと言うことなら、何でもするでしょう——しかし、彼は結局、私と結婚してくれたとも／あるいは、カスティーヌズ・ハンドレッドで一緒に住もうとも／あるいは、彼の曖昧模糊とした仕事に身を捧げてくれたとも、頼みはしないことがわかり、ほっとしたのです。したがって一九六七年の春、私がふたたび懐妊したことがわかったときは、曖昧ながらも名状しがたい混乱に陥りました。

私の年齢と最近の落ちこんだ気分——それにすでに閉経期を迎えていた「ジュリエット」にいろいろ言われていたこともあり——私は自分も閉経期に入ったと信じていました。したがって、身体の状態からして間違いないとわかったときには、もう妊娠は中期に入っており、しかもアンドレには少なくとも二ヶ月会っていないのでした。私は彼にそのことを告げたいとも、ましてや助言や助けを求めたいとも思いませんでした。しばらくのあいだ、私は病状再発の淵を彷徨っており、そのあと気を取り直して、堕胎手続きに取りかかったのでした。「ジュリエット」は私を叱りつけました。その子は父親の子でもあるのよ、彼にも相談を受ける権利があるわ、もしも私と彼が合意すれば、援助することだってできるのよと。しかし、たとえ私たち二人の意見が合わなくても、私は自分が適切だと思ったことを、自らの責任で行ったでしょう。彼女自身は、「私たち」がその子を産んで育てるのも、なかなか面白いことだと思ったようでした。彼女は、できることなら父親になってみたいと、以前から思っていたのです。

アンドレはもちろん、どういう訳だかこのことをすぐに聞きつけて、現れました（私は、「ジュリエット」が、あるいはこの世の半分が、彼に内通しているのかどうかなんて、知りたいとも思わなくなっていました）。もしも彼がこの子を堕ろさずに、産んで育ててほしいと願ったら、私はもちろんそうしたでしょう。しかしこの件に関しては、彼は慇懃に私に判断をゆだねたので、私は躊躇《ためら》うことなく、妊娠中期の堕胎を引き受けてくれ、またその能力もある堕胎医を探してくれと頼みました。

　別に驚くこともありませんが、彼には心当りがありました。君の町からナイアガラを越えると、オンタリオ州にフォート・エリーという小さな町がある、そこにぼくの友だちの博愛主義者ハリソン・マックが一部資金を提供している、一風変ったサナトリウムがあって、アンドレはたまたま、マック氏をよく知っているのだそうです。そこの主任外科医で有能な紳士である医者の立会いで、万事、順調に運ぶはず。ついでながら、ジェフリーと私が一九六二年にムッシュ・マックを訪問したときと比べると、彼の気がふれている期間が頻繁になって、気のふれかたも完全になったことを聞いたら、ずいぶん悲しむだろうと付け加えました。彼に言わせれば、ムッシュ・マックは私のことをずっと愛していて、そのせいで自分のことをイギリス人だと思い込むことになってしまったということです。

　（クイーン・エリザベス通りを車で走っていたとき）私はアンドレに、私は半分しか英国人じゃないのよと言いました。彼は私に、ジョージ三世は全然英国人なんかじゃないんだよと答えました。マックの娘の、売出し中の映画女優「ビー・ゴールデン」を知っているかい。いいえ、知らないわ。彼女もあのサナトリウムに名前を隠して入院して、堕胎オヨビ極度ノ譫妄状態オヨビ神経衰弱から回復しているのだから、君もまったく問題はないよ。問わず語りにアンドレが語ったところによれば、彼自身がマック一家と付き合いがあるのではなく、マック家の息子ドルーが、アメリカの大学内で起こる第二次革命運動の煽動家の一人だというだけのものなのだそうです（実は、そのサナトリウムは、当局にはまだ知られていないけれども、その種の煽動家の訓練基地だそうです）。アンドレの「弟」はマック家と親しく、アンドレ自身はマック・エンタープライズの株を所有しているそうな。

　本当？

　もちろん。テュルゴー（一七二七—八一。フランスの重農主義改革提唱者）ら重農主義者の時代より——テュルゴーとスタール夫人との関係について論じた私の論文を、彼は素晴らしいと褒めてくれました——彼の一族の収入は、デュポン、クルップ、ファルベン、ダウ（いずれも米独の軍事産業会社）といった死の商人の企業への健全な投資から成り立っていたそうです。彼が断言するには、もしも資本家が自分たちを転覆させるものに融資しなかったら、革命のドラマはアリストテレス的にはならなかっただろうし、革命の歴史はマルクスはもちろん、ヘーゲル的にさえならなかっただろう、と。「私たち」がマック・エンタープライズ社の株を買ったのちに、会社は、枯れ葉剤や暴動制圧の化学兵器に首をつっこんだそうです。ピクルス業界の長老、ハリソン・マックの父親がぼけてきたとき、自分の糞便をメイソン・ポット（貯蔵壜）に入れた話を知ってるかい。そのあと息子の「ジョージ三世」がそれを冷凍保存するようにさせ始めたそうだ。フロイトは、物事をあべこべに考えたようだね。この逸話にみられるのは、純粋な収納癖だけで、その逆じゃないんだ。ところでマック・エンタープライズ社のラテン語のモットーを知ってるかい。

　知らなかったし、しばらくのあいだは知ることもできませんでした。というのも、今は、現在が過去と未来を同時に汚せとせがんでいるからです。医者にかかって堕胎するのは初めてではありませんでした。「サナトリウム」は一風変っていたものの（ルガーノウ（スイスの保養地）のサナトリウムもそうでしたが）、不安を抱かせるところではありませんでした。医者は——年取った黒人で、どこか『旅路の果て』に登場する名前のはっきりしない医者を彷彿とさせました——厳《いか》めしかったけれども、不作法ではありませんでした。私は、自分の命も含めて、人間の命を神聖なものとは思いません。ただ価値あるものとは思っています。でもそれも、つねに価値あるわけではありません。その子を産んで育てるということは、考えられないほどの難事だったでしょう。このような状況で、しかもアンドレの理不尽な要求のもとでは、子供を産むことはその子にとっても不公平です——もちろん、アンドレはそんな要求はしませんでした。感傷的に過去をふりかえって、彼が理不尽な要求をしてくれればよかったのにと、本当は思っていたと言いたい誘惑に駆られています。でも私の心の半分は、少なくとも、理性をもたない心房の一つは……

　そのかわりに、翌日、掻爬手術から回復すると、彼は別の要求をしてきました。私はまだ麻酔で頭がボゥーとしていましたが、たしかQEW（クイーン・エリザベス通り）を走りながら話していたとき、何か重要な問題が私の心を占めていたはずです。それはフォート・エリーに到着したことでそのままになっていました。それが何だったか思い出そうとしましたが、思い出せませんでした。私の大好きな声で、僕のかわいい奴《ボーヴル・シェリー》と呼びかけられて、モーガンという名の歴史家——以前はボルティモアのメリーランド歴史協会の一員で、今はハリソン・マックの寄付で建てられたメリーランドのどこかにある小さなカレッジの学長になっている男——をおぼえてないかと聞かれても、だめでした。

　思い出しました。彼は客員講師に来ないかと招いてくれたのです。私は断りましたが。

「彼はあらためて《ドウ・ヌーヴォー》あなたを招きたいと言っている。今度はあなたも受けなければいけないよ」と、アンドレは自慢そうに私に教えました。

　今度はあなたも受けなければいけない。でもなぜ、トロントのヨークヴィル・ヴィレジやベイブロアー地区といった都会を捨てて、タイドウォーター農場周辺の、いわば井の中の蛙といったところへ移らなければならないの。もちろん《エ・ビアン》、りっぱな理由がある。たしかに子供は一人失ったけれど、もう一人の方は、完全にこの手に取り戻したわけではないにしても、居場所はわかっている。アンリは元気で生きている！　しかもワシントンDCの彼の「父親」とけしからん《デヴィル》仕事をしている。見事な仕事ぶりで、これでは中断されないかぎり、私たちが生きているあいだに第二次革命が起こる可能性などほとんどないほど。でも、もしも彼が「私たち」に味方して見事に働いてくれるなら、「私たち」の目標の年、一九七六年までに事態はかなり進展しているでしょう。そういえば、アンドレのいとしいお父さんが親指と人差し指を広げて、ワシントンDCからチェサピーク湾を越えてメリーランド東岸の沼沢地までたいした距離ではないと言ったこともあったわね。そのとき彼は、資本主義的帝国主義の要塞に潜入し、攪乱する気でいたのです（あるいは、彼らが潜入し攪乱したかどうかも、口にされたことを信じるか、行動の結果を信じるかによって異なるのでしょうか）。

　そのときの私にとってDCとは、コロンビア特別区《ディストリクト》でも、直　流《ダイレクト・カレント》でもなく、膣拡張剤《ディレイション》と掻　爬《キュアラタージ》でした。けれども、ヨーロッパが燃えていたとき、カスティーヌズ・ハンドレッドで交わした幸福な論争と愛の夜の数々を思い出すと、涙が溢れ出てきたのです。

　そのとき私は知りました。その沼沢地の、マーシーホープ州立大学カレッジからそう遠くないところに秘密の基地があり、そこは、この運動の合衆国東部司令部だということを。メリーランドとヴァージニアにはかれらの秘密基地が点在しており、だから私たちの基地は安全なのだと。客員教授という有利な立場で、私はアンリを観察し、旧交を温めることができるのだと。アンリは最初はいわば名も知らぬ男として登場し、次には、もしすべてがうまくいけば……

　彼の計画の話は、来週の土曜日の手紙までとっておきましょう。あなたの『酔いどれ草』の物語と同様に、奇怪千万《バロック》なものです（そのとき「プルーストのように回りくどいのね」と言うと、アンドレは私の額にキスをして、「ソレダヨ、僕ノ探求ハ、全クソノ通リ《ヴォワラ・マ・リシエルシェ・プレシズマン》」と答えました）。そして、『酔いどれ草』もまた——私の知るかぎり——彼からのラブレターなのです。なんと、いたるところに彼の「暗号」が満ち満ちていることか。あの本はあなたが書いたものでしたよね。めまいがします。めまいがしました。ペントタールナトリウム錠のせいだけではないようです。

　けれども、溜め息をひとつつき、浅はかな希望などは持たずに出かけるときがきました。我が歴史小説家の筋書き《プロット》と愛しい声が私を呼ぶときは、彼のために地獄大学にも行ったでしょう。これっきり、さようなら《アデュー》、いとしい《シェール》「ジュリエット」――それから数日たって、多くの指示をしたのちに、アンドレが最後に言った挨拶は、さようなら、また会いましょう《オルヴォワール》でした。「ジュリエット」、あなたを手放して、かわりに手に入れたのは、不運なモーガンや気違いのキング・ハリソン、卑劣なジョン・ショット……それにアンブローズでした。

　アンブローズ、私がこうしてページを満たしているように、たとえ私の心を満たさないにしても、私を満たしてくれる人。交尾期を過ぎた雌蟹や女王蜂のように、このセックスなしの期間、私はゆったり、じゅうぶんくつろいでいます。これもあと数日続けばいいのに！

　何か忘れていましたっけ。そう、一九六一年のメリーランド歴史協会の図書館で、ジョー・モーガンがテュルゴーと重農主義について語ったとき、私が会った人のことを、遅まきながら思い出しました。対抗者不在のため翌月の博士号候補に指名された男、ショットがいまだに追従たらたらで引用している人物。私が最後に会ったのは、三ヶ月前の可哀相なハリソンの葬式のとき。そのとき彼は、何と……「彼の」……「息子」と一緒にいたのです。

　ぐるぐるまわる！　誰を誰が作ったの？　誰が誰のおもちゃ？　助けて、ジョン、いまだ狼狽している

ジャーメイン
を救うことができるなら。

〒二一六一二　メリーランド州ドーセット・ハイツ
Lストリート二四番地

追伸　コルゲイトやハーヴァードやイリノイの――そう、オネオンタやクイーンズのようなところでさえ――都市大学が真っ二つになっているとき（計画どおり？）、マーシーホープは不穏なぐらいにのどかです。最後の審判の日《ドゥームズディ》よりも競馬の日《ダービーディ》に夢中で。

I　レイディ・アマーストから作者へ

マーシーホープでの更なるトラブル。故ハリソン・マック・ジュニアあるいは「ジョージ三世」と彼女との関わり。

一九六九年五月十日

ハイケイ《モンシエール》（相変ラズノ《アンコル》・黙リ屋サンノ《シランソー》）Ｂ様

ふたたび私の研究室から、この――六回目か七回目の――手紙を書いています。あいかわらず「田舎の左翼学生ども《ピンク・ネックス》」に多少なりとも見張られたまま。シャーリー・スティックルズは、私がこの手紙を口述筆記させない理由がわからないようです。この私も、最近の私の手紙のなかでお尋ねした火急の質問に対して、あなたからまだ返事さえいただけないのに、沈黙が孕むという考えが気にいって、沈黙へ向かって、ただただ手紙を書き続ける理由がわかりません。しかも私には、返事の内容の察しがついているのですが、ただそれをどう解釈すればよいのかわからないのです。

今は、むつかしい時代です。シャーリー・スティックルズには。彼女には（そして私にも）、なぜコロンビア大学を占領し「破壊し」――イリノイ大学から盗んだ絵の身代金を要求し――ブラウン大学やＣＣＮＹ（ニューヨーク市立大学）の学長辞任を強要し――コーネル大学では武装略奪を行い――ＭＳＵＣを幾分なりとも脅威に陥れている学生たちが、何にもまして真先にヴェトナムへと追い払われてしまわないのか――彼女が勧めるように、拷問にでもかけてしまわないのか、わからないのです。崇拝しているジョン・ショットの見方にならって軽蔑しているアンブローズ・メンシュが、最近急に大学当局の覚えめでたくなったことに、彼女は当惑し、あわてているのです。まるでパウロ法王がクリストフォロス、バルバラ、ドロシアといった聖人たちを昨日突然、その地位から引き下ろしたみたいに。

何が起こったかというと、私の恋人（この一週間セックスから遠ざかっていましたが、相変らず、というより前よりもいっそう優しく、心細《こま》やかな恋人となった彼）が、再びマーシーホープの救援に――いくらか、というよりまったく斜に構えた姿勢で――乗り出していき、それによって、われらの学長代行の覚えがさらにめでたくなり、ついに、あの人非人も、ＳＳの前であるにもかかわらず私に大声で、「もしもクック氏がわれわれの申し出を受けることができない事態にでもなれば」それをアンブローズに授与するのはどうかね、と聞いてきたほどです。ご存じのようにショットは、州検査官がやってきて法学博士第一号を受ける創立記念日の催しがどこで失敗するやもしれぬとやきもきしていたので。彼の本能（と前の秘書）はアンブローズを信用するなと警告していたのですが、クックの承諾も得たうえで、式典の無事を保証し、ついでにレグ・プリンツのカメラをキャンパスに引き入れるために、（理学博士と同じく政治的には無価値の）文学博士号は「犠牲」にしてもかまわないと思うようになってきたのです。

　昨日のアンブローズの勝利を助けたものは、映画のカメラでした。今週は例年よりも暖かく、私の（そしてあなたのエベニーザー・クックの）ケンブリッジの穏やかな五月とちがい、もう真夏のようでした。服を脱ぎ捨て海岸へ行きたくてうずうずしている学生たちは、フリスビーやギターや携帯ラジオや日焼けボードをもって、校庭でぶらつきふざけていましたが、そのそわそわした騒がしい様子は、日毎にひどくなっていきました。民主学生同盟（アンブローズの言葉では「マーシーホープの毛沢東派」）の地方支部にいるドルー・マックの弟子たちは、北や西の兄弟姉妹を見習わない彼らを、毎日のように拡声器で叱りつけていました。妥協の余地なしといういつもの要求リストが公示され、大学当局弾劾の儀式的な文書が提示され（他の大学の有能な大学職員に突きつけたのと同じ文面でしたが、この大学の場合は、弾劾文書も正当というべきものです）、名目ばかり《レ・リグェール》の学生・教職員ストが布告されました。けれども、陽光が燦々とふりそそぎ、キラキラ光るチョップタンク川はすぐそばで、シーズン最初のオーシャン・シティの週末が近づいているとあっては、一体、誰が占拠された建物のなかに閉じこめられたいと思うでしょうか。そのうえ、本物の映画会社が、俳優や演出家やカメラを満載してケンブリッジに到着し、郡の南で行われる「ロケーション」に行く途中でキャンパスに寄るかもしれないという噂もあるのです。このまま天候が続けば、騒動もおそらく起こらぬだろうと、私たちはみんな思っていました。

　ところが何と、昨朝になって寒くなり、風がでてきて、曇ってきました。土曜日の予報は晴れのままでしたが、正午には霧雨が降ってきました。学生たちの大多数は週末には当地を離れて家へ帰るのですが、活動家たちは「ボルティモアやそれよりさらに北」から来ているので、簡単には家に帰れずここに残ります。それはこのような状況下の私たちには不運なことでした。簡単に言えば、タイドウォーター・ホールの二度目の乗っ取り（二週間前の一度目は失敗しているので、今度こそ「成功」させるつもり）のために、退屈して欲求不満のノンポリ学生がかき集められたのです。そのようなわけで、またしても私たち当局側、アンブローズとトッド・アンドルーズを加えた面々は、州警察の出動依頼がはたしてわれわれを包囲している学生を威嚇することになるのか、余計に焚きつけることになるのかということについて討論することになりました。ほとんどの者は、州警察が警棒を振りまわして逮捕者を出すことになれば、ドルー・マックとその仲間は、穏健派を彼らの大義のために結集させるいい機会だとして、この挑発を歓迎するだろうと確信していました。しかしショットとハリー・カーターは、断固として素早い「外科的一撃」を与えること――反乱のオルグとして知られている者すべてを大学から追放し、この地から撤去させること――は、六月の難事を避けるという最終目的に大いに貢献するだろうと考えました。

　雨はやみましたが、空はまだ曇っていて、肌寒い天候でした。そのときアンブローズはこう提案しました。相手の注意を逸らすためと、気晴らしに、レグ・プリンツ一行を今すぐ招待して、自分の脚本にどうせ必要だったキャンパス・シーンを撮らせよう。自分の脚本はいくらでも融通がきくので、仮にだけれども、学生活動家本人たちを即興で出演させてもいいんだ、と。この手段は、天候が回復するまでの猶予を与えてくれるかもしれません。導入するメディアはテレビの報道番組でなく、映画なのですから、カメラの前でさほど挑発行為はできません。それに、映画の撮影は週末ずっとオーシャン・シティで続行されるという噂さえ流すことができるのです（あなたの本の『びっくりハウスに迷って』のなかの海岸通りの「シーン」ですね。あの本を読みました。プリンツがそれを映画化しようとしているとか）。

　この戦略に対して、ショットとカーターは積極的に反対もしませんでしたが、プリンツには去年の二月のハリソン・マックのお葬式でたまたま会っただけだったので、全幅の信頼を寄せるわけでもありませんでした。しかし私は、プリンツのことはほとんど知りませんでしたが、彼の一風変った、攻撃的でない押しの強さ、言葉に出さない説得の術を、幾分かは評価していました。タイドウォーター農場に滞在していたとき、そこの特別客となっていた彼に会ったのです。その男を信用することは、外部から音もなく侵入する人間を信用することと同じなのですが、私はいままでの体験に照らして、アンブローズの提案に賛成しました。そうは見えないかもしれませんが、私は案外、彼の意見に賛成しているのです。アンドルーズもその男をそれほどよく知っているわけではありませんでしたが、賛成しました。私たちは肩をすくめて、やってみたらと言いました。

　あなたは、これまで実際にレグ・プリンツにお会いになったことがありますか。あなたの作品を映画化するにあたっての、彼の奇妙な考え方を知っていますか。アンブローズの計画が成功した（したがって、私たちがいまここに控えることになった）のは、彼の奇妙な人格と、さらに言えば彼の奇妙な考え方のせいなのですから、少しその奇妙な考えに一休《ひとやす》みを与える意味でも、私は脱線し、同時に、あなたのために**これまでの私の人生の物語**を話してしまうことにいたしましょう。

　癌で夫を失い未亡人となり、さらに不幸なことに、その後、見たところ健康な男と二度再婚し、夫を老衰で死なせて二度も未亡人になったという女の話を持ちだして、フロイトはたしかどこかで、彼女は「運命強迫症」にかかっていると、冗談まじりに語っています。この言葉は私の頭にこびりついて離れません。私は少なくとも、三つの強迫症にかかっているように思うのです。一つは年寄りの小説家に恋をしてしまう（たいていその人の子供は孕まない）こと、二つ目は、アンドレ・カスティーヌに恋して、彼の子を孕む（そして放っておかれる）こと、三つ目はフロイトの患者と同様に、上の二つの分類に属さない恋人の臨終の苦しみの世話をすることです。あのジェフリーは言語を絶する癌に罹っていたと申し上げたと思いますが、本物の貴族でした。そしてハリソン・マックは（やっと彼について書くときがやってきました）、王国の君主だと自分で信じており、そのため私は、アンブローズ・メンシュのペンネーム《ノム・デ・プリューム》は言うにおよばず、アンドレの半分正当なだけの男爵の位にも居心地悪い思いがしています。

　一九六七年八月にアンドレに言われ、私はトロントを発ち、マーシーホープにやってきました。彼の謎めいた任務を果たすためもありました。彼は、敵（彼の「異母兄弟」のA・B・クック）と私たちの息子に私が対面するときまでには――その対面は私が設定したものではありませんでした――アンドレが発見した彼の祖先の手紙を数通、私に送ってくれるとのことでした。その手紙のせいで彼の人生は劇的に変ったらしいのです。私はそれを、自分が見つけたものとしてオンタリオやメリーランドの史学雑誌に発表するつもりでいます。そうすればそれを読んで、アンリもまた彼らを知ることになるでしょう、それに、それに……。この戦略は、他の人間がやったなら、狂気の沙汰と思えるでしょう。いえ、誰がやろうと、狂気の沙汰であるかもしれません。どちらにせよ、私が今日から数えて三ヶ月と九日前に、まごうことなく私の息子に出会ったとき（それ以前には、会ったことがなかったのです）、私には手紙が届いていませんでした。まさかとは思いますが、もしかしたら、アンドレは死んだか、気が狂ってしまったのでしょうか――いえ、彼は、一九四一年以降は死んだか気が狂っているのかもしれません。前の手紙で説明したように、フォート・エリーへ行って以来、アンドレを理解しようとか、アンドレと私の関わりを理解しようとかいう気持ちには、逆らってきました――しかし、彼、あるいは彼によく似た現実の男は、相変らず文章を書いている途中でも私を呼び出して、ペンもペーパーも教授の職《プロフェッション》もアンブローズも、すべて投げうたせ、もううんざりしたという私を（ため息をつきながらも）彼の方へと走らせるのです。

　私はあらかじめマック家の人に手紙を書き、ジェインからは、下宿が見つかるまで家に泊まってほしいという簡潔で親切な手紙をもらっていました。彼女は、一九六二年以降、彼女の夫の調子が思わしくないこと（アンドレの報告が間違っていなかったわけです）、私と話ができれば嬉しいということを書き添えてきました。しかし彼女が注意してくれたところによれば、彼女の夫の頭がはっきりしているわずかの場合と（そのとき彼は自分のことを、頭がおかしくなるときはジョージ三世だと思い込んでしまうハリソン・マックだと承知しているのですが）、それより頻繁におこる第二段階の譫妄状態のとき（そのとき彼は自分のことを、正気のハリソン・マックだと思っている狂気のジョージ三世だと思っているそうです）を除いて、どうぞ私の頭がおかしくならないように心してくださいということです。彼はタイドウォーター農場をウィンザー城とか、バッキンガム宮殿とか、キュー（国立植物園があるロンドン郊外）とか、バース（イングランドの高級温泉保養地）と思い込んでいるのです。ジェインはあえてビジネスの世界に埋没することによって（その方面の才能があることを彼女は自分で発見したのです）、なんとか正気を保っているのだそうです。私の夫が他界したことを知って、彼女は気の毒に思うと言ってくれましたが、彼女の言葉のなかには羨望の響きがありました。どちらにせよ、私は彼女の境遇に同情しています。彼女は親切にも、ボルティモアのフレンドシップ空港に車を差し向け、ケンブリッジにあるマック・エンタープライズの彼女の執務室へ連れてきてくれました。会ったとき、彼女の身体の線がまったく崩れていないのを知って、（こう言うのも少し居心地悪いのですが）驚嘆しました。彼女は私に、こちらレッドマンズ・ネックで予期しなければいけないこと全てを注意してくれました。

着いてみるとたしかにハリソンは、現在進行中の茶番劇《マスカレード》に、人に危害は加えないにしても、完全に入り込んでいました。第一の精神科医は、ハリソンがあまりよく知らないジョージ王朝時代の歴史について細々《こまごま》と質問し、それによって彼の妄想を払拭しようとしました。第二の精神科医は、最初の医者の方針とは逆に、ジョージ王の精神病理学の研究をはじめとする、その時代の標準的な伝記やテクストをハリソンに与え、同僚の第一精神科医の過ちを訂正しようとしました。患者は楽しそうに、第一のドクターの治療を排して、第二のドクターの言うことを聞きました。彼は一方では自分の狂気をますます洗練させ、もう一方では、自分の歴史的知識のなかの矛盾点、つまりジョージ王の事実とハリソンの事実のあいだのギャップを、彼の狂気のせいに、彼の廷臣の歴史記述の錯誤か、廷臣の誤ってはいるが意図的な嘘《マスカレーディング》のせいにするのでした。

「彼は自分のことをドン・キホーテを逆さまにした人物だと称しているのよ」とジェインはすげなく言いました——しかし私はひそかに、(a) ハリソンが彼自身をそう見ているということは、自分を客観的に省察している印であり、(b) 文学的粉飾をしたのがジェインでないのなら、彼をそのようにみている人物は彼か、あるいは文学通の精神科医ということになる、と一人ごちました。ハリソンの自己描写があまりにも正鵠を射ているので、また聞きではどうも信用できなかったのです。「魔法」にかかった彼は、風車を巨人と錯覚し、羊を兵士と錯覚するかわりに、その逆を錯覚し（そう思わされ）――つまり、狂った頭のなかでは、「彼が」（ジョージ三世が）狂っているのは、ウィンザー城をタイドウォーター農場とみなし、四頭立ての国王の馬車をリンカーン・コンチネンタルだとみなすことだと考えているのですが――それだけでなく、彼が初めて二人で長く話したときに私に語ってくれたところによれば、〈ジョージ三世〉一世が一七八八年にウィンザー城で初めて本格的な狂気の症状を呈したとき、『ドン・キホーテ』についてのノートをとっており、またそのときウィリアム・ピット（ついでながら、私の夫の祖父）に、最初のアメリカ人との戦いには不名誉にも負けてしまったけれど、もしもう一度戦いたいというのなら、「第二のドン・キホーテ」にならねばならない、と語ったということです。

こうして彼はジェインには、かわいそうに不器量なシャーロット王妃の役割を負わせ、「彼の頭が狂っているとき」だけ、彼女をジェイン・マック――別の時代・場所の別世界からきた美しい生き物――とみなして話しかけるのだそうです。彼の息子は、父親を邪険にして辱める恩知らずの悪者プリンス・オブ・ウエールズで、ドルー・マックなどという反動平民分子の名を騙っており、「色気ムンムンの黒ン坊の売女」と結婚し、娘プリンセス・アメーリアは死んでしまっただけでなく、その事実を隠すために別の名前でスキャンダラスにも舞台に立っているのだそうで、それに……。この宮廷で偽名をもっていないのは二人だけ、トウェインの小説中のアーサー王宮殿のコネティカット・ヤンキーになぞらえた、陛下の旧友トッド・アンドルーズと、新たにできた自らの友人だけなのです。この人こそ、「（彼が）もつべき息子」だった男、彼の「ヨーク公」であり、「世が世ならば本物の摂政皇太子となる人物」であり――「自らが狂っているため、彼の狂気を絶対に笑い物にしたりしない」人、「二十世紀のアメリカにもってこられた十八世紀の廷臣」……

すなわち、レグ・プリンツ。トッド・アンドルーズによれば、その名前は、たとえ彼の「本名」でないにしても、少なくともハリソンの前の別称だったそうです。この偶然の一致は、その場しのぎのペテンではなく、疑いもなく意味深長となってきました。この名前の若い方の所持者は、タイドウォーター財団に映画の補助金を申請したときには、すでに前衛的な映画製作者として早々と名声を確立していました。彼はあまり他人と話をしない人物で、もししたとしても皮肉にしかしゃべらないので、彼に対する非難ができるとすれば、彼が絶対に「演じ」なかった役割をはっきりと自分のものではないと否定しなかったことです。どうしたわけかハリソンは一目見て彼と親しくなり、ジェインも、プリンツは映画の制作に差し出された援助を喜んで受け取っているにもかかわらず、ハリソンの好意を食い物にしているとはどうしても非難できないと、認めています。彼がレッドマンズ・ネックを訪れるのは、ひとつには、彼がその所長になるのを辞退したマーシーホープ・メディア・センターの企画顧問だったせいでもあるのです。それにひとつにはハリソン自身にあきらかに興味をもっているからでもありました。

陛下にはその日の夜に会いましたが、プリンツ氏には数ヶ月のちまで会えませんでした。オリジナルの方のジョージ三世は鬱状態のときには、肉体的にも自分の世話を自分でできなくなりました。ウィリス博士か誰かがいつもついていなければなりませんでしたし、拘束チョッキを着なければいけないときもしょっちゅうでした（ウィリスは日記のなかでこれを『ザ・アンド・C』と呼んでいますが、ジョージ自身は、身体を縛りつけられる椅子を、「王座」と言っていました）。それに、身体の不調も伴うのです。彼の目をみえなくし死に至らしめた二回の発作があるまでは、ハリソンはいたって健康、機嫌が良かったのでした。少し太っていましたが、肥満というのではありませんでした。

そのうえ、カプリで最初に会った四十代のときよりも、七十代の今の方がハンサムでした――それもジェインとちがって、法外に若いというのでもありませんでした。彼の複雑な痴呆症が許すかぎり、完全に己を保った人間でした。自分にも他人にも危害を及ぼすことはけっしてなく、偏執狂的なプロジェクトではなく、偏執狂的な妄想にとりつかれる人間でした。したがって彼を見張っていなければならないことはありませんでした。彼と一緒にいるのは楽しいし、彼との会話は、ときには悲しくなるときもありますが、たいていは教養に満ち、高尚なものでした。あらゆるところに顔をだす彼の「妄想」によって（たとえばイギリスのケンブリッジはメリーランドのケンブリッジだし、彼の執政官はタイドウォーター財団の役員なのです）、彼が狂った頭で統治している王国の品位を落とすことを恐れて、「王宮」から足を踏み出すのは、いつも仕方のないときだけで、それも人を連れてでした。「領土の雑事」は王妃と前述した執政官に任せて、彼はただひたすらドルーを大公に任命する考えに相変らず異を唱えているだけでした。「彼の気が狂っているとき」のみ、この重大な事柄がマーシーホープ州立大学のような幻に翻案され、陛下はハリソン・マック・ジュニアというつまらないアメリカの事業家になって、こういった幻の事柄、幻のビジネスと思えるものにまじめに出席し、リンドン・ジョンソン政権を、まるでジョン・アダムズ政権やナポレオン政権であるかのごとくに、滔々と述べるのでした。

こういったことから判断して、実際問題としては、彼は頭など狂っていないと考える人もいるでしょう。しかし、たしかに彼の言う「この世界」の事柄には責任をもって分別ある行動をするかもしれませんが、自分を気が狂ったジョージ王だと思っていることは、念入りな自己抹消の錯乱以上のものなのです。いわばハリソンは現実の二重性といったものを「思って」いるのです。ジョージ王の時代に「翻案」できず、したがってそのまま受け取らなければいけない事件や事情は、もしかすると間違って処理してしまうのではないかと不安になり、彼を恐慌に陥れるのです。したがってもしも彼の悪夢（と、たまに訪れる日中の発作）が歴史書から学んだものだとすれば――ジョージ王と同様に、彼もハーシェル（天文学者）の望遠鏡を通してハノーヴァーを見ていると思い込み、ロンドンに洪水がきたと思って、「貴重な写本と手紙」を救うために国王のヨットにのって駆けつけ、「〔彼の〕六人の息子すべて」の死亡証明書にサインをし、などなど――そういった事柄が彼に引き起こす恐怖の苦悩は、心痛むものでした。

その時代にたいする当時の私の知識は貧弱なものでしたが、ファニー・バーニー（一七四二―一八四〇。英国の女流小説家）が王室に何か職務を得ていて（具体的には、シャーロット王妃の二番目のローブの裾持ち）、王が初めて重大な発作にみまわれたとき、彼女自身は書簡体小説『エヴェリーナ』をちょうど刊行したばかりだったので、その重大事を観察し、省察して、その次第を日記に書きつけることになったということは知っていました。たとえハリソンがバーニー夫人と同じように私も日記を書いて記録せよと命じなくても、記録しようと私は思っていました。私とて彼女の著作については少ししか知りませんでしたが、ハリソン（とG三世）はたぶん全然知らなかったでしょう――セルバンテスとフィールディングだけが、「彼の」小説だったのです。それにその役割は私の性分に合って、じつに楽しいものでした。私はそのことをジェインに話しておきました。彼女は承諾してくれましたが、私の来訪を前もってハリソンに話してあるので、何か作り事めいたものを話す必要はない、と言いました。ハリソンは私のことを、愛情を込めて思い出したようでした。

私たちは、岬の突端のアメリカツゲや石楠花《しゃくなげ》の林に囲まれた堂々とした優雅な屋敷に着きました。まるで、マックスフィールド・パリッシュの絵のなかに車で乗り入れて、お仕着せの服を着たメイドや看護婦（第二のドクターの発案）に導かれて、音楽室にいる陛下に拝謁したといった感じでした。ハリソンは濃紺のブレザーと白い木綿のズボンを自慢気に着こなし、ハープシコードから微笑みながら立ち上がると――十分予想できることですが、彼はヘンデルの大ファンとなっていて、『サムソン』のなかのデリラの狂騒歌を弾いていたのです――「奥方」と呼んでいるジェインに軽く会釈をし、私の方に身を向けると、どうやって挨拶したものかとしばし迷っていた私の手を取ると、唇のところにもっていき、何と私の前に膝を折ってお辞儀したのです！　喜びの涙が、ぽっちゃり肉がついて日焼けした彼の頰を伝いました。彼は感極まったという雰囲気で、「清ラカナ我ガ妻えりざべた《サンクティシマ・メイア・ウクソール・エリザベタ》」と叫びました。

ジェインも私と同様、度肝を抜かれました。私の十八世紀の小説家という役割は（二十世紀の小説家という役割と同様に）、生まれ落ちるまえに死んでしまいましたから。やっと膝をついてお辞儀をしている彼をもとの姿勢に戻し、ついでに彼の言葉をラテン語から英語に戻したとき――彼は今やジョージ三世と同様に早口で英語をしゃべるのです――私たちは、彼の狂気の故に私をジャーメイン・ピットと思いこみ、つまり彼のこの世での親友であり、その夫はジェインのさらに親密な友人と思いこんではいますが、実際には彼は大事な……レイディ・ペンブルックと再会することができたと、筆舌に尽くしがたく喜んでいたのです。私たちはそれを知り、困惑してしまいました。もしもそのとき私たちが、後で王立図書館から得て、私がすぐにジェインに知らせた知識を持っていたとすれば、ますます困惑したでしょう。実は、レイディ・エリザベス、ペンブルック侯爵夫人はシャーロット王妃の寝室の夜伽夫人だったのです。しかも、彼女の夫である侯爵は、ジョージ三世の寝室《ベッドチェインバー》の夜伽貴族で、王室の副家令《ヴァイス・チェインバレン》の息子でもあったのです。彼女の結婚前の姓はマルボロでしたが、王とは幼なじみで、結婚後も王室との縁は切れていませんでしたが、けっして王の側室ではなく（王はハリソンと同様に、姦通は好みませんでした）、王妃に忠実に仕えていたのです。けれどもジョージ三世は一七八八年の発作以来――そのときすでに彼女は五十を過ぎていて、孫がいたのですが――発作のあいだはいつも、自分がずっと彼女を愛していた、彼女だけを……と思い込んでしまったのです。

しばらくして、アペリティフとディナーの時間になると、彼は自分を取り戻し、私たちを困らせるようなこともなく、魅力的にさえなりました。そのときにはシャーロットやエリザなら知っていたこと、つまり、彼の強迫観念を差し引いた前述の伝記的事実を、「ジェイン」や「ジャーメイン」に上機嫌で語り始めたのです。私のジェフリーの死については、ジェインよりも心のこもったお悔やみを述べてくれました。また、一九三〇年代後半のカプリ島での逸話や一七八〇年代のチェルトナムでの逸話について楽しい裏話を聞かせてくれ、阿片チンキ（ウィリス博士の処方）と、抗鬱剤パーたサー・ジョージ・ベイカー博士の要望に逆らっネイト（第二の精神科医の希望に逆らった第一の精神科医の処方）の両方の副作用について、上機嫌で不平をこぼしていました。彼は遠慮がちに、メリーランド州パイクスヴィルのドクター・アラン・グットマッカーの意見には賛成しかねると言いました。ドクターは家族ぐるみの旧知で、『アメリカの最後の国王』の著者でしたが、彼の意見は、「病理的に異常な観念を全然もっていない場合にのみ健全な頭脳となり、それがあれば不健康な頭脳となる」というものでした。これはハリソンの考えによれば、論点を巧みにさけたものだそうです。しかし彼自身も自分が健全だとは確信できていないようでした。しかもグットマッカーの精神分析――「ジョージ三世は、植民地と同じく自分の十三人の子供たちも次々と反抗して、彼から離れていくのではないかと恐れていた」という分析――は、王家の医者たちからも正しい診断とは見なされないのでは、と考えはじめていたようです。ハリソン自身には二人の子供しかおらず（しかも自分の子供と確信できるのはそのうちの一人だけだと、意味あり気に付け加えました）、彼の十三のアメリカ植民地は一つまた一つという風ではなく、すべて一緒に瓦解してしまったのだし、彼の頭が一番明晰だったときの洞察によれば、彼の不安定な現実把握は、植民地の喪失と子供の喪失を同一視したことではなく、植民地の喪失と、大学の喪失を同一視したことであり、すなわち、前年にタイドウォーター工科大学が州立大学に格上げされて「喪失」してしまったことと同一視していることなのに、というのです。このとき以来、彼の度を越した偏執狂は始まったというのです。続けて彼は「ジェイン」の実業家としての才覚やその美しさ、辛抱強さを称賛し（ジェインは自分たちの子供の父親が誰だかわからないと言われたとき、冷静な青い瞳に動揺の影を見せませんでしたが、私に言わせれば、彼女はそういった当てこすりにがまんしているというのではというのではなく、そういったものに傷つかないだけです）、次に私にようこそウィンザー城においでくださったと、もう一度乾杯して、早口の流暢なラテン語であらためて歓迎してくれました。のちに教えてくれたところによれば、そのラテン語は健康を祝したもので、「我ガ妻トえりざべたニ、過去ハ未来ヲ肥ヤス」と言ったそうです。

ケンブリッジにまあまあの下宿を探すのに二週間ほどかかりましたが、そのあいだ、私に対するハリソンのますます深まる思いは――むしろ、ジョージ三世がレイディ・ペンブルックに抱いた思いに取りつかれた彼の新しい思いと言った方がよいかもしれません――複雑になると同様に、明白なものとなっていきました。たとえば、（私たちの立場からですと）彼の頭が明晰なとき、彼はやさしく、「ハリソン・マック」は「ジャーメイン・ピット」に惹かれているが、それはエリザベス・スペンサーに対する陛下の気違いじみた情熱が発端になっているものであり、実はカプリ島以来、ひそかに私を好ましく思っていたので、頭の狂った「レイディ・アマースト」を彼女自身の魅力で愛していることを知ってほしいと語るのでした。そこで私はジェインに言って、彼との接触を断てるようにしてくれと頼みました。ジェインは私に、自分は彼の戯言《ざれごと》〔ママ〕にわずらわされることがないほど、マック・エンタープライズ社の仕事に忙しいけれど、彼の方もそれと同じぐらいに、狂気に忙しいのねと言い、彼の戯言《い》が私を居心地悪くさせるのなら、いちばんよいと思うことをしたらいいわと言ってくれました。こうして、私は大学の仕事に打ち込み、秋の新学期の準備をし、心沈む思いで、トロントから何と遠くに来てしまったのだろうと考えていたのです。ロンドンやパリからは言うにおよばず！――とうとう私はこんな地の果てに来てしまったのです。

マーシーホープ大学図書館などというのは悪い冗談で、ちょっとましな私立高校なら、そこのスタッフを雇おうなどとは思いません。大学の方は学生を地方の公立高校から引き抜いているのですが……もっとも私はここに、学者としての成功を求めてきたわけではありませんし、議会図書館はバスでたった二時間のところにあるのです。たった一人ですが頭脳明晰な人がいることも、私の知的渇望を慰めてくれました。ジョー・モーガンです。私が崇拝する人、もしもちょっとでも彼が個人的な興味をもってくれたなら、崇拝以上になるだろう人。あなたの本の『旅路の果て』の同名の人物は、合理主義者のピグマリオンで、半ば滑稽に描かれており、語り手と比べてかろうじて興味深いという程度の人。もしもあの人が私の新しい雇い主と同一人物ならば、時の経過と最愛の人の死は、彼をずいぶん成長させたものですね。モーガン学長は知的で、学識があり、情熱的で、しかも固定観念にとらわれてはいません。彼はまじめに大学の運営を有能にこなしていましたが、さしでがましいところも、尊大なところもありませんでした。全体的に見れば、この私と同世代の彼は、五年前に会ったときよりもハンサムで、私と同じくレッドマンズ・ネックではただ一人で孤立していました。もしかしたら……

たしかに彼は愛想がよく、親切で、思いやりに溢れ、子供たちの言葉でいう「執念《ハング・アップ》」とは無縁で、まずまず男らしく、態度も冷たくはありません。しかし彼の感情生活は私には閉じられた本でした。彼には肉体的欲望がないか、あるいは、まったく慎重にそれを処理しているので、彼の敵がいろいろ悪口を言っても、その証拠は見いだせないのです。これを書いている今も、私はモーガンがどこにいるか知りたい。アマースト大学から彼が消えてしまったのは、彼の見事な自制心をついに失ってしまったことと関係があるのだろうか。私も知りすぎるほどによく知っているある出来事から、彼が若い妻を失って以来、じっと十数年も機能してきたと思っていたあの自制心を失ったと思ったのでしょうか。その彼の妻と同じ経験を、この私は何度もしているのですけれど！

さて。モーガンは、彼がタイドウォーター工科大学を裏切って州立大学組織にした張本人であるというハリソンの妄想を、うんざりしながらも面白く聞いていました。彼は私に、この大学に対する彼のりっぱな抱負を述べ、もしもショット一派が勝利を得るようなことがなければ、マーシーホープは三流のコミュニティ・カレッジではなく、他に類をみない立派な研究センターになるだろうと、彼の確信を披露してくれました（そのことについては、返事をいただいていない最初の手紙の追伸のところに書きました）。しかし（あなたの小説のなかの気障な男とちがって）、彼の希望は、まったく悲観的なものでなくとも悲劇的なものでした。マーシーホープをアメリカの反乱植民地と想像しているハリソンの妄想が、もしもA・B・クックにインスピレーションを与えてそそのかし、ジョン・ショットに益したとしても、自分は驚きはしないと言いました。〈真理の塔〉については、彼らに反対しようという意気込みは彼にはありませんでした。しかし彼は敗北を確信したわけではなく、これを土台に（一般の人の最終的な良識的判断に敬意を評する彼の考え方については、まだ述べていなかったと思いますが）彼は突き進んでいたのです。

彼は半ば冗談めかして、大学のためにレイディ・ペンブルックの役割をやってみないかと言いました。そうすれば、「ヨーク公」は、本人が意識しないままこちらの役に立つだろう。モーガンは私に、もう完成していましたが、まだスタッフを揃えていないメディア・センターを見せてくれ、州議会議員は、目をみはる学部よりも目をみはる施設の方に助成金を出すものだと、笑いながら解説しました。ところで、レグ・プリンツに会ったことはおありですか、と彼は言いました。

私はとうとう十一月の初めにレグに会いました。私はジェインの懇願があったにもかかわらず、私自身（と、たぶんジェイン）をハリソンの茶番劇から救うために、学期が始まるので忙しいということを口実にタイドウォーター農場をめったに訪れませんでした。ジェインは、「レイディ・ペンブルック」へのご執心は相変らずよと言ってきました。彼は王の布令によって、一八一一年八月一日以前に行った結婚はすべて無効にし、私と結婚するためにルター派になると宣言しているのだそうです。何度も聖書に手をかけては、五十五年間彼に忠誠を誓ってくれた愛しいエリザに忠誠を誓うと宣言しているそうな。ガーター勲章に匹敵する女の勲章をつくるべきだと提案し、私が最初の授与者となるのだそうです。夜はベッドのなかで私のことを想像し、昼間は「王ノ臣民ハ分カレズ《レックス・ポピュロ・ノン・セパランドス》」と叫びつつ、国王のヨットで今にも私を迎えにいくのだと言いはってきかないそうです。（そばに仕えなければいけなくなった）看護夫が彼を押さえつけなければならないほどだそうです。ジェインは、私が実際に彼にお仕えするのは事態をより悪くするだけだということを想像することはできず、むしろ、彼の妄想を和らげると想像しました。その妄想に彼女が付き合うのはだんだん難しくなっていくようでした。妄想はあまりにもひどく、さりとて彼女は、彼を「精神病院」に入れる気にはなれないので（それに、他の施設よりも、タイドウォーター農場の在宅看護の方がましなので）、彼女自身の夜はだんだん、ドーセット・ハイツのアパートで過すことの方が多くなり、イギリスへ出張するついでに、むこうで長い休暇を取ろうかなどとも考えていたのでした。

　私がいないときよりもいるときの方が、ハリソンの行動は丁寧で、節度もあり、理性的で、いやらしい申し出もしないということは確かでした。それでも……しかし、私にはアンドレの用事も含めて（それまでのところ、何も指示は来ていませんでしたが）、他にしなければならないことがありましたし、運命的な記念日も近づいていました。とくにこの最後の理由のために、私は、十一月の最初の日曜日にディナーに来ないかというジェインの招待をお断りする気でいました。ところが、ジェインは、しばらくロンドンにいくのでこれは彼女の壮行会《ボン・ヴォワヤージュ》になること、また例年のガイ・フォークス・デイの花火がタイドウォーター財団の好意によりディナーののちにレッドマンズ・ネックで打ち上げられること、夫婦の特別な友人を招くつもりであり、たとえば、ケンブリッジのアンドルーズ氏、ニューヨークのプリンツ氏（まだ会ってないわね）、アナポリスのクック氏（会っていると思うけど）だと付け加えたので、行くことに決めました。

　私は興奮で震えながら、出かけていきました。ハリソンは魅力にみち、慇懃でした。彼は見たところあの妄想を抑えているようだったので、ジョージ／エリザの呼称はこの場の相変らずの冗談だとみんな思ったことでしょう。あなたのアンドルーズも洗練された人物で、ちょっと驚きました。ハンサムで中年の独身男で、ＣＩＡが全米学生組織に三百万ドルかけて取り組んでいるという最近明らかになった話題について滔々と述べ、その金の幾分かでもマーシーホープに引きつけるだけの活動をこの地のＳＤＳ（民主学生連盟）支部はしているのかと、（不在の《イン・アブセンシア》）ドルー・マックを非難していました。場所と事情が異っていたら、彼に会って、おそらくとても楽しかったことでしょう。たとえば彼らの息子を「プリンス・オブ・ウエールズ」と呼ぶようにとジェインが「ハリソンのために」命じているのに、アンドルーズがこの禁忌を勝手に破り、それでもハリソンの気持ちが動転しなかったのは、なかなか愉快なことでした。私はジェイン（や第二のドクター）のように彼の奇癖に付き合って、壊れ物を扱うみたいにするのはいやだったのです。しかしもちろん私がそこに出かけていったのは、アンドルー・バーリンゲイム・クックをそっと観察するためで、よりによってその日に彼をふたたび紹介されたのは、偶然の一致とは考えられません。

ジョン。この男がアンドレ・カスティーヌのはずはありません。どうしてアンドレになれるというのでしょう。アンドレはがっしりしていて、浅黒く、茶色の目で、禿げていて、手入れの行きとどいた口髭をしていて、顎鬚は短いのです。それに、アンドレは眼鏡をかけています。眼鏡がないとよく見えないのです。一部は入れ歯で、それを気にしていました。何ヶ国かの言葉をしゃべりますが、どれにもカナダ訛りのフランス語が感じられます。たしかにこの「桂冠詩人」も体格は似ていますが、髪はふさふさしてカールしており、ゴマ塩まじりでした。目はハシバミ色のうす茶色でした。顎鬚も口髭もありませんでしたし、眼鏡もかけていません。歯は全部自分のもので、白く光っていました。たしかに声はアンドレのセクシャルなバリトンでしたが、アクセントはトッド・アンドルーズと同じ、純正《エヒト》「メリーランド」訛りでした。彼がアンドレなどということはありえません！

彼自身も断言したのですが、アンドレの異母兄弟でもありません。ただ兄弟ぐらいには似ていたと思います。そのことについて（彼と再会してすぐに——彼は以前に会っていたことを覚えていました）彼に詰め寄ると、カスティーヌという名前は、歴史書とロングフェローの『街道ぞいの旅籠物語』のなかの「学生の二番目の話」のなか以外には、聞いたことがないと否定しました。しかし、たしかに彼には、亡くなった妻とのあいだに、成人した息子がいることは認めました——彼女は彼と同様に第二次大戦中、ロンドンの合衆国戦時情報局に勤めていましたが、（ジェフリーの最初の妻と同じく）一九四二年の空襲で死んだそうです。息子の名は、案の定、ヘンリー・バーリンゲイム七世、法律的にはヘンリー・バーリンゲイム・**クック**でした。代々、二人の大祖先の苗字を交互に使うのが、一族の非公式の習慣だったのだそうです……彼、ヘンリーは伊達男でしたが、ドルー・マックやジョウゼフ・モーガンのような左翼的友人の影響もあって、政治的には間違った考えを頑なに守っていました。現在、彼はケベックのどこかにいて、カナック人を女王陛下と国家に歯向かうよう焚きつけている。神よ、彼を許し、その三人を救いたまえ。というのも息子ヘンリーは本当はいい青年で、信じようと信じまいと、彼クックも二十代のときには、空疎な反体制《ウィッグ》思想に短期間かぶれていたこともあったというのです——幸いなことに、目が覚めて、その流行り病から回復したときには、それに対する抗体ができていて、再発のうずきはほとんどないと。彼が大いに恐れるのは（今はもう食事も終り、私たちはコニャックをすすりながら、テラスから静かな秋の夜空に流星花火が上がるのを眺めていました。夜空には、おびただしい群れの雁が私が恋焦がれている北の地から南へと、鳴きながら渡っていきます）、私が愚かしい冗談の対象になりはしないかということで、「あなたのような品位をもった貴婦人」はこのような道化芝居に使われてはいけないと、彼は義侠心にかられて憤慨してくれました。

彼は、まあ、魅力的でした。メリーランド歴史協会でどなりちらしていた田舎者という感じではありませんでした――ただ、（そしてこの点でも、彼は少なくとも想像上では、私のアンドレの血縁者なのですが）モーガンのような「敵対者」の前や（モーガンは食事のあとで私たちの話に加わったのです）、会話が政治に移ったときは別でした。そのとき彼は、大声でわめきちらす右翼の三流桂冠詩人になっていました。ロシア大使館が大使館職員の夏期レクリエーションのために、ドーチェスター郡の海浜地所を貸借したと言っているが、実はそのためだけではなく、マック・エンタープライズ社と「この地の他の施設」の偵察のためだというハリソンの意見をしきりに煽りたてていました（ナンセンスよ、とジェインはそっけなく言いました。それはマック・エンタープライズの事業の一つとして行ったことです。彼らにこの土地を貸したのは私なんだから）。彼は陛下に向かって、ショットの計画している〈真理の塔〉完成の暁には、マーシーホープは「完全に独立し、州の行政とは分離したものとなる」でありましょうと述べました――ハリソンは愛想よく、この含むところのある非論理を咎めました。したがって、私は、彼がどのぐらい真面目に自分を王党派だと考えているのか、判断がつきかねます（判断しなければならないことは、十分わかっているのですが）――けれども、私がジョー・モーガンに同じ質問をしたときのモーガンの不吉な答えをそのまま信じます（ちゃんと裏付けされている事柄です）。彼はこう答えたのです。「半分は真面目だろうね、ジャーメイン。でも、半分だけ真面目でも、彼はわれわれを滅ぼすことができるのだ」

それで。このように大勢の魅力的な独身の紳士たち、しかも不幸にも色事を楽しめないほどに他に注意が向いている紳士たちのなかで、唯一の独身女性が私なのです。私はもしかしたらこの人たちのなかの一番若い男性、たとえ独身でないにせよ、たしかに一番超然としている人、この手紙の余白にしか書かれないと同様に、その宵も余白をうろうろしていた男性と親しくなるのが適当なのでしょう。「ところでプリンツ氏とは会ってなかったわね」と、ジェインは、カクテル・グラス越しの紹介が終わるころ、尋ねました。そのとき私は、頭がぼうっとしたまま、Ａ・Ｂ・クックをアンドレではないかと、観察していたのです。その翌年、つまり去年になりますが、私がハリソンの「アハシュエロス」（紀元前五世紀のペルシアの王、ユダヤ人の妃エステルの願いにより、宰相のユダヤ人殺害令を止めさせる）にたいして、「エステル」を演じて（ジョージ三世の新しい思いつき）、タイドウォーター農場の事実上《デ・ファクト》の女主人になっていたとき、つまり、王妃のジェインが正真正銘のバースやチェルトナムの地で保養をしていたとき、もう一度レグ・プリンツに会う機会がありました——さもなければ、その十一月の宵は、私はあまりにも頭が混乱し、彼もすぐ消えてしまったので、とてもこれから述べるようには描写できなかったでしょう。ハリソンが「息子にしたかったはずの人物」のレグは、二十代の終り近く、ひょろっとして、か弱く、皮膚の色は白く、そばかす混じりで、青い目をして、角張った顔をしていました。ベルトルト・ブレヒトのような丸い縁つきの眼鏡をし、感電したときのように、一房の赤い髪が突っ立っていました。顎にも頬にも髭はありませんでした。ヒッピーのようではなく、服装はしわくちゃでしたが、清潔で簡素で、地味でした。アンブローズの言葉によれば、彼の服装は、北朝鮮の国連派遣団の下っぱ役人か、刑務所長の好意で新しい背広を着て出所してきた長期服役者といった感じでした。彼は煙草も吸わず、酒も飲まず、私が聞くかぎりでは、話もしないのでした。彼はロングアイランドの裕福なユダヤ人家庭の出身で、グロトン校（マサチューセッツ州グロトンにある男子名門高校）とイェール大学で教育を受けたと噂されていました。彼はＬＳＤやその他の薬物を常用して「トリップ」しているけれど、薬にたよって神秘的な洞察や創造的なヴィジョンを得るのは間違いだと考えているとのことでした。彼は、革命的な政治姿勢も（ドルー・マックは単純で、ハリソンとＡ・Ｂ・クックは「寓意」として「興味があり」、ヘンリー・バーリンゲイム七世のことは「崇拝している」と言ったそうです）、文学も（「現在、重要性は何もないが、歴史的現象としては若干面白い」と言ったそうです）、現代の映画制作のあらゆるイデオロギーをすべて吸収し、そのうえでそれらを超越したそうです。彼は難解ないわゆる〈芸術〉映画を苦々しく思っており、そのような映画は、映画がそもそも（たしかに退屈ではあるが）大衆文化だったことを忘れていると言ったそうです。政治革命は、「結婚、離婚、家族、知的職業、小説、金、実存的苦悩《アングスト》と同様に」時代遅れなのだそうです。

　こういった意見をその若者がいつ、どこで、誰に語ったかは聞かないでください。すくなくとも私はアンブローズからまた聞きで聞いた話です。でもそれ以来ときどき私は自分でも、彼がほとんど聞き取れない声で、たいてい省略や、肩をすくめたり、頷く動作で、断片や口ごもりで、無関係な話のなかで、ダッシュつきや、……のなかで語るのを聞いています。アンブローズが断言したところによれば、彼がその場にいるだけで（「ガイ・フォークス・デイの正式なディナー・パーティ以外では」と付け加えなければなりませんが）、他に類をみないほど影響力をもつことになるのです。彼がいれば、ほとんどの「論点」や「見解」はくだらぬ理論に堕してしまうか、さもなければ、どんなにそれを話題にしたくとも、話題にさえならないのです。どんなに法外な状況でもほとんど黙認され、「彼の人格の無言の力」によって正当化されるらしいのです。（私の恋人が自己投影しているだけでないかと疑っていますが）私はこれらのことを一つも否定しません。それに私自身も、プリンツは静かに人を騒がせる人物、言葉には出さないが自己を主張する人間だと思っているのです。現代の岩陰に咲くユキノシタ、（アンブローズのタイドウォーター流の比喩を使えば）芸術という牡蠣の養殖場にいるヒトデといったところでしょう。しかし人は――とにかくこのわたしは――漠とした非言語は（私はほとんど自ら語ると言いかけましたが）精神をもたない意志、単なる真空から発せられるものではないかと思うのです。プリンツは結局、どこまでも続く表面にすぎないのではないか、くもった透明ではないのか、……フィルムではないのか、と。

　最後のフィルムということでは、その十一月の宵の段階では、彼をせいぜい二級としか思いませんでした。今、私たちはその二級品にかかずらっているのです。しかし今日は――いえ、わかりません。タイドウォーター農場を発つときも、着いたときと比べて、情報が増えていたわけでもなく、むしろますます困惑していました。もちろん、ジョー・モーガンやトッド・アンドルーズに私の一番の関心事を話すわけにはいきませんでした。しかしレッドマンズ・ネックからケンブリッジに帰る車のなかで（モーガンが親切にも私とアンドルーズをそれぞれ家まで送り届けてくれたのです）、この愉快な二人の独身同乗者は、A・B・クックが謎であり山師であって、ショット一派と演じている彼の役割よりも実際はもっと奥が深く、洗練されているということでは意見が一致しましたが、もしもこの取り替えっ子的仮装の下に何かが潜んでいるとして、それが何かという点では、二人の考えが一致していないことを知りました。アンドルーズは彼のことを、資産家の変り者で、心の底からの反動的人物とみなし、南部の民主党離反派《ディクシークラット》の政治家を（財政的にも詩的にも）彼が応援するのは嘆かわしいことではあるが、ありそうなことだと考え、ハリソンや他の教養のある右派と彼との親交は本当のもので、ショットのような平民レッドネックらとの関わりは、単に一時的なものにすぎないと思っていたのでした。彼の意見では、彼の二枚舌は、クックが有名な保守派の知事候補を声高に非常に幼稚に応援しているのは、それによって、その候補者よりも知名度が低く、もっと保守的な候補がリベラルな振りを装って彼に勝つように仕向けるためであり、それによってたとえどちらが勝っても、体制派が勝利を収めるようにしているのだ、彼の二枚舌というのは、せいぜいそんなことに使われるだけだというのです。他の事柄――たとえば噂されているブラズワース島かその付近にあるクックの準軍事「クラブ」や、これも噂されているアメリカ・ナチ党のボルティモア支部との関わりは（どちらも初耳でした）――リベラルの気を引く飾りにすぎないと言うのです。

モーガンは反対でした。歴史協会での活動をつうじて、彼は頻繁にクックと交渉をもってきていたのです。タイドウォーター工科大学の学長にと彼をはじめてハリソン・マックに紹介してくれたのもクックですが、ショットに与《くみ》して彼をマーシーホープから辞職させようと働きかけているのも彼なのだそうです。モーガンは、クックが大学のためにどんな害悪をなすとしても、そのために彼を忌み嫌っているのではなく（彼がモーガンの妻の死を、いわば、中傷的に掘り起こしていることに触れなかったのは、モーガンの頭のよさを示しています）、彼を本物の脅威、おそらくは精神病理学的な脅威だと信じているからです。さらに、私だけでなくアンドルーズにも初耳の噂には、幾分かの真実があると言うのです。その噂とは、クックは文字通り邪悪な存在で、それは右派としての脅威ではなく、左派としての脅威だというのです。この観点から見れば、クックが極右勢力と公然と関係をもつ目的は、うわべは好意をもつふりをして彼らの活動を妨害し、その煙幕で本当の関わりの方を「カバー」することだそうです――それは厳密な意味での極左勢力ではないのですが、様々な種類のテロリストたち、FLN（アルジェリア民族解放戦線）、IRA（アイルランド共和国軍）、PLO（パレスチナ解放機構）、ケベック分離主義者、黒人やインディアンの左翼系ナショナリストで、もちろんこの連中はすべて、ワシントンにスパイを送りこんでいるというのです。

当り前のことのようにモーガンが言いました。「十年前に一度、私が初めてクックに会ったとき、彼は私に人を殺してやるともちかけましたよ。人殺しなど実に簡単なことだ、と言いました。私は彼の話に乗らなかったが、彼が法螺を吹いているとは思わなかった」

私たちはそれ以上話してくれと頼みませんでした。おそらくアンドルーズも私と同じく、犠牲者は故モーガン夫人か、彼女の死に関係した人ではないかと想像して、気まずい思いをしたのでしょう。クックの悪口を言っていたので、モーガンの言葉に偏見が入っていると思う人もいるかもしれません――しかし私は、それを彼の信頼の印と受けとめました。どちらにしても、私は、たぶんケベック自治派と通じているクックとアンドレとの関係を知りたかったのです。それにモーガンは健全な人のように見えましたし、気持ちよいほどノーマルで、顔つきは少年のようで、何か秘密の事柄に、まして暴力的な事柄に従事している人間とは、とても思えませんでした。トッド・アンドルーズは、「第二次革命云々の事柄」は、注意を他に逸らせるクックのへそまがりのごまかしにすぎないと片づけて——噂されている左翼云々は結局そこに行き着くと思っていたのです——狂ったハリソンにそれを吹きこまなければいいがと付け加えました。モーガンもそれが単なるへそまがりにすぎないことには賛成しましたが、にもかかわらず、危険なへそまがりだと考えていました。そうしてその夜は終り、別れの挨拶をするとき、アンドルーズは、ハリソンの狂気に付き合って私が演じている思いがけない役割は、彼の治療に役立つだろうし、少なくとも症状を和らげると思うと言いました。私の理性が許すかぎり、かわいそうなハリソンを喜ばせてほしいとのことです。

二人の好ましい恋人候補を次々に得ることができたのに、なぜこの一、二ヶ月後に、私はハリソン・マックの情婦になったのでしょう。まず第一に、すでに述べたように、フォート・エリーのあとでは私自身が気が狂わないでいるために、アンドレのことは考えないでおこうと決めましたが、やはりもちろん、いろいろとあって。それにこれまで私は独り身になったことがないのです！　もしもアンドルーズかモーガンが特別の興味を示してくれたら……けれども彼らはそうしなかったのです。私の好みにしては若すぎるのですが（つまり彼は私と同年配）、モーガンの方が可能性があったかもしれません。けれども、たがいに親しくなって、たとえばアンドレのことを話したり、彼とクックの関係を説明したりできるかなと思っていた矢先に、モーガンが退職させられ、アマーストへ行ってしまい、さらには、「麻薬びたりとなり」、消えてしまったのでした。アンドルーズの方も、東部海岸訛りと南部流の物腰にもかかわらず魅力的でした（今も魅力的です）。私たちはよいお友達になり、今も親友です。けれども彼は独身だと断言していますが、私が見たところ、ほかに昔からの女友達が何人かいるようですし、六十代後半では、そう浮気な気分にはなれません。

彼の懇願と、ジェインと第二のドクターの頼みに応じた形で、私はジェインが去って以来、ほとんどの時間をタイドウォーター農場で過しました。それとともに、ハリソンの生活様式も幾分、変りました。彼の身体は急激に衰え、前よりもいっそうおかしくなったのですが、同時に、明晰になりました。「彼がこの世にいたとき」（そう彼は言うようになりました）の妻を、私の見るところでは、憐れみ、尊敬し、よく理解していたようでした。彼は「本物のジョージ三世」とシャーロット王妃も、結局のところは自分たちと同じくらいに幸せだったと思っているようでした。彼の「最後のステージ」にジェインがいないのは、二人にとって喜ばしいことだと思っていました。彼らは互いに愛し合ったのであり、自分と同様に、ジェインもまた彼の幸せを願っていると思っていたが、未亡人になることも彼女にとっては救いだということも十分わかっていました。今では彼は、自分は「本当の」ジョージ三世ではないということがわかっていることが多いようでした――「晩年には、ジョージ三世自身が正気でなかった」ことも承知していたのです。それに、彼が精神病理学上の妄想の犠牲者だったということも。妄想の原因や可能な治療法は以前と同様わかりませんが、それももはや彼には興味のあることではありませんでした。二十世紀のアメリカのレッドマンズ・ネックのハリソン・マックの世界が、彼に大きな苦痛をもたらします。十九世紀初頭のイングランドのウィンザー城のジョージ三世の世界の方が、理由はどうであれ、彼の心に安らぎを与えたのです。手術不能の患者として、彼は一時的な治療だけを求めたのです。ジェインからの長距離電話の同意を得て、私たちは第一のドクターを解雇し、手に余る不測の事態のときにだけすぐに来てもらえるように、第二のドクターを残しました。けれどもそのドクターは後にただ一度、呼び出されただけでした。

ハリソンは私に屋敷に引っ越してくれないかと頼みました。そこは大学に近いし、十分広いので、望むとき以外は顔を突き合わせなくてもすむ。彼の書庫は大学の図書館よりもりっぱだし、私は買い物にも、料理にも、部屋の掃除にも煩わされる必要がなくなる。茶番劇さえつまらないものではなくなるだろう（服はいらない！）、彼が私のことをレイディ・ペンブルックと言っているかぎり、何でも自由に話せるから。ややこしい翻訳は彼が自分の狂気に任せるから、私も彼にすべてを任せることができる。ジェインもこの案に賛成だとロンドンから言ってきました。アンドルーズに相談すると、あたたかく賛成してくれました。

私はたとえ陛下を愛していないにせよ、心から好きでしたし、それは単に憐れみの感情だけではありませんでした。ジェインが帰ってきたら出ていくつもりでいました。しかし彼女はマック・エンタープライズ社の仕事は遠隔操作で何とかやって、そのままロンドンに留まっていました。とくに一九六八年の前半、ハリソンと一緒にいることは楽しいものでした。彼はウイットに富み、寛大で、思いやりの深い男だったのです。けれども召使の報告では、私がいないときは、自由に妄想に耽っていたようです。洪水を避けるためにデンマークに飛んでいったり、ノアの方舟で外国旅行をしたり、アメリカとの戦争の大失敗を回復するにはまだ遅くないと言ったりしていたようでした。しかし私が戻ると、すぐにジョージ／エリザベスの世界は、（たとえいつもではないにしても）ほとんど凝った話し方だけのものになるのです。いつしか私たちの関係が、一緒に寝るところまで進んでいきました。記憶では、一月のある雪の降る夜、私が暖炉のそばで学生のレポートを読みながらブランディを啜り、ハリソンがハープシコードでエフタ（ヘンデルのオラトリオ）を弾いていたとき、彼が突然に言いました。「歴史を書き直さないかい、どう？」そして、王とレイディ・ペンブルックは一緒にベッドに入らなかったし、私たちは本当のところは彼らではないので、彼らがしなかった事をすることで、事実を改変することができるじゃないか、と提案するのです。

「ねぇジャーメイン、わたしはそのくらいの楽しみは持ってしかるべきじゃないかね」と彼は締めくくりました。もしも彼が私の本名を、この時たった一度だったけど言わなかったら……

　後にも先にもこれほど私の身体とささやかな能力が男性を満足させたことはありませんでした。詳細を知りたいでしょう。特別なことは何もないのです。七十とて不能ではありません。不能はアルコールが入っていたり、病気だったり、社会状況のせいなのです。スタミナは確かにないし、眠っているのが好きだし、刺激を与えなければどうしても立たないし、勃起してもいくことはあまりないけれども、それは、役にたつのです、しかもうまく。めったにないことですので、余計に深い喜びを感じながら。ハリソンは多くの時間が残されていないとわかっていたので、素晴らしい天候や食事を味わうように、一つ一つの性交を味わいました。ジェインはずっと以前に、セックスを卒業していました。彼はそれに飢えていたのです。そして自分が何をやっているか、ちゃんとわかっていたのです。私はこれまで後悔の残る選択を数多くしてきましたが、ハリソンのレイディ・エリザベスになったことは、決してその限りではありません。楽しい一学期でした。

　そのあいだも、アンドレからの伝言か、あるいは私たちの息子を一目でも見れないかと待ちながら、マーシーホープの学生たちに、「ルネサンス」とか「宗教改革」とか「啓蒙運動」とか「ロマン主義」といった言葉の意味を伝授するのに力を注ぎ（目まぐるしく現在が変化しているときに、過去を教えて何の益があるというの）、かわいそうに戦いの最中に身を投じたモーガンが、出来損ないの〈真理の塔〉についてついに譲歩するのを目のあたりにし、姿はどうであれ牡蠣のように口のかたい男に引かれている自分を確認しながら、ハリソンと息子とのあいだの古い確執を甲斐もなく改めようとしていました。私は彼の息子を知るにつれ、むしろ好ましく思うようになりました。（娘のジーニン――「ビー・ゴールデン」はまた別の話。フォート・エリーの「サナトリウム」へアルコール中毒の治療に行っているあいだも、彼女はカリフォルニアにいる三番目の夫との離婚手続きに忙しく、そのうえ――私たちもそのときは知らなかったのですが――プリンツ氏と愛を築きはじめていたようです）。この話題について、私の恋人はすっかり思い違いをしていたのです。彼は、自分の息子は主義主張もなく腰抜けだけれど、レグ・プリンツはともかくも実直な人間だと信じているようでしたが、私の見たところでは、ドルー・マックは幾分騙されやすいところはあるにせよ、事の善悪をわきまえた人間で、自分が正しいと信じることを熱烈に追い求める人であるのに、プリンツは（その年、彼にさらに一、二度会いましたが）、あえて言わせてもらえば、映画制作以外のことにはこれといった主張もなく、それとて駆け足の間に合わせで作るといった風。実直さということであれば、ドルーは――給料をもらっておらず、自由主義の大義のために無給で働いているにもかかわらず（またそれに自分の信託収入をつぎ込んでさえいるのに）――私の知るかぎり、私が彼の父親と付き合っているのを欲得ずくの計算で見たりはせず、むしろ父親が私と一緒にいて幸せなのを嬉しく思うと言ってくれていることをお話しすれば十分でしょう。それに比べてプリンツは、めったに口を開かないのに、たまに開いたかと思うと、六月のある晩、ハリソンのひどい発作が起きた直後に「もしも彼があなたに大金を残したら、それを映画に投資してくれないか、一かばちかの大勝負で」と、こうなのです。

私はそのシーズン、旅行しようと思っていました。少なくともチェサピークよりは北へ行こうと考えていました。チェサピークの蒸し暑い夏は、前年の九月に体験していたのです。フランスに行くのもいいわね、「ジュリエット」に会いに。けれどもジェインから、予想もしなかった回りくどい伝言が届きました。曰く、「個人的な利害／関心」のため、イギリスにいる。四十年あまり夫婦であった彼女の夫の容体が悪化したという報告を受けたが、大西洋横断国際電話で、彼の状態は危険とか危篤ではないことを聞いて安心した。私と第二のドクターに一任するので、彼の日々を楽しいものにするために必要と思うあらゆる手段を取ってくれ、緊急の場合はすぐに連絡してくれればうれしい。私には「監督者という立場で」、少なくとも夏いっぱいはタイドウォーター農場にいてほしいと切にお願いする。給金は、たとえば一ヶ月五百ドル「以上か、その上でも」！

私は自分はその給料をもらわないことにし、それで雇える別の人を探しましたが、ドルーの妻イヴォンヌ・マック以外（彼女とて適任と言うにはほど遠いのですが）見つかりませんでした。彼女は、もしも義理の父が、狂っていようとなかろうと、人種差別を取り消して、彼の息子と彼女の廃嫡を撤回しなければ、この話は断るというのです。ああ、何と、ハリソンはとてもそんなことをするとは思えません。彼にとって彼女は、すでに見捨てたプリンセス・オブ・ウエールズで、「王のいちもつ《ジョン・トーマス》にご執心の女、何ということ！」なのです。目下の彼の妄想の正気でない部分は、私たちを十七歳の不死身だと信じていること、娘のアメーリアを墓のなかから呼び出し（赤ん坊のドルーとジーニンの幽霊と身体を触れ合って交信し）たと言っていること、白いローブを着て、顎鬚をのばしていることです。彼は自分のベッドを「ペルメル街の〈健康と婚姻の殿堂〉のパタゴニア天上界電気寝台」（不妊治療の効能を謳った十八世紀に実在した娯楽施設）と思い込み、もしもこのベッドで私が彼と愛を交わせば、かならず健康な子供ができると私に保証しました。第二のドクターは（私が連れてきた医者ですが、何もできず）、そのベッドの発明者「ジェイムズ・グレアム博士、ＭＤ（医学博士）、ＯＷＬ（オオ・ワンダフル・ラブ）」、ベン・フランクリンからは電気を、インディアンからは薬草の知識を学んだと称するスコットランド人のインチキ医師ということになっていました。〈ジョージ三世〉一世は一七八八年にこの医師の治療を断りましたが、医師は、この有名なベッド使用料として一晩五十ポンドを請求し、エディンバラのスコット家のような名士を彼の殿堂に勧誘し（彼らは若きウォルターをここに連れていき、萎えた足の回復をはかりましたが、無駄でした）、それにより、私たちの第二のドクターと同じぐらいの金額を稼ぎました。私はもうハリソンを拒みました。この時ハリソンは私をエリザベスとしてもわからなくなっていたのです。

　私は秋のあいだじゅうハリソンを「監督」し——別にこれといった仕事はなく、ただ悲しいだけでした——そのあいだも、モーガンが去って以降は、マーシーホープの事務局長代行という、こちらは本物の仕事を引き受けていました。このことは私の最初の手紙でその理由を説明しましたし、もう一つの理由もいずれ説明して、あなたに知ってもらおうと思っています。信じられないことに、ガイ・フォークス・デイには、ヒューバート・ハンフリーがリチャード・ニクソンに負けたという以外……何も起こらなかったのです！　私はその日がアンドレが待ちに待っていた日だということに何の疑いも抱いていませんでした。彼のいまいましい儀式めいたやり方に、その前から不愉快になっていたほどです。ショットはレッドマンズ・ネックで勝利をおさめ、（たぶん計り知れぬクックの煽動によるのでしょうが？）私に予期しない申し出をしてきました。私はと言えば——アンドレがどこか別の場所にきてほしいのかと思い、それを知るために——一週間、考える時間をもらいました。しかしどこからも招待はきませんでしたし、雇いたいという申し出もありませんでした。リンドン・ジョンソンは大統領職を辞し、ロバート・ケネディとマーティン・キングは暗殺され、シカゴの民主党大会は破裂したような騒ぎとなりました。左翼は入り乱れて、あらゆるところに存在し、アンドレが心に抱いている大手段がどんなものにせよ、それを行うにはもう時機を逸していました。花火を上げれば、共和党の時期尚早の祝賀に間違われるか、学生武装蜂起と間違えられるかなので、花火はとりやめました（ハリソンはもはや暦など、どうでも良かったのです）。私はテレビのつまらない選挙速報を見ながら真夜中すぎまで起きていて、電話か、玄関のベルか、少なくとも速達便かを待っていました——陛下は私のそばにいて、彼の反乱植民地がどうなるかを舌打ちしながら話していました。

何もなし！　少しばかりショックを受けながら、私はシヨットの「昇格」の申し出を受け、私がいたいとも思わず、いる理由もないところに、たいして必然性もないのにとどまることを決め、ジェインには、ハリソンはもうレイディ・ペンブルックを必要とせず、正看護婦で十分なので（いまや彼は「パタゴニア天上界電気寝台」を彼自身の汚物で溢れさせ——そう、彼の糞便をマック・エンタープライズ社で冷凍し、「未来を肥え太らせよ」と言っているのです）、どちらにせよ春学期まえにはタイドウォーター農場から引っ越す予定だと告げました。一月十四日に——この日は私にとっては、ジェルメーヌ・ネッケルが一七八六年にスタール男爵と結婚した記念日で、ハリソンにとっては、議会がその二年前に締結されたパリ条約を批准した記念日ですが——彼は卒中におそわれ、目が見えなくなり、半身不随となりました。ジェインは飛行機で帰ってきました。私は契約してからまだほとんど住んでいないアパートへ引きあげました。その二十日後、二度目の発作が起こって、彼は亡くなりました。

私の友、ハリソンの葬式の参列者のなかに、プリンツや——その愛人ジーニン・マックも顔をだし——、あなたの小説を映画化するときの脚本家としてプリンツに雇われたアンブローズがいました。プリンツが映画化しようとしている小説が、あなたの小説だということをハリソンは知らなかったことを、お話ししましたっけ（財団の補助金は、作品を特定せずに、タイドウォーターを舞台にした映画のプロジェクトに与えられたのです）。また、プリンツがハリソンに、その映画は「アメリカ独立戦争の再検討」となるもので、「無声映画の画面の純潔さに回帰する」ものだと保証して、やっとハリソンは新奇の故に嫌っていたメディアを援助する気になったという話をしましたっけ（ジョージ三世は晩年には、純粋というものを熱烈に重んじていたのです）。当時私は、彼やアンブローズの計画の本質について気づかなかったし、興味もありませんでした。今も、ハリソンやジェインを登場人物にした小説を、本人たちが読んでいたかどうかはわかりません。トッド・アンドルーズは読んでいますが、別に悪意は持っていないようです。彼やジェインやドルーやイヴォンヌやミズ・ゴールデンやジョン・ショットは登場しますが、他の人のことは知りません……それにA・B・クックのこと……彼と一緒にいた人物、息子ヘンリー・バーリンゲイムと彼が紹介した冷静で寡黙な青年のことも。

　わからないのです、ジョン。彼は息子と同じ年頃のようです。少なくとも「ビー・ゴールデン」がハリソンかジェイン（かトッド・アンドルーズ）に似ているようには、彼もクックかアンドレか私に似ていると言えると思うのです。彼は――万一話すようなことがあれば――若干のケベック訛りで話しますが、アンリではなくヘンリーと名乗り、あのアクセントはわざとらしいねえというクックの聞こえよがしの揶揄にも返事をしませんでした。同じ嘲弄の調子で、クックは私に、私たちがこのあいだ会ったとき私が口にしていた山師――親戚とか言っている男――について、私のために息子に尋ねてみたと言いました。するとヘンリーは、カスティーヌの名は、彼自身と同様に、植民地時代のアメリカの年代記のなか以外には聞いたこともないと。でも誰が、彼の息子のような狡猾な男の言うことを信じるでしょうか。それに彼は故人の家では植民地アメリカのことを口に出すべきでないと思ったようでした。なぜ？

だからわからないのです。もしもクックが鬘《かつら》をぱっと脱いで、歯と声を変えて、眼鏡をかけて、自分がアンドレ・カスティーヌだと公言し、その場でプロポーズしたら、私にはわかりません、どうするかわからなかったでしょう（イエスと返事することはわかっていますが）。

　一方で神からの暗号を待ちながら、これほどの長いあいだ、これほどの数多《あまた》、幾多《いくた》の事柄のあとで、私にまだ幾分かの理性が残っているとして――そういえば、ジェインの家の二階に私の持ち物が半分ばかり、まだ残っている――その理性にすがろうと必死になっているときに、他方で丁寧なお悔やみの言葉を来席者と交わし、トッド・アンドルーズの弔辞のなかに秘められた穏やかな皮肉に興じ（大学の標語の注釈「過去《プラエテリータス》は未来《・フューテュラス》を肥やす《・フェクンダント》」）、クックの葬儀の頌歌《オード》をアンブローズと一緒に辛辣にからかい、九ヶ月と五千マイルを子宮に入れて運んだあとに、この世に産み落としはしたけれども、それ以来ほとんど（そして実際には一度も）会っていない息子、今では若者に成人している息子に一言も声をかけないでいたなんてことを信じてくれるでしょうか。私には……虎穴に入って（虎児に眼鏡をかける、などなど）という胆力はなかったし、いまもありません。アナポリス、ブラズワース、カスティーヌズ・ハンドレッドを包囲し、謎がなくなるまで、押して押して押しまくるなどということは。それというのも……ではなぜ？

私は息子をとうの昔に捨てたのです。今となってこの男に何を求めたいと言うのでしょう。

アンブローズはそのときはまだ、単なる感じのよい同僚でしたが、私を家まで送ってくれて、その後タイドウォーター農場で、私をいろいろ手伝ってくれました。私たちの親密な結びつきはここから始まったのです。アンドレが私を永久に捨てたのは、はっきりしていました。私はそう考えようとしていました。永久に、だと。この告白——アンブローズ・メンシュのおだてに私がコロリと参ってしまったことを、あなたなら理解してくれると思っていますが(許してもらおうとは思っていません)、それと同じように、この告白をあまりにすんなりやってしまったことも理解してくれるでしょうし、告白が冗長なものでも許してくれるでしょう——この告白は最後には完了する物語のエピローグとなるのです。以前にはあなたの友だちだった人に対する私の「愛」が(うっとうしい引用符だこと!)、特にこの情事の清らかな第三段階が始まってから、確実に成長していった、と言えば、後はもう私の言いたいことがおわかりになるでしょう。私は自分自身に納得させようとしていますが、私のこれまでのロマンスはすべて、この手紙の本文のように脱線と反復だけでした。しかし今こそ、現在に立ちかえり、過去に汚されていない未来に向かって進むべき時なのです。

もっと正確に言えば、この終りのない私の手紙を終らせる時がきたようです(ここL二四番地に戻って以来、マーシーホープはまったくのどかにみえ、私はただ一人、今は真夜中近くです)。歴史が完了した今、歴史が中断したプリンツとメンシュの話を終らせなければなりません。映画のオープニング場面のアンブローズのほとんど言葉のない脚本原稿を、プリンツが「言葉が多すぎる」という一言で撥ねつけたあと、彼らの間では、手元にあるテクストはそれだけでは映画の脚本にならないので、それをまったく捨てないにせよ、「作者の世界観《ヴェルタンシャウング》の視覚的オーケストレーション」のための出発点《ポワン・ド・デパール》としてだけ、それを使うことにしようという合図がなされました(あなたの承諾を得て、だと私は考えたいし、想像するのです)。「視覚的オーケストレーション」というのは、マーシーホープの住人が出演することになるシーンについて、昨夜、アンブローズが彼らに説明するときに、彼が使ったさりげない表現でした。したがって、彼らは自由に「あなたの過去の作品のこだま」を入れることもできるし、「あなたの進行中の、あるいは将来の作品の予感」(どういう意味かなんて、私に尋ねても無駄)といったものも入れることができるのです——いまだ**考え**はしていないが、……を土台に「うまく」考えつくかもしれない事柄——**アンブローズ**があなたの新しい立場にはぴったりだと思う事柄——彼は、自分の脚本のなかでは、**作者**の役割を演じる俳優となっていることにお気づきですか――あるいは、プリンツが、演出家と（いわば）ミューズの二つの側面をもっていることを（彼もまたカメラの両サイドにいるのです）。私はまだあなたの『酔いどれ草の仲買人』を半分しか読んでいませんが、これから読むところには、ぜんぜん別のことが書かれているかもしれませんね。ちょうどリップ・ヴァン・ウィンクルみたいに、人生の前半生は一七七六―一八一二年に過し、後半生は一九四〇―一九七六年に過して、そのあいだはドーチェスターの沼沢地で長い眠りについている語り手のよう。あるいは、未来の「予感」といったもののなかに生きているのかしら。

どちらにしても、次に続くのは彼らの即興劇だということは、事実に基づいてわかっているのです。この匿名もしくは多名の語り手は――アンブローズが冗談半分に自分の筆名「アーサー・モートン・キング」で呼んでいる男は――人生の第一周期《サイクル》から第二周期へ移動してくるとき（一九六九年に二十九歳なのか六十五歳なのか、私には定かではありません）、たしか彼の記憶ではインディアンの墓地、独立戦争時には王党派のアジト、一八一二年戦争時にはコーバーン提督艦隊との小競り合いの戦場となった場所に建っている大学本部棟を占拠するのを準備している学生活動家に出会うことになるのです。若者からいざ戦おうと言われて当惑しながらも、熱くなって（私には彼がなぜ当惑するのか当惑してしまいますが、彼は一九四〇年に目覚めたということになっていたのではないでしょうか）、「アーサー」は学生の仲間に入っていくのです。でもまず彼が最初にすることは、学生たちに「われわれの」敵とは誰か、占拠したのちに大学をどうするつもりかと尋ねることです。彼はまた、当局側のスポークスマンの話を最後まで聞くことを主張します……

こんなことはバークレーやバッファローでは起こらなかったでしょうし、チェサピーク湾の向こうのメリーランド大学カレッジ・パーク校でも起こらなかったでしょう。私の左翼《ピンクネック》学生を公平に扱えば、もしもドルー・マックがキャンパスにおらず、アンブローズが懐疑主義者に懐疑的になれと指示して、ただでも行動を嫌う彼らに行動の愚を説かなかったら、ここでもそんなことは起こらなかったでしょう。彼の指示とは、ドルー・マックはＦＢＩかＣＩＡに配置されている人間かもしれず、少なくとも、当局側のスパイかもしれないと疑ってみるように――（自分から進んで学長代理のスポークスマンになった）トッド・アンドルーズが学生たちの熱弁に応えようとするのを野次りたおしてやめさせてしまおう――といったものでした。この基本的な戦略は――それを立てたのはプリンツではなくアンブローズで、この場面がどういう結末になるかなど関心がないと学生たちに公言しました――カメラマンや、オーディオや照明装置とその技術者や、人物配置のし直し、撮り直し、録音し直し、考え直しといった中断で学生の注意をそらすというものでした。こういったやり直しも撮影するべきだ、嘘を撮影してはいかん、「究極レベルでは、いいね」シネマ・ヴェリテ（ハンドカメラなどで現実を写実する映画手法）でなきゃいかん、というプリンツのめまいのするような主張があり、猥褻な言葉を叫んでいる女にむかって、天啓のように閃いたアンブローズが「さあ、さあ、服を脱げ」と叫んだり、ボゥーとなっている大学の警官（アメリカの大学では警備員は警官と同じ服装、警官の権限を持つ）に「そうだ君が彼女を捕まえるんだ」と叫んだり、警官を殴っている学生に「カット！　カット！　すばらしいぞ、彼女にカメラを近づけろ」と叫んだり、というようなことがあったのです。プリンツがスタッフに手真似でいろいろな指示をし、そうしている彼を第二のカメラが撮るといった具合でした。「もう俺たちの仲間に入ったつもりだろう」とアンブローズは叫びました。「このくそカメラにフィルムが入っているのかと聞いた奴がいるよ！　頼むよ、そっとしてくれ、このくそカメラは高いんだ。もう退却するから『帰れ、《オフ・》帰れ《メディア》』って、やってくれ。あすはオーシャン・シティの遊歩道の南の端だ、わかったかい。南遊歩道だよ、びっくりハウスのそばの！『映画はこれで終り、解散、解散《オフ・フリックス》！』」などなど。ついには学生たちの半分は笑いだし、ほとんどの者は頭が混乱して、彼らの怒りをデモ隊へと組織化することができず、ショットのオフィスを襲撃しようとした一群の者たちは、大学警官の主流部隊によって、人目のたたない通廊のところでたやすく阻まれ、警官たちは、彼らを裏口から建物の外に押し出し、その夜は建物に鍵をかけ、今日まで近くをパトロールするということになったのです。

　あえて言えば――明日もまた天候がもてば――私の恋人、俳優になった作家は、何の指示もしない演出家や、元活動家のアマチュア・キャストや、（達人とは言わないまでも）プロの共演者……と一緒に、オーシャン・シティの「びっくりハウス・シーン」を即興でつくるでしょうし、今もつくっているでしょう。

　しかしここで私のペンは途切れます。作家の生みの苦しみというわけではありません。ささいなこと――そう**嫉妬**――のせいで、眠れないのです。もう十一日の一時だというのに。あの心痛むアメリカ人の発明品、母の日の一時だというのに。心の慰めを求めて、あなたの薄幸の童貞詩人エベン・クック（Cooke）と親しすぎる彼の家庭教師ヘンリー・バーリンゲイム三世の世界に戻ることにします。あなたの小説は、これらの手紙に対する前もっての暗号の返事の山なのかしらと、うんざりして考えながら。この物語より前にあるのは何ですか。私の物語より前にあるのは。あなたはどんなものを蓄えているのですか、消耗しきった

Gのために

〒二一六一二　メリーランド　レッドマンズ・ネック
マーシーホープ州立大学文学部事務局長室気付

M　レイディ・アマーストから作者へ

三日間に三つの奇跡。アンブローズとロケ隊の冒険。
情事の第四段階の始まり。

一九六九年五月十七日土曜日

拝啓J様

不思議や不思議、語るも不思議《ミラビレ・ミラビレ・ミラビレ・ディクチュ》！　三日間に三つの奇跡！　私たちの人生のお話はバロック小説のように曲がりくねっています！

一、A・B・クック六世氏は——当校人事特別委員会を驚愕させ、また委員の三分の二（つまり私と仏文科のライト女史のこと。「ジュリエット」とは大違い。しかしハリー・カーター（「過ち《ロング》」氏）とは隔世の感あり）をひそかに大いに喜ばせてくれたのですが——三日前に手紙で当校の招待に感謝の意を表明し……そして辞退したのです！　**辞退した**のよ、ジョン！　ああ、私が作家だったら、あるいはレジー・プリンツのカメラがあったら、私があの手紙を読み上げたときのハリー・カーターのうなだれぶりを永遠に記録に残したのに！　これからカーターは自分の目でその手紙を綿密に調べるに違いありません。まるでかの桂冠詩人の辞退が暗号で書かれた受諾でもあるかのように、あるいは私がその手紙を偽造した証拠を探し出せるかのように、光に透かして、署名や差出人住所や封筒に貼った切手や消印（**メリーランド州シャトーガ**。あなたの手紙の消印のカのところがガになっているだけ。それとアメリカ・レジオン記念切手）などを調べるのです。ライト女史がしびれを切らし、歯切れよくこう述べました。時期も迫っていることだし、すぐにメンシュ氏の名前をショット学長に提案し、彼があなたやクック氏の例に倣わないことを祈りましょう、と。

二週間前、私たちの「第二段階」の絶頂にいたころなら、赤面していたでしょうね。その提案を即座に却下するようなことはなかったとしても。でもアンブローズと私、ご存じのとおりこの二週間寝ていなかったし、私の体よりも心がかなり彼を受け入れていたので、以前は欲情していただけだったところを今は愛するようになりました。この「第三段階」がまったく適切なものだったおかげで、彼の任命に賛成する前にしばらく考えるふりができるくらい、学生言葉で言えば「クール」になりました。アンブローズは確かに最近のデモを阻止するのにかなりの手助けをしていましたし、彼が演壇に上るだけで活動家たちがやる気をなくして、どこかの大学のように卒業式が台なしになることもなくなるかもしれません。彼の文学的名声がそれほどでもないのは、前衛的だからということもあります。「具象《コンクリート》・叙述《ナラティヴ》」などというものは、コンクリートのように混ぜ合わせて立方ヤード単位で流し出すものではないのです！　そして私は、彼の切羽詰まったある斬新な試みが「文学を職業とする者に残された最後の根源的な希望である」と心底信じていないにしても、その終末論的主張には、少なくとも心から敬意を表しています。

　私は決を採るように求めました。二対〇でアンブローズの優勢。ハリー・カーターは政府からの指令を待つ外交スパイみたいに棄権したのです。私は時期も迫っていることだし、今すぐメンシュとショットに電話して、正式な招待状を送るまえに非公式に二人の内意を伺いましょうと言いました。カーターは学長代理（我々に付記で通告したとおりクックは彼に自分の手紙の写しを送っていました）に電話し、私はライトハウス塔——別名メンシュの城、彼の兄の家——にいるアンブローズに電話し、初めて、当然ながら嫉妬のうずきを感じつつ、マグダ・ジュリアノヴァ・メンシュの声を聞いたのです。私の嫉妬は声の調子に現れていたでしょうか。彼女も私の声を初めて聞いて、誰かすぐわかったに違いありませんが。

「彼を呼んできます」と彼女はハスキーな声で節をつけるように言いました。何という無防備な、何という悩ましい、何という性的な声でしょう！　そしてその声は「アンブローズ？　電話よ」と私はまだ見たことのない、どこか近くの階段の上に向かって呼びました。その階段は、彼女アブルツェサ夫人がもっと淫らな調子で低く歌うように、「アンブローズ？」と呼びながら何度も昇ったものに間違いありません。電話の向こうで子供たちの声が聞こえました。いいえ、一人の子供の声です。きっと彼の知恵遅れの娘の声でしょう。マグダの正常な双子は学校か仕事に行っているでしょうから。私はうらやましさと嫉妬とよみがえった欲望に突然、襲われました——それこそが私たちの第三段階の節制の目的だったのですが。彼女が「彼もうすぐ来ます《カミング》」と言ったとき——彼女の声はしわがれていて、まるで彼女がイキそう《カミング》で——私の「ありがとう」は典型的なイギリス男みたいにぶっきらぼうで男性的でした。そしてアンブローズが書き物を中断されて物憂げに「もしもし」と言ったとき、私は思わず、彼には初めてでしたが、胸いっぱいで喉にものがつかえたようなささやき声で、「事務局長代理のピットですが」と言うかわりに、「愛しているわ」

と言ってしまったのです。！（アンブローズなら独自の会話文体の中にこの符号をつけたはず）幸い私は電話をするために会議室から自分の研究室に戻っていました。カーターはすぐ近くのライト女史の研究室で電話をしていました（普通なら両方ともミス・スティックルズがするはずの電話ですが、彼女は昼食に出ていたのです）。再び集まったとき、私たちは二人とも少しがっかりしていました。カーターががっかりした理由は、ショットが今や暖かく私たちの指名を裁可したからです。ショットは、アンブローズが学位の名誉とそれをクックが慇懃にも譲ってくれたことへの返礼として、クックが我々の委員会に提案している「素晴らしいアイディア」を映画のシナリオに組み込んでくれるのではないかと期待しているのです。そのアイディアとは、クックが委員会に宛てた手紙に自筆の追伸で書きそえてあったものですが、〈真理の塔〉についてだけでなく、一八一二年戦争のときのワシントン炎上とマクヘンリー砦の砲撃にも関わるものです……そして私の方の失望は、アンブローズがどういうつもりか指名（あなた様が最初に提案して下さったことに遅まきながらお礼を言わせていただきます）を即座に受けいれるどころか、名誉学位は彼のペンネームである「アーサー・モートン・キング」に授与して欲しいという条件をつけてきたからです！　ショットがそんな異例の条件を歓迎するとは思えませんし、またそれと同じくらいアンブローズがA・B・クックの例の「素晴らしいアイディア」を歓迎するとも思えません（あなたの小説には一八一二年のコーバーン将軍のチェサピーク探検の話はありませんわね）。次は我が大学の貧弱な学位を、いったい誰に差し上げればいいのでしょうか。それにもう一つ私の直感では、ピーター・メンシュ夫人は彼女のいわば断続的な愛人が私とねんごろになったのを許しているのだと思います。アンブローズは、私が彼とショットそれぞれの条件を調整する手間を省くためと、委員会に代わって彼の決心を早めるためと言い張って、直接ショットにすぐ電話をかけました。彼は折り返し電話してくるでしょう。私はほっとしましたが、事はそう簡単に運ばないと悲観的でした――そのうえがっかりしたことには――休憩時間に気づいたことですが、彼は私《ユアーズ・トルーリー》への好意のためだけに、この争いの的の学位を受けることにしたわけではないのです。

　しかしながらショット自身から良い知らせが来ました。私たちがいかにも大学人らしく、しかめっつらで話してから十五分も経たないうちに。**大した男さ**、このメンシュは！　クックの提案を歓迎してくれたよ、**どいつもこいつもみんな**！　ひょっとしたら例の映画にクックの奴を出させてくれるんじゃないかとさえ思ったよ。どうだい、すごいだろ！　ペンネームに博士号をやる話も、**どえらくいい**

アイディアだと思うよ！　彼に言わせりゃ、**事の格が上がったと**さ。もっと**文学的とやら**になったんだ。**文学的という言い方でいいのかな、そうだね？**

このようにしてこの特別委員会は本当にこのためだけの特別《アド・ホック》のものとなり、これで終りです。六月二十一日、私たちの友「アーサー・モートン・キング」はマーシーホープ大学最初の文学博士となるのです！　なぜこの奇跡は起こったのでしょうか。なにゆえにA・B・クックは突然学位を譲り、こんなにショットとアンブローズに都合の良いことを好きこのんでやることにしたのでしょう。私は知りたくてたまりませんでした。でも私の好奇心は影を潜めなければなりません。きのう「第一の奇跡」が次のことによって光彩を失ってしまったからには。

二、暖かい五月半ばの夕べ。ありがたいことに金曜日、しかも春学期最後の授業日。一週間の「自習期間」が始まり（オーシャン・シティの板張りの遊歩道には図書館でもあるのでしょうか。そこに向かって全学生が飛んでいきました）、つぎは期末試験、そしてその三週間後——きっと学生と教職員の九割が夏休みで出かけてしまったころ——わが大学の遅ればせの卒業式があります。この遅延の公式の理由は、建設がひどく遅れているショットの〈真理の塔〉の竣工式と学位の授与式を一緒にするからということです。でも私たち管理職のあいだでは、ショットが活動家の阻止を恐れてのことだというのが本当の理由だと公然の秘密のように思っています。彼は心配げに「ちょうどいいカメラアングル」から撮れば学生や教職員たちが大勢いるように見えるかねとアンブローズに尋ねたことがありますもの。でも私はここで脱線します。次に何を書くかを楽しみにしながら、私の恋人がやって来るのを楽しみにしながら。彼はあのいろいろあった水曜日の晩に結局電話してきて、市営港に停泊しているトッド・アンドルーズの古風なヨットでのカクテル・パーティに招いてくれ、そのあと向こう岸のどこかで食事でもしようと誘ってくれたのです。彼の感じでは、私たちは「第三段階」の終りと「第四段階」の始まりにいるのだそうです。その神秘的な話もしたいし、プリンツたちとの冒険の進み具合も話したいし、「他のこと」——彼の過去と私たちの将来のこと——も今まで映画作りに没頭していて私に話せなかったから、話したいのだそうです。彼が「アーサー・モートン・キング」の失敗に終った告白（匿名の「あなたの友」宛で潮の流れに乗ってプカプカと送られて来たとかいうふれこみの）を送ってきて以来六週間というもの、彼から「ラブレター」をもらっていないことはお話ししたかしら。それから、私たちの子種をせっせと運んだ「第二段階」が終って以来、私からあなたへの週一回の手紙を彼が読んでいないことも。

彼は私の家に迎えに来てくれると言いましたが、私は自分の車で行くから、と断りました。どうしてかよくわかりませんせん。ひょっとすると、私たちの関係に変化が迫っているなどともったいぶって言われたから（どんなに明るい言い方でも）、念のために車は別にしておこうと思ったのかもしれません。結局私はジェイン・マックの運転手付きリムジンで行きました。ハリソンと私が「タイドウォーター農場」を引き払ってからは、ドーセット・ハイツではめったに見かけない車でした。ジェインもアンドルーズ氏のカクテル・パーティに出る予定でした。ケンブリッジにむかう途中、彼女が言うには、トッドと私はずっと昔からのとってもいいお友達なのよ。彼のぱっとしない外見や、あまり大きくない法律事務所のせいで、彼に職業上の才能があまりないなんて誤解しないでちょうだいね。彼は一流の法律家だから、とても扱いにくい事柄は、マック・エンタープライズの法律部門を総動員するより、トッドのアドヴァイスを仰ぐことにしているのよ。三十年ほど前に、私の亡夫の遺産を守り、この会社をただのピクルス作りから今の大企業に発展させる足掛かりをつくったのも、彼が遺産検認裁判所で有能ぶりを発揮したからなの。ご存知だったかしら。

私は何と言えばよかったのでしょう、ジョン？　できるだけ平静を装って、そういう意味のことを確かにどこかで読んだことがあるけど、どこだったか思い出せないと言いました。『フォーチュン』誌よ、たぶん」と、ジェインは断言しました。「あの雑誌は十年前私たちが凍結乾燥《フリーズドライ》食品をはじめたときに、うちの会社の特集を組んだのよ。もちろん記事を面白くするために、あることないこと嗅ぎ回ったわ。私たち訴えようかと思ったけど、トッドがやめたほうがいいって言ったから」この「私たち」は企業としてのもので、家族としてのものではないことにご注意下さい——そして私がここでこういった人たちに囲まれて、自分の人生の主役というより、あなたの初期の作品の「エキストラ」のような気がしている一方で、彼女は私の夫ジェフリーとの中年期の恋を忘れ去ったのと同じようにさっぱりと、若いころの自分をあなたが小説に書いたことも忘れ去っていました。フロイト、フェレンツィ（フロイトの初期の同僚）、あなたがたは正しいわ！　職業の選択は他の選択と同様に、何かの兆候を示すのね。あの冷血漢の女がその証拠です。彼女の美しさは、亡くなった夫の排泄物と同じくらい冷え冷えと保存されているのです。まるで冷凍食品工場の品質管理検査官が優良品のなかから傷んだ豆をよりわけるように整然と、記憶の急速冷凍庫から「都合のよくない」ものはすべて閉め出すの（雑誌の号数はきっと覚えているでしょうが。宣伝になって商売に役立ちましたから）。トッドの話では、タイドウォーター基金がオリジナル・フローティング・シアターII号への助成金をめぐって討論していたときでさえ、彼女はその名前の矛盾にも、それにこめられた意味にも（これにはショーボートを支持する人たちでさえ、決まり悪い思いをしてるというのに）動じる風もありませんでした。それどころか《オー・コントレール》彼女は、一九三〇年代にアダムズ船長のフローティング・シアターで過した懐かしくも楽しかった時を憶えているかなどと、トッド・アンドルーズに陽気に尋ねて、居合わせた人びとをぎょっとさせ——もう次の瞬間には元気よくコスト計算に没頭しはじめるのです！

　アンドルーズがすぐあとで（改造した牡蠣船のキャビン・ルーフに作ったバーで）この話をしてくれました。面白いが感心もしたねと言っていました。こういった記憶からの削除は特筆すべきものですが、それは私たちの「第二の奇跡」というのではありません。それは昨夜私がこの「情事の段階」とやらのたわごとは一体何なのとやさしく尋ねたとき（アンドルーズのヨットの甲板の上でマティーニを飲みながら）、アンブローズが口頭で答えたメモに（今朝、朝食を食べながら）加えたもっともらしい注釈でもありません。彼は、彼の最初の手紙の二番目の追伸のなかで——七つもの追伸で愛を宣言したのです——これらはこれまでの私への愛の段階に対応しているだけでなく、五人の元愛人にも対応しているのだと言っていました。その二番目の追伸を書いたときは、と彼は語ってくれましたた（けれどもこのことはまだメモで、注釈でもなく、もちろん奇跡などではありません。私たちは前述のペンキを塗り直したばかりの前甲板で「ウェット・マティーニ」を手に——アンブローズも私も上等のベルモットが好きなのです——心地よい晩や、アンドルーズが古いスキップジャックをうまく改造したこのヨットや、客たちがさっそうと集まって即興映画をやっているのや、そしてお互い——週の初めから会ってなかったのです——をうっとりと眺めていたのです。私の恋人は最近とりつかれている映画のせいで、すっかり日焼けしていました。映画の仕事のためライトハウス塔にこもっていることもままならず、オーシャン・シティや「バラタリア」——ブラズワース島近くに作った映画のセット——を昼の日中に走りまわっていなければならなかったのでした。開襟のマドラス・シャツを着て、ライトブルーのデニムのジャケットをはおり、ジーパンをはいた彼は、少年ぽく、健康そうで、ハンサムなアメリカ人といった風でした。機嫌は上々の感じです。私は彼に欲情し、手をのばして彼の袖や髪に触れたいという気持ちをがまんするのに苦労しました）。二番目の追伸を書いたときには、この偶然の一致はほんの気まぐれにすぎなかったそうです。つまり彼は私に敬-愛-ノ-念を感じており、私たちの会話は益-アールものだと思っていたのだが、ハリソンのお葬式のあとでは、私を慰-メ-ヨ-ウかと申し出、私に対する彼の気持ちを、驚いたことに、堂ー々ートー告ー白ーシ、そのあとで、このような好意に報いてはどうかと私に訓ー戒ーヲー垂ーレ、次には私と密ー通シータのですが、それはちょうど今までの恋人を敬愛し、彼女たちから益を得て、彼女たちを慰め……たように。このまえの私の生理（その前の生理が第一段階と第二段階を分けたように、これは第二段階と第三段階を分けるものでしたが）と、別のある事柄がたまたま符合するまで、彼は私たちの愛の進行のなかに潜む深層パターンには気がつかなかったそうです。しかしいったんそれに気がついてしまうと、もはや虚心坦懐に原因と結果を区別することができなくなりました。つまり、そのパターンが彼の感情、したがって「私たちの情事の物語」を決めているのか、私たちの情事の方が無邪気にそのパターンを繰り返しているのかわからなくなったのです。とくにそのため、彼は今では自分の感情よりも私の感情の方を信用するようになり、私に次の質問をして、ディナーのときまでに答えをくれという始末。その質問とは、魚も凍る冷やかな三月にはじめて愛を交わし、欲情の四月は、背中をまるめてそれに励み、美しい五月の中頃に清らかにも中休みをとり……そのあといったいどうすればいいの、というものでした。もしも私に「そうしろ」という決定権があり、もしも私たちの意向が一致したら（彼は自分の意向をじゅうぶんご存じだから）、いったい私たちの関係はどこまでいくのか、という疑問。

プリンツは難民風の身なりをし、ジェイン・マックの娘は子供たちから「おばさん」スタイルと呼ばれているような格好をして船に乗り込んでいます。プリンツは酒のグラスを手にしていますが、娘の方はバーテンと「丁々はっしの会話」をやりあいながら、浴びるように英国流のパイント単位でジントニックを飲んでいます。たしかに、もしも映画のエキストラ数人がいなくて、ジョン・ショットとA・B・クック……とその息子が……いれば、この光景は、二月の葬式参列者が五月にもういちど召集をかけられたといった感じでした。実際、すばらしい天候でした。蚊はまだ卵から孵っておらず、人を刺すクラゲもまだ河口に集まっていなくて、夏の暑さと湿気が半島を蒸し焼きにするまえ。いたるところに、花水木《ドッグウッド》やチューリップや野生のリンゴやライラックやボケや目にも鮮やかなツツジ（温暖地帯のブーゲンビリアというべきでしょう）が咲き誇っていました。けれどもこういったなかに、もしも何らかの緊張があるとすれば、それは一つにはジェインと私のあいだの緊張、もうひとつは私の「息子」にまつわる私自身の心の中の葛藤でした。それにマック家の母と息子の間にも緊張が見てとれました。彼らは（噂では）ハリソンの遺産をめぐって訴訟を起こすつもりだそうです。この件で、ビー・ゴールデンがどういう立場をとっているのか、私にはわかりません。ただ、彼らが甲板の上に立つ場所が、それぞれの立場を象徴していたかもしれません。ちなみに、ドルー・マックとイヴォンヌ・マックは船首像とまではいかないにしても、甲板の最前部に立っており、ジェインはタイドウォーター財団の理事たち（と舵）を握って最後尾の甲板に居座り、ミズ・ゴールデンは船の中ほどでどっしりと座っていました。そこにはもちろん母にも息子にも越えられない垣ならぬバーがありました。そのバーの方へ私の恋人の視線は、必ずしも飲み物欲しさではなく、彷徨うのでした。

　それに、アブルツェサ夫人の声を最初に聞いた水曜日のように、心に微かな痛みを覚えつつ、私は気づいていました。けれどもそれ以上のことはしませんでした。アンブローズの質問や彼の言う不吉な深層パターンや、ロケ隊と過した彼の一週間の冒険談が私の頭を一杯にしていたのです。次にはどうすればいいのか？　空気は芳しく口づけの香り、百花繚乱の春の盛り、樹液が緑に滴り落ちるこの時に、私たちは、次にどうすればいいのか？　ただ一つわからないことは、答えを彼が知らないわけでもないのに、なぜわざわざそれを質問してきたのか。そしてもしそうでないなら……マーシーホープ・プロダクション（タイドウォーター財団助成金を貰うためのプリンツの書類だけの法人）のビー・ゴールデンが、彼の気を引いたというのでしょうか？　それとも彼に手ほどきをしてくれたマグダ・ジュリアノヴァ・メンシュ夫人が（そのイニシャルMGMがこの頁から私に向かってガォーと唸っています）（MGM映画の冒頭でライオンが吠える）、「アーサー・モートン・キング」のために返り咲いたというのでしょうか？

　結局私にわかっていることは、なるようになるだけで、すべきことをするわけではないということだけ。思えば、一九四〇年にカスティーヌズ・ハンドレッドや私の赤ちゃんのもとを離れてはいけなかったのだし、三九年にはスタインやジョイスにかしずくためにパリへ行ったりしてはいけなかったのだし、むやみに人を混乱させる愛しき人たち――私の両親――のもとに生まれてきてはいけなかったのです。彼らのおかげで、文学／手紙《レターズ》と聞くと、鼻孔のなかに、緑茶やこもった煙草の匂いや本の塵や乱雑なアパートの湿った毛織物の匂いが満ち溢れてくるのです。アンブローズ――**あなたの友**と一緒に、こういったもの全てを追い払ってくれるアンブローズ――、あなたを愛している。ああ、神よ助けたまえ――そしてどうすればいいかをご存じなのも、ただ神様だけ。

　やがて私たちは船上のカクテル・パーティを抜け出て陸に上がり、車に乗り込んで入江に架かった橋や「ニュー・ブリッジ」を渡り、私たちのレストラン――最近川の北岸に停泊して食堂に「転向」した大きいフェリーボート――に再乗船しました。私は「転向」に対するアメリカ人の情熱について彼に語り、それは初期ピューリタンたちや後の世代の信仰復興運動者たちの伝道エネルギーに端を発するのか、それとも、貧しさと物資の欠乏に育った開拓者が、使い古した物も時代遅れの物も再利用しなければいけなかった必要から生まれたものか――つまり必要とは、浪費の故に顰蹙《ひんしゅく》を買っている国民の逆説的な反動にすぎないのか、と尋ねました。アンブローズは上機嫌でこう答えました。彼の意見では、「転向」という行為は特にアメリカ的な事柄ではなく――東洋人の方がもっとそれに巧みで、スペイン人、ギリシア人、ドイツ人もそれが不得手なんてことは全然なく――むしろ転向ということのなかに国民的性癖を見ようとするところ、それも非難されるような性癖を見ようとするところこそ、アメリカ的なのだということでした。彼は私の文化的アイデンティティを気づかってくれている様子をみせ、（テーブル越しに私の手を取ると）彼が私を愛するようになった理由は私の「完璧に英国的な側面」のせいだと言って安心させました……

私は今、「転向」の波を抑制したいのではなく、彼と一緒に波に乗りたいのだと言おうと思いました。人の肌、人の香！　彼の手が私のなかの四月のジュースを呼び覚ましたとき、こんなどこへも行かない船からは二人ともすぐに出ていって、帆を広げてベッドの方へ行きましょうと屈託なく言うはずだったのです。でも彼のあのいまいましい質問、これからどうすればいいの、があるために、不愉快になってしまって、伸ばした手も彼の手に触れただけという具合。

かくして私たちは典型的な及第点ギリギリのアメリカ流レストランの、麗々しい飾り物と儀式をすべて体験することになったという次第――テーブルマットに書かれた面白くもないパズル、ナプキンに印刷された愚かな冗談、アメリカの鳥が変な色で描かれた紙に包まれた角砂糖、「低脂肪ミルク」のミニパック、安物を売る店で売っている色つきグラスに入ったキャンドル、プラスチック製の造花のバラ、紙包みの小分けバター、心を萎《な》えさせるセルフサービスのサラダバーから取ってきた萎《しお》れたサラダ、セロファンに包んだクラッカー、店頭売りのロールパン、缶詰スープと缶詰野菜しかないメニュー、冷凍を解凍した前菜と主菜、すべてが（ただしお定まりの、うんざりするビーフステーキは除いて）パン粉がまぶされ揚げすぎになっているか、焦げるほど焼いているか、保温器入りでふにゃふにゃか、さもなければ値段が高すぎ、蘊蓄《うんちく》が多すぎ、煮すぎかで、新鮮な果物も、新鮮な野菜も、新鮮なものは何一つないのです（私たちイギリス人が世界最悪の料理を出すという悪名がどうして立つのかしら）――ただし、かろうじて食事を救った《セイブ》一品を除いて《セイブ》（注文したのは、湾で採りたてのメバルの照り焼き、メニューに加えられた鉛筆書きの金曜日の特別料理、この魚はこの地方の縞鱸《ストライプド・バース》の呼び名だとアンブローズは言います）。彼はためらいなく私たちのために、それを、それだけを、と注文しました。料理を不味いフレンチフライやかさばったコールスローやレイノルド・ラップにくるんだベイクトポテトに汚されたくないというわけです。新鮮《フレッシュ》なレモンを周りに散りばめ、サラダバーから取ってきたばかりの《フレッシュ》トマトだけをつけた新鮮《フレッシュ》な魚だけをください。そうしたら、何と不思議や不思議《ミラビリ》（でもこれもまだ私たちの二つ目の奇跡ではありません）、冷たい皿にのった最初の焼きすぎた料理を押し戻すだけで、次にはあの見事な魚、チェサピーク湾のメバルのごく軽く焼いたフィレが出てきたのです。白ワインはもちろん、ライトエールさえないので、生ビールでそれを流し込み——そして進行中の映画について語りました。

一八一二年戦争、ワシントンの略奪とボルティモア港のマクヘンリー砦の砲撃、ニューオーリンズ戦闘で海賊ジャン・ラフィットがアンドルー・ジャクソンを助けたこと、そののちナポレオンをセント・ヘレナからアメリカへさらってくるという向こう見ずな計画の一つに彼が加担したこと——A・B・クックのこういった「素晴らしいアイディア」が一つもあなたの小説のなかには書かれてないのだそうですね。けれどもレグ・プリンツが映画のために作らせているセットはただ一つ、「バラタリア」だけ、それもミシシッピーの三角州のラフィットの海賊部落を再現したものではなく、それを暗示させるというだけのもので（それもプリンツの呟きと舌打ちからアンブローズが推測した結果）、名前は『ドン・キホーテ』のサンチョ・パンサの想像上の島にちなんでつけられたとか。プリンツの意見は、アンブローズの想像によれば、小説に書かれたものはそれと対応する事実を呼び込み、生じさせる（そうやってできた事実自体を伝説としてしまう）だけでなく、『ドン・キホーテ』のなかでさえ、サンチョの島はおとぎ話から飛び出して、幻想として現実化した作り事で、サンチョ・パンサを馬鹿にするマンチェガンの貴族と淑女によって練り上げられた一種の舞台装置だというのです。言葉を変えていえば（と言っても、主張はプリンツのもの——と私たちが思っているもの——で、私たちの主張ではないけれど、言葉は私たちのもので、プリンツのものではありません）、事実と虚構、人生と芸術の関係は一方が他方を真似するというのでなく、相互関係しており、進行中の合作、相乗の反響なのです。ということは、ちょうど救世主がこうするだろうという預言がイエスの奇跡によって成就されたと使徒が伝えているように、いずれはあなたがバラタリアの住人たちのことを小説に書くことになるのでしょうか。プリンツの「バラタリア」は、十九世紀初頭に起きた国内の惨劇場面に格好の、用途の広いセットとなるはずなので（つまり、そこを現在射撃練習に使っているアメリカ海軍から許可をもらえれば、ブラズワース島かその近辺の、羽目板を張った小屋が並んだ細道だけがセットなので）、それを小説の背景として使うなら、かなりの自由がきくのです。セットはワシントン、バッファロー、ヨーク、ニューアーク、セント・デイヴィスの火事の舞台となるはずです――それらのいくつか、あるいはすべてが、映画のなかで描かれるのです！

　象徴、すべてが象徴、とアンブローズが言いました（メニューにはデザートの後に出るべきチーズもなく、コーヒーと一緒のブランデーも、エスプレッソもありませんでした。カロンの渡し舟の方がもっと良い食事を出すでしょう）。プリンツが記録しておきたかった破壊とは、現実の町に起こった歴史上の破壊ではなく、古い時代の文学作品に書かれている都市の破壊なのです。もしも彼が、海のものとも山のものともつかぬ彼の「第二次革命」を呼び起こすために一八一二年戦争を思いついたのだとしたら、その理由は、「あなた方の」議会図書館と国立公文書館を「私たちが」焼《バーン》くのを再演できるから、あるいは（チェサピーク湾のコーバーン提督の小艦隊に規則的に配達される）『ナショナル・インテリジェンサー』が自分を称賛しないことに腹を立てた提督の報復行為を再現できるからです。コーバーン提督は部下に命じて新聞の活字をごちゃまぜにさせ、今後彼の名前を非難させないようにするために、大文字のCをすべて引き抜き、壊してしまいました。アンブローズに言わせれば、都市《キャピタル》の破壊における大文字《キャピタル》の破壊だそうで、さらに言うことには――ここでさらにさらにそれを伝えるにはあまりに言葉がたくさんありすぎるのですが――その週の初めにプリンツは彼に「勝った」のだそうです（彼ら二人の関係がおおっぴらな戦いとなったことがはじめて仄めかされました）。「書きえないシーン」の映画化を行うことになったのです。

　話を短くしましょう。私の恋人の文学／手紙歴《レターズ》、その常軌を逸した疑わしい経歴は、十歳のときに、チョップタンク川岸の、現在の彼の奇妙な建物のそばに打ち上げられた暗号のメッセージを受け取ったことに始まるのです。ご存じですね、この話は。彼が――これまでに「私」に届けてくれた二通の手紙の二通目に入っていた百頁の同封書簡のなかで――語ってくれたことによれば、その話はあなたが**書いた**もので、彼の同意を得てあなたがどこかを書き直し、出版したのだそうです。一九四〇年五月十二日に、彼の前途が澱んだドーセットほど判読しがたくはない（と言うところでしょうか）ということを「もっと広い世界」から保証してもらいたいと、神経を張り詰めながらも自信なく、不幸な顔つきで願っていた思春期前の子供だったので、彼はその壜に出会うと、なかの手紙を必死になって取り出し、書き出しの挨拶の文句（「関係当事者殿」）と結句（「あなたの友《ユアーズ・トゥルーリー》」）しかないのを見て、心底狼狽してしまいました。中身がないのです、署名も！　先週の月曜日は、そのメッセージなしの手紙が配達されてから二十九回目の記念日でした。ロケ隊の一行は日曜日にオーシャン・シティのカットを撮っており、アンブローズがそのなかで、自分が書いた小説に出てくる人物の少年時代を演じる作家の役を演じていたわけですから、そのカットのなかに海からのメッセージを暗示するシーンを挿入することになりました。けれども（「アーサー・モートン・キング」の脚色による）オリジナルでは七語だったところ（もともとの筋書きでは、ギャングの掘っ建て小屋クラブハウスのなかで、低い声で囁きながら愛の行為の真っ最中の恋人たちを、学校帰りの生徒の一団が驚かすというシーンがあったのですが）、プリンツは壜のなかの手紙をまったくの白紙にするか、かなりの量の手記にして、後者の場合は、水に洗われたために、あとでカメラがさっとアップにしたときでさえ――また何が書いてあるかを知りたい主人公がさっと目を通したときでさえ――判読できないようにすると言い張りました。

日曜日の撮影が気になって、どういうわけか眠れなくなっていたアンブローズは（考えるだけでクラクラしますが――その撮影では、ビー・ゴールデンはマグダ・ジュリアノヴァの若い頃か何かの役を演じていたようです）、板張りの海岸沿いのホテルで、その夜ほとんど一睡もせずに、シナリオの草稿を練っていました。シナリオでは、プリンツの指示で、浜辺にいる男は作家ということになりました――つまり、十歳の頃の少年時代を回想している四十に近い「アンブローズ」です。現行犯《フラグランティ・デリクトウ》で見つかった恋人たちは、この作家の若き愛人（ビー・ゴールデン演じるアブルツェサ夫人でしょうか、私は聞きもしませんでした）と、彼女の目下の恋人、たしか映画製作者で、演じるのはもちろんR・Pということでした。ホテルはいっぱいあるのに、なぜ恋人たちは愛を交わす場所を浜辺の遊歩道の下に選んだかという理由など――舞台《ミザンサン》は、「びっくりハウスのシーンと結びつける」ためにオーシャン・シティに移されました――どうでもいいのです。ここで語るも不思議《ミラビレ・ディクチュ》、（ただし残念なことに私たちの不思議ではない）――というより、覗くも不思議《ミラビレ・オブチュエアール》、見て仰天のことが起こったのです。アンブローズの脚本で表現された画面のディゾルブ以外には、この実演を表す言葉が見つかりません。次の日の午前中浜辺に皆が集まったとき、プリンツが最初にしたのは、なんと、シナリオそのものをウォーター・メッセージにすることでした。カメラが回っているあいだ、彼は半分海水の入った壜のなかに、その場面を演出したアンブローズの原稿を詰め、まるで自分の情事を邪魔した作家に報復するように（彼のズボンの前は開いていて、ビー・ゴールデンはビーチタオル一枚の姿でしたから、まだその辺をうろうろしていたマーシーホープの面々は好奇心丸出しでした)、それを海に投げ入れるのです！　アンブローズはプリンツの行動を目にしたとたん、仰天して、次には文字通り拳を振りあげるほど激昂し……次には彼の言葉で言えば、ゾッとしました。プリンツは彼に声を出さずに何か言うと、冷たい海にザブザブと入っていき、壜を取戻し、海水に浸かってまさにマリネのようになった原稿を引き出すと、勝ち誇った笑みを浮かべて**作家**にそれを手渡し、ミズ・ゴールデンのそばに立って、彼女の身体に腕を回すと、まるで次の指示を待つかのような期待に満ちた表情を浮かべたのです。

　私の恋人の推断によれば、これは二重の再上演によって、オリジナルな歴史的事情を逆転したことになるそうです(成長した作家が少年時代の体験を再びなぞり、台詞のない映画が書かれた物語を反復するわけですから)。世の中は「アンブローズ」に、彼がはっきりした指示を切望していたとき、心をじらせる白紙委任状しか与えず、そのため「アーサー・モートン・キング」は三十年近く、その空白を埋めようと無駄な努力をしてきました。いま、彼とカメラの目のまえでこの苦境を再演するという彼のシナリオは――それ自身、これまでの彼の努力の一番最近の例となり、指示以外ノ何物デモナイと言えるのですが――水に洗われて消えてしまったのです。物事の円環を閉じ、石板はまっさらになって、彼は自由になったのです！

　そうして、一瞬（そのあいだも映画は進行していました）彼も動くことができず、言葉もなく、ディレクターにも彼自身にも指示《ディレクト》を与えることができなくなりました。そして次に笑い声をあげ、出だしの言葉（「判った(I see…)」）を見つけましたが、プリンツに「カット」と言われました。これには即座に音響係に指示が出され、アンブローズの笑い声を「びっくりハウスのシーンの笑う夫人」の笑い声にかぶせるようにということでした。そうしてプリンツは背中を向け、震えているヒロインと一緒にホテルの方へ大股で帰っていき、あとには出し抜かれたアンブローズが、フェリーを改造したこのレストランのように（そろそろここを出ようか……と思っています）、浜に取り残されました。

「まったく素晴らしかった。なかでも一番素晴らしかったこと、究極の点は……まさに言葉で言い表すことはできない」とアンブローズは断言するのです――したがって私がここでもう一度それを語ることができないのをご容赦いただけますね。「そのシーン全体は言葉で表現できないというだけでなく、書クコトモデキナイんだよ。文字で表現することが不可能ということの一つの証明だ！　実演《デモンストレーション》しかない。視覚的偉業《トール・ド・フォルス》だよ。さてこれからどうする、ジャーメイン、君と僕は」

今度は私が言葉を失う番？　言葉ガ私ヲ見捨テタノカ、ソレトモイキナリ話題ガ変ッタノデ、言葉ヲ失ッテ……スグニハ私ニハ出来ナカッタ、今モ出来ナイ、その種のことに答えることは。

とても出来ません！　しかし、メバルと物語のあいだのどこかで、私は私自身のあなたの友《ユアーズ・トルーリー》、本物のジャーメインから、そっとメッセージを受け取っていたのです。アンブローズの話に興じてはいても、そのために、トッド・アンドルーズのヨットの前甲板で彼に質問されたことを、一瞬たりとも忘れたことはなかったのです。それをつくづくと考えてみることが、まるで彼の「書くことができないシーン」とは無関係な事柄ではなく、その明らかな終幕であるかのように、私は出番を待つ俳優のように答えました。次にしなければならないことは、ウエイトレスにそこそこのチップを渡して、そう慌てずに、もう一度橋を渡ってＬ二四番地に帰り、そこでゆっくりと服を脱ぎ、節度をもって久しぶりの愛を交わすことよ、って。もしもこの二週間の禁欲が彼の私に対する愛情の減退の原因でも結果でもないのなら、私の方はもちろんそうではないのだけれど、それに彼の意向（自分にはよくわかっていると言っていた）が私の意向と一致しているのなら、私たちはすぐさま元の性的関係を、あれほど気違いじみた風でなく、取り戻すべきだと。これこそ、私たちがやるべきだと私が思っていたこと。彼はどう思っているの？

こうしてこれまでの経緯を長々と語りましたが、いよいよ長く子宮内《イン・ウテロ》にいて誕生することのなかった第二の奇跡をベッドに伴うことになったのです。彼も同じことを考えていました。ウエイトレスのチップはかっきり十パーセント——レストランのことは彼女の責任ではないのだから——、慎み深くふるまいながら下船して（けれども手を私の腕に置き、顔には満面の笑みを浮かべてテーブルからすぐに無言で立ち上がった様子は、彼の落ちつきが形だけのものであることを示していました）、月のない空の下、静かに流れるチョップタンク川を時速五十マイルで渡りながら（そこにはアンドルーズのヨットがいまは航路に静かに停泊しており、帆は張られたままで緩み、暮れる間際の黄昏のなかで潮の流れに揺られていました）、私たちは優しく静かに、思いに逸っている風も軽々しいところもなく、いままでいかに寂しかったか、いかにその寂しさをかみしめていたか、今では、その味わいを経験したことがいかに良かったと思っているかを語りあいました。四月だとカーセックスとなっていたでしょう。そのかわり十時のニュースをつけて、ロシアの宇宙探索船ヴィーナス五号が目的地の軟着陸に成功し、探索を開始するというアナウンスに微笑みあいました。十時半までには——静かに、しかし確実に——

アンブローズも探索を始めてくれるでしょう。

彼は愛しているときっぱりと(静かに)言ってくれました。私もそれほど静かにではありませんでしたが、三月には彼を好きだったが、四月には彼を切望し、今では彼と同じく愛していると思っていると答えました。彼はこれからもたいていは夜、一緒にいたいと言いました。私もそう思っているわと答えました。けれども二人とも、保守的な小さな社会で起こる不愉快なことを避けるために(四月よりももっと)思慮深さを発揮しなければいけないということでは、意見が一致しました。彼の娘も問題の一つです。どちらにしても映画のロケ隊は六月になれば十日ほど、たまたまMSUCの学年末試験期間と卒業式のあいだになるけれど、ナイアガラの開拓村に移るのがほぼ決まりなので、私も一緒に来てほしい。一種の駆け落ち、ナイアガラの「ハネムーン」じゃないか……

したがって私の推測によれば、私たちの情事の「第四段階」は第二の奇跡の甘美な延長——何と長いこと——ということになるでしょう。この……この**正式の奥さんのような**性交(彼は私に寝巻を着ろというし、私は彼に替えのパジャマとバスローブと**スリッパ**をL二四番地に置いておくための買い出しに付き合いました)、これが不思議に救いがたいほど私を熱中させるのです。ポーチド・エッグとお茶! 朝刊! この心楽しい旦那さんごっこはどこまで行くのやら。パイプや犬やこうもり傘まで行くのかしら。奥様ごっこはまさかあそこまでは——

けれどもここで私は言葉を失います。どうした訳か言葉が途切れるのです。第一の奇跡と第二の奇跡のときはそうではなかったのに。私はアンブローズに、私たちの関係のなかに感じた深層パターンについて説明してくれるはずだったわねと言いました。彼は疲れていると言いわけし、朝食のときにすべてを話すと約束して、とりあえず、私たちの四月の耽溺がきっかけになって、別の同じように延々と続いたセックス、二十年前の十九歳のときのセックスを思い出したということだけを言っておこうと言いました。それは彼の二番目のロマンスだそうです。ただし、ただ肉体だけの交渉にロマンスという言葉を当てはめることができれば、ということですけれど。最初の恋が希望のないものであったし(兄のガールフレンド、我らの友マグダ・ジュリアノヴァに対する延々と続いている少年の憧憬)、この二番目の恋愛沙汰には複雑なところが何もなく、性的衝動をただ解放してくれたので、大いに助かったそうです。けれども彼の相手は——それが誰か明日言ってくれるのでしょう、私はちょっと愉快——十六歳の淫乱女で、消耗し尽くした夏が終ると、さっさと別の男の許に行ってしまい、そのため不本意にも純潔な日々を送ることになった彼は、そのときにはすでにピーター・メンシュ夫人となっていたマグダ相手にふたたび自分を慰めなければならなかったという始末（もちろんセックス抜きで）。このときも彼はマグダを愛していたけど、欲望してはいなかったとか。これが彼の最初の三つの「情事」だそうです。この三つの事柄をこの順序に回想したとたん、彼は『ニューイングランド読本』の奇妙なアルファベット順のリストと、必要な変更《ミュターティス・ミ》を加えて《ユターンディス》私たちの情事の進行の両方に思い至ったのです。私たちの情事が、良かれ悪しかれ彼の肉体遍歴をなぞろうとしているのではないか。けれども今のところ、両者が一致しているという気配は見当らない（と眠そうにムニャムニャ言うのです）。この二つが一致しているとすると、僕たちは第四段階にいるわけだが、『読本』のリストの七番目の文字／手紙《レター》は……

私にとっては落ちつかない夜でした。ベッドパートナーについての新しい情報に加えて、ナイアガラ開拓地というアンブローズの言葉に、自分の記憶がよみがえり、いやおうなく私に当てられた役割のことを考えることになりました。もしもアブルツェサ夫人（らしい人）が一番目と三番目の恋人で、私が六番目としたら、マグダが五番目で、その時はもちろんセックス付きで、その三角関係を清算して彼は私のところに来たのだろう、ちょうど彼が話していた、ディードーと物乞いに身をやつして錨を揚げローマへ疾走したアイネイアースのように、ということを推測するのに、（コナン・ドイルやアガサ・クリスティばりの）推理力は必要ありませんでした。しかるに《エルゴ》四番目は、彼の前妻だったに相違ありませんし、このどうもよくわからないマーシャについては、彼は何も言いませんでした。彼の結婚生活について私が知っていることは、ほとんどなく、ただわかっていることは、彼に自殺を決意させるほど不幸なものだったことと、すぐに終ってしまったということだけです。

それに不運にも、と言うべきか、その結婚は必ずしも実りのないものではなかったのです。アンブローズの言葉によれば「愛しき知恵遅れの娘」、母親が逃げてしまって、アブルツェサ夫人が世話を引き受けている娘が生まれたのです……

私は彼の最初の手紙の追伸のなかに書かれていた刺《とげ》のあるばかげた言葉を忘れたわけではありません。密－通－シータあとの恋人Gはジャーメインではない……

三つ目の奇跡というのは、結婚のお誘いでもありません。私はよく眠れませんでしたが、アンブローズはぐっすり眠り、爽やかに目覚めて、起き上がりました。私は頭が痛く、気分がすぐれず（四十五歳ともなると睡眠が必要なのです。理由《わけ》があって本当のことを打ち明けますが、先月の手紙にはちょっとした見栄から嘘を書きました。実は私、四十五ではありません、それよりもほんの少し、上です）、彼が「朝の手早い情事」、つまりヴィーナスの丘の二度目の探索をしようとしたとき、頭痛のことを告げました。彼は落ちついて私に、メイデイの日にはセックスでオーガズムを感じたせいで生理痛が治まっただろう、頭痛なんか、セックスをすれば吹き飛んじゃうよと言いました。彼のベッドでの振る舞いはユーモアに満ちたものだったので、その前にアスピリンを二錠飲ませてくれれば、と言って、ついつい彼の処方に従ってしまいました。彼はアスピリンを取りに、勢いよくベッドから飛び出していきました。ツイデニ私ノぺっさりーモネと、お願いしました。アスピリンの真上の薬箱のなかに、ペッサリーのケースがあるから。昨晩つけるのを忘れていたのです。

彼はアスピリンを二錠と、水の入った紙コップと、ほとんど勃起したままのペニスと、真面目そうな笑顔と……で膣腔内避妊具はもたずに戻ってきました。

やってみようじゃないかと彼は言いました。いいえ結構よ、と私。私の唇の真ん中にキスをして、昨日の晩と同じように、ねえ、と彼は言いました。私が向こう見ずだっただけよ、と私。四十代も終りになって危ない橋を渡るなんて。ジャーメイン、と彼は言い、私の手を取ると（私はアスピリンを飲み下していました）、声をひそめて……

三、ここで第三番目の奇跡。感嘆符にするにはあまりにびっくりするようなこと。Aはあらゆる種類の避妊をやめよう、と言うのです。彼は自分の種を私のなかに送りこみたいのです。私を孕ませ、受胎させ、身ごもらせたいと。私に子供を産ませ、私の子供が欲しいのだと。私たちの赤ちゃんをつくりたいというのです。私の古い卵と、彼の元気のない精子で。**妊娠**、彼は私に妊娠させたいのです。新しい人間を作りたい、私たちの染色体、彼と私の遺伝子を合体させ、私たちの遺伝子情報が絡み合った物体、それを解きほぐしてくれる生きた物体が欲しいのです。それこそ私たちがやるべきことだと彼は考えていたのです。

私は今この手紙をジェイン・マックのマンションにある新しいプールで日光浴しながら書いています。私の恋人が一族の会社の最近の危機について、兄と相談しているあいだ、その午後のあいだじゅう、私が日光浴しながら手紙を書くのはいつもこのプールのそばです。ドーセット・ハイツのプールには水が入っていませんが、ジャーメイン・ピットの泉は、いつも膣の括約筋ががんばっているにもかかわらず、満々と満ちて溢れています。彼のモノはそこで私の卵と一緒に泳ぎ回っていることでしょう。最初の特別委員会のときに、精液でジュクジュクの下着をつけて委員の一員として座っていたときと同じように、私は今もその上に座っています。思うに、尻尾をバシャバシャやっているアンブローズのかわいい精虫は、目的地のアマーストの卵にたどりついて、すでにその任務を果たしていることでしょう。

たしかに私はどうかしている！　人生がまるっきり変っていくよう。これが人生の変化の契機になればいいと半ば望みながら。たとえ私たちが結婚したとしても、彼や私のような者では、子をなさないほうが無難というもの。私たちの「愛しい赤ちゃん《プチ・ヌ》」はどんな低能児になるでしょう。けれども私は彼、この風変りなアンブローズを、たとえ私が思いもしなかったことを無理強いしても――願いもしなかったことを無理強いしても――彼を愛しているのです。

　あなたも、そうならなければいいと思ってくれますか。私がそのただなかにいる小説の、物言わぬ作者のあなた、私が比較的、心乱していないときに、私の心を楽しく紛らわせてくれるあなた。どうかあなたの友達が、考えも及ばぬものをこの子宮に宿らせたりしないように祈ってください。この哀れな子宮

ジャーメインに！

〒二一六一二　メリーランド州ドーセット・ハイツ
Lストリート二四番地

　追伸　朝食のときにわかったことですが（恋人のことで、奇跡のことではありません）、二番目はなんとあのビー・ゴールデンでした。そのとき十六歳で、「娘」時代の名前、ジーニン・マックで、すっかりのぼせあがっていたのです。ボルティモア郡の裏《バック》通りで、チェサピーク・レガッタ・サーキットのヨットクラブの裏《バック》部屋で、ハイウェイを時速六十マイルで走っているときや、今言った裏通りで駐車しているときや、ドライブインに入ったときや、あれと同じフェリーに乗って湾を渡っているとき（そのころ湾には橋がかけられていなかったので、フェリーは岸につながれたままということもなかったのです。そのフェリーのなかで私たちは昨夜、あのメバルを食べながら、どうすべきか話していました）、その車のバックシートとか、いたるところでやりまくっていたのです。当時、ビーはピチピチ《フレッ》し《シュ》た若い女性で、Aも大学の一年生《フレッシュマン》。彼らの発情がアルファベットを辿る頃には、彼の方は学期のなかばで優から不可まですべて経験ずみで、彼女の方はアイビーリーグのどこかの大学の上流階級の学生たちにじゅうぶんサービスしてもらっていました。それ以来二十年間、彼らは会うこともなく、二月にハリソンのお葬式で初めて再会しました。今月、映画のロケ隊と一緒にここに到着したのは、まさに私たちの淫らな第二段階の終末と一致していたので、それをアンブローズは「刺激的」と思っている（ので、私もその言葉をここで引用させていただきます）。まるで私たちの再燃した情交が彼女を再び受胎し、生みだしたかのように。私の方は彼が刺激的だと思ったことに刺激を受けましたから、彼がプリンツの映画に巻き込まれていくのを考え

てみると、いい気持ちがしません。浜辺でのウォーター・メッセージのシーン。彼の話しぶりでは、それは一つの競争のようなもので、賞品は彼女なのです。ダンテのベアトリーチェもその役だったんじゃないでしょうか？　私が今ここで彼の精液の上に座っているとき、アンブローズは本当に兄と話し合っているのでしょうか？

追々伸　恥ずかしいこと。ちょっと気がたっていたとしても、嫉妬のせいじゃないのです。今、彼から電話があり（私は部屋に戻ったところ）、暗室からではなくて、隣の郡立病院からかけているとのこと。危ないのはメンシュ石材株式会社だけでなく――それとてありあまる問題に悩まされているのですが――アンブローズとピーターのお母さんも危篤だというのです。彼女は昨年乳房切除をしたのですが、癌が転移したのははっきりしていて、再び危険な状態になっているのだそうです。彼が言うには、私が彼の家族に会う潮時だそう。彼はすでに私のことをお兄さん、アブルツェサ夫人、D. D'd D.（ディア・ダメージド・ドーター、愛しい知恵遅れの娘）に話しているということです。彼は母親に、彼女が見ることのない孫の母親となるかもしれない人を会わせたいのです（どうかお母さんが長生きしますように。でもその孫を見るということはありえませんように）。明日アポロ宇宙船が月に向かって打ち上げられるとき、私は病院へ出向き、そのあとメンシュ館で家族《アン》・ともに《ファミーユ》昼食を取るのだそうです。私は花嫁のように緊張しています。私は彼の相手には年をとりすぎていると思われないかしら。まったくこんなことは気違い沙汰。

追々々伸　馬が盗まれた後で小屋に鍵をかける決心をするようですが、遅まきながら私は膣洗浄をすることにし――そこでわかったことは、小屋の戸も盗まれたみたいだということでした！　ちょっとまえに書いたあのペッサリー（あなたなら膣腔内避妊具と言うのでしょう）はアスピリンの上の台から消えているのです。それに家中どこを探しても、見つかりません。何という好色な暴君でしょう？　どうしてこんなことが、あなたのたしかに（けれどもまだ、完全にというのではないけれども）気もそぞろのジャーメインを（うろたえさせるだけでなく）興奮させるのでしょう、

このGを？

E　レイディ・アマーストから作者へ

メンシュ館の一族の紹介。

五月二十四日

J様

先週の今頃私が想像したように、Aの四番目の恋人というのは、彼の前妻、現在行方知れずの、d.d'd（愛しい知恵遅れ＝ディア・ダメージド）の娘《ドーター》の母親です。彼女は娘に対する責任を、結婚生活を捨て去った二年前に、捨ててしまったのだと私は思います。でもこの私にそれが非難できましょうか。この私自身がその種の責任をとって《アシューム》いないときに。それにこの結婚を私があえて判断《プリジューム》できるというのでしょうか。自分の薬は他人の毒というだけでなく、二十のときの御馳走は、四十になると吐き気を催すこともあり、その反対もあるのです。

アンブローズの話によれば、二十年も前のこと、彼がまだ大学生のひよっこで、彼女が年若い大学のタイピストだった頃、彼女の名前に大いにひかれて、恋仲になったのだそうです。その名はマーシャ・ブランク（白紙）、頭も気質も名前通りで、血統を遡ればたぶん《プレジューマブリイ》無に帰するようなブランク家の子孫。信用できないわれらの語り手はそう語ったあと、彼女は人をひきつける姿と容貌を持っていたけれど、その「可愛さ」は、平凡なことを小説にすることが野望の若い作家でさえ描くことができない、あまりにも平凡、標準的なものだったと付け加えました。彼女の顔立ちを思い出すこともできないのだそうです。そういえば、一緒にいた十七年のあいだも思い描くことができなかった、と。彼女の綺麗さは、無視できないほど素晴らしかったが、正確に言えば口に言い表せないもの。彼女の性質も顔と同じで、おまけに彼女の日常も、十年一日のごとく同じところに座って九時から五時までタイプライターに大量の空白《ブランク》の紙を送り込み、他人の言葉を一枚二十五セントの給料で一枚五セントのカーボン用紙に写すというもの。そばにいるわたしの恋人の壮大な目的は、その九年前に言葉のないメッセージを受け取って以来、この世の空白《ブランク》をすべて埋めることだったそう。この処女企画を小説《フィクション》の形で着手しており――それにしても**長い手**――、最後に書いたベレロフォン物語はドーチェスターの沼のなかに行方知れずとなって、「彼の心をいまだ魅了しているけれども、人の道からはほど遠いところにある」のだそうです。浜に打ち上げられた壜のなかの暗号を受け取って、それに夢中になってしまったせいで……

ここ《ヴォアラ》に生まれたのは、自分を映しだす天空で結ばれた結婚です。われらがナルシスの君は彼女を初めて見たとたん、このタイピストの魂の中心――意識的な彼の魂の無意識な分身――に気付いたのです。それこそ自然が恐れ、「アーサー・モートン・キング」が逆らうことができないもの。でもそれは一九四九年のこと。その頃私の恋人は若いジーニン・マックとの美容体操みたいなセックスに緊張し――というより、ゆるみっぱなし、と言ったほうがいいかしら――、また兄のために、アブルツェサ夫人への再燃した愛を諦めようとしていました。夫人はピーター・メンシュと結婚していて、その年の暮れに生まれるはずの双子で、お腹を膨らませていました。ハリー・トルーマンはホワイトハウスに戻り（ジェイン・マックは私のジェフリーと一緒にパリで遊びまわり、私はジェルメーヌ・ド・スタール書簡集の編集を終了し、イーヴリン・ウォーにもてあそばれていました）、第二次大戦の既婚復員兵は、GIビルのおかげで大学へ通いながらもプレハブの掘っ建て小屋で家族を養えたので、アメリカの大学は彼らで溢れはじめていました。復員兵学生の生活スタイルは、アンブローズのような若い男子学生たちに一つのお手本を示したものでした。十八か十九か二十の若さで結婚し、十代後半の花嫁とすぐさま子供をつくり……といった。

　しかしどうして私はこんなことを**あなたに**お話ししているのかしら。あなたこそ、その時代の人間で、またあのセクシーな夏には私の恋人のライトハウス塔プロジェクトの仲間として一緒に働いていた人でしょう。もちろん、お話しする理由は、これが私には初耳だったからです。「ロケ地」でメンシュ家《メイナージュ》の人たちに出会った先週の日曜日に初めて明らかになったことだったからです。ロケが行われた場所は、まさにあのライトハウス塔――今ではアッシャー館のようにひびが入り、ピサの斜塔のように傾いたライトハウス塔――とその隣の郡立病院でした。病院ではメンシュ家の前アンブローズ世代の最後の生き残りが、家系的な病の癌のため、衰弱して死を待っていました。

　そのかわいそうな人、自然がかくも残酷な仕打ちをした人について、まず簡単に述べましょう。結婚前の名前はアンドレア・キング、一世紀半前、友人のジェローム・ボナパルトのためにナポレオンをこっそりとセント・ヘレナ島からメリーランドに移す策謀を練った、サマーセット郡のキング・ファミリーの子孫です。アンブローズは、彼の風変りなペンネームと言葉遊びの趣味を、母である彼女（と、たぶん彼が想像した曖昧な祖先）から譲り受けているのです。外科医は彼女から、私の恋人がかつて金色の蜜蜂の群れの下でお乳を吸っていた胸、七十歳の胸を、去年の夏に取り除きました。アンドレアは自分から次のように言って（その言葉はアンブローズを狂喜させましたが）、この関係を明らかにしたそうです。つまり、一つを除いて蜂はみな、メンシュおじいちゃんが取り除いてくれたけれど、おじいちゃんが見逃した一匹がいて、それが彼女を刺し、それで今……そうして今こうなっているのだよ、一匹で十分だったのさ。ところでアルファベットの最後の字、zで始まる三つの文字を知ってる？

この程度以上には彼女はもうあなたの友《ユアーズ・トルーリー》に興味を示すことができませんでした。良かったわ！　彼女は大変な美人だった、とアンブローズは言いました。彼の亡くなったお父さん以外にも、数人の男が彼女を愛したそう。隣の男は彼女のせいで飲まずにいられなくなり、彼女の夫の兄（アンブローズの故カールおじさん）はおそらく彼女と寝ており（家庭内姦通は一家の風習！）、もしかしたらアンブローズの父親かもしれなくて、あるいは彼の兄ピーターの……でもみんな死んでしまいました。隣の男は自らの手で、おじさんは肝臓癌で、お父さん――あの不吉な日、初めてハリソン・マックとジョン・ショットに〈真理の塔〉の提案をした人――は脳腫瘍で。彼らの運命の女《ファム・ファタール》もいまやお腹がたるみ、身体はひとまわり小さくなり、目は半分見えず、歯は抜け――蜜のなくなった蜜蜂の巣さながら――年の暮れまではもつまいと思われています。身なりも構わず、萎《しな》びていますが、私は彼女が好きでした。頑固な東部イングランドの田舎気質が感じられたのです。彼女は癌の痛みを訴えていました。その日の『タイムズ』のクロスワード・パズルを完成させるのに麻酔が必要になるかもしれないと思うほど。

「ゼッドだよ」と彼女の息子は教えてやりました。

　そのあと私たちは愚行《フォーリー》とか燈台《ロイクトトウルム》とか家族の者が言っているメンシュの城に移動し、そこで彼の兄、双子の姪と甥、彼の愛しい知恵遅れの娘、彼の人生の最初で三番目で五番目の恋人マグダ・ジュリアノヴァに会い、昼食を共にする予定でした。私は急いで彼女の許に辿りつこうとしませんでしたし、今もしていません。私たちが病院からメンシュ館へと歩いていくとき、ふと私は、彼女が暗室《カメラ・オブスキュラ》から私たちをじっと見ているような気がしました。私たちは、以前の所有者の名前とその用途にちなんでアードマンズ・コーンロット（アードマンのトウモロコシ畑）と呼ばれている地所を通りました。そこはツツジやバラやミモザやシダレヤナギや手入れの行き届いた葡萄の木が植わった四角い芝生の土地で、チョップタンク川を正面に見る場所でした。かつて防波堤があった場所は、今や新しくできた砂地の岬になっていて、そこからこの悲しい物語は始まるのです。

　あの年の夏、あなたがメンシュ石材で働いていたとき、ピーター・メンシュの家の土台がインチキだということにお気づきになりましたか。この可哀相な男はもう一人のおじから（皮膚癌で死亡）ちょっとした財産を譲り受けたとき、家族のために家を建てようと決心しました。昔からのことですが、その頃も一族の財産は危機に瀕していたからです。彼はアードマンズ・コーンロットを買い、戦争に出かけ、その建築を一族の会社に請け負わせました――つまり肝臓癌のおじと脳腫瘍の父親に仕事を与えたのです。彼らは（特に後者は気むずかし屋のごろつきといった感じ）、あらゆる機会をつかまえて自分たちの恩人のお金をごまかそうとしました。その当時、防波堤は石切場の石を捨て石にして、頑丈に造られていました。この石を彼らはどけて、くずれかけていた病院の防波堤の修復に使ったのです。というのも病院の防波堤の捨て石は、何年か前にすでにほかの目的に使うため、取り除かれていたのでした！　したがってピーターの屋敷の土台は彼が望んだよりも貧弱な設計で建てられました。あの夏あなたが混ぜたモルタルには、経費を節約するため、故意に砂が多く入れられていたのです。建築に使われた石は、以前は病院の堤防だったものから剝がしてきた捨て石で、フジツボやコケがまだびっしりとついており、モルタル（しかもあのモルタル）とうまく組み積みできるはずはありません。アンブローズにはこういったことがわかっていましたし（今も、私たちが地所をぶらぶらしているあいだ、あちこち詮索しています）、兄を愛してもいましたが、兄を守ることはできませんでした——そうしなかったのです、彼自身の苦い罪のために、ジュリアノヴァ夫人との初めての逢い引きと、その後の副次的な情事のために。彼はメンシュ父《ペール》がその情事をちゃんとスパイしていたのだと、今も信じています。

　このようなわけで彼らはみな、自分たちが敬愛の念を注いでいると公言し、一族の柱とも認めているまじめな若者を利用したのでした。しかしこの若者は一族のみなをこよなく愛していたので、会社と家族のもとに帰還したとき、混ぜ物の入った《アダルトレイテッド》モルタルをその石工の目ですぐに見抜いたにちがいないのですが（たとえ姦通を犯した《アダルトレイテッド》フィアンセは見抜けなかったにしても）、一言《ひとこと》も言わず、上機嫌で館の建築やフィアンセとの付き合いを続けたのでした。一九四九年に館と塔が完成し、新婚夫婦は引っ越して、双子が生まれました。五四年にはアンブローズと妻マーシャがボルティモアから引っ越してきて、一緒に住みはじめました。アンブローズの方は教師を辞めて、フリーの仕事に賭けようとしていたのです。五五年（知恵遅れの娘が生まれた年）に、最初の大きな亀裂が石造りの建物にも、アンブローズの結婚生活にも入りました。五六年になるとドアのいくつかは削らなければならず、窓枠のいくつかは作り直さなければならなくなりました。アンブローズとマーシャは船着場の近くのアパートに引っ越し、肝臓癌の叔父は罰が当ったのか天国に召され、ピーターはメンシュ石材（私の恋人の言葉では「甲斐性のない同族会社《インファーム》」）の指揮を取らなければならなくなりました。一九六〇年になると、メンシュ館はかなり傾き、アンブローズの結婚生活と作家生活も同様に傾きました。ミズ・ブランクは自分のことをからっぽだとは考えず、彼女を満たそうとする彼の努力を頑《かたくな》に拒むのです。彼の壮大な文学的試み（沈みゆく一族の年代記）の方も、尻すぼみの泥沼に入り込んでしまいました。

彼は半ば、自殺を試み――彼の言では、半ば、成功しました。つまり、伝統的物語を捨て、いわゆる「具象散文《コンクリート》」(彼のなかの石造建築《メイソン》物と言えばいいのでしょうか)とやらを手がけ始めましたし、仕返しのつもりでか時折の姦通も繰り返しました。というのも、ブランクを埋めるのは彼だけではないように思えたからです。そうこうするうち、あの記念すべき防波堤はすっかり崩れ、病院の理事たちは当然、激怒しました。アードマンズ・コーンロットは速やかに波に洗われ、川に沈んでいきました。またもやメンシュ石材は破産の際に立ったのです。

　破産寸前になってしまった理由の一つは、PとAの父親ヘクター・メンシュが郡立学校を退職して(脳腫瘍は大きくなっていましたが)、彼の破滅的なエネルギーのすべてをこの会社につぎ込んでしまったからです。そのうえピーターは、館の傾きはまずい土地だけでなくまずい土台のせいだということを認めなかったのみならず、父親の気が触れていることも認めようとしなかった(したがって彼の事業上の助言を無視しなかった)からです。会社は六二年と六三年にタイドウォーター工科大学の基礎工事を行い、その過程でヘクターはハリソン・マックと知り合いました。ジョン・ショットに関してはウィコミコ学芸大学の同窓として、すでに知っていました。彼ら三人のあいだで一九六六年にマーシーホープ大学の〈真理の塔〉の構想が生まれたのです。

　こうして私の友からさまざまな注釈をつけてもらい、楽しませてもらいながら、あちこち逍遥したあと、私たちはまさにこの、文字通りの地点《ポイント》に戻ってきました。MSUCはレッドマンズ・ネックの沼沢地を干拓し、埋め立てたところに建っています。ジョー・モーガンが警告したように、このような土台で高層建築を建てるのは、いくら考えても無理というもの。だから、塔建築の入札価格は、当然高くなり、「私たち」は不戦勝で勝ったようなものだったはずだというのです。ところが何と、基礎工事費を競争相手よりも安く入札して会社を救うというのが、ヘクター・メンシュの戦略だったのです。たとえこの工事でかなりの損失を被ったとしても、(これによって反モーガン・キャンペーンに肩入れして)ジョン・ショットのおぼえがめでたくなるわけだから、ショットが学長となり、MSU拡張大計画が打ち上げられた暁には、メンシュ石材の財産は不動のものになるであろうと。ところがこの戦略が成功した今、ハリソン・マックとヘクター・メンシュはドーセットの砂地六フィート下に眠り、哀れなピーターは眠ることなく汗水たらして、一学期、一学期、砂地をますます深く掘りつづけている次第です。塔の土台は、一つにはインフレのため、もう一つはレッドマンズ・ネックの土壌のために、計画よりほぼ一年遅れ、最初の見積もりよりもはるかに費用がかさんで、完成しました。メンシュ石材ダン・アンド・ブラッドストリート社は、ピーターが床岩を設定するために掘り進まなければならなかった土の深さよりも、さらに深く沈みこんでしまいました。メンシュ館と同じく〈真理の塔〉も、嘘の上に立っていると、アンブローズはいまでは納得しています。つまり、会社のために彼らの父親が行った最後の仕事の一つが――契約は州政府と結ばれ、さまざまの政治キャンペーン基金の寄付がまだなされていました――土地の重要な試し掘りの見積もりの改ざんでした。ところがピーターはこの見積もりを真に受けて、この計画は当初考えていたほど不可能でないと思ってしまったのでした。塔は、現在の予定では来年に完成することになっています（これを書いているこの時点で、当初来月に予定されていた完成式をこの秋にできるぐらいには、かなり工事が進んでいます）。しかしアンブローズの主張によれば、この塔は一九七六年までにはたとえ解体されなくても、見捨てられるだろうということです。

会社を危機から救い、郡立病院の理事の機嫌をとり、アードマンズ・コーンロットの消滅を遅らせるように、ピーターは、航路の浚渫をし、土砂をケンブリッジ・クリークに運んでいる土木会社と契約して、数ヤード立方、何千杯もの採泥をこの二ヶ所の土地――現在はそのおかげで一エーカー以上にまで広がってしまったコーンロット――の前に捨ててもらうように交渉しました。沈没しかかっている《ファウンダード》会社を再起させた《ファウンデッド》防波堤は、まだ地図に載っていないこの土地《ポイント》の下に埋もれ（「癌突起《ポイント》」とアンブローズは言いました）、ライトハウス塔はあなたがその建築を手伝ったときよりも、水際から数百ヤード内側に位置することになりました。

私たちは館に近づいていきます。以前、ロング・ウォーフ埠頭やチョップタンク川の橋から、遠景でそれを眺めたことはありました。しかし近くから見ると、それを建てた人ほど魅力的なものではありません。それを建てた人は、岬からやってきた私たちに挨拶しようと、d.d.といっしょにこちらに向かって歩いてくるのです。

ピーター・メンシュとアンブローズ・メンシュが兄弟だと思う人は少ないでしょう。ピーター・メンシュは私の恋人よりハンサムですが、ぶっきらぼうで、黒い目と黒い眉をしており、日に焼け、大柄で、四十いくつの年齢より老けてみえ、Aの言葉では、祖母のメンシュ直系の、サクソン＝チューリンゲン地方の小作人の血をそのまま受け継いでおり、祖父のずる賢いライン川地方の遺伝子とサマーセット・キング家の英国DNAの影響は受けていないのだそうです。声は驚くほど高く、優しく、言葉には「すげえ賢い」とか「ものすげえ近く」といったアイルランド訛りが多く、動きも、彼の体重と膂力《りょりょく》のありそうなところには似合わず、穏やかです。太ってはいませんが骨太でがっしりしており、屈強な感じです。石を今でも自分で切ったり、持ち上げたりしているのではないでしょうか。彼は近くのメソディスト教会のバイブル・クラスからちょうど帰ってきたばかりで、着古してテラテラ光った量販店の安物の青いスーツを着て、黒い靴を履いていましたが、私たちと会う日だというので、二ドルのネクタイを締め、蟹の形のめっきのネクタイ・ピンをしていました。彼は双子がディナーに家に帰ってこれないとすまなさそうに言いました。若いカールと彼の恋人は「オーシャン・シティの南」へ波乗りと釣りに行っていて、若いコニーはもうじき夫となるこの地の百姓を手伝って、トマト畑を作っているのだそうで、あの年頃の若者に家に帰れと言っても無駄だね、と言いました。

そういうわけでディナーは五人となることになりました。

こんなに簡単に他人からだまされる男を私は以前なら軽蔑したでしょうが、ピーターを前にすると、即座に第六感が働いて、彼はけっして騙されているのではない、ただ自分が愛している人が自分を利用しても、ずっと我慢しているだけなのだとわかりました。着ている服を変えて（それに髪型も変えれば）、もっと魅力的な風貌になるでしょう。それに彼の巧まぬ気安さ、明朗な善意……私は彼が好きになりました。

知恵遅れのアンジェラが彼のことを好いているのは、見ていてすぐにわかりました。散歩しているあいだ、アンジェラは建物に寄りかかるように、ピーターに寄りかかって、私から目を離さないのでした。結婚という絆は解かれましたが、その果実だけは良かれ悪しかれ、残って育っているのです。アンブローズの天使《エンジェル》は動作のにぶい目立たない十四歳の少女で、背が低くてずんぐりしており、もう胸はずいぶん発育しています。彼女のなかに私の恋人の影は見当らなかったし、ブランク夫人の影も（のちに彼に尋ねたところによれば）見当りませんでした。ブランク夫人は痩せて金髪で、はしばみ色の目をした人だったそうです。ピーターはアンジェラを、彼らの亡くなった伯母にそっくりだと思っています。彼女はマグダの忍耐強い庇護のかいあって、大いに進歩したと言われています。ピーターもこの娘と一緒に過すようにしています——でも彼らは二人とも、当初の本物の自閉症から彼女がこんなに進歩したのは、アンブローズのおかげだと言い張っています（しかしこの辺の話は飛ばします）。彼女は実際の年齢では中学二年ですが、土地の小学校の六年生、十二歳の子にまじって、五年生のことをやっています。彼女がグラマーなのは問題です。愚かな若者たちが彼女目当てに、品悪く飾りたてた車にのって、騒音をまきちらしながらライトハウス塔へやってくると、彼女はニッコリ笑って手を振るのです。メンシュ家の人々は彼女が彼らに性的に乱暴されはしないかと恐れ、適切な特別教育の施設がこの郡にあればと望んでいます。彼らは法外な料金——一年一万二千ドルで、しかも年々上がっていく料金——と、彼らと別れてアンジェラが住むという欠点があるにもかかわらず、フィラデルフィアの居住型治療施設の利点を高く評価しています。

　私は正式にアンジェラに紹介されました。驚いたことに、アンジーはとても気持ちのよい少女で、内気さと詮索好きなところを併せもっていました。まるで若い原始人といったふうに、私のつけている宝石を指さしたり、握手したあともずっと手を握り、笑いながら私の「アクセント」が変だという素振りを見せています。彼女は本当に可愛がられてきたようです。これならあまり人に迷惑をかけないで生活することだってできるかもしれない。「あんまり独立させたくねぇんだよ。でなきゃ、皿を洗ってくれる人がいなくなるもんな」とピーターはからかっています。兄弟はたがいに思いやり深く、彼女にも優しく、腕を触れ合い、援助の手を差し出し合っています。

　私の心に触れた事柄もあります。私の恋人の隠遁生活と穏やかな風変りさを、違う角度から眺めたからです。彼の忍耐強さは、ほとんどがその少女を育てることに費やされていますが、そのことは、兄や兄嫁はともかく、彼にとっては自然なことではないのです。幸運な薄幸のアンジェラ！　確かに彼女は、これ以上良い環境で育つなんてことは考えられません。けれども、家庭生活が不快きわまるものか、患者が手に負えないものでないかぎり、高料金の「居住型治療」の施設に入れるのには懐疑的だった私も、今では少し変ってきているのです。私は自己犠牲のタイプなどではないし、私たちの新「段階」では、私の恋人の自由を確保する方を守りたいからです。これほど気前のよい責任感を目にして、まあ何と罪深いこと！

　私たちは館に近づいていきます。私たちは近づいていくのです。アンジェラは私がこの家族の信頼できる旧知の友のように、私の手をつかんだままです（皮肉な表現はもう使えません）。この柔らかい土に心が沈んでいくよう。ピーターはディナーのまえに暗室を私に見せたいようす。アンジェラには、一家のトーテム像、内側に景色が見えるドイツ風のイースター・エッグを見るからねと約束しています。館は突然、本物の城のように威嚇するものとなります。スタイン嬢もトクラス嬢も、そこの女主人ほど私に戦慄を感じさせはしませんでした……

「こちらはマギー」、ピーターは台所から玄関へやってきた彼女を紹介します。そして彼女には、一応、内緒話の体裁をとって「やっと彼女を**ジャーメイン**と呼べるね、他の人たちと同じように」と言いました。

　私は何を期待していたというのでしょう。アブルツェサ夫人は四十を過ぎたばかりで、夫よりも若いけれども、彼女の以前の恋人、今では私の恋人よりは年とっています。彼女の容貌は今世紀の人間とはとうてい思えませんでした。顔は丸顔で青白く、たぶん黒い目と丸く結った黒髪のせいで不自然なほど白くみえるのです。いい顔立ちです。肌のきめは細かく、目は大きくて澄み、潤んでいて、鼻と顎の線は繊細です。いとしい「ジュリエット」は女性を性的対象として評価する術を教えてくれていました。彼女なら、思わずキスしたくなるマグダ・ジュリアノヴァの唇や、その形のいい長い首や、束ねた髪から垂れる柔らかい巻き毛が風情をそそるうなじを、称賛したことでしょう。素晴らしい肩、素晴らしい腕（袖なしを着ていました）、ぷりっとして小さな素敵な胸（ノーブラ）――その胸を双子の子供が二十年も前に吸ったなどと、誰が思うでしょうか！その他のところはそれほど心悩ませるものではありません。大きいお尻とたるんだ肉、脚は毛を剃った跡があるのに、剃り残しが見え、洋服は田舎の店で下手にみつくろったもの。私は美人ではない（子供も育てていない）けれど、四十代になったばかりの彼女よりも四十代の終りを迎えた私の方が、こぎれいだと思うし、ずっといい服を着ています。

結局、たとえアンブローズが彼女のことを「一番」と思っていても――そして彼の言う意味がわかっていても――この私には、彼女が他の一番と同じく、むしろつまらない代物《しろもの》と思えるのです。たぶんそう期待して来たのです。そしてたぶん、私の訪問は私と同じく彼女にとっても緊張する事柄だったのでしょう。私はきっと、アンブローズが数年前に塔を暗室にしたことを話してくれたときのように、暗室についてたいそう学者ぶった「振る舞いをした」のだと思います――でもそのとき私はたまたまそれについて少しばかり知っていたのです！（それは、言ってみれば、垂直の回転磨りガラスのスクリーンという、構造的に非常に面白いものなのですが、私の好みとしては、エディンバラのフォース川の入江《ファース》の上のスクリーンのような、平たくて丸い分離スクリーンで、観客がスクリーンの周りを取り囲み、映画が動いているあいだ自分たちは動かなくていいという方が好きです。でもメンシュの装置の大きな欠点は、この映写方法ではなく、映される景色の方です。郡立病院はエディンバラの城ではなく、チョップタンク川や低い橋や平坦な風景はフォース川の入江《ファース》とそのドラマティックな風景ではないのです。そのうえ、塔の傾きが機械に影響を与え、そのため、ずいぶん苦労しないと、かつて堤防があったところに広がる渺々《びょうびょう》とした砂丘以外を映すことはできないのです。装置は採算が取れるまえに動かなくなるでしょう）

「とにかく、素晴らしい眺めだよ。ほらすべて帆船だ」とピーターは言います。まさにそうなのでした。私は恋人の腕をとり、川向こうの「私たちの」レストランを指さしました。そこで第四段階が始まったのです。経営者がレストランを売るつもりのようだとマグダは深刻そうに言いました。アンジェラは（すべての）帆船の帆の名前を言え、帆の状態についてのアンブローズのクイズにも、かなり答えられました。どれがビーティング（Z字に走る）で、どれがリーチング（風を真横に受ける）で、どれがランニング（船尾に風を受ける）かを。私は全体の様子や状況を譬えて――かりにこの譬えのなかに無意識の悪意があったとしても、誓って、無邪気に――ウェルギリウスの『アイネーイス』の二章の有名なくだりを持ちだしました。そのくだりでは、いまだに冒険の真っ只中にいるヒーローが、第一回配本の話がもう芸術になっていること、つまりトロイ戦争のディードーを描いたカルタゴのフレスコ画になっていることに気づくのです。そのフレスコ画に彼が見たものは、彼の死んだ仲間と、身の毛もよだつ一瞬！ 彼自身の昇天した顔の絵なのでした。

「そのとおりだ」とピーターが言いました。最初は自分が馬鹿だと思いましたが、アンブローズがマグダを不幸なディードーに譬えたことを思い出して、自分を嫌な女だと思いました。彼は私を――訝しげに、あなたがた作家はよくそう言うでしょう――眺めました。私はあまりうまくやれませんでした。自分でも当惑したことに、アンジェラが彫り物をした木の台ごと持ってきた有名なイースター・エッグについて、得々としゃべってしまったのです。それは斜めにかしいでおり、文字もかすれたイカサマで、そもそも特別なものではなく、単に家のがらくたか、ふざけた遺品といったものでした。なかは何も見えませんでした。

「城は見えないかい」とアンブローズが尋ね、私はどうにも答えられませんでした。「ローレライも見えないかね」私は顕微鏡も望遠鏡もうまく動かせないの、ともぐもぐ言いました。今思えば、この瞬間が私に対するある種の信号だったのかと思い当ります。何か落ちつかないものが顔を覗かせているのです。第五段階ではなく、第四段階の本当の姿――一つの本当の姿――なのだ（と不安に思います）。いずれ、その話はしましょう。

　ここでは先に進んで、というのも、メンシュ一族を私が紹介する必要がもうちょっとあるものですから。マグダの用意した食事は素晴らしいものでした。私は、お昼はアメリカの田舎の人たちがよく自慢している、容赦ないほどに素朴な料理が出されるものと思っていました。焼きハム、フライドチキン、マッシュポテト、アオイマメ、それに氷の入った冷たい水――スパイスのきかない味気のない料理、あなた方イギリス系プロテスタントの遺産といったもの。けれどもジュリアノヴァ夫人はイタリア料理とドイツ料理に通じていました。ブロデットという名の魚のスープの次には腸詰めと団子《ヴルスト・ウント・シュペツレ》の皿（ヒムメル・ウント・エルデだと私は信じています）とシーザー・サラダと家で焼いたサワー・ライ・ブレッドとコンフェッティという名のデザートがでてきました。スープと一緒に供されたのは冷たくひやしたソアーヴェの白ワイン、ソーセージのときにはレーヴェンブロイの黒ビール、デザートのときにはエスプレッソとアマレット・リキュール。トロント以来の御馳走でした。控えめながら完璧で、大げさに給仕されることもなく、味覚は抜群。私自身は料理通ではないけれど（以前の失礼な言い方を埋め合わせるつもりで）、シェフに賛辞の言葉を雨霰《あめあられ》と注ぎました。ピーターはにこやかに微笑み、アンブローズもわずかな微笑みを浮かべていました。マグダは、こんなに町から離れたところではいい材料が手に入らないのよと、つつましく話しました。お料理の腕を御両親とメンシュ家のお年寄りから学んだのね？　別の不品行も一緒に。

「お袋は全然、料理ができなかったよ。マグの母親もマグが教えてやるまでイタリア料理は皆目知らなかったね。これはみんな『タイムズ』日曜版のものだよね」とピーターは、葉巻をくゆらせながら、愉快げに話しました。

　マグダは頭を左右に振りましたが、喜んでいるようでした。アンジェラは卵をすかしてじっと見ていました。私は嫉妬にかられました。私は自分が（五十近くにもなって）、胸がもっと小さく、顔つきが柔らかで、声に決めつけるようなところがなければいいのにと願いました。中年女の……抑えきれない情欲なんて、何たるたわごと。とんでもない。従順で、男に付き従って、全然表に出ない女だといいのに。何と、D・H・ローレンスへの嫌悪感を撤回しようというのかしら。

　私のぎこちない賛辞も交えてかわされたディナーの会話は、臨終の床にあるアンドレアのことと、通りの先にある荒廃が激しい空き家になった元メンシュ館の処置のことでした。私の恋人は、それを作りなおして自分が住もうかなとあれこれ考えているそう！（はじめてその話を聞きました）その着想は面白いものでしたが、同時におぞましく思いました。三角半関《メナージュ・ア・トロワ・エ・デミ》係を抜け出すのはいいけれど、そのあと沈滞した田舎町（失礼）の陰気な通りの生気のない木造家屋に入るなんて。ローマかパリかロンドンかニューヨークでないなんて。せめてボストンかサンフランシスコや、さもなくばワシントンかフィラデルフィアでないなんて。**ボルティモア**でもかまわない！　地球儀を回せば、リスボンやヴェネチアやモントリオールやフィレンツェやウィーンやリオデジャネイロやマドリッドが考えられるのに――挙げればきりがないのに――沼沢地ドーセットを指さして「ここが私の住む場所だ」なんて、考えられます？

　でも少なくともアンブローズがいる。しかし、彼が引っ越すとしても、まだ彼は私に一緒に住まないかと結局のところ言ってくれないのです。そう考えると、私の唯一の慰めも冷え冷えとしたものになります。また、その計画を考えているときの彼の落ちついた声の調子と、ピーターとマグダが答えたときの声の調子は、アンブローズと私がカップルか、またはカップルになる直前だと思っており、その考えを、たとえ全面的に歓迎していなくとも、受け入れているということを示していたので、私は一方では心温まる慰めを感ずることができたのです。ピーターは弟と妻に、親切な助言をいろいろ与えていました。びっくりハウスで迷って、黒人の男の子と一緒に出てきたときのことを話してあげたら？　おやじがいつも、片手と片足で石に鉋《かんな》をかけて切っていたのを聞かせてあげたら？　おばあちゃんがウィルヘルム叔父の裸の銅像を見た話を聞かせてあげたら？　マグダは心ひそかに「私が全部聞いていると思っていた」ようです。アンブローズは、私はもう知っているよと、声をひそめて言いました。しかし、誰一人として、こういった話題に匹敵する私の話を聞きたいとは言いませんでした。たとえば、私がいかにキャップを被った万年筆で処女の花を散らされたか、私の数回の堕胎と流産、二十世紀初頭のイギリスとヨーロッパの大作家に関するアマーストの男根リスト、注釈つきというものを。

　私はアンブローズに言われて、いやいやながら、他の女たちと一緒にテーブルを片づけ、皿を洗う仕事を手伝いました。そのあいだ男たちは会話を続けていました。シェフは料理をつくったのだから、流し場の仕事はやらなくていいのじゃないかという私の提案は、ばつの悪いジョークとして片づけられてしまいました。したがって私は、私の恋人の前のベッド相手と、女の仕事を一緒にするという状態にひねくれた興奮を味わいました。彼の娘は、**レイディ**って何、と尋ねました。私の場合はね、貴族《ロード》と結婚した女性というだけのこと、ときっぱり答えました。それじゃあ、いつかお父ちゃんは貴族《ロード》になるの。「アンジーたら！」驚いたことにアブルツェサ夫人は（いいえ、もう皮肉な呼び名は使えません）、私に思いやり深い微笑み——暖かさ、ひょうきんさ、女らしさをすべて一緒にしたような微笑み——を送ってくれたのです。私は彼女にキスしたくなりました。でもその代わりに、私は彼女の腕に触れました、メンシュ家の人たちがいつもやっているように。いとしい「ジュリエット・レカミエ」は私のなかで何かを始めてくれていたのでしょう。確かに私が恋こがれるのは、依然として男（それもただ一人の男）です。しかし遅まきながら、私は同胞の女性を愛することを学びはじめていました。でも行動は、アンジェラにキスをして、「そうはならないのよ」と言っただけ。（これは当然、彼女に皮肉を言っているのではありません。私の答えは、もしも私が再婚しても私の称号は再婚した夫にはいかないと、率直に語っている

だけです）
　私の日曜日ハ、カクノ如シ《アンシ・モン・ディマンシェ》。食事がすむと、AはL二四番地まで私を車で送ってくれ、彼の心理および性生活の来歴のなかで言い残したのではないかと私が思っていることを話してくれました。一九五〇年代ずっと彼がマグダに強くひかれていたせいで、たとえそれが清らかなものであり、言葉にはとうてい表せられないものだったにしても、そのせいで彼の結婚は最初からうまくいかなくなったのは確かで、彼が妻の方に向くようになってはじめて、妻の恨みつらみは消えていった。それは事実だと話しました。でも彼ら夫婦はそこそこ似合いの夫婦という以上のものでは決してなかった。アイゼンハワー大統領の時代に、若くて健康な田舎の中産階級出のＷＡＳＰ二人がままごとをしているといった風だった。ふりかえってみると、自分たちが深く愛し合っていたとはどうしても思えない。必要な情緒的装置、つまり心、もなかった。ただ確かに、二人がそれぞれ不倫をして関係を壊すまでは、互いを好きではいた。自分たちの結婚の失敗は、彼のエゴと同時に、彼の精神にかなりのショックだった……
　いやはや、あなたたちアメリカ人ときたら！　歴史上もっとも感傷的な民族ね。フランス人やオランダ人やウェールズ人やシチリア人やトルコ人がそんなことするかしら（「もちろん」とアンブローズなら答えるでしょう）。話を少し変えて、彼のお兄さんやマグダや彼の娘に好印象を持ったことを話しました。彼らが私を嫌っていないようなので、ほっとしたとも。私は台所のマグダの微笑みをとくに嬉しく思ったということまで、あえて口にしました。私たちの関係を受け入れてくれた印のように思えると。
　Aはこれについてちょっと考え、こう答えました。実際、彼女は何でも受け入れる人間だ。一九五五年にピーターが、マーシャの征服リストに自分が載っていて、その年のある軽率だった日に、彼女の報復的悪意に屈してしまったと（それは、マグダに対する明白なアンブローズの感情と「差引ゼロにしよう」という彼女の悪意だけれど、自分にはアンブローズの感情がまったく無邪気なものだと芯からわかっていたと）告白したときにも、それを平気な顔で受け入れたんだ。マグダの方も夫に黙っているのはフェアじゃないと思って、もしも状況が違えば彼を苦しませることはなかったかもしれないけれど（そのせいで彼女の夫に対する愛情が変ることはないので）と言って、自分のことを告白したそうです。つまり、そのとき夫は海外にいて、自分は孤独だったから、夫の弟に対する愛情が、それ以前とそれ以後の無邪気なものから一瞬だけ、変節したということを。たぶんアンブローズも奥さんにこの過去の出来事を話して（でも、マグダにはその理由がわからなかった、そんなことを知って、どうするのかと。この私も彼女の意見にまったく賛成です。どちらにしても彼は花嫁におろかにも「すっかり告白してさっぱりした気持ちになった」ということです）、彼女の仕返しを促進するはめになったのです。そのときマグダはピーターに、彼の愛情を信じているから、前述した健全な理由のために、アンブローズには不倫のことは告白しない方がいいと助言しました。しかし復讐の鬼マーシャは、自分から「告白」をし、ライトハウス塔を出ていきましょうと言い張って、事実、彼らは出ていくことになりました。こういった汚点となるはずのいくつかの暴露劇も、ピーターとマグダの結婚生活や兄弟の愛情にはそれほどの傷を残しませんでした。けれどもアンブローズとマーシャのあいだに入ったひびは、それ以降埋まることのない裂け目となっていきました。

　それならどうして私はこうやって知らされなければならないの、と私は尋ねました。なにもかも告白して、さっぱりした気持ちになりたい二十歳の花婿の衝動に、二十年後の今もあなたはまだ取りつかれているというの。

「そうさ《ヤップ》」と私の恋人は答えました。

　そうしているうちに、彼の告白によってもっと深刻な疑問がわいてきました。それは一九五五年のことって言ったわね。そうさ《ヤップ》。（本当に）愛《いと》おしくて知恵遅れは（それほど）ひどくないアンジェラがつくられ、光のもとに産み落とされた年？　そうさ《ヤップ》。それじゃあ、もしかしたら……？

　確率は？　まさか、まさか。確かに当時はピルのない時代で、マーシャは（私と同様に）いつも事前にペッサリーやクリームを使っているわけではないけれど、まめに精液を洗浄していたはず。それに、彼らはその年、子供を産もうと決心していたのだし、このたった一回の秘密の非合法な性交よりも、数多くの合法的性交が勝つというもの。合法的性交では、もちろん避妊などしないわけだし。でももちろん、それより前の数ヶ月には実りがなく、それ以降も実りがなかったのも確か（低い運動性というのは、彼らがふたたび縒《よ》りを戻そうとして、もう一度子供を持ちたいとやっきになって、それが叶わなかった一九六〇年代初期に明らかになったこと）。でも彼が（まったくの）種なしではないということを思い出さなくては。あっちの方は精力的だけど、生殖能力の方はとくに精力的でないというだけ。それにひきかえ、人の良いピーターは——でも、これはまた別のお話ですね。どちらにせよ、彼は自分の娘の父親は誰かということには、そう深刻に疑ったりはせず、たとえ自分が本当の父親でなかったと判明しても、今までと同じように父親の気持ちでいたでしょう。彼とピーターとのあいだで、この事柄が話されたことは一度もありませんでした。彼とマーシャのあいだでは、一度だけ、それもついでに、間接的な形で話されただけでした。しかし、兄のことがわかっているのと同様に、彼にはこのことがわかっていたのです。つまり、その子に対するピーターとマグダの献身ぶりと、二年前マーシャが過去を蹴り飛ばして新しい恋人と北へ行ってしまったとき、ピーターが彼に「アンジーのために家に戻る」よう勧めたのは——そのあとの三角関係でのピーターの慇懃さは置くとして——善きやましさから出たことなのではないか、と。

フーン。まさか、そんなことまで。へーェ、フーン。今では私たちはざっくばらんな物言いをしています。午後も遅い時分で、暖かく。とうとうドーセット・ハイツのプールにも水が入りました。アンブローズは、ちょっと冷たい水を浴びてみないかと誘いました。車のトランクに水着を持ってきているのです。車は後で使うために、L二四番地に乗り捨てておいた方がいいと思ったのでした。でも私の方は、避妊と妊娠という事柄に動揺していました。私はきわめて自然に、彼が冷たいプールの水に浸かるまえに、暖かい私のなかに浸かるつもりだろうと思いました。事実、部屋の中に入ってパンティを脱ぎすて、私は真っ裸のまま、彼がズボンを下げるのを待っていました。そのとき頭に浮んでいたことは、「取り上げられたペッサリーの問題」を事の前に持ちだせばいいか、事の後に持ちだせばいいかということだけでした。彼は服を脱ぎました。いつものようにほれぼれするのは、彼の若い身体。形のいい白いお尻が、日焼けした身体にくっきりと眩しく、私はドキドキしてしまいます。りっぱな逸物はまだ休めの態勢。私はぜったいにレズビアンになる危険はないわ。さあ、こっちへ来て、もっとこっちへ……

でも何と、私の白い、私のりっぱな、彼はどこへ行ってしまったのでしょう。ブルーのボクサーパンツ型の水着のなかに納まって、その持ち主はドアの方へ行きかけているのです。アンブローズ？ かつてのやりまくり男が、頭を横にふるだけの気の弱い男になったっていうの。疲れ切って。彼の頭のなかは、排水設備と、家族のこと、お母さんの病状しかないというの。まあいいでしょう、その日の朝に「やった」のだし。今は、早く、早く。私も泳ぎに行くのなら、水着をきなきゃ。彼が私に会うのは浴泉《ア・ラ・ピスシネ》でということになるわね。

さて、「その日の朝」とは十七日、先週の土曜日のことでした。今日は二十四日。この七日間の昼と夜、少なくともそれぞれの何時間かは私たちは一緒にいたので、これが好色な四月だったら、優に十回以上、私たちのベーコンはパチパチと焼けていたことでしょう——ところが今回は朝、避妊具を取られてしまった朝を数に入れても、性交したのは、かっきり三回だけ。火曜日に一回と、昨日に一回。それにたぶんこれから一回。過去の二回の性交は手堅いもので、ひどく情熱的ではないにしろ、心のこもったものでした。それは……言わば、夫婦の性交だったのです。前述の土曜日を数えないで、数では二回。

それに二回とも、避妊はせずです。先生、私はもう事の前にあれこれと配慮するのに熱心でなくなりました。それをするなと申しつけられているのです。あの風変りな猊下、大司教に、避妊についての方針を和らげさせよ。私の恋人は法王と同様に非妥協的となりました。産児制限の処置はLストリート二四番地では禁じられたのです。何という横暴。私たちのうちのどちらが、向こう見ずだというのでしょうか。この年寄りの情婦に私生児を産めと要求する彼か、彼の向こう見ずな要求に黙々と従う彼女か。なぜなら、コンドームやピルやリングの禁止だけが彼の専制君主ぶりではなかったのです。そうではなくて、火曜日には、枕を二つお尻の下に入れ、足を高く上げさせられたのです。金曜日には、ベッドの上で四つんばいになってお尻を高く上げる体位、ルクレチウスがフェラルム・クアドルペヅムキィー（発情した四つ足動物）と譬えた姿勢。そのうえ両日とも、私のご主人様の射精は一度きり。彼のＬＭＳ（月面着陸衛星）がか細い発射を重力の力を借りて子宮に届かせているあいだ、私はたっぷり十五分もじっとしているのです。そのときも、私は私の水たまりから泳ぎまわるものを追い出さず、時の過ぎ去るままベッドの上でどろどろになって寝ていなければなりませんでした。

確かに愉快です。でも、また妊娠してしまうのではないかとか、妊娠したらどうなるかという不安と、お遊びとばかりは言い切れない私の恋人の専制君主ぶりに、内心、少しばかり不安になっています。私を征服したがるその傾向は、頁を繰ってみると、ディナーのときにすでに見られた事柄です。どちらのときも、こう告白するのも不甲斐ないことですが、そうさせられながらクライマックスを迎えたのです。彼は以前に、女性のオーガズムに伴う膣収縮は精液に蠕動の勢いを与え、「まるで追い風の海を帆走させるよう」という記事をどこかで読んでいたので、私の告白は御前様をいたく喜ばせました。そして彼が喜ぶと私はさらに興奮するのでした。でも、たしかにこれはただ新奇さに酔う倒錯的な快楽で、ごく当り前のことで、すぐ醒めてしまうことです。服従の人生は私の興奮剤ではないのです！

よくおわかりのことと思いますが、こうしているアンブローズに田舎者の野卑さはなく、エドワード朝時代の夫のように、口数は少ないが断固とした態度という調子です。もしも私たちの第四段階が彼の四番目の情事――マーシャ・ブランクへの求婚と結婚――に相呼応するものなら、想像するに、彼女は思っていたよりはずっと熱心な相手で、彼は思っていたよりずっと専制的な相手だったのではないでしょうか。彼らの付き合いの経過（その問題点は別として）を考えると、私は愉快な気分にはなれません。

そういうわけ。

G

L二四番地

追伸　長い手紙になりました。皮肉な気持ちで思い出しますが、小説《フィクション》を書きたいと憧れていたとき、インクのついていないページをまえに、何時間もじっと座っていたものでした。それに、私は編集者としての文章にせよ、文芸批評や歴史に関する論文にしても、そうたやすくは書けませんでした。また、シャーリー・スティックルズに口述筆記をするにしても、そう簡単にはいきません。それに私の個人的な手紙はたいてい短いものでした。けれども、書簡体による告白というジャンルは私の琴線に触れるものがあることは、確かです。土曜日の拝啓J様になると、私のペンは走り、言葉はアンブローズの何とかと同じように、波に乗って押し寄せるのです。もっともっと書き続けられるような気がしています。時の終りまで！

E　レイディ・アマーストから作者へ

妊娠にあらず。A・B・クック四世の「誕生前」の手紙の数々。

一九六九年五月三十一日

ジョン様

五月末日、斎日節句《エンバー・ディ》。満月がまた、めぐってきました。私の暦では、この日は「侵入月」と書かれています。その理由はたぶん、四半世紀ほどまえのこの満月がノルマンディーの海岸を照らしたわけですから。そのとき私は二十四歳でした。イタリアとイギリスではジェフリーの愛人だった頃、パリではアンドレの子供を身ごもり、カナダでそれを産み、ヘッセとの関係は終って、ルガーノウで彼の子供を堕ろし、コペでは孤閨を託《かこ》ったまま戦争の終結をまち、ジェルメーヌ・ド・スタール夫人の生涯を研究していた頃。ああ、あの月。ずいぶん昔のことです。私の子宮は歴史的遺品といったところ。でも、これまでの斎日節句《エンバー・ディ》と同じように、この残り火《エンバー》も再びめぐりくるもので、けっして燃え尽きて灰になるのではありません。欠けたものは満ち、満ちたものはまた欠け……

ところで私は今、生理中です。ジョンズタウンの洪水といったようなのではなく、きちんと流れる下り物。この古き遺品の新たな規則性は驚きもの。これであなたの暦を修正することだってできそう。どう思います？　アンブローズはこのささやかな侵入者に苛立っていました。彼に、生理のある人間は排卵しているのよと言ってやりたいぐらいです。私の下り物は順調だから、彼には自分の下り物の心配をしていろ、と。でもこの話題に関しては、彼にユーモアのセンスはまったくありません。不満たらたらなのですから。私の道具は時代遅れもいいところと言うのです。私のしぐさを見ていれば、私の年がわかる、私のものの言い方は中年女の皮肉の味がする、と。私は答えてやりました。そうでしょうよ、時代遅れで、厭味で、年でしょうよ。でも六五〇回の満月を迎えた身体は、「ティーンエイジャー」ではないのよ。それなのにあなたはこの中年女の身体にビキニやミニスカートをはかそうというの、彼女に「マリファナをやらせ」「LSDを飲まそう」っていうの、峠を越えたこの身体を、彼の昔の（そして最近の）恋人ビー・ゴールデンのように、酒浸しにしようっていうの。彼は答えませんでした。私はこの名前を出したことで、ライバルの名前を出したときのように私の損になったかしらと一瞬思いましたが、二人がプリンツの映画に共にかかわり、彼女が本当に彼の物語のなかに再出演したのなら、それがわかるはずだと思いなおしました。私の「恋人」は今のところ私と一緒に暮らしているのも同然なのですから……

親愛なる**読者**。私は少しばかり恐れているのです。私の暦によれば（私の机の上の、満月に名前をふっている暦で、私のパンティのなかの、満月の印をつける暦ではありません）、一七九三年のこの日に——革命法廷が一七九二年八月に確立されたにもかかわらず——フランスでは恐怖政治が始まり、私の名祖《なおや》はその年の九月に首をはねられかけたのです。もしもアンブローズが私のロベスピエールとなれば、いったい誰が私のナポレオンになってくれるというのでしょう。

余計な皮肉をつけくわえれば、私の主人の修士論文の題名が、「書簡体小説における対話、解説、語りの視点に関する問題点」でしたが、ご存じでしたか。

このあいだの手紙以降、私たちが愛を交わしたのは、月曜日と木曜日。どちらの回もベッドで、真っ暗な中で。明日は賭けてもいいけど、セックスなしで済ますと思います。そんなことをしたって、大した意味もないし。四月にはこんなことはありえませんでした。明日のセックスなんて！とうとうそんな風になってしまったのです！

自由な時間が思いがけずたっぷりあったので、私はそのあいだに、少なくともあなたの『酔いどれ草の仲買人』を読み上げてしまいました。おめでとう《メ・コンプリマン》、彼も私も宵はいつも——ベッドのなかでさえ——本を読む習慣になっていたので、あなたのもうひとつの「長い」小説、第四作のやぎ少年の話をもっと手早く《ディスパッチ》片づけられる《ディスパッチ》ような気がします。『酔いどれ草』についてはこれ以上、コメントしません。一つには月のものの流れの痛みが私の言葉の流れを奪ったため、もう一つにはあなたの言葉遊びに関わっていると、話の筋《プロット》が見えなくなってしまうため。というより、あなたの策謀家《プロッター》（文字通り）、陰謀を企むヘンリー・バーリンゲイム三世に翻弄されてしまうため。それでも私のなかの学者魂が発動して、月曜に特別重大郵便がL二四番地に配達されるまえに、マーシーホープ図書館の地方史コーナー（これに関するまとまった唯一のコレクション）で、あなたの小説の歴史的背景を「チェック」してしまいました。だからヘンリー・バーリンゲイムの名が一六〇八年のチェサピーク湾探索のジョン・スミスの船員名簿に載っていながら、スミスの『概史』には彼についての記述がそのこと以外何もなく、あなたの小説の登場人物が大勢出てくる『メリーランド記録書』には一行も書かれてないことを確かめてしまいました。だから私は——確信というよりも希望をもって——「ヘンリー・バーリンゲイム三世」、彼の変幻自在のキャラクターと多様な離れ業はあなたの創作だと思うのです。また、この十七世紀の虚構人物の陰謀と、二十世紀のオンタリオ、アナポリス、その他いたるところにまたがる一連のバーリンゲイム／カスティーヌ／クックとの関係は、純粋な偶然の一致か、現実が不純にも芸術を真似たのかのどちらかだと思うのです。心からお願いします。どうぞ沈黙を破って、そのとおりだとおっしゃってください！

　この手紙は手短にすませます。さきほどちょっと触れた特別郵便のことがよくのみ込めず、いまだにそれに仰天している状態ですから。四通のかなり長い手紙に添え状が入った小包。まさに郵便、郵便なのですよ！　小包には一九六九年五月二十一日（水曜日です）オンタリオ州フォート・エリーの消印がありました。手紙の方には、三月五日、四月二日、四月九日、五月十四日——すべて木曜日——の消印がありました。しかし年は一八一二年！　カスティーヌズ・ハンドレッドから（どのレターヘッドもそうなっていました——「アッパー・カナダ」のですよ）ドーセット・ハイツまで、何と百五十七年かかって。まさに特別郵便だこと！

　青天の霹靂、4½ボルトの電流。もちろんその手紙はアンドレが送ってくれると約束したものです。時が来て、わたしたちの息子の道程の——アポロ十号の乗組員の言葉にならえば——「軌道修正」をするべく、アポロ十号と同じく遠隔操作で（しかしその信頼性は数段劣って）送ると約束してくれたものでした。手紙はアンドレの曾祖父、アンドルー・クック四世某氏の手になる——と「いうことになっている」らしいですが、こういうことに少しは目のきく私には、それは本物だと思えます。アンドルー・クック四世はこれらの手紙を書いたと自称しているとき三十六歳で、政府の陰謀に加担したという騒動から逃れ、カスティーヌズ・ハンドレッドへやってきていました。これらの手紙はまだ生まれない彼の子供、若妻の子宮のなかで手足をバタつかせている胎児に宛てられたものでした。手紙がはとても長く、とても重大で、簡単に要約できるものではありません。内容はバーリンゲイム／カスティーヌ／クック家の歴史で、ヴァージニアのヘンリー・バーリンゲイム一世（あなたの小説のなかではジョン・スミスに嫌われている人物）の時代から、手紙の書かれた時点、つまり一八一二年戦争前夜のアンドルー・クック四世の時代にまたがるものです。このアンドルーが結局、主張するのは、この一族が代々、自分の父を敵側の勝者と錯覚したために全員が敗者となったということです。彼は、一族のこの行動パターンを破るために、自分の後半生を前半生の修正に当て、それによって、たとえ勝者とならないにしても、少なくとも一族の伝統の敗者の一員に加わることからは免れ、息子か娘かには、「一族の歴史上、最初の真なる勝者」となる道筋をつけてやるつもりだと語っています。

ここで私のペンは、私が歴史の複雑さ、人間の動機の複雑さをまんざら知らないわけでもないのに、ためらってしまいます。アンドルー・クック四世が言うことによれば、父親（バーリンゲイム四世）がアメリカ独立戦争の煽動者として成功したと信じて成長したため、自分は合衆国に敵対する英国の大義に身を捧げることにしたらしいのです。けれども三十六歳になったとき、父親は失敗はしたけれども、実際は王党派の手先であり、革命家を騙っているにすぎなかったこと――したがって父親の大義と思っていたものと反対のものに精力を費やした自分は、本当の大義を広めるのに失敗し、そのため彼自身も敗者となってしまったと信じるようになりました。父親が偽装した真正王党派であることを「知った」今では、彼はわが身を父と同じく、若き共和国の破壊に捧げ直すと宣言しました。「我が父は介助すると詐称していたものの誕生を阻止しようとして、それに失敗した」とA・C四世は言っています。「したがってわれわれはさらに過酷な手段に訴えなければならない。なぜならアメリカはゼウスのごとく、長じてはその二親を滅ぼす嬰児《みどりご》だからだ」

この含むところのある比喩が、問題なのです。この手紙が本物だと思う人も、この比喩には裏の意味があるのではないかと疑ってしまうのです。アンドルー四世は父親の真の忠誠心の所在に関して、自分の考えを本当に変えたのか、あるいは何か秘密の理由があって、そうしたように見せかけているだけなのか。彼が自分の仕事だと自認してる破壊工作は、本当の破壊工作を破壊するための隠れ蓑なのか。まだ生まれていない彼の子供への訓戒は、偽装した挑発なのか。それなら少なくとも、添え状を書いた人というのは、ある人たちによれば……

ジョン、添え状は「私のアンドレ」の筆蹟で書かれていました。彼のフランス語でした。それは私に宛てられていたのです。書き出しは「愛しい人、愛しい人、愛しい人！」でした。それは心をこめて、心親しく、私たちの過去を、私の試練を慰めるものでした。その添え状は、「私たちの息子」を「私たちの大義」に確実に専念させようとする「私たちの計画」（メリーランド史学雑誌とオンタリオ史学雑誌にこれらの手紙と、まだ届いていない他の手紙を発表するという）は、「私たちの友人、偽桂冠詩人」が「中立の立場」になるまで——すでにそうなっており、彼がＭＳＵ文学博士を辞退したのがその印だ（とそれとなく語られていました）——延期せざるをえなかったと説明しています。今や私たちは前進することができるのです。「私たちの息子」のこれまでの経歴と彼の職業上の懐疑精神を考えると、彼に直接、これらの記録や、出生の真実や、彼の才能をこれまで「行動歴史学」の間違った方向に向けていたことを伝えるのは好ましくないから、これらの手紙を私が発見したものとして出版し、それについて私は好きなように注解を付けてよい。そのあと、この添え状の作者はその出版物を切り抜いて、（驚きと確信、等々を装って）アンリに送り、それにアンリの出生と幼年期の記録を入れた「補遺注解」をつけ、すべてに「君を愛する長く不明だった父、アンドレ・カスティーヌ」と署名する。「偽桂冠詩人」が自分の本当の父親ではないとわかったあとの、その若者の反動を考え、「遠からぬ良き日に」彼に、この手紙を公のものにした信頼するに足る、尊敬されるべき公平な歴史家こそ、彼の長く不明だった母親だということを明らかにしよう！

添え状はこれで終りです。それは二つの言葉、二つの言語で締めくくられています。常に《トウジュール》、あなたのもの《ユアーズ》。署名は……アンドルー！

気が狂いそうです。気が狂いそう。なぜアンブローズが（添え状を彼に見せるわけにはいきません）、アンドレだということにならないの。なぜあなただということにならないの。なぜ何十年も前に死んだ私の愛しいおろかな両親が、お茶にちょっと家に寄って、私が彼らの娘ではなく、ジェルメーヌ・ネッケル＝ゴードンでないと言いに来たりはしないの。そして、神が天から降りてきて、この世はバロック小説で、いま書きおわったばかりだけれど、今のところ天国の出版社に出版を拒否されているのだと言いに来ないの！

気違い沙汰！　そのうえこれらの手紙のなかに（もうすぐあなたはこれを出版された形で読むことになるでしょう。手紙を書いた人が命じることなら何でも、どんな不安があっても、実行してしまう私ですから）、私は自分自身の、

A・C四世の、五世の、六世の行動パターンが呪われているのを感じるのです。ずっと敗者だった一族の**女たち**。アン・ボイヤー・クック、アンナ・クック、ロクサーヌ・エドゥアール、ヘンリエッタ・ラセックスとナンシー・ラセックス、アンドレー・カスティーヌ一世と二世と三世——貞淑で、辛抱強く、勇敢で、長く苦しみに耐え、ついには、ほとんどの場合、精神に異常をきたしてしまう女たち。

そしてこのパターンのもっとも最近の例となるのは——精神の力を借りて、彼女の人生の残りの半分で百八十度の転換ができなければ——「あなたの」

ジャーメイン

なのです。

Lストリート二四

S　トッド・アンドルーズから父へ

人生、再びめぐりきたること。ジェイン・マックの来訪と告白（図式下段第十項に入る）。

〒二一六一三　メリーランド州ケンブリッジ
市営共同墓地一番地

故トマス・T・アンドルーズ様

一九六九年五月十六日（金曜日）午後十一時

前略——親愛なる父さん

七十年も生きてきますと（もう父さんの亡くなった年齢より七年も余分に生きたことになります）、しかも、例の**悲劇的見方**とやらを抱えて生きてきますと、人生の至る所に必ずきまった型を見てしまいますが、それでいて、その型の持つ意味を疑ってしまうのです。父さん、わたしの言う意味がおわかりでしょうか？　父さんも、そう感じていましたか？（わたしの言ったこと、ほんとにわかってくれましたか、いえ、とにかく少しでも何か感じたりしたことがあるのですか？）

という訳で、例えばの話、去る三月七日、おそまきながらわたしが毎年父さんに宛てて書く祥月《しょうつき》命日の手紙を差しあげた折、実はいくつか昔と同じような事柄が起こったため、そもそもこの父さんへの〈手紙〉を復活させる気持ちになったことを、ことさらに書かなかったのです。また、そう書いたにしても、わたし自身は肩をすくめたと思いますが。実は今から七週ほど前のこと、とうの昔の過去のことと考えていました人が、さながら化石の糞の中から発見された植物の種子が古生物学者の手で発芽したごとくに、わたしの事務所に姿を現わしたのですが、その時でさえわたしは**すべての事物にある型を見る**という誘惑に抵抗しました。つまり、意味のある型を見るということにです。というのも、今回のドルー・マックと母親のジェインのハリソンの遺産をめぐっての争いが、かつてハリソンの父親の遺産を彼と母親が奪い合ったのとまったく同じということに、わたしはもちろん前々から気がついていたからです。しかし、それとて、わたしは今この手紙で七の数字がすでに理由《わけ》もなく何度も現われてきたことの意味をあれこれと詮索しないのと同じで、何も深い意味をほじりだしたりしませんでした。ただ心の中で自問しただけです――もしも（マルクスが『霧月《ブリュメール》十八日』で述べたように）悲劇的な歴史が笑劇《ファルス》となって繰り返されるとするならば、では笑劇《ファルス》はアンコールを受けたとき、いかなる形を取るのでしょうか？

　そうこうしているうち、四月一日、エイプリル・フールの日に『フローティング・オペラ』の作者から手紙がきまして、わたしが一九五四年以後今日までどうしていたか、そして、彼の新しい小説にもう一度登場してくれないだろうか、と問い合わせてきたのです。わたしはこれまで十五年、どうして暮してきたか簡単にまとめて彼に報せましたが――それを書いているとき、さらに人生にはいろいろと連関があることがよくわかってきました――その後で、少なくとも今のところは彼のために作中人物のモデルになることはお断りだと答えました。しかし、彼の新作は、未来へ前進する前に、むしろ過去の足跡をあとづけることに過度に執着した想像力の産物のように思える、と申してやりました。彼はただ単に、いわゆる人生の半ばに差しかかり、かつてわたし自身がやったように、それまで歩んだ道すじをもう一度記録してみたいだけではないだろうか、とさえ思ったからです。

　その後、彼から何の音沙汰もありません。しかし、「ただ単に」などという少し侮りをこめた言葉は取り消します。それに、「かつてわたし自身がやったように」という文句もゾッとしません、取りさげにしたいですね。父さん、わたしは六十九歳なのに恋をしています。相手は女性なのか、あるいはアルファベットの文字なのか、自分でもまだはっきりしません。

　父さん、実は何かが――いえ、いろいろな事柄がわたしに伝えてくるのです。一九五四年以来、もしかしたら一九三七年以来かもしれませんが、今まで口にさえ出しませんでしたが、わたしの人生は周期《サイクル》のように再び繰り返されているのではないか、と。そして、実は再演の人生がふたたび「クライマックス」へと急速に近づいているのかもしれません。最初の時に、わたしが混沌とした人生を何とか整理したように、今回もいくつかの同じような出来事を、いたずらに意味があるとか、興味津々などと口にするだけにとどまらず、何かきちんと整理すべきだと思っています。

項目——ケンブリッジ、並びにその周辺にレグ・プリンツの撮影隊の一行が集結しています。最初は『フローティング・オペラ』の作者による最近の作品を映画化する予定でしたが、今はあの処女作からも少なくとも「あるテーマとイメージ」を再演する意図の映画を撮る予定で、「ビー・ゴールデン」を女主人公役に予定しているとのこと。彼女がジェイン・マックを演ずるのでしょうか？

項目——今朝の郵便の中に、今年の夏に例のショーボートの二代目である〈オリジナル・フローティング・シアターII号〉がわが町ケンブリッジを二度訪れるという予告がまじっていました。ほんの先週の金曜日のことですが、プリンツにわたしはそのことを訊ねられたばかりです。彼一流の言い方で、七月の三百年祭の間に、ショーボートがこの地にやってくるだろうか、と。彼はちゃっかりそれを使って、自分の映画の「ショーボートの場面《シークエンス》」——彼は「続篇《シークエル》」と言うべきだったでしょうか——を撮るセットにしてしまおうという魂胆です。

というのも、後ではっきりしてきましたが（数時間前、この船の上でわたしは彼に報せておきました）、フローティング・シアターII号は七月十八日から二十五日までの一週間、ロング・ウォーフ埠頭に停泊し、興行をするだけでなく、六月の第三週の週末にも興行をするそうです。ちょうどそれはわたしがその原型であるフローティング・シアター号を爆発させ、わたし自身も、世の人《トゥ・ル・モンド》もろとも来世に吹き飛ばしてしまおうとした（そして、しそこなった）あの真夏の夜の三十二回目の記念日に当る日です。何ともはや呆れた偶然の一致でしょう！　小説家としての神はどうもへたくそなリアリストとは考えられません。しかしまた、彼を不器用なフォルマリストと考えるのにも少々抵抗がありはしませんか？

いずれにしても、あの再生産のなかの産物はわたしなしで沈んでもよし、また浮んでもよしと致しましょう。わたしは今回は見物に参りませんから。しかし、父さんの三十九回目の祥月命日に行われたハリソンの葬式以来、そしてわたし自身の六十九回目の誕生日と父さんに手紙を書いてからこのかた、さらには、ジェイン・マックと再び新たな関係が生まれ、ジーニンとさえ親しくつきあうようになってから——もっと端的に言うなら、この船上で今晩カクテル・パーティを催し、その後客の一人と夕日の落ちる海を一走りし、そして彼女をおろした後、ここ海図テーブルにむかって座り、二つの並行する事実を並べて書きながら、思わず「おお、おお、おお」と呻き声を発して——ずっとわたしはあまりにも良く承知した筋書きのドラマの主人公を演じているような気持ちを味わってきたのです。自在に書きかえてはありますが、**オリジナル・キャストの多く**が登場してくる再生劇です。

　上段に（一九三七年から一九五四年の間に書かれた例の、もとのジェイムズ・アダムズ船長のオリジナル・フローティング・シアターに関するわたしの回想録の古いメモから取りました）わたしの半生の主要な出来事を記します。当時も、そして今もその数がわたしには十三項目あるように思えます。下段には、一九三七年以後今日まで、多かれ少なかれ上段の事項に対応する出来事を記してあります。すなわち——

1. 一九〇〇年三月二日
誕生。

1. 一九三七年六月二十一日か二十二日　オリジナル・フローティング・シアターを爆破することに失敗した後、わたしは「**再び生まれる**」（どういう意味か、おわかりでしょう）。

2. 一九一七年三月二日
今は亡きベティ・ジューン・ガンターにより**明確に童貞を失う。**父さんの家のわたしの部屋で、ベッドの上に仔犬のように後背位スタイルで、化粧箪笥についた大きな鏡の前で交わり、骨の髄《ずい》まで**歓喜**の感情を味わう。

2. 一九五四年十二月三十一日から一九五五年一月一日
ニューヨークから来たシャロンなる女性により、**明確に中年の禁欲生活を破る**（一言、くだらぬことを加えれば、十七年ぶりで、しかも金曜日ときています）。ケンブリッジ・ヨットクラブでの大晦日のパーティの後、二人でイーストンのタイドウォーター・インにしけこんだのです。そこでわたしは、歓喜とはいきませんが、まがうことなき楽しみを味わう。そして、清新の気を！

3. 一九一八年九月二十二日　アルゴーニュの森で、骨の髄まで**恐怖**の感情を味わった後、**わたしはドイツ軍の歩兵軍曹を銃剣で刺殺する。**

3. 一九六七年七月二十三日
ドルー・マックとその仲間の機先を制し、わたしはニュー・ベイブリッジの爆破を阻止する。その過程において、心臓の隅々まで**勇気**というなじみのない感情を味わう。

4. 一九一九年六月十三日
医者から心臓病を抱えてい

4. 一九三七年六月末日　**今は亡き友人の医師、マーヴィ**

ることを知らされる。すぐにもわたしの生命を奪うかもしれぬし、また奪うこともないかもしれないという病気でした。そのすぐ後、わたしは病気のことを父さんに手紙の形を借りて説明しようと始めております。この手紙も、その一連の手紙の最も新しいものということになります。

ン・ローズ博士から、心臓のことは毛筋ほども心配はいらない、と言われる。それまで長い間にわたって梗塞《こうそく》を起こしそうでいて、実際に一度も梗塞を起こしていない心筋であれば、彼ならまったく気にしないというのです。父さん、この項目をここに入れるのは年代的に少しおかしいのではないかと気をまわさないで下さい。わたしは心臓《ハート》で、ここにこの項目を入れるべし、と感じとっているのですから。わたしは「再生」以来、それほど関心は払っていないのですが、この時マーヴィンの意見をつくづく考え、そして、「調査書」と父さんへの手紙、並びにそれにまつわるもろもろのことを書くことを再び始めています。

5．一九二〇年―二四年　**放蕩の時代、つまりセックス開花の第一期。**また、この間にわたしは法律の勉強をし、軽い前立腺炎にかかっております。この後（つまり、一九二五年から二九年の時期）女性関係は極度に少なくなり、ハリソン・マックと出会い、そして父さんの法律事務所に入ることになります。

5．一九五五年―？　**二回目の、そしておそらく最後のセックス開花の時期。**第一期よりもちろんはるかにつましきもの。すでに第二項で述べた女性により開花せしものにて、あまりにも長期にわたって延ばしてきた前立腺切除手術により、苦痛にして、不能に陥りやすい状態をまぬがれたため。これはいつに親愛なるポリー・レイクのすすめによります。明らかに、わが余生のかなりの部分が花と開けた感あり。花園は夜もまだ閉ざされてはいないという証拠があります。あゝ、そうです。この時期、わたしはマック夫妻と再会し、夫妻の企業に再び関わることとなり、法律顧問として、かれらのタイドウォーター財団の専務理事となります。

6. 一九三〇年二月二日《グラウンドホッグズ・デイ》 **父さんのいわれなき自殺の日。**父さんの自殺は骨の髄まで挫折《フラストレーション》の感覚をわたしに教えてくれましたし、今の今までその理由が満足のいくほどに説明ができないままです。わたしはこの日からドーセット・ホテルに引き移りました。ホテル代は一日分ずつ毎日払います（上段第四項目を参照してください）。そして、わたしは父さんの自殺の理由を糾明すべく果つることのない〈調査書〉を書き始めます。

7. 一九三〇年—三七年 **「素晴らしきモートン・トマト」会社のモートン大佐と延々と関わる。**父さんが死んだとき遺してくれたお金をわたしは町一番の金持である大佐にすぐさま差しあげたのですが、大佐はこの理由がどうしてもわかりません。**お金をです！** 父さんのバカ、バカ、バカ。

8. 一九三二年八月十三日 **ジェイン・マックに誘惑される。**ハリソンも承知の上、かれらのトッド岬の別荘でわたしは誘惑され、心臓の隅々まで**驚愕**の感情を味わいます。甘《うま》しき、甘しき驚愕。

9. 一九三三年十月二日 **あるいはわたしの娘かもし**

6. 確かではないのですが、一九三七年の六月二十一日か二十二日にわたしは〈調査書〉を終りとします（上段第十三項目を参照のこと）？ 同じ年の六月二十二日か二十三日、わたしはそれを再び書き始めます？ そして、一九五六年の秋のこと『フローティング・オペラ』が出版されるにおよび、わたしは急にトッド岬にあったマック家の古い別荘を買うことになり、ホテルを出て、文字通りそこに移り住みます。この時点で、〈調査書〉と父さんへの〈手紙〉の執筆を**倦怠**の感情からやめます。クソッタレおやじめ！

7. 一九五五年 **マック・エンタープライズのため、わたしは「素晴らしきモートン・トマト」会社の買収を指示。**大晦日のパーティ（下段第二項目を参照）でジーニンと再会した後のことであり、買収をした後に、例の小説が出版されます。買収の結果、わたしは再びハリソンとジェインと交際することとなります。ハリソンの狂気、ジェインの事業欲、この頃始まります。

8. 一九六九年五月十六日 いずれお話しします。上に同じ感情。当然ながら、おお、おお、おお。

9. 一九六九年一月二十九日 **あるいはジーニンの父親であ**

れないジーニン・マックが生まれる。これを機に、マック／マック／アンドルーズの三角関係を中止します。

10. 一九三五年七月三十一日　**遺産をめぐるマック家の骨肉の係争が始まる**。そしてジェインとの関係再燃。

11. 一九三七年六月十七日　**ポリー・レイクおならをする**。粗忽にもわたしの事務所で。しかし、これにより、わたしはマック家の遺産訴訟に勝つきっかけをつかみ、わたしの意志しだいで、ハリソンとジェインを百万長者にすることができるようになります。もちろん、この事ほどなく実現。

るかもしれないハリソン・マック他界。それを機にタイドウォーター農場における王様気取りの二人芝居も終りとなります。

10. 一九六九年三月二十八日ー五月十六日　**マック家の遺産をめぐる係争のきざし**。そして、おお……

11.

12. 一九三七年六月二十日か二十一日　**わが魂の暗き夜**。心臓病に関する積年の不安（上段第四項参照）、性的不能（上段及び下段の第五項参照）、引き続き挫折の感情（イマイマシイ、父さんのせいです。上段第六項参照のこと）、それらがみな重なり合っての結果です。

13. 一九三七年六月二十一日か二十二日　完全にいつもの通り一日を過した後、**自殺**をすることに決める。この日、わたしはオズボーン船長とヘッカー先生とドーチェスター探険家クラブで朝のコーヒーを飲み、一日分のホテル代を支払い、建造中のわたしのヨットに少し手を加え、事務所にい

12.

13.

き、進行中の訴訟事件の書類を読み返し、無言で事務所の壁を見つめてしばらく過し、マーヴィン・ローズに健康診断をしてもらい、ハリソン・マックと昼食をとり、何事にも本質的には価値がないと推論し、ジーニンを連れて「オリジナル・フローティング・シアター」を訪れ、その船のアセチレンガスを利用した舞台と劇場内照明を使い、わたしの計画している爆発をその夜におこそうと考え、ハリソンとジェインと夕食をともにし、にこやかにわたしの情事の終りを告げられ（二人はイタリア旅行へ出発するとのことで）、コインを投げて係争中のマック家の遺産相続を二人に有利にすることに決め、ドーセット・ホテルに戻り、もう父さんの自殺の理由も自分ではわかったと思い違いし、〈調査書〉を終りとし、ぶらぶらとショーボートまで歩いていき、自分の自殺を決行しようとしますが、それに失敗し、おそらく（しかし必ずというわけではないのですが）このまま自然に死ぬまで生きながらえることになろう、と考え、その理由は、抽象的には自殺をするもしないも絶対的な意味なし、としたのです。父さん、わかりましたか？それで、〈調査書〉も再び書き始めました。父さんへの〈手紙〉も復活です。フローティング・シアターの回想録——そしてわが人生の第二周期——が始まります。

わかっています、父さん。たしかに上段と下段の事項に関連性がそれほど厳密にあるわけじゃありません。それに、繰り返しに皮肉な木霊《こだま》も多ければ、それに劣らず順序の倒置も数多くあります。しかし、過去は未来のこやしとなるだけでなく、そのやり口ときたら必ずしも秩序正しくというわけではないのです。第一周期の人生でほぼ連続して起こった第十一項、十二項、十三項は、これからわたしの人生に必ず起こるはずです。もちろん、一九六七年七月にチョップタンク川のニュー・ブリッジの上でポリーが警笛《エアホーン》を鳴らした事実を下段の第十一項とすれば別ですが。それに、その後、わたしが心に抱いた大きな疑問（つまり、何も本質的な価値を持つものはない――それでいてすべてが本質的な価値を持つ！――のではないかという疑問）を下段の第十二、十三の項に入れてしまうと話は違ってきます。しかし、わたしは周期の型が今よく見えてきましたから――事実、下段の第八項と第十項の意味をやっとわかりかけたところです――過去のこやしのレベルもかなり上昇したと感じとっております。したがって、今わたしはこれから三十二日を経た後に、ポリーが文字どおり一発のおならをぶっぱなすもの（いや、もしかしたら、ヨガの行者のごとく、自らの体内に吸いこんでしまうかも）と期待しているのです。周期の図式としてはこれはもう役に立たないかもしれませんが、わたしは財団を通じて、かつて一九三七年にわたしが爆破してしまおうと思いながら、しそこなった例のショーボートをある意味ですでに再建してしまいました（自然の女神もだいぶ手を焼いたようです。何しろ、オリジナル・フローティング・シアター号は一九一三年から一九四八年の間に三度も沈没しているのですが、その度ごとに引き揚げられ、修復されたのです。最後には四一年にスクラップとして売られ、解体作業場まで航海していく途中、ジョージアの沖合いで火事となり、喫水線のあたりまで内部が焼けてしまったのです。わたしたちの造物主である神様が少々皮肉なお方なら、保険金目当ての放火の疑いがあるようにしむけたかもしれないのですが、神様は舞台の下にあった厨房からの自然発火ということにしてくれたのだ、とわたしは思います。それは、わたしがかつてアセチレンガスのタンクを見出した所です）。ですが、第二の暗黒の夜がわたしの前に待ち受けていることは明らかです。この六月か、次の年の六月。そしてその後に**最終的解決**がきます――そして、無論のこと、誰かの第二期の最初の小説、あるいは最初の最後の小説が書かれるはずです！

だが、今は下段第八項と十項へと話を戻しましょう……

七週前の金曜日、ちょうど三月の最後の金曜でしたが、わたしは予定表に彼女の名前を見出したのです。大学の財団理事室のものではなく、コート・レインの法律事務所の予定表にです。彼女は、午後の丸々一時間を予約しているではありませんか。いったい何の用だろう、とわたしは訝《いぶか》しみ、すぐポリーに訊ねたのですが、彼女もまたよくわかりません。たぶん、ハリソンの遺言のことだろう、とわたしたちは少し顔を曇らせたのです。

　ハリソンのためにわたしは遺言書を何度も何度も書き直してやりましたし、遺言執行人となっています。その内容についてもわたしはあまり賛成ではなく、事実、熱心に彼を説いていくつかの条項については変えさせることまでしていました。それは、法の根本である公平という精神のためということもありましたが、また一つには、彼がいまだに〈正　気《メンス・サーナ》〉を失っていないように見せかけるためでもあったのです。遺言の執行のことを考えると、実際はゆううつになりますが、遺言に対して真剣に反対する者が現われないかぎり、その任は果たそうと考えていました。しかし、もしも反対する者が出た場合、わたしは遺言執行人の資格をおそらく自分から辞退し、財団の利益を守る（これもあまり嬉しい仕事ではないのですが）側に立って争うことになると思います。というのも、ハリソンの遺言の大部分は財団にいくことになっていたからです。そういうわけで、わたしに説得されて、彼は当初の美辞麗句に満ちた遺言書から、英国の洪水のこと、女王陛下のこと、彼が愛想づかしをしたアメリカ植民地のこと、そして「わが直系《ミアエ・ディレク》のエリザベス大王女《ティスマエ・エリザベータエ》」のこと、その他諸々《もろもろ》のことに言及した部分をすべて削除しました。レイディ・アマーストの苦労に報いるための金額も当初よりずっと減らされ、まずまず穏当なもの（彼女はもう少し貰ってもよかったと思いますが）になりました。同じように、遺言執行人への礼金も減額しましたが、これは受けるのが気恥ずかしいほど多額なものでした。そして妻のジェインには、体裁ということもあり、かなりの額にのぼるはずの夫妻共同名義の資産（タイドウォーター農場も含まれています）のほかに、現金を遺しました。共同名義の資産は、もともと後に残った方が自動的に相続するべきものなのです。最後に、わたしはハリソンを説得し、二人の孫それぞれに相応の金を信託の形で遺すようにさせました。しかし、息子のドルーと娘のジーニンには、彼はどうしても一文も渡したくないと言い張ったのです。それで、すったもんだした末にやっとのことで、二人を法的に廃嫡しないこと、公的に弾劾しないことを約束させたのです。マックエンタープライズ社のハリソンの持株、その他の会社の彼の所有する株券、彼自身が父親から相続した資産で、ジェインと共同名義になっていない土地、財産――これが彼の遺産の大半を占めるわけで、実質的にも、彼の全財産の半分以上にあたります――これらが全て彼のいくつかの生命保険金と一緒にタイドウォーター財団に遺されることになっていました。ハリソンはそれまでにもすでに財団とタイドウォーター工科大学の原基金としてかなりの金を投じてきました。ですから、そのことを特に考慮にいれた上でも、彼の遺してくれたものは、金額にして二百万ドル以上もの大金になったはずです。この半分はすでに、「わたしども」つまり財団の基金に入れました。マーシーホープ大学の〈真理の塔〉が完成するまで、万一の際にそなえて財団で管理する手筈にしております。つまり、万が一、建設費用が予定以上にふくれあがったり、あるいはまた州政府の予算が急に削減されたりして、塔の頂上部分をチョン切らなければならない事態が起こった場合にそなえてのことです（何しろ、州政府とは、このような特別なプロジェクトを実行する場合、「わたしども」は実に複雑な関係にあるものですから）。この金さえあれば、どのような事態にも対応できますし、また何事もなければ、財団の通常の基金の中に組み入れ、その収益は適切に利用することができます。残りの半分は、これまた二等分して、二つの信託基金を組むこととしました。一つは、〈真理の塔〉の中に**王党派書庫**と**読書室**を造り、調度をととのえ、運営する資金としてです。もう一つは、自称、メリーランド桂冠詩人のA・B・クックなる男の肝入りで、**アメリカ英国王党派協会**を設立するための資金です。

最後のこの二つの計画は、ハリソンの抱いていたあの大いなる幻想を遺言の中で生かした唯一の証拠ともいうべきものです。当初の彼の提案（例えば、**王のアメリカ植民地を母国イギリスと再び結合するための協会**、などという類のものでした）から少なからずトーンダウンしたものでありますが、ジョン・ショットの〈真理の塔〉よりは興味をはるかにそそるプロジェクトです。だが、これも明らかに遺言の係争の端緒を作るには格好のものとなるはずです。もしもわたしがジェイン・マックなら、そして、わたしがジーニンであったらもちろんのこと、またドルーでも、必ずや、裁判に訴え、この計画に異を唱えると思います。

どうやら、三人とも多かれ少なかれ異を唱えるつもりのようです。父さん、気がつかれていますか？　我欲のなささえ、様々な形を取るものです。ドルーは父親の遺産はすべて人民に返すべし、と主張しています。彼は二代にわたる資本主義企業家のマック父子がもともと人民の手から不当にも搾取したものだから、と言う。そして、返却の方法として、一九二二年以来、マック・ピクルス社の製品を買ってきた人々全員に過去にさかのぼって金を返すというのではなく、黒人たちのための無料の託児所の設立、移住農場労働者用の生活施設の改善、その他、さらに革命的なプロジェクトへの支援などをするというのです。ドルーは父から遺産を一文も貰えなくとも、別に驚きもせず、嘆きもしません。父と息子の対立を、彼は普遍的なエディプス的な感情とも、また二人の気質の偶然の違いによるものとも考えていません。彼はそれを「ブルジョワ家庭に本質的に内在する対立」と見なしています。彼は父親が発狂していたことを認めておりますが、発狂していたから、財団などにやたらに寄付をしてしまったと信じているようです（わたしの見るところ、間違いなくそう信じています）。しかし、発狂の故に息子や娘に遺産を遺さなかったとは思っていないのです。ですが、法律で争う場合には、彼はそれと反対のことを主張しなくては話になりません。

　ジーニンの方は、遺産も貰えずに内心傷ついていたようですが、少しも意外ではなかったようです。どうも、マック家の者もアンドルーズ家の者も、大いなる愛というものに欠けるふしがありますね。愛着とか、忠誠、善意、仁慈、忍耐などの心はたしかに持っているのですが、しかし、それはみないわゆる美徳というやつです。間違いなく。しかし、愛情となると……ですが、わたしたちの中でも比較的に想像力に富む者は（父さん、ちゃんと聞いていますか？）心からこの問題の能力、つまり愛情を持っていたらと願うことは可能なのです。愛情があれば、わたしたちなら気にしないようなことでも心配して、喧嘩にもなりますし、冷厳にすましているところを、声をあげてわめきもします。また、自分自身を大切にするのと同じに他人を心からいつくしむこともできるのです。そして、比較的に想像力のない者でも、他人から愛されたい、と願うことができます。愛されさえすれば、自分たちも少なくともそれに応えて愛することができるし、心の中に木霊《こだま》のように愛情を生みだすことができると考えたりするのです。（わたしの見るところ）ジーニンは父親に父親らしい愛情を注いでもらえなかったため、それに代るものを求めて誰かれかまわず男と寝ることになり、しかもついに父親に代るものを見つけることができなかったのでしょう。しかし、わたしは彼女にむかって、じゃあちゃんと娘らしいことをきみはしたのかね？　と訊ねてやりました。すると彼女は、父親があもしてくれ、こうもしてくれていたら、自分はきっと良い娘であったはず、と答えました。仮に彼女が相続について訴えるにしても（現在のところでは、彼女はあまりにもいろいろな事を抱えていて、はっきり決めていないのですが）、それはお金が欲しいためではない——彼女もドルーも祖父母から遺産としてもらった信託金からの収入があり、暮しに困ることはありませんし、それに、〈黄金のルーイ〉と彼女が呼んでいる一番新しい前夫からの莫大な離婚手当もあります——むしろすべてが精神的な回復のためです。まあ、それに、その金でレグ・プリンツに次の映画を製作し、監督させてやろうという心積りなのでしょう。

　さてジェインと、下段第十項の冒頭部分の続きについてですが。もちろん、彼女は訴訟をおこします。その日の午後、わたしの事務所にやってくるなり、そのことはすぐに、そしてにこやかにわたしに言いました。彼女はいつものとおり約束の時間にぴたりとやってきました。そして、いつものとおり美しく、魅力的で、まさに妖艶《ようえん》でした。〈真理の塔〉について、彼女は特に異を唱えるつもりはないが、財団の基金を使って州政府からの割当金に加えるということには反対だ、と申します。どこか他の所からジョン・ショットに金を工面させたらよい、それが大学の学長職にある者の仕事だから、と彼女は言いました。英国王党派の件については、個人的には正気、狂気の問題じゃなく、むしろ馬鹿馬鹿しいと思っているとのことです。わたしがハリソンを説得して、遺言書の中からあまりにも法外な部分を削りとったことは、彼女は原則的には感謝している、と言いましたが、それでももとの遺言書とわたしの修正した遺言書を盾に取って、晩年のハリソンが正気ではなく、自分をすっかり見失っていたと争うつもりとのことです。A・B・クックのことを——彼女の遠い親戚に当るのをわたしはその時知りましたが——彼女はペテン師と言い、恐るるに足りず、信頼もできず、また真剣に考える必要もない男と一蹴しました。ジョン・ショットは大馬鹿者、ジャーメイン・ピットには別に憎む理由もない。反対に、彼女の取り分については争うつもりはさらさらない、と言います。子供たちが一文ももらえなかったことについては、まことに残念に思っているのは無論だが、しかし、二人のこれまでの「反抗的な過去の記録」(彼女の使った言葉ですが)を考えると、とりたてて驚くこともないし、それに、祖父母から充分に遺産ももらっていることや、二人の現在の生き方《ライフ・スタイル》を考えあわせると、悲しむことでもない。ドルーの子供たち(イヴォンヌは有難いことに子供たちにまともな教育を受けさせることができるはずだ)には、信託金も用意してくれたわけだし、彼女自身もドルーとジーニンには相応の遺産を遺すつもり、とも言いました。もちろん、彼女自身は、ハリソンと共同名義になっていた資産がなくとも裕福だったのですから、今やそれを加えて、すごく裕福になってしまっている。仮にハリソンがあの最後の遺言書を作らせた時点で、正気であったとしても、彼に対して何も恨みがましい気持ちは抱いていない。ただ、二百万ドルはやはり二百万ドル。特に〈真理の塔〉や、英国王党派の運動やA・B・クック氏を好んでいるわけでもないから、この際訴訟をおこし、取れるものはみな取ってやりたい。ドルーもジーニンも同じように訴訟をおこしてくれたらよい。もしも自分に相談してきたら、ぜひおこしなさいとすすめるつもり、だと言ったのです。

強い風の吹く早春の午後、事務所にきた彼女は以上のようなことを冷静に、てきぱきと、そして心をこめて述べたのです。ハリソンの葬式の後、彼女はタイドウォーター農場に身を落ち着け、一週間ほど暇を作って新しい恋人である「ボルティモア卿」なる人物とトバゴ島で過してきたそうです。この人物は（彼女はわたしに名前を教えてくれませんでしたが）、もとはアイルランド系のメリーランド卿の血を引くフランス系カナダ人であり、（驚くなかれ）彼女の遠い親戚のA・B・クックの親戚に当るのです――「しかし、近親相姦うんぬんというようなことを心配するほど近い親戚ではない」と彼女は言いました。すっかり日焼けして、爽やかな目をしたジェインは、少し戸外のテニスのやりすぎかと思える程度しか皺もなく、レイディ・アマーストよりも若くピチピチとしているように見えます。どう見ても元気のよい四十五ぐらいに見える女性です――五十五はもちろん、とてもとても六十三の女とは見えません！　それに、彼女の身体から、ウールとスエードと香水のほんのりとした匂いにまじって、上段第八項に書いたように、三十七年と何ページ分か前のあの心を刺すような芳香が漂ってくるではありませんか。夏の日の午後、ヨット遊びから帰ってきたばかりのように、彼女はきれいな髪に、そして滑らかな肌に潮の香と太陽の匂いがまじりあったあの芳香を漂わせていたのです。

おお、おお、おお、色蒼ざめ、ひねくれたプルースト、あなたはお茶とマドレーヌに執着していればよろしい！しかし、わたしは追憶にふけり、失われし時をこの手に取り戻すには、髪と肌に塗りこまれた美わしき香り（昔も今も、おそらくそれは何らかのサンタン・ローションの残り香だったのかもしれない）が必要なのだ！　わたしはじっと目を閉じてしまう。すると、ジェインは机ごしに手をのばし、わたしの腕にそっとその手をおき、大丈夫ですか、と気遣ってくれました。わたしは、もう六十九にもなるから、つい昔のことが懐かしくてね、それ以外はまさにピンピンさ――それに、ハリソンの遺言をめぐって裁判にでもなるなら、法廷にでも何でも喜んで出ていくね、と答えたのです。しかし、今報せておくべきだが、裁判となれば、あなたの弁護士となるわけにはいかない――もちろん、ドルーやジーニンの弁護士というわけにもいかない。遺言書が公開された後、二人とも実は非公式にわたしにその件で打診してきたことも彼女に話しました。わたしは、まず第一にハリソンの遺言執行人であり、しかも一方でタイドウォーター財団の専務理事という立場がありますから、明らかに板ばさみという格好なのです（実は、ハリソンにはジェインを遺言執行人に立てなさい、とすすめたのですが、どうしても「うん」と言ってくれませんでした。この点は彼女もよく知っているのです）。ハリソンの友人として、わたしはどちらの立場を捨て、どちらの役割を果たすべきか、つまり、彼の意志を実現するために一番良い立場を決めておかなければなりません。彼女の友人として、わたしが敵にまわしてやりあうのはご免こうむりたいような最高の遺産相続専門の弁護士を喜んで推薦しようと、言っておきました。

　その必要はないわ、とジェインはにこやかに答えました。弁護士はいやというほど、若くていきの良いのから、老齢の抜け目のないものまで知り合いが多いから、と言うのです。それに、彼女は一九五五年にまでさかのぼり、ハリソンがジョージ三世気取りで書いた手紙や、頭がおかしいとしか思えぬ古い遺言書を持っているし、また二人の精神科医の証言とウィリアムズバーグ（ヴァージニア州東部の町で、町全体が植民地時代風となっている）の町の人々に着せても間にあうぐらいジョージ王朝時代の衣裳もある（事実、彼女はその衣裳をウィリアムズバーグに売るべく交渉を始めていたのです）。その他にも、タイドウォーター農場で長い間にわたって続けられていた王家を気取った猿芝居の証人はたくさんいるし——昨年のガイ・フォークス・デイにレグ・プリンツにハリソン自身が撮らせたヴィデオ・テープもある。マック・エンタープライズ社の金庫の中に、凍結乾燥法《フリーズ・ドライ》で処理したある品さえしまってある。狂気を証明するのに格好のもの。ですから、彼女は遺言書の少なくとも「王党派」に関わる二つの項目だけは無効にすることができるのは疑問の余地がまったくないし、それに少なくとも、その百万ドルをドルーとジーニンに分けてあげることができる。というのも、ハリソンは気がふれて、妻と子供たちを、それぞれシャーロット王妃、皇太子、アメーリア王女と思いこみ、遺産相続をさせなかったと考えられるからです。その上、彼女が子供たちと別途に訴訟をおこせば、自分自身の場合、相続から除外されたのは、何らかの非難に値する行為のせいではなく、いまいましいことだが、歴史上の王妃に見たてられたためと主張することができるし、また一方、ジーニンとドルーの行動に彼が大きな不満を抱いていたのは、狂気の徴候《きざし》が見えるより以前のことであるから、そのことを利用すれば、ハリソンの狂気の時期だけでなく、いつまで正気だったかも証明ができると考えたわけです。ただ、彼女はどのように訴訟を進めるかについて、まだはっきりと心を決めていなかったのです。

　ですが、ジェインは必ずしもそんなことの相談にわたしの許にきたわけではありません。彼女はわたしのことをよく知っていますから、ハリソンのためにわたし自身が書いてやった遺言書に対して訴訟をおこすとすれば、訴訟の本人である彼女なり、子供たちなりの代理人にわたしがなるはずもない、と思っています。彼女はいろいろと辛いことの多かった時期に、わたしが彼女にも、そしてまた夫にもよくつくしてくださったと礼を言いました。あなたは最も信頼のできる友達、昔からいつもそうでした。ケンブリッジへ戻ってきたとき、あなたとの友情を新たにして、わたしもハリソンも本当に嬉しかった！　ほかのことはともあれ、そのことだけは、ジーニンに感謝しているの。一九五四年の大晦日に、ヨットクラブのパーティであなたに出会ったと彼女が興奮して話してくれたおかげで、言うなれば、わたしたちの扉が再び開かれたのですものね。可哀そうなジーニン。どう見ても、ハリソンは父親としては最高ではなかった。遺言書のことで、ジーニンがすぐにあなたに相談にいったと聞いても、別にわたしは驚かない。ジーニンはあなたのこと、良く知りもしないくせに、娘のような感情を持っていました。ドルーでさえ、あの乱暴な言葉、過激派ぶった外見とは裏腹に、あなただけは信頼している。自分の父親のことは少しも信頼していないのにですよ……

そのように話し続けるジェインの顔をわたしはじっと見つめていました。父さん、別に皮肉な気持ちからではありません。まして、計算づくの気持ち（つまり、意識的な、あれこれと思いめぐらせる計算づくという気持ち）からでもありません。考えてみれば、ジェインがわたしの事務所にやってきたのは、あの一九三七年の六月二十一日か、二十二日の日以来のことです。あの時は、前の晩（わたしの**暗澹たる夜**）わたしとベッドを共にし、午後になって、三歳半のジーニンを連れて事務所に立ち寄ってくれたのです。ジーニンをわたしが連れて、アダムズ船長のショーボート見物にいく約束をしてあったからです。様々なことを思いおこし、わたしはほとんど泣きくずれんばかりに心から感激していたのです。優しく甘《うま》い、それでいて辛い思い出です。いずれにしても、胸を打つ思い出で、しかもそれがわたしがあの日初めて知った太陽と潮の香りのまじりあった匂いと共鳴し、心をゆさぶるのです――ああ、何たる想い！　わたしは何一つ忘れていません。骨も筋肉も肌の毛穴も、わたしの身体のすべてがおぼえているのです！

しかし、ジェインにとってはこの場所は明らかに何の思い出も呼びおこしてはいないようでした。今わたしたちがドーセット・ホテルのわたしのベッドの上で話していようと、トッド岬の別荘で話していようと、彼女は何も思いださなかったかもしれません。しかし、これほど見事な忘却（いやこれはむしろ非感傷性と言うべきものかもしれませんが、わたしはまだそのいずれであるか、たしかめてみたことはありません）が彼女の特徴であるとしても、うっかり忘れて、肝心のことを話さないようなタイプの女性では決してありません。そこでわたしは、肝心の用件を切り出しにくそうだね、と言ってやりました。

「そうなの！」彼女は助かるわと言わんばかりに声をあげて笑いだし――それから用件とやらを実に冷静に述べ始めたのです。それはまるで、皮膚科の先生にむかって、肌にできた汚点のような病気（たった一つで、取るに足らぬほど小さいから、それだけに腹立たしいもの）の経緯を説明するかのようでした。信じてくれてもくれなくてもよいけど、愛とかセックスとか、そういう類《たぐい》のことはわたしにはそれほど重要ではなかったの、彼女は言った。

おや、そう？

わたし、ハリソンが気が狂うまでは、あの人と暮してとても楽しかった。それにあの人の頭がおかしくなったのも、わたしたちが一緒に暮した四十年間のうち、最後の十年あまりだから、それほど苦痛ということでもなかった。子供たちも、小さい頃は一緒にいてとても楽しかった。孫たちにはあまり親しみを持つことができないが、それはドルーが言うように人種的偏見をわたしが持つからではないと思う。疎遠なのは、むしろ、政治的、社会的な立場の違いに原因があるように思う。でも、そういうことはどうでもいいの。もともと家族の情などわたしは得手じゃないんですもの。だから、いいの。それに、わたしはこれまでもお金と社会的地位を持つのが好きだったし、その二つをエンジョイするための素晴らしい健康というものを大切にしてきた。そういうものに背を向ける人たち——例えばドルー、それに多少ジーニンもそういう傾向があるけど——の気持ちはわたしにはとても理解ができない。

たしかに、貧乏で病気がちというより、お金を持って健康という方がいいさ、とわたしも彼女に同調しました。

「そうですとも！」ジェインは真面目な顔で言いました。

それから彼女は先を続けたのです。でも、結婚生活や家族との暮しや社交生活よりも、ハリソンの頭がおかしくなり始めてから、代りにやり始めた事業家としての生活が一番楽しかった。わたしにとって新しい情熱になったわ。一番大きな、そしてかけがえのない情熱になったわ。それまで、自分自身決して良い妻とも良い母とも考えたことがなかったのに、事業家としては自分でも優秀だと思ったわ。あなたがわたしのことどのように思っているかわからないけれど、わたしは誰よりも事業家として経営の才を発揮できる企業というものを心から愛した。

自分の愛しているものがわかり、それを現実に手にすることができたのは、幸福の極みだ、とわたしは思い、それを口に出してジェインに言ってやりましたよ。しかし、例のボルティモア卿というのはどうなの？　ロンドンやトバゴ島でさんざん密会を重ねたんじゃなかったのかね？

ジェインはわたしの使った密会という言葉をフフンと笑い飛ばして、先を続けました。わたしとアンドレは（おやおや、われらが殿のファースト・ネームがでました）あまりそんなことはしなかったのよ——そりゃただブリッジをしたり、テニスをやったりしただけじゃないけど、それはわかってくださるでしょ！　でも、わたしたちが二人一緒で楽しいのは、それにわたしたちが婚約した（まだ秘密ですけど）最大の理由は、おたがいの好みも目的も同じだからです。もちろん、それだけじゃなくて、いろいろ欲望もありますけれどそれもみな同じなの。セックスなどほんの一部でしかないわ。ベッツィー・パターソンとか、ウォリス・ウォーフィールド・シンプソンとかグレイス・ケリーのこと考えてみてくださればいいわ。わたしもあの女《ひと》たちと同様むかしから正真正銘の爵位にあこがれていた。お金持になるよりむしろ〈何某男爵夫人〉とか〈レイディ・ボルティモア〉などと呼ばれてみたいと思っていた！　わたしの〈B卿〉の方は、事業にはさっぱり興味がなくて、カナダの社会福祉税とやらでしっかり税金を取られ、もう文字通り無一文という有様——ですから、爵位なんぞよりお金持になりたくて仕方ないわけ。ですから、わたしたちおたがい一緒で楽しくてしょうがないのですから、いっそのこと二人が共に望んでいるようになりましょうということなの。

ジェインはここまで話して、わたしが何を考えているか気づいたらしく、次のように続けました。ただ、ボルティモア卿はわたしよりだいぶ年下ですから、そんなことはないと自信を持っていますけれど、万が一に彼がいわゆる俗な意味で財産目当ての男だとしたらということも考えてあるわ。わたしは事業家ですから、今回の遺産継承の訴訟で手に入れたいと考えている百万ドル以上の大金を（そこから相続税だ、贈与税だ、弁護士の謝礼だのを引いてですが）彼に差しあげようなどという気は毛頭ないの。わたしが死んだ後、遺言の中でどうするか、それは別ですけど。とにかく、たなぼたみたいなこの話は現実には一銭もかからない。彼だってわたしに爵位をくれても何も失うものはない。わたしだって子供じゃないんですから、彼の爵位が本物かどうか、過去の経歴などもきちんと調査はさせたわ。嬉しいことに、彼は自分で言う通りの貴族だったわ。貴族の家に生まれ、今はすっかり財産を失った中年の寡夫《やもめ》ね（わたしのお友達のジャーメイン・ピットと同じ）。わたしと交際しているのを心から楽しみ、自分の高級な趣味にあてるお金がもう少しあれば、と率直に口に出す男よ。ですけど、仮にわたしがとんでもなく馬鹿げたことをしているということになっても、このくらいのことは、わたしにもできるお遊びということでいいでしょう。

もちろんさ、とわたしは賛成したのですが、心の中では奇妙な感情でいっぱいでした。それで、セックスの方はどうなっているの？　とわたしは訊ねました。

ジェインはびっくりするほど顔をあからめ、言いました。信じていただけます？　わたしは脅迫されているのです。いえ、脅迫するとおどされている。それが……その**セックスのこと**で！

セックスのことで？

ずっと以前のことで、と彼女は慌ててつけ加えたのです。だいたいが、もうとうの昔のことで、そんなことなどあったかしらみたいに、すっかり忘れてしまっていた**セックス**

のことなの。

なるほど。わたしは何となく落ちつかず、それでいていたく興味をそそられて、答えました。まさかこのわたしとの……いえ、いえ、そんなことじゃないの、彼女は言いました。たしか二十年ほど前のことですけど、別の爵位を持つ男にわたしすっかりのぼせあがったことがあるの。もうその男《ひと》、死んでしまったけれど、わが家の昔からの友人で、愉快な人でした。名前を言えば、あなたもおぼえていらっしゃるわ。大変な遊び人でね、どうしてあんな男に夢中になったのか、今では考えられない。それに、あんな男の口車に乗って、どうしてわたしまであんな馬鹿げたことをしたのかよくわからないわ。きっと、何か変化が欲しかったのね。その前の年に、わたし子宮摘出手術を受けたし、ホルモン剤を飲んでいて、今よりも何だか年齢《とし》を強く感じていた。もう一つ、ジーニンが十六歳なのにいっぱしのあばずれみたいになりかけていたり、わたしとハリソンとの間も前みたいにいかず、何か一つしっくりとしていなかったりして……

レイディ・アマーストのご主人かね？　わたしは訊ねて、単なる嫉妬にすぎませんが、あの昔懐かしい感情を覚えました。ジェインはうなずき、にこりと笑い、そして舌をわずかに鳴らしました。もう百年も前のことに思えるの。わたしだって、ジャーメインだって、彼女がメリーランドに戻ってきてから、そのことは口にさえだしたことがないくらいですもの。ジャーメインなど、おぼえていないのじゃないかしら。あの時は、彼女、ぜんぜん気にしていなかった。かわいそうに、ハリソンはすごく悩んでいたわ。わたし自身はもうすっかり忘れてしまっていた。何しろ、あまりにも馬鹿げた、些細な出来事だったんですもの。あの後すぐ、わたしは事業に夢中になったし、男の方と気軽にふざけることさえしなくなったし、あんな風に誰かに誘惑されるなど、ぜったいにありえないことになった。まして、あんな——そこまで言うと、ジェインは目を閉じて、大きく息を吸いました。

とまあ、こういうわけで、わたしは大体のことを頭の中で想像することができたのです。ハリソンの頭がだんだんおかしくなってきたため、おそらく一九四九年の秋、ロンドンとパリでジェインは戦前の旅行中に出会ったことのある男と再会し、浮気をしたのでしょう。そして、ハリソンはそれを知り、大いに「悩んだ」。それまでのジェインの唯一の情事——それはわたしとの一九三〇年代における長い間の関係ですが——より以上にハリソンの心を動揺させたはずです。というのも、この情事は長く続いたわけでもなく、深刻なものではなかったのですが、彼はそこから何一つ自己満足を得たわけでもなく、それに当初は彼はまったく知ることもなかったからです。ハリソン自身、それまでジェインに対して不実なことはしていなかった、とわたしは思います。もちろん、商用で旅行をする時、たまに高級コールガールを呼び、一晩だけの情事を楽しむぐらいはやったでしょうが。彼はジェインをどの女性よりも敬愛していたのです。セックス面での自信をそれほど強調する男ではなかったけれど、ハリソンは性格的には彼女に対しては仕方ないと言わんばかりに肩をすくめて理解を示すタイプだったように思えます。何しろ、かつてわたしたちの〈三角関係〉《メナージュ・ア・トロワ》を楽しみ、それを言うなれば「卒業した」男ですし、その過去のことをジェインのように無理に押し殺したりせず、またいたずらにそれを懐かしむということもしないハリソンです。ジェインとしては珍しいことですが、彼女の最後の浮気、(わたしが一度も会ったことのない)ジェフリー・アマーストとの情事がもしもハリソンの精神錯乱の一因となっていたのだとすれば、これは何とも哀れなことです――突然に、そして悲しい気持ちで思い出しましたが、たしかハリソンは頭がおかしくなると、自らジェインを退ける風を装うことにより、彼女から捨てられたという意識を持たないようにし、同時に彼女に王妃というこの世で最高の肩書を与えてしまったわけです。

しかし、ジェインが言ったように、それもこれもすでに二十年も前のことで、当時の愛人も夫のハリソン自身も今はこの世にいないのです。そこでわたしは訊ねました。いったいどうして脅迫などされるのかね？　新しいカナダ人の友達だって、あなたが以前に夫以外に男がいたと耳にしても別に気にするわけもないだろうに？

冷静なジェインがポッと顔をあからめるではありませんか。そして、ただ「耳にする」という話じゃないのです、と彼女は言います。あのくそいまいましいジェフリーという男は（ジェインはいつもは決して下卑た言葉をつかわない女ですのに）とんでもない悪さを考えつく名人だったの！　それで、わたしにほんとに馬鹿げたことをさせたわ！　しかもそれを写真に撮って……

なるほど、でその写真が誰かの手に入って、あなたの友達、アンドレに見せようって脅迫しているわけだ？　しかし、写真ぐらいどうってことないじゃないですか？

「トディ」と、彼女は三十年ぶりのあの懐かしい愛称でわたしに呼びかけました。わたしが生涯で体験してきた強い感情を並べたてますと、歓喜、驚愕、恐怖、挫折、絶望、そして勇気などでしたが、今それに並んで感傷的嫉妬が加わったように思えました。だが、その感情が落ち着く間もないくらいに、すぐにわたしはとことん驚きあきれて、「何たること」と声をあげてしまいました。というのは（彼女はこんどははっきりと打ちあけたのです）覗き専用のコダック・カメラで再生された昔の情事とやらだけが問題なのではないし、また写真を送りつける相手がアンドレでもないのです。いえ、アンドレ自身も一枚の写真に一緒に撮られている……ロンドンで……もちろん、ジェフリーが死んでからずっと後のこと……実は、つい最近、二、三ヶ月前ですが……

わたしは信じられない気持ちでした。ジェインが涙を流していたのです。バカ、バカ、ほんとにどうかしていたわ、と彼女は続けました。この時、アンドレとはほんとに会って間もない頃でしたのよ。何年か前から彼が遠い親戚の者の歴史を調べるとかで（歴史が大好きで、特に家族史については一種の趣味みたいに熱心な人ですから）、手紙があり、それ以来文通は続けていた間柄でした。最初からうまが合うというか、何となく好ましく思っていたし、それにハリソンの状態があんな風で、わたしもすっかり頭がおかしくなっていて、それで外国へ旅に出たのでしたから。それでも、あんな風になってしまったのは、場所がロンドンで、しかもまた爵位を持つ紳士と一緒だったからだわ。場所も同じコノート・ホテルですもの。別におセンチな気持ちでそこに泊ったわけではないの。たまたまそこがわたしの一番よく知っているホテルというだけだった。それに、いまいましいことに、セックスなど、わたしたちにはそれほど大きな意味を持つことじゃなかった。たしか、あれは二人でベッドを共にした最初か、二度目ぐらいのことです。あれ以来、あんなことしたことさえないと思う。それなのに、いったい、いったいぜんたい、いったいどうしてわたしたちの知らぬ間に写真なんぞ撮ることができるのでしょう？

今度はわたしがジェインの腕にそっと手をかけてやる番でした。わたしは心の中で彼女自身、頭がどうかしてしまったのではないかと心配しました。写真に撮られて何かまずいような事実があったことを彼女はその時はっきりと暗示したわけですが、わたしはそれに触れずに、いったい誰がその問題の写真とやらで、そしてどんな形で脅迫しているのか訊ねたのです。彼女は薄手の革の書類鞄からティッシュペーパーに包んだ一通のタイプで打たれた署名のない手紙を取り出しました。手紙には、「もしも貴女が亡き夫の遺言書に異を唱え、係争に持ちこまれるなら、同封のものをご家族、友人、事業関連会社、並びにライヴァル会社などに配布致すことになります」と記されていました。

同封のもの、という言葉にわたしは興奮しました。というのも、普通の脅迫状であれば、「公開されてはお困りになるある種の写真を当方の手許に保管してある」とか何とか、そのような文言だろうとわたしは期待していたからでした。

「同封のものって？」と、わたしは訊ねました。

父さん、それがまたもう一枚のティッシュペーパーにくるまれて目の前に現われましたよ。彼女が鞄の中から取り出したのです。四つ切りの光沢印画紙に焼いた二枚の写真で、一枚は白黒、もう一枚はカラーでした。信じられません。机のむこうでジェインは両目を手でおおってしまったのです。二枚ともピントはしっかり合い、照明も見事ですし、焼きつけも鮮明、全身像もバッチリ。写真をよく心得た人が高級カメラで撮影したものです。白黒の写真の方は、腰ぐらいの高さの位置で側面から撮ったもので、裸のジェイン（四十三歳）が床の上に膝をついた姿勢で座り、少し腹のでた、優しい顔をした初老の紳士にフェラチオを行っている図です。その紳士は――写真の中のジェインの身体は、わたしが一九三七年に最後に見たとき、当時まだ三十一歳で、二十五歳ぐらいの女の身体つきだと思っていたのですが、そのときとまったく変っていないほど完璧でしたから――特筆すべきことですが、その彼女に助けられながらも、まだ勃起していないのです。彼の表情は金髪の（いや、少し白い）立派な口髭とかけたままの眼鏡の背後で何か物思いにふけったような穏やかさを見せています。むこう側になる彼の右手はジェインの頭の上にかけられていて、手前の左手には葉巻を持っています。彼は女性よりもその葉巻の先の灰の方が気になっている様子に見えます。ジェインは短く刈った粋《いき》な髪型で、何やらさわやかな顔で、頬をへこませ（いろいろあるわけで）、口いっぱいに含み、期待をこめ、輝く目でくだんの紳士を見あげているのです。おお、おお、おお。もう一枚のカラー写真の方、これは真上から撮られたもので、五十がらみのがっしりとした、筋肉隆々たる禿げ頭で、短い顎鬚（だと思いますが）とかなり勃起したペニス（とわたしにはわかりました）の男が黄色味のかかった緑色のパイル地のベッドカバーの上で、せっせと〈相互性器接吻《シックスティ・ナイン》〉をしている図。

もうまったく信じられません。健康な男女であれば、六十代になってもセックスをするという事実は驚くに値しません。とんでもない。わたし自身、今でも九十六《カトル・ヴァン・セージュ》歳になったら穏やかに誰かと六十九《シックスティ・ナイン》をやれたらと夢見ているくらいです。しかしですよ、今わたしの目の前に机をはさんで高価な服に身を包んで座っている女性が、真っ裸で写真の中に長々と横たわっているのです。ベッドに横ざまに、しかも色鮮かに。上側になった脚を少しあげ、そして曲げて、相手の男に与えるようにして。彼女は男の下側になった太腿に自分の頭をのせていますし、男もまた女の腿に同じように頭をのせています――彼女の美しいこと！　よくよく、それはよく手入れしたとしても、とても六十三の女の美しさとは違う。ポリー・レイクなら六十三の女の美しさと言えるでしょうが、父さん、ジェインはそういうのとぜんぜん違うのです。つまり、彼女は目もくらむような女です。おったまげ、びっくり仰天と言いたい女性です。静脈瘤の跡とか、肌にできる横紋とか、肝斑などどこにも見当りません。老人特有の太った腰まわり、ゆるんだお尻、垂れさがった乳房などいったいどこにあるのです？　烏《からす》の足跡や、二重顎のたわみ、首筋の肉垂《にくすい》などはどこにあるのです？　ジェインの髪はもう完全に灰色ですし、顔もたしかに朝露の新鮮さ（四十三のジェインはまだそうでした！）とはもう言えず、かなり微妙に年齢をへたものになっています。身体の肌も、肉づきもまた総体的には少し年齢をへたものにはなっています。しかし、その他の点ではそのものと言ってよいのに、その男より十五も若く見える……例えば、写真の中に逆さまに横たわる男、彼とて健康なのです。ジェインはお化けです。間違いありません。しかし、世の中にはこのような異常な特質をそなえた人間はいくらでもいるものです。それに、ジェインのような例を成長停止の異常者と言うなら、こんな美しいものは大いに公開して見せるべきです。

ジェイン（わたしは口がきけるようになると、感嘆するように言いました）！　あなたはすごく美しい、目が眩《くら》むね、びっくりだ、云々！　この写真を見て嘆いたり、泣いたりすることはないよ。わたしは美しさに感嘆したし、あなただってそう思っているはずだ。いや、お子さんたちも、友人も、憎い敵も、事業上の仲間も競争相手も、誰だってこんな素晴らしい目の保養をさせてもらったら、嬉しくない者はいないはずじゃないかね？　神様ご自身も喜ばれるのではないだろうかね？　いや、わたしには神様が天上からカラーでお撮りになったのじゃないかとさえ思えるくらいだ。脅迫ですと、とんでもない！　相手にどうぞ引き伸ばしてくれと言っておやりなさい。そして額に入れて、社長室の壁に飾っておかせたらいい。マック・エンタープライズの宣伝パンフレットに掲載し、株主の希望者とか、合衆国の老齢者団体に送ってやったらいい！

ジェインはこのようなわたしの言葉をまともには受け取らなかったようですが、しかし少し元気を取り戻したようで、わたしがまたつくづくと写真を見ようとしたのを、いい加減にして、と軽くたしなめました。それで、わたしは残念ながら、彼女の手に写真を返したのです。ジェインについては、他の様々な特質を含めて、彼女の虚栄心もまた素晴らしいと考えているわたしですから、たしかにこのような写真が公表されたら、仮に婚約に支障がないにしても、少なくとも私的・公的生活にはやはり恥ずかしいこと、厄介なことになるだろう、と認めました。そして、警察とか私立探偵などにこのような写真を渡して、調査を依頼するのも心配だと言うジェインの意見にも賛成しました。というのも、わたしは長年の経験からあの手合いがこの種の写真には目がないことを知っていたからです。いずれにしても、（言わば）連中は決してシャーロック・ホームズやエルキュール・ポワロではないのです。多少は有能でしょうが、ありきたりの調査しかしないただの警察官であり、また元警察官だった連中なのです。

だからこそ、彼女は写真をわたしの許に持ってきたのです。どうしたらいい？ と彼女は言います。それで、わたしは優しく訊ねました。この写真は、ほんとうにあなたが知らないうちに撮られたものですか？ 照明とか、カメラ・アングルなどすごく良いし、それに、一九四九年だと、特に隠し撮りをする道具類が今よりはるかにおくれていたはずだし。その上、あなたがジェフリー卿の変った趣味について認めたところでは……

父さん、いよいよ本当のところがわかってきました。彼女はまたさらに顔をあからめ、二、三枚ティッシュペーパーを取りだし、涙をふきながら話しだしたのです。ジェフリーはカメラ狂だったの。ですから、一九四九年あのコノート・ホテルの部屋で、自分で照明の用意をし、三脚とセルフタイマーを使って撮影した。でも、この一月の時には、天井には誰もいなかったのよ！ それに、戯れに撮ったジェフリーの写真が（その後わたしは考えもしなかったし、今の今まで見たこともないのに）、二十年後の今、誰かの手に渡っているなど、どうしても謎なんですの。いったい、誰なんでしょう？ ねえ、お願い、昔からのお友達のよしみで、それに最も信頼のできる方として、手紙の送り主を（ニューヨーク州ナイアガラ・フォールズ、郵便番号一四三〇二発信で、三月十七日の聖パトリック記念日に投函し、六セントのチェロキー族記念切手が三枚貼ってあったのが、封筒からわかっているの）内々に調べていただけないかしら？ わたし自身のことも、それに「ボルティモア卿」もプライヴァシーをおかされたくないし、もしもよければ、このままハリソンの遺言書に異議申し立ての訴訟をおこしたいのだから。

なるほどね、わたしは声に出して、正直なところを言いました。しかし、仮に相手を突きとめたところで、どうやって自分の名誉を守ろうと言うのかね。裁判に訴えでもしたら、その写真を証拠物件として提出しなけりゃならなくなるんだよ。それに、相手は、男か女か知らんが、こっちが強く出ればとにかくそいつを公表することは疑いなしだ。すると、今度はすっかりビジネスライクに、ティッシュペーパーなどどこ吹く風と、美《うるわ》しのジェインは冷ややかに答えました。わたしとて何百万ドルという大資本企業をあずかる社長ですし、また遺言条項の中の二百万ドル分だけ頂戴したいと申し出ようという身です。個人的なプライヴァシーの低劣な侵害についてはそれはあまり通じていないかもしれませんが、産業上のスパイ行為や反スパイ行為については充分心得ているつもり。どの程度のお金を用意すれば、この一件を処理できるかはだいたいの見当はついているわ。ですから、当の相手が誰かだけ、突きとめて欲しいの。後のことはすべてわたしがやるから。

わたしはまさに気も動転。もしも、手紙の主がドルーとか、ジーニンだとわかったら、いったいどうするつもりか、と彼女に訊ねたのです。というのも、ドルーの高邁なる非合法活動も、そこまではしないと思うのですが、しかし二百万ドルは革命にとっては何よりの軍資金で、少々粗忽な仲間たちから無理矢理にやらせられるという可能性がなきにしもあらずだからです。ジーニンについては、わたしは彼女の倫理的基準が（もしもあればの話ですが）どのようなものかさっぱり見当もつきません。しかし、彼女が例えば、レグ・プリンツなどに暗黙のうちにそそのかされると、それに敢然と反対するとはとても考えられないのです。いずれにせよ、二人とも脅迫をする動機はもっています。表面的に見て、脅迫する材料はもっていないかもしれませんが、脅迫したい気持ちはもっているはずです。脅迫したい気持ちをもつ者と言えば、ジェインの従弟に当るA・B・クック六世だってその気持ちはもっと強いはずです。また一方、ジャーメイン・ピットも疑うことはできます。亡き夫の遺品の中に彼女が昔の写真を偶然見つけだすということは考えられますから、少なくとも脅迫の材料を手に入れるのは他よりたやすいわけです。しかし、彼女はハリソンを心から愛していたのですから、わたしには彼女がもっと遺産分配を要求して訴えることなどとても考えられませんし、まして下卑た脅迫などを画策したりするはずもない。

いえ、脅迫といえば、わたし自身だって一番疑われても仕方ない立場であるかもしれません。何しろ、ジェインが訴訟で勝つようなことがあれば、わたしは言わば負ける側の代理人ですから。ねえ、そうじゃありませんか？

あなたたち、みな死んでしまえばいい、とジェインはにこやかに言いました。あなたも勘定の中に入れておくわね――競争相手ですもの――もちろん、今あなたが言われた人たちのことはみんな考えました。その他にも、ハリソンの遺言書に直接、間接に関わる者でこんな手紙を書くような可能性のある人間はいないか、考えました。ですけど、こうしてあなたに助力を求めにきたことで、もうおわかりでしょうけど、さっぱりなの、とジェインは言います。プリンツのことも疑いましたよ。慎重さはどうもなさそうな男ですが、写真の技術はプロですから、そっちの方は優秀なはずでしょ。またドルーの仲間たちで、わたしの知らない人ということもあるでしょう。イヴォンヌはぜったいにしないわ。いずれにしても、ジーニンやドルーはまず関わりないわね。関係する必要などまったくありませんもの。どう、手を貸してくださらない？

いやと言うわけにはいかなそうだね、とわたしは答えました。だが、問題の人間がわかったとしたら、あなたは本気で「殺し屋を雇う」気ですか？　そんなことは言いませんよ、と彼女は応じました。わたしが言ったのは、当の本人がわかりさえしたら、脅しをやめさせるために、いろいろな手段があるということですよ。ネガのありかを探しだし、処分できるでしょうし、また反対に何か脅しをかけて、相手に王手をかけることだってできるでしょう。あなたのいつもの想像力とやらはどこへ消えてしまったの？　ですけど、今日あなただっていろいろほかにもお仕事や約束があるのでしょう。わたしもそう。この調査はそう急を要するものでもないし、すぐに何か大金を払えとか、日限を切ってきているわけでもないのですから。いかが、少しこの問題のこと考えておいて下さらない？　そして、ハリソンの遺言執行について、遺言検認裁判所《オーファンズ・コート》へあまり早々と申し立てを行わないと約束して下さらない？　よく話し合って、わたしの了解を得てからにして欲しいわけ、少なくとも。

　ジェインはいかにも女社長らしい態度に戻ってしまっていましたが、そのきびきびとした口調がわたしには少しインチキ臭く思えました。いや、少なくとも職業上身につけたものに思えました。写真を前におき、ティッシュペーパーで涙を拭いていた彼女には、そんな姿はみじんもなかったからです。久しぶりにお話しできて、とても嬉しかったわ、と彼女は言いました。ハリソンのお葬式以来ほとんどお会いしなかったんですもの。ねえ、一度ゆっくりお会いしましょう、近いうちに。彼女の言葉に、わたしは明らかに二重の意味が隠されているものと思いました。いや、わたしこそ久しぶりで会って実に楽しかった。昔と少しも変っていないですね……

　さてと、彼女は言いました。ほんとにご一緒しましょうね。近いうちに。では、またね《トゥードル》。

　ツ、ツ、わたしは舌を鳴らして応じました。

　ジェインはまったく何事にも動じない女性だと、わたしは思いたかったのです。だから、わたしの口にした皮肉をちゃんとわかっていながら、少々品がない、いや少なくともこの場では不適当と思ったから、認めなかったのだし、また同じように、かつてわたしのこの事務所やホテルの部屋に何度もやってきたことをよく覚えていながら、それを認める理由がないとあっさりと退けてしまうのだ、と。しかし、それは大間違いです。彼女から得た感じでは、その両方とも、ジェインは本当にすっかり忘れているのがわたしにはわかりました。

　だが、今になってみると、わたしにはあまり自信がありません。（今は土曜日の日の出の時刻です。どうやらわたしは海図テーブルにもたれて、すっかり眠りこんでしまったようです。節々《ふしぶし》があちこち痛い。六十九歳の年齢になると、十代の若者たちのように大切なデートをした後、一晩じゅう女性のことを思って日記を書き記すなどできないのです）。何についても、あまり確信が持てない。ただこれだけは確かです。われら哀れなアンドルーズ家の者としては精一杯の気持ちをこめて、このトッド・アンドルーズがジェイン・マックを愛しているということ、一九三二年このかた常に変らず愛してきたこと、そしてほかの誰にも目もくれず、ひたすら彼女を愛してきたこと。父さん、わたしの人生は何と愚かしいじゃありませんか。むなしく、無意味にして、言うほどのこととてない！　それに引きかえ、ジェインの人生は、たとえすべてを「忘却」しているにせよ、見事に充実している。いえ、このわたしが他人の「忘却」などを咎めだてするのもおこがましい。三十七年間もあの素晴らしい女性を愛していたことを昨日《きのう》の晩までほとんど忘れていたも同然のわたしではないですか。

ジェインが言っていたとおり、わたしたちは二人で会いました。必ずしも「近いうちに」というわけではなかったのですが、それから七週間後の同じ金曜日、つまり昨日のことです。それまでに例の写真のことについて、わたしはいろいろ思案もしました。また、レイディ・アマーストとアンブローズ・メンシュに大学で会ったりもしました（最近この二人はいつも一緒ですし、それに何やらエロティックな噂もあり、また大学での力もますます増しているようです）。何しろ大学ではいろいろな事が次から次へとおこっています。ドルーやレグ・プリンツもまた大学で何やら派手にやっていますので、その活躍ぶりもわたしはじっと観察し、仮説としてたてた二、三の結論の証拠を得た思いです。ジャーメインという女性は不安定な大学の中で実に安定した立派な人物です。彼女には貪欲も報復の意図のかけらも見ることができません。万が一にも脅迫に関わるようなことがあっても、それは言うなれば、彼女の意志に反してのことにちがいありません。メンシュの方は、わたしには謎です。とっぴで、即興的で、何をやりだすかわかりません。ジャーメインの若き愛人として、彼女のためであれば彼らしくないこともやる可能性はあると思いますが、しかし、わたしに言わせれば、あの二人は猥褻《わいせつ》な写真を撮る趣味はありそうですが、それを他人に見せて脅すなど、とてもやりそうもありません。それに、そんなことをして、二人に何の得がありますか？　ドルーは相も変らず、主義主張だけで、何も実際的なことはしていません。生き残った黒人の仲間たちも、マーシーホープ大学の暴動には参加していなかったようです。おそらく何かほかの思惑があってのことか、それともあの橋の爆破騒ぎ以来、ドルーは連中とまだ仲たがいをしているのかもしれません。それに、彼は自分で申し立てている遺産相続の裁判についてもあまりにも公明正大、とてもこそこそ秘密めいたことなどやる気づかいもない男です。プリンツはとるにたらぬ男ですし、ビー・ゴールデンは白で、疑う理由もない――ただしかし、彼女は当地とナイアガラ・フォールズからそう遠くない所にある例の奇妙なサナトリウムの間を足繁く往復していますが。クックに関しては、その姿はもちろん、彼がこの春マーシーホープ大学より与えられる予定の名誉博士号を理由も言わずに断ったということ以外、噂さえ耳にしません。たしか、その博士号は前々から彼が欲しがっていたか、あるいはジョン・ショットが無理に押しつけようとしていたかのいずれかでした。ちょっとした謎ですが、しかしこれが脅迫事件と偶然時を同じくしているものの、わたしはその二者をうまくつなぐ糸を見つけることはできませんでした。封筒にナイアガラ・フォールズの消印があったことから、そのあたりに住居を持つタイドウォーター財団の資金を受けた者や資金を申し込み、はねられた者などに的を絞り、調べてみたのですが、これもまず無駄でした。だが、ただ一人、資金を拒まれた者の中に、少なくとも一人、どう見ても精神異常としか思えぬ人物が浮びました。それから、ジェインの愛人であるボルティモア卿も実はそのあたりに住んでいるのです。あの脅迫状はもともとインチキではなかろうか、つまり差出人が愛人の心をためさんがための手のこんだお芝居、ジェイン・マックその女《ひと》の手になるものではないかとも考えてみました——しかし、そうとすれば、いったい何のために。かの有名なる卿の心も結局は萎えるか、ためそうとでもするのでしょうか?

何も出てきません。わたしは考えこんだり、また気ばらしをしたりの毎日でした。その間、学生たちはキャンパスをめちゃめちゃに叩きつぶし、警察と州兵たちはその学生たちを叩きのめし、連邦政府は国じゅうを荒廃させ、国防総省《ペンタゴン》は他の国々を踏みにじっていました。わたしはわが愛艇にとっては六十九回目、そしてわたしの所有となってから十回目のヨットシーズンを迎え、オズボーン・ジョーンズ号を港へ運び、装備をととのえ、水へ浮べました。しかし、今回はいつもほどその作業も、そして海へ出る期待もわたしには楽しくはなかった。オズボーン・ジョーンズ号は航海を楽しむにも、また船上で暮すにも手頃な船ではないのです。もともとそういう作りになっていないし、まして年老いた独身男《ひとりもの》むきにはできていない。無骨な船で、重く、遅い。力ばかりいって扱いにくいし、維持していくのも大変。実に住み心地はいいのですが、不便この上なしという代物《しろもの》です。改装そのものは——わたしの人生と同じで、この四月じゅうわたしは生き方を変えることばかり考えていました——見事に完了していたのですが、しかし基本的にも、結果的にもそれは間違いだったようです。それに、あの写真を見せられた金曜日以来、ジェインから何の音沙汰もありませんでした。

そこで、わたしは船上パーティをやることにしました。友人や疑惑の者たち、そしてわが愛する女《ひと》、気づくのがあまりにも遅れたが常に変らず愛してきた唯一人の人を招いてのカクテル・パーティを開いたのです。昨日の夜、五時から七時まで。ジェインに宛てた招待状にはぜひボルティモア卿をお連れくださいと書いておきました。彼がたまたま当地におられるか、あるいはカクテルのためにわざわざカナダから飛来されるかの場合は、どうぞ。幸運な男性にぜひお会いしたい、とわたしは書きそえ、かえす刀で自らの**感傷的嫉妬**を切り刻もうと思ったのですが、かえって逆に、嫉妬がわたしの心を切り刻んでくれました。R・S・V・P《ルポンデ・シルヴ・プレ》（返信必要）と書き、わたしは〈欠席の場合《リグレッツ》、お返事《オンリー》を〉と入れませんでした。

ジェインからは電話がありません。午後四時四十五分には、甲板も船室もきちんと整理し、オードヴルも並び、バーの準備もととのい、ウェイターもバーテンダーも直立して、客の到来を待っていました。風見用の長旗《ペナント》が暖かい軽やかな風に身をくねらせ、桟橋から艇側に渡り板まで用意してあります。そして、忠実なるポリーが飲物を両手で抱えるようにして、客を待つわたしの傍らに立っていました。いいい、わたしこそ残念ながら《リグレッツ・オンリー》とまさに臍《ほぞ》をかむ思いでした。このようなくだらぬパーティを計画したことを（ジェインともう一度会いたいがための口実でしかないパーティではないか。しかも、彼女は大きな道具をもつ愛人と今頃はおそらくカナダにいるというのに）、そしてまた、これほど愚かしい人生を生きぬいてきてしまったことを――いや、これほど愚かしくもと言うべきでしょう。なぜなら、決して価値のない人生ではなかったのに、ただチマチマと無為に生きてしまったからです――一九三七年のあの日に終らせてしかるべきだったのです。五時になっても、もちろん誰一人、客の姿は現われません。わたしはもう手伝いに雇った人間たちを帰し、ポリーだけを連れて船出したい気持ちでした。たしか、映画人たちはいわゆる普通の人間たちより遅くやってくることは承知しています。しかし、この六十九年の間、わたしはなぜ息を吸い、そして吐き、食べ、そして排泄し、稼ぎ、そして消費し、服を着、そして脱ぎ、足を一歩一歩踏み出して歩いてきたのでしょう？　父さん、こんなことを考えたことが――いや、考えたかどうか、誰にもわかりはしませんね。

上甲板の時計で十七時四分（ジェイン・マックの時計だったら、わたしは証言はしませんが）、ロング・ウォーフ埠頭の噴水をめぐってジェインの車がこちらへ近づいてくるのが見えたのです。黒の大きなリンカーンで、ドーチェスター郡にはただの一台しかない車です。わたしの心のバロメーターは高く弾《はず》みましたが、車の座席に二人の人影を見ますと、それはまた沈みました。しかし、運転手の手を借り、車からジェインとレイディ・アマーストが降りたつのを見て、ふたたびわたしの心は幾分か弾みました。ジャーメイン・ピットは結婚によってレイディの称号を得たはずだということをわたしは思いだしましたが――実は彼女の経歴について、わたしはあまり知らないのです。採用する前にジョー・モーガンが財団の理事会に提出した履歴書に書かれていた事柄をぼんやり覚えているだけでした――しかし、彼女はジェインよりもはるかに生まれついた貴族に見えました。もちろん、それは彼女が控えめなツイード服好みのイギリス女性であり、**わが恋人**のジェインが骨の髄までアメリカ的装いをしていたためかもしれませんが。二人に手を貸し、渡り板を渡してあげているとき、ジェインが自分の婚約のことと、婚約者の名前のことを特に内密にしてくれるようにとは言わなかったことを、わたしは思いだしていました。しかし、彼女が相手のファースト・ネーム、言うなれば〈綽名《ノムド・ゲール》〉しかわたしに話さなかったところからして、まだ微妙な事柄だと判断し、やあ、とたがいに挨拶を交わしたときには、そのことには触れませんでした。そして、彼女もまたわたしが招待状に書きそえた事柄について、一言も触れなかったのです、馬鹿みたいな考えが頭をよぎりました。この前の相談というのは一種のテストなのだ。彼女が口にした〈ボルティモア卿〉など存在していない！　ジェインは婚約などしていないのだ。まだ**手遅れ**ではない……

　わたしは浮きたつ心を制しました。あのような写真をインチキで撮らすなんてことができるでしょうか。それに、わたしにとっては一九三七年のあの日以来、すべてが手遅れではなかったのか、と。

　わたしは二人の女性をポリー・レイクに引き合わせ、ジャーメインを案内して、オズボーン・ジョーンズ号の中を見せてまわりました。この艇がスキップジャックと呼ばれるヨットで、どういう形になっているか、またメリーランドでは牡蠣を採るのにまだ帆船を使っているが、その由来なども話してあげました。彼女は儀礼上か、とても興味深げに聞いてくれました。亡くなった主人もソーレント海峡に面したカウズ（南イングランド、ワイト島の北端にある海港、ヨット基地）からよく船を出したものですが、わたし自身はすぐ船に酔うものですから。ですけど、牡蠣には目がないので、シーズンが終ったと聞いて、本当に残念です、と彼女は言いました。わたしは亡くなったジェフ卿のことを口にし、ジェインと彼の昔の関係について今どのように思っているのか、訊ねてみようかと考えました。しかし、彼女が先にオズボーン・ジョーンズ号の名前の由来を訊ねたので、わたしはうまくはぐらかされてしまいました。この船の名前は、あの『フローティング・オペラ』という小説に出てくる年老いた出歯亀《でばがめ》船長にちなんでつけたものですか、それともあの人物も船も、何か歴史的に実物があって、それにちなんだものですか。ジェインにそれを訊ねたほうがよいのかしら？　彼女はいたずらっぽく訊ねたのです。

　わたしは感激しましたね。実に巧妙な戦略です。まるでわたしの考えを読み取っていて、物静かにわたしに昔のこと（事実、その時わたしはすっかり忘れていたのです）を思いださせているかのようでした。実はハリソンが次第に狂気の淵に沈みこんでいったあの苦しかった時代、わたしたちはおたがい丁重に手紙を取りかわす機会を得たことがあったのです。わたしたちの共通の友であるジェインが、わたしたちの昔の情事を小説化したもの（ジャーメインはその当時この話は耳にしたことがあったそうですが、小説そのものは読んではいなかったとのことでした）や、ハリソンが時々口にしていたアマースト卿との情事のことをすっかり忘れていることについて意見をかわすためでした。

　ついている男です、アンブローズ・メンシュは。わたしはジャーメイン・ピットが大好きになりました。彼女は信頼できます。その時、まるで合図《キュー》でも受けたかのように、ジェインが前甲板からバーの所に戻ってきたわたしたちに声をかけました。彼女はいかにも陽気にジャーメインにむかって説明し始めました。オズボーン・ジョーンズ船長というのはね、昔三〇年代にトッドがお友達になった人で、わたしも紹介されたけど、古い牡蠣船の船長だったの。ドーセット・ホテルに一人で暮していて、ドーチェスター探険家クラブというホテルの老人たちの集まりを取りしきっていたのね。

　まあ、ジャーメインは言いました。ポリーさえびっくりして、目玉をクルクルとまわしました。

　父さん、わたしはこのカクテル・パーティのことは簡単にすませますよ。その後におこった奇蹟のような素晴らしい出来事の前にはこんなもの影が薄いからです。とにかく、わたしの知るかぎりでは、問題の人物を突きとめるという意味ではパーティは失敗でした。もちろん、まだポリーにも訊ねてみなければわかりませんけれど。それとなく探ってくれるように彼女にも頼んでおいたのですが、彼女の〈それとなく《サトル》〉はまさに相手の警戒心も解いてしまうほどの〈単刀直入《ポイント・ブランク》〉の質問で、にこやかにいかにも率直な老婦人という風に訊ねるのです——しかも、これが結構うまくいくのです。彼女もこのほとんど役とも言えないほどの役柄を好んで演じていたのです。ポリーには、いつもの仕事上のことと同様、写真と脅迫状についておおよそのところを話しておきました。もちろん、彼女は興味を示してくれました。その場ですぐに意見を述べてくれましたが、彼女は二人の怪しい人物を思いつく、と言いました。一人は、レグ・プリンツ。ジーニンが実際に遺言書に異議申し立てをするなら、彼。もしもしないのなら、A・B・クック。そこで、わたしはクックにも招待状を出したのです。しかし、チェサピーク湾のむこう、アナポリスの近くにある彼の事務所から秘書が電話をかけてきて、残念ながら、ただ今クック氏は外国におりまして、出席できません、と伝えてきたのです。ポリーは先にわたしがよく招待客を観察し、自分で話をして探ってごらんなさい、と言いました。彼女がその後でいろいろ訊ねてみることにしました。その時（事務所の中で、ちょうどジェインと会った後のことでした）彼女はわたしにむかって「恋をしているのね」と言ったのです。

馬鹿な、とわたしは答えました。でも、間違いありませんよ、と彼女は言いました。六時には、客はみな揃いました。メンシュ（クックが断った名誉博士号を彼が受けることになっていました）、ジーニンとプリンツと映画関係者たち、ドルーとイヴォンヌ、それに枯木も山の賑わいにと招いたマック・エンタープライズの人々や財団の理事たちも顔を揃えていました。〈愚者の船《シップ・オヴ・フールズ》〉だね、こりゃ、とドルーは言ってのけ、早々に下船しました。しかし、彼の口調は決してとげとげしいものではありませんでした。ポリーが彼に訊ねます。わたしがドルーのお仲間もみんな招待して、船を爆破してもらうとでも思っていたのかしら、と。ドルーはポリーの頬にキスをし、そりゃ何とも言えませんよ、と答えました。その後、わたしはポリーがプリンツに質問しているのを耳にしました。映画だけでなく、普通の写真にも凝ったことがあるかどうか、と——しかし、答えの方は聞きとることができません。その後、彼女の姿をバーで見かけました。今度はジーニンと話しこんでいました。間違いなく、父親の遺言書に対してどうするつもりか、訊ねていたものと思います。そして最後に、わたしもびっくりでしたが、彼女は船上をあちこちに移動し、腕時計に目をやっては、あらもう七時だわ、と驚いたように言ってまわっているのです。ほとんどの人々がこのヒントに気づきました。映画の連中はいずれにしても次のパーティがありました。川のむこう岸にある映画俳優のロバート・ミッチャムの大牧場でのパーティでした。ジャーメインとアンブローズもまた明らかにほかにいろいろやる事があったようです。マック・エンタープライズと財団の理事たちはその後食事でもしようと考えたようで、何人かがジェインも一緒にと誘っていました。しかし、彼女はそれを断っていました。かれらはまた／あるいはホストであるわたしも、そしてまた／あるいはポリーも誘っていました。ポリーはパーティの片付けが終ったら、すぐに後から喜んでかけつけますわ、と答えていました。

父さん、不思議なことが実はおこっていたのです。あのリンカーン車がロング・ウォーフ埠頭に姿を見せ、ジェインが素敵な白のパンタロン・スーツにブルーのブラウス、そして赤いスカーフを巻いて車から現われた瞬間から、わたしは近頃の子供たちの言葉でまさに「飛んでいる《スペイスト》」感覚になってしまったのです。本当は、クックが博士号を断ったことに対しジャーメインがどのように言うかぜひ聞きたかったし、またドルーとも話して、マーシーホープ大でのデモのことや、ハリソンの遺言書のことも、最高裁を辞任したエイブ・フォータス判事のことも訊ねてみたかったのです。また、ジーニンには、映画の進行状況も訊ねたかったのです。それなのに、わたしは一九一七年頃から以降すっかり忘れてしまっていた例の妙な感じ、つまり口を開けば、何かとんでもない言葉が飛びだしてきそうな感じを味わっていました。そこで、最初にジャーメインを案内して、船の中を巡ってからというもの、わたしは後甲板からほとんど動きませんでした。ただお客様たちに挨拶したり、飲物の世話をしたり、馬鹿みたいににこにこと笑っているだけでした。その間も、あの白いパンタロン・スーツとそれに包まれたよく日焼けした肉体が目の前をたえず動きまわるのです。ああ、ポリー、ポリー、あなたの言うとおり、わたしは恋をしている。まことにまことに奇妙なことではあるけれど、七十を迎えようというこの年齢で、わたしは狂おしいばかりに恋に落ちたのです！

　まるで昔の十代の少年にかえったかのように、わたしはその夕べずっとジェインに話しかけることさえほとんどできなかったのです。彼女が船尾の手摺の近くで人々に囲まれて話をしているその傍らを、わたしはただぶらぶらと歩きまわるだけでした。人々がみな立ち去り、残ったのは彼女とポリーだけとなった今、わたしはいかにも忙し気に後片付けをしてまわりました。だが、心の中ではジェインが残ってくれたので嬉しくて仕方がなかったのです。まだ話しかけることさえためらわれていたのに、なぜ残ったのだろう、と考えたり、ポリーが早く帰ってくれたらよいのに、と思ったり、また一緒にいて欲しいと半分願ったり、と落ちつきません。ジェインの運転手が主人を待ち望むように桟橋の方に歩いてきます。しかし、まだほんの七時半にしかなっていません。わたしたち三人は最後のジン・トニックのグラスを手に後甲板に集まりました。その時、わたしはポリーが事務所からここまで歩いてきたことを思いだしました。わたしは彼女を家まで車で送っていってやらねばならなかったのです。

　ねえ、船を出せない？　ジェインが突然わたしに訊ねる。まあ素敵じゃない、それ！　少しも驚いた様子を見せずに、わがポリーが声をあげる。慌てたわたしは、クルーを乗せていないよ、と言う。ジェインは弾んだ声で、わたし帆走なら忘れていないわ、覚えているかしら、トッド岬からよく小型ヨットで海へ出たの？　しかし、そのいい服じゃ、ちょっと無理じゃないかね、とわたしは指摘する。ポリーは舌打ちをし、まあまあ、この人ったら何を言いだすかと思ったら、チェサピーク湾でベストドレッサーの船長さんのくせして、と言う。きっとこの方、わたしたちを航海へ連れていってくれるのがおいやなのね、ジェインは口をふくらませて言う。わたしはいけないわ、ポリーは軽やかに言う。お食事に合流すると約束してしまったのですからね。よかったら、運転手さんをお借りして、レストランまで連れていっていただくわ。あの人たち目をまん丸くして驚くわね。ジェインはどうぞ、どうぞご自由に使って、と言います――ただし、わたしが彼女を海へ連れだしてくれるのを拒まないのならと条件をつけた。わたしは（少し真剣になり）、でもほとんど風がないよ、と言いました。すると、彼女は日が沈んだら、多分風が出てくるわよ、と実に明るく言ってのける始末です。彼女はわたしの肘に手をかけさえし、もしも風が出なかったら、潮まかせでいいわ、フローティング・オペラ号のように、と言いました。

父さん、わたしはすっかり取り乱していましたが、決して聞き違えたのではないのです。ジェインは「フローティング・シアター」とは言わなかった。ちゃんと「フローティング・オペラ」と言ったのです。とまあこのようにして、この長い前置きの説明が終り、いよいよ驚くべきアリア、そして奇蹟のごときデュエットの始まりです。

しかし、ポリーはどうするのかと、お気遣いなのでしょう。でも、父さん、ポリー・レイクは決して悲運の殉教者じゃありません。長年の間ボスに心を寄せ、自分の気持ちを殺す秘書というタイプじゃ決してありません。彼女は自立心の強い女性です。夫に先だたれてもう十年になりますが、再婚する気などさらさらないのです。愛していた夫が病気になると、長い間、末期癌の夫を最期まで看取《みと》った女《ひと》です。彼女を愛し、大事にしている立派な子供や孫もいますし、男女、どちらの友人も多い。健康だし、良い職もあります。時間が足りないほどいろいろな趣味や興味ももっています。それに、わたしのほかにも少なくとも一人、気のおけない愛人がいるのです。その男は、彼女さえその気になれば、真剣に結婚ということを考えてもよいと思っています。ポリー・レイクは自分のロマンティックな生活が未亡人となり、更年期になってからの方がかえって華やかに楽しくなっていることを少々気恥ずかしく思っているくらいです。セックス自体についても、彼女はそれを過小評価することもしませんし、また過大に考えることもしないのです。セックス抜きの男性との交際はむしろ少々退屈と考えているようです。彼女自身、それほど取りたててセクシャルな気分でないときでも、相手の男友達には少し好色であって欲しいと考えるほどです。わたしが知っている女で、葉巻の煙でエロティックな気分になるというのはポリーだけです。ですから、ポリーのことは心配ご無用。おやすみ、ポリー。

肝心のあなたの息子の話に戻りましょう。いったい全体、この忘却の君に何事がおこったのかと心の中でとまどいながら、あなたの息子はO・J号のエンジンを始動させ、桟橋を離れて、ヨットハーバーから出港しました。その間、ジェインは手際よくもやい綱をとき、手を貸してくれました。それから、彼女は舵輪を握り、航路ブイの方角に船首をむけました。わたしは前甲板にいき、ウィンチをまわし、帆をあげましたが、彼女はエーゲ海で〈裸用船契約《ベア・ボート・チャーター》〉(船の借主が、運航費から保険、クルーの給料などすべて払う方式)をしたときのことをしきりに話しています。チョップタンク川の真中に出ますと、わずかに南風が出てきて、老オズボーン号もビーム・リーチ(正横の風を受けて走る航法)で橋からハンブルックス砂洲燈台にむけて走り始めたのです。ああいった贅沢な航海も素晴らしいけれど、でもねえ、とジェインは言います――キクラデスの島々の輝くばかりの美しさも、五尋《ひろ》の海底に沈んだ錨まで見えるほど水晶のように澄んだカリブの海も、霧で船尾の手摺さえ見えなくなる潮の香ただようメインでも、すぐにわたしは思いだしてしまうのね、のんびりとした思い出いっぱいのイースタン・ショアのこのあたりを。ガマの穂に真鴨、タエダ松に白樫の木、牡蠣に渡り蟹、喫水の浅い帆船など、このすべての汽水域の風景をね。

ただし、七月と八月はやめといた方がいい、とわたしは修正してやります。その時期なら、わたしは喜んで潮の香ただようメインの海と交換するね。それに、一月から三月までもだ。その時期なら、思い出いっぱいの――たしか、彼女そんな風に言っていたはずだ――このあたりより水晶のように澄んだカリブの海のほうがいい。エンジンを切り、帆を(かろうじて)風にふくらませ、船は軽やかに水を切って進みます。わたしの心も落ちついてきて、思いもよらぬ幸運をしっかりと味わうことができるようになっていました。しかし、それでもいったいどうして、とまだ半信半疑でした。ああ、ジェイン、わたしのジェイン。

彼女は舵輪をわたしにまかせて、操舵室の座席にゆったりと座り、チェサピーク湾に出るまでに通過する岬の名前を順番に挙げ始めたのです――ホーンでしょ、キャッスル・ヘイヴン、トッド、そしてクック。これは出ていくときの南岸の方ね。帰ってくるときの北岸にあるのは、ブラックウォルナット、ネルソン、ベノーニ、バチェラー、クローラ、マーティンそしてハウエルね。ハリソンと一緒にこの岬と岬の間にある入江や川はみんな探険し、砂洲があればみな上陸してみたものよ。ずいぶん昔、三〇年代の初めかしら。わたしたちが初めてチョップタンク川に船を出していた頃ね。そしてその前は、まだハリソンと知り合う前、いわゆるわたしの「スコット・フィッツジェラルド」の時代ですけど、ギブソン島からチェサピーク湾をめぐるヨットレースに出たわ。まだ女がヨットレースに出るなんてほとんどなかった時代によ。それでわたし優勝して、あざみ勲章に銀のお皿までいただいちゃったんですから。息子はどう考えようと勝手ですが、お金持がこのあたりの海に面した土地をみな大規模に買い占めてしまって、わたし喜んでいるの。第二次大戦後の好景気がくる前にね。そうでなかったら、今頃はこのあたりもみな分譲販売とやらで、百フィート幅の土地に分割され、へんに俗っぽい小さなドックやら桟橋やらつけた別荘地に変っていたはずよ――わたしがドーセット・ハイツ用に作ったマスタープランにそっくりのね！　ですけど、実際は昔のままでしょ。わたし会社の不動産部で撮った航空写真を見たのですけど、このあたりの入江の多くが昔のまんまで一つも荒らされていないわ。ハリソンと二人で一九三二年に初めて錨をおろしたときのまま――実際のところ、一六三二年に植民者たちを乗せたアーク号とダヴ号がメリーランドに到着したときのままですもの。

　ずいぶんよく昔のことを覚えているじゃないか、とわたしは言いました。歴史まで詳しいじゃないか。過去に浸って生きることをわたしがやめたからといって、昔のことを忘れてしまったわけじゃないのよ、と彼女は答えました。その口調はまさに冷静そのもの。わたしは感心してしまいました。わずかな風も今は凪《な》いでしまい、帆はだらりと垂れさがっていました。船は満ちてきた潮に乗って、ゆっくりと戻り始めます。チェサピーク湾に落ちる夕日はまがうことなく素晴らしい光景でした。声の調子を変えて、ジェインは、ねえ、トディ、このまま海へ出ない？　シャープス島までエンジンで走ってみましょうよ、と言いました。父さん、トディときましたよ。それに、シャープス島へですって！　覚えていますか、父さん、シャープス島というのはわたしとジェインが二度目にセックスをした所です。一九三二年の八月十三日、土曜日の午後のことです。わたしは砂浜で彼女を抱いたのです。

　もうシャープス島なんてなくなってしまったよ、とわたしは彼女に教えてやりました。すっかり波で洗い流されてしまった。今じゃ、昔島があった浅瀬を示すために、燈台と警告ブイがあるだけだ。考えてもごらん、人間の方が島よりも長生きしたんだ、とわたしはつけ加えました。まさに、あなたの言った少しも変らぬ入江とは反対だね。

　ああ、それで思いだしたわ、と彼女は言います。昔わたしたち三人で船を停泊させて、浜辺でピクニックをした所も、昔懐かしい海図、一二二五番の最新版ではただ〈沈下杭〉としか出ていなかったわ。ねえ、それならトッド岬にいきましょう、いいでしょう？　昔の別荘をあなたがどんな風にしているのか、見たいんですもの。

　父さん、上段の八項です。

　たいして見るようなものもないよ、とわたしは答えました。少しは模様替えしたが、たいしたことはない。台所を新しくし、水道や下水を手直しし、その他の設備などもね。少しも変らぬ入江とシャープス島との中間というところかね。わたしはジェインの先を越し、しかし寝室は昔のままだけどね、と言いました。

彼女はそれには答えません。何か考えごとをしているような顔つきで、じっと西のレッドマンズ・ネックのほうを見つめています。そこには、ショットの計画している塔の鋼材の足場に光る明りをすでに見ることができました。やがて彼女は呟くように言います。わたしたちこんな所で何をしているのでしょう？　彼女の言葉をわたしは聞きとることができましたが、それがチョップタンク川で、という意味か、人生という川でという意味か、判断しかねました。

ジェイン、漂流しているだけさ、とわたしは言いました。少し後戻りをしながらね。お望みなら、エンジンをかけるけど。

ジェインはわれに返ったようににっこりと笑い、わたしの手に触れ、頭を横に振って立ちあがりました。いえ、いいのよ、このまま漂っていましょう、と彼女は言いました。でも、ただ漂うのはやめましょうね。航海燈のスイッチを入れましょうか？　白いスーツが船室《キャビン》へ通ずる階段をおりていきます。舵輪の所からわたしはその姿が暗い船室の中であちこちに動くのを見ることができました。彼女はスイッチボードを見つけ、航海燈とマストの先端の燈のスイッチを入れ、それから船から陸地への交信用のラジオの所にいきます。そして、何かバロック音楽のようなものを流しているドーセット郡のラジオ局に合わせます。交信用の信号音はその明りと共に消え、彼女は器用にFMの局に波長を合わせると、自動受信に切り替えます。その頃には、わたしも階段の所にきて、彼女の姿を見守っていました。もう、舵を取る必要などありません。白いスーツの上衣が脱ぎすてられ、次に赤いスカーフが取られます。

ついで、ブルーのブラウス。ロッカーはあるのかしら？　ジェインはにっこり笑って訊ねます。真っ白な歯をきらりと輝かせ、そして白い目。片手に襟の所をつまむようにして白い上衣を持ち、もう一方の手を、白いパンタロンのわきあきの上に置いています。よく日焼けした肌に白いブラジャーがくっきり。わたしは思わず階段をおりていき、彼女にキスをしてしまいました。

何たること。父さん、オズボーン・ジョーンズ号の船室のソファは実に快適なダブルベッドになるのですが、ジェインは甲板に出ようと言うのです。甲板に誰もいないのは、海の男の恥、というわけです。いずれにしても、甲板の上も潮の香が漂い、美しい眺めですし、それに五月の中旬というよりは六月下旬の陽気でした。船室の中でゆっくり時間をかけて衣服を脱ぎました。すべてきちんとたたんだり、かけたりしまして。電気もつけました。ジェインをよく見るためです。彼女も明るい方がよい、と言いました。わたしに好きなだけ見させ、そしてさわらせてくれましたし、また彼女も同じようにしました。六十三ですよ、信じられないほどに美しい身体です。あなたは時を知らぬ入江だ。それに引きかえ、わたしはシャープス島だ、とわたしは言いました。いいえ、トッド岬ということにするわ、と彼女は笑いながら答え、そして階段を昇っていきました——もう用心なんかする必要ないのよ、月のものもとうのむかしに終っているのですからね、と楽し気に上から声をかけてくるのです。ジェイン、何たるジェインでしょう！　マストのはるか上に一つ、星がキラキラと輝いていました。木星《ジュピター》だと思います。一羽のミサゴ（魚を捕食する鷹の一種）が近くの航路燈（ハウエル岬の沖、一九番A）の杭から飛びたち、そしてまたそこへ舞い降りました。大きな青鷺がわたしたちの船のそばを滑るように飛び、どこか見えない所に一声鳴いて降ります。ラジオから流れていたアルビノーニの曲が終り、メルセデス＝ベンツのコマーシャルの後にバッハの音楽が流れだします。穏やかに、そしてゆっくりとですが、しかし激しくジェイン・マックとわたしは愛しあいました。ニュー・ブリッジの上をオーシャン・シティにむかう週末の行楽の人々の車が切れ目なくヘッドライトの光を連ねて通ります。夜空には様々な星も姿を現わしました——アークトゥルス、レグルス、ポルックス、カペラ、プロシオン、ベテルギウス。わたしたち二人の年齢を足すと、百三十二。露が甲板を囲む手摺《ライフライン》や舷側《ガンウェイル》の縁や操舵席のクッションの上におりてきました。

父さん、ポリー・レイクはセックスをするとき、まるでサーカスの団員のようです。やたらに身体を丸めたり、ぶつけたり、そしてクスクス笑ったり、大声をあげたりです。しかし、ジェイン・マックの場合、それは天使のごとくです。優雅に、品よく、なかんずく美しく身体をくねらせます。突然、彼女はわたしの両の肩をしっかりつかみ、低く、長くおおおと言いました。一瞬わたしは何か具合でも悪くなったか、と心配しました。心臓発作？　冠動脈の異常？　だがすぐにわたしにもわかりました。そして、なぜバッハも橋の上の車の列も、そしてすべての星座も一時その動きを止めて、この素晴らしいおおおに耳を傾けないのか、不思議に思いました。

甘《うま》し驚き。事が終って、ジェインは目を閉じ、しばらくじっと横たわっていました（わずかに微笑を浮べ、わたしのオーガズムを感じとっているようでした）。それから、彼女は巧みに身体をすべらせ、わたしの下から起きあがると、前部にあるシャワールームにいきました。あたりが少し冷えてきました。川面のあちこちに靄《もや》が立ち始めてきました。わたしはペーパータオルで拭き、衣類を着け、ロッカーから二つウィンドブレーカーを取りだし、バスタオルを操舵席のクッションの上に敷きました。露に濡れないようにです。それからエンジンをかけ、前甲板にいき、帆を巻きおろして、たたみました。戻ってくると、ジェインは脚を身体の下に折りこむようにして座っていました——衣服を着け、上衣も着こみ、髪もきちんと結って——煙草をすい、ブランディを啜っています。わたしのためにもブランディがグラスについでありました。わたしは身体を折り、キスをしようとしましたが、彼女はわたしに頰を差しだしました。

何に乾杯しようかね、とわたしは訊ねました。彼女はにこやかに笑い、肩をすくめて見せました。昔ながらのジェインです。わたしはがっかりしました。真剣にこっちは訊ねていたのですから。じゃあ、O《おお》の文字に乾杯しよう、とわたしは提案したのですが、彼女にはわたしの言った意味がわからなかったようです。あの車の列、見てちょうだい、と彼女が言います。二、三年もしたら、また新しい橋とバイパスを造らなくちゃならないわね。ケンブリッジがネックになって、五十号線も動きが取れないもの。これは、トッド岬ということにするわ、としゃれたことを言ってから、彼女が初めて口にした言葉でした。もちろん、あのおおは勘定に入れずにですが。高層建築のマンション・ブームがノース・オーシャン・シティ一帯に広がったとき、マック・エンタープライズがその尻馬に乗らなくってほんとに良かった。何しろバブルによる建てすぎですもの。必ず大損する人たちが出るわ、とも彼女は言いました。

栈橋に戻ると、そこに彼女の運転手が待っていました。ジェインは彼にもやい綱を投げさせると、それを舳《へさき》にしっかりと結びつけました。それから、わたしに手を貸してくれ、艫《とも》のもやい綱と斜係船索《スプリング・ライン》を結びます。父さん、それからジェインはこう言ったのです。彼女の言葉どおり、ここに引用します。「トッド、とても素敵だったわ。またしましょうね。近いうちに。じゃあ、オ・ヤ・ス・ミ」

皮肉でもなければ、裏の意味もない。それでいて、あの航路を漂う船上で、彼女はそのいずれも使いこなせること、そしてまた感傷的な回想も得意なことを示してくれたのです。事実、二十番の赤いナンブイの近くで、着ていたものを脱ぎながら、わたしはジェインが過去の事を忘れているのではないかと疑っていたのは大変な間違いだったと、自分の考えを修正し始めていました。しかし、今わたしはその修正をまた手直ししなければならなかったのです。彼女がパンタロン・スーツを脱ぎ、そしてそれをふたたび身につけたこと以上に。実は、彼女の身体に残った白い部分がトバゴで着ていたビキニの水着の跡だけであるのを見たときにすら、わたしは彼女が昔のわたしたちの情事のことを決してはっきりと認めたわけではないことを悟っていました。トッド岬はわたしにとっては上段の八項で書いたように忘れえぬ場所ですが、彼女にとっては昔暮していた場所にすぎないのです。新たに身の震える思い。ジェインにとっては、今回の情事はいわゆる〈懐かしき再演〉などではまったくないのではないでしょうか？　彼女はあの上段に書かれた所に今も変らず永遠にとどまり、すべてのことを初めてのこととして行っているのではないでしょうか？

　父さん、どうでしょう。わたしはここオズボーン・ジョーンズ号に座っています。さながらキーツの詩《うた》った甲冑をまとい、葦のない湖のかたわらに立つ騎士《ナイト》のように。ただ一人で、青ざめて何事をなすでもなく、心たかぶらせて。そして、トコトン肝を潰してです！　下段の八項と十項、つまりわたしがふたたび誘惑されるということは、ジェインが木霊《こだま》を意識しようとしまいと、単にマック・エンタープライズの仕組《エンタープライズ》んだことではないのか？　賄賂《わいろ》か？　それとも従僕にしようというのか？　ありえぬことではありません。ジェインにとっては、皮肉なことでさえないのです。わたしはムジールの『特性のない男』に登場する偽善者を思いだしました。彼はたまたま自分の利益になるような立場にいる人間たちに対して、自発的に心から尽したいという気持ちになるだけなのです。また、アリストテレスが『倫理学』の中で述べている言葉を思いだします。つまり、若者の間では愛という感情は快楽に根ざして典型的に生じるし、老人たちの間ではそれは効用ということに根ざすものだというのです。それから、わたしはあの「おおお」という声を思いだします。するともうどうでもよいと思ってしまいます。

　ああ、親愛なる父さん。あの水の上で、露の降りる中で、青鷺と黒い缶と赤く大きなブイと白く輝く小さな星に囲まれてジェインがどのようなことを感じていたかなど、どうでもよいのです。あなたの年老いた息子は情熱以上に素晴らしい気持ちを激しく感じていたのです。感謝に満ちた驚きです。このような年齢になって人生がこれほど甘しき驚きを用意してくれたことに対する驚きです。いえ、人生が用意してくれたわけではないのだとしても、少なくともわたしはあの**感傷的なフォルマリスト**のわれらが**作者**の気ままますぎるほどの感傷性に感謝をするのです。このように実に美わしく——おそらくありえぬことと知りながら——プロットのほどけた両端を結び合わせてくれたのですから。

　地球はあれから何度も何度も回転しております。この世界をのせたまま。この手紙を始めてから、数多くの人が宿され、生まれ、床にふし、そして永遠の眠りについたことでしょう。アポロ十号の発射も間近です。十一号は夏が終るまでには、人類を月に上陸させることでしょう。父さん、三〇年二月二日の土曜日、あなたが地下室で首をくくって死んだとき、わたしは「なぜ、なぜ」と不平をもらしましたが、あれ以来もう何十年にもなるのですね。あの時、父さんのおかげでわたしは自分自身のことがわからなくなり、怯えましたが、もう今は心配するのもやめました。それに、わたしたちが一度もしたことのない対話を父さんのおかげでこのように独《ひと》り語《がた》りする羽目にもなったのです。若い者だけがそのような事柄に頭を悩ますものです。

10．一九六九年三月二十八日—五月十六日　ふたたびマック対マックの遺産係争の様相となり、ジェインとわたしの情事再開——少なくともわたしを誘惑する再演にまで至る。

さて、この二度目の人生では、わたしの十一号はどこへ着陸させてくれるのでしょう？　再演のパターンをはっきりと見た今、わたしが心から興味をもつのは、その点だけと言ってよい。昨日はわたしはシャルル・ド・ゴールの経歴（を**悲劇的見方**で見ること）に興味を持っていたし、それに言うまでもなく、ハリソン・マックの遺産の処置とジェイン・マックの脅迫状のことはもちろん、エイブ・フォータスや学園紛争、わが政府の強行しているヴェトナム戦争、宇宙に関する知識・情報の進歩にさえ関心を抱いていたのです。しかし、昨晩のあの船上でのことがあってから、すべてが霧のように消えてしまいました。今日はただあの「おおお」という声以外、何にも興味も関心も持てないのです。あの声がわたしの頭の中を、船室を、そしてすべての空間を駆けめぐるのです。ほかに何も聞くことさえかないません。いえ、聞きたくないのです。この手紙を長々と書いて、わたしの人生のパターンをあれこれと想いめぐらせてきましたが、それもこれもすべてあの声をふたたび聞きたいためだけです。

おお、あの「おおお」。

今わたしが眠りにつけば（そろそろまたカクテルの時間に近づきつつあるのです）、ふたたび昨夜のことを夢見ることができるのでしょうか？　歴史もこの手紙も、残りのアルファベットもすべてもうどうなってもよい。父さん、ひっこんでいてください。さあ、わたしたちすべてを創りだした**作者**よ、アンコールだ！　下段の十項へ戻ろう！　赤いナンブイの二十番、ジェインの「おおお」へ戻りましょう！

〒二一六一三　メリーランド州ケンブリッジ
市営ヨットハーバー　二番桟橋
スキップジャック型オズボーン・ジョーンズ号

I ジェイコブ・ホーナーから作者へ

旅路の果てへと再び歩いていくことを断わる。

〒一四二一四　アメリカ合衆国ニューヨーク州バッファロー
ニューヨーク州立大学バッファロー校英語科
ジョン・バース教授殿

一九六九年五月十五日

拝啓

ある意味でぼくは本当にあなたの『旅路の果て』という小説のジェイコブ・ホーナーです。五月十一日の手紙であなたはその件について謝罪してくれました。その日は母の日であり、祈願節《ロゲイション》前の日曜日、アーヴィン・バーリン（ロシア生まれのアメリカの作曲家。「アニーよ、銃をとれ」等の歌曲が有名）やサルバドール・ダリの誕生日でもあります。ですが、どんな意味か、深くは考えないで下さい。

一九五五年の十二月にペンシルヴァニアでその原稿を発見したとのお話ですが、どうも小説の話自体よりも、得心のいかぬ話だと思います。まして、あなたの進行中の作品、お尋ねの件や提案に関してはぼくはまったく興味がありません。

あなたのために「ジェイコブ・ホーナー」の再生復帰が危うくなるかも知れません。「レニー・モーガン」を甦らせるために、一体ジェイコブ・ホーナーに何をさせようというのです？　もしも、ぼくが労働祭の日までにレニーを生き返らせないと、モーガンはぼくを殺すつもりなのです。

旅路が終ってしまったらいいのです。しかし、ひとつの終りはもうひとつの始まりであり、または単なる継続なのです。今日、五月十五日はキリスト昇天日であり、ニューヨーク市とワシントンDC間の航空便が始まって五十一年目の記念日であり、アンナ・マリア・アルベルゲッティ（一九三六―。イタリアの歌手・女優）、リチャード・アヴェドン（一九二三―。アメリカの写真家）、マイケル・ウィリアム・バルフ（一八〇八―一八七〇。アイルランド歌劇作曲家・歌手）、ジョゼフ・コットン（一九〇五―九四。イギリスの俳優）、ジェイムズ・メイスン（一九〇九―八四。アメリカの映画俳優）、イリヤ・メクーニコフ（一八四五―一九一六。ロシアの動物学者・細菌学者）らの誕生日でもあります。ぼくは一九五一年に自分のいた物語の始まりに戻っていますが――その年はなんというひどい年であり、何という十年であり、何という一世紀であったことか――ただ年をとってしまっただけです。麻痺したというより疲弊しきっています。

誰があの劇を再演したいと、あの道を再び歩きたいなどと思うのでしょうか？

ジェイコブ・ホーナー

カナダ　オンタリオ州フォート・エリー

L・A・B・クック四世から
やがて生まれくる子供へ

これを書くに至るまでの彼自身の物語——フランス革命、アルジェにおけるジョエル・バーロウ、〈コンスエロ・デル・コンスラード〉、バーの陰謀、ティカムセのインディアン連合——そして図式《パターン》について。

一八一二年五月十四日木曜日

のろまの娘よ、不精者の息子よ！

前回怠惰なるお前に私が手紙を書いたのは、すでに五週間も前のこと。時に太陽は牡羊座の真只中にあった頃。今や季節は巡り、牡牛座の尾っぽあたりだ。この牡牛に引かれて、先週お前はこの世に生まれでるはずだった。お前の伯父の心優しき男爵は乳母と産婆を待機させているし、お前のお母さんは九ヵ月のお荷物を放出せんものと焦《じ》れているぞ。私も少々焦れながらワシントンとブラズワース島への旅に出発しようとしているところだ。その二ヶ所で、私はしなければならぬことがある。太陽は十二宮を巡りきろうというのに、お前はまだ眠り続けている。あと一週間眠るのならば、お前は双子座の生まれとなるのだよ。何か大きな事を成さん、とお前は力を貯えているのか？〈七人の眠者〉（エフェソスでキリスト教迫害のため岩穴に閉じ込められ、約二百年間眠ったと伝えられる七人の貴族。目覚めるとローマはキリスト教化されていた）さながら、お前は昏睡しているのか？　それとも、ただそこに、何物よりも心地良き洞穴の中にいつまでもぐずぐずしていたいだけなのか？

実はお前のお父さんも、今新たな生命に生まれ変ろうとしているのだ。アンドレーの助けを借り、ここカスティーヌ家という子宮の中でね。クックとバーリンゲイムの者たちはすべてカスティーヌ家において、生を受けてきた。そして、私も遅まきながら第二の誕生の時を迎えようとしているのを感じる。お前と同様、私は眠りの中で、しきりに腕を振りまわしてきたのだ。愛せないにせよ、憐れむべきであった私の父をその手でさんざん叩いてきた。ほんのつい数週間前まで、いわば夢見心地状態の習い性により、私はオンタリオ湖、ヒューロン湖、エリー湖の岸辺をあちらこちらと駆け巡った。すでにジョン・アスター（一七六三―一八四八。ドイツ生まれの毛皮商人）配下の物資運搬人や猟師たちをかたらって、来たるべき戦争にそなえて、ブロック将軍（一七六九―一八一二。一八一二年戦争におけるイギリス軍の将軍）のために素早く情報を伝達する組織を作った。これで、ニューイングランドの商人から、ヨークとモントリオールにある「我ら」の政府へと物資を密かに運びこむ道筋もついたわけだ。私がその道筋をつけたのだが、当の私としては生まれ変ったら、それまでの自分を自己否定せねばならぬ、とますます強く感じている。私が論駁すべき親は父でなく、私自身であると感じているのだ。

　これまで書いた三通の手紙の中で、私はアンドレーと私自身に至るまでの、お前の祖先の歴史を辿ってきた。そして（お前の母さんが最初に気づいたことだが）我らの祖先がいかに自分の祖父にあたる人物を挫折した理想家としてあがめ、父親にあたる人物を成功した偽善者として貶めたかを語ったのだったね。クックと名付けられた者は誰しも先代のクックの精神的後継者であったし、どのバーリンゲイムも先代のバーリンゲイムそのものだった！　お前の母さんですら、この陰鬱《いんうつ》な図式とまったく無縁というわけではない。もっとも母さんは成人するとすぐに、この図式に気づいたから、書き直すべき歴史が私より少なくてすむのだけれど。ところが、この私は一族の過ちにどっぷりと浸かっており、これからそれを告白しようというわけだ。この手紙では――これがまだこの世に生まれいでぬお前にあてた最後の手紙に必ずやなるはずだが――私は自分自身の経歴を物語り、アンドレーが私に教えてくれた物語を完結させよう。かつ、来るべき戦争について私たちは前とは異なる決意をしているが、それについても述べておこう。もちろん、お前に対する私たちの希望も述べなければね。

　可愛いバーリンゲイムよ、心にかたく留めておくれ、これは私自身へのいましめでもあるが――現在パリにいるアーロン・バーは、ヘンリー・バーリンゲイム四世ではないかもしれぬ！　もし（私の母が、後々まで残酷な手紙が配達され続けたにもかかわらず、女盛りの時に信じ込んだように）父が一七八三年か八四年か八五年に死亡したのだとするならば――たとえば、ジョン・アンドレ少佐としてワシントンによって絞首刑に処せられた男が父だとするならば、その後、私たちに対してなされた数々の行為は、父のせいではまったくないことになる！　それ以後に父に会ったと証言している、父の昔の友人たち――彼らはベネディクト・アーノルド、ジョエル・バーロウ、ジョウゼフ・ブラント、アーロン・バー、カスティーヌ男爵になりすましている父に会ったわけだが――は、誰しも父が大いに変貌したことを認め、彼ら友人たちの父を語る言葉は、実にまちまちであった。手紙を捏造し、知った振りをし、物腰を真似るのはたやすいということを、この私がいちばんよく知っている。だからこそ、一七九〇年のバスティーユ襲撃の日、マサチューセッツのベル亭で書かれた父の手紙をパリでスタール夫人の召使から渡されたとき、私は泣き、罵り、それをこなごなに破き、燃やし灰にして小便をかけたのだけれど、そのときでさえ十四歳の私にはわかっていたのだ。私が小便をかけたのは、必ずしも父に対してではなく、無情にして謎めいた詐欺師、たぶん一人でなく何人もでよってたかって私をたぶらかそうとする者たちに対してだ、ということを。

いずれにせよ、私はその結果、父の手紙が明らかにしたこと、つまり、父の大きな目的と一生にわたる行動は、アメリカ独立戦争をまずは阻止し、次にそれを転覆することにあった、ということを信じようとはしなかった。その反対の見方、つまり、最初から父はジョージ・ワシントンの隠れたる素晴らしく有能な諜報部員だった！という考えを最初に私に吹きこんだのは、アーノルドだ。それは一七八七年、ロンドンにおいてであったが、そのときその考えは私の頭の中で蜜蜂のごとくにしきりにさわいだ。バーとアーノルドがケンブリッジで独立派の軍隊に加わろうとしていたとき、父が二人に与えた助言はまちがいなく正しかった。父はアーノルドを説得し、セレンジャーによるスタンウィクス砦の包囲を解くようにさせた。さらに、アーノルド自身は、父が彼を騙してウェスト・ポイントをアンドレ少佐に売るように仕向けたと信じていた。これは裏切りを裏切るためであり、すべてがワシントンの指令のもとにあってワシントン支持で固めて「諸州」を統一し、王党派の信用を落とすことを目的としてなされた、とアーノルドは考えた。父がニコラ文書の、あるいはニューバーグ文書の書き手であろうが、なかろうが、これらの文書は完全にワシントンに有利な結果を生むこととなった。ワシントン将軍自身、あの有名な返書を発表する機会を得ることを見越して文書を是認したにちがいない、とアーノルドは信じた。また一方で、アーノルドはこうも考えていた。ワシントンか、彼の副官たちのいずれかが、この大いなる欺瞞を世に知られぬために、アンドレ少佐と同じ頃に父を密かに亡きものにしようと謀ったのではあるまいか、と。

いわば、こうした新しいレンズを通すと、王党派とインディアンたちのために父が払ったとされる他の様々な努力も、まったく違った見方で私には見えるようになった。メリーランドでは父は海賊ジョウゼフ・ウォーランドと戦う〈マーシーホープ・ブルーズ〉と行動を共にしているが、これはウォーランドの逮捕を企てる作戦を事前に彼に内通するためだった。しかるに、実際は、父の活躍のため、ウォーランドは逮捕の憂き目にあってしまう。このような二重スパイの行動の中で、最も悲惨なのは、ペンシルヴァニアにおいて〈ジョウゼフ・ブラント〉が率いたモホーク族による大虐殺が壊滅的な報復行為を招き、誇り高き六部族連合が実質的に壊滅したことだった。残ったのはグランド川沿いにさまよう、わずかな数の酔払いのインディアンたちだけだった。父の狙いが最初からイロクォイ族の全滅にあったとしたら、これほど見事な作戦はまず考えられなかっただろう！

私はこのように考えて、燃えつきた手紙の灰の上に小便をかけまくったのだ。スタール夫人の召使は私と同じ年頃の少年で、礼儀正しく、かつ興味深げに控えていたが、奥様に何かほかにお言伝《ことづて》がございますか、と尋ねた。夫人は父とバーロウ氏の共通の友人として、その日の午後、私が彼女の許を訪問することを望んでいた。私は少年に何もない、帰ってよろしい、と告げた。しかし、バーロウは、私にぜひ会いにいきなさいとすすめた。私も母と私にあのように親切にしてくれた夫人の好意を無にしたくはなかった。バーロウは、若き男爵夫人を賞めそやし、夫人は君の立場に興味を抱いているのですよ、と言った。彼は夫人の家庭に私が頻繁に出入りすることを望んだ――特に彼自身の家庭の性格が今変ろうとしているから、それを望んだのである。実は彼はやっと重い腰をあげ、大急ぎでロンドンへ妻を迎えに行ったのだった。母が出産したら、母と私をカナダへ帰らせようと、彼は前々から考えていた。しかし、母と赤子が死んだ今となっては、ボルティモアであれ、どこであれ、父の許へ行きなさい、そして、痛ましい謎に終止符を打って、将来の進路を父と相談して決定するように、と彼は私にすすめてくれた。もし、それが嫌ならば（私は、そんなことをするくらいなら死んだ方がましだ、とはっきりと言った）、子供のいない自分の家にいつでも身を寄せてよい。でも、スタール夫人の社交界に半年ほども出入りしていれば、文学の面でも政治の面でも学ぶことが多いですぞ、と彼は言い切った。それに、その方が妻ルーシーとの長い別居の後で、彼らも夫婦の仲を修復する機会ができるというのだ。バーロウ夫人は旅慣れていなかった。見知らぬ都市に彼女は怯えた。とりわけ、パリと革命には肝を潰していた。彼女は無茶な嫉妬こそしなかったが、筋の通った嫉妬の種には敏感だった……

心優しきジョエル・バーロウよ、彼の詩才が心と同じほどに広大であったなら良かったのに！　それから五年間私はパリに留まった。恐怖政治体制下の街で国立高等中学校《リセ》を卒業した。私はスタール夫人のサロンに出入りし――バーロウは言葉とたがわず、常に親切だったので――妻のルーシーが落ち着くと、私はバーロウ家にも出入りした。

アンヌ・ルイーズ・ジェルメーヌ・ネッケル、すなわちスタール・ホルスタイン男爵夫人は、私より十歳年長で、私があの日の午後初めて彼女に会ったときは、二十四歳であった。茶色の大きな目と熟成したブリー・チーズのようになめらかな胸を除けば、彼女は決して美人というわけではなかった。しかし、驚くべきエネルギーと見識と才覚を持ち合わせ、私には、フランスの自由奔放な貴族社会の最も魅力的な部分を体現しているように思えた。彼女の父親（アメリカの独立戦争にフランスが経済的支援を与える手筈を整えた人物である）は、限りなく富裕であった。彼女の母親は、若き日のギボンの愛人で、もしルソーがギボンの初期の文体をけなさなかったら、おそらく、ギボン夫人となっていたかもしれない。ジェルメーヌは二十歳で駐仏スウェーデン公使スタール男爵と結婚、匿名で処女作『ソフィー』を出版した。私が彼女に会った頃は、ほかに『J・J・ルソーの性格および著作についての書簡』と不運な悲劇『ジャンヌ・グレイ』を世に送り出していた。その時点まで（国民議会がルイ十六世に改革案を突きつけるまで）の革命は、バーロウにとっても同様だったが、大いに彼女の気に入るところであった。彼女にとって革命は、開放的、無神論的、本質的で、かつ「啓蒙化され」ていると同時に――この言葉のこのように特殊な使い方を、私はその日の午後初めて聞いたのだが――「浪漫的《ロマンティーク》」でもあった。彼女は穏健派の連中と親密だった。タレーラン（一七五四―一八三八。フランスの政治家・外交官）、ジュクール、ナルボンヌといった人々だ。このナルボンヌは、彼女が初めて本気で愛した男だった（男爵はそれを黙認していた）。彼女の二番目の子供はナルボンヌの子で、彼女にとっては生き延びた最初の子供となった。

　彼女は私の父を気に入っていた――と言っても、彼女と彼女の父親、そしてバーロウ氏に対してヘンリー・バーリンゲイム四世と自らを名のった男のことだが。彼女は父と私をアメリカンと呼んだ。実際、彼女は故ムッシュ・フランクリンについて語るのと同じ口ぶりで父のことを革命請負人《アントルプルヌール》だわね、と言った！「あなたたちは」すべて人類の前衛《アヴァンギャルド》なのよ、と彼女は言った。

　私は何処《どこ》の国の国民とも考えていません、という私の言葉――私の感情からするとずいぶん控え目なものであった――は、いたく彼女の気に入った。たしかに「あなたたちのような人間」は世界市民なのよ、けれど政治的な国民意識についての新しい考え方が「あなたの方の革命」以来大《おお》流行《はや》りで、わたしの考えではこれは将来の趨勢となるでしょうし、馬鹿にはできないわ、と彼女は言った。私の父が外交官として、あるいは密偵としていかに才能があろうが、夫として、父親としては最低であると私が言うと、彼女はそれを強くたしなめた。危険な秘密の任務につかれていた父上としては、どんなに精一杯努力したとしても普通の家庭生活はできなかったのかもしれませんよ、それに父上自身、ご自分の意にそまぬ裏切り行為や偽装を行っていたとすれば、それで心を痛めていたかもしれない。さらに、たとえば父上の敵があなた方母子を人質にしかねないのだから、父上としてはあなた方のいちばんためになるように行動したのかもしれない。でもそれらはさておき、父上はたんに母上を疎んじただけでないかという可能性を考えたことはおあり？　あるいは、彼の敵が残酷な招聘の手紙を偽造したり、再会を約束したという可能性については、あなた、お考えになった？　ともかくも、才能の点でギボンやルソーに匹敵する頭脳の持主である父上が親としての義務を怠ったというだけで、それを許せないほどあなたはまだ子供なの？

　彼女は私にボルティモアにいる父の許にぜひ戻るようにすすめた。私は彼女に「おやすみなさい《ボン・ソワール》」と言った。彼女は私の独立心と訛りのないフランス語をほめ、またぜひ来て下さいね、と言った。私は彼女が会った若くして教養のある最初のアメリカンであったのだ。私が彼女とアメリカの革命について論じようとすれば——アメリカの革命の、よく言われるフランス革命との類似点より、相違点の方を彼女は重要視していた——彼女はもうひとつの革命、つまり、あらゆる芸術の分野でほとんど人知れず進行している革命の方を話題にするのだった。この革命の推進者は彼女の一族の旧友ルソーであり、そしてルソーに匹敵するドイツの人びとであった。その革命が力点をおくのは、情緒《センテイメント》と感覚《センセイション》であって、それは意識的な思惟作用と対立するものだった。それは芸術や社会階級の因襲的範疇を含む因襲的形式の拒否、もしくは超越を目指していた。この精神は、バスティーユ襲撃に、ヨーゼフ・ハイドンの弟子たちによる革新的な音楽に、シラーの劇作や評論に、とりわけゲーテの書簡体小説『若きヴェルテルの悩み』に、さらに博物学者の研究論文の中にさえも、等しく顕著に見てとれる。たとえば、ゲーテ氏の出版されたばかりの植物学の論文『植物の変態についての試論』はもうお読みになったこと？　貸してあげるわよ。一見異なる種類のものに関連を見出す見識をあなたの父上（と、この本の著者）のようにお持ちなら、植物の形についての論文なのに、親と子供の間の、あるいは革新的芸術家と芸術の伝統的手法との間の、いわば疾風怒濤《シュトゥルム・ウント・ドラング》状態をこの本が解明していることがわかるはず。ドイツ語はお読みになれるのかしら？

　私はたちまち彼女に恋をしてしまった。その後の五年間、ずっと恋は続き、その間ほとんど、私は一種の英語専用書記兼司書として彼女の家の中で仕事をした。私は政治的にジェルメーヌよりも過激で暴力肯定派であったが故に（私は王と他の大勢の者たちがギロチンにかけられるのに喝采をおくり——かつそれを目のあたりに見た）、一七九二年九月二日、過激派の動きについて、彼女に事前に情報を与えることができた。王と王妃は捕われ、革命裁判所が設立された。ロベスピエールとダントンが、パリ市自治体の市民暴動を率いた。煽動された市民たちは、手あたり次第、ブルボン王朝擁護派《ロイヤリスト》を皆殺しにしようとしていた。彼らはスタール夫人の屋敷にやって来て、私に女主人《ミストレス》を囚人として引き渡すように、さらに翌日の処刑に立ち会うように、と要求した。しかし、事前に私はパリ市庁舎にいる友人たちから市民乱入の情報を得ていたので、ジェルメーヌに侍女の変装をするようにと言っておいた。私は変装した彼女を「私の愛人《ミストレス》」として彼らに引き会わせた。この娘は身重でして。私どもの女主人《ミストレス》でしたら、今日、スイスに逃げてしまいました、と私たちは口を揃えて言った。

実際にスイスにむけ（その夜）彼女は窓をとざした粗末な馬車で逃亡した。彼女は私が長い間恋い焦がれていたことを知っており、道すがらお礼の意味で私の思いを遂げさせてくれたのだった。馬車は砂利道を縦横に飛び跳ねながら進んだ。周囲に過激派《サン・キュロット》の呼び声や松明《たいまつ》の火が飛びかっていた。私は十六歳で童貞だった。彼女は二十六歳、再度ナルボンヌの子供を身ごもり、七ヶ月の身重の身体だった。私は、何をどうしてよいやら、特にこのような状況下ではさっぱり見当もつかなかった。だが、私が何か先にたってする必要はまったくなかった。恋の経験は豊富であったが、スタール夫人は一度なりとも侍女の姿をしたことがなかった。そのため、大いに「浪漫的《ロマンティーク》」な気分になったのだろう。私は気がついたら、九月虐殺（一七九二年九月二―六日、パリで行われた王朝擁護派に対する虐殺）の同志に加わるつもりであったにもかかわらず――アンドレーよ、許しておくれ――男爵夫人と交わっていたのだ。ブリー、シャンパーニュ、ブルゴーニュをまさぐり、彼女のセーヌ川を遡り、彼女のソーヌ川を下って、彼女のジュラ山脈を越え、彼女の愛するスイスのコペの最も美味なる頂と湖にたどり着いた。

そこに着くと、彼女は全力を傾けて友人の亡命者たちのためのサロンを作りあげ、かつ、自身がお産の床に就く準備をした。彼女は私の献身的な愛を決して忘れなかったが、彼女の気持ちがナルボンヌに向いていることはどう見ても明らかだった。私たちの輝かしき道行きを、それ以後私たちは口にすることさえしなかった。まして、それを再び繰り返すなどありえぬことだった。春になって、息子アルベールを無事に出産すると、彼女は住居をイギリスに移した。愛人のナルボンヌとさらにタレーラン氏と落ち合うためであった。私はパリの恐怖政治の下へと戻った。恐怖政治の実状は自由主義者のバーロウにさえ衝撃を与え、彼はパリを去り、海峡を越えイギリスへ戻ってしまった。イギリスから私の許に一通の手紙を転送してきたが、それは〈ヘンリー・バーリンゲイム四世〉からの最後のもので、以後その名前の人物からの手紙は完全にとだえてしまった。

この手紙の発信地はカスティーヌズ・ハンドレッドとなっていた。手紙の主は、我が生涯の中で最も誇るべき偉業を今、成し遂げている、と書いていた。今度はイギリスの援助を得て、ポンティアックのあの連合組織を再び作り上げるのだ。イロクォイ族、マイアミ族、オタワ族、ショーニー族が、（マイアミ族の）族長リトル・タートルの下に連合する。ポンティアックはイギリス人と闘って敗れたが、今度はアメリカ人相手に勝利を目指すのだ。すでに「我々」はウォバッシュ川沿岸で、セント・クレア将軍に大勝利した。我々の制圧を目論んでアンソニー・ウェイン将軍によって集められ、訓練された〈アメリカ軍団〉を阻止できると確信している。我々の目的は、「我々の敵を味方につけること」だ、とその手紙の主は断言していた。インディアン、アフリカ人、フランス系移民、そしてスペイン系フロリダ住民による強力な独立集団《コロニー》を、ノース・カロライナの西方にしてオハイオ川の南方にあるテネシー川流域の政治的に混乱した地域に作り上げるのだ。その地域は太古の昔からインディアンの共有の狩猟地であった。一七八五年にそこにジョン・セヴィアがフランクランド（後にフランクリンとなった）という名前の新しい州を作ったが、今は消滅したも同然になっている。だが、事態は未だ十分流動的で、それを再建する望みはある。主権をそなえた州は無理としても、少なくとも「合衆国初の非アングロ・サクソン系の州」としてそれを再建する望みは持てる。来るべき大攻勢である南への大移動に参加すべく、カスティーヌズ・ハンドレッドの我輩の許へ、君も来ないか。君がここを出た後、君には新しい従妹《いとこ》ができている。アンドレーという名前の可愛い四歳の女の子だ……と手紙の主は書いていた。

この手紙も、戦略も、二枚舌の産物だと私は決めつけた。バーロウ自身はこれを裏の目的を持つ作戦だと考えた。つまり、西部の領土にさらに数多くのアメリカ人の「防衛を目的とした」砦を作ることにより、植民者たちが不法にインディアンの土地になだれこまないようにするためだと考えた――それで彼はアメリカ公使にこれを上申することさえしなかった。翌年、フォールン・ティンバーズにおいてウェイン将軍がインディアン「連合」を潰滅させたとき（そして「テネシー」は九六年にさらにもう一つの奴隷州として合衆国に参入が認可された）、私の考えが正しかったことが立証された。私は国王ルイ、ついでマリー・アントワネットがギロチンにかけられるのを見た。さらにジロンド党（革命時の穏健な共和党。一七九三年ジャコバン党に敗退）の人々が、次にはエベール派が、その後に民主共和制が、最終的にロベスピエール自身がギロチン台に送られたのだが――私はこれらの死を見守りながら、あの手紙の主もまた、生きのびたイロクォイ族の者たちに少なくとも頭皮の部分を剥がれるくらいのことがあってもよいと、想像していた。というのも、彼がインディアンの王国を確立するために闘うふりを装って生きながらえている限り、その実現は永遠にありえぬものと私は確信していたからだ（いずれにせよ、当時の私はその実現にはあまり強い関心はなかった）。

フランス革命暦二年テルミドール（熱月）の九日（西暦一七九四年七月二十七日）、ロベスピエールと恐怖政治は終りを告げたが、それはフランス革命に対する私の興味の終焉でもあった。革命は――ボナパルトが前面に出てくる以前ですら――過激派《サン・キュロット》よりもむしろますます将軍たちの支配下に置かれるようになると私たちは考えた。バーロウはハンブルクでインチキ不動産会社サイオート社の失敗を輸送業によって建て直し、一旗あげようとしていた。スタール夫人はコペに戻り、『王妃裁判について』を執筆中であった。国王の処刑には動じなかった彼女も王妃裁判には当惑したのである。バーロウもスタール夫人も共にパリへ戻りたがっていた。革命暦三年の新しい総裁政府（一七九五―一七九九年に成立した五人の総裁による政府）の下で、パリに戻っても安全か、と二人は私に意見を求めてきた。どういうわけか、スタール夫人からの手紙の数々はいつになく親密だった（後になって、彼女がもっと深刻な書簡のための実験的な草稿としてそれらを書いたことを私は知った）。ナルボンヌとの恋は終りかけている、と彼女は打ち明けた。一つには、彼女が九四年にコペに戻ったとき、彼はイギリスに留まり、どうやら新しい愛人を作ったらしいのだ。**明らかに、**と彼女はその年の春、書いて寄こした、**わたしが彼にとっていかに大切な女かと思って参りましたが、それはまさに夢でした。現実的なのはただひとつ、この手紙だけなのです。**もう一つの理由として、ローザンヌで彼女はバンジャマン・コンスタン（一七六七―一八三〇。政治家・著作家。小説『アドルフ』の作者）に出会い、彼に魅了されたことがあげられる。しかしコンスタンの方は不敵な若きコルシカ人、ボナパルトにすっかり夢中であった。

私は遺憾の意をこめて返答した、公安委員会の面々がギロチンにかけられた今、パリは安全ですよ、と。私自身は一文無しで、当時、ほとんど無価値に近い紙幣、アシニャ紙幣（革命政府が一七八九―九六年に発行した不換紙幣）を時折偽造する仕事をやる以外、何の仕事もなかった。疑いもなく、私に偽金《にせがね》造りの才能があるのがわかった。左派、右派、共に総裁政治の経済的潰滅を企てる小者たちから、私に誘いの手が伸びていた。私は十九歳、もはや恋の手管《てくだ》も手なれたものだった。政治についての考えは、熱烈なる人民主義と、大衆を毛嫌いし撥ねつけたくなる感情とが、交互に入れ替る、といったものであった。二つの極端な思想はジャコバン党と王党派のごとく絡みあっていたが、私の心の中に冷笑的ご都合主義を生むまでには至らず、たんなる冷笑癖という心理的便法を形作ってしまっていた。この便法は時の総裁政府そのものと負けず劣らず危ういものでしかなかったが、私はジェルメーヌ・ド・スタール夫人がこのような考え方を、そして私をも……浪漫的《ロマンティーク》と考えてくれたら、と図々しくも期待していた。

実は、彼女はそう思ってくれたのだ。革命暦四年、ブリユメール（霧月）の最初の十日間のことであった。この間、彼女はコンスタンとスタール男爵と共に、パリのサロンを再開したが、気が向くと彼女は侍女の姿に変装したり、過激派《サン・キュロット》の衣装をまとったりして、私を引っ張りだし、例の簡素な馬車に乗り、労働者階級の住む近郊を駆け抜けては、九二年の「我々」の逃避行の情事を再現してくれた。だが、その情事の間も彼女の心はコンスタンのもので、頭の中はその当時書いていた『個人ならびに国民に及ぼす情熱の影響について』という論文のことでいっぱいだった。彼女がこのお遊びのために衣服を借りた侍女は、密かに侍女を装ったジャコバン党員で、毛ジラミにたかられていた。そのため、この毛ジラミが服を借りたジェルメーヌばかりか、コンスタン氏にも、そして私にまでたかった。おまけに、恐怖政治の間中私がベッドを共にしていた本物の（それまで毛ジラミなどと縁のなかった）侍女にまでたかってしまった。ジェルメーヌはこの一件を痛快だと思ったようだが、他の者たちはそう思わなかった。さらに、私は依然として彼女の才能には敬服していたが、もう肉体的には彼女にあまり魅力を感ずることができなくなっていた。バーロウは私のアシニャ紙幣造りという危険な遊びに危惧を感じ、その年の暮れ（つまりグレゴリオ暦一七九五年のことだが）、外交使節としてアルジェに行く旅に私にもついてくるように言った。私はそれに有難い気持ちで従った。

この時点から私の国際政治と策謀の実地教育が始まることとなった。私たちはローヌ川を下り、カタロニアを通って、スペイン南東部のアリカンテの港からアルジェへと向かった。この間、私たちはドン・キホーテについて談笑し、アルジェ太守ハッサン・バショーへの贈物（すでに二万七千ドルもの外交土産を持参していたが、それに加えるべきもの）を新たに買い込んだ。バーロウの説明によれば、この仕事はワシントン政権下の駐仏大使、ジェイムズ・モンローという新しい友人から委ねられたもので、幾重にも慎重さを要する使命であるとのことだった。十年以上も前から、バーバリー海岸地方に出没する海賊はアメリカの商船を多数捕獲し、船も船荷もすべて没収、乗組員を奴隷にしてきた。アメリカ国民——と海運業者、もっぱらニューイングランドの業者——は憤激していた。フランスとイギリスの両国は我関せずを決めこみ、密かに快哉をさけんでいた。彼らにとっても海賊船は迷惑千万な話で、海軍を出動させて地中海から海賊船を一掃することはいつでもできた。しかし、彼らは太守を買収し、自国の船だけは見逃してもらうという方法を選んだ。そのため、彼らの競争相手、つまり、デンマーク、スウェーデン、オランダ、ポルトガル、ヴェネツィアならびにアメリカの船などが、略奪の憂き目にあった。一方で、彼らはワシントンと同じ懸念を抱いた。それは、このような事件が相次ぐと、アメリカが大規模な海軍を余儀なく作ることになるか、あるいはそれを正当化するのではあるまいか、という危惧だった。ちょうど、インディアンによる報復襲撃のために「我がアメリカ」の軍隊がアパラチア山脈より遥か西にまで勢力を拡大し、それを「正当化」したように。もちろん、アメリカの海運業者の多くは海軍建設を望んでいた。だから、海運業者たちはある意味でバーバリーの海賊に感謝しているのだ。自分たちの望んでいたことを堂々と大義名分として世論に訴えることができたからだ。従って、彼らは海賊があまり早く降参したり、買収されてしまわないようにと望んだ！　ワシントンはニューイングランドの連邦派の海運業者に気を許しておらず、また彼は原則的には常備の陸軍と海軍を保有することに反対だった（常備軍は経済を冒す性病のようなものであり、常備軍が保証するはずの平和にとって、最大の危険物であるからだ）。そのワシントンでさえ、外国における明確な脅威ほど脆いアメリカ合衆国を強化するものはない、と認めざるをえなかった。彼はまた、メイソン・ディクソン線より北の奴隷制反対論者、あるいはたんなる反南部の企業家が、百人以上の白人北部人《ヤンキー》を太守が奴隷にしていることを、徒党を組んで宣伝するのではないか、と恐れていた（これはバーロウの説である）。バーロウ自身、この件についてわざわざ一節を割き、彼の改訂版『アメリカ物語』の第八巻に付け加えるつもりだった。

そこで、今のところ捕われている人々の自由を金で購い、今後アメリカの船を襲うことのないように屈辱的な賄賂を贈って太守と交渉するよりほかに、ワシントンには方策がなかった。この際唯一つ問題となるのは、身代金と賄賂の金額であった。国内の海軍支持派の企業家たちの中でさえも、意見は二つに割れた。馬鹿高い金額を支出するくらいなら、いっそ軍艦を建造した方が安いのではないか、と考える人々と、あまりに多額の金を支払えば、財務省の金庫が空になり海軍をつくる費用さえなくなってしまう、と言う人々とに分かれたのである。さらにその背後には、条約交渉を迅速に行うべきか、それとも故意に引き延ばすべきか、という密かな問題も隠されていた。というのは、迅速に事を運べば高いものにつくかもしれなかったからだ――太守は八十万ドルを要求していた――そして（いや、しかしだ）海軍建設の好機、黒人奴隷の廃止「並びに／あるいは」アメリカ国内の統一を訴えるプロパガンダをするチャンスを逸してしまうかもしれなかった。だが、もちろん、捕われている船乗りたちと家族の者は満足するであろう。交渉を長引かせれば、より安くつくかもしれない、しかし（いや、そして）同時に、軍艦を建造し、乗組員などを配備する時間も取れることになる。また交渉が長引けば――好むと好まざるとにかかわらず、駆け引きいかんで――気まぐれな太守が、さらに多数の「我がアメリカ」の商船を襲い、身代金を引き上げ、交渉を決裂させたい気持ちになる危険性もあった。つまり、バーロウの任務が失敗すれば、アメリカとヨーロッパの企業家たちの中には喜ぶ連中も、成功に満足する連中と同数ほど存在したのである。

「ボナパルトは、用兵の才とはすなわち臨機応変の才なり、と言っています」と、バーロウは話をしめくくるように言った（私たちの乗った軽二輪馬車《カレッシュ》は灌漑地《ラ・ウエルタ》のアーモンドとオリーヴの茂みを通り抜けていくところだった）。「ヘンリー・バーリンゲイムは我々に教えてくれました、臨機応変の才とはすなわち想像力の才、そして、眼前に現われるものを何であれ利用し、有利に受けとる姿勢を常に築くことだ、とね。どうかアンドルー、そこのところをよく考えてくれたまえ、〈敗北〉から〈勝利〉をひねり出せず、事をうまく運べそうもないとき、その時だけですよ、我々が真の敗北に甘んじるのはね」

バーロウがこの任務を引き受けた動機は比較的単純だった。祖国のために力を尽くすのが第一だが、公金で旅ができるし、アルジェでは機会さえあれば、割のよい投資でもしようと考えていた（ハンブルクで成した財産の大部分を、彼はフランスの国債とパリの不動産に注ぎこみ、ナポレオンがそれらの価値を増大させてくれるのを期待していたが、ほかに約三万ドルほどの流動資産を投機のために持っていた）。そして、妻ルーシーがまたあまり焼き餅を焼かぬよう速やかに任務を終えて、帰るとしよう。彼はそのように考えていた。ポルトガル駐在のアメリカ公使（バーロウの旧友で〈ハートフォードの才人〉の仲間のハンフリーズ大佐であったが）――公使にはアルジェ、トリポリ、そしてチュニスとの間に条約を締結するという任務が課せられていた――がロンドンとハンブルクで価値の下落した合衆国銀行の株を売って、八十万ドル分の地金を調達するまで、バーロウは太守を贈物と言質とで懐柔するという戦術をとるつもりだった。バーロウの推測では、公使の任務は、むら気で危険な回教徒の君主と交渉するよりも厄介な仕事だった。バーロウが私を同行させたいと考えた理由は、アシニャ紙幣偽造という私の大胆な行為の中に父親譲りの才能を見つけた、と彼が思ったからだった。その才能は今回の任務に役立つかもしれないと考えたのである。彼は私をスタール夫人の許に預けてから、私が実に「国際性」をそなえるようになってきたと言い、とても喜んでいた。

先見の明があると同時に巧妙でもある、善良なるバーロウよ！　齢《よわい》四十そこそこなのに、彼は私の祖父と同様に長い波乱万丈の道程をすでに歩んできたのだった。かつては「我がアメリカ」の革命を賛美した保守的な詩人、かつナイーヴな従軍牧師として、アンドレ少佐の絞首刑を目撃し、『コロンブスの夢』をルイ十六世に献上した男だったが、今はフランス革命を体験し、無神論と反君主制へと傾き、自らも「国際的に」物事を見ることができるようになった。彼がイギリスの、さらにはアメリカの保守的な友人たちさえも驚かせたのは、一七八九年の論文『特権階級への提言』と一七九二年の『フランス国民公会への書状』によってであった。この『書状』が認められ、彼はワシントン、マディソン、ハミルトン、トム・ペインらと並んで、フランス共和国の市民権を与えられた。さらに（同年の）『王の陰謀』という、全面的革命による君主制の転覆を呼びかけた詩も人々を驚かせた。だが、ジャコバン党的調子をたたえているにもかかわらず、これらの著作物には共通したものがあった。それは強い確信というよりむしろ素朴にして華麗な熱情だった——今の私にはそれがはっきりとわかるが、当時の無邪気な私にもそれが感じられたのだ。しかしながら、三篇からなる短い模擬《モック》賞賛詩『即席プディング』——アメリカ風朝食とニューイングランドへの郷愁をこめた賛歌で、九三年、サヴォイ（フランス南東部の地方）で一月のある朝書いたものだった——は、まことに楽しい詩だ。戯作の傑作である。

それはバーロウにとって一つの転機となる詩だった。ちょうどその頃、彼は人生の転機にさしかかっていることをはっきりと意識していた。後に私が振り返って私自身のいくつかの転機に気づいたのと同様だ。要するに、彼はあまり観念的《イデオロジカル》（ボナパルトの言う意味でだが）でなくなり、より政治的になっていた。つまり、過激さが薄れ、洞察力を身につけた。野心的でなくなり、より抜け目なくなった。彼は、サイオート社のインチキ商売の経験から学び、ハンブルクで合法的に財産を作った。ジェイムズ・モンロー——この人物は抜群に人を見る目があった——は、賢明にも彼を太守の許へ送る使節として選んだ。バーロウは私たちの任務がいかに政治的に複雑であるか説明し、その後で太守の性格を鋭く見抜いて抜け目なく対処すべきことを語ったわけだが、こうした卓見に加え、私は彼が国際金融に精通していることを初めて知り、驚嘆し、ますます尊敬の念を強めた。彼の資質が飾り気のない北部米人《ヤンキー》の快活さ（この言葉では簡単すぎて言いつくせていないが）によって隠されているので、私はますますその感を強めた。快活さこそ実は、彼にとって有効な資質であった。快活さ故に敵は敵意を和らげ、彼を与《くみ》しやすしと考えた。しまいには敵は心から彼を好きになり、信頼し、彼への策謀の手を緩める。そのため、彼は自分の求めていたものを大抵は入手できるのだった。

（私がこれを書いている今も、Bはマディソンが送りこんだフランス公使として、さらにははるかに微妙で重要な任務にあたっている。ベルリン勅令とミラノ勅令の撤回を求めて、ナポレオンおよび外務大臣ド・バサーノ公爵との交渉に入っているのだ。この勅令によれば、フランスはイギリスと貿易するアメリカの船舶を没収してよいことになる。私は我が敬愛する男の成功を祈っている。実はこの私、たった先刻まで、彼の失敗を目論んで全力を尽くしていた！そのことはほどなく語ることにするが）

さて、我々の任務に話をもどすと、到着後数週間で完了するものと考えていたのに、一七九六年の三月から翌年の七月まで長引き、私たちはその間アルジェに留まることとなった。それというのも、フランス革命に関わる戦いで当時のヨーロッパは疲弊し、さらに消耗を招くナポレオンの作戦行動が始まらんとしていたため、地金の調達が困難だったからである。そして、郵便の遅滞と予測不能性も長逗留の一因となった。私に言わせれば、そうした郵便事情が歴史の歩みを変え、さらに変え直したその功績はとても大である。それはボナパルトやすべてのバーリンゲイムが束になっても敵わないほどだと確信している。太守ハッサン・バショー（気まぐれにして横暴、すぐに怒りだすとんでもない奴だが、決して馬鹿ではなかった）が条約を結ばず、合衆国に宣戦布告をすることなどないように、彼を丸めこみ、賄賂支払いの期限を延期してもらう以外に、私たちがとる戦術はなかった。私たちは臨機応変に駆け引きをした。バーロウは、いかにもかつての師の優秀な弟子らしいところを見せた。私たちが激怒する太守にやっと謁見を許されたとき（最初、彼は私たちに会おうともせず、バーロウの信任状を開いてみようともしなかった）、太守が望んだ最初の贈賄の期限はすでに過ぎていたし、八日以内に戦争を仕掛けると彼は脅しをかけてきていたにもかかわらず、バーロウは咄嗟に大胆にもバショーの娘に二十門の砲を備えたフリゲート艦を進呈すると申し出て、九十日間の期限の延長を勝ちとった。フリゲート艦はフィラデルフィアで建造し、アルジェに送り届けようというのだ！　これは正式の権限をはるかに越える申し出だった。フリゲート艦建造には四万五千ドルかかる。さらに一万八千ドルの仲介料を太守の顧問であるユダヤ人銀行家ジョウゼフ・バクリに支払わねばならなかった。このバクリとバーロウは非常に親しくなった（それには、二人の頭文字が同じということもあった――バクリはカバラ主義者で、頭文字を大切に考えていた）。そこで彼は仲介料を取り、この提案を申し入れる役を引き受けてくれた。さらに、このフリゲート艦がやがては商船、それもたぶん「我がアメリカ」の商船を襲うのは確実だった。しかし、この作戦は功を奏し、太守は大喜びだった（彼は最初に見せた怒りは偽りだった、と言明し――三十門でなく三十六門の砲を装備して欲しいと言った）。ワシントン大統領もこの結果に満足してくれた。私たちは九十日の猶予期間を手に入れ、バクリは一万八千ドルを入手した（加えて、バーロウとの銀行取引も成立させたが、バクリはこれを良心的に取り扱った）。そして、ハッサン・バショーは二年後にフリゲート艦クレセント号を手に入れた。三十六門の砲を備えたこのフリゲート艦の建造には九万ドルが費やされた。

私たちが持参した使節としての土産品も受け取ってもらえた。宝飾を施した拳銃とかぎ煙草入れ、リンネル類、ブロケード布地、パリ製の指輪、腕輪、首飾り――こうしたものは、ハーレムの妻妾たちへの贈物であった。

「君の父上が知ったら、我々のことを誇らしく思うでしょうな」とバーロウは大喜びだった。「バショーはバーリンゲイム流の術中にはまったのですからな！」

私は簡単には同意できなかった。失礼ながら言わせてもらうけど、もう一度このようにして九十日の猶予期間を手に入れるとしたら、合衆国は破産してしまいます、と私は反論した。バカな、それでも一週間の戦争をやるより安上がりですぞ、とバーロウは言った。特にバクリに渡した仲介料は良き投資です。あのユダヤ人しか我々の提案を伝えることのできる者はいないのだし（しかも、太守の娘にフリゲート艦を進呈するという心憎い気配り、これを無料でつけてくれたわけで、このバーロウにはこのような見事な外交的気配りは思いもつきませんでしたな）、そればかりか、「我が国」の十三万八千ドルを使ってこれまで購入したものの中で、最良のものは九十日の猶予期間ではなく、バクリの友情ですよ。バーロウはさらに続けた。君の父上はスモーレットの小説『ロデリック・ランダム』から皮肉な金言を引いて断言したものです。小さな親切は感謝され、ちょっとした侮辱は帳消しになるというのに、最大の恩恵を与えてやった者は最も恩知らずの卑劣漢となり、最大の悪をもたらした者は最も無慈悲な敵になる、とね。バクリは私たちに助言した。太守にはアルジェ滞在の目的は条約締結と捕虜の身柄買い戻しであると言うべきではない、屋敷を借りて外交官として永住する素振りを見せた方がよい、と。バーロウはこれを謝して、何がしか些細だが顕著な返礼をバクリに贈り、二人の新しい友情を堅固にしたいと考えた。

この第二の策略は第一のそれよりも、さらにバーリンゲイム的だった。バーロウ言うところの「H・BをH・Bすること」（つまり、ハッサン・バショーをヘンリー・バーリンゲイム流にからめとること）に加えて、私たちはさらにいくつかの利益にあずかれたからである。アメリカ人捕虜の最年長の一人、ジェイムズ・キャスカートなる者は、太守に気に入られ、英語専用の秘書を務め、非回教徒の助言者としては、太守に最も近しい位置を占めるまでになっていた。彼は他の捕虜と私たちをつなぐ主たる重要なパイプ役を務めたが、同時に私たちと太守との主要な仲介役でもあった。たとえば、身代金が到着しないと言って苛立つバショーの言葉を、毎日のようにバーロウに伝えるのはキャスカートの役目だった。太守に信用厚きもう一人の異教徒――我らが友人バクリのことだ――が、この秘書に嫉妬していたのは驚くにあたらない。キャスカートがキリスト教徒で、バクリがユダヤ教徒であるが故に、いやがうえにもその嫉妬は募ったのである。回教徒、キリスト教徒、そしてユダヤ教徒が関与する交渉において、自分のような無神論者は有利なはずだと私を相手に冗談を言っているとき、バーロウは妙案を思いついた。太守がキャスカートをフィラデルフィアに派遣してクレセント号の建造の監督にあたらせれば、私たちは一気に一人の大切な捕虜を解放し、バクリの嫉妬の種を除いてやることができ、しかも彼から感謝され、私たちも太守からの圧力を幾分免れることができるではないか。そうなれば、太守は私たちでなくキャスカートに矢の催促の鉾先を向けるであろう。しかも、バーロウは賢明にも、この考えはハッサン・バショー自身が思いついたようにしむけるべきだと考えた。私たちはどうしたら疑われずにこの考えをバショーに伝えられるか、最善の方法を議論した――私は、我々でなくバクリがこの問題を持ち出せばよいのではないか、と思いついた。彼は婉曲に物事を言う(かつ太守の機嫌を見抜く)名人だった。おまけに万に一つ、この提案がバショーの疑惑あるいは不興を招いた場合、鉾先は私たちではなく、バクリに向かうだろう――しかもそのときはバクリが自らの外交手腕のまずさを責めれば、それで済むことだ。

バーロウは私を抱きしめ、大喜びで部屋中をワルツのステップを踏み、踊りまわった。「君はまさしく父上の息子だ、息子だ!」と彼は叫んだ。これが五月一日のことであった。一週間後、キャスカートはフィラデルフィアに向けて出発した。彼は欣喜雀躍の面持ちだったが、太守もまた彼に劣らず大喜びだった。太守は自分の明敏な考えに誇らしげな満足を感じていた。そして、バクリもまた大いに満足していた。彼は――スモーレットの金言とは裏腹に――私たちにお礼をしなければ、と騒ぎ立てた。ハンフリーズが身代金を調達できないことにいきりたってはいたものの、バーロウもまた満足だった。私とても同じこと。この時初めて一族特有の外交的手腕の才能が早くも花開いたのを自覚していた。

このことがあってから、バーロウは何か策略を考えるときには必ず私に真剣に相談するようになった。ただし、それでこそ父上の息子ですぞと言われると、賛辞の値打ちに傷がつきます、と私は彼に言ってやった。そしてまた、私は、大変お世話になった貴方のために喜んで働くが、貴方の国のためには働きませんよ、国に対しては、せいぜい愛憎入り混じった感情しか持っておりませんから、とも言った。だが、その後まもなく私は彼の役に立つことができた。その次第は次の通りである。

私たちが高額の金で購った九十日は、その三分の二が過ぎてしまった。ハンフリーズ大佐は、価値の下落した合衆国銀行株の七十五万ドル相当分を売る努力をしたのに、まったく金《きん》を入手できなかった。入手できたのはベアリング商会というロンドンの金融会社が発行したマドリッドとカディスで有効の信用状だけだった。しかし、スペイン政府がそれだけの量の金を国外に持ち出すことを認めるはずがないことを、ベアリング商会は知っていたにちがいない(少なくとも、バーロウは知っていた)――特に、スペイン政府は、大昔からキリスト教徒のスペイン人を奴隷にしてきたバーバリーの海賊に渡す金であれば、必ずや渋るはずだった。奴隷にされた者の中には、あろうことか『ドン・キホーテ』の作者さえいたのだ。だから、バーロウは抜け目なく、ベアリング商会の信用状をスペインからイタリアのリヴォルノにあるジョウゼフ・バクリの支店にまわしてもらったらどうか、とハンフリーズに提案した。その地においてならば交渉も容易だし、信用状をすぐにもアルジェのバクリにまわすだろう。そして、太守は金《かね》を入手することになる(少なくとも、彼の信頼する人物の信用状という形で)。これにより、条約は締結され、捕虜はアメリカへ、私たちはパリへ帰ることができよう――そして、バクリの会社はこの取引によってまた余分に手数料を手にすることになる! この話を提案するとバクリは即座に同意した。私たちは事務処理のために領事補佐官をリヴォルノ(英語で「レグホーン」の意なるその地は、たまたま、あのスモーレットの埋葬されている地でもある)に派遣した。ところが、肝心の信用状がまだハンフリーズとベアリング商会との間で話がついていないのか、その地に送られてきていなかった。そのうえリスボン、ロンドン、カディス、リヴォルノ、そしてパリへと宛てた私たちの手紙もまた海の藻屑と化したも同然であった。というのも、返事がほとんど来なかったからである。さらに具合の悪いことに、夏の到来と共に、アルジェにペストの大流行が始まった。

我が子よ、ペストについては何も言うまい。ただ、再びペストの恐怖を、すなわち疫病の海賊旗のはためきを目のあたりにするくらいなら、血に染まった一ダースものロベスピエールに運を賭けた方がましだ、と言っておこう。私たちは二重に絶望的な気分であった。三ヶ月の猶予期間が終る日(七月八日で、それは私の二十歳の誕生日の直後だ)が来るまでに、何百人ものアルジェ人と五人のアメリカ人捕虜の命が口にするのも恐ろしい姿で露と消えた。私たちも今日こそ疫病がこの小さな宿舎を襲うだろうと思った。バーロウは遺書さえ書いた。私は、スイスにいればよかった、と思った。それにしても、地中海の向こうからは何の便りも届かなかった。

代わりに届いたものは、最初はまたしても逆風になるか、と見えたが、やがて、姿を変えた天恵であることがわかった。フランス領事の交代があり、新しい領事は「我が国」の贈物（モンローとバーロウは法外に贅《ぜい》を尽くしたものと思っていた）がかすむほど、豪華な品を取り揃えてやってきた。この格差を際立たせるために――さらに、身代金の到着の遅れを私たちに思い知らせるためにか――ハッサン・バショーはその毛深い腕を広げてフランスを迎え、私たちなどもう用はないという素振りさえ見せた。

太守は贈物のお礼をしたいが何が良いか、とフランス領事に重ねて尋ねた。領事は、それでは太守の金庫から金《きん》二十万ドル分をお貸付け下さい、と答えた。なんと、フランス領事館の費用をまかなうためであった！ 私たちは、あまりにも厚かましい要請と考えた――アルジェに金《きん》が払底し、バクリの会社ですら貸しだす金がない時節に、この男、自分の差しだした贈物以上のものを貸してくれと言っているのだ――だが、（所詮海賊であり、銀行家ではない）太守は、この途方もない貸付を即座に承認した。たまたまバクリは、バーロウと同じく、資産のかなりの部分をフランス国債に投資していた。私たち同様、バクリも太守が法外な貸付をしたことに驚き、かつ、アルジェの国庫にかくも簡単に近づいた人物に興味を抱き、ある名案を思いついた。国債の形で総裁政府にバクリが貸してある金額の一部の返金として、フランス領事館からその二十万ドル分の金《きん》を頂戴する。その代わり同額の融資をして差しあげるから、領事館は日常業務の費用として、ご自由にそのお金をお使いになったらよい。こういう案はいかが、と彼は提案したのである。領事は同意した。実際、自分で銀行の代わりに金を動かしたり、紙幣にかえたりするより、バクリの銀行を通した方が簡便であったからだ。バクリはフランス政府が自分ではなく、太守に借金する形になったのを喜んだ。バーロウは――この頃、彼はアルジェでの任務を引き受けずに、パリで蓄財に励むべきだったと悔やんでいたから――コネティカットの北部人《ヤンキー》でなく、ユダヤ人に生まれたかったものだ、と心から口に出して言った。

「いえ、いえ、青臭いユダヤ人《イエークル》より、北部人《ヤンキー》の方がましです」とバクリは答えた。これにはニューイングランドの商人の中には実に抜け目のない者もいるし、ユダヤ人の中にも間抜けな奴もいる、という彼の偽らざる気持ちが込められていた。

今や私はジョウゼフ・バクリを大いに尊敬していた。利に敏いが、頼りになる男で、利用できるものすべて貪欲に利用しつつも、自らの義務は忠実に果たす。おまけに教養もあり、政治には一定の距離を保っていた（どんな政府でも多かれ少なかれいかがわしい、と彼は好んで言っていた。しかし、またそれだからこそ、多かれ少なかれかなりの重要性を持つわけだ、と）。どういうわけか――多分、彼の微笑が私もましな「北部人《ヤンキー》」の一人であると語りかけていたせいであろう——突然、私に名案がひらめいた。バショーをバーリンゲイム流の術策にはめるこの進行中の計画において、バクリをしのぐ術でバクリに勝つ方策を思いついた。バクリが帰っていくと、まだバクリの腕前《クー・ド・メートル》に大喜びしているバーロウに、私は言った——キャスカートを見事追い払ってもらって大喜びのバクリに、僕らにそのお礼を払ってもらう絶好のチャンスですよ、と。バクリは——太守と違って信用状の何たるかを理解していたから——遅滞はしているものの、マドリッドとカディスの銀行が支払うべきものとして、リスボンにいるハンフリーズに宛てたベアリング商会の信用状は、いずれレグホーンのバクリの事務所に送られてきて、そこからアルジェにまた転送されるものと、私たちと同様、固く信じていた。その意味においては、バクリに対する私たちの「信用」は絶大で、特に彼にこれまでにしてやった恩義を考えれば、なおのことだった。この信用をカタにして、フランス領事が太守から借りた例の二十万ドルを丸々バクリから借用しても、罰はあたりませんよ、その金で捕虜の即時釈放を求めるというのは、いかが？

　バーロウは懐疑的であった。太守が、元はといえば自分自身のものである金を水夫の身代金として受けとるだろうか？　特に、太守はフリゲート艦の引き渡しとその他の要求品を保証してくれる捕虜という最高の担保を手放すことになるわけだからね。しかし、太守に金の出どころを教える必要はないのですよ、と私は答えた。毎日の仕事として太守の収入を査定し、認定して手数料を稼いでいるのがバクリその人ですからね。担保については、ペストのおかげでその値打ちが日毎に下落している、と太守に言えばいい。ペストに冒された百人のヤンキーに対して二十万ドルの支払いとは、悪くはありませんよ。万一、「我が国」が条約の残りの部分の履行を怠ったとしても、太守はいつだって新しい捕虜を捕えてくれればいいのだから。だが、と少々懐疑的ではなくなったものの、依然として首を振りながら、バーロウは反論した。それでバクリは何を得するのですかね。そいつはなるほど難しい問題ですね、と私は認めた。私たちの友人バクリは、ケチなユダヤ人の金貸しというわけではもちろんないし、そしてまたたんなる友人というわけでもなかったからである。となれば、私にできる精一杯の提案は、これしかなかった。つまり水夫を帰国させる船をバクリから借り上げ、フィラデルフィアへ行くのですよ。それにはリヴォルノとリスボンを経由したらどうだろうか。その地で船長——あるいは僕たちのどちらか——が、約束の金《きん》を早く発送するように促すのです。その先は、僕たちはただただバクリの善意に頼らなきゃならない（本気で私はこれに頼るべきだと付け加えた）。

どうやらこの最後の一言が利いて、まずバーロウが納得し（彼は再び私を抱きかかえ、部屋中をワルツで踊りまわって、アルジェ人の召使たちを驚かせた）、次にバクリも納得してくれた。もちろん、当初は彼もなかなか結論を下さず、私たちの大胆な提案に驚いていたが、最終的に同意し、太守に人質の五パーセントはすでに疫病に倒れたと指摘する役を引き受けてくれた。語るも不思議、作戦は見事に成功、私たちさえ驚くほど、とんとん拍子に進んだ。計画を思いついてから四十八時間経たずして、捕虜たちは太守自身の金《きん》によって身代金を支払われ、フォーチュン号（バクリから借りた船であって、捕虜たちがこれの船長と乗組員を務めた）に乗って、レグホーンにむけて南西風を待つばかりとなった！

「アンドルー・バーリンゲイム・クック四世よ」とバーロウが言った。私をフルネームで呼んでからかう癖がついてしまったのだ。「君も一緒に行って下さい」一気に彼は言い切った。君が私の任務の大部分を果たしてくれたのだ。我輩はもう少し残って、金《きん》の到着を待ち、条約を締結しないとね。君をそばにおいて、もう少し相談にのってもらいたいが、ペストの魔の手から君を逃がしてあげることの方が大事だ。彼は自らの安寧よりももっと大切だという任務を私に託した。つまり私はレグホーンで下船して、現地のバクリの事務所がリスボンのハンフリーズからの信用状を受けとったかどうか確認することになった（なんたることか、ハンフリーズは速達便でなく普通便でそれを送ったことがわかったのだ）、その後、迅速に換金してナポレオンが港を封鎖する前に金貨を送りだすように手配しなければならなかった。当時ナポレオンはすでに北イタリアでオーストリアに対する大軍事行動を開始していたので、レグホーンの港を封鎖する可能性があった。さらに私はその後でパリのバック街にいるバーロウの妻ルーシーに会い、彼の遺言と、それと同じくらい親密ではあるがそこまで悲痛でない何通かの手紙を渡すことになっていた。そのうえ、妻にむかって彼がパンタローネ姿の女たちに心を奪われたことはない、と確約してやってほしい、と彼は言う。そして（彼はここで意味ありげに私を見、自分は決して放埒《ほうらつ》な男ではないが、また修道士でもない。だから、この数ヶ月、完全に貞節を守ったというわけじゃない、と言った）妻の方も孤独を和らげるために何か多少のことはしたにせよ、彼への愛を裏切るようなことはしていないことを、私に調べてほしいし、それを手紙で書き送ってくれ、と頼んだ。「君なら気転を利かして、完璧なる調査をしてくれるでしょう」と彼は言った。「君、あるいは君の父上だけにしかできない方法でね」ただし、それ以外は、君の気のむくまま、フォーチュン号に居残ってもいいし、また君がかなりの貢献をした国を訪れて、〈ヘンリー・バーリンゲイム四世〉を探し出し、彼が君の父上であるか否かの問題に心の決着をきっぱりとつけてもよろしい。というのも、もしその人物が君の父上でなかったら、あるいは、もし面とむかった際、君に対してとってきた行動をうまく納得させる説明をしてくれなかったら、そのときはこのバーロウが君を、すでに心の中でそう見なしているように、喜んで正式に我が息子としたいと思っておるのですぞ。

　私は大いに感激したのだが、同時に心の中では大いに混乱していた――だが、疫病の蔓延するアルジェにはすでに飽き飽きしており、この地を後にするのは嬉しかった。しかし、私はフィラデルフィアには実際は行かなかった。レグホーンに行き、そこから懐かしのパリに戻ってしまった。しかし、太守にとって事実上唯一のアメリカ人人質として善良なるバーロウを後に残していくことと、彼の息子にという誘いを断ったこと（私には父親は要らないと、私はかなり気を高ぶらせながらも理解し始めていた）への良心の呵責を和らげるために、私は出発前に次に述べるような彼に対する最後の奉仕をした。これは彼と同じほどに私の人生においても重要な事件となった。

　さて、アメリカ合衆国のためにやった私たちの外交は見事成功したわけだが、国際外交での多くの業績と同様に、これもまた他の政府の犠牲のうえに成り立っていた。つまり、太守の主要な収入源は海賊船の分捕品だったから、私たちと交わした条約により、彼は分捕れなくなっただけの獲物を他の国々の船から調達することになったのだ。その結果、バーロウは当時のアルジェの領事連中の羨望の的となったが、同時に彼らの陰謀の一番の標的でもあった。条約で取り決めた支払いを私たちが履行しなければ、そして合衆国の商船に対する海賊行為をアルジェが再開すれば、スペイン、オランダ、スウェーデン、ヴェネツィアの領事たちは大喜びのはずだ。当面、彼らは太守にこっそりとバーロウの人格とその意図を謗《そし》る言葉を吹きこむだけで満足した。バーロウは男色だ、と彼らはほのめかした。キリスト教の聖職者だとか、隠れ詩人だ、とも言った。しかし、フォーチュン号出帆の前夜、私が所持品のすべてを荷造りし、船に積み込んでいるとき、バーロウが私の部屋にやってきて、どうやら深刻な危険が我輩の身に迫っているようだ、と気づかわしげに言った。

　彼はルーシーへの貞節を明言したものの、実は少々不実であったことを私は前にも述べたね。バーロウは妻を愛し、恋しがっていたのは疑いないし、バック街で彼女の腕の中に抱かれたいと願っていた。ヴェールをかぶったアルジェの女たちの中に、ルーシーに勝る者はいなかった。しかし、この数週間、彼はスペイン領事館員の若妻（私たちは彼女のことを〈領事館の花《コンスエロ・デル・コンスラード》〉と呼んでいた）との恋の駆け引きを楽しんでいた。ギャンブラーにして根が放蕩者の夫が数日前にペストでこの世を去ったときだけ、気を遣って彼女を追いかけるのをやめていた。バーロウの甘い誘いを受けても、コンスエロはアンダルシア女特有の瞳を輝かせる以上のことは一度たりともしたことがなかった。ところが、突然彼女の筆蹟と思われる次のような手紙がスペイン領事館から届いた。最愛なるセニョール《カリシモ》B、わたしの馬車まで人目につかぬように来て頂けませんか――じきじきに、お一人で、すぐにいらしてくださいませ。馬車はすぐ近くの岬に止めてあります、極めて緊急を要する内密の用事のため、ということだった。

もちろん、彼は罠ではないかと疑った。手紙は偽造できるし、誰かが脅迫して彼女に書かせることもできた。彼女か彼女の身代わりかが彼に恥をかかせるか、あるいは脅迫するかの目的でおびき寄せようとし、餌をまいているのかもしれなかった。悪くすれば金で雇われた刺客が馬車の中で待ち伏せており、彼の頭を強打して海へ放りこみ、若い未亡人の名誉を守るためだったと言い抜けるかもしれなかった。よしんば手紙が本物であるにせよ、不安は消えなかった。彼のちょっとした浮気が、抜きさしならぬゆゆしき事態を招くとしたら、何としよう。一方、その女性がほんとうに彼の助力を必要とし、彼との交際を熱望しているとして、それに応じなければ、彼女を傷つけ侮辱することになり、領事仲間に大勢の敵を作ることになる。なぜなら、未亡人になりたてなのに、すぐにもそのようなことに飛びつく女性（と仮定してみるが）は、自分の意図を拒絶されるや、すぐにも復讐に走るだろうから。だが、彼女がまったく純粋な気持ちから彼の助力を必要とし、外交官にふさわしい慰撫からいささか逸脱した程度のものを熱望しているだけだとしたら？　それに応えなければ、彼は悪党で間抜けということになる！　その他あれこれと彼は考え続けた。

バーロウが困り果てて興奮している様子は面白かったものの、私も彼と同じように心配だった。貴方の代わりに僕が馬車まで行きましょう、私は即座に申し出た。あの方は思いがけず太守から私的な謁見の呼び出しを受けたため来られないが（このような特権を有難がらぬ領事はいなかった）、奥様の都合のよろしき折に、手前どもの屋敷で慎んでお会いいたしたいと申しております、と伝えましょう。それで彼女が気を悪くしたように見えたら、即座に僕が彼女の手紙を横取りし、事の真偽を確かめにまいったのですと言いつくろいます。もし彼女が真剣であるようなら――真剣に悲しみにくれていようが、あるいは真剣に恋していようが――彼女を何とかして落ち着かせて、屋敷に連れてくるか、さもなければ、もっと身を守れるような状況で貴方の裁量にまかせられる逢引きの機会を設定しましょう。それで明らかに僕が怪しいと感じたら、すぐにご報告します。それで明らかに待ち伏せだとわかった場合はどうするかね、とバーロウは言った。ああ、その場合はできる限り逃げ出すように努めますよ。パリの街でそのあたりのことは学んだつもりです。

でも、彼女はこのバーロウ自身に来てほしいと言っているわけで、罠であろうとなかろうと、君が近づいていったら、彼女の馬車は逃げてしまわないだろうか？

私は自分に変装と捏造の腕前（とアシニャ紙幣偽造の腕前）があることにすでに気がついていた。以前、あの九月の処刑続きの頃、スタール夫人宅で、私には即興に物語をでっちあげる才能があると突然わかったし、最近ではアルジェで、策略をめぐらす才能があることを改めて自覚していた。今や、自分でも驚くばかりだが、実在の人物たちの風采を容易に真似できることがわかった。ただちに即興で私はバーロウそっくりに歩き、話し、笑い、動作をしてみせた。『コロンブスの夢』の一節を即席でそらんじてみせさえした。彼の原文はこうなっていた（彼特有の活気に乏しい文体である）。

麗しのチェサピークは広大なる航路を開き、
彼らの旗を汽水域へと招き寄せぬ。
彼の地は穏和なる地帯、心地よき土壌と
木立ちと小川に誘われしままに上陸の労をとりぬ……

「私の改訂版」は途方もなく美辞麗句を連ねている。

我がチェサピークを北上しつつ
〔コロンブスは〕百花繚乱たる岸辺に呼びかけぬ。
花々は枝垂《しだ》れた帆布に香を移せり。
降りゆく薄明は、広き蒼き流れの上を彼方まで拡がる光輝を和らげり。
銅燭台が揺れるがごとくに舞う月光は、
うち震えつつ小波《さざなみ》たつ湖を銀色に染めり。
砂浜と岩なす断崖は琥珀色の光線をもってその微光に応えぬ。
緑なす谷の上を琥珀色いやます輝きが走り、
光を頂く山々の影は空をめぐりて移ろいぬ。

私としてはおとなしいパロディを意図したのだが、バーロウは私の変装と同じほどこの詩にも狂喜した。それでこそ父上の息子ですぞ、云々と繰り返し言った。笑ったかと思うと次には泣き、いきり立ったかと思うと次には逡巡しつつも、彼は私にマント（彼の上着は私には大きすぎた。彼が鬘《かつら》と眼鏡をつけていないのは残念だった。私たちの容貌は似ていなかったから、声と身振りとで効果をあげなければならなかった）と、太守から贈られた駿馬とを貸してくれた。最後に私たちは抱擁しあい、私は以後二度と願いさげにしたい最高に奇妙な逢引きの場へと馬を走らせた。

　月は照り、暖かく、風の強い夜であった。街はずれの岩だらけの浜の先にある指定された場所には、一人の御者を従えた黒っぽい馬車が待っていた。「まことに浪漫的だこと《トレ・ロマンティーク》」とスタール夫人なら形容したであろう。外交上の策謀の香りがするから、余計にまたロマンティークだった。しかし、私は警戒心で一杯だった。御者はスペインの刺客にちがいない、馬車の中にはその仲間たちが待ちうけている。彼女の約束など無視して、バーロウに御者の格好をさせて、自分の馬車で来ればよかった。相手の善意を確かめたいからと言って、乗物の交換を要求し、それから事を運ぶべきであった。そう考えたところで後の祭りだ。それに、私は気質的にむこうみずではなかったし、それは今も変らないのだが、本能の働きで（そのときから私はこれに気づき、有難いと思っている）この瞬間、えーい、かまうものか、という気持ちになった。私は大きく息を吸うと馬を前に進めた。手にはバーロウがマントやその他のものと一緒に持たせてくれたピストルを握っていた……

　それから十五年経つが、この話を冷やかさずに全部聞いてくれたのはたったの三人しかいない。私は友人にすら、この話を詳しく物語るのをやめてしまった。不必要に彼らの信頼を試すようなことは避けたかったからである。わが愛するアンドレーにさえ今の今まで話したことはない。こと細かく話して彼女の信頼を失う結果にならぬようにと考えたからだ。同様に我が子よ、お前にさえ、私はためらう。やがてこの部分をお前が読むとき、お前の信頼を試すことになるからだ（ペンを持つこの私の手がひるんでしまうのが、そのいい証拠だ）。結局、この話の要点は馬車の中で何をしたのか、ではなく、バーロウの生命を救えたこと（バーロウは後にバクリのマドリッドにいる密偵の力を借りて、アルジェ駐在のスペイン領事が、五万ドルの大金を投じて彼を暗殺せよと指示する暗号文を受けとったと立証することができた）、および私自身が変装のちょっとした秘訣を会得したと納得したこと、これにあるのだ。

　その秘訣は、この冒険のまさに幕開けから必要となった。相手の御者は私に止まるように命令し、角灯の覆いを取って私を検分した。私は馬車の窓の幕《とばり》が片側に引かれるのを見た。そのとき私はバーロウの帽子で顔を隠し、バーロウの声音で、ほかならぬ我輩にセニョーラ・デル・コンスラードが助力を求められておられるのですぞ、と言い返した。彼女が中におられるのなら、姿を見せて下さい、さもなくば我輩は帰りますぞ。顔に角灯の光があたって何も見えない、と私は付け加えて言った。馬車の扉が少し開き、女性の声がスペイン語で明かりを消すように御者に命じ、訛りのある優しい英語で、馬を繋いで、安心して中にお入りください、と私に告げた。私は馬を繋ぎ、顔を伏せ、などとつぶやいた。馬車のステップに足をかけたとき、帽子のつばの下から私は視線を上げ、中には女性が一人だけであるのを確認した。彼女は馬車の壁に取り付けられた小さな覆いをかけたランプの光をわずかに受けている。私は素早く中に入り、彼女から身体をそむけて扉を閉め、窓の幕を引いた。

後にパリに戻り、ここまでの話をすると、スタール夫人もバーロウ夫妻もすんなりと聞いてくれた。この先の話については、ルーシー・バーロウとジェルメーヌは私を多少信用してくれて、バーロウとロバート・フルトンが疑惑をさしはさむのをとりなしてくれた。フルトンはバーロウ夫妻の新しいアメリカ人の友人で、夫妻は彼を私の代わりに養子扱いしていた。フルトンはロンドンのベンジャミン・ウェストの許での絵の修業を切り上げ、運河と潜水艦に係わる事業の計画をひっさげてパリにやってきた。そのフルトンとバーロウが、まさか、ありえようか、と疑ったのは、この後に起きた事の次第である。コンスエロは御者に馬車を走らせるように呼びかけると、いきなり情熱的に私に身を投げかけた。彼女はすぐに私の正体を見抜き、私は必死に彼女の口を押さえた。急いで次のように囁いて、彼女を納得させようとした。僕は卑劣な気持ちを持ってこうしているのではない、僕が身をやつした紳士のために、スペイン領事側も卑劣な真似をしていないと確かめたかっただけなのです。この後に続く次のようなコンスエロの物語を聞いて、その本質的な部分に深い疑いを抱く者はいなかった——特にバーロウがすぐ後でそれは本当だと保証したので、なおさら疑わなかった。コンスエロは短期間スペイン領事館のある政務官の愛人であった。その政務官は派手好きな無節操な男で、名をドン・エスカルピオといった。彼女の夫は下劣にも自分の出世を望んで妻の情事を奨励したのだが、情事が行きつくところまでいくや、嫉妬にかられ、ドン・エスカルピオに決闘を申し込んだ。そのとき（ドン・ファンという名前の方がふさわしい）男は、征服し終った彼女に急速に飽きがき始めていた。その後の成り行きから考えて、コンスエロはペストによる夫の死を用意したのはドン・エスカルピオその人であると確信した。決闘を敢行せずに邪魔者を消し、彼女をもっと意のままに操るため、と睨んだのだ。金使いの荒かった夫は領事館仲間の間に相当の借金を残したまま死んでいったが、彼女には支払う手立てがなかった。ドン・エスカルピオは、もし彼女がセニョール・バーロウを誘惑し、亡きものとするならば、借金を精算し、スペイン政府から内密に出る一万ドルの報奨金まで添えてマラガの家族の許まで送り届けよう、と申し出てきた。そのあまりにも華々しきアメリカの外交官は、明らかに彼女の美しさの虜になっていたからである。彼女は、殺すなんてとてもできない、怒りの情熱に駆り立てられれば別かもしれないけれど、と反駁した。彼女は元愛人が今やや怖くてしかたがなかった。彼は冷ややかな笑み（冷たい微笑リサ・フリア）を浮かべ、怒りは不要、貴女の胸にたぎっている、この私が一番よく知る情熱で結構だ、と答えた。それから彼女に——彼女が取るべき風変りな方法を教えた。

ペストの犠牲者の横根よねからかぎ煙草入れ一杯ほどの病菌を取りだし、未開人の矢尻に塗るごとくに誰かの爪にそれを塗り、情事の最中にその爪で犠牲者の背中か腕をかきむしって感染させる。その結果、三日後に犠牲者は倒れ、疫病の死者がまた一人増えたと見なされるだけに終る。このような方法がはたして実行可能かということを、芸術家というより技術者肌のフルトンはまったく疑わなかった。フルトンはバーロウと私からピット砦を包囲したインディアンたちにアマースト卿が天然痘を用いて成功したことをさんざん聞かされていたから（私は父から聞いていた）、それは可能だと信じた。拒もうと拒むまいと、ドン・エスカルピオが自分をも亡きものにしようと企んでいる、とコンスエロは信じた。だから、うわべは計画に同意するように見せかけ、バーロウ自身の身の安全もはかろうと決意した、と彼女は語った。フルトンが疑ったのは、彼女のこの確信と

決意であり、さらにこうした事情が本当にきちんと私に伝えられたのか、という点であった。なにしろ、私たちは馬車をガタガタと揺らしたのだから。最初はお互いもみあいになったためである（彼女は御者に危険を知らせようとし、私は彼女をなだめ、納得させようとした）。次に情熱にかられたふりをして、二ヶ国語の喜悦の声を時にははさみながら私たちは馬車を揺り動かしたのである。

私はここまで話して、ジェルメーヌににっこりと笑いかけようとすると、彼女は次のようにきっぱりと言った。ドン・エスカルピオをめぐる事の次第はスペイン流の外交手腕というよりはイタリア・オペラめいていると思うけど、わたしの経験からすると、揺れる馬車というのは事を運ぶのにとても都合のよいものよ。それに、その折の情熱とそれに伴う声を心ならずも作ったものだと言うのは、貴方のご謙遜でしょうね。いかがわしいバーバリーで修業する以前から、貴方は名うての色事師でしたもの。コンスエロはあらかじめ、魅惑的な間違いだらけの英語でメッセージを書いてきたって言うわけ（私はメッセージを証拠としてみせた）？〈バーロウ〉がそれを読んでいる間に彼女はうめき、身体をくねらせ、注釈を囁いた、と言うの？いいわ、それは認めましょう。（コペではジェルメーヌ自身、執筆中は客間に話し声がするのを禁じ、召使と滞在客はその場その場でメッセージを書き、返答を書いて意思疎通を

はかった——私たちはそれを「小郵便《ラ・プティット・ポスト》」と呼んだ）彼女はハムレット王子が激情にかられて「人はほほえみ、ほほえみ、しかも悪党でありうる」云々（『ハムレット』第一幕第五場）と手帳に書きつけたくだりを引きあいに出した。それよりこのわたしが一番信じ難いのは、貴方がコンスエロを信頼したことよ、例のやり方で毒を盛られるとは思わなかったの？

まったく彼女を信頼したわけではないと私は認めた。私はたまたま最初から彼女の両手首を片方の手で摑んでいた（もう一方の手は、もはや不要と確信するまで彼女の口を押さえていた）。彼女が計略を打ち明けたとき、私は彼女自身の皮膚をすぐに引っ掻くように強いたのだ。恐るべきかぎ煙草入れ（彼女はそれは手さげ袋の中にあると言った）に前もって触れていないという彼女の言葉を証明させるためであった。

でも、とルーシー・バーロウが尋ねた。浮気な外交官を誘惑して殺すだけでなく、彼女自身自殺する気があったのでは？　貴方はそうでないと確信できますこと？　そいつはあまりに《トロ》浪漫的《ロマンティーク》だ、と彼女の夫はまぜっかえした。彼は手間どりはしたものの、やっとパリに戻っていたが、戻ってくるやすぐにジェルメーヌからその言い回しを習い覚えていた。（それより以前、私は約束を守って、ルーシーと若き友人フルトンの新しい友情についてアルジェにいる彼に書き送った。私はそれを無害な友情だと判断した。フルトンがバーロウ家に引っ越してきて三人所帯《メナージュ・ア・トロワ》になったのは、一八〇〇年のこと、「XYZ事件」の後であった）。あまりに《トロ》、であろうが、それほど《ノン・トロッポ》でなかろうが、と私は答えた、すべての成り行きを測り見定めることなんて僕にはできませんよ、特に危機の真っ最中にはね。僕が言いますと、コンスエロはためらうこともなく自らの肌を引っ掻きました。一度は腿の内側を、さらには胸の下側をね。それから後はもう僕は信用しましたね。

「同じく朕も信用すべきと思う」、このくだりになるとジョージ三世は常にこう口をさしはさむ、とウィンザー城からアルブレー夫人も私に書き送ってきた（彼女は別名ファニー・バーニーという作家で、私はスタール夫人を通じて知り合った）。国王は一八〇八年の発作の後、彼女から初めてこの物語を聞いている。時に彼は盲目となり、突如として小説に興味を持ちだし、娘たちとバーニー夫人にフィールディングやら「彼と同じような作家たち」の作品から文章を読んで聞かせてもらっていたらしい。私自身は一八〇三年に国王に一回だけ謁見したが、この話題は持ち出さなかった。なにしろこのとき私はロバート・フルトンになりすましており、いずれにせよ国王陛下が官能的な物語に興味を抱いているとは知らなかったからだ。潜水艦を話題にしたところ、国王はそれは蒸気船よりも軍事的に重要であろうと主張した。また、ドン・キホーテとリア王についても語り合った。国王はこの二人に大いに関心を寄せていた。とにかく、バーニー夫人の証言に基づいて、私は国王を二番目に素直な聴き手として挙げておく。国王はいまだにこの話を所望されるとのことである。というより、国王はコンスエロが彼の長男の妻、捨てられたウエールズ公妃であると夢想しているのである。そして、コンスエロが見事に自らの善意を立証し、私がそれを納得するくだりにとりわけ喝采を送るのだ。

「でも貴方は、このメッセージを書いたのはコンスエロその女《ひと》だとわたしたちにも思ってほしいのでしょう」とバーロウとルーシーとジェルメーヌは口を揃えてにこやかに笑いながら言う。「貴方が何とも優秀な偽手紙の作り手であることを、わたしたちがこの目で見て、重々承知なのをわかっているのにめげず」(この目で見たというのは、つい最近、私がある手紙を偽造し、タレーラン氏の署名をつけて「X氏、Y氏、Z氏」に送ったことを指すのである。彼らはタレーランとアダムズ大統領の取引を仲介する匿名の仲介人たちであった)。この物語を初めて素直に聴いてくれた人物のように、未経験で乏しい想像力しか持たぬ人と比べると、ジェルメーヌ・ド・スタールは疑ぐり深くて、それがかえって彼女の小説家としての限界となっている。かつて海軍兵学校生ジェイムズ・フェニモア・クーパーは即座に指摘したものだ、すなわち「歴史的」文書を事実として受け入れることは信頼の行為でもある、と——ラブレー、セルバンテス、あるいはジョージ三世お気に入りのフィールディングらと我々が結ぶ共同謀議と根底において似ていなくもない一時的な不信の停止であると。

海軍兵学校生クーパーは当時十八歳、反抗的であるがためにイェール大学を放校になったばかりだった。一八〇七年のある夜、ナイアガラ砦のすぐ近く、ニューヨーク州ルイストンにあるハスラー亭で、私は彼にその物語を話してやったのだ。その年、西方の領土とメキシコを合衆国から分離させようと図った「バーの陰謀」が発覚し、バーロウは初めて完全版『アメリカ物語』(「麗しのチェサピーク」を歌った私の即興詩もそれに含まれていた)を出版、スタール夫人も『コリンヌ』を世に送り出した。フルトンの蒸気船クレアモント号がハドソン川を定期運航しはじめたのも、私がティカムセと予言者の彼の弟と運命的な出会いをしたのも、この年であった。クーパーは合衆国海軍オンタリオ湖方面全艦隊をなすブリッグ型帆船オナイダ号から上陸許可を得て、酒場に来ていた。私は従妹のアンドレーに再会するため、また「アーロン・バーの陰謀」計画挫折のショックを癒すため、カスティーヌズ・ハンドレッドに向かう途中であった。私たちはその酒場で考案されたばかりの「カクテル」と称する飲物(ブランディにキュラソーと砂糖などを加え、湖から切り出してきた氷を入れて掻きまわしたもの）を試飲したり、バーロウから教わったイェール大学の歌をうたい、二人とも興味を持っていたインディアンの問題について、議論をしあったりした。私はクーパーに〈ジョウゼフ・ブラント〉とモホーク川流域のイロクォイ族の滅亡について、知るところを詳しく語った。クーパーは特にイロクォイ族に興味をそそられたらしく、夥しい量のメモをとり、インディアンについて小説を書きたがっている友人がいるのだ、と言った。ショーニー族の族長ティカムセについて私が熱をこめて語るのを、彼は興味深く最後まで聴いた。アンドレーは十六歳のときティカムセが大好きになり、英語を教えてやったんだが、僕は彼こそミシシッピー川以東に主権国家を打ち建てるための赤色人種にとっての最後の望みの綱だと考えるよ。ティカムセにはユダヤの血が流れているのではないか、と私は半ば本気で思っていると話したが、その途中でアルジェにおける私の冒険が話題となった。ショーニー族には特異な部族起源に関する神話があるのだよ。他の部族と違い（他の部族はすべて大地の真中から自分の部族が出現したと考える）、彼らは起源を十二の氏族に求めている。十二の氏族は東から海の底を渡って移住してきたのだが、海は割れて彼らを通してくれたというのさ。私はこの神話を我が祖先エベニーザー・クックの考えと結びつけた。『酔いどれ草の仲買人』の詩において、クックはすべてのインディアンは失われしユダヤの民に起源を持つのではないかと推察している。それで私はクーパーなるこの若き酒飲み相手に、ショーニー族があちらこちらに姿を現わす特徴を指摘した。ディアスポラ（バビロン捕囚の後にユダヤ人がパレスティナから離散したこと）の後のユダヤ人よろしく、ショーニー族の集団を至る所で見ることができた。フロリダ、ジョージア、南北カロライナから、ペンシルヴァニア、インディアナ準州、そしてエリー湖に至る地域で。確かに彼らは商人ではなく狩人だった（古代ヘブライ人もまた商人ではなかった）。だが、彼らは禁欲的であることで有名であり、自らをこの世の選民と見なしている。とりわけティカムセは立派なユダヤ人風の鼻を有し、酩酊、強姦、銃や拷問を嫌うユダヤ人特有の傾向を併せ持っていた（ただしトマホークの使用と肉弾戦はその限りではなかった）。さらに彼に備わっていたのは、立派な法的政治的精神、協定を結ぶ際の鋭い駆け引きの才能、一族への忠誠心であった――特に予知能力のある弟の予言者テンスクワタワに対しての忠誠心は強く、それが彼の最大の弱味であるかもしれない。彼の祖先は予言者テンスクワタワが言うようにサウス・カロライナの植民地総督ではなく、初期のユダヤ人植民者の子供で、ショーニー族に捕えられ、後に養子となった人物だろうと私は信じていた。

クーパーはカクテルをもう一杯ずつ注文し、ウェスト・

ポイントに出来たばかりの合衆国陸軍士官学校は、ユダヤ人を入学させず、海軍兵学校も同様だ、と述べた。そして、どうして貴方はユダヤ人の事情に詳しいのですか、と私に問うた。かくして話が非凡なる人物ジョウゼフ・バクリに及び、ジョエル・バーロウがアルジェで最終的に任務を立派に果たした事の次第、さらにコンスエロ・〈デル・コンスラード〉にまつわる私の冒険にまで触れるところとなった。クーパーは次々と質問をしてきた。ただし、話の真偽を問うたぐいの質問ではなかった。そして私の答えをみな名を出さぬ友人のためと称し、メモをとるのだった。馬車の中での長時間に及ぶ愛の交わり——初めは情熱を装っていたものの、しまいには私は本気になっていた——の最中に、コンスエロがあらかじめ書きつけた「解説《エクスポジション》」（と彼は呼んだ）すなわちメッセージを取り出したくだりになると、クーパーは言った、「そこの叙述は控え目にしないといけないなあ」。私が彼女の「無実《イノセンス》」を（彼女の身体を引っ掻かせて）試し、かつ誠実さを試したことに彼は喝采した（誠実さを試すために私は彼女を直接フォーチュン号に連れて行き、書類も手荷物も無しに、またバーロウにも会わせずに乗船させた。私の旅行資金から船長へ賄賂を提供し、〈バーロウ〉の名で出帆命令書を急いで偽造するや、船長を説得し、乗客として彼女を好遇し、朝まで待たずに即座に出航するよう促した。というのも、太守が港の外で船をとり押えるだろうと信じたからである）。クーパーがその時質問したが、それはこの話の信憑性ではなく、むしろ話の迫真性——つまり虚構としてのもっともらしさ——についてだった。九月の半ばまで再会できぬバーロウに「暇乞い」（と警告）の手紙を認《したた》めるからといって、十分間船室にこもり出帆命令を偽造したと貴方は話されたが、その十分間で手紙そのものも認め、その中にコンスエロが語ったスペイン側の陰謀の内容も書きこんだわけですね。それからアルジェ人の港湾長を買収し、次のではなく、只今現在の満潮に乗って出航する許可を得ていると納得させたのですか。錨を上げ、帆を揚げ、レグホーン、マルセイユ、そしてフィラデルフィアに向けて出航したとき、馬車——その馬車に初めて貴方が近づいてから、まだ三時間も経ってない——は桟橋から離れてバーロウの屋敷の方角に向かっていったとおっしゃいましたが、貴方の馬はまだ岬の近くに繋がれたままだ。

「そのようなことも全部辻褄が合うように考え直すべきでしょうね」と海軍兵学校生クーパーは言った。「たとえば、御者ですが、敵の手先でないとどうしてわかったのですか……」と、彼はメモを見た。「その、エスカルピオのね」

コンスエロの家に一生仕えていた御者だからね、彼女が生まれたときからずっと知っているのさ、などと私は答えた。でも、コンスエロが約束を履行しない場合に備えて、どうしてドン・エスカルピオは馬車に自分の手下を乗せなかったのかなあ？　そいつはたしかに僕にも説明がつかないな、と私は認めた。運が良かったんだと思うよ。そこのところは考え直す必要がありますよ。それにしても、御者は女主人を乗せずにスペイン領事館に戻るのに、生命の危険を感じなかったのだろうか？

「ああ、それなら」この点は、バーロウが後で説明してくれた。ちょうど五ヶ月前、パリでのことだった（一八一一年十二月、それ以来私は彼に会っていない）。バーロウの説明の相手はスタール夫人がひどく気に入っていた利発な十二歳の少年だった（このとき彼女自身は四十五歳、病身でありながら若きスイス人の恋人ロッカの子供を身ごもっていた。ナポレオンは彼女の著書『ドイツ論』の初版本を差し押え、即座にパリから所払いに処したため、コペに亡命の身であった）。「可哀そうに、御者のエンリケはスペイン領事館についに戻らなかったのだよ。私の許にアンドルーさんの手紙を届けに来たとき、彼は頭から爪先まで震えておった。恐怖のためとばかり思ったが、特に手紙を読むとよけいそう思ったが――実は悪感と熱のせいだったのだ。我が家の召使どもは彼を屋敷にどうしても入れようとせず、馬車の中にそのまま寝かしつけた。案の定ペストにかかっており、翌日鼠径部に最初の横根が出た。領事《セニョール・》館員《エル・コンスラード》殿がお出ましになり、馬と馬車を引き取りにきたとき、哀れにも御者はすでに息絶えていたのだよ」

その十二歳の少年、若き日のオノレ・ド・バルザックは、フェニモア・クーパーやジョージ三世以上にこの物語に魅せられた。彼は、御者の病気感染が偶然の仕業とはとても思えない、その一日か二日前にバーロウのお気に入りの召使が疫病に倒れたことは事実であったにしてもね、と意見を述べた。ぜったいにそうです、とバルザックは主張した。ドン・エスカルピオがわざと御者に感染させたのですよ、陰謀の跡を隠すためにね。だって、〈エンリケ〉はほんとうは変装したヘンリー・バーリンゲイム四世その人ですもの。長い間会えなかった息子を助けるために身を隠して来ていたのです。コンスエロと貴方はマルセイユで涙ながらに別れたものの、彼女はマラガで下船せず、好色な水夫どもに誘拐され、フィラデルフィアに連れて行かれる。彼女はそこを脱出し、カスティーヌズ・ハンドレッドにいる貴方とやがて再会するのです。だが、途中でショーニー族に捕われ、ティカムセに生命を救われる。時に彼女はレベッカと名乗り、漆黒の髪とオリーヴ色の肌の故にティカムセに曾祖母を連想させたからです。曾祖母とは、フロリダでクリーク族に捕われて、養女となったスペイン系ユダヤ娘のことですよ……

「それではあまりにロマンティックすぎますよ、バルザック君」と、私は第三の素直な聴き手に忠告した。彼は海軍兵学校生クーパーと違い、率直に文学への道を志しており、非常な速さで小喜劇の数々をすでに書きちらしていた。彼はこの話を書き直して、正月には書き直した原稿を私に見せようとまで言った。しかし、その年の最も暗深き夜、ド・バサーノ公爵の庁舎からの急使がアンドレーからの緊急の手紙を私に届けにやってきた。急使はその年ナポレオン宮廷で流行していた変った色合いの茶色(ナポレオンの幼児にちなみ「ローマ王のウンコ色」と称していた)の装束に身を包んでいた。手紙はカスティーヌズ・ハンドレッドでほんの三十日前に書かれ、ケベック経由でフランスの極秘の外交ルートを通し送られてきた。〈カトー〉(ティカムセの暗号名。ギリシアのローマ人への影響を嘆いたカトーのごとく、赤色人種への白人の影響を彼もまた慨嘆したからだった)はティピカヌー川での大敗故に合衆国と和平を結び、かつ来るべき戦争では中立を守る意向なのです。さらに加えて、貴方の部下ジョン・ヘンリー(彼についてはいずれすぐに話すことにする)はニューイングランドでの密偵活動の報償をイギリス外務省から貰おうとしたのに、払ってもらえず、ロンドンに愛想をつかして再びロウアー・カナダに戻ってくる、という噂があります。これを書いているわたしはと言えば、七月にウィリアム・ヘンリー・ハリソンと、我らが友人〈カトー〉との間の交渉を首尾よく「水雷で撃沈」(ロバート・フルトンの用語

である)した折、貴方とはずいぶん懇ろな共同作業をいたしましたけれど、その結果、お目出度であるとわかり、大変嬉しく思っております。つきましては、赤子誕生の予定日一八一二年四月より以前に私と結婚できますように、今貴方が取りかかっている撃沈のお仕事(ド・バサーノ公爵とバーロウの間の交渉の件である)を成し遂げるよう、ぜひお願いいたします。ついでながら、ウィリアム・ヘンリー・ハリソンかティカムセの予言者か、どちらかを暗殺すると決めなければならない場合に備えての話なのですが、貴方のお友だちコンスエロの素敵な毒薬入れはいったいどうなったのでしょうか? 彼女が言った通りペスト菌がその中に入っていらっしゃるの?

私だって当時も、またそれ以前にもそのようにはっきりと断ずるわけではなかったし、これから先も決してはっきりと断ずることはできない。というのも、一八〇四年、私が最初にお前の母さんに会ったとき説明したように(私はこの冒険物語を十五歳の婦人の耳にふさわしいように少々変えて話したがね)、そして一八〇七年、彼女に再会し、すっかり恋の虜となったときも、私は再び説明したし、さらに三ヶ月前の結婚の際にもこの話をしたわけだが、そのときたように、フォーチュン号がアルジェを出港するや、コンスエロはその特別のかぎ煙草入れを地中海に投じたのだ。おそらく、いや間違いなく〈ドン・エスカルピオ〉は何か

複雑な理由があって彼女に一杯食わせ、バーロウ殺害未遂を行わせたのだろう。いや、あるいは彼女が私をだまして、彼女を救いだすように仕むけたのかもしれない——もっともそうであれば、あのように危険な策を弄する必要はなかったのだが。唯一、私にはっきりわかっているのは、アルジェから脱出できて、しかもこれほど情熱的な道連れと一緒にレグホーンまで（その地で私は「我々」の信用状がバクリのイタリア支社に無事送られているのを確認できた）、さらにマルセイユまで（そこで私は下船した）、船旅ができたのは素晴らしかった、ということだった。コンスエロは私と同行したがった——パリでも、何処でも——だが、私は自分の計画に自信が持てなかったので、そのような責任まで引き受けられなかった。船長は私をマラガかフィラデルフィアまで乗せて行こうと申し出たが、私はパリに舞い戻ってしまった。また別の不安定な状況——さらにまた六年も続く不安定な状況——の中に私は戻ったのである。

　生まれついてちょうど土星のひと巡りを経た一八〇五年、初めて私は「アメリカの問題」と思える事柄に本腰をいれてとりかかった。〈ポンポン蒸気船〉フルトンがバーロウ家に入った今となっては、私は彼の家では余計者だった。もっとも、バーロウは私が「XYZ事件」に助力し、『アメリカ物語』の印刷にむけて改訂を手伝うのを喜んでくれた。スタール夫人の家でも私の立場は同様だった。その頃スタール夫人は依然コンスタンの愛人で、（一七九七年に）彼の子供を産んでいたが、ナポレオンが彼女に関心を示さぬことに失望し、その失望をナポレオンの第一次執政に対する猛烈なる政治的反撃と熱烈なる文学活動へと転化していた。『文学論』（社会制度との関連で文学を考察する論文）執筆のための調査研究を私が手伝うこととなった。しかし、一八〇〇年以後、自伝的小説が最も彼女の関心を呼ぶ。彼女にはコンスエロに関する私の冒険談などは、『デルフィーヌ』『コリンヌ』などの作品に活かすに足るほど「唯美的《エステティーク》」（新たに彼女が好んだ形容詞だ）とは思えなかった。彼女は親切ではあったが、父を憎悪する私の気持ちにもはや興味を失い、明らかに飽き飽きしていた。貴方はただ片意地になっているだけよ、と彼女ははっきりと言った。彼女の告白によると、〈ヘンリー・バーリンゲイム四世〉はニューヨーク州の北部の、以前イロクォイ族の領土であった二万三千エイカーの土地を彼女が購入する際に手を貸してくれたし、そればかりかデラウェアのE・I・デュポンの爆薬製造会社へ投資できたのも彼のおかげだという。彼女は「ムッシュ・フルトン」の用語を借りて私を父と比較した。貴方は未完の汽船《ヴァプール》そのもの、推進力に適切な装置をまだ模索中なのよ（当時フルトンはセーヌ川でオール、外輪、スクリューなどの装備を試していた）。父上はもっと狡猾、潜水艦よ。黙って魚雷を敵船にぶつけますもの。貴方は父上を見倣ったらよいと思う。『ハートフォード新聞《カーラント》』に載ったリチャード・オルソップによる韻文のバーロウ攻撃（バーロウがアダムズ大統領の対仏政策を批判する書簡を発表した後に掲載された）は、まるで貴方自身のむら気をうたったものみたいだわ。

いかなる眼もて辿れんや、この知恵の息子を——
この「器用貧乏」男の足どりを、
常なるを知らぬ変幻自在のプロテウスのごとき心を——
その移り変り、風の動きのごとき所在を。
罪人《つみびと》に行く道を説くかと思えば
サイオートの投機に走り……
純粋なる倫理と飾らぬ態度を忘れ、
モンローとペインに付和雷同す。
祖国に寄食せしかと思えば、
XとYとZの名を騙《かた》れり、
キリストを説きしはずが、理性の時代におもねり、
賛美歌執筆から反逆計画執筆へと転ぶなり。

ほかならぬこの「変幻自在のプロテウスのごとき心」の故に、バーロウはフルトンに助力した。一八〇〇年、イギリス海軍に対抗して潜水艦を計画したらいかがかとフルトンはナポレオンに提案、融資をとりつけたが、バーロウがその口添えをしたのだ。次に一八〇四年、ナポレオンの海峡艦隊に備えて水雷を設置したら、とフルトンはイギリス海軍省にもちかけた。それを奨励したのもまたバーロウであった。これと同時に、バーロウは『運河——自然科学の政治経済学への応用』と題した四巻の韻文作品を世に出し、かつ、大規模な常備軍編制は政治的自由と両立せず、と説く自由主義的な小冊子もいくつか書いているのだ！

私自身の心は、と言えば、変幻自在のプロテウス的というよりは原形質的《プロトプラズミック》であった。「形を変ずる者」というより、変化を作り出す者だった。前述の通り、私はバーロウおよびフルトンの名代としてロンドンへ赴き、国王（およびバーニー夫人、そして美しきジュリエット・レカミエに拝謁した。スタール夫人の使いを頼まれ、ナポレオンの弟、私より八歳年下のジェロームに会う機会も得て、彼と親交を結んだ。このような縁あって、それに私が「アメリカ生まれ」であるが故に、一八〇三年、ほかならぬナポレオンの使者に頼まれて、私はアメリカに赴くこととなった。それは合衆国を旅行中であったジェロームに「恒久的私的同盟」を結ばぬよう警告するという任務だった（当時ジェロームは海軍士官で、西インド諸島で下船し、浮かれ気分でフィラデルフィアからニューヨークを目指して北上しつつあった）。私は一八〇三年のクリスマスにボルティモアに到着した。その前日、ジェロームはすでに町の娘ベツィ

ー・パターソンと結婚してしまっていた。彼の兄ナポレオンは反ボナパルト主義者の集まるサロンを威嚇するためにスタール夫人をパリから追放し、大衆から確実な人気を獲得する目的で、自らの暗殺未遂計画をいくつか用意していたが、それもこれもすべて翌年、フランス皇帝として教皇ピウス七世に戴冠式をとり行ってほしいがためだった。私の任務は、ジェロームに対し、兄上は平民との結婚を決してお認めになりますまい、と個人的に伝えることだった。富裕なボルティモア商人の娘である花嫁は憤慨した。ジェロームはただ肩をすくめ、すでに床入りをすませた結婚の中止を説得することを口実に使って、第一執政政府の金でアメリカを旅してまわったらいい、と私に言った。

かくして、私は不安な気持ちをかかえたまま、我が誕生の国、誕生の州に戻った。一七八三年、七歳のみぎりに母と私がこの地を後にして以来のことであった。私は〈ヘンリー・バーリンゲイム四世〉に出会えるかもしれぬと半分期待しながら「麗しのチェサピーク」を渡り、広大なるチョップタンク川とクック岬へと足を向けた。子供のときと同じままに凍てついた沼沢地、越冬のためにカナダから飛来した雁の群、マギー・マンガモリーや古えのクックを名乗る者たちの墓、高い梢を頂く松、我が祖先の屋敷（はるか昔に人手に渡り、修復の手を施さねばならぬ状態であった）、寒々と浜辺に打ち寄せる氷のように青く澄んだ波。こうした景色を見るとつい私は、私と同じ名前を持つ祖先のことに思いを馳せてしまった。その名の人は（つまり私の祖父、A・C三世は）雁が後にしてきた地を目指して北上したに違いない。その旅路の果てに、彼は自らの由《よ》って来るところを知り、次にそれと係わるようになった。その物語の、いわば想像を混じえた概略を私は母から聞き、不面目な詳細部分を「父」から得て、私の第二の手紙に詳述したわけである（私は当時まだ日記類も他の文書も目にしていなかった）。私は三十歳に手が届かんばかりであったのに、人生の方針《コース》も、大義《コーズ》も、職業《コーリング》も持たなかった。十歳よりこのかた、私自身はカスティーヌズ・ハンドレッドを訪れていなかった。まさによい潮時であった。

さて、それ以来すでに八年の月日が流れたから、その流れの速さのように、話の速度を上げるとしよう。その年の冬、私はボルティモアのパターソン家の客人として過ごし、その地のアメリカ人の社交界に知己を得た。そればかりか、フィラデルフィアでも、とりわけまだ建設の槌音やまぬ新首都ワシントンにおいても同様に知己を得た。ワシントンでは、バーロウの友人にして前任者とは異なりフランスの友でもあったジェファソンが、新しい大統領官邸の住人となっていた。選挙人団による予備選挙でアーロン・バーと同数の票を得たジェファソンは、その後下院で大統領に選出されたのであった。彼はジョン・アダムズ政権下での強力な海軍建設（すでに「我が国」の条約に風穴をあけていたバーバリーの海賊のおかげで実現した！）に反対だった。しかし、彼はナポレオンと友好関係を結び、よってフランス海軍と合衆国海軍の間の不和に終止符を打ったし、友好関係のおかげで第一執政政府からルイジアナを購入することが可能となった。「アメリカ」は今やミシシッピー川の西方の領域にまでも拡大したが、その西端を知る者はなく、その果ては太平洋まで至ると言う者さえいたほどだ。ジェファソンはそれを見極めるためにセント・ルイスから探険隊を派遣していた。すでに百万近い人々がポンティアックが死守しようとした境界線を越え、アパラチア山脈の西方に移住しつつあった。ジェファソンの行った土地購入の結果、インディアンの土地へ流入する植民者の数は倍増するはずだった。土地は一エイカーにつき二ドルが相場だった。しかし、バー対ジェファソンの選挙戦ではからずも明らかになったように（また新しい首都をどの地に置くかについての論議からも明らかになったことだが）、まだ諸州をたばねる絆《きずな》は脆弱であり、あまりにも多くの事柄に不安定な要素が多かった。私は大統領にバーロウからの敬意を伝えると、彼は機嫌よく、パリでバーロウの後見の許にいた君と会ったが、あれから「君はずいぶんと変りましたね」と言った。この市内の土地もジョージタウンの建築用地もまだ安価である、とバーロウに伝えてほしい。彼にその気があれば、今すぐにでも二、三の土地を買っておけば得策だろう。だが、共和党が圧勝を見込んでいる次の選挙が終るまで、おそらく帰国を延期すべきだろうね（その選挙に関する調査も私の任務だった）。圧倒的な支持を得て再選されたあかつきには、このジェファソンが、首都に大学をというバーロウの提案を前向きに考えましょうぞ、と彼は言った。ジョージ・ワシントンの遺志を汲んで、首都に国立大学を創立することをバーロウは提案していたのだ。大学創立の責任者としてバーロウにぜひ働いてもらうつもりだ、と彼は確約した。

インディアンとアフリカ人の解放奴隷、もしくは逃亡奴隷――彼らは一七九五年以来、グランド川流域のイロクォイ族の難民村で、共に平和裡に暮らしていた――のための独立国家案について、私は大統領に探りを入れようとしたが、それより先に彼が、君の父上はほんとうに亡くなったと思うかね、と率直に私に尋ねたのには驚いた。そう思うほかありますまい、と私は答え、なぜそのような質問をなさるのか、と問うた。なんとなれば、と彼は答えた、下院の選挙で我輩がバーを破るのに先導的役割をしたアレグザンダー・ハミルトン氏から聞いたのだが、我輩が辛くも破った人物――今やこの国の副大統領である男だ！――はスペインとの戦争を画策し、メキシコ奪取のための遠征軍を指揮せんと謀っておるそうな。しかも、それはハミルトンの情報筋にはH・Bとしか名のわからぬ男との共謀だという。我が政界ではバーの「低き道徳」（ジョン・ランドルフ（一七七三―一八三三。政治家）の「無能」やバーロウの「自由思想」同様に）が公然と諷刺されており、口汚い中傷が蔓延しておることは事実であるからして、この噂も共和党員たちのでっち上げと、まずは考えてよいのだが。その一方で、国際情勢の流動的なることと共にバーの精力、能力、奇策、そして大いなる野望を考慮すると、この噂には信憑性があると考えることもできる。大西洋とアパラチア山脈に挟まれた地域より、アパラチア山脈とミシシッピー川に挟まれた地帯の方がアメリカとしては広いのだ。さらにこの二つの地域を合わせたよりもミシシッピー川以西の土地の方が広い。しかもそれが早い者勝ちに取得できるときている。加えて、南に広大なメキシコ、北にも大きくカナダの土地があり、双方共に大きな未来を約束している。ナポレオンの実例は人々の心をたやすくとらえる。アーロン・バーならずとも、多くの者が大帝国の建設を夢見るばかりか正真正銘の皇帝の位さえ夢見ておるにちがいない。我輩の聞くところでは、まったくの文民たるバーロウすら（ジェファソンは彼から父の伝説的業績を聞いていた）ルイジアナへの探険隊の隊長として赴きたいとフランス執政政府に願い出たとのことではないか……

バーとの会見は、メリーランドでの私の最後の任務であった。ジェファソン大統領が私に会ってくれたのは、わずか十五分だったが、実に迅速にかつ誠心誠意、私に対応してくれた。しかし、副大統領のバーは私に会いたくないと断ってきた。君が自称するところの人物であるとは信じられぬ、という理由だった（私は「ずいぶんと変った」のだ）。しかし、いったん会うことが決まると、午後遅くまで私をひきとめ、陸続と激しい非難の弁を私に聞かせる始末だった。非難の対象となったのは、ジェファソン、共和党、南部諸州、それに、彼自身が一八〇〇年の選挙に向けて政治的に組織しながら、下院での対決に結着がつくと彼を見限ったタマニー協会、さらに、アレグザンダー・ハミルトン。この男のせいでバーはニューヨーク州知事選の勝利さえも覚つかなくなるであろうし、ましてや、この大統領選で当選できるわけもなかった。野蛮にして、何とも仕様のない、大した国だよ！　ハミルトンが軍隊を率いてメキシコに侵入し、中米と南米の皇帝即位を宣そうと真面目に考えておるのを君は御存知か、云々。私は「H・B」について何かわかっておれば、教えていただきたい、と彼に乞うた。バーは、君こそその人物からの情報を持って来たものと思ったのじゃが、と答えた。そして、哀れなるベネディクト・アーノルドを裏切った後、君の父上はジョージ・ワシントンに亡きものにされたと我輩は確信しておる、と何度も繰り返した。最後に彼はつぶやいた。「もし父上が生きているとすれば、オハイオ川地域に定住したアイルランド人にでもなりすましているはず」彼はそれ以上詳しくその言葉を説明しようとはしなかった。私が説明を求めると、不機嫌に、君は少々長くフランスにいすぎたようだね、と言った。何って、それはこの国でよく使われるたんなる言葉の綾《あや》にすぎぬではないか。そして彼は私に、ではこれで失礼する、と言った。

任務をすべて完了し、春になると私はアパラチア山脈を越え（ハリソンが総督を務めるインディアンの国へ向かう大幌馬車隊に加わった）、カンバーランド山道《ギャップ》を通って、ピッツバーグに至った。この喧噪甚しき街は、ポンティアック配下のインディアンたちが天然痘の菌に染まった毛布で「コンスエロ風に謀殺された」場所に出現した。そこからアレゲーニー山脈沿いにシャトーカ湖に行った。半世紀も昔、この湖で私の愛する祖父と祖母は二人して策を練り、密会した。その後、物資輸送路を通ってエリー湖に至り、粗末な船で寒々としたアッパー・カナダに渡った。そこから再び荷馬車でナイアガラへ（ここでジェローム・ボナパルトと花嫁に再会する。彼らは蜜月旅行でナイアガラの滝に遊んでいた）、ほどなくして、カスティーヌズ・ハンドレッドに到着した。緯度を北へ一度、経度を西へ一度、それぞれ加える毎に、私の頭は冴えた。お前の母さん（当時美しき十五歳であった）と会って、瞬時にして恋に落ちる前の話であるが、そのときすでにナポレオン統治下のフランス（と国王ジョージ統治下のイギリス）から、ジェファソン率いるアメリカに戻ってみて、私にはバーロウとトム・ペインが何を訴えていたのかがよくわかったのだ。私は自分がヨーロッパ人ではないことを自覚した。さらに奥地に進み入り、フランス革命の挫折せし理想から、アメリカの今また同じく挫折の運命にある理想を経由して、インディアンの広々とした土地へ至ったとき、私にはわかった、祖父母（とJ・J・ルソー）が何を訴えていたのかを。つまり、私は自分が「アメリカ人」でもないことを自覚した。カナダの村には白人王党派、亡命者、イロクォイ族の流民、黒人逃亡奴隷、フランス系移住者、そして（ごく少数の）イギリス系カナダ人が居住し、不安げで貧しかったものの、概してうまい具合に共棲していた。私は大人になった今、自分の眼でこれを見るなり、たちどころに我が一族の夢にとりつかれてしまった。人間と人間の調和のみならず、人間と自然の間の調和をも実現したい、というあの夢である。ジェファソンはインディアンが全員、小農場主、自作農、定住者になればよいという理想を持っていたが、それすら今や私には何ともグロテスクに思え、インディアンは店主か水夫になればよい、とする考えと大差なく映った。ロジャーズ少佐が『ポンティーク、あるいはアメリカの未開人、ある悲劇』の中で何を訴えていたのか、私にはわかった。私はこの後でアンドレーの崇拝するティカムセに会い、我がクックとバーリンゲイムの一族なりの流儀で彼の大義を果たすべく、最大限の尽力をすることになる。そして、これまでに述べた誰よりも偉大な作家、あのソポクレスが何を訴えていたのか、知るところとなるのだ。

だが、まず私は我が美しき従妹《マ・ベル・クザンヌ》とその優しき両親、カスティーヌズ・ハンドレッドの領主と領主夫人に会った。私はアンドレーにすぐ恋をしたが、彼女は私など心にもかけず、ショーニー族の英雄に依然夢中だった——彼にのぼせてやきもきする娘を見てきた男爵と夫人は、私の求愛を好意的に受け取ってくれた。私は財産もなく、放浪の身。加えて、ティカムセと同じほどに彼女とは年齢が離れ、彼のように高潔な人格も持ちあわせていなかったにもかかわらず。男爵はイギリス人よりもフランス人の血をひき、その昔マドカワンダと結婚した祖先がいるために一部インディアンの血も流れている男であり、決してわからず屋ではなかった。しかし、彼とて地方郷紳《ジャンティヨム》の好みを持ち合わせていた。彼がティカムセに夢中のアンドレーに水を差したのは、彼女の年齢が若すぎるからというのではなく、娘にもっと平穏な生活を、と望むためであった（後に私が「父の息子」たる面目を発揮しはじめると、彼は同じ賢明な理由からアンドレーと私との結婚にも反対した。しかし、お前が母親の胎内から存在を主張すると、カスティーヌ男爵独特の潔さをもって、あっさりと反対を取り下げた）。男爵夫妻に尋ねても、父の消息については確かな情報を得られなかった。父は一七九三年、アメリカ軍に抵抗する族長リトル・タートルの闘争に馳せ参じる途中、この地を訪れているが、それが父に会った最後だという。そのとき父はすっかり変っていたそうだ。一族の歴史を十分承知しており、彼特有の冒険的な任務のことも知っていたから彼だとわかったが、そうでなければ夫妻も父とは気づかぬところであったらしい。ある噂によると、彼はオハイオ川の下流にある小島に、偽名を名乗って住みついているとのこと……

私は良い機会とばかりに、息子として父への反発の気持ちをはっきりと述べた。男爵夫妻は、私の感情に、というより（彼ら自身も父については、非常に複雑な感情を抱いていたし、特に彼が〈ジョウゼフ・ブラント〉に偽装したことに対しては賛否両論の考えだった。そのうえ、母の乱心も非常に同情をこめてよく覚えていた）、私の語気の荒々しさに面食らったようだ。だが、アンドレーは即座に顔を輝かせて興味を示してくれた。以来、彼女は私のことを心から興味を持って眺めてくれるようになった。彼女はこの年の夏の間じゅう、私に無数の質問をしてくることとなった。そして、ブラズワース島、ワイオミング川とチェリー川の流域、フォールン・ティンバーズ、その他において、彼女のヘンリーおじさま——とその前には彼の祖父

H・B三世——が、インディアンの大義にとって隠れたるイスカリオテのユダの役を演じたとする私の考えを聞きだした。お父様も御自分の父親アンドルー・クック三世に対し、ポンティアックへの裏切りを企んだことを許さず、同じように非難したわけでしょう、と彼女は私に思いおこさせるように言った。そして、彼女はティカムセ、つまり「流れ星《シューティング・スター》」にお会いになるといいわ、と言った。しかし、私は嫉妬にかられてそれを拒否し、インディアンの大義などもはや存在しない、裏切りと後退を繰り返し、先細りになっていくのが彼らの未来なんだ、と言い切った。大西洋沿岸地域では、もはやインディアンは輝かしき思い出でしかない。百年も経てば、太平洋沿岸地域でも似たようなことになるのさ……

アンドレーは、そうね、合衆国が西へ西へと拡大していくのを止めない限り、そうなるかもしれないわ、と認めた。でも、この勢いを何で止めることができるかね？　フロリダから五大湖地方までのすべてのインディアンを連合するというティカムセの白昼夢では無理だよ、と私は嘲った。それではポンティアックの悲劇の繰り返しになるだけだよ。たしかにそうね、とわが若き友人は同意した。わたしとティカムセが計画しているように、合衆国とイギリスの間の全面戦争とインディアンの蜂起が時を同じくして行われれば別ですけれどもね！

私は仰天した。彼女が大胆な提案をしたからだけではない。若いくせして、歴史と政治を見事に把握していたからだ。「アメリカ人」が移動していく先は西ばかりではないわ、と彼女は断言した。大西洋の貿易では、合衆国の商船隊は驚異的な成長を遂げたのですから。しかし、昨年ナポレオンがアミアン平和条約を破棄し、地中海で戦争に突入して以来、イギリスは中立の船舶に対してフランスとスペインの港を封鎖することによって経済戦争政策を拡大した。ナポレオンも確実に同じような封鎖作戦をとり、イギリスに報復するにちがいなかった。合衆国の船舶と船荷は、英仏双方から強奪されて、封鎖破りに使われていたし、合衆国の水夫がイギリス海軍に無理矢理徴用されることもあった。ジョン・アダムズの、連邦主義者政権は、新旧のイングランドの絆を重んじたから、すでに一七九八年には、以上の事情の故にフランスとの間が一触即発の状態にまでなっていた。ジェファソンの共和党政権は、ナポレオンを全面的に信じているわけではなかったが、反イギリスへと傾いていた。合衆国は二大強国と戦うだけの余裕はないので、平和を好むジェファソン——彼が今年再選されるのは疑う余地がない——の後を一八〇八年に継ぐ者が彼ほど手強くない、あるいは彼ほど平和的でない共和党員であれば、一七七六年の独立戦争を再現する可能性は強い、と我が優秀なる従妹は信じ切っていた。アッパー・カナダの王党派にとって、七六年独立戦争はいまだに反逆であって、革命ではなかった。王党派は終戦に際し、ナイアガラ砦を合衆国に返還せぬようホールディマンド総督に迫った。総督は返還せざるをえなくなったとき、そこから峡谷をへだてたカナダの地に別の砦を建造した――これはほんの少し前の一七九六年のことである。王党派の人々は、四半世紀の流浪の後の今でも、少なくともニューイングランド諸州が合衆国から分離し、カナダと合併して、彼らを迎えてくれないかという淡い期待を持っており、それをまったく捨て切ってはいなかった。一方、新しく西部と南部の諸州から加わった若い共和党員たちは、イギリスがインディアンに武装させ、西部の入植地への攻撃を唆しているという口実のもとに、カナダとフロリダへ進攻をはかろうと躍起であった。彼らは連邦議会で十分な力を獲得すれば、特に一八〇六年と一八一〇年の中間選挙で力を得れば、ニューイングランドと中部大西洋沿いの諸州を彼らの大義に賛同させ、味方とするために、必ずや海運問題を利用するだろう。そしてもう一つ、その間にヨーロッパにおける戦争でイギリスとフランスがお互いの資源を消耗し続けるのであれば、さらにもし「我々」がティカムセの唱えるインディアン連合を組織して、西部諸州の議員たちの口実を現実のものとすることができれば（イギリス内閣では、このインディアン連合という考えは人気があった。それができれば事実上アメリカ西部が大英帝国の保護領になるからだ）、そうなれば、いわば第二次革命戦争が、一八〇九年、あるいは一〇年あたりに起こりうるではないか！　この予測に少々の幅を持たせて、アンドレーはこの戦争を「一八一一年戦争」とすでに呼びならわしていた。その頃には彼女も二十二歳になっているはず。「我々」にも七年の準備期間があることになる。

「我々」とはすなわち、彼女自身、ティカムセ、私……そして消息がわかり、その忠誠のありかを今度こそはっきりと見極められれば、私の父、つまり彼女にとって伝説的なヘンリーおじも含まれる。十年前、彼女の敬愛するティカムセはリトル・タートル率いるマイアミ族と共に闘い、ウォバッシュ川沿岸でアメリカ軍を打ち破ったものの、フォールン・ティンバーズではウェイン率いるアメリカ軍に打ち負かされた。このときの縁で彼は私の父と知りあうところとなり、やがてカスティーヌズ・ハンドレッドを度々訪れるようになった。だが、ティカムセは自立心の強い男で、〈H・B〉が（自分のお手本としている）ポンティアックを高く評価するのを重んじたものの、彼の助言を必ずしも受け入れたわけではなかった。フォールン・ティンバーズでの敗北の後は、特にそうだった。しかもこの頃、この二人の男の所在はどちらも不明だった。

私はジェファソンとバーから聞いた話を伝えた。それは男爵の知る〈H・B〉の最後の消息と符合するものだった。私はアメリカの政治に疎く、アンドレーの述べる複雑な予測を肯定あるいは否定できる知識を持ち合わせなかった。しかし、フランスとアルジェの体験を持ち、歴史一般については詳しかったから、物事の成り行きには独自の勢いがあり、それを支配しようとする人間の手の届かぬところへ急速に発展していってしまうものだよ、と彼女に警告した。それに、万一僕が「父親」探しに乗り出すとしても、と私は明言した、父の大義に僕自身が身を投じるというわけでもなく、彼を僕の大義に共鳴させようというわけでもないのだよ。

「わたしたちはお父様の大義の何たるかを知らないわ」とアンドレーは辛辣だった。「それに、貴方は大義などお持ちじゃない」

まさしくその通り――だが、それもこの年までのこと。まさにその年、愛の故に、そしてアーロン・バーのおかげで、私にも大義ができた。バーがハドソン川沿いの岩壁《パリセイド》でハミルトンと決闘したという知らせが私たちの所に届いた。ニューヨーク州知事を狙う彼にはこれは致命傷で、身を隠さざるをえなくなった。聞くところによると、彼はルイジアナ領にむかったという。その地で彼は入植者の一団と共に土地を所有し、新しい州を建設するつもりだったらしい。しかし、他にも噂があり、オハイオ川にあるブレナーハセット島で訓練を積んだ義勇軍と落ち合う意図だ、という話であった。だが、何のための義勇軍か、その目的を知る者はなかった。このとき、ナポレオンは三十五歳、フランス皇帝として戴冠し、主の塗油を受け、いよいよオーストリアとロシアに戦争を仕掛けるばかりとなっていた。ジェファソンは易々と再選され、共和党の国会における勢力は増した。私は二十八歳となり、十六歳の従妹に結婚を申し込んだ。男爵と夫人は、あの娘はまだねんねでして、と言ったが、当のアンドレーは、ねんねなのは貴方の方よ、「我々の大義」のため何か事を成さなければ、とはっきり言った。彼女は私にブレナーハセット島で何が行われているか偵察し、〈ハーマン・ブレナーハセット〉（島の持主の名前であるとわかった）なる人物が私の父であるのか、さらにこの男とバーの間で進行中のことが何であれ、ティカムセの計画を助けるものか、それとも脅威になるのか、見定めてくれないか、と言った。その後で「適切な手段」を講じてティカムセの許にいき、彼女との結婚の許しを族長である彼から得て来てくれ、と言うのだ！　彼が認めれば、愛する両親が何を考えようとも、彼女は結婚を承知する、と言う。

さて、そうと決まれば、私はカスティーヌズ・ハンドレッドに留まっているわけにはいかなくなった。一八〇五年、六年、七年――この間、ナポレオンはウルム、アウステルリッツ、イエナの戦いに勝ち、トラファルガーの海戦で敗れた。アンドレーの予測にたがわず、彼はイギリスとの貿易を禁ずるベルリン勅令を発布したが、これはフランスとの貿易を禁ずるイギリスの枢密院令に対する報復措置であった。この間、ヴァージニア沖で合衆国軍艦チェサピーク号とイギリスの軍艦レパード号の海戦があった。これもアンドレーの期待どおりだった（さらにこの間、ジェローム・ボナパルトは結婚を兄から無効と宣告され、ウェストファーレンの王に任命された。またこの間、ジョエルとルーシーのバーロウ夫妻は『アメリカ物語』を出版すべくフィラデルフィアに腰を据えた。〈ポッポー〉フルトンは銅版の挿絵をもってバーロウに協力。フルトンは、またクレアモント号を建造した）——私はブレナーハセット島からバーの後に従い、彼の運命をつぶさにこの眼で見た。すなわち、オハイオ川とミシシッピー川を平底の川船でニューオーリンズまで南下し、合衆国から西部諸州の分離を企てた罪で彼が逮捕され、リッチモンドへ連行された後、裁判を受けて無罪放免となるまで、私は彼につき従っていったのだ。

バーが面目を失ってヨーロッパに逃亡し、ハーマン・ブレナーハセットがミシシッピーで綿花栽培をするべく移住すると、私は報告のためにこの地に戻った（その途中でアルジェの冒険話を初めて素直に聴いてくれた海軍兵学校生クーパーと出会う）。一人ずつ取り上げて考えれば、ハーマン・ブレナーハセットもアーロン・バーも告発されるような罪はおかしていない、と私はアンドレーに言った。ジェファソンは有罪にしようと圧力をかけたが、マーシャル判事がそれにかなり抵抗したのだ。僕の見るところ、血の気の多いアイルランド人で、弁護士ながら冒険家でもあるブレナーハセットは、ただたんにメキシコ侵入に執着しただけだし、バーは大きな新州を合衆国に加入させて、自分が知事になりたかっただけだ。もっとも、二人とも実行可能とあらば、両方とも実行する準備はしっかりやっていたがね。陰謀説は主としてジェファソン配下の陸軍西部方面指揮官ジェイムズ・ウィルキンソン将軍の捏造によるもので、これが正真正銘の裏切者、スペインの密かなる手先ときた。彼は（再び僕の見るところでは、僕がせき立てたために）、B（バー）とB（ブレナーハセット）の気持ちをメキシコから逸らす目的で西部帝国の案を二人に吹き込み、二人の「合法的」計画が失敗したときの一つの可能性としてそれを考えたらどうか、と二人の関心をかきたてた。そうした後で二人のことをジェファソンに告げ口し、自分がスペインの手先である痕跡を隠すために二人に不利な証言をしたというわけだ！

同様にして、僕はブレナーハセットもバーも〈ヘンリー・バーリンゲイム四世〉である可能性はないと思ったよ。

バーリンゲイムを装う人物が僕のほんとうの父であろうが、なかろうが、いずれにせよだ。

コンスエロから聞いた話を総動員して、僕は駐米スペイン公使の手先仲間を装った。ウィルキンソンに取りいって二人の計画を潰したが、それは全面的にティカムセのため、というわけでもなく（もっとも、メキシコ侵入は別として、二人の計画は実現すればさらなるインディアンの土地侵害になっただろう）、むしろ基本的には二人の人物――どちらか、あるいは二人合わせて！ H・B四世かもしれぬ人物――の裏をかくためだったよ。機を捕えて二人に注意の目を向け、特にバーに注意しようと僕は目論んだ。すると嬉しいじゃないか、バーは即座に僕の偽装を見破ったぞ。私に任務を課した娘はとうとう十八歳になり、以前よりもさらに好ましくなっていた。はたして私と結婚してくれるだろうか？

喜んでいたしましょう、ティカムセの同意さえあればね、とお前の母さんは言った。それでティカムセは僕のことをどう考えているのかね？

僕はバッファローからニューオーリンズに至るまでティカムセを讃える言葉を聞いたけれど、彼を探し出して同意を求めるのはプライドが許さないよ、と私は告白した。それは残念なこと、とアンドレーは言った、この前ティカムセがカスティーヌズ・ハンドレッドに来たとき、わたしは彼に貴方のことをいろいろ話したわ。それがうまくいって、この結婚に好意的な様子だったのですもの。彼はイギリスと〈十七の炎〉（彼は合衆国をそう呼んだ）の間の戦争でイギリスが勝利すれば、インディアンに有利になろう、と原則的に考えているの、と彼女は確言した。イギリスは、すでに五大湖地方から南へ広がる地帯を武装したインディアンの自由国家として設立させる、と彼に提案していた。だが、彼は、事の成り行きにはそれ自体の勢いがあるよ、という私の警告にも同意していた。だから、そのような戦争で、もしアメリカが勝てば、インディアンの主権は完全に終りを告げる、と案じた。さらにもっと積極的に彼が同意したのは、合衆国を分割する計画であった。アーロン・バーの計画のように、インディアンの土地に新しい白人の国家を作るというものでない限り、どんな計画でもよかった。私が手紙や白人の商売にとって大変重要な書類を偽造する能力があると聞くと、彼自身は読み書きができなかったから、ことさらに感心した。彼はアンドレーに、自分は雄弁の才でインディアンの部族を団結させるから、私の偽造の才能を〈十七の炎〉の解体に利用するわけにいかぬか、と問うた。

私は尋ねた、今回はなぜティカムセが君を訪問してきたのかね？ それはね、と彼女は答えた。インディアン連合を考えたポンティアックの計画をティカムセが復活したのに引き続いて、一八〇五年に彼の弟が予言と予知の役割を引き受けたでしょう。それでティカムセはポンティアックからの連想でデラウェアの予言者のことを思い出し、不安になったのね、デラウェアの予言者の「幻想《ヴィジョン》」は初代アンドレー・カスティーヌの影響を受けていたことを、彼は知っていたわけ。ティカムセはこの〈再演〉に不安を覚えたのよ。彼は弟の忠誠は信頼するけれど、判断力は信頼してないわ。ティカムセはアンドレーが、またもう一人の〈アンジェリーク・キュエリエ〉にならないと納得したくて、同時に初代アンドレーがデラウェアの予言者の「幻想」を改良したように、彼女が弟の「幻想」を改良する提言を持っているか否か知りたくて来たのだと彼女は信じた。お前の母さんは気転を利かして彼にこう答えた、わたしに唯一見える幻想は、ティカムセがアステカ族やインカ族の帝国にも匹敵するインディアンの帝国の長におさまっている姿だわ、と。それから、母さんは実際的な提言をした。予言者は宗教的な拠点を定めるといいわ、連合の主要部族に便利な戦略上の要地にね――たとえば、インディアナ領のウォバッシュ川とティペカヌー川の合流点に――ワシントンにある〈十七の炎〉の本部のように、計画中の連合にも実質的な本部をおかなくてはね。権威ある「公的な」中心地があれば、アメリカ政府がインディアンの不平分子や族長を自称する者たちとの間に勝手な条約を結ぼうとするやり口を阻止できるかもしれないわ、と母さんは主張した。ウォバッシュの予言者を頭に頂いて、インディアンのメッカともヴァチカンともいうべき場所を確立すれば、予言者は特別視されてインディアン連合の宗教的指導者に据えられることになる。そうなれば、政治と軍事については、彼をティカムセの邪魔にならぬところにおけるわけだった。ティカムセはこれを啓示的な提案であると考え、母さんに喜んで感謝し、婚約者を自分の許へさし向けるよう促した。

　その頃、彼女は私のことを婚約者だと言ってくれていたのだ。それはバー、ブレナーハセット、ウィルキンソン将軍が画策した西部帝国の計画を潰した私の努力に報いるためだった。しかし、彼女を娶《めと》ろうとするならば、私はさらに二つの仕事を片付けねばならなかった。一つは、いわばティカムセのための仕事、もう一つはティカムセの不利益になるとも思えるが、彼女のためになる仕事だった。彼女はカナダ総督府庁にいる父親の友人たちから、尊敬すべきサー・ジェイムズ・クレイグが、ヴァーモントのジョン・ヘンリーなる男が最近書いている一連の新聞記事をいたく気に入った旨を知った。それは共和政治全般と、個別的にはワシントンにおける共和党政権を攻撃する記事であった。クレイグは、一八〇八年の選挙の後にこのヘンリーを雇って連邦派系の新聞に書かせ、ニューヨークとニューイングランドの合衆国からの分離を煽らせることはできぬか否か、その可能性を知りたがった。というのも、一八〇八年の選挙では、またヴァージニア人がジェファソンの後を継いで大統領官邸におさまる気配が強かったからである。アンドレーは私をカナダの友人たちに推挙した。アメリカ分断の可能性を見届け、なおかつ必要とあらばヘンリーに彼の名前で発表すべき原稿を代筆してやる人物としてだった。彼女のケベックにいる僚友たちは、このさほど困難ではない任務のために所要経費と給料を払おうと申し出てきた。この任務はイギリス＝カナダの諜報部に私が入りこむ契機ともなる見込みがあった。

第二の仕事はもう少し複雑だった。インディアナのハリソン総督は、デラウェア族、キカプー族、マイアミ族など、かつてポンティアックが連合した部族の弱小族長らと交渉し、馬鹿馬鹿しいほどの廉価で約三百万エイカーのウォバッシュ川沿いの主要な共有狩猟地を売らせようと図っていた。ティカムセは、いくら積まれようと、そのような売却には反対だったから、ハリソンとの条約に署名するような者はたちどころに殺すと脅しをかけていた。私の仕事はそのようなティカムセに忠告することだった、つまり、彼の反対を無視して条約に署名する者がいるなら、署名をさせる（ただし、ショーニー族は例外とする）。その後でこれまでティカムセの連合から距離を保ってきた獰猛《どうもう》なエリー湖のワイアンドット族に協力を求め、署名した「堕落族長」どもを処罰する策に出るほうがよい。そのほうが彼の大義により適うではないか、と忠告しようというのだ。この方策ならワイアンドット族に気に入られるはずだし、彼らの協力が得られれば、ポタワトミ族や他の協力的でない部族の関心もひくはずである。弱小族長の中から裏切者を排除できれば、インディアン同盟はより堅固になる。それに同様の条約が再び提示された場合の警告の役も果たす。それはまた、私がこれまでほんとうには知らなかったインディアンたちを知る機会を与えることになるし……ティカムセと知りあうことにもなる道であった。

私は若き婚約者に注意を促した。君はおよそ六人ほどの人間を殺す命令を下しているのだよ、と。そいつらは世をすねた酔払いの裏切者よ、部族の権利と同胞をウィスキー一樽で売り払う連中なの、と彼女は答えた。もしわたしにできるものなら、自分で喜んで処刑してあげる……

第一の任務はたやすく、しかも気持ちのよい仕事だった。任務遂行のため、私は一八〇八年にモントリオールに赴き、セント・ローレンス川を渡ってヴァーモントに入った。この地で野心的な奇人ヘンリー氏に会った——彼はかつて八百屋をしたり、新聞を発行したり、また砲兵大尉でもあった。私は彼に、ボストンへ行き連邦離脱の気運を探ってくれるように頼み、その快諾を得た。私は彼に総督府庁に報告を送るための簡単な暗号とその解読法を教えた。その後マディソンが大統領に選出され、就任式が済むと、今度は私がボストンに赴き、一般大衆の感情を打診していると称してヘンリーがいりびたっている居酒屋や売春宿で彼を見つけ出し、ボストンの新聞からもっと安価に入手できる情報程度のものしか「我々」に寄こさぬではないか、と彼を叱った。情報とは、すなわち、連邦主義者たちはイギリスに敵対するいかなる動きにも反対し、もしもマディソンが西部の主戦論者たちに屈するようなことがあれば、連邦主義に与《くみ》する全州議会をボストンかハートフォードに設立し、中立を守ることを試みるというものであった。私自身としては、彼らは実際には連邦から脱退しないと予測した（今でも、そう思っている）が、この問題はやや重要性を孕むと感じた。北部米人《ヤンキー》の中には親英派や反仏派がおり、とりわけ反共和制の気運が強かったから、違法を承知でニューヨークとニューイングランドから軍需品をカナダにいるイギリス軍に安定して供給することができた。従って、この北部地域を戦場とする戦いがおこり、イギリス軍が勝てば、この地域の諸州のカナダへの併合はすんなりと決まるはずだ。私はボストン滞在中に、ヘンリーの名で暗号化し発信するための見本となる数通の手紙の原稿を書いた。ヘンリーは密偵としてはまったく役にたたない存在であったが、それはもうどうでもよかった。私には彼の手紙をもっと有効に使う道があることがよくわかっていたからである。私はイギリス外務省に彼の働きを認めさせる証拠になるから、写しを保管しておくように指示し、彼を売春婦と麦酒《エール》の許に戻してやった。

　第二の任務となると、話は別だった。お前の母さんの提案を受け入れ、一八〇八年にティカムセは弟のためにティペカヌー川とウォバッシュ川の合流点の近くに、〈予言者《プロフェッツ》・の町《タウン》〉を建設した。この町は勤勉、禁酒、財産の共有制、赤色人種間の友愛を標榜し、他方〈長いナイフ〉——彼らは我々白人をこう呼ぶのだが——から教わったものすべての放棄をうたった部族混合のインディアン・コミュニティであった。町の運営はうまくいき、戦術は大あたりだったので、ハリソン総督は予言者（彼は名前をララウェシカすなわち「大口たたき」から、テンスクワタワすなわち「門戸開放」に変えていた）をインディアン連合の指導者だと勘違いし、一八〇九年の夏、懸案中の条件について協議するために、準州の首都ヴィンセンズに彼を招いた。その年、私はこの三人のすべてに会った。

　我が子よ、私はクックであって、バーリンゲイムを名乗る者ではない。お前たちバーリンゲイムを名乗る者は、先祖H・B三世から世界を愛する情熱をもらい、すぐに至る所に出かけていく。世界のそれと同じほど多様に装いを凝らす。世界の指導者と変革者を指導し変革するためなのだ。私は今わかったのだが、私たちクックを名乗る者は、父祖のメリーランドの童貞詩人エベニーザーから、尽きせぬ無垢を受け継いでいる。私たちとて、世界の事情にかかわるが（私たちは純粋なクックではないわけだから）、それが何にせよ、私たちは追従者の側にまわってしまう――いや、学習者と呼ぶ方がふさわしかろう。つまり、バーリンゲイムと彼らが変革した人物たちの教え子になる。私には時々そう見えたのだが、もしアーロン・バーとハーマン・ブレナーハセットが一にして同じ人物であったら、その男こそ私が蔑み、死を願ったバーリンゲイムにほかならぬだろう。仮にティカムセとテンスクワタワが一人の人物――我々一族に流れるインディアンの血の精髄、その具現者たる人物――であれば、その人物こそ私が愛し、崇拝し、憐れみをかけることができる父親であろう。予言者についで私は多く語るまい。ジェファソンはハリソンと一致する見解を示している。つまり、彼はごろつきにして大法螺吹き、かつては喧嘩っ早い飲んだくれ、ダマスカスの町で改宗したパウロ（『使徒行伝』九章参照）よろしく劇的なる「改宗」を遂げた後、絶対禁酒を唱えるペテン師になったという見解だ。私自身は、彼は真正なる宗教者であり、かつ真正なる半狂人、つまりまったく信頼できぬ男と考えている。さらに、ティカムセも最初から弟をそのように見ていたと私は思う。

〈流れ星〉のティカムセについては、彼が私よりもアンドレーの愛に価する、と言うよりほかに、私の賞賛の気持ちを表わすすべはない。アンドレーを除けば私は誰よりも彼から評価されたい。また彼はジェファソンに、マディソン二人分に、バーロウ三人分に、ナポレオン五人分に相当すると私は思う。このポンティアックの後継者の足元に最初に座ったとき以上に、自分が祖父の孫であると実感したことはこれまでなかった（思い出しておくれ、私はこのとき一族の歴史をまだ詳しく知らなかったのだ）。いつの日かインディアン部族の偉大で自由なる連盟の指導者として彼に出会い、私同様彼を愛するようになるのがお前の定めだとよい、と私は願っている。

彼は一八一〇年七月、私の生命を救ってくれたが、このために私たちの親交は深まった。アンドレーとの縁、および父と祖父のポンティアックにまつわる縁故に、ティカムセは（予言者の反対を押し切って）私を〈予言者の町〉に住まわせ、一八〇九年の夏と秋の間、ジョン・ヘンリーの所へ任務に出る合間に、アルゴンキン語を習わせてくれた。彼はワイアンドット族とハリソン条約に関するアンドレーの提案を私が通訳を通じて語るのに、じっと耳を傾けた。それが自分には最善の戦略とは思われぬが、脅迫しても「族長たち」が条約に署名しそうであるからして、たぶん俺はその策を取るであろう、と彼は答えた。ウィリアム・ヘンリー・ハリソンは決して悪党ではなく、手強いが、相手にするに不足のない敵だよ。彼は一八〇七年にインディアナ準州議会で（無駄であったが）インディアンのために法的正義を擁護したこともあるのだ、もっとも、一方では、俺たちの土地を一エイカーにつき三ミル半（一ミルは一千分の一ドル）――政府の正規売り値の六百分の一！――という価格で買い取ろうとしているのだがね、と彼は私に語った。しかし、ポンティアックの反乱や、私の父と祖父について、あるいは彼の若き友人〈湖の星〉《スター・オブ・ザ・レイク》と私の婚約についてどう思うのか、といった重大な事柄に関して彼が語り始めたのは、我々がアルゴンキン語で議論ができるようになってからであった。

私は急速に学んだ。学びながら、以前にもまして赤色人種のつとに有名な土地との調和を尊敬するに至った（土地を売ることは反逆というより詐欺行為であった。彼らの考え方からすると、万人の土地に対して権利書を持つ者など誰もいないからである）。白人と比べれば、獰猛なワイアンドット族やかつて獰猛だったセネカ族でさえ、究極には無害であるとわかった。ティカムセは、白人を山火事に、獰猛部族を一群の狼に譬えた。驚いたことに、私はインディアンに至る橋をかけているというのに、彼らからの距離をいっそう明確に感じるようになった。私にインディアンの血が入っていなければ、橋をかけるはずもなかっただろう。だが、私がつまるところヨーロッパ系アメリカ人でなかったら、橋などかける必要もなかっただろう。私はこれを実感し一つのことを悟った。それはポンティアックも理解したことだと後にティカムセから聞いた（最近知ったのだが、ポンティアックよりも前に、私の祖父もそれを悟った）。すなわち、狼は鹿をより鋭敏な動物と化し、鷲は兎の足を早めるのに役立つかもしれぬが、山火事になれば彼らは共に逃げるか、共に滅びるか、いずれかしかない、ということ。その通り、今やインディアンにとって現実の逃げ場はもはや存在しないのだ……

だが、彼は決して敗北主義者ではなかった。インディアンが選べるのは、たぶん敗北の仕方だけだと知っているからこそ、ティカムセには、どのように敗北するかがよけいに重大であった。それ故に彼はたとえばトマホークの使用を選んだ。アメリカ軍の砲兵隊を退けられるのは、イギリス軍の砲兵隊のみ、と十分に知っていながらだった。だからこそ、彼は倦むことなく族長たちに勧告した、野兎と鷹の差異にも等しい昔からの「生まれもった」部族間の差異を忘れろとは言わぬ、だが差異があってもお互いの共同利益のために脅威に抗して戦おうではないか、と。彼の論法の欠陥はもちろん、立派な行動をとれば必ずや報われるものとする点にあった。昔からの差異を越えて鹿と狼が立ち上がって団結したとして、果たして山火事に何を悟らせることができるというのか？　この問い（とはいえ、私は決して口に出さなかったのだが）に対するティカムセの答えは、彼の態度、雄弁、無私の尽力、心の広さ、全面的に卓越した性格、こういったものの中に自ずと現われていた。思うに、この点については、彼が英雄と仰ぐポンティアックをはるかに凌いでいたに相違ない。斯《か》く斯《か》く然々《しかじか》の男であることが（と、ある美徳を説きつつ彼は言った）、斯く斯く然々のように振るまうことが、素晴らしくも立派な肯定的意思表示となるのだぞ、たとえ滅びようともな――いや、いずれにせよ滅びる運命にあるのなら、とりわけそうではなかろうか。この悲劇的（だが、決して絶望的ではなかった）教訓をティカムセは英語でもなく、アルゴンキン語でもない言葉で教えた。

軽蔑すべき条約が署名されたとき（一八〇九年九月三十日、ちなみに九月三十日は伝説によればアダムとイヴが楽園から追放された日であり、エベニーザー・クックがうかつにも父親の領地を喪失した日でもある）、私はすでにその言葉を十分理解していたので、ワイアンドット族を連合に加入させる使命のみならず、ティカムセの怒りを伝えにハリソン総督の許に赴く使命も委任された。カナダの諜報部から支給された信用状を使って、私はアメリカ諜報部の密偵を装った。イギリスがどの程度インディアンの同盟を煽っているかを探る任務を帯びた密偵である。私は、連合は季節を追うごとに強大化しつつあります、とまことしやかにハリソンに報告した。イギリスは当然のことながら連合の強大化を喜んでいますが、これまでティカムセと予言者に精神的支援以上のものはほとんど供給していません。しかし、連合が新しい「条約」に武力で抵抗すると決めたら、イギリスは彼らに武器を供給するでしょう、現にティカムセにはその用意があります。しかし、インディアンの団結を強めるものは、あのような目茶苦茶な条約を結ぶこと、あるいは結んだ条約を破ることです。彼らの団結を弱める最善策（同時にインディアンを来るべき戦争でイギリス軍に就かせぬ策でもありますが）は、彼らの領土への侵入をやめ、かつ無法に彼らを殺戮するのを止めることであります。

最後の点については、ハリソンはその通りだと認めた。マディソン大統領も君とだいたい同じような意見をお持ちだから、もしかしたら我輩が締結したばかりの条約の破棄を考えるかもしれん、と言った（私はまさかそこまで期待していなかった）――しかし、そうなれば、総督は選挙民と政治的軍事的支援を仰ぐべき人物との間に立って、どうも具合の悪いことになるかもしれない。元気の出た私はボストンへ、ジョン・ヘンリーとの仕事を片付けに出掛けた。その年の春、ヴィンセンズ（とカスティーヌズ・ハンドレッド）を経由して〈予言者の町〉に戻ったが、それはハリソンの使者として、条約について話しあうために準州都へお越し願いたい、という彼の意向を予言者に伝えるためであった。私はハリソンに、本当の指導者はティカムセですよ、と注意した。そうであるからこそ、よけい代わりに弟を招待する理由が成り立つ、とハリソンは感じていた。兄弟の間に嫉妬心をかきたてようというのだ。アンドレーと私は、次の点で意見が一致した。今や不平等条約が締結されてしまった以上、インディアン連合に向けて踏み出す次の大きなステップは、ティカムセが条約実施を武力で首尾よく阻止し、条約破棄をマディソン大統領と交渉することだ、と。このようにすれば、アメリカ人、イギリス人、そして彼自身の民の眼からしても、ティカムセが指導者であることが明確になる。来たるべき戦争においては、インディアンに自由の国を確約する側に忠誠を誓うか、さもなくば中立を守る、とワシントンやロンドンに彼が権威をもって宣言することができよう。ハリソンからの招聘の意向を伝えると共に、私はこの意見を（アルゴンキン語で）述べた。すると仰天したことにテンスクワタワは、私を密偵として処刑せよ、と高らかに宣言したのだ。彼は冬の間に、私がハリソンに就いたという噂を聞いていた。彼はそれを本当だと信じるふりをした。私のみならず、たぶん〈湖の星〉も〈長いナイフ〉の回し者であろう、とまで本気を装い、言いたてた。

彼がお前の母さんをも告発したのは、私にとって幸運だった。というのはティカムセも拷問こそ禁じていたが、密偵は速やかに処刑すべき、と信じていたからだ。だが、ティカムセはまた私が文書や信用状を作る才能があることを知っていた。彼は弟をたしなめ、私の処刑に反対した。彼らの言葉を操れるようになった私を讃え、その後ヴィンセンズにおけるハリソンとの一連の会談の初っ端に通訳として私を連れていった——このとき、彼は効果を狙い、四百人の屈強な若い戦士たちを伴った。このとき初めて私は彼の政治的手腕を目の当りにした。彼は弁舌家としても、策士としても、素晴らしかった。常に人の心を動かす弁舌を用い、気転を利かせるかと思えば次には力を込めて説く。優れた記憶力と絶大なる情報量の持主であったから、「十七の炎がまだ十三の炎であった頃、ちょうど今俺の民が主権を求めて連合するごとく、彼らが主権のために闘ったとき以来」、〈長いナイフ〉によって結ばれ、かつ破られたインディアンとの条約のすべての条項と違反項目を諳《そら》んじることができた。こうした条約の最後のものに署名した者たちにはすでに死んでもらった、と彼は断言した。連合はマディソンの解隊せよとの命令に応じる気はないが、これは俺が十七の炎に同じ命令を出しても十七の炎は聞く耳持たぬのと同じ理屈なのだ。等々等々。ハリソンはティカムセの言にいたく心を動かされ、条約にある土地に入植者を送り込むのを遅らせ——同時に陸軍省に軍隊の派遣を要請した。ティカムセは私の働きぶりと堪能なアルゴンキン語に感銘を受け、以前は口に出さずにいた話題にも触れるようになった。

次の年の間、実際に彼が私に立証したのは、後にアンドレーが我ら一族の歴史の図式《パターン》であると見破ったもので、それは束の間だったが、明確に私に感知できた。もっと一般的に言うならば、彼は私を悲劇的見解へと再び導いたのである。ティカムセはデトロイト包囲のときのポンティアックのジレンマ（これについては三通目の手紙で私が説明した通りである）を真底理解していた。だからこそ、彼は常に攻撃を仕掛け、しかも夜の白兵戦を好んだ。包囲作戦が必要となれば、時折連合が援助を得る白人の盟友に誰彼かまわずそれを委せてしまう。彼は連合自体を必要悪と考えていた。インディアンの昔からの多元主義に反すると考え、それ故に連合の中核的権威は政治的というより精神的なものにしておくのが最良と判断した。かくして、彼は頼りにならぬ弟をあえて頼りにした。白人が辿った中央政府への道を、彼はそれ以上に進もうとはしなかった。もっとも中央政府なしにインディアンが優勢になれるのか、彼はまったく確信は持てなかったのだが。彼は私に、私の父と祖父の目的が何であれ、また二人の差異がいかなるものであろうと、二人のポンティアック評は共通していた、と指摘した。たぶん、二人のうちの一人は、もしくは双方ともに、暫時ポンティアックを欺き妨害することで、結局は彼を助けようとしたのではないか、ちょうど子供の通り道に妨害物を置いて強い子供に育てたり、子供が現実的な真実を把握するまで、単純な作り話を語って聞かせるようなものだ、と言った。しかし、ティカムセは父の確信、つまり父の両親がポンティアックを裏切ったとする考えにも異論を持っていたし、また、父がたとえばジョウゼフ・ブラントを名乗ってイロクォイ族を裏切ったと見なす私の確信にも疑問を抱いた。そう思うぐらいなら、と彼は断言した、お前たちが俺を裏切れないようにテンスクワタワがトマホークでお前を殺すのを許したし、いまだに愛してやまぬ〈湖の星〉の胸に自分でナイフを突きさすさ。実際には彼は——妻を娶り子供を儲けるための時間がなかったし、若い未亡人と孤児を作りだすのはまっぴらであったから——私たちの結婚を祝し、子宝に恵まれるよう望んだ。俺は子供じゃないのだから、行手にわざと妨害物を置いて、俺を鍛えようなどとしないでくれ、と私に言った。

こうした知らせを携えて、私はカスティーヌズ・ハンドレッドに急いで戻った。アンドレー（今や二十二歳になり、私は三十五歳になんなんとしていた！）には、このような知らせは予想通りのものだった。彼女は私を快く受け入れ、すぐに私たちは祖父母と同じようにイロクォイ族の儀式にのっとって密かに結婚した。アンドレーは我らが一族の歴史の研究を始めたばかりで、私たちが祖父母に類似していることをとても喜んでいた。だから、バーリンゲイムを名乗る男子に特有な欠陥（彼らはそれを常に克服してきたが）を私が持たないと知ってはいたのだが、アンドレー一世に倣い、子供を儲けたとわかるまで、キリスト教の儀式による結婚を拒否したのだ。

美しき去年《こぞ》の夏よ！　スタール夫人はコペからナポレオンとの軋轢について書いて寄こした。友人シュレーゲルがかろうじて『ドイツ論』の原稿を救ってくれたこと、また彼女の半分の年齢のスイス人護衛兵とのトテモ浪漫的ダケレドアマリ審美的デハナイ新しい恋についても触れていた。ナポレオンがコペから私を追い出すなら、ニューヨークに購入した土地に引っ越そうと思うけれど、安全でしょうか？　残虐なコルシカ人に刃向かう唯一のヨーロッパ希望の星イギリスと「あなた方」が戦争するなんてこと、まさかないでしょうね。私はこう答えざるをえなかった。革命暦三年当時のパリは一見危険そうで実は安全だったが、反対に一八一一年のニューヨーク州北部は安全そうに見えて、その実、すぐにも危なくなるはず、と。彼女を得心させるために、アメリカ言論界の反英感情を煽る目的でアンドレーの助けを借りて偽造した手紙の写しを添付した。それは一七八二年一月三日、ケベックのホールディマンド総督に宛てて、ナイアガラのジェイムズ・クロフォード少佐が送った本物の手紙に基づいたものだった。偽造の手紙には、セネカ族が剝ぎとって賞金支払いを求めて総督の許に提出した、八箱に及ぶ頭皮の項目別詳細が以下のごとく記されていた。「合衆国兵士《コングレス・ソルジャー》」分四十三枚、「自宅内で殺害された農民」分九十三枚、農作業中殺害された農民分九十七枚、さらに「頭皮剝奪後生きながら焚刑にあったことを示す黄金の炎の印のある」もの十八枚を含む農民分百二枚、「母親たる証拠である編んだ長髪」の女性のもの八十一枚、「さまざまな年齢の」少年分百九十三枚、「手斧、棍棒、ナイフなどが描かれた小さな黄色い輪のついた」大小さまざまな少女のもの二百十一枚、「母親の胎内から裂かれたことを示す中央に小さな黒いナイフのみを記した……二十九枚の赤子のものを含む、さまざまなる頭皮」百二十二枚、云々。ジョエル・バーロウは、不本意ながらマディソン大統領の特使としてアナポリスからコンスティテューション号に乗船しフランスに赴く、という便りをワシントンの邸宅カロラマから寄せた。合衆国と大英帝国の間の戦争を回避する最終的な策をナポレオンの外務大臣と共に講じるためであった。彼は私がアルジェ太守との交渉で助力したことを懐かしげに回顧し、今私がいればよいものを、と嘆いていた。〈ポッポー〉フルトンは、と彼は悲しげ伝えた、クレアモント号が成功したとたん結婚してしまい、ルーシーはがっかりしとります。バーロウの友人である主戦論者の国務長官ジェイムズ・モンローは、ジョージアのマシューズ将軍に極秘文書を二月二十六日付で送り、「事の微妙さと重大性に鑑みた裁量をもって、貴君に委ねられた任務が人目につかぬよう努めつつ、可及的速やかに」フロリダへ侵攻するように指示していた。五月、合衆国フリゲート艦プレジデント号はサンディ・フック（ニュージャージー州東部のニューヨーク湾南方にある半島）の沖で、イギリスのスループ型軍艦リトル・ベルト号に損傷を与え、一八一〇年の連邦議会議員選挙以来勢力を増したヘンリー・クレイとその僚友の主戦論者たちを喜ばせるところとなった。秋に第十二連邦議会が召集されれば、宣戦布告となり、アンドレーの言う一八一一年戦争に突入する気配濃厚であった！　ティカムセはその年の初めにハリソン総督に次のように伝えた。来るべき戦争においては我らは中立を守るばかりか、マディソン大統領がハリソンの締結したまやかしの条約を破棄し、今後ティペカヌー川に集結する族長たちの同意なしには条約を結ばぬとするならば、〈十七の炎〉側につき戦う所存である、と。ヴインセンズからセント・ルイスに至る白人植民者たちの委員会は、〈予言者の町〉への侵攻、連合の解散、インディアンの背後にいる「連合支持派の」イギリス商人たちの追放を求める請願をマディソンに対して行った。

　カスティーヌズ・ハンドレッドにあっては、男爵は舌打ちする思いの日々を送っていたが、お前の父さんと母さんは口づけを交わし、睦《むつ》みあって過ごしていた——そして、計画を練った。バーロウは、西部人と南部人が開戦に熱心である限り、私の友人ティカムセがこの件ではナポレオンとジョージ三世を合わせたよりも直接的な重要性を持つ、と信じた（このとき、ジョージ三世はすでに狂気を募らせ、摂政を求める議案の提出が今日か明日かと待たれるほどであったが、正気の時には失われたアメリカを取り戻すべく軍隊派遣を依然促すのだった）。バーロウは、フランスとイギリスが説得に応じてアメリカ商船に対する勅令を撤回すれば、インディアン問題自体は、開戦の口実《ケイサス・ベライ》にはならぬだろう、と希望的観測を抱いていた。彼は私に、ティカムセに中立を守らせるため、何とか一肌脱いではくれまいか、と懇願した。このとき、私自身が主戦論者になったことを彼に言わぬ方が適切だ、と私は考えた。ただ、リッチモンドでバーの裁判が行われたとき、新版『アメリカ物語』の完成に助力するために彼をフィラデルフィアに訪問したのであるが、私はその折にティカムセのインディアン国家の構想について熱っぽく語り、コロンブス自身による〈運命顕示説《マニフェスト・デスティニー》〉（アメリカが北米を支配するのは明白な運命だとする帝国主義的思想）の否定を、バーロウの叙事詩に組みこむ努力をした。

　連合がまだワシントンとロンドンに力を見せつけていないのに、ティカムセはマディソンと直談判する気であったが、それを私たち——お前の母さんと私のことだよ——は時期尚早と考えた。我らの友人はこう答えた。力を見せつけるにはもう一年待たなくちゃならん。一年たてば、その頃にはもっと多くの南部の部族が、とりわけクリーク族が、この〈予言者の町〉に代表を送りこんでくるはず、と俺は踏んでいる。目下のところ、この冬俺が南部に行き、彼らと交渉している間、ハリソンと一時的に折り合いをつけておきたいのだ。さらに、私たちにはバーロウの任務が我々の大義にとって危険に思えた。というのも、マディソンの賭はきっと成功するだろうし、イギリス軍を五大湖地方やミシシッピー川流域に送りこむ（かつ〈運命顕示説〉からアメリカ人のエネルギーを逸らすことにもなる）戦争が起きないとしたら、ティカムセの大義はなくなってしまう。それ故に、私たちは両面作戦を取る決意をした。つまり、我らの友人ティカムセが南部の任務に旅出つ前にマディソンの許へ行くのを――どのみち、そうなる見込みはなかったが――ハリソンが渋るように念をおすことが一つ、もう一つはバーロウのフランスにおける任務の失敗を図るという作戦であった。

第一の作戦を私たちは七月に成し遂げた。まずハリソンに働きかけた。ティカムセの留守中、ウォバッシュ川沿いに歩兵と民兵を派手に移動させ、〈予言者の町〉近くに砦を建設すれば、血を流さずにあなたの目的が達せられるかもしれません、と示唆したのである。インディアンたちは指導者が留守であるからして、武力を誇示されれば多分解散するでしょう。そうすれば、ハリソン総督、ティカムセのみならずインディアナの御自分の選挙区住民に対しても強気で交渉にあたれます。御注意申し上げますが、〈予言者の町〉を直接攻撃なさいませんように。メッカの攻撃がイスラム教徒を奮起させたごとく、それはインディアンを奮起させる結果になるだけですから（私たちがほんとうにそう信じていたなら、もちろん攻撃するようけしかけただろうが）。ハリソンはこれに同意した。七月二十七日、ヴィンセンズでの実りなき最後の会談を終えた後、ティカムセは春までの別れを私たちに告げ、二十名の戦士と共にウォバッシュ川沿いに南へと下っていった。

すぐその後、第二の目的遂行のため、私は悲しい気持ちで我が花嫁に別《オールヴォワール》れを告げ、旅立った。モホーク川からハドソン川に沿って、ニューヨークまで行き、前述したド・バサーノ公爵とバーロウとの交渉を「撃沈」できるものか試みるためにフランスへと船出した。十月、私は（激変した）帝都パリに到着した。パリではバーロウ家を除くすべての人々が「ローマ王のウンコ色」の服を着て出歩き、ローマ皇帝の時代を再現しているかのようであった。（激変した）アーロン・バーは奇異な不品行にふけり、その様たるや、もし絶望と酒の双方に溺れていなければ、ますますヘンリー・バーリンゲイム三世の子孫であるかのように見えた。（激変した）ジェルメーヌは彼女のたくましい護衛兵――密かに彼女の夫となっていた――の子供を新たに身ごもっていた。陰では屋敷の者たちは護衛兵のことをキャリバンと呼んでいた。彼女はすっかり神経質になり、不眠症にかかっていた。さらに水腫症の気もあり、阿片にもかなりふける結果となった。だが、私が初めて会ったときと変らずに忙しく、かつ才気煥発だった。

彼女は私が〈美しき未開人《ベル・ソヴァージュ》〉の花嫁を同伴してこなかったのを叱り、かつてのカスティーヌ男爵とマドカワンダのロマンスを、さらに私と〈コンスエロ・デル・コンスラード〉との一件を彼女の新しい若い夫に詳しく語ってくれまいか、とせがんだ。『ドイツ論』のフランスでの出版の際ナポレオンに宛てた辛辣な手紙の故に、今もって皇帝は憤慨しているはず、と彼女は言った。というのは、彼女の美しい友人ジュリエット・レカミエがスイスに彼女を訪問したかどで追放にあったからである。皇帝の秘密警察がコペにいるわたしを悩ませ続けるなら、ウィーンでも、ロシアでも、誰も知らぬ土地へと逃げださなければならないわ、だってアメリカへ逃げて頭皮を剝がれるのはごめんですからね。あーあ、あの手紙を書かなければよかった！　でもナポレオンはわたしに心を奪われているのよ。わたしがロシアに逃げたら、きっと彼も遠からずやってくるわ。ところでシャトーブリアン氏の馬鹿げたインディアン小説『アタラ』と『ルネ』は、お読みになったこと？　まったく、わたしの大事な浪漫主義はとんでもないところまで来てしまったのね。おそらく、これから最悪の事態になるわ。バルザック君のようにわたしも若ければ、きっと浪漫主義の後に来るものを考案しようとするわ。近々、わたしなりに〈革命《レヴォルシオン》〉のことを書いてみようと思っているの。貴方、コミューンと恐怖政治の章を手伝っていただける？　それとも、貴方のポカホンタスのところへお帰りになるのかしら。ともかく、日毎に貴方は父上に似てくるわ。ド・バサーノ公爵のことですって？　ナポレオン政権下でも、ブルボン政権下でも、外務大臣はみな同じ。それ相応に陰険で不正直だと思うわ。公爵はバーロウに何でも約束はするでしょうが、（賢明にも！）何も書面には残さないでしょうね。しかし、彼女は我が友バーロウの任務をいかにして妨害するか、その方法については助言してくれなかった。彼女はインディアンの自由国家計画には賛意を示したし、イギリスと再度の戦争をすれば、アメリカ人の西方拡大策は一時的に停止することになると認めた――それは、イギリスの対仏戦が、アメリカにおける英仏両国の力の拡大を抑止したのと同じだ、と。しかし今は、開拓者たちの移動を抑制するより、ナポレオンの動きを抑制する方が先決よ、と彼女は言った。イギリスが負けるより、インディアンが負ける方がましですもの！　ところで、私は例の有名な毒入りかぎ煙草入れをどうしたと言ったかな？　もし、その場にあったら、夫人を殺してやりたいぐらいだったよ。

小太りのバーロウとルーシーだけがあまり変っていないように私には思えた。ただ円熟して中年の夫婦になっていた。子供を持つのをあきらめ、彼らはイェール出身のバーロウの甥を私とフルトンの代わりとした。長編詩『アメリカ物語』と、ルイス大尉とクラーク大尉（ジェファソンの命で、ルイジアナ領を二人で探検し、ロッキー山脈を越え、オレゴンから太平洋岸まで行った）に寄せた頌詩（ジョン・クィンシー・アダムズがこの詩の見事なパロディを後に書いている）が嘲笑的な批判を受けると、彼は第二のホメロスになることもあきらめて、私の父の助言通り諷刺詩を書き続けなかったことを悔やんだ。自分は二度と詩神《ミューズ》の許へ帰ることもあるまい、と言っていた。彼は昔の師であった父の言、歴史は最高の虚構なり、に今や同意を示した。しかし、それに付随する父の慎ましやかな結論（この私は、このとき、それを初めて聞いた）には、まだ同調するまでに至っていなかった。つまり、歴史の雄弁なる作者たちは、古い民謡《バラード》や東方の物語の作者たちと同様に無名であり、彼らの密やかな「作品」は選ばれた人々のみにわかる、という結論である。たとえば、我々が行ったジョウゼフ・バクリとハッサン・バショー相手の駆け引きおよびペテンは、確かに芸術作品であって、苦労して書いた『アメリカ物語』のすべてよりもはるかに彼に喜びを与えた。彼は現在進行中の作品も、これに匹敵するとよいが、と望んだ。

だが、彼はド・バサーノ公爵がベルリン勅令とミラノ勅令を完全に無効にすると紳士として保証した言葉を本気にしていない、と認めたが、その他のこと、公爵にどのような作戦で立ち向かうのかなどについては私には一切口を閉ざし、丁寧に話を拒んだ。公爵は紛れもなくバーリンゲイム的人物ですよ、と彼は言った。書面にした言葉だって信じられません。それに君は再会してみると、あまりにも父上にそっくり、しかも君の利害は我輩とはすっかりかけ離れてしまったから、以前のように秘密を打ち明けるわけにはいきませんな。君の友人ティカムセは素晴らしい人物のようだね。君の「奥さん」もしかり。赤色人たちが大陸から追放されたあげく、黒人奴隷と同じように白いアメリカの良心にこびりついた拭いきれぬ汚点とならねばよいのですが。しかし、このように私たちが話している間にも、第十二連邦議会は対英戦争について論議しとるにちがいない。マディソンは戦争を望まないが、パーシヴァル首相が枢密院令の破棄をせず、かつティカムセの連合が解体しなければ、必ずや開戦を呑まざるをえんでしょう。我輩、バーロウとしては、戦争回避に骨折った外交官として人々に記憶されれば満足です。万一、我輩の努力が実を結ばなかったとしても、君の頭には今は全然ないようだが、このことを真剣に考えてほしいですな。つまり、スペインでナポレオンと戦ったイギリス軍の精鋭を相手にしても、合衆国は十分勝つ見込みがあるでしょう。その過程でアメリカ軍はティカムセの連合を滅ぼし、カナダ、フロリダ、メキシコを併合し、ナポレオンがヨーロッパを席捲したごとく、アメリカ大陸をとどまることを知らずに席捲するだろう、ということですね。国を愛すること人後に落ちませんが、我輩はアメリカの運命が顕示説で言われるほど明白なものとは信じておりません。ですから、君の精力をぜひ平和の道に向けなさい、と彼は私に促した。

私は彼の言葉に心を動かされたものの、インディアンの大義が戦争よりも平和によって達成されるとは信じられなかった。だが、パリで得た物の見方に立つと、これまでよりも明確にティカムセの抱いていた結論が理解できた。彼は、インディアンの大義はいずれにせよ失われたと信じていた。彼らの未来は歴史の中ではなく、言うなれば神話の中にある。それ故に彼らの唯一の勝利は無益だが勇敢な抵抗そのものに存する、とティカムセは考えたのだった。私には、アンドレーがここにいて、助言してくれたらよいのに、と思った。私は今やアメリカ人妻と離婚し、兄の寵愛を取り戻したジェローム・ボナパルトとの友情を復活させる計画があった。大西洋を横断する郵便の遅滞を考えれば、半年ほどもバーロウを手玉に取っていれば、その間に合衆国と大英帝国の間に必ずや宣戦布告がなされるはず、とジェロームを通じてナポレオンに信じこませるためだった。

アメリカ連邦議会が夏の休会期に入る前に、イギリスに枢密院令を破棄するのをやめさせればよいだけだ。ティカムセの連合が後のことはやってくれるはずだった。

しかし、私がこの計画を実行に移す前に、お前の母さんから緊急の手紙が届いた。ハリソン総督に吹きこんだ戦略が不発に終ったという知らせだった。ハリソンが〈予言者の町〉を攻撃したというのではなく、信じ難い話ですが、テンスクワタワが兄の留守中にハリソンの軍隊に攻撃をしかけて、軍事的勝利を狙ったからなのです！　双方ともに損失は大きかったものの、無論のこと、ハリソン側の勝利に終りました。インディアンたちはティペカヌー川から追い散らされ、予言者は逃亡、〈予言者の町〉は灰燼に帰してしまいました。軍隊はインディアンたちから奪ったイギリス製のライフル銃を持って、ヴィンセンズに凱旋、ハリソンは至る所で偉大な英雄ともてはやされています。わたしの〈カトー〉がこれを聞いたら、激怒するでしょう。時期尚早の攻撃を仕掛けた弟を怒り、わたしたちがハリソンに威嚇行動を助言したと知ったら、わたしたちのことも怒るでしょう。貴方の留守中気晴らしのためにわたしは一族と歴史、とりわけポンティアックの反乱におけるわたしたちと同名の者の活躍について研究を進め、寸分違わぬ再現と思われる図式を見つけて、思わず背筋の凍る思いです。それ故にわたしの苦悩はよけい深まりました。図式はあまりに重大すぎて、急ぎの手紙には書けません。最後にひとこと。わたしたちが夏に行った仕事は、他の果実をつけなかったかもしれませんが、少なくとも、もっと甘美なる種子を撒いてくれました。わたしは身ごもっているのです！　貴方はナポレオンもジョエル・バーロウのことも〈政治ゲーム〉もすべて忘れて、わたしの許に急ぎ帰ってください、わたしを偽りのない女にするためにも。二人して歴史を、我が一族とわたしたち自身のそれを検証しなければなりません。わたしたちが偽りのない人間になるためにね。

しかし（彼女は自分でもわかっているのだが、いつもの癖で次のように付け加えずにはいられなかった）、ロンドンを経由して帰っていらしても大した遅れにはならないでしょう。ロンドンでは「わたしたちのお人よし、Ｊ（ジョン）Ｈ（ヘンリー）に登場してもらう機が熟しています」というのだ。これはあまりにも巧妙に仕掛けられた罠であって捕われないわけにはいかなかったし、生まれてくる赤子に必要なかなりの蓄えを残してやれる見込みを孕んでいた。

彼女同様、私にも予言者の仕業は青天の霹靂だった。第二番目の手紙で説明したように、亡きド・クリヨン公爵に対する古い一族の恨みをはらすために私は〈ジャン・ブランク〉を名乗り、ナポレオンの愛顧を取り戻すための口ききをしてやるからと言って、公爵の息子から何とか千二百ポンドの金をすでに借りだしていた。息子は当時ナポレオンの愛顧を失っており、彼の覚えめでたい私の友人、アメリカ公使バーロウを通じて口添えしたのである。時間をかければ（サンクルーの宮廷内でバーロウの人気は高まる一方であったから、それも考慮すれば）息子はさらに千ポンドも払ったであろう。だが私はこの金脈を掘り進めるのはやめたし、敬愛するバーロウを相手に空しい策略をめぐらすのもやめた。その局面を推し進めていくだけの時間がなかった。それにこのとき特に進捗をはかる必要もないように思われた。というのもド・バサーノ公爵の側近から知った話だが、私の方針同様、ナポレオンは合衆国との戦争が不可避となるまでイギリスが枢密院令を破棄せぬよう機先を制する政策をとる、ということをバーロウがやっとわかりかけてくれたからである。かくて私は我が友バーロウに別れを告げた。

バーロウは私が去ると知り、大いに安心したようで、ひたすら生来の愛情深さを私に示した。我輩はもう老いたし、と（六十歳に手が届こうとしていた）彼ははっきり言った、時代も不安定であるからして、友と別れるとなると再会の日があろうかと必ず思ってしまいますな。彼は〈ポッポー〉フルトンとベンジャミン・ウェストを、トム・ペインとジェファソンを、ジム・モンローとドリー・マディソン（マディソン大統領の妻）を懐かしがった。彼の『アメリカ物語』を冷たくあしらった老いたるイェールの旧弊家ノア・ウェブスターさえも懐かしがった。しかり、ジョウゼフ・バクリと、今や私が生き写しだという私の父を懐かしく思った。彼は私をも、懐かしく思い出すことだろう。ただし、彼の平和的目的に反する私の仕事は別であった。ただアメリカ人の多数が私と同じ主戦論者であるという理由だけで、彼は私の仕事をも許容したのである。一八一一年もおしつまった雪の朝だった。バーロウは大昔、私がまだ母の胎内にいた頃、父のために物したという諷刺詩を思い出し、それを吟詠してくれた。「そしてジュピター、雪の武器庫に降り立ちぬ」と。

　ロンドンで私はカナダの信用状を使って探りを入れ、第二次対米戦争に反対するイギリス人の輩が、枢密院令の頑固な擁護者パーシヴァル首相の暗殺を企てているのを知った。彼を継ぐ可能性の強いキャスルレー卿（一七六九—一八二二。アイルランド生まれの政治家）が枢密院令を破棄する気持ちであることもわかった。国王は拘束服を着せられ、ベッドで粗相し、イギリスが沈没して溺れると夢想しつつ、レイディ・ペンブルックと共にノアの箱舟に閉じ込められていると思いこんでいるとのことだった（摂政法案が今すぐにでも提出される様子だった）。さらに、ジョン・ヘンリーは偵察活動の代償に三万二千ポンドの金とアメリカ領事の職を要求していたが、イギリス外務省は彼の報告は無価値だという根拠をもって、これを拒絶したことも私の知るところとなった。外務省は彼に雇い主のカナダ政府に報酬をかけあったらどうか、と薦めた。だが、サー・ジェイムズ・クレイグはそのときすでに天国にあり、サー・ジョージ・プレヴォは前任者の極秘の負債を重視する気はなかった。財布の底がつき、憤激したヘンリーはヴァーモントの百姓に戻るべくロンドンを発ってしまった。

　私はサウサンプトンで彼に追いついた。（エドゥアール・ド・クリヨン伯爵になりすました）私は、船上で私を嫉妬するライバルの陰謀によって一時的にナポレオンの不興を買っているフランスの元密偵であると名のって、彼の同情を勝ちとった。ヘンリーはイギリスがいかに彼に恩知らずな待遇をしたかを打ち明け、「ある友人」が書くように助言した手紙の写しを北大西洋の海中に放りこもうと思う、と言ったとき、私は彼に提案した。二人のためになることなのだが、僕にこうさせてはくれまいか。フランス公使セルリエと国務長官モンローを通じて、その手紙の写しをアメリカに売るのだ。両者ともニューイングランドの連邦主義者たちとつるんだイギリスの陰謀の明白な証拠を手にし、そいつを喜んで議会に提出するはずだ。ヘンリー、君の懐には十万ドルがころがりこむ、僕の方は皇帝の愛顧が取り戻せるというものだ。喜んだヘンリーは、私に手紙を渡し、交渉役をまかせた。当初、私は彼の「写し」を見てがっかりした。それは粗末な手帳に書かれた大雑把な概略にすぎず、ニューイングランドの分離主義者の名前も明示されていないばかりか、一八〇四年のエセックス結社《ジャント》の陰謀といった役に立つ材料も引き合いに出されていなかったのだ。エセックス結社はバーがその年ニューヨークの知事選に勝利すればニューイングランドを脱退させるべく、バーと陰謀をめぐらしたのである。私はヘンリーにもっと充実した陰謀が明白に伝わる内容を口述し書き取らせようとも考えたが、そのように細かい事柄は過度に漏らさぬ方が良いと判断した。リヴァプール卿（一七七〇—一八二八。イギリスの政治家。当時陸相。のちに首相）とロバート・ピール（一七八八—一八五〇。イギリスの政治家。当時植民次官。のちに首相）からの自筆の手紙があれば十分にイギリスを巻きこむことができるし、我々の目的にかなうはずだ。直接的な告発を免れたら、連邦主義者たちはヘンリーの手帳は偽造だと言ってマディソンに報復するだろうから、そうなれば我々には一石二鳥というもの、開戦と不和状態を一挙に手に入れられるのだ。

　すべては順調に運んだ。私が不安に思ったのは、セルリエ氏はド・バサーノ公爵に照会しないまま私の話を信用するのをためらうのでは、あるいはマディソンはジョエル・バーロウ（セルリエ氏はワシントンにあるバーロウの屋敷を借りていた）に照会せずして手紙を買うのを躊躇するのではないか、という点であった。さらに、モンローが私の変装を見抜くかもしれぬ、という不安もあった。だが、モンローと昔に会って以来、私は自然に、また作為的にもすっかり変貌したし、サンクルーのゴシップにもド・クリヨン公爵家のお家事情にも十分精通していた。しかも、彼らは手紙を議会に提出したがっているから、唯一の障害は金額の問題であった。私は十万ドルも入手すればよいかと考え、十二万五千ドルを吹っかけた。モンローは承知したが、アルバート・ギャラティン財務長官は、財務省がこの種の諜報活動に充てた全予算は五万ドルに限られると言明した。五万ドルではヘンリーが前言を翻すかもしれぬと恐れて、私は自分で「サン・マルシアル」にある（架空の）地所の（偽造した）権利証書と、さらに一万五百ドル分の（偽造の）紙幣ならびにパリで譲渡できる有価証券を添えてやった。かくして、私はセルリエとモンローにいっそうの誠意を示してやったことになった。二月に取引は完了した。ヘンリーは手にした五万ドルの中から、一万七千五百ドルを私にくれて、パリに向けて旅立った。ちょうどエベン・クックがかつて彼の地所を回復するべくメリーランドに旅立ったのと同じように。その後で私は国務長官からさらに二万一千ドルを首尾よくせしめた。フランス内閣から同額の金を引き出すことだってできたかもしれないが、私は詐欺の発覚を恐れたし、何よりも（彼女がお前の母となる前に）カスティーヌズ・ハンドレッドのお前の母さんの許に戻りたかった。できることなら、ティカムセにしてしまったひどい仕打ちを正すために、お腹にいるお前を見守るために、そして愛する人が何を知ったのか、知るためにね。いいこと、ねえ、聞いてください《エ・ヴォワシ》！ ティカムセは、わたしたちのどちらも受け入れようとしないの、とアンドレーは涙ながらに私に言った。表向きには彼は、ティペカヌーの敗北をハリソンの侵入に怒った性急な若い戦士たちによるたんなる無分別な行為と軽く考えたようだが、内心はひどく腹を立てていた。弟の髪を摑み、自分の目の届かぬ所へと放逐した。（逃散した諸部族を再団結させる時間を稼ぐために）彼はマディソンと条約を締結しようとしたが、有能な随行団として三百名の若い戦士を連れて行きたかったのに、一人でワシントンに来いという侮辱的な条件をハリソンにつけられたため、締結を断念した。今やエリー湖の遠いはずれにあるモルデン砦とアマーストバーグへと去って行き、ブロック将軍による連合の再武装を監督したり、アメリカ人入植地へ小規模な襲撃をかけては、彼の権威とインディアンの士気の回復をはかっているだけだった。ティペカヌーの敗退でともかくも信用できぬ連中を陣営から追放できたじゃありませんか、とアンドレーは彼に言ったが、彼は怒ってそんな意見には耳を貸そうともしなかった。彼は私たちを非難したが、裏切についてははっきりとは口にせず、ただ、お前たちはやはり「あの祖父母の孫たち」だ、と難じた。

　その言葉だけで十分だった。というのもアンドレーは（自分の両親を宥めるためにキリスト教徒の儀式によって二度目の結婚式を挙げた後で）、この三ヶ月四通の手紙の中で私がお前に説明してきたこと、つまり今我らが一族の過ちの歴史と図式と断言できるものを私のために説明してくれたからだ。そして、それを一緒に研究して下さい、と私に懇願したからである。人生の旅路の半ばにして、父親になろうとしている、まさにこのとき、私はもはや自分の父を軽蔑しきれなくなった。彼が誰であろうと、私を打ち捨てた理由が何であろうと。私はただ、父がちょっと説明してくれたらよかったのに、と願うばかりだ——父の動機、困惑、誤った人生の一歩、そして啓示や複雑な感情、成功に失敗、最終の目標、正真正銘の価値などといったものについての説明だ——若いときは冷笑癖で、にべもなくはねつけたかもしれぬが、私の心の準備ができていたならば、父の説明を理解し、信じたかもしれないのだ。私たち自身、ティカムセを助けようと努めながら、彼を奈落の底に突き落としてしまったのだ（まだまだ私たちはやってみるつもりだが）。確かに、私たちの祖父母は父が言うように意図してポンティアックに仇をなしたわけではなかった。そうであれば、H・B四世がリトル・タートルを陥れるために彼と共に仕事をしたとする私の確信は何の根拠を持とう？

あるいは、H・B三世がブラズワース島の策謀者たちを挫く目的で彼らと仕事をしたとする祖父の確信の根拠はどうなるのか？　ああ、説明が欲しかった！　我々は間違っていた、間違った力の使い方をしてきたのだ、クックとバーリンゲイムはお互いに相殺しあってきた。アンドレーと私が己れ自身の所業を抹消する我が一族の最初の者となれるといい！　それというのもお前が（私の手紙に導かれてだよ、万一、私たちがお前から離れる事態になっても、この手紙がお前の聖典となるにちがいないからね）抹消なぞしなくてすむ一族で最初の者になってほしいがためだ。

　要点をまとめよう。私たちはもはや（私の祖父母の教えであるが）ヘンリー・バーリンゲイム三世はブラズワース島の住人たち（彼のアハチフープ族の兄〈雁の嘴《ビル・オ・ザ・グース》〉とその他の者たち）を分断するために乗り込んだイギリスの密偵であったとは信じない。彼は真実、彼らを団結させるつもりであったが、失敗したと信じる。私たちは（私の父の教えであるが）私の祖父母がポンティアックの陰謀を転覆するために乗り込んだイギリスの密偵であったとは信じない。祖父母はそれを幇助するつもりであったのに失敗に終ったと信じる。私たちは（昨年の今頃だったら、お前の両親はそう教えただろうが）ヘンリー・バーリンゲイム四世はまずイロクォイ族連合《リーグ》を、次にリトル・タートルの連合を分断せんとはかったアメリカの密偵であった（である？）とは信じない。彼は彼らの最大の利益を望んで働いたのに失敗したと信じる。だから、お願いだ、お前は私たちがウィリアム・ヘンリー・ハリソン、またはジェイムズ・マディソンの手先となって、高貴なるティカムセを裏切ったと信じないでおくれ。私たちは彼を助けようと願った。それなのに、今までのところ、うまくいかなかった。

　父さん、私は貴方を赦します。私の人生の前半は終ったわけだが、私は自らの前半生をも赦し、それを生きたこの私、アンドルー・クックをも赦そう。私はお前（私の子供ヘンリー、あるいはヘンリエッタ）が数年後にこの長い説明を読むとき、赦すべきものもなく、赦されるべきことをしなくてすんでいるように、前半生の訂正に今や乗り出さねばならない。

結語《エンヴォイ》　私はこの手紙を五月十四日に書き始めた。それ以来十二日が経過しているのに、お前はまだぐずぐずして生まれてこないね！　アンドレーのお腹の巨大なこと、ガルガンチュアのような赤子が生まれるのだろう――あるいは、今、太陽は双子宮に入ったところだからひょっとして

……

　お前は戦争の最中に生を受ける。この戦争を回避できる者はいないと私は思う。誰もこれに「勝利」せぬよう私は望まねばならぬ（全力を傾けて努力しなければならぬのだ）。さもなくば全員が敗北する。今やアンドレーと私は

イギリス人にも「アメリカ人」にも――最終的にはインディアンにも――加担する気はない。そうではなく、己れよりも小さく、弱き勢力を搾取しようとする強大な勢力を分割するのに力を注ぐ気でいる。だから、私たちは反ボナパルト派であるが、親ブルボン王朝派ではない。さしあたって親英だが、もはや反「米」ではない。合衆国の破壊を希望しないし、目的ともしない。だが、合衆国のガルガンチュアのごとき気違いじみた成長ぶりが破壊活動を始めぬように、この国を抑制し、牽制し、分割しなければならない。お前の時代になったら、お前がこの仕事をしてくれるとよいと願っているよ。さらばだ。古い往復機関《エンジン》を、我らが一族の歴史を、再び始動させないでくれよ。己れ自身に反逆しつつあるこの私にくれぐれも反逆しないでくれたまえ。

お前の新生なった父親
アンドルー・クック四世

アッパー・カナダ、ナイアガラ
カスティーヌズ・ハンドレッドにて

S　ジェローム・ブレイからドルー・マックへ

リリヴァックが打ち出した何葉《リーフィ》もの綴り替え《アナグラム》文字。

〒二一六一二　メリーランド州レッドマンズ・ネック
マーシーホープ州立大学　タイドウォーター財団気付
アンドルーズ・F・マック様

一九六九年五月十三日

拝啓

わが同志よ、数字運用の守護神、聖エルレが真に貴君の友である小生のみならず、貴君と共にあらんことを祈る。そして、ジャコバン党の者、簒奪者《さんだつしゃ》、反ナポレオン主義者に死を。王は死せり。第二次革命よ永遠《とわ》に。殺虫剤カルテルの密偵、トッド・アンドルーズに心せよ。わが手紙の拙き自筆を寛恕のこと。われら共に **RESET**

ここリリー・デイルにおける春の学期は最盛期になっております。**リリヴァックII号機**も活躍し始め、能力いっぱいに動いております。別名メロピー・バーンスタイン――シャトーカのわれらが新しい基地におります（後出参照のこと）――なる同志、ミズ・ル・フェイもまた同様に大いに活躍しております。すべてがまさにブン、ブンと音をあげて動いています。この手紙はプリントアウトの時間がないため、手書きでしたためておりますが、貴君も**リリヴァ**

ックの能力には驚かれるはずです RESET

貴君とは去る二月、陛下、つまり貴君のご尊父であるハリソン・マック二世にしてジョージ三世王（安らかに眠られんことを）の葬儀の場にて小生お目にかかっております。その折、貴君はリリヴァックの小説革新計画によるRN（革命的小説《レボリューショナル・ノヴェル》）の信頼性はもちろん、その実用性についても細かく質問をされました。この計画には、貴君は二度にわたってタイドウォーター財団より経済的援助を行うように手筈をととのえてくださっているのです。だが、その際貴君はある時点ではっきりと、小生を含めてこの計画も単なるインチキに過ぎないのではという疑いを口にされた。だが、それは貴君がご尊父を失った悲しみのあまり気が動転されたものと存じます。小生自身、孤児でありまして、バックウォーター野生生物保護地区で生まれ育ったものの、両親のことを何も知らない身であります。それに

RESET

小生としましては、あの折貴君のまことに当然ではありますが、思いがけない質問をいただき、それに適切な返答をすることができなかったのでは、と考えております。二月は小生の冬の休息期の最後から二番目の月に当りまして、最も深くまどろんでおる時期なのです。仕事を離れ、毛布にぬくぬくとくるまり、V年度——別名T年でもあり、詳しくは一九六八年十二月二十一日（後出参照のこと）でもある——の中間点でリリヴァックが読みあげる革命的な題《タイトル》 NOTES のことを夢見ていたのです。ですから、貴君のご尊父の死という重大なことが起きないかぎり、まったく目をさます気遣いもなかったはずですが、小生どもの最も信頼せる、最も RESET

この手紙を書きましたのは、貴君の疑念をいささかでも晴らし、直接貴君に小生どもの春の学期の一進一退の現状をご報告したいためでございます（小生、実はもはやタイドウォーター財団そのもの《ペル・セ》を信頼できないのです）。かつ貴君に、すでに述べました財団の専務理事T・A氏について警告しておきたいのです。彼は必ずや RESET

三月四日（火曜日）、プリム祭（ユダヤ教の「くじの祭」として知られる。ユダヤ暦の十二月十四日。新暦の二〜三月に当る）の薄れし満月の日、小生は正式にA氏に盗作訴訟をおこすように依頼しました。これは、反ナポレオン主義的反革命分子どもをこらしめるための小生どもの運動の一環として提案したものです。しかるに、まさに梨《なし》のつぶて。次いで四月一日、聖エルレの日、リリヴァックが革命的小説の NOTES を初めて試験的に打ち出した記念すべき夕べ、小生はA氏に再び手紙を書き、秋の学期の成果を報告すると同時に春学期への期待、つまりリリヴァックが今回のプロジェクトの題として、NOTES ならぬ NOVEL と打ち出したことに対する危惧を述べ、さらにそのために今年度をV年とするより、T年とすべきかという小生の気

持ちを書き送ったのです。後出参照 RESET

同じ手紙にて、小生はA氏に三月四日付の小生の手紙に対する返答を伺いたいし、また盗作の本人B氏に対して何らかの行動をおこしていただきたい、と促したのです。と申しますのも、小生はB氏に対し、〈最後の審判の日《ドゥームズ・デイ》〉、すなわち四月四日西部標準時で午後六時十三分までに必ずや補償するように再度警告を発しておいたからであり、さもない場合 RESET RESET RESET じゃない。このリリヴァックは調整し直して、RESET しないようにしなくてはなりません。

同じ四月一日の火曜日、ここニューヨーク州西部は曇りで、寒く、午後には雨 ☾は赤道上にあり、♁♃☾・♁♂
☾ アメリカ合衆国はB‐52による北爆の回数を減らすことに決定 メキシコの炭鉱にてガス爆発、百四十五人の死者が出た模様 アイゼンハワー元大統領の柩を乗せた列車、アビリーンにむかう 中国第九回目の全国人民代表大会を召集 毛主席完全掌握 文化革命達成 第二次革命今やおそしと RESET 真の革命愛好者のみが知るあの疲れ果てた歓喜に満ちて RESET 小生たちはアンズの果汁にて作った果実酒《コーディアル》にて記念すべき瞬間に乾杯し、プリントアウトのボタンを押したのです 革命的小説 NOTES の試験的第一稿を打ち出すためです 一回目も二回目もNと打ち出し、Oと打ち出します ノー《NO》、これはいったいどうしたことです 次いで1に14に1に7に18に1にそれから13 12 5 1 6 25等々、感嘆符ときました

つまり、NOVEL でもなければ、NOTES でもなくただ数字の行列に感嘆符です メロピーと小生はたがいに顔を見合わせます RESET 次から次へと13 1 18 7 1 12 5 6 1 25さらに55が並び次に49が並び、それが何ページも何ページも繰り返されて打ち出されてきます RESET の後です どうやらまだ故障の箇所をすべて修正することができなかったようです カンマを打つ17の規則とかその他 句読点《パンクト》を押す 指示《ポイント》 ノー 停止《ストップ》 ノー ・? イエス チェック：，．；！（ ）？ オーケー、オーケー。

小生ども——メロピーと小生——の困惑はとても筆舌につくしがたいものです。数字《ナンバーズ》ばかり！ それもごちゃまぜの整数で、二進法数字でさえないのです！ 小生たちの健康状態はまだ完全ではなかったのです——きっと昨夏の殺虫剤の影響と、冬の休息の時期を途中でさまたげられたためです。そんなことなどお構いなし、プリントアウトはなおも続いています。一桁と二桁の数字の列が何帖も何連も打ち出されてきます。小生たちはすでに完敗し、操舵不能となった軍艦のように、茫然と立ちつくしていました。真夜中になって、リリヴァックは一連の26を長々と打ち出すと、やっと静かになりました。台詞《せりふ》。おそらく今年は最

後の審判の日が早くやってきたのでしょうね、とメロピーが言いました。そして、小生をベッドへといざないました。

それが火曜日のことでした。木曜日四月三日は洗足木曜《モーンディ・サース》日《デイ》であり、またユダヤ暦によりますと一月《ニサン》の十五日、過ぎ越し《パスオーヴァー》の祭の第一日でした。描　写《デスクリプション》。空はクサダガ湖の上にあくまでも青々と晴れあがり、風は心地よくこのナイアガラ辺境地域にそよいでいました。小生どもはリリー・デイルの敷地の中を運動のため散歩しました。すでに何人かの信者たちが庭に出て、枯葉を掻き集め、新しい春の季節に備えて、自分たちのコテージをきれいにしておりました。むこう岸の丘の上には法王ヨハネ二十三世の隠居所を見ることができました。小生は、メロピーに言われ、そしてまた陰うつな気持ち（何しろ**リリヴァック**の足許にはプリントアウトされた紙の山がまだ手もつけずにうずたかく積まれていたのです）を吹き払うため、金曜日までは数字のことは一切考えまいと誓ったのです。部分削除にせよ、技巧的置換にせよ、**リリヴァック**は数字が　　　を示すか言おうとしません。それと同じです、とにかく、マメにはマメをです。水曜日の夜、小生たちはコテージにあった酵母を使ったすべてのパンを探しだし、それを粉々に潰し、七日間の祭に備えました。夕陽の落ちる頃、メロピーは第一夜の正餐《セイデル》の盆に七つの象徴の品を盛りつけました——酵母を使わないマッツォというパン、オーヴンで焼いた卵、小羊の骨、ハローシス（刻んだリンゴ、木の実、蜂蜜、シナモンなどにワインを入れたもの）、カルパス（春と希望の象徴として、パセリ、セロリ、レタスなどの野菜）、ハゼレス（苦い薬草。エジプトにおける苦渋の日々の象徴）、そして沼沢地の蛇の肉を。彼女は二本の蠟燭に火をともし、二つのグラスにワインを注ぎ、小生に十五段階にわたる儀式を始めるように申します。まず小生たちはワインを四杯ずつ飲みほします。次いで、四つの問いをし、それに答え、エジプトに捕われた七十年間のユダヤ人たちの苦難の物語を唱え、エジプトに降りかかった十の災厄について語り、ラビのユダがそれらを頭文字にて記号化——BFL、BMB、HLDF（血と蛙《ブラッドフロッグ》と雲雀《ラーク》、獣《ビースト》と疫病《マリン》と腫れもの《ボイル》、雹《ヘイル》と百合《リリー》と暗黒《ダークネス》と第一子の殺害《ファースト・ボーン・スレイイング》）したことについて話した。それから、『ダイエニュー』の十四番と『ただ一人の御子』の十番を歌いました。さらに、ヘブライ暦による厄年の数《かぞ》え方について話しました

（9　27　45　63　81
7　21　35　49　63　77　etc.）

この数え方はまた安息の年《サバティカル・イヤー》（古代ユダヤ人の風習。七年ごとに農耕を休む年をもうけた）や祝祭の年を決めるのにも使われるし、レヴ族の婦人の潔《きよ》めの儀式は七日であり、ユダヤ人の三大儀式の二つまでが七日、この儀式の第一と第二の間には七週間の間をおくし、バビロンの王ネブカデネザルの暴虐も七年間であったし、ヤコブがその妻たちそれぞれにつくした年月も七年。小生たちはまたヘブライの伝説によれば、七男のそのまた七男

は特別な運命を背負っていることを思いだしましたし、また神は七つの名前を持ち、七日で天地創造を成したこと、ソロモン王は七百人の妻を持ち、七つの印璽《いんじ》を持っていたし、王の寺院には七本の柱があったことも思いつきました。まだまだあります。預言者バラムは七頭の雄牛と七匹の雄羊を七つの祭壇に生贄として捧げています。シリアの将軍ナアマンは神の人エリシャにヨルダン川に七たび身を洗うように言われています。パレスチナの古都エリコの包囲戦では、七人の僧が七つのトランペットを吹きならし、城壁のまわりを七日間毎日行進をし、しかも、七日目には七回も城壁のまわりをめぐったのです。エジプトの王ファラオは七頭の雌牛と七本のトウモロコシの夢を見ましたし、サムソンの結婚の宴は七日間続き、その七日目に彼はデリラに自分の力の秘密を打ちあけてしまいますが、それを知ったデリラは七本の藤蔓で彼をしばり、七束の髪の毛を刈り取ってしまうのです。サロメもまた七枚のヴェールをまとい踊ります。マグダラのマリアは七人の悪魔にとりつかれていたのを、追い払ってもらうのです。台詞。異教徒の例などやめて、とメロピーが抗議しました。しかし、小生はまだまだ続けることができました。キリスト教国にとっては、聖霊の七つの大罪と七つの美徳に七つの賜物、キリスト教国の七人の守護聖人とかれらの試練の七年、そして聖母マリアの七つの喜びに、七つの悲しみ **RESET** 十字架に刻まれた諺　聖なる天使　アジアの教会　主の祈り、さらにまた新約聖書に現われる燭台　トランペット　生き霊　角《つの》　壜《びん》　災厄　怪物の頭　そして小羊の目。それではユダヤ人の話に戻りましょう。かれらが何かを呪い、わめくときの動詞はいつも七つの物事の影響を受けるという意味ですし、それに聖なる書トーラ自体、あるカバラの言い伝えによりますと、もともと七巻から成っていたものが、現在のように五巻になったのです。一巻は完全に消失し、もう一巻は短く要約され、詩篇《ブック・オヴ・ナンバーズ》の第十章の二節（三十五節、三十六節）に収められているのです。

　台詞。来年はエルサレムにいきましょう！　あら、それでわたし思いだしたけれど、あの**リリヴァック**のプリントアウトはね、とメロピーが言いました。何かね？　あの数字《ナンバーズ》の山のことかね。あらそうよ、〇年、つまり一九六七年＝六八年のこと思いだしてみて、と彼女は続けます。**リリヴァックII号機**にトムソン教授の『民話文学モチーフ総覧』に加えて、リリー・デイルのマリオン・スキッドモア図書館の小説類のすべて、さらに『マスター・プロット』に『重要注釈』などを打ちこんだでしょう。ああ。それにまだこの世の中の五の倍数に関わるすべてのもの――指とか、足指、人間の感覚に知恵に、詩の五脚韻からエリオット博士の古典書の棚の数、五音階音楽の調べ、中国の五大書と五つの祝福、アイルランドの五つの血、（誇り高き）

イロクォイ族の五つの（元々の）国、大英帝国の五区分、モーセの五書、週の平日の数、五つの基本母音、人類の五つの時代区分、ダンテによって語り直されたオデュッセウスの物語における彼の最後の五ヶ月の旅、シェヘラザード姫の「門衛とバグダッドの三人の貴婦人の物語」の中で語られる五つの物語、そのほか五つ目型《クインカンクス》だの、国防総省《ペンタゴン》だの、五分位座相《クインタイル》、五角形星《ペンタクル》、五年祭《クインクエニアム》、五連音符《クインタプレット》にE音の弦などやみくもに五に関係のあるもの、まだまだ、NOVELも五文字だし、わたしたちの計画も五ヶ年計画よね――とにかくそれらを打ちこんだでしょ？　そうだったね。だから、ほら思いだして。打ちこんだ小説の中に、E・A・ポウの一八四三年作の「黄金鳥《ザ・ゴールド・バード》」という短編があったでしょ。ウィリアム・レグランドという男が数字で記された謎の暗号文を見つけ、数字は文字を置きかえたもので、暗号文は英語で書かれているのではないかという仮説をたて、もしそうなら最もひんぱんに現われる数字はおそらくアルファベットの五番目の文字Eに当るはずと推論して、暗号を解き明かし、そうして、なぜだったか、わたし忘れたけど、ある木の七本目の枝の上にあった髑髏《しゃれこうべ》の目から黄金の鳥を下に落すの。それでキッド船長の財宝を探すわけ。どうやって探したか、忘れたけど。おやおや、メロピー、じゃあ何かね、きみはわたしにも同じようにやれ、と言っているわけ？　ええ、そうよ。だって、わたしたちユダヤ人はもともとヘブライの民でしょ？　であれば、わたしたちのアルファベットは、ギリシアの民と同じで、昔は数字にも、また言葉を綴るのにも使ったわけじゃない？　だったら、古代のユダヤ人たちはページの上に書かれた言葉を見れば、そこに同時に一連の数字を見たはずでしょ？　だから、カバラの書物に関わる神秘な伝統の中で、〈伝統《トラディション》〉を意味するヘブライ語はゲマトリアの伝統、つまり文字に隠した数字を使う方法ということになっているのではないかしら？　等々。なるほどね。いやあ、メロピー、驚いたね、きみは見事に隠されたマッツォを、軟膏の中に秘められた一《ひと》片《き》れのマッツォを、材木の間にひそむ黒んぼを見つけたね。それこそ、宝の山を解く鍵だよ。お見事、ハレルヤ、異論なしだね。

物語《ナラティヴ》。その日、小生とメロピーはもうのんびりと寝てなどいられませんでした。研究室にいき、あの束になって積まれた数字の山の中で一晩じゅう意気ごんで謎解きにかかりました。数字は55と49を除いて、すべて27より下の数です。しかし、これは問題ありませんでした。小生どものNOTESを表わす文字の数が5で、計画の年数が5ですし、9から4を引いた数字は5。見事です。5はアルファベットのE、一番大切な文字で、来年度に当るわけです。しかし、1が1番目をさすと考えるのは少々虫がよすぎるのかもしれません（1に1はAにAをということで、これは単に同語反復《トートロジー》のそしりをまぬがれませんが、とにかくやってみることにしたのです。物はためしです。最初の十二の数字がMARGANYFAEL となりました。どうしようもなし)。

かくして、木曜日が過ぎ、翌日金曜日となりました。四月四日、聖アンブローズの日です。同志よ、アンブローズに、そしてレグ・プリンツにも用心してください。あの二人は必ず**RESET**　キリスト教徒にとっては聖金曜日　イスラム教徒にとってはアダムの創造の日　メロピーと彼女の同志三人にとっては過ぎ越しの祭の二日目　メロピーの同志はそれぞれの大学やコミューンから応援に駆けつけてくれたのです　カナダはNATO軍から兵力を削減することに決定　M・L・キング牧師の追悼式の後シカゴで暴動と略奪発生　最後の審判の日**RESET**　メロピーの若い友人たちは最初小生のことを必ずしも信用していないようでした　メロピーは小生の衣の下は外見の気味悪い典型的アメリカ白人とは大違い、一種の第三世界人プラス正真正銘の第二次革命派、つまり3+2=　等々と説得していたのですが。台詞。だめか、やめるか。物語《ナラテイヴ》。しかし、小生は我慢づよくやりました。数字の謎を解く鍵となる基本の5を探し求めるのにすっかり夢中になっていて、メロピーが若い友人たちのわけのわからぬ隠語に悲しい顔をしているのにも気づきませんでした。5555。小生は**リリヴァック**に、数字の鍵を握るのはその5の数字かもしれないぞ、と暗示してやりました。西海岸標準時の午後六時十三分（東海岸時間では九時十三分でした）、小生どもはみな集まり、**NOTES**の数字を文字に換える最初の試み（つまり、1=A、2=A、3=A等々のやりかたで）を見守りました。小生はメロピーの手を取り、その指をしっかり握りしめました。ニューヨーク市立大からきたロドリゲスが、彼女のもう一方の手を握っています。小生の右側に、フォート・エリーからやってきた黒人のセルマと彼女の愛人のアーヴィング。アーヴィングはカンナビス（乾燥した大麻の雌花のしん）を吸っていました。　1をAとした場合――MARGANAYFAEL　その後はチンプンカンプン。2をAとした場合、同様。3、4、5もまたしかり。まいったわね、とメロピーが溜息まじりで言う。順番《サイクル》を逆にしてみる。1をEとして、いろいろやってみたら？　それでも、MARGANAYFAEL　その後にまたチンプンカンプン。だめねえ、とメロピー。順番《サイクル》かえて、26をEにしてみては？　ロドリゲスが口をだす。ゾハール（カバラ文献の中で最も重要とされている書。ヘブライの神秘を解く書、または数字の書とも言われ、ゲマトリアの伝統を解明している）に書かれているじゃないか、第一の文字アレフは男性を表わし、神（G_d）の秩序を示す。第二の文字ベートは女性。二つ一緒になってアルファベート、つまりアルファ・プラス・ベータを作るってさ。わかるかね？　しかも、Bは創造の具、文字の母であり、アーメンなる世界の母でもあるぞ。

まあすごい、とメロピー。ジェリー、それを入れてみましょう。うん、よしと。さあ打ち出すぞ――MARGANAYFAEL＋チンプンカンプン。

今度はセルマが親切にも意見を出してくれる。ゾハールのどこだったか、いえイェーツィラの書だったかに書いてあったけど。神の名を示す四文字YHVHの最初の文字ヨードは父をさし、次の文字ヒーは母を、次のヴァウ（あるいはウァウ）は息子を、そして最後のヒーは娘を示すというのでは？　それによ、イエーソドは聖なる男根、ザイオンは聖なる女陰ではなかったかしら？　ねえ、それを入れてみて。

いいわ、入れるわよ、とメロピー。うーんと、さて出てくるぞ――MARGANAYFAEL。アーヴィング、今度はきみだ。ぼくはカトリックなんだ、とアーヴィングが白状する。しかし、復帰院にいたミスター・ホーナーが前に昔の子供が使っていたホーンブックを見せてくれたけど。そうだ、ホーナーさんがよろしく伝えてくれと言ってたよ。そのホーンブックに**AEIOU――主の偉大なる名はかく綴れり、そはこの地上にて知られおりしが、地獄にては知られざるなり**と書いてあった。それをこのコンピューターに入れて、ためしたら？

MARGANAYRESET　マーガナ・イ・誰だって？


ロドリゲスが訊ねる。あなたって可愛い、ほんとよ、とメロピーが言う。小生たち、と言っても四人が口々にカバラに書かれている様々な伝統について話しだし、アーヴィングにむかって説明を始めました。ヘブライ語のアルファベットの文字はもともと神の戒めと禁制を記したトーラの綴字とは一致していないということ。古代ギリシア人たちの考えた原初の宇宙が〈混沌たる原子《ケイオス・オヴ・アトムズ》〉の世界であり、それが後に合体して〈宇宙《コスモス》〉というものになっていったのと同じで、原初のトーラはまさに混沌たる文字の集合体だったのだが、やがてそれが暗示していた出来事が起こり、人々に認められるようになってきて、初めて言葉となり、文章を成すに至ったこと。ディアスポラ（バビロン捕囚後、ユダヤ人が各地に四散するが、その四散した土地をさす）では、聖なる神を示す文字はYHWH（ヤハウエと読んでいるが、古代ヘブライ人がどう発音していたかは不明。ここからエホヴァが生じている）と神の座《シーキナ》（神の座に現われたヤハウエの姿、後光をさす）のように、男性名と女性名に分かれていたということ。すると、アーヴィングも意見を言う。たしか、マシュー・アーノルドもどこかで書いているぞ、神は文字の山を人それぞれの手に与えたまい、そこから好むままに言葉を作るように告げた、と。それから、かれらは気持ちのよい午後となった戸外へと散歩に出かけていきました。小生だけ一人後に残り、山とつまれたゴチャマゼのNOTESを前に物思いにふけったのです。マイモニデス（一一三五―一二〇四。ユダヤ人の律法学者・哲学者・）が述べたように、それは天地創造の前に聖なるお方が（祝福あれ！）自らの名前を示す文字を手にただお一人でおられた姿に似ていました。

聖土曜日！☌♆☾！　四月五日！　ニクソン大統領ヴェトナムと秘密交渉　ニューヨークにて反戦デモ　ソ連チェコとチトー大統領を批判　二千五百万人の中国人、都市より農村へ下放さる　人間はプロトアクチニウムにより狂暴となる　高速道路にて事故、運転手＋3人死亡　ダンテとウェルギリウス地獄への旅を完了　ジョルジュ・ジャック・ダントン断頭台の露と消ゆ　第四代ボルティモア卿死去！　この日、セルマとアーヴィングとロドリゲスはバッファローにある大企業の事務所に潜入し、汚染したエリー湖の水を所内の飲料水クーラーにつめこむ計画をたてていました。かれらは、マーガナもいらっしゃい、ジェロームはほっといて、大きな玩具《おもちゃ》とチンプンカンプンの文字をいじらせておきなさい、とメロピーをしきりに誘うのです。彼女は、ええと答える前に一瞬小生に遠慮してためらいました。台詞。そのマーガナって何のこと、と彼女は訊ねました。あら、いやだ、とセルマが声をたてて笑いだします。それは、**リリヴァック**が打ち出したでしょ、あなたよ、マーガナ・ル・フェイ（正しくはモーガン・ル・フェイで、アーサー王の姉。それをもじって使った名）のこと。あらまあ、そうなの。でも、わたしがマーガナ・ル・フェイなら、じゃあ、ジェロームはマーリンね、とメロピーは提案します。ちがう、アーサーだ、アーサー王だよ！とロドリゲスがからかいました。小生は言い返してやりました。もしも諸君らがこの**リリヴァック**の打ち出した数字を革命的文字《レターズ》、ひいては文学へ換える鍵を探しだす重大な仕事を抛りなげて、休暇を取りたいと言うなら、それもよし。ただし、バッファローにいる間に、小生のことを陰険なる精神分裂症的ユニコーン的道化と見たて、小生の真似ばかりしている例の〈作者〉なる人物をやっつけて欲しいね。小説とは、傷一つないヒッコリーの葉（実際にはそんなものは一枚も見つからないそうだ）ではなく、本物のヒッコリーの葉の傷、虫食いの真実であることを傷一つなく教えてやって欲しいものだ。おいおい、いったいぜんたいこの男、何をゴチャゴチャ言ってるのかね？　アーヴィングがにこやかに訊ねる。あら、いつものJよ、とメロピーが説明する。B氏のこととなると、すぐにこうなの。わたしに言わせりゃ、この人、まだ冬眠からさめたばかりなのよ、とセルマが言う。提案します、とロドリゲス。この男をここにこのチンプンカンプンの文字と共に置いていくことにしましょう。マイモニデスとゾハール前の神秘主義者たちが**YHWH**は**RESET**　メロピーが気をきかせてかれらをさとします。小生は昨夏DDTに反対し、激しい闘争をしたため、その後遺症が今でも多少残っている、だから、顔をブルブル震わせるでしょう、革命はすべて人それぞれの方法でやらなくてはならないの、汝《なんじ》隣人をさまたげるべからずよ、と彼女は言いました。それから、小生の頬に別れの接吻をし、スペイン語でさよなら《ハスタ・ラ・ビスタ》、あなたやぎに餌をあげるのを忘れないでね、ではね、と言いました。するとアーヴィングが、数字をくれてやれよ、あんた、とからかいます。セルマも尻馬に乗って、紙を食べるよ、中には玩具《おもちゃ》にするやぎもいるよ、と言い、ヒーヒーヒーと笑いました。

　まあ、そういうわけで、連中みんな小生の忠実なるVW何とかに乗って出かけていきました。残された小生はただ一人、小生のRESET　それから二週間たったのですが、かれらは帰ってきません。小生は心配になってきました。ダンテはすでに煉獄の山を登りつめ、ウェルギリウスに別れを告げて、天国へと上昇していました。キリストも復活をし、カインが生まれ、アベルが殺されます。過ぎ越しの祭も終り、ナポレオンも帝位を奪われ、リンカーンが銃弾に倒れ、タイタニック号も沈没し、サーハンはRESET ポール・リヴィアは伝令として馬を飛ばします。小生は次々にキーを変えて入れてみますが、すべて同じことです——MARGANAYFAEL。ああ、わがメロピーはどこにいってしまったのでしょう？

　同志マックよ、絶望です。だが、かれらは何はともあれ十九日にはリリー・デイルに戻ってきました。第一次アメリカ革命の百九十四周年記念日、すなわち、コンコードの旧ノース・ブリッジでの小競り合いとレキシントンの戦いの日　まだ地表に雪のある日　アメリカ海軍艦隊が韓国海域のパトロールに出航　黒人学生がコーネル大の学生会館を占拠——この日小生は涙を流し、差しだされたメロピーの頬に口づけをし、訴えました。台詞。メロピー、わたしのこのNOTESの山はついに石《ストーン》に化してしまったよ。ヒャー、セルマが叫びます。あたしたちだってラリッて石《ストーン》になっちまったよ。あきれたね、こいつまだこれにかかりきりかね、アーヴィングが驚く。ジェローム、言いにくいことで、辛いんですけど、お話があるの、とメロピーが言います。慌てちゃいけない、マーグ、そのうちこいつは自分でちゃんとわかるんだから、とロドリゲス。小生はニヤニヤ笑っている若き四人組《フォーサム》にむかって、何かわたしにお土産《みやげ》でも持ってきたのかね、と訊ねました。まあね、アーヴィングがふざけます。おれたちゃ復帰院で例のホーンブックとやらを調べたわけさ、いいかい？　そしたら、最近あそこにモーガンという野郎がいてさ、すごく何でも知ってる奴でね。そいつが言うには、AEIOUはIEOUA（イエオウアはエホヴァの意。つまり神の名）の綴り替え《アナグラム》だとさ、わかるかい？　つまりだ、エホヴァの別名である母音の入らぬ四文字YHWHに相当する言わば子音抜きの言葉だそうだ。おわかりかね？　ムッシュ・カスティーヌもさらに知恵をつけてくれたぜ、とロドリゲスが加えた。あの人も、おれのこれまで会った人の中じゃ、なかなかの物知りで、イディッシュのことをごまんと知ってるね。あの人が言うには、ゾハール書の中のいわゆる「忠実なる羊飼い《フェイスフル・シェパード》」の中に「われは書かれたるものではなく［つまり、YHWHのことだ］読まれるものなり」とあるとのことだ。カスティーヌは、これは一種のあてこすりだ——いやむしろ報復と言うべきだな——と言ってたね。〈ノタリコン〉だの〈テムラ〉だのと、こいつらは、ほら前に言った〈ゲマトリア〉とともに、カバリストたちが「暗号としての聖書」を読み解くために考えだしたいわゆる三大方法を成すのだがね、こういう類の聖書解義を皮肉っているのだとね。思いだして欲しいね、ゲマトリアは文字を数字化して、そこから何らかの意味を探る方法だった——だから、例えば MARGANAは55の数値になるし（13＋1＋18＋7＋1＋14＋1）、YFAELつまりLE FAY〈ル・フェイ〉は49と同じ。こうカスティーヌが説明してくれて、おれたち若き4人もノタリコンはあんたには役にたたんだろう、と彼に同調したね。何しろ、そいつは一つの語の文字をアクロスティック（各行の初めの文字を取って、綴り合わせ、一文を作る遊び）にして、文章を作ったり、またその逆をやる方法だがね（例えばの話、ウラジーミル・ナボコフの「気まぐれ姉妹」という短編の最後の文章がそうなっている。ついでに言うなら、この小説には、リリー・デイルのフォックス姉妹というのが出てくる。語り手の主人公は、二人の死んだ姉妹の夢を見て、考えこみ、こう書いてるんだ——ボクハ意識シテハホトンド判別デキナカッタ。スベテガボンヤリ、黄色イ雲ガカカッタヨウデ、何モハッキリシタモノハ見エナイ。彼女ノ下手ナ文字遊ビ、感傷的逃避、神意感応ナド、スベテ彼女ノ思イ出ハ小波ノゴトキ神秘ナ意味ヲ成スノミダッタ。スベテガ黄色ニボケ、幻ノゴトクデ、消エサルヨウニ思エタ。（I could isolate, consciously, little. Everything seemed blurred, yellow-clouded, yielding nothing tangile. Her inept acrostics, maudlin evasions, theopathies—every recollection formed ripples of mysterious meaning. Everything seemed yellowly blurred, illusive, lost.）だが語り手はノタリコンの達人がただちに見ぬくことのできる文章（各語の冒頭の文字をつなげると、Icicles by Cynthia, Meter from me Sybil の文ができる）、つまりは各語の冒頭の文字を集めて綴られる、姉妹からの皮肉な便りを認めなかった。おやおや、いかにも「自分では実在のものとそれぞれ考えている7人の架空の道化にしてかつ夢想家たちの手になる古風な書簡体小説」らしく、脱線してしまった）。とにかく、MARGANAYFAELとその他のチンプンカンプンは言葉じゃないんだから、アクロスティックも何も引っぱりだすわけにもいかんでしょうが、それに、プリントアウト自体がもっとはるかにでかいテキストを生みだすアクロスティックと考えたら——それはあんた、もう狂気の沙汰、ええ、そうじゃないかね？　なあ、それでこう考えたわけ。綴り替え文字《アナグラム》の要領で、文字の位置を移し替えていくテムラの方法こそ宝の山を開く鍵ではないかとね、ジェロームさんよ。鍵ですぜ——もうこのセルマ姉ちゃんが最初に使ってますよ。ほれ、YFAELをLE FAYと読みかえ、あんたのチンプンカンプンのNOTESをほれ　Stone（ラリッて石となる）とやらかしたでしょ。この山のようなもんは、あんた、あんたのリリヴァックさんが一所懸命打ち出してくれたものは、怪物みてえにどでかい何葉もの綴り替え文字の山というわけ。こいつに比べりゃ、シビラ（エジプト、バビロニアなどで神託を告げた巫女）が樫の葉に記し、ウェルギリウスの『アイネーイス』で風に吹かれて四散したというルーン文字で書かれた謎も、日曜版のクロスワードパズルぐらいしか、手ごたえはないね。さあ、さあ、おじさんよ、綴り替えでやってみな、やってみなって！　うまく操作してくれや　RESET　汝《なんじ》黄金の枝に至るまで厚き葉の中を歩むべし。いや、実際には一枚もないという傷一つないヒッコリーの葉を探し当てるまでかな、しかしRESET　見つけたら金輪際《こんりんざい》はなすんじゃないぜ、そしてRESET　その間におれたちゃ、別の魚料理にかかるとするぜ。言うなりゃ、まだやりおえていない仕事とやらをね、ハッハッハ。マーガナも一緒に連れてくぜ。あの復帰院を彼女が見ちまったら、こんな所につなぎとめておくのは難しいね、あんた。おれたちはみんなシャトーカにいく。面白いことが起こりそうだぜ。

独白終り。台詞。ねえ、かくしてマッツォの塊もくずれたりよ、ジェローム、とメロピー／マーガナが優しく言う。人それぞれ彼／彼女なりに革命をしなくちゃならないわ　RESET　いつかわたしに暇ができたらまた寄ってみて、あなたと一緒に一葉か二葉、謎解きを手伝うから。聖エルレがあんたに幸運を、アーヴィングが声をあげて唱える。そして、あんたの何葉もの綴り替え《リーフィ・アナグラム》文字に祝福を、アーメン、バイバイ。

提示《エクスポジション》　紛糾《コンプリケーション》　最高潮《クライマックス》　大団円《デヌマン》。同志マック、小生はすでに満を持しております。かれらが去ったのは三週と三日前のことです。それ以後、サマータイムも始まりました。ド・ゴールも国民投票に敗れ引退をし、バウンティ号の乗組員も叛乱を起こしました。英軍のプロクター将軍とインディアンの指導者ティカムセの連合軍がフォート・メグズを包囲しました、まさにメイデイ、メイデイ（この事実は一八一三年五月一日―九日のこと。メイデイは緊急事態の暗号）。ルイ十七世、フランスの王位に復帰、そしてナポレオンはセント・ヘレナ島における自らの死をデッチあげ、それを世界に流す。永遠に生きよ　RESET　ピーター・ミニュイットがマンハッタン島を購入。そして、リリヴァックと小生は、この驚くべき啓示を同志ロドリゲス、セルマ、並びにアーヴィングより受け、メロピー／マーガナより祝福と激励を与えられる。また彼女はシャトーカ協会、またの名を再生復帰院より葉書をくれ、奇妙にもアナタガココニ一緒ニイレバト願ウ、と書いています。彼女はそこで彼女なりに革命をしているとのことRESET　小生は只今ここに一人、文字の山と共にいて、宝物を見つけました。つまり、錠前はすでに見つけたのです。LEAFY ANAGRAM（何葉もの綴り替え文字）を**リリヴァック**が解読するための鍵だけがまだ足りないのです。そして、鍵を見つけるための資金は様々な財団からも入手可能ではありますが、**歴史**の声が小生にぜひとも云々RESET　今日という日はウィスコンシンをめぐる最後の戦い　豚どもを追い払え　O酋長万歳　おれの身体に南京虫が見えるかね　今日は火曜日　第十三回目のジェイムズタウンが創られた日　合衆国メキシコに宣戦布告の日　ニューヨーク州立大ストーニー・ブルック校にて学生暴動　ブルックリン・カレッジで放火発生　ニクソン大統領徴兵制度の改変を要望　ここリリー・デイルでは暖かく快晴、後曇り夕立ちの模様　小生は牛乳の上ずみ、バターファットのようにふらふらとし、謎を解く鍵のようにひたすら苦悩RESET　敬具の文字をしばしおしとどめ、ひたすらささやかなる資金援助をタイドウォーター財団よりいただけんことを願うのみ　同志マックよ、貴君の父君、陛下のご遺産のおすそ分けでも結構なのです。もしも遺産の配分がすでにおすみならの話です。そのわずかな資金援助を得ますなら、この傷だらけの何葉もの文字の軟膏から最後に残ったモンキー・レンチを必ずや取りだすことができるはずRESET　そうなれば今度こそ**リリヴァック**が直筆《じきひつ》でどんどんと書くはず、それに、直喩のように、自らの甲冑の穴も埋めることでしょう　貴君もこの手紙、楽しく読まれることを念じ

RESET

10《ジェイ》2《ビー》2《ビー》より

H　アンブローズ・メンシュから〈あなたの友〉へ

歴史についての考察。オーシャン・シティで映画監督に敗北、つまりは、書くことのできない場面。マグダがある記念日を祝う。

一九六九年五月十二日

発信人　関係当事者なるアンブローズ・メンシュより
宛先　〈あなたの友〉……の〈作者〉へ
用件　一九四〇年五月十二日の貴方から僕へのメッセー

ジに関して

拝啓

歴史とは、骨身を削り、破滅を代償にしながら〈**歴史**〉へと解読されるコードだ。歴史は時折現れる巫女であり、その樫の葉の御神託を私たちは苦労して判読しようとする。だが、文字に書きあらわしてみても愚にもつかぬものばかりで、例えば、〈**全的事実**〉に至らぬものとか、〈**究極の意味**〉になり得ぬものといった具合だ。

一つ。今朝、オーシャン・シティのホテルの駐車場で隣の車のバンパーに〈**バンパー・ステッカー**〉と大文字で書かれたステッカーが張ってあった。その夕方、ライトハウス塔ではピーターの小型トラックの後ろに別なステッカーが対になって張ってあった。だんだん小さくなっていく文字で、こう書かれていた。

近づけば近づくほど見えなくなる

一つ。今朝のオーシャン・シティで試みたことは、僕がたった今ここで演じていることを再演しようとすること。つまり、あることと云々についてのあなたの手紙に対し、一番新しい返事を書こうとすることだ。二十九年前の今日——今のように、土星が双魚宮の向こう岸にあり、十二宮をもう一巡するには、水星三角形の三星座のうち巨蟹宮と天蝎宮を残している時に——ウィリー・アードマンズ・コーンロットを下った所にある同じ海岸で僕は貴方から〈ウォーター・メッセージ〉を受け取った。その手紙の意味が、今頃になって多分わかり始めている。だれも知らないが、僕は以前から疲れ果ててしまっている。打ちひしがれ、気が抜け、ダウンしている。でも、これまでこんなことはなかったし、四十にもなろうとしていて、僕の前半生は螺旋状に蛇行しながらその最後の瞬間を通り過ぎたのに、第二の半生を再び進んでいくための鍵を手にしていない。ただ、歴史と同様、伝記もまた気をつけないと、道化芝居みたいな同じことの繰り返しになるかもしれないという予感があるだけだ。

海辺でのAMのこの無様さには、驚いた！　一晩中プリンツのいまいましいシナリオと必死になって取り組み、結局、言葉では表せないことを起こすかもしれない言葉に気づき、それから、言葉の不適切性が——大ざっぱに、大っぴらに、即座に、議論の余地などなく！——示されてしまうとは……〈男であれ、女であれ、あなたの友〉よ、今の今まで戦争などと思いもしなかったこの戦いに、僕らは見事に敗北してしまったのだ。Pの天才ぶりには（少なくとも、即興の仕事においては、瞬間的場面の巨匠だ）、ただ驚くばかりだ。彼が仕事に有能だとは思っていたが、今は本物の巨匠だと信じている。ショックなのは、彼は絶対的敵意を示して、僕を侮辱し、嫌悪することだ！

　プリンツの侮蔑の念が特に個人的なものでさえないということを僕は悲しむべきか、あるいは喜ぶべきか？　気がついて当然のことだが、彼がやっつけようとしているのは「塔の中の変り者のアンブローズ・メンシュ」ではなく、「アーサー・モートン・キング」なのだ。文字に異議を唱えるプリンツは、「キング」のことを書き言葉の具現者であり、視覚的イメージの敵と誤解してしまっている。つまり、**映像**《ピクチャーズ》に敵対する**文字**《レターズ》の具現者だと思っているんだ！　プリンツときたら、彼が実演していることは、僕自身が**文学**の領域に対して目下交戦状態を続けていることの茶番であることがわからないのか？　僕たちが同志であり、盟友、兄弟であるのがわからないのか？

　もちろん、彼にはわかっている——トッド・アンドルーズのような古臭いリベラリストとA・B・クックのような反動主義者をいっしょくたに扱うドルー・マックと同様、思いこんだら命がけだが、頭脳明晰な彼には。そして、どうやらPの真意は、彼の純然たる敵意の顔からすると、僕自身の文字との争いなど恋人たちのケンカみたいなものだ、といいたげなところにあるのが「わかる」。**愛しい短編小説よ！　崇高なる小説よ！**　清純なるページの上の素晴らしき筆跡よ！　親愛なるジャーメインよ。

　ですからこそ、〈男であれ、女であれ、あなたの友〉よ、貴方からのあの手紙は——僕ときたら、あの空白の部分を埋めようと作家として修行し、努力してきた果てに、最後の作品が、崩壊しようとしている星のごとくその空白部分に戻ろうとしているように感じられるのだが——結局、戦闘準備の号令だったというのか？　左、右、左、右と、軍隊の縦列のように、小さな英雄たちが行進する。のろまな長脚のL、二つ並んだ頭でっかちのT、その両側の一生懸命なE、戦闘準備万端、後ろを向いたR、しなやかなS、数こそ少ないが、考えようによっては無数の大軍でもある。その援軍を得て僕たちは見えないものを表すことができるんだ！　あの緑の家は茶色い。日がとても暑いので、凍え死にしそうだ。歴史とは、骨身を削り、破滅を代償にしながら解読されるコード、などなどと。小さな同志よ、僕らは必ず復讐をする！　すばらしい〈あなた〉よ、僕はこれまでこれほど、貴方のいう当事者である意識を感じたことはない！

　ビー・ゴールデン。そう、ビーよ、君の甘美な肉体のイメージが、まだ僕の暗いカメラの中に見える。君のビーチ・タオルが揺れ、そこにはバリー・シンガーが歌った胸があり、メル・バーンスタインが脱がせたお尻に、ルイス・ゴールデンの輝く臀筋、外陰部はプリンツのものだ！　確かに、ちょっとくたびれてはいる。ちょっと露出しすぎ。君が言っていたように、プリンツの判断は確かに正しい。

つまり、だらしない、ばかげた、贅沢な生活によって、はやばやと消耗してしまった、くたびれた三流役者。そんなかけねなしの自分そのままの役でもなければ、君は決して女優にはなれない。だが、それが「僕たちの」映画の中で君に演じてもらう役なんだ。（プリンツは、いつそんなにたくさんの言葉を繋ぎ合わせたのかね？　それとも、言葉を使わずに、それを君に伝えたのか？）　だが、ビー、ビーよ、打ちひしがれたアプロディテーよ、僕は君にまた心を引き寄せられ、自分でも愕然としている！　僕が大学一年のときにくたくたになるほどヤッたあの「ジーニン・マック」という昔のふしだらな可愛い女に。違うんだ。既にそれを再演してしまい、それをまた再々演するには精根尽き果てているのに、情熱があるんだ。僕が突っ込むとしても、その相手はレグ・プリンツが邪《よこし》まに使い古した女、つまり、ビーという女優になった君であり、ベッドルームやバーやB級映画の、恥ずかしげもないあばずれ女の君だ。一体どうして僕は、〈あなたの友〉よ、ビーが欲しくてたまらないんだ？　ビーがプリンツの女だという、ただそれだけの理由ではないな、確かにそうだな？　まして、埋めるべき空白が他に必要だからでは絶対にない？

　これに反して《オ・コトゥレール》、獲物の臭いは、狂気じみた四月からずっと僕につきまとっているようで、禁欲的な五月にも僕から消えていきそうもない。今週末は、浜辺のホテルの若い「メアリー・ジェーン」、つまり、二十年前のジーニン・マックにそっくりな娘と寝た。ただあまりきれいに体を洗っておらず、バーボンの代りにマリファナでハイになっているところが違っていたが。そして、その娘は**お偉いさん**の監督が自分に目をつけてくれるだろうと期待していて、気乗りもしないのだが、それまでの埋め合わせに、一般教養の英語担当の元教授の使い減らした鵞ペンで我慢する。学長先生、並びに理事、諸先生、元学生と何したところで、別にどうってこともないでしょう？　とにかく彼女は授業ではC+、ベッドではハイなBで（前学期の頃より僕の盛り上がり《カーブ》は落ちている）、僕は疲れていて、心はどこか他のところにあり（やあ、ビー）、言葉もうまく話せない者とのセックスには気がのらない。でも、あの二十一歳のボディは、ガキたちがいうように**すごくいいもの**だけれど――僕が初めて寝た頃には、〈あなたの友〉よ、考えも及ばないほどにいい。

　そんな話をしたら、今日というこの日が僕のもうひとつの記念日だということを思いだした。幸いにもプリンツには知られていないが、一九四七年の童貞喪失の日だ。そして、その日のことの驚くべき**二度目の再演**へと誘われる。日没時に海から家へと車を走らせる。打ちひしがれ、言葉なく、メアリー・ジェーンの体液が僕のに乾いてこびりつき、僕のも彼女にこびりつき、ビーとプリンツの二人のイメージが、家畜の焼き印のように僕のエゴに焼き付けられている。彼女に夕食をご馳走し宿で降ろし（C《シー》・ユー・レイター、何でも知ってる学長さん《アルゲレールテ》、ときたもんだ）、自分の家へ向かう。ドーセット・ハイツのL通り二四番地で、ひと休みしようかと考えて車を止めるが、やめておくことにする。A女史を愛し始めていたが、この特別落ち着かないときに会いたいのは彼女ではない。僕たち、彼女と僕はメイデイ以来交わってないから、二週間近くになると考える。こんなことを考えていると、ビーともう一人の男の匂いやイメージが一緒になって、驚くようなことではないが、僕の人生のあのときのことを思い出す。あのヨットクラブの辺りでジーニンにのしかかりながら、こころではマグダを愛していたときのことだ。ハリー・トルーマン大統領の時代だった。そして、それで思い出すのは……

　ライトハウス塔は暗く、車寄せの明りがついているだけだ。ピーターの小型トラックが、近づけば近づくほど見えなくなるとアドヴァイスしてくれる。アンジーはベッドに入っているが、おやすみをいうために待っている。僕は塩飴とコインをもっていってあげる。コインのまわりには彼女の名前がこんなふうに書いてある

AN☆GEL

天使たちと星とオーシャン・シティの光がほのかにさす暗がりの中で、僕らはしばらくお話をする。おやすみのキスをしながら、アンジーの母のことや他の悪い知らせについて考える。彼女はくすくす笑いながら、口髭が「ビビ」（アンジーが使っている陰部の愛称で、〈あなた〉よ、赤ん坊のころのおしっこ《ピーピー》からきた言葉だ）みたいな臭いがするといわれ、恥ずかしくなる。たいして胸躍ることもない自分のプライベートな歴史を思うと、胸が締め付けられる。月経があって、自慰もする愛しい子供よ、確かに母がおらず、不確かな父はいるが、お前はどうなっていくのか？　ピーターとマグダよ、どうして僕らのことを我慢してくれるんだ？　それに、もし、そうしてもらえなかったら、僕らは一体どうしたらいいんだ？　隣室で死にかけている愛しい母よ、僕は父の子なんですか、どうなんですか？　また、末期癌はひどく痛むのですか？　責任逃れのマーシャ・ブランクよ、目には両目を、歯には歯並び全体を強いるヤツよ、いまどんな男とヤッテイルにしろ、そいつのタマに気を付けろ！　ジャーメイン、ジャーメインよ、こうした言葉を書きながらも、とりわけ君ともう一度やり直したいと狂わしいほどの思いにどうして駆られるのか？　どうしてマグダに子供を産ませないのか？　しっぺい返しのお返しのしっぺい返しに。

などなどと。おやすみ、アンジー。少なからず動揺し、

僕は寝る前に一杯と思い、下へ降りていく。台所にビールはない。何でも自分たちでやるピーターと双子の兄妹が、地下室をファミリー・ルーム（そこには僕らの暗室が、とても信じられないようにTV然と立っている）に仕上げて、アルコール類はすべてそこの「ホーム・バー」の後ろの冷蔵庫にしまい込んである。真夜中近くだった。ラバット・インディア・ペールを注ぐ。僕は調光器で明りを落し、二・五秒毎に暗室のスクリーンに点滅している西方の実際のチョップタンク灯台を凝視する。だがそれは、僕の人生の後半生をどうすべきか、何も示唆してくれない。

頭上では耳慣れた女の足音。スリッパを履いたマグダだ。それは、台所で立ち止まる——アンブローズなの？　うん——すると、そっと降りてくる。どうも、寝付かれないようだ。コットンのナイトガウン姿で、とりすましている。オーシャン・シティはどうだった？　ひどいね、話したくもないくらいだ。マグダが自分でビールを注ぐ。みんなで映画撮影を見に出掛けてみようかと思っていたの。そうしなくて、よかったよ。本当に〈ウォーター・メッセージ〉の場面を撮ったの？　うん。もし、あなたが映画でアンブローズ役として雇われてるなら、わたしをマグダとして雇ってくれてもいいのにって、ピーターが言ったわよ。マグ、尻が大きくなり過ぎているよ。記念日おめでとう。

マグカップを持ち上げて、そう彼女が最初に祝う。どの記念日？　とよそよそしく僕が尋ねると、にこにこして答えた。壜の中のあんなばかばかしい紙切れなんか、気にする人がいる？　そうでなくって、男になった二十二年目の記念日よ。そうか。それに乾杯して、僕らはビールをすすった。マグダの声の調子だけでは、ほんとうのところ、よくわからなかった。ねえ、マグダ、どう、元気にやってる？

僕に対していつも喋るように、彼女は穏やかに、厳かに、思いを込めて答えた。何だかんだといっても、まあまあけっこうね。去年の冬のように、彼女は自分が自殺するんじゃないかと恐れているようすはなかった。六七年に僕らが情事を始めたとき、それはすぐに終り、彼女の最も愛する人を破壊してしまうんじゃないかとマグダは思った。ピーターが自殺するか、僕が殺されるか、あるいはマグダ自身が、僕かピーターに殺されるか、そして子供たちはどうなるか、と心配していた。というのも、僕らが世間を捨て、手に手を取って——イタリアへ、イタリアへ——逃げることを考え、期待していたからだった。そして、固い決意と限りない責任感にもかかわらず、ピーターがそうした状況に耐えられなくなると、彼女は想像していた。事態は思っていたほうにはいかなかったので、運命的な事が何も起きなかったことに安堵したようだった。だが一方、その事実によって、彼女の僕への愛、それに僕が彼女をどう思っているにせよ、その気持ちもまた、取るに足らぬ些細なものだったことに彼女は気がついた。マグダはそんなのは嫌だった。イタリアへの逃避行をまだ心から望んでいたのだ。たとえ、ひとときにせよ、落ち着くところに落ち着くにせよ。ピーターの柔順さが（一度マーシャに心ひかれ、浮気をしたいと思ったことを自分の罪と勝手に考えたためか）嫌いではなかったが、それを賞賛してもいなかった。また、自分が愛するように愛してくれないからといって、僕を嫌ってもいなかった。ただ、それを後悔するばかり——自殺までは いかなかったが、ほとんど自殺しかねないほど——であった。

とりわけ、子供を欲しがっていたが、僕に拒絶されて嘆いていた。マグダは、マーシャとは違って、僕が人を深く愛することができると信じていた。でも、たとえ、結婚するところまでいったとしても（彼女はまったく期待していなかったが）、僕の愛情に二年以上は応えるつもりはない、と言った。それは、僕の離婚のショックに幾分影響を受けた発言だったが。彼女自身、もしも永遠に僕を愛し続けるとするなら、僕らの子供を産みたいと強く望んでいた。それで彼女の愛を満たすことができるからだ。子供ができて——僕が身を引くとすれば、それが最もふさわしい二人の情事の幕切れになるだろうというのが、マグダの判断だった。僕がこの家に続けて居られるのも、マグダに子供が産めるようにしてほしいと本当にせがまれているのに、そうしていないからに過ぎない。僕は子供の代用品で、生まれていたらその子はずっと僕の代用品であったはずだ。で、あなたはどう、アンブローズ？

いやあ、ひどい気分だよ。海岸でプリンツと罵倒しあったことや、ビー・ゴールデンへの興味が再び起こったことを話した。罵倒の方は、意図した通りにひどく面白がった。ビー・ゴールデンのことでは、じらすつもりなんでしょう、きっとそうよ。昔のことに心が引かれているんだ。枯渇したもの。使い棄てられたもののことをね。多分僕は旧式の小説を書くことになるよ。登場人物、プロット、ダイアローグ、作品という具合にね。多分僕は再婚して、家庭をもつことになるさ。

それじゃ、あんまりだわ、アンブローズ。

すまない、と僕は言ってマグダの手をとった。遅いし、疲れて、ちょっと酔っ払っている。本当の気持ちはね、ことの起こりへと、後退することで前進しようと強く思っているんだ。よく言うだろ、巻き戻しだよ。やり直せ。再演しろ、だよ。

それは退行と言うものよ、マグダがきっぱり言った。私はおやすみなさいをするわ。彼女は顔を寄せ、僕にキスをした。そして、あのビビの匂いをかいだ。多分そうだ。とにかく、苦痛にみちた、はっきりはしないが、すすり泣く声を上げた。そんな彼女を僕は抱きしめ、強くキスをした。〈あなたの友〉よ、君の唇がどんなふうかは知らないが、アマースト女史のは気持ちがいいほど乾いていて引き締まり、ジーニン・マックの唇は（昔は）熱くて堅かった。「メアリー・ジェーンの唇」は、つい先ほどだが、湿っていて薄く、不正咬合っぽかった。マーシャ・ブランクのは覚えていない――が、マグダ・ジュリアノヴァの唇は二十五年前のように今も二つの肉の特別な塊だ。その唇にキスをする者は誰でも、片方の唇を口の中にいれてしまいたいと思うに決まっている。同時に、もっと、もっと……と望み、さあ、言語よ、うまく表現してみろ。あの唇を解読し、唇に話せる舌を与えよ！　言語は（フィルムだって同じだと、喜んで付け加えたいね。それが、目を閉じてものも言わず、ここで触れ合う感触なんだ）、熱烈な、いいかな、リップ・サーヴィスというぐらいのことしかできない。

　涙。あの女とではないでしょうね、とマグダが言う。マーシャのことだ！　僕は違うと首を振った。ミステリーは終りにする時間だ、少なくとも今夜は。あの唇がまた欲しかった。彼女の唇の味をしめた男は、キスをするたびに勃起する。僕らの頭を冷やそうと（本当に無邪気にそんなつもりだった）、ジャーメインのことを優しく話してあげた。

　いくぶん男性中心主義者のような表情を見せて、マグダは最初は驚き、ちょっと面白がった（ジャーメインのことは、ショッピング・プラザで指をさして教えてやったことがある）。あの女はもう五十でしょ、アンブローズ！　などなど。それから、自分の後釜がすばらしくすてきな二十五歳でないので、明らかにほっとしたようすだ。お次は、やたら知りたがる。正真正銘イギリス貴族なの？　えー、スイス人の血も混じっていて、紳士階級の生まれでもなく、貴族というよりは学者の血統で、挫折した作家であるのは、実際僕自身みたいだ。それから、もっと知りたがって、興奮気味に、どんなような人なの？　あなたに夢中なの？　あなたも狂おしいほど愛しているの？　うん、まあ、熱烈に共感しているってところだ。驚嘆すべき女性だ、ジャーメイン・ピットは。たとえば、僕と同じで、**エロティックな空想**にすっかり溺れているのじゃないかと思ったりする。さらに、知りたがるというより、もっと興奮して、どういうふうにうまくヤルのか、私にしてくれたようなやり方を教えなければならなかったの？　それとも、すでに何人も何人も恋人をもったことがあるわけ？

　マグダ。

　うれしいわ、マグダが言った。僕らの関係が破綻してから、マグダは僕のことを心配してくれていた。あなたには単なるセックスの相手でなく、愛し合う相手が必要なのよ。あなたが誰かと寝ているのは知っていたけど、それがベッドの中でも外でも、よい女の人であれば……と祈っていたのよ。彼女はもう息遣いも荒く、涙に濡れ、あの驚くべき下唇を震わせていた。でも、アンブローズ、わたし寂しいわ（マグダはめったにニックネームを使わないし、五臓六腑にしみわたるように名前の弱強格をはっきりと発音する。マグダに名前を呼ばれるときだけは、アンブローズが誰のことなのかわかるように思う）、それに、フェアじゃないわ。ピーターはアレがうまくやれないし、本当のセックスの喜びなんか、あなたに教えてもらわないほうがよかった。わたしはとことん満足したわ。今はピーターを裏切りたくないし、たかがセックスだけじゃない。気にするもんですか。でも、とにかく違うのよね。まさにそうじゃないの。寂しくなるわ。愛しているの。気が変になりそう。

〈あなた〉よ、僕も右に同じ。いいかね、マグ……。

わたしが頼んだら、拒絶したらだめよ、アンブローズ。

マグダ、お互いにわかっているじゃないか。それから、彼女は僕の上にのしかかる。あの唇、あの唇、手、髪。哀れなペニス君は、自分の出番だと思って、僕はそれをなだめるのに一苦労する。マグダは、娯楽室のバルカ（アルマリ。リビア北部の保養地、前六世紀建設のギリシアの植民地）の寝椅子が気に入っており、その上に横になった僕にのしかかる。自分の太い腿をいまだに恥ずかしがり、うれしそうに喘ぎながら僕の上にもたれかかり、ガウンをはずして胸と肩を露にして頑張っている。以前から僕は、こういう状況の際には、自分の満足のために――自由に振る舞えないマグよ！――続けざまに細かな命令を与えるようになっていた。彼女はイクときには決して声をあげず（たいてい、まわりには子供や大人が眠っていた）、ひたすら目を閉じ、畏敬の念に打たれたような小さな声を繰り返し繰り返したてる。

セックス。

次は、どうなった。マグダはそこに座ったままで余韻を味わっている。縮んでしまったペニス君を膣の間にしっかり挟みながら、すっきりした声で僕に指図する。あなたは心配することはない。愛して欲しいと追いかけたりしないし、新しい恋の邪魔をしたりしない。それは認めてあげる。できるだけすぐに、家族に引き合わせるために――ミセス・ピット？　ミセス・アマースト？――を連れてくること。そうしたら、わたしもカップルとして見てあげられるし、家族の者たちもそうする。あなたはライトハウス塔から引越すプランをたてるべきだわ――アンジェラのためにも、手頃な時機を見はからってね。多分最初は同じ通りにある旧メンシュ館がいいわ。母が入院しているので空いているから。アンジェラは、もちろんわたしたちと一緒にしばらくは暮し、そのうち、もしうまくいけば……ここで幾筋かの涙（ペニス君がはずれた）。そのうちに双子の子供たちが、家を出て自活すれば、愛しいアンジェラだけになるわ。どうして子供を産ませてくれなかったの？　マグダは急に静かになり、許してと言った。そのうちきっと孫ができるよと言ってあげた。妹のコニーは早くからどんどん子供を産みそうだし、カールはどうみても種馬みたいだ。一年もたたないうちに二人ともそれぞれ結婚して、すぐに子供ができる。

この話にマグダは喜んだ。微笑みながら僕の上から降りた後で言った。不道徳なことをしてしまったわ、アンブローズ。あなたや誰かがなんて思おうとかまわない。マグダは、この記念日に僕たちの最初の不貞の再演をしたつもりだ、と僕は考えたが、そんな思いを振り払い、週末はずっと再撮影をしているんだと、しかめっ面でいってやった。そんなことじゃないと、マグダが言った。ここ何ヶ月も妊娠させてと頼んでいるのに、嫌だ、それはよくないというばかりで。わたしはあなたを騙そうとしたことは一度だってないわ。わたしたち二人のすることは、すべて一〇〇%一緒でありたいの。いつだって避妊リングをしているし、あなたが忘れて何も言わないときでさえもそうなのに。

マグダ。

でも、あなたはとても自分勝手、完全に自分勝手よ。非難しているんじゃない。誰かに誰かを愛させるなんてぜったいにできないの。ただそれを祈るだけ……

マグ？

それに、うるさく言ったりしないわ、アンブローズ。あなたを愛している。これからだって、いつも愛しているし、幸せを願っている。あなたが、あなたなりに、わたしを愛してくれていることもわかっている。でも、赤ちゃんが欲しいの。それで、今夜は騙してしまったわ。言うつもりはなかったのだけれど。

僕は目を閉じた。僕は実際は種なしなんだ、それは知っているね。

必ずしもそうじゃないわ。最後に射精したのはいつなの？

えー、今のは数えないで？　今朝だ。

まあ、ひどい人。でも、いっぱい満たしてくれた。それに、わたしは排卵をしている。わかるの。

はかない望み《チャイナマンズ・チャンス》ではないかな、マグ。

その諺は納得いかないわ。とてもたくさんの中国人がいるのに。いずれにしても、わたしたちカソリックは、奇跡を信じている。怒らないで。もし、何もおこらなかったら、言われたように孫で我慢するわ。もうベッドにいくわね。流れ出てしまわないように。

そして、やってきたときと同様に、彼女は微笑みながらちょっと投げキッスをしていってしまった。

〈あなたの友〉よ、本当は、僕は出発点に戻っているのではなく、止まった地点に戻ってしまったのだ。つまり、アードマンズ・コーンロットの海岸に打ち上げられ、貴方からの〈ウォーター・メッセージ〉を読み、びっくりハウスで再び迷子になっている――まるで、人生街道の真ん中で暗い森からでてきて地獄を下り、煉獄の山を登り、さらに、天国の歌声を通って、気がつけば、結局暗い森に戻っているだけで、正しい道が永遠に失われ、なくなってしまったダンテのようだ。

ジーニン。ジャーメイン。マグダ。記録に残るべき長い一日だった五月十二日。女史へのこの手紙の写しはない。解読すれば、それはどういう意味になるのだろうか?

『アンブローズ、彼の物語』

アードマンズ・コーンロット云々

ライトハウス塔云々

S 作者からジェイコブ・ホーナーへ

「医師がくるまでにわたしのしたこと」という物語についての物語。

カナダオンタリオ州フォート・エリー

再生復帰院気付

ジェイコブ・ホーナー様

一九六九年五月十一日(日曜日)

前略

何年か前になりますが――たしか十四年前、小生がまだペンシルヴァニア州で駆けだしの大学講師をしていた頃のこと――『旅路の果て』と題したささやかな小説を小生書いております。その「主人公」は貴方と同じ名前でして、存在論的虚無をいたく感じておりましたため、文字どおり空しさのため行動不能に陥る発作にしばしば襲われております。彼はこの発作をなおすため、(当時メリーランド州東海岸地区にありました)再生復帰院なる施設にて、名もない医師の非合理な治療方法に身をゆだねることにします。この医師の治療を受けるうち、治療の一環として、近くにありました州立の学芸大学で規範文法を教えることとなり、やがてそこでジョー・モーガンなる精神的に実に堅固な若い歴史学者の同僚となります。彼はモーガンの妻とも親しくなり、ついには夫婦の結婚生活を破綻させてしまうのです。ミセス・モーガンは彼女が愛している超合理主義者の夫と、彼女が嫌悪する反合理主義者の「愛人」の間にはさまれているうち、妊娠をしていることに気づくのです。彼女は医師の手で非合法の堕胎をしてもらうのですが、手術台の上で死んでしまいます、彼女の夫は、静かにこのショックを受けとめたものの、大学の職からひそかに追われます。一方、ジェイコブ・ホーナーは自らの罪を悔い、再び行動不能となり、人格を放棄し、医師やその他の患者たちと共にペンシルヴァニア州の僻地にある新たなる施設へと移動していくのです。物語の手法としては、それから何年かたち、この主人公が新たな復帰院でいわゆる〈文章療法〉の一人称による告白形式の練習としてこの物語を書いたという形になっているのです。

今振り返って、『旅路の果て』を書き始めた頃のことを思いだしますと、たしかあれは一九五五年の秋のことです。最初の小説はすでに書き終えていましたが、まだ出版にまで至っておらず、小生は処女作と対《つい》になるべき作品――『フローティング・オペラ』という「虚無的喜劇」と対になるささやかなる「虚無的悲劇」――を書くためにしきりにメモを取っておりました。その時小生は二十五歳で、すでに結婚をし、三人の幼い子供がいまして、年四千ドルの給料で、大学一年生の作文を一週間に百も直し、点をつけ、週末にはアルバイトとして町のダンス・バンドで演奏をする生活でした。当時は夜になってベイビーシッターを雇うお金もあまりありませんし、それに、親の責任を放棄して真の意味での休暇を楽しむなどという余裕もなかったのです。ですから今次のようなささやかな休暇を勝手に遡《さかのぼ》って作りだし、自分に与えてみるわけです――

時はあの年の暮、最後の週のことです。かつてない贅沢のきわみで、住みこみのベイビーシッターを雇うことができたのです。おかげで週末、子供たちの面倒を見てくれるので、小生たちはもう一組の夫婦と車でアレゲーニー国立森林公園に泊りこみで二日間スキーをしにいくことにしたのです。小生たちはスキーなど一度もしたことがなかったし、いえ、スキー場さえ見たことがありませんでした。それに、小生たちの基準からすれば、費用も目がくらむほどです。そこで、スキー用の衣服は友人たちから借りたり、間に合わせで作ったりし、食事も部屋にそっと電気コンロを持ちこんで、自分たちで作って食べる計画でした。それでも、スキー道具は借りなければなりませんし、宿泊代に、ベイビーシッターの手当、車の費用の半分、それにリフトの券だってお金はいるのです。小生たちはこのような新しい冒険に多少心ひるむ思いでしたが、しかし友人夫妻と車での長いドライヴ、侘しい山岳地帯へと入っていく旅を大いに楽しみました。そこは、イロクォイ・インディアンたちの土地です。天然ガスや石油採掘の機械類が、あちこちの岩山を削った地に巨大な甲虫のように突き出ていました。まだこの地では月桂樹や石楠花《しゃくなげ》の木々の間を縫って、熊狩りが行われるそうでした。この地域でも、まだスキーは今ほど流行《はや》ってはいませんでした。金属製やらグラスファイバー製のスキーとか、ストレッチパンツとか、留金のついたプラスチックのスキー靴とか、人工降雪機など――そういったものはすべて後になって発明されたものでした。小生たち夫婦はニューイングランドを訪れるのさえ初めてでした。もちろん、ロッキー山脈もヨーロッパもいったことはありません。ですから、小生どもにとってはこのスキーということのすべてが――やれ、シャレーだ、シュテム・クリスチャニアだ、ウェーデルンだ、熱燗のワインだ、アプレスキーだと国際的な語彙が飛び交い、アルプス的雰囲気に包まれたすべてが――異国的で、頭がくらくらする思いで、不安でした。脚を折ったらどうしようとか、ナチのような恐ろしいスキー教師などがいたらとか、小生たちは落ちつきなく、ジョークを飛ばしていたのです。

スキー場へ着いてみると、それはひどく原始的なものでした。スロープには(高さ四百フィートほどの地点から滑降するささやかな斜面でしたが、小生のような海浜育ちの者にとっては、初心者用のスロープさえまるでビルの側面を見るように急でした)それを頼りに登る引き綱《ロープトウ》と簡単なリフトがあるだけでした。ロッジには――いえ、ロッジなどというしゃれたものはなく、山裾に一軒の小屋があって、土間にピクニック・テーブルやジュースなどの販売機、それに洗面所があり、暖をとることができるだけでした。小生たちはスキー道具を借りました――ビンディングのついた木製のスキーと編紐のついたスキー靴です。しかし、その小屋では借りずに、泊ったガストハウスの近くにある値段の安い店で借りました。小生たちの泊ったガストハウスも安い所を選びましたから、粗末な板張りの農家を改造したものです。(持主のおかみさんが不機嫌な顔で話してくれたところによりますと)つい最近「頭のいかれた連中」から買い取ったようです。その話では、その連中、この家で何か訳のわからぬ怪し気なことをやっていたらしいのです。おかみさんはご主人のことを名前も言わずに、いつも「あの人」と言ってました。「あの人はここを買う羽目になってしまったのよ。今でも、前からあったガラクタを片づけている始末でしょ。あの人の話では、どうやら一種の療養所だったみたい。よくよく調べたら、いろんなことをやっていたみたいですよ。あの人自身が頭がどうかしているんですから、ほんとに」おかみさんはセネカ族の女で、五十代でした。ジミー・ベアフット(裸足《はだし》のジミー)とかいう変った名前を持っていました。

このガストハウスは暖房はききすぎるぐらいでしたが、しかし隙間風がどこからともなく入ってくるし、清潔なのですが、何となくいろいろな物が置いてあるのです。さながら、前に住んでいた人が慌ただしく越していき、必要な物だけを運んでいった、そして、新しい所有者もきれいに掃除はしたのだが、置き去られた物はまだ片づけきっていないという風情でした。小生たちの泊った部屋には、黒ずんだ樫材で作った頑丈なヴィクトリア朝風の家具が置いてありました。ふっくらとした子供たちと犬や猫などを描いたおセンチな十九世紀のエッチングが壁にかかり、ガラスの戸のついた本箱があり、中にはウォルター・スコットの全集と、バルザックの今世紀初頭の安手の版の『人間喜劇』九十二巻がお揃いの緑色の装幀で、ずらりと並んでいました。

　小生、後になってスキーが大好きになりますが、初めて滑ったこの時はただもう不様で、それにびくびくものでした。ですから、その日の午後おそくに、滑って転び、肩を少々痛めて、この週末はいわば戦闘不能となったと知ったときは、正直ほっとしていました。他の三人がバニー・ヒルと呼ばれる低い斜面からいよいよ初心者用ゲレンデに進んで、滑降を試みるようになる頃、小生はバルザックの主人公リュシアン・ド・リュバンプレの後を追い、田舎からパリへ、そして彼の数々の幻影がついえていく様を読んでいたのです。その間、小生は費用の節約のため家から持ってきた手造りのビールを飲みました。しかし、小生は決してバルザックの熱烈なファンでもありませんし、またウォルター・スコットが好きというわけでもありません。ただこの休暇では本を読んで時を過すことになるなど、考えてもいず、ブラジルの作家マシャード・デ・アシースの本をただ一冊、それも半分読みかけで持ってきただけでしたから、すぐに読みおえてしまい、また読み直してしまったのです。書きかけの原稿とメモを持ってくるべきだったと後悔しきりでした。何しろ、肩が硬直して、眠ることもままならぬくらいでした。仕方なく、醜悪な硬い揺り椅子に座り、ほとんど一晩じゅうバルザックを読むことになってしまったのです。そして、おれはもうぜったいにリアリスティックな小説は書かないぞ、と心に決めるに至りました。

　もうこれ以上カルロス・エレーラ師の話はたくさん（スコットの主人公エドワード・ウェイヴァリーなど食指さえ動きませんが）と小生思いまして、目を転じ、何かほかに読み物はないものかと探しました。すると椅子の傍らにあった、表面がひびだらけで、でこぼこした小机の抽き出しの中に、一インチほどの厚さのタイプで打った原稿を見つけたのです。それは黄色い用紙に打たれ、学生用のレポートのバインダーに入れてあり、表紙に白い粘着テープを貼り、そこに大文字の活字体で「**医師がくるまでにわたしのしたこと**」と記してありました。小生は冒頭の文章——**ある意味で、ぼくはジェイコブ・ホーナーだ**——を読み、それに続く文章を読み進めたのです。

　物語そのものは生硬で、断片的で、退屈でさえあったのですが——しかし、簡潔で、無駄がなく、すべてを語りつくしていて、妙に読む者の心を魅了するのです。この物語が〈真実《トルース》〉であるか、あるいは〈虚構《フィクション》〉として作られたものか、小生にはまったく見当がつきませんでした。しかし、すぐにこれを手直しして、小生の書こうとしている小説にすることができる、と考えたのです。もうその時は、この貴重な休暇が早く終ってくれればよいのに、と願う気持ちでいっぱいでした！

タイプで打たれたその原稿を小生は抽き出しの中に戻しておきました。小生には、作者の声をしっかり頭の中に刻みこむだけで充分でした。大学の教職員住宅に帰ると、いそいで小説を書きだしました——背景の土地や人々の名前はすべて変えましたが、主人公の名前だけはそのままにし、医師は黒人として、名前をつけないままにしておきました。全体に精神的にも、劇的にもパンチを加え、主題を明確にし、行動不能の発作に暗喩的意味を与え、舞台を小さな大学とし、少し哲学的な対話と推論を添えて味つけし、三角関係《メナージュ・ア・トロワ》、妊娠、堕胎、その他諸々を書き加えました。この小説を一九五八年に出版したのですが、それ以後時折小生はふと考えます。『医師がくるまでわたしのしたこと』を書いた知られざる作者は、小生が彼の主題を頂戴して、あれこれつけ加えて書いた作品に目をとめることが一度もなかったのだろうか、と。ですが、小生は次に書く小説にすっかり心を奪われてしまい、それ以上深く考えることをしませんでした——

さて、以上のことを長々と書き連ねましたが、これは昔の思い出を書いたものではなく、小生が創作したものです。つまり、以上のことは、一つの小説についての虚構の話です。しかし、『旅路の果て』が出版されてから、小生がいろいろな人から手紙を受け取り、小生の書いた再生復帰院の所在を知っているとか、あるいはそういう療養所があれば教えてくれとか、言ってきたことは、まぎれもない事実です。それに、小生が例の黒人医師のためにデッチあげた治療法のいくつかは——例えば、文章療法《スクリプトセラピー》だの、神話療法《ミソセラピー》だの、愛情療法《アガポセラピー》だの——ロングアイランドにある私立のある精神病院では小説の出た後、広告に謳《うた》い文句として使っているそうです。芸術と実人生とはまさに共生するのです。

現在はお金もできまして、ベイビーシッターを雇うことができますが、ただその必要の方がなくなりました。あれから、小生は住む町もあちこちに変えましたし、文学的な考え方も変え、ほかにも様々な小説を書いてきました。世の中についても、またこの手紙を書く自分自身についても複雑な感情をこめてより多くを知るに至りました。現在小生は長い書簡体小説の創作にかかわっております。これまでのところでは、この小説が形において伝統的で、後退したものになるということ、つまりモダニズム的意味あいでは、曖昧でも、難解でも、複雑でもないものになることがはっきりしています。物語は主として現代を時代背景とし、メリーランド州の汽水域《タイドウォーター》とナイアガラ周辺のかつての辺境地域《フロンティア》を舞台にくりひろげられることになります。小生がこれまでに書いた小説の登場人物、あるいはその代理人にあえて再登場をお願いし、かれら自身の手で虚構の物語の後を語っていただこうという趣向です。とは申しましても、読者の側からすれば、前の小説を読んでいなくてもよいようにしてあります。何しろ、小生とて、それらについては詳細な点までは覚えていないのですから。それについでながら申しますと、この小説は多少アルファベットの文字《レターズ》とも関係があることになるやもしれません。

小説を構成することになる書簡について触れますと、これの手紙のように、何通かは〈作者〉自身のも加わることになります。また何通かは、作者である小生に宛てたものということになります。例えば、そのような手紙の例に、一九六九年五月三日付で小生宛に先週届いたものがあります。メリーランド州の「マーシーホープ州立大学カレッジ」の文学部事務局長代行のジャーメイン・ピット（レイディ・アマースト）とかいう女性からのものです。その手紙の中で、ピット女史は一九六七年にオンタリオ州フォート・エリーにある療養所のような所を訪れた、と記し、それが小生の『旅路の果て』で描かれている再生復帰院と「そっくりだった」と述べております。女史はそこの患者や職員たちの中に〈ジェイコブ・ホーナー〉なる人物がいたとは書いておりません（彼女はほんのわずかしか療養所にはいなかったのですから）。しかし、彼女の手紙には、まったく異った文脈の中ではありますが〈ジョウゼフ・モーガン〉なる人物のことを（彼女の大学の元学長をした人だが、現在の所在は不明とのこと）述べていますし、また〈ジョン・ショット〉という人間（彼の後任です）のことを記しております。このような事実から、もしやと思い、貴方にに次のことをお訊ねしたくなった次第です。

貴方が小生の手紙を受け取り、読んでおられるということは、番地も入れなかった小生の宛先が現実に存在し、それを受け取る貴方が実在しているという何よりの証拠です。いかがです。貴方の所属する療養所はアレゲーニー渓谷、現在のキンズア貯水池のすぐ下の地域に存在していたことがあるのでしょうか？　貴方は、『医師がくるまでわたしのしたこと』の作者ではありませんか？　小生があの作品を偶然発見したという話をイマジネーションで作りだしたからといって、その原稿がどこにも存在しないとか、その作者がこの世に実在しないということにはならないのです。その逆で、小生の経験からしましても、どちらかと言えば、虚構の物語であるからこそ、現実に存在する可能性がますます大きくなるのです——伝統的なリアリズム手法を巧みに避けて進むには絶好の論拠になりますね、これは。

貴方は、不運な〈ジョー・モーガン〉がその後どのようなことになったか、ご存じですか？　貴方は今でも「無天候状態」に時折襲われているのでしょうか？　それに、貴方の世界観のため、動くこともかなわぬ発作に襲われているのでしょうか？　また、今でも貴方は「ある意味で」としか、ジェイコブ・ホーナーではないとご自身のことを見ておられるのでしょうか？　今から考えますと、存在論的不安定にまつわるあのすべての物語は――もちろん、偶然の妊娠と非合法の堕胎を含めてですが――一九五〇年代初期の（そして小生たちの二十代の初めの頃の）実に奇妙にして、かつ勇しき一面を捉えていると思います。ですから、現在の貴方の立場から眺めますと、それがどのように見えるものか、そのあたりを伺えますと面白いし、また小生にとっては益することが多いと存じます。もしも貴方が実際に『医師のくるまで……』のような回想録なり、小説なりを書かれていて、小生の『旅路の果て』を読まれて、不快な思いをされているとするなら、遅きに失しましたが、重々お詫び致します。文学作品は時には骨身を削り作りあげていかねばならぬものですが、その削るべき骨と身はほかならぬ作者のものでなければなりません。

この手紙のお返事、頂戴できますれば、まことに幸甚です。お望みなら、小生喜んで車を飛ばし、バッファローよりフォート・エリーに参上し、直接お話をうかがうことも可能でございます。

匆々

ジョン・バース

〒一四二一四　アメリカ合衆国　ニューヨーク州バッファロー
ニューヨーク州立大学バッファロー校
アネックスB　英文科

4

JUNE 1969

S	**P**	**I**	**S**	**T**	**O**	*Lady Amherst*
F	6	13	**E**	27		*Todd Andrews*
T	5	12	**T**	26		*Jacob Horner*
W	4	11	**L**	25		*A. B. Cook*
T	3	10	**E**	24		*Jerome Bray*
M	2	9	**I**	23	30	*Ambrose Mensch*
S	1	8	**E**	22	29	*The Author*

P　レイディ・アマーストから作者へ

情事の第四段階。シャトーガにいるA・B・クック六世を訪問。アンブローズのペルセウス計画そして提案《プロ》(セックスの誘い《ポジション》)。

一九六九年六月七日

ジョン様、ジョン様。

まったく事務局長代行なのよ！　それなのに私は一体ここで何をしているのかしら、この身なりで、この研究室で、この国で。あなた方一団は、私をどうしようっていうの？　まったく気が変になりそう——あなたもアンブローズもアンドレも、おおアンドレ——子供たちの言葉を使えば、みんな、私のおもちゃ箱から飛び出してきたみたいね。それに私、そう、私は「恋人」が以前、**彼の**倒錯《クィア》の日々を捧げたものとか言っていることを、今、やっているのだわ。修辞疑問なんか使わないで、ちゃんと言うことにするわ。言わないでもわかることだけど、はっきりと全部、言うことにするわ。

たとえば、私たちの情事の「第四段階」に**関しましては**、私の不安はまったく正当なものだということがわかりました。先生、アンブローズったら、三晩ごとに、私の欲求や欲望はまるで無視して——快楽という点では、**彼の**欲求や欲望も実際のところ無視しているのですが——私を丁重に、けれどもしっかりとファックするの（ほかにどう表現すればいいのかしら）。二つ前の手紙に書いたような理由で、つまり子を孕むという唯一のカソリック的目標のためにね。たまには良いときもあるわ（いつものように、なんやかやはあっても、これ以外にましなこともない《フォート・ドゥ・ミュウ》というので、時には楽しんでしまうのよ）。私を苛めて、というわけ。でも、いやなときもあるわ。膝もネグリジェもぐいぐい持ちあげて、それというのも私をしかるべく掘り起こして種を蒔くためだけなのだから。ジョン、そうしてるときの彼ったら、とにかく今、この点についてだけは、前にも言ったように、まったくの農　夫《ハズバンドリィ》ね。自分の勃起をこらえ《ハズバンド》、私のオーガズムと自分の射精をうまく合わせ《ハズバンド》て。彼の目は昔の小作人そっくり、暦を見て、新月と新月のあいだになると回数を増やし、五月のちっちゃな卵にはうまく逃げられたから、六月のちっちゃな卵は刺し貫いてやろうと、一日二回の注入になるというわけ。

私もまた「私たち」がそうなれば、と望まなければならないのよ——こんな望みのない望みをどうして望まなければならないのかしら？　なぜって、もしもこの年寄りの事務局長の器官が孕まなかったら、その結果が恐ろしいから！　物言わぬ先生（この「通信」に顔を出さないことで私をからかっているだけではなく、正式に発表されたのですが、私がこんな文句を書いているときでさえ、私たちからは受けようとしなかった栄誉を受けるために、ちょうど湾の反対側のカレッジ・パークに顔をだして私をからかっている先生。おお、何と馬鹿なことを）、先週の土曜日の手紙のなかで恐れていたことが、現実になってしまったの。私たち二人の友人、アンブローズは、暴君になってしまったのです。その証拠。まず私がこの手紙を大学の便箋で書いていること。なぜって——蒸し暑いメリーランドの晩春の土曜日、学生たちはとっくに夏休みで出払っていて、二週間後の士気のあがらない卒業式までキャンパスはからっぽになっているのに——私が研究室に残って雑務の整理をすませ、シャーリー・スティックルズが出勤したとき出してもらえるように手紙の文面を機械に吹き込んでいるため。それも、今週中の仕事が押せ押せになって、週末にくいこんだからってわけじゃないのです。まったく逆《オー・コントレール》。私たちの（始めのほうの）最終試験が終って、合衆国の大学史上、最悪の学期《ターム》は今、ここに《ヒック・エト・ユビイク》、終了《ターム》したのだから——この学期は、この不思議な国の数多くの大学の運命を、永遠に悪い方へ向けてしまうことでしょう——でも、事務局長風情に、一体、何ができるというの。そんな理由ではなく、私が今ここにいるのは、スティックルズとショットとその仲間たちに恥ずかしくて顔を見せられないからで、仕事の仕上げを週末までに、週末の夜までにしてしまわなければならないということ。結合のために取りのけておいた仕事は例外として。

　なぜ、恥ずかしいかって？　おおそれは、〈特別客員教授〉ピット、レイディ・アマースト、事務局長代行、半世紀も生きた人、元学者、元淑女、元は自尊心のあった人が、ここ数日間、化粧もせず、ブラもつけず、ガードルもはかず、髪はカールもせずにまっすぐ真ん中分け、目にやさしい角縁眼鏡は、目に悪いコンタクトレンズと角ばった針金縁の「おばあちゃんスタイル」の眼鏡に変えたから。コンタクトレンズは、彼女の君主にして主人の君が彼女にミニスカートやビキニを着せて連れだすときに、涙ながらに挿入しなければいけないもの（いとしの好色漢ジェフリー、もしもあなたが、かつて完璧と言ったこの足、涎《よだれ》をたらしたこのお尻やおっぱいを、今ヨーロッパから覗いたら、きっとお腹をかかえて笑うでしょう）。不細工な眼鏡は、ヒッピー風の汚い格好《バス・クチュール》をするときの装身具。くるぶしまで引きずったベルトなしのキャラコのスカート、ベルボトムのジーンズ、ヒラヒラのついた革のジャケット——ヘッドショップ（サイケデリックな用品を扱う）で売っているやつ、カウンターカルチャーの安ピカ物、左翼気取りの安物……ご主人さま、ねえ、あなた！　そんなものを着て、「マリファナ」（上品なパイプでイギリス煙草を吸うのは別にして、**煙草**でさえ好きではないというのに）と、何だか忘れたけれどリセルグ酸ジチルアミド（ＬＳＤ）とかいうものを、「何袋」か「やる」（そして「やられる」）ことになってしまったの（やりたくないときもね）。シュールな名前や文法的にちょっとおかしい名前をつけた男か女かわからないおぞましい連中の、「頭を吹き飛ばす」メガ級威力に付き合っていると、身体はもう折紙つきのキ印状態よ。フー（誰）だか、エアプレインだか、ピンク・フロイドだか、ロード（神）だか知らないけれど、私の魂に御慈悲を。こういったことをやるのは、貸切りの「麻薬常習者の溜まり場」で、発情している映画関係者といっしょ――彼らはたいてい若くて、「進んで」いて、「今風で」、未熟というのではないけれど身体だけは美しくて頭は空っぽ、ことのほかテクニシャンで――彼らにまじると、私は歩く服装倒錯者、トマス・マンの『ベニスに死す』に出てくるおぞましい女装者の男装版になった気がしているの（皆からも、そう思われているし）。

　けれどもドラッグがそんなに私を驚かせたというわけではないの。アンドレと私は百年も前にパリで、ハシシとコカインと麻薬を、アブサンとカプリス・デ・デュといっしょに「やった」ことがあるから。「変態的な」「光景」といっても、たかがしれているわ。**ボヘミアンの生活**はフラワー・チルドレンが発明したものではなく、そのどれ一つとして――麻薬も、ポルノも、ダイエットも、乱交も、新野獣派的態度も、ラディカル／アナーキーな信条も、型破りの衣装も、朦朧としたオカルティズムも――すべて、ダンディズムからダダイズムまでのヨーロッパのアングラ《デミモンド》を知っている人なら、驚くようなものではないわ。では、何に驚いたかと言えば、それは、**私**自身に。私が、こういった暴虐に情けなくも黙従し、自分のイメージや心の平安、学者としての仕事を犠牲にして、恋人のくだらないゲームに乗っていることなのです。

　なぜこの私が、レグ・プリンツやビー・ゴールデン（フラワーであろうがなかろうが、チャイルドなんかじゃないけれど、フラワー・チャイルドぴったりの肉体――悲しいことに私にはない肉体――をもっていて、しかも、足もモラルもすぐ開いてしまう女、悔しいことにアンブローズを魅了している女）や、自称「野獣派《バラタリアン》」のエキストラといっしょに、馬鹿馬鹿しい真似をして、ブーガルーを踊っているのでしょう。明白で、簡単で、座っててもわかる答えを聞くと、イラついてしまうわ。というのも、間違いなくそれが主たる真実だから。つまり、三十年ほどまえに自分の子供を見捨てたという負い目のせいで、私を妊娠させることが最大の目標の男の手、その他諸々には、ころりと落ちてしまうということ。しかも、すでにある年齢《ダン・サルタナージュ》になっていて、未亡人で、自国から遠く離れていて（でも父なる国って、結局どこだったの?・）、アンドレ・カスティーヌおよび／またはその分身に長く焦らされたあと——ドストエフスキーのすてきな言葉を使えば——「道徳的に衰弱して」いるときには、なおさらそうなのよ。これは本当のこと、まったくもって本当のこと。でも主たる真実というのは、真実全体じゃないのね。アンブローズが父親になるという衝動にとりつかれる前から、私はこの奇妙な男を愛しはじめていたのよ。三月以来あなたに出した十通ばかりの手紙を見れば、この間の成り行きがよくわかるでしょう。彼の最初の不躾《ぶしつけ》な誘いにはびっくりしたほどだったのに、この疲れ切った心は、同僚としての友情の段階から、面白そう、に変り、愛着に移り、魅了されはじめ、向こう見ずな情欲に駆られ、ついには——何とまあ——愛するようになってしまったことを。

　彼を愛しているのです！（こう書くと興奮してしまうわ）でも子供のことは、怖いのです。彼が妊娠するように要望していることと、彼の要望が現実になるかもしれないことの両方が。**妊娠**、とんでもない。別の新しい要望も、私には怖いのです。アンブローズは私にハイスクールの「グルーピー」の格好をさせているけど、これはエロティックな理由のためではなく、最初のほうの「段階」では良いと思っていたことに彼が今では苛ついているため、つまり私の方が「年上」だから。もちろん、もしも私がスター志望の「バラタリアン」の女の子と同じ年齢なら、彼は私のお腹を大きくさせたいとは、とくに思わないでしょうね——ラリっている彼女たちからたやすく贈られる、フラッシュライトに照らされたような刹那的な好意を、わが御主《ミオ・マエ》人様《ストロ》がいつも拒絶しているとも思えないけれど。ともかく、年齢に関係なく、彼が妊娠させたがっているのは**私**なのよ。でもこんなことも、彼が私を愛さなくなるかもしれないという不安に比べれば、大したことはないわ（事実、彼はもう私を愛してないのです。ジョン、私にはわかっているのです）。しばらくのあいだは、彼はこの一風変った下品なやり方で、変えられない状況への苛立ちを始末しなければならないのね。私は彼を愛しているの。だから、こうして「フルーグ」を踊り、手を振り回し、お尻を揺すり——目を閉じて、足を開き、幸運を祈って指を重ねているのです。

　まあ……何と?

　そうこうしながら《スペンダン》も彼は、私やプリンツとひとしきり何かしている合間に、メモや図表や試験的文章を書き留めて、儀式的再演のテーマに関する長い小説、少なくとも中編小《ノヴェ》説《ラ》ぐらいの長さのものを頭のなかに受胎してしまいました。彼がともかく作家だったことを、すっかり忘れていたわ。彼はどうやったら題材が古典的なもの——とくにペルセウスやアンドロメダやメドゥーサの神話——になりえるか教えてくれ、私たちはこの話題についてまさに文学的会話に近いものをしていたので、一瞬のあいだ、私は、老ヘッセ、老ハックスリー、その他すべての、私が彼らの年取った肉体を満足させているあいだに彼らが私の若い頭脳を満足させていた人達と過した二十歳に戻ったような気がしました。実際そのとき私は、私の恋人が神話（とくにメドゥーサのエピソード）を素晴らしく読み解いてくれるのに付き合えるかと思うと、うっとりしていたわ。その神話を彼はインポテンツと女陰恐怖症というフロイト的読み方ではなく、（アテーナーの磨かれた楯とその反射、再反射に着目して）自意識の危険についてのドラマと読みました。アンブローズの描くペルセウスは結婚に失敗した中年男で、その神話的偉業と英雄的無垢を過去に持ちながら、今一度「彼の敵に彼への助力を求め」（ペルセウスが敵対者を石化させるのにゴルゴンの首を使ったことに対する、オヴィディウスのすてきな台詞）、若き日の勝利を再演しようとして大失敗し、しかし再生して復活したメドゥーサの助けで――彼女の視線は、はっきりと見つめかえすと、死ではなく不死をもたらすので――彼の虚しい目的を超越し、彼女とともに、空の星座となって、永遠に彼らのロマンスを再演するというものでした。

　奇抜な比喩！　**行って、あなた、どんどん行って**と、私は心から変化を求めて、叫びたかったのです。でも、私の喜び――「アーサー・モートン・キング」が前衛的なゲームをしないで、もう一度、情熱に訴えるつもりになってくれたことに対する私の**熱い**喜び――を声にするかしないかのうちに、アンブローズはメドゥーサにかかったように冷えてしまい、この物語に対して、彼は形式にしか興味をもっていないことがわかりました。形式というのは、物語のなかに対数関数の螺旋、「黄金率」、フィボナッチの数列（始めの二つの数字が一で、三番目以降は前の二つの数字の和になっている数列）を描くこと。失敗した結婚とか落ちぶれたヒーローの悲哀には一顧も与えず、ペルセウスがメドゥーサの首を切り取ったあと、彼女が彼を**愛する**という感動的アイディアにも、あるいはまた人を麻痺させる自意識が有益な自己認識になり、石化が星座化になるという心温まる物理学にも、知らん顔。グラフ用紙のうえに現れるのは、渦巻き形の三角形や、四角いオウム貝や、だんだんに消えていく二項対立、螺旋状の銀河だけ！　そのうえ私は身ぐるみ剝がれて立つことになりました。儀式的な種まきのためでなく（最後の種まきからまだ二日しかたっていないわ）、もちろん普通の性愛のためでもなく、彼が本を読み進めるうちに白人女性の平均比率がどんなものか測りたくなったから、つまり、私の足からお臍《へそ》までの長さは私の身長の〇・六一八＋――つまり、**ファイ**、黄金率かどうかを。

　私は低**ファイ**（比率）、意気消沈していました。あっさり言えば、私がこうしてしゃべっているのも、同じ理由。あなたの轟く沈黙を押し流し、私の気が狂うのを遅らせているの。この気分であなたの『やぎ少年』を読みはじめ、アンドルー・クック四世のく・そ家族史出版の準備に取りかかりました。この二つは関係があるのです。あなたの小説の序文につけた虚構の手紙は、テクストに書かれたことが事実だと論じる体裁をとっていますが、クックがまだ生まれぬ子供に宛てた書簡につける、事実を記載した私の序文ないしコメントは、その手紙の信憑性の問題を取り上げ、可能なら、これを解決しなければいけないのです。私はいろいろな疑いをもっています――手紙の出所が怪しいとか、動機が疑問だというだけでなく、相互に矛盾した変な綴り字とか、明らかな時代誤謬（たとえば、私の『オックスフォード英語事典』では反革命主義者《カウンター・レボリューショニスト》という単語の使用は一七九三年に遡るし、ゲリラ《インサージェント》は一七六五年に遡るけれども、対ゲリラ戦士《カウンター・インサージェント》という語は載っていない）とか、手紙にぼんやりと垣間見える現代性とかいうことに対しては、たしかに疑いを持っています。けれどもこれらの手紙が真実で**ありえない**とも思えないし――もちろん後でチェックしますが、便箋や字体は本物のように見えます――最悪の場合でも、手紙のなかで触れられている悪名高きヘンリーの手紙と同様、何か隠れた目的のために若干の変更を加えて、本物を古い紙に転写したものではないかと思うのです。歴史家の端くれとして、もちろん正当な調査を行わなければいけません。しかしアンドレ・カスティーヌとかつて親密だった者として、そのような調査は文学〈博士／いじくり屋〉の意に反して、いかに不毛なものかもわかるのです。またあまりにも苦しんだ者として、すぐにもそれをどこかあまりうるさいことを言わない地方史の雑誌に掲載してもらい、それが巻き込むはずのものは巻き込んで、すべてを終りにし、その結果を甘受しようという誘惑にも駆られるのです。

けれども私はプロ意識を、**まったく**失ったわけではありません。この前の木曜日、一昨日のことですが、湾を横断して「アナポリス、おそらくはワシントンまで」出向き、鬚を生やしたA・B・クック六世の家に行き、謎は終りにし、手紙（のコピー）を手に彼と対面し、「アンリ・バーリンゲイム七世」との関係の動かぬ証拠をきっぱりと突きつけてやろうという考えが浮かんだときなど、プロ意識そのものです。映画関係者たちは、ケンブリッジとブラズワース島「バラタリア」での最初のロケーションのあと散りぢりになって、次のロケーションはナイアガラ辺境地域だから、来週集合ということになりました（ナイアガラのイメージはあなたの小説のなかのどこに出てくるのかしら。メリーランドか架空の場所かのどちらかだと思っていたけど）。アンブローズは計算尺と製図用機械に没頭していました——文学者の道具としては変なもの！　そこで私は適当な衣装をブリーフケース一杯に詰め、L二四番地をスルリと抜け出し、ルート五〇の最初のサーヴィス・ステーションで案内係のにやにや笑いに耐えながら、女性用トイレの鍵を取ってきて、ミニから膝丈スカートにはきかえ、髪を整え、中年女のおっぱいとお腹に鎧をかぶせ——これでホッとしたわ！——週末以来はじめて本来の自分になったというわけ（あそこにいた奴ときたら、私を詐欺と疑ってクレジットカードをチェックしたわ）。それからメリーランド州シャトーガに架かる橋をわたって、マゴシー郡の南海岸を走り、低木が生い茂る道をたどって、**クック**という字の書かれた郵便箱に着いたのです。

　郵便箱のフラッグが立っていて、出す郵便があるってこと。私の勇気はこの三つの太字を見て、萎えてしまいました。その太字には、それが示す男や、私のブリーフケースのなかの書簡に見られる曖昧さはなかったからです。ツゲやツツジの茂った小道の先には、白い木造の気持ち良さそうなコテージがあって、網戸で囲ったポーチには、鈴懸の木が陰を落としていました。クリークか入江か知らないけれど、芝生がそこまで続いていて、レジャー用ボートが停泊していました。桂冠詩人のT字型ドックに立てられた旗竿からは、レース旗のようにカラフルな州旗が翻っていました。ボルティモア家の黒とオレンジのチェックと、カルヴァート家（メリーランド植民地を建設した十六―十七世紀の英国の政治家）の赤と白の瘤付き十字架。私はドアのノッカー（磨かれた真鍮製の蟹）を叩き、ときどき蚊を追い払いながら待っていました。私の心は不安になってきました。彼に警戒されるまえに捕まえようと、事前に電話もしなければ手紙も書かないでやってきたのです。ところで謎かけは止めにできないのかしら、と尋ねてやるつもりでした。ここ二十年余りというもの、複数のカスティーヌ、複数のクック、複数のバーリンゲイムの手のなかで、私がどんな風だったか、言わせてもらうわ。そしてこんなことは終りにしたいの。もしもあなたとアンドレの血が繋がっていないというのなら、もしもあなたの息子が私の息子でないなら——あなた（と彼）にはっきりと、完全に、友好的に、私にそう言って欲しいのよ。そうすれば私はあなた（と彼）に、どうして私が逆のことを想像していたか、その理由をすべて言いましょう……

　表情《ブランク》のない顔をした女がドアを開け、しかしチェーンはかけたままで、その敵意に満ちた細い隙間から私を覗きました。奉公人にしては服装が良すぎるし、クックの娘にしたら（私の判断によれば）老けているし、「複数のアンリ」の母親にしたら若すぎるし。二号さんね、たぶん。鼻の形は丸みを帯びているけれど、頬と顎の線はきつくて、額は広く色白、眉毛は細く抜いており、唇は薄く——そう、言葉で描写するのは私の十八番。取り立てて不細工なところはないけれど、顔全体の印象《トウタサーブル》はきわめて虚ろ。受付係の虚ろさで、彼女の本質的な冷淡さと深い無関心をそっと被っているよう。私は自己紹介し、クックさんを訪ねてきたと言うと、家にはいないと、そっけなく言われました。彼の家族史に関する書類をもっていて、ぜひ見せたいのです、彼が興味をもつのは間違いないと思いますと力説しました。約束はしていません、もちろん事前にそうすべきだったのですが……でもこの資料は本当に注目すべきものなのです。いつお帰りになりますか。あるいは事務所におられるようでしたら、お寄りしてもいいのですが、近くに住んでいるものですから。

いつ帰るか知らないと、抑揚に欠けているけれども歌うような調子で、ミズ・ブランクは答えました――私はアンブローズの先妻の描写、おそらくは誇張している描写を思い出しました。彼はペンシルヴァニアとニューヨーク州北部へ講演旅行をしているが、七月のドーチェスター郡の三百年記念祭には間に合うように帰るつもりでいると思う。彼女の話は次第に具体的になっていきましたが、温かみは相変らずなく、ちょうど留守番電話の応答のようでした。フェニアン団(十九世紀中葉に米国およびアイルランドでアイルランド共和国建設を目指して作られた秘密結社)が一八六六年にバッファロー近くのブラック・ロックからカナダのフォート・エリーに侵入したのを祝う記念祭への参加を、旅程に入れると言っていた。何でも祖先の一人がそれに何かの役割を演じたそう。またナイアガラ滝で何かをするはずになっていると思う。それから今月の末はシャトーカの向こう岸の、ニューヨーク州西部、綴りがQで始まるところにいる。映画についての何かだと思う。

プロ意識の終り。その女性はドアを閉めもせず、チェーンを外しもせず、私が踵を返すのを待っていました。さようなら、理性よ! クック夫人ですかと尋ねようとも思いませんでした。その時点では、たとえ彼女がカスティーヌ夫人とかスタール夫人だと冷淡にそっけなく答えたとしても、私は驚かなかったでしょう。麻痺したような感覚のままチェサピーク湾を渡っているとき、ABCニュースがナイアガラのアメリカ側の滝が**後退している**と報じているのを聞きました。それで技術者や地理学者が速い速度で後退しているその地形を調べて、崩壊を遅らせる手段を研究しようとしているのだけれど、落下した岩石が滝の下に堆積しているため、滝はカナダ側のホースシューほど見事でなく、合衆国二百年祭まで七年しかないことや……一方、ナイアガラ市では(アメリカの方でカナダ側ではない)、火事のため有名な蠟人形博物館が溶けてしまい、ジョージ・ワシントンもマーサ・ワシントンも、エイブ・リンカーンもFDRもJFKもRFKも(彼の人形は暗殺一周年記念の朝、除幕される予定だった)――すべて、大量の蠟燭として燃え尽きてしまうか、膨大な量の蠟の固まりとなってしまった。にもかかわらず、商工会議所では観光客が今年の夏、空前の数になると予測している。滝の後退や溶けた博物館といった驚異を見のがす人がこの世にいるだろうか。

神よ、アメリカに栄光あれ。そして私にも斟酌を。

アンブローズは斟酌してくれませんでした。私はこの何だかよくわからない出会《カミングズ・トウゲザー》いにボゥーとなったまま車を運転して帰ってきたので、再びゴーゴー衣装に着替えるのは億劫になっていました。私の恋人はご機嫌斜めで、それも度を越したものでした。もちろん私は好きなところへ行っていいよ――シャトーガだろうとロンドンだろうと地獄だろうと――でもなぜ彼に事前に知らせなかったのか。A・B・クックがプリンツの映画に絡んでいたって驚かない。あなたの『酔いどれ草の仲買人』には複数のクックや複数のバーリンゲイムが出てくるのだから。それに映画は進歩的な側面と回顧的側面があるのさ。私が「老クック」と一緒に彼に不義を働いたとしても、彼は驚かない。クックがたまたまそこにいなかったことも気にならない。私がスルリと抜け出し、スルリと「おばさん」の衣装を身につけ、明らかにでっち上げの手紙の真偽を確かめるという口実（しかもせいぜいが自分への言い訳）でスルリと湾を横切り、私の以前の恋人が自分といかなる関係があるのかだけに関心をもつ男のところに行って……

もう十分！　私は馳せ戻ったのよ！　その日のドライブはスルリというより、**ノロノロ**と言った方がいいものだったわ。たとえ無駄だったとしても、りっぱな理由があってやったものだし。この手紙はあきらかに偽物なんかじゃ**ないわ**。いじった可能性はあるにしても。「おばさん」衣装はこのおばさんには喜ばしい休憩になったのよ。それにこのおばさんには、今ここにいるあんたと同様あのA・B・クックがずっと頭痛の種だったんだから。それに万一私が彼を説得して、くそ全部のなかの最悪の苦悩――以前の恋人――生涯私を苦しめる人――私の失った息子の父――と連絡をつけてくれるように**頼んだ**としても――万一私がこの薄汚い謎を解決するために奴と寝たとしても――それも結構、毛だらけ、そのとき、彼アンブローズは、私を助け、私を可哀相に思ってしかるべきでしょう。それなのに、悔しいことに疲れ切ったこのおばさんの頭を、狂ったような嫉妬と狭量な独裁者気取りでぶつなんて、等々、こん畜生！

要するに、恋人同志の痴話喧嘩。それも長くは続かなかったわ。私は疲れていたの。今も疲れているけど。それにアンブローズはどういう風に私を扱えばいいか知っていたのよ。たとえ疲労困憊していても、私は彼が嫉妬するのが**好きなんだわ**。私が好きだということを彼が知っていることを知っているのよ。彼が知っていることを私が知っているって思うことが好きなの、云々。神とその姉妹たちよ、我を赦し給え！

　彼はすぐに、私の「おばさん」衣装を脱がせ、激しい交尾をしました。私は彼の低運動精子を迎えるよう、腰の下に枕を置く姿勢をとっていたのですが、そのあいだ彼は機嫌を直してこう言いました。私が今朝、フランス風暇乞いをしていたとき、彼は図表を書きながら、ペルセウス物語の案で手こずっていた問題を解決したので、もし私がまだあなたにこの一週間ごとの一方通行の手紙を書いているのなら、この情報をあなたに送る許可を私に与えよう。私は彼に、そのブランクは別のときに埋めてちょうだいとお願いしました。私はとても疲れていたのです。そしてブランクと言ったついでに、シャトーガにいた無表情《ブランク》な情報提供者のことを彼に話しました。だが、アンブローズは関心がなさそうでした。

　カスティーヌズ・ハンドレッドのアンドレ・カスティーヌとシャトーガのアンドルー・バーリンゲイム・クックは同一人物の可能性があると思わない、と彼に聞きました。驚いたことに、彼は、この疑問は現状では、一八一二年の手紙の信憑性に関するものと同じくらいアカデミックだと思うときっぱりと答えました。何世代ものあいだ、辺りに充満している巧みで油断のならないペテンの数々、何だかわからない目的や逆の目的が渦をまいて混乱しているこの状況では、一種の徹底的実証主義だけが、私自身の過去も含めて目眩を起こさせるような歴史の流砂に近づき、それを渡る唯一可能な方法となるのだと。その言葉にとても感動したので、私は飛び上がって彼を抱きしめました。彼はぶっきらぼうに、精液注入に気を配っていろと言い、私たちがオンタリオやニューヨーク州西部にいるあいだ、肉体的背信にならなければ、好きなように探っていいと許可してくれました。もしも私の受胎が別の男の種だという可能性が少しでもあれば、私たちは**完全に終り**だ。逆に、もしも私がいろいろな困難にもかかわらず何とか妊娠して、しかも疑いの余地なく彼の子供を……であったら、私たちは結婚するかもしれない。

　オンタリオ？　ニューヨーク州西部？　結婚？　なんてびっくりさせるの。途方もない憶測。

　Aは肩をすくめました。彼がそこにいる一週間と少しのあいだ、精液注入なしを許可してくれるなんて思えるかしら。しかも生理と生理のちょうど合い間なのだから。みんなは、フォート・エリーとナイアガラ、滝と、たぶん昔のシャトーカ会館と、その地方の心霊主義者たちのセンター、リリー・デイルで、背景撮りをする予定になっていました。プリンツの計画は例によって曖昧模糊としています。私が、スタール夫人は一方でナポレオンと戦う英国に味方して、トマス・ジェファソンとアルバート・ギャラティンに一八一二年戦争を阻止してくれないかと頼みながら、他方で、次なるあの百日のあいだにはナポレオン皇帝と密通していたと話したら、この**私**にも何か役があると言っていました。Ａ・Ｂ・クックは彼の先祖、童貞詩人エベニーザー・クックおよび／またはもう一人の先祖、非童貞のヘンリー・バーリンゲイム三世の役を演ずるかもしれません。それに、ビー・ゴールデンの寵愛をめぐってアンブローズとプリンツのあいだの葛藤は熾烈になっているはずです。二人はビー・ゴールデンに、あなたの小説に登場する彼女より若い女たちの役を演じる彼女を演じてくれないかと、なんとか説得していました。プリンツはアンブローズに、用心しろと警告していました。今ではアンブローズが私にも同じ警告を与えているのです。私たちはマーシーホープの卒業式に間に合うように帰ってくる予定で、プリンツはキャンパスの場面の撮影に、そこを使うつもりでした。『旅路の果て』のおぞましい小規模学芸大学か、『やぎ少年ジャイルズ』の総合大学のどちらのシーンか、アンブローズは知りませんでした。二つともなのか、どちらでもないのか。私はこの「おばさん」衣装で行くことはできないでしょう。彼が私の衣装の荷造りをするでしょうから。

彼が、今、荷造りするですって！

私たちは明日、発つのです（私は自分のバッグを詰めました）。車でベイ・ブリッジを渡り、ワシントン国際空港へ行き、バッファロー行きの飛行機に乗り、レンタカーでナイアガラ滝へ行きます。ハネムーンとはならないでしょう。一八一二年戦争の枢軸にそって――つまりチェサピーク湾からナイアガラ辺境地域へ向かって――飛んでいるとき、あなたがＤＣから家へ向かう途中を同じように飛んでいても不思議はないと思って、興味を覚えました。そうすれば、私たちは――ありそうもないことですが途中で、しかし今後のビジネスではそう不可能なことでもないけれど――会うかもしれないのです。あるいはこの手紙に注意を払ってくださらないのと同様、映画の製作にもあまり注意を払わないのですか。

オンタリオ州のフォート・エリーという小さな町をもう一度訪ねられると思って興奮していることを、まだ話していませんね。そこでそう遠くない昔――でもあの世界は、もうなくなってしまいました――この年取った子宮がアンドレ、おおアンドレの百発百中の高運動精子とともに再びコトをナシテイタとき、ＤＣ（直流）的興奮を体験していたのです……

アンドレ。おお神《モン・デュー》よ、彼はまた、そこにいるかもしれない、そのあたりに。そしたら、私たちはデートするのよ、あなた方男性三人（あるいは四人）と、その苦しみがあなた方の共通の喜びである女性一人が。たとえばあの無名のドクターの「復帰院」で、プリンツの映画のシーンを撮ったらどうかしら。あなたの本のシーンでなくて、サド侯爵の本のシーンを。あなたとアンブローズとアンドレとA・B・クックは、私のこのおかしなミニスカートを剝ぎとり、私をきつく縛り、比喩的でなく字義どおりに、私を笞打ち、私に焼き印を押すの！

もうたくさん。私の研究室での仕事は終ったわ。私のご主人さまの嫉妬の怒りを再発させせないように、L二四番地へ帰らなきゃ。今頃はもうあなたは名誉文学博士になっていらっしゃるわね、二週間後にはアンブローズもなるけれど。あなたの患者である私に気を配ってください、先生。医療ミスを犯さないでね。もしも私を救えないと思うときには、少なくとも最初に会ったときと同じままにしといて欲しいわ。最後まで演じ、書き直し、飾りたて、しかしそのうえ多産な（と私たちが願う）この私を。

あなたの患者
G

〒二一六一二　メリーランド　レッドマンズ・ネック
マーシーホープ州立大学文学部事務局長室気付

I　レイディ・アマーストから作者へ

第四段階承前。ナイアガラ滝およびオールド・フォート・エリーでの撮影。再生復帰院での胆を潰す邂逅。

一九六九年六月十四日

J様？

ほんと、薄気味悪い《エアリィ》こと。昔は澄んで美しい湖だったはずなのに、今では死臭と緑色の富栄養を逆流させているこの汚くおぞましい湖。向こうの寂しく荒涼としたバッファローは、スモッグの雲のなかに鋼鉄と車と朝食のシリアルを吐き散らしている。平たく凍ったカナダ、今は一面に花に覆われているけれど（あなたの国以外は、どの国も花で飾られているのよ）、むっつりと佇む民家と氷河に削られた地形のなか、この地を去りはしないけれどほんの少しだけ、ほんの短いあいだ、北に引き下がる冷気のことを、忘れはしないカナダ。

あなたの小説の登場人物たちのカリカチュアのなかに、あなたはいなくても――存在せずと言ってもいいわね――私はいるので、余計に薄気味悪いわ。先生、あなたの本をまだ全部、読んではいません。それに全部読まないだろうと思いはじめてもいます。**この私**が他の浮遊物と一緒に、この魅力のない岸辺に打ち上げられることがないように、骸骨のような星座の死の舞踏《ダンス・マカブル》の繰り返し、私自身の人生の物語の不気味な再生（もっと読みづらいわ）という運命を辿ることがないように。文字を並べて言葉にし、言葉を並べて文章にし、文章を並べて段落にし、頁にし、章にしながら、どこか、そっちの方で仕事をこつこつとやっているあなた。私たちのあいだの国境は波のように打ち寄せてきて、ナイアガラに飛沫《しぶき》を上げてぶつかるのです。カナダ人がアメリカの便器と呼ぶナイアガラ滝に。

あなたはどこにいるの。私はどこにいるの。このカナダのオンタリオのエリー・モーテルで私はいったい何をしているの。何をしてるかって言えば、次のようなこと。

先週の日曜日の八日（一七九七年の同じ日に、私よりも幸運な同名の女性は、四番目の子供、バンジャマン・コンスタンとの間の女の子、エドウィグ＝グスタヴァイン＝アルベルティーヌ・ド・スタールを生んだわ）、我がご主人様《ミオ・マエストロ》と私はバッファローに飛びました。空港からあなたにお電話するようにって言ったけど、アンブローズはその気がなかったよう。あなたと彼は「**その**種の友達」じゃないと言っていました。好奇心から電話帳を調べたけれど、あなたの電話番号はなかった。大学はもちろん閉まっていて――まあ、ほんとにホッとしたけど、催涙ガスと「破壊行為」と警棒ばかりのこのおぞましい一年間の後ではね。車を借りて、公園道路をニューヨーク州のナイアガラまで行って（あなたのキャンパスを偵察したいとちょっと思ったけれど、アンブローズにその気がなかったので、結局キャンパスには行きませんでした）、それから名もない特徴もないモーテルにチェックインしました。ホテルマンはにやりと笑ったわ。ほんと、自分の服装――体を覆っている所がほとんどないこの格好を、とても**服**とは言えないけど――を見て、私は自分が年をくったロリータの気がしました。ドアを閉め、ケジラミに嚙まれないようにシーツを引き下ろし、六時のニュースが鳴ると、張り切りほら吹きハンバート（ウラジミール・ナボコフの『ロリータ』の主人公の中年男で十代のロリータを連れてモーテルからモーテルを旅する）は、ハフハフ言って私にのしかかってきたのよ。まあ驚くことじゃないけど。三日も御無沙汰だったから。

メリーランドは蒸し蒸ししていたけど、ナイアガラには雲がかかって穏やかな日和だったわ。私たちは名もない特徴もないレストランで食事して、つまらない田舎町、面白くもない美術館、ありふれた土産物店をブラブラして……

これ以上言う必要はないわね。あなたの方が私よりもハネムーン・シティについてはよくご存じだから。それに、たとえあなたがご存じなくても、作者にものを「書く」なんてことは、とくに返事を書いてもらえない作者に「書く」なんてことは、やりたくないわ！　翌朝（あれ以来、毎朝）、アンブローズはペルセウス物語に取りかかり、私は『タイムズ』を手にごろりと横になりました。あの格好で一人で出かけるのは、さすがに気が引けるので。アンブローズが「アーサー・モートン・キング」の作品にいつもに似合わず熱中しているのを見ると、この現在の恋人が、もっと有名な私の以前の恋人と同様、やはり結局は、私もかつてなりたいと憧れていた**作家**なのだということを思い出しました。あなたに長々とこうして手紙を書いているのは、あの頃の憧れがぶり返したからなの——先生、あなたの沈黙はその憧れから私を癒せと言ってくれているのよ。レグ・プリンツが彼にあの侮辱的な役（大文字のW役）を振りあてたので、アンブローズのミューズが再奮起したのか、あるいは逆に、アンブローズが自分の書く能力を再発見したので、それがプリンツを刺激して、半ば即興的で付随的な敵意を起こさせたのか、私はあえて考えないことにします。でも、この両方の事が速やかに進行しているのは報告しておきます。

それから数日かかって「バラタリアン」たち——つまり「技術者」たち——が集まってきました。というのも（正確に報告すると、再生復帰院でのリハーサルなしの「リハーサル」シーンを除いて）プリンツはまだこういったロケーションで俳優たちの指揮をする準備ができてないようだったから。月曜の午後と火曜日は一日中（日が照って、穏やかで、気持ちのいい日だったわ）、ナイアガラのシーンを撮りました。まるで映画『ナイアガラ』を、ジョゼフ・コットンとマリリン・モンローとあなたの作品に関係するものすべてを取り除いて、リメイクしているかのように。ジョイスとは映画に対する盲目的な興味を、それにこれまで関係があった他のヨーロッパ作家とも映画に対する興味は私も共有していたけれど、私の恋人のように映画を神秘化したり、イメージと言葉という神秘的な対句を好んだりするのは好ま**ない**わ。私は野次馬と一緒に見ていただけ。確かに、アメリカ側のナイアガラは急流の上に一時的につくられたダムで半ばせき止められていました……でも、ちょっと待って、あなたは多分それを見にきたことがあるのね。滝も、滝でないものも、その両方と観光客を撮る撮影の一団にも、同じ興味をもってカシャカシャ撮る観光客の一団に混じっていたこともあるかもしれないわね。

水曜日は（最初はうららかだったけど、後になって蒸し暑くなったわ）、バラタリアンたちと私は川向こうのクイーンズトン・ハイツを「とりました」。そこは名将軍ブロックが一八一二年に戦闘に勝って、命を失ったところ。ジョージ砦は一八一三年、アメリカ軍が奪取し、失い、炎焼したところで、壮大なナイアガラ砦は同年アメリカ軍の銃剣武装兵によって夜、攻め取られ、その後バッファローを焼き払ったインディアンと共に襲いかかったフランス軍によって、ふたたび攻め取られました。もしも第「二次革命」があなたの小説にまだ登場していないのなら、お書きになった方がいいと思います。なぜって、映画のなかには、はっきりと登場するのですから！

アンブローズは正午まで対数螺旋をいじくっていて、その後予定どおりに、砦のオンタリオ湖側の塁壁沿いにあるフレンチ・キャッスル近くのラッシュ・バゴット記念碑で、私に合流しました。みんなのなかにいると、私の滑稽さも幾分、軽減されるようだったわ。それからさらに三日たち（私はじきに、彼が朝中書いていたのはエロティックな話だとわかったのだけれど）、彼はムラムラしてきました。私も同じ。でもこれは、彼の低級な独裁者気取りが、私をその気分にした**だけ**。もしも最近出した手紙のなかで、私たちの共通の友人アンブローズが我慢ならない男という**だけ**の印象を与えてしまったなら、ここでそれを正さなければなりません。我慢ならないのは、私が文句を言っている事柄で（彼を我慢して私の上に乗らせているのだけれど）、彼が人を引きつける**心のこもった**いたわりを失ったというわけではないのです。とくにこの旅行の今までの三日間は。この間、彼の仕事はうまく進み、ビー・ゴールデンもマグダ・ジュリアノヴァ・メンシュも、スターの卵も、女子大生も場面に登場しませんでした。私たちはしばらくのあいだ「バラタリアン」たちが仕事にかかっているのを見ていました。そのときとくに興味を引いたのは、俳優もいなく、筋もなく、ただ映画技術だけが問題のときに、プリンツがどうやって技術者たちと、言葉を交わさないコミュニケートをするかということでした（思い出したけど、彼は前衛ドキュメンタリー監督として出発したのです）。けれども私たちはずっと「スイッチ・オン」の状態のままで、互いの体をまさぐるのをやめなかったから、みんなはじろじろ私たちの方を見るようになりました。プリンツは夕食の時間までに、全員がナイアガラの滝口からその頂上まで移動できればいいと思っていました。もっと正確に言えば、カナダ側へ渡り、それから下に（地図の上ではだけど、地形的には川上、ほんとにややこしいこと）フォート・エリーまで、そしてこのホテルまで移動したいのです。この手紙の便箋はそこのホテルのもので、ホテルに彼は五泊予約していました。彼がオールド・フォート・エリーと再生復帰院の撮影地を検分したあと——そこで残りのほとんどすべてのキャストが合流することになっていました——その晩「物語の全体セッション」——もちろん映画に撮る——があるという予定でした。

新しいホテルへ移るために荷造りしてチェックアウトを済ますまえに、私たちは腕や手を触りあい、握りあい、押しつけながら、急いでこの「古い」モーテルでまた愛を交わしました。私はちょっと泣いて、そのせいで、翌朝彼が小説を書いているあいだ、私が「クック／カスティーヌ関連」を探索してみたいなら、ミディ丈の長さのスカートをはいてもいいという許可を得ました（これまでは与えてくれなかったもの）。アンブローズは優しく、私たちが交わしたのは、**まぎれもない**愛でした。それ（排卵期）以降三日間、アメリカ側のナイアガラと同じく、私もせき止められて濡れていないのに毎日種まきされましたが、それでもあれほど愛し合ったことはないし、これからもけっしてないでしょう。

そうして私たちは税関を通過し、レインボウ・ブリッジを渡ってカナダ側に行き、ホースシュー・フォールズをまわって、花が咲くギリギリの北限沿いに下ってきて（上ってきて）、さらに面白くもなさそうな砦に着きました。占拠され、再び占拠され、またまた占拠され、偶然の爆発で徹底的に破壊され、再建され、エリー湖の嵐でまた破壊され、再建され、石造りが壊され、また石造りの建物がたち、修復された砦。その近くで私はこの手紙を書いているのです。川向こうでは、私がこれを書いているように、あなたも何であれ書くことはすべて書いているでしょう。

エリー・モーテルの近くに、何の変哲もない中国系のカナダ・レストランがあります。そこで食事をしていたら、豚肉料理の最後の頃にプリンツが加わって、私がおみくじクッキーを開けていたとき、何とか口を開いて話し始めたの。

おお神よ、こういう風に書くのはもうたくさん。まったく気違いじみているわ。多分、こういうことを聞かされれば、あなたは狂人の仲間入りをすることになるわよ。私たちはオールド・フォート・エリーを検分し、プリンツは指で景色を枠取りして、光線について何かもごもごと言っていたわ。一八一四年七月四日、あなたの国の三十八回目の誕生日に、あなたの頭文字をもったアメリカ人の将軍が、その前年の五月にはじめて占拠した砦を再び占拠することになったの。それから数週間後、カナダ軍がそれを再び取り上げようとしたとき（「とり、再びとる」とプリンツはうれしそうに呟いたわ）、その場所は吹き飛んでしまいました。偶然なのか、あるいはアメリカ人の大尉が弾薬庫に火をつけて、自分を含めて二ダースほどの人達を吹き飛ばして殺し、侵攻をくい止めようとしたせいか。「私たち」も百五十五年目の記念日、八月十五日にその爆発を再現する予定なのです。実際、それ以降の一連の砲撃、銃火、爆発のモンタージュ撮りがあるらしいのです。この期間赤いロケット弾が輝き、空に大砲が爆発する。ここだけでなく、ボルティモアのフォート・マクヘンリーでも、ワシントンでも、一八一四年の騒乱の夏にロケット弾を打ち上げた場所はどこでも。エリー砦の最後の大きい発砲は——それは実際、ナイアガラ辺境地域の最後の発砲だったのですが——同年の十一月で、そのときイザード将軍がアメリカの守備軍をバッファローまで引き上げ、八月の爆発の後、最後までがんばっていたものの全てを吹き飛ばしたのでした。

この騒乱の歴史を忠実におさらいしているとき、アンブローズは私の肘をとって、プリンツが**彼に**こういう話を語ったと教えてくれました。それは、再生復帰院の「患者たち」は、一見してビー・ゴールデンの指導のもとにいるように見えるけれども（彼女は失敗した結婚と結婚のあいだ、ビビの変名で断酒療法を受け、ときどき彼らの仲間になっていました）、実はあなたの『旅路の果て』の一種の進行中の再現にかかわっていて、あなたの『旅路の果て』は、行動不能な人を行動可能にするメリーランド州のオリジナルな復帰院に示唆を与えた、あるいはそれから示唆を与えられたということです。したがってそこには、ドクターという名で知られている黒人の主任医師がおり、ジェイコブ・ホーナーという名で通って、何人かの人からはあなたの無情なアンチヒーローの原型だと思われている半分患者、半分運営者の男もいます。「セント・ジョウゼフ」という名の患者は、哀れなジョウゼフ・モーガンの役を演じ、あるいはその役を生きているのです。「ビビ」はレニー・モーガン（おそらく性的療法）の役をしていて、理性的な夫と非理性的な「恋人」とのあいだにとらえられていて……もちろんすべては「私たちの」映画には好都合で（まもなくわかったこと）、繰り返しと再演に関するアンブローズの（そしてたぶんプリンツの）考えにそったものでもあるのです。繰り返しと再演にはそれ自体に意義があり、かならずしもそのオリジナルに遡らなくてもいいという考えね。（レグ・プリンツがあなたの本を**読まない**ことで、「自分の想像力を純粋に保ってきた」一冊も読まないことで、とをご存じかしら。そうすれば、彼の映画を見る人もそうしなくてもいいから。私はといえば、この逆説的な美学を鑑賞できるほど、この狂気から無縁でいられればいいのにと、比較的穏やかな時に——そんなことはさらに滅多にないことだけど——思ったことでした！）。さらに——プリンツがおみくじクッキーを食べながらアンブローズだけに話したことですが、そのとき私は上品ぶったオンタリオ人の視線を撥ねつけながら婦人用トイレに行っていたの——ドクターは心理ドラマの仮装劇に出演するのをどうしたわけか断ったので、彼の役は「ムッシュ・カスティーヌ」という名の患者が演じることになったとか。

あそこ、黄昏に照らされたエリー砦のバッファロー側の塁壁でこのニュースを聞いたときの私のリアクションを、ここ、この手紙で再演するつもりはありません。また、あの心強い省略記号の助けを求めるつもりもありません。もっともこの方法がこれまでのところは、数々の手紙から私を救い出してくれていたのですが。私はあなたに、この最初の爆発をただ報告したいだけ。アンブローズは私の腕をとったまま、私を見つめたわ。近くでブーンという音がするので、私たちがその方を振り返ると、プリンツが「ハンドカメラ」で私のリアクションを撮影しており、アンブローズは怒りました。

別々の車で復帰院へ。その撮影のためにプリンツは「私たちをセットした」のかな、とアンブローズはふと思いました。その目的のために「ムッシュ・カスティーヌの端役」をでっちあげさえしたのか。アンブローズはモーテルへ送ろうと言ってくれますが、もちろん私は自分のために調べなければなりません。昔の要塞とピース・ブリッジを越えて、フォート・エリーの町のさらに向こう川下側(地図では上)で、半分療養所、半分ヒッピーの聖域になっているヴィクトリア朝風の白い外壁の家を見つけるのです。ヒッピーと老人が、ポーチの上で別々に揺り椅子にのって揺れています。省略記号はなし。いま自分の文体と、こちらの方は自信がないけれども、自分の理性にすがっているように、そのとき私は私の友人の腕にすがります。バラタリアンたちは私たちの先に行っており、遊歩道を歩いてポーチを登っていく私たちを、片足を上げたショットで「撮る」のです。私たちをその場面の主役という感じでずっと撮るわけではありませんが、アンブローズの怒った口や、私の露出した足はちゃんと撮られます。アンブローズは、一体これは何だと思い、プリンツがやりすぎだということを言おうとします。ところがここに、私たちを迎えるために「ビビ」がやってくるのです。メイクアップなしで、簡単服を着て、つまり「レニー・モーガン」の装いをして、やつれた、ひどく真面目な(けれども何と、以前よりも魅力的な)顔をして。ライト。痩せた「ジェイコブ・ホーナー」もいます。清潔な白いシャツと、ストレートのチノパンツを着て、オックスフォード型のサドルシューズを履いて、これといった特徴もなく。顔の皺と白髪がなければ、初期アイゼンハワーの時代にワープしたよう。カメラ。次に続けざまにさらに三つの爆発、空中に炸裂せず、水中爆雷か、もう少しましなものでは、地下実験のような深い音をたてて。

ジョー・モーガン演じる……「ジョー・モーガン」とは! 我らの通信員A・C四世なら、たしかに「かなり変っている」と言うでしょう――つまり、気配りのきいた保守的な服装の元学長が、今では、ほどよく白髪まじりの導師となって、ゴロゴロした数珠をもち、ゴーゴーと鬚をはやし、ゴワゴワした生地の服を着て、郷に入って床屋にも行かないでいるのです――けれどもやはり疑うことなくジョー・モーガン! 驚いた風もなく穏やかに私たちに笑いかけると、揺り椅子から私たち二人の名前を呼びかけ、私たちが「二人とも、医師ムッシュ・カスティーヌを知っている」と思いこんでいるようです。

撮影用アーム。カメラの回る音。「リハーサルをやっているときだけ、私はドクターなんだ」と、ほんの微かな訛りで（定冠詞theが若干zeの発音となり、オ・ン・セ・ツには等分にアクセントを置く訛りで）、ダッシュなし、省略記号なしで、メリーランドの桂冠詩人と私のアンドレを足して二で割った——ずいぶん違ってはいるけれど——真心のこもった合成品の声で、歌うように話すのです。それから欠点のないカナダ系フランス語で、「悪イ医師《メデシン・マルブレ》、私ガ《モア》？　でも今はみんな演技していませんね」と言うのです。

彼は私の手をとり、軽くお辞儀をします。アンドレと同じ場所の禿げ、A・B・クックのゴマ塩頭。口髭は**どちらかといえば**アンドレに似ているけれど、顎鬚はない。歯の形は多分、アンドレ、でも眼鏡なし。コンタクト・レンズは色がついているのじゃないかしら。アンブローズは私の腕をきつく握ります。アクションなし、リアクションなし。なんてゆっくりした映画！　私はもごもごと、すてきな手紙を何通もありがとう、でもガイ・フォークス・デイは今年はそんなに早くはないわね、などとブツブツ言っているとき、撮影用アームが近づき、三度目の爆発音がおこり、それがとても深くて静かなので耳には聞こえません。平凡な顔の、顎の細い、はっきりと声を出す（細身の）三十代半ばの女が近くに立っています。ホーナーの女？　カスティーヌの女（彼女はシャトーガのクック邸にいた虚ろ《ブランク》な顔の愛想のない受付嬢の姉と言ったら、ぴったりでしょう）？　たぶんモーガンの女、彼女の場違いなインディアンのヘッドバンドが何か意味をもっているとしたら（さもなくば、彼女はランド・オウ・レイク社のバターの箱にかかれた白人女性がインディアン女性に替ったような感じ）。いいえ、誰のものでもない、彼女自身の女であるのは確かです、この「ポカホンタス」は——「ポカホンタス」だと「カスティーヌ」は彼女を紹介するのです。ちょうど自分のアシスタントを紹介する奇術師の、殊更に派手な笑顔で。けれども私を値踏みするときのとくに不愉快な彼女の作り笑いや、アンブローズの突然の激怒や、彼が憤然として腹にすえかね「ちきしょう《ジーザス・クライスト》」と言った言葉から、私は思い始めます、彼女はかつて

バン、バン、バン。私はぶつぶつ泣き言を言っているのではないのです。ただピース・ブリッジ越しにニュースを伝えているだけ。あれから三日たって、今は六月十四日土曜日の朝。私の種付け男はペルセウスとアンドロメダの失敗した結婚の物語、人生の第二サイクルを論じることの問題を書きちらしているわ。トロントの新聞が報じているのは、革命分子に対抗するため、広い範囲に新しい「盗聴器をつける特権」を持つとニクソンが主張していること。そのほかには、オーストラリアの飛行機と合衆国の戦闘機エ

ヴァンズがぶつかって、エヴァンズが墜落したのは、オーストラリアの機長の責任ではないということ、またトール・ヘイエルダールの葦舟ラー号は思いがけず右舷まで浸水したけれども、まだ航海に耐えうるということなどです。この穏やかで蒸し暑い朝、そちらで**あなたは**何をしているのですか。どこでやっているのですか。暦に固執するというこの反応は、「ジェイコブ・ホーナー」から得たもの。彼が私に教えてくれたのは、前述した蒸し蒸しする聖バルナバの日の夕方――ハワイのカメハメハの休日、ジョン・コンスタブルやジェラルド・マンリー・ホプキンズやリヒャルト・シュトラウスやハンフリー・ウォード夫人の誕生日、私がムッシュ・モーガンとカスティーヌに再会した日、私を将来妊娠させる男が前妻マーシャ・ブランクに再会した日――は、ゲーテの若きヴェルテルがウォルヘルムの狩猟小屋で初めて彼のシャルロッテに出会った日から数えて百九十八回目の記念日でした。

あの三つの爆発の残り屑はまだ落ちてきています。損害調査部はこの状態の査定をまだ終えていませんが、明らかなことは、私たちが急速に沈んでいるということ。十二日の木曜日、ジョン・L・ルイスは死に、ナイアガラの水止めは完成しました。レグ・プリンツが前もって「ポカホンタス」の身元を知っていて、彼女を見てアンブローズが驚き仰天するのを見ようと「彼をセットに入れた」(もちろん、その様子は撮影された)ということを悟っていたけれど、アンブローズは「冷静さを保って」いました。バラタリアンたちが水が落ちてこない滝を撮影しているあいだ(その滝口ですっかり水にさらされた骸骨が発見されました)、彼が「ビビ」と精力的にいちゃつくのを見ている人は、彼が夜になると、彼ら(プリンツ氏、ミズ・ブランク)に対する怒りと、彼らの映画や彼らの関係を自分が理解できてないことに腹を立てて、その怒りでマットレスをボンボンと叩いているとは想像できないでしょう。〈彼ら〉についての私の豊富な経験から推し量っても、〈彼ら〉なんていないのだ、いるのは〈彼〉だけなのだということを、たとえ彼に助言しても無駄でしょう。アンドレ/アンドルー・バーリンゲイム/クック/カスティーヌ、彼らの映画は、多分よくわからないけど、ありきたりの昔からのサディズムに似たものなのです。そう彼は言いませんでしたっけ？　一つの場所にすべての人がいる！　ホーナー(Aは大学院時代に彼を知り、それ以来会ったことはない)！　モーガン(いったい**この世**の何のせいであれほど彼は気が狂ったのでしょう)！　カスティーヌ(本当に私は何も知らないけれど、三番目の腹違いの弟？　たぶん)！　そして**マーシャ**(おお、**何と**)！　それを小説に書けば、編集者は窓から原稿を投げ捨てるわ。〈彼ら〉がそこにいるのなら、やぎ少年ジャイルズはどこにいるの？

私の行方不明になって久しい息子は？　アンブローズの年取った国語の先生はどこに？　もしもプリンツが《これこそあなたの人生》を演じているなら。

　このように水曜日と翌木曜日の夜にエリー・モーテルで怒り狂ったアンブローズは、その間、やぎ島と（私たちは皆、やぎのようだったのです、ただしジャイルズ不在で）、水しぶきがかかる滝の絶壁で（絶壁から流れ落ちる水が少なくなっていたため、ロチェスター泥板岩が乾燥して、今にも崩れ落ちそうなのを防ぐために、技術者は岩に水をかけていなければなりません）、ビー・ゴールデン扮するモンローに対するコットンを演じていました。フロイトは、水の落ちる音には催淫作用があると言いました――たとえば猟番小屋の屋根に落ちる雨音とか、ディードーとアイネイアースが和気あいあいと洞窟の中にいたときとか。アンブローズはフロイトの言葉を以前引き合いに出して、新婚カップルになぜナイアガラの滝が好まれるかを説明してくれました。私には、水が落ちて**こない**ナイアガラの音の方が――この手紙を書いている者には影響を与えなくても、我らの友アンブローズには影響を与えるのではないかと考えるのです。またミズ・ブランクが前夫の新しい〈昔の女〉ににやりと笑って人をどぎまぎさせたり、加えて「ビビの」レニー・モーガンが消耗して抵抗力をなくしているのを見ると、アンブローズはまたもやなおさら激しくビーを追いかけようという気になり（プリンツは全然気にしないで、ただ写真を撮っているだけの**ようです**）、そうして私はますます自己卑下に陥るの。二つの意味で、私は毎日、ねじ込まれ《スクリュード》、しかめ面《スクリュード》をしているのに、私が彼の精液をスキャンティのなかに漏らしているあいだ、彼は彼女を追いかけまわしているのよ。

　ニュース、ニュース。我らの「ジェイコブ・ホーナー」は、幽霊、真空、存在論的なブラックホールね。彼がいるところでは（この言い回しはまったく不適切ですが）、私は自分がしっかりして、ちゃんと自分のことがわかっていて、正気でいるように思えてしまう。「本当に、あの小説のジェイコブ・ホーナーのモデルなの」と尋ねると、彼は真面目に「ある意味ではね」と答えます。他方、マーシャ・ブランクはちっともブランクなどではなく、冷たい心の持ち主で、計算だかく――そう、心はからっぽ――狭量なＷＡＳＰの復讐心の権化のような人です――彼女は。もうやめましょう、〈嫉妬心〉が語らせ、〈絶望〉が修飾句に割り込んでくるようなおしゃべりは。**いったい**アンブローズは、かつて彼女のなかに何を見たのでしょう。『旅路の果て』の再演では、彼女は性的に搾取された高校の国語の先生ペギー・ランキンの役を演じることになっています（私の方が、その役には合っていると思うけど。誰もミズ・ブランクを二度も性的に搾取したいなどとは思わないでしょう！）。プリンツが彼女にいかれているらしいのは、べつに驚くことでもないのです。彼女は保険会社のタイピストがたとえばアンディ・ウォーホールにでも誘いをかけるように、悪賢い魂胆でカマトトを気取ってプリンツに誘いをかけ——たぶんそれもあってアンブローズはプリンツに嫉妬しているのだけれど——プリンツはと言えば、**人類学的**好奇心といったもののために、彼女を甘やかし放題なのよ。彼女とアンブローズのあいだの雰囲気は血なまぐさいもので（ペギー・ランキン役の彼女を彼は刺してしまう）、私の体験のなかにはそれに匹敵するものはありません。そしてビー・ゴールデンは、ブランクの不躾《ぶしつけ》な提案をプリンツが唯々諾々と受け入れているのにムカッとき（すいません、**立腹し**）、腹いせにアンブローズの提案に応えているのです。神よ、我を助けたまえ！

　このように安っぽい人間関係を、「ムッシュ・カスティーヌ」と「セント・ジョウゼフ」はにこやかに見ていますが、まあ、利害が別のところにあるのでしょう。カスティーヌの利害がどういうものか、考えないことにするわ（彼をアンドレなどと呼ぶことはできません。彼はA・B・クックでもありません。彼とこの二人との関係は、マーシャ・ブランクとシャトーガの女性門番との関係に同じ。不完全なクローン。けれども彼は一八一二年の手紙のことをことさらにほのめかして、それを出版する件について、それから「私たちのもっと大きな策略」についても、私と「徹底的に」討論したいと思っているのです。明日、バラタリアンたちが休みをとるときに！　ジョン、聞いて！　ジョン！）。彼は麗々しく儀式を執り行うような人、司会者といった感じ。再生復帰院の控えめ《ローキィ》だけれども活発《ハイギア》な**幇間**で、『続・旅路の果て』となる『夢をふたたび』（彼が付けた名だと思うけど）の監督なのよ。

　そのちょっとした心理劇についても、考えないわ。ただ、オールド・フォート・エリーの弾薬庫と同じくらい、爆発する可能性があると思えるとは言っておくけど。あなたの小説を土台にして脚本が書かれたこの映画は、一種の記念祭的な計画で再演されるので、次のエピソードは七月二十日、二十一日まではありません。その日に（無気力気質の対処療法として文法の先生になるように、ドクターから六月一日に指示された）ホーナーがインタヴューを受けるの。インタヴューするのは（またしてもカスティーヌが扮する）「ドクター・ショット」と「ジョー・モーガン」（演じるのは）、

　ジョー・モーガン、おお、ジョン、彼はずいぶん変ってしまったわ。でもコノ変化ニ加エテ、さらに……彼が「あなたの」ジョー・モーガンかどうかなど、私にはわからないわ——そんな質問を無理にするのは、気がきかないだけでなく、危険だと、私の理性が囁くの。ここにいる誰も、

「セント・ジョー」や他の誰とも、そんなことはしないわ――彼はたしかに、何らかの形で情勢が変れば、「私のジョー」となるのよ。親切で、熱心で、学者肌で、少年のような知的な歴史家で（両方の意味）、メリーランド歴史協会で研究していたときには大いに助けてくれたし、そのあとでは私をマーシーホープ大に雇ってくれた。そのときの彼の率直さ、明晰さ、精力的な優しさは、複雑さや謎や、多分、暴力さえも覆い隠すものだったのです（そう思います）。光によって闇が暗くなります。なぜなら光があるために、姦通と堕胎と死を描くあなたの話が、少なくとも小説的な説明を備えるものになるからです。今では物事は逆になっているようね。優しさはまだにそこにあるけど猛々しいものとなって、謎や不合理や神秘説すら、表面に現われてしまうの。彼は猛烈な幻覚剤を「やって」おり、彼の頭は、自分自身も認めているように「いかれて」（「陶然として」ではなく）いるのだれど――けれども、自分の動機の説明や、「物事の秘密の再評価」や、「反直線的歴史」などすべては、神秘経験についてのウィリアム・ジェイムズの合理的記述、〈陽気なアメリカ的ニヒリズム〉についてのモーガン自身の論文と同じく、明晰なもののようなのです（少なくとも彼がそれについて語ったときには）。マーシーホープ大でジョン・ショットに昨年破れたのは、最後から二番目の些事だったにちがいありません。私はアマーストで何かがプッツンと切れたのだと思うわ、そして彼の友「カスティーヌ」が復帰院へ彼が来るよう手筈を整えたの。私はジェイコブ・ホーナーのサドルシューズなど、履きたいとも思わないのです。

でもスニーカーやローファーを履くのも楽ではないわ。かくも多き言葉、かくも多き頁（ヴェルテルの一**番長い**手紙は、十一歳のシャルロッテに紹介されたときのことを書いた一七七一年六月十六日付のものだったけど、それでもたった九頁よ）。それなのにまだ私は、「UU」つまり老人地下大学についても話していません。これはモーガンとカスティーヌが復帰院で計画した税金逃れ対策なのです。そこでジェイコブ・ホーナーは時期がくれば教えることになっています。これから一週間後に公演される「ビビ」演出の歌謡ショー（あなたの『フローティング・オペラ』がかすかに下敷きになっている）についても話していません――そのときまでには、神のご意志があれば、アンブローズと一緒にこの瘋癲病院を抜け出したいもの、どんな傷を残そうとも。意図が錯綜し、怨念も清算されていない、このおぞましい弾薬庫から遠くへ。わが家へ（今ではわが家のようになった所へ。そんなこと以前は思いもしなかったけれど！）、懐かしき湿ったマーシーホープと、我が遅まきの卒業式の予行演習へと。

けれども次の土曜に〈文学博士〉になるはずの人は、一日の仕事を終えて、今ペンを置いたところ。だから私もペンを置かなければならないわ。私の手紙は閉じて、私の足は開く。それから砦《フォート》へ、復帰院《ファーム》へ、滝《フォールズ》へ。これから午後の間に待ちうける展開や手痛い言葉がどのようなものであれ、それにむかっていく、あなたの

ジャーメインを

カナダ　オンタリオ州オールド・フォート・エリー
エリー・モーテル気付

追伸　プリンツとアンブローズなんて、糞くらえ。もしも郵便局の人があなたの別荘へ行く道を教えてくれれば、来週、シャトーカとリリー・デイルで映画を撮っているあいだに、あなたをもちろん探し出すつもりです。お邪魔しないよう約束しますが——これまでも作家の方にお会いしたことはありますからね！——私たちは一度話さなければならない、とは思いませんか。

S　レイディ・アマーストから作者へ

「ムッシュ・カスティーヌ」との会話。シャトーカ湖での大騒動。アメリカの心霊主義者の心の首都、ニューヨーク州リリー・デイル訪問。

一九六九年六月二十一日土曜日

ジョン。

そう、今年のうちのもっとも長い日の朝、心底びっくり仰天し、混乱し、心悩みつつ、メリーランドに帰ってまいりました。あなたは固唾を呑んでこの報告を待ってくれてはいない——おそらく一時的な興味も持ってくれない——のは明らかなので、この一週間のことをこれ以上長々とあなたに語って、自分の価値を落とすつもりはありません。先週の月曜日から木曜日まで、シャトーカ湖上およびその周辺にいました。天候は北ヨーロッパのように灰色で肌寒く、我らがメリーランドの六月とは似ても似つきませんでした。先週の日曜日、フォート・エリーで「ムッシュ・カスティーヌ」と驚くような会話をしましたが、そのなかで彼はあなたとの驚くべき予想もしないこれまでの関係を話してくれたので、次の月曜日、アンブローズとシャトーカの古い文芸部館にいるときに、交換手にあなたの電話番号を聞き、直接あなたに電話しました。応答なし、そのときもその後も。火曜日は——アンブローズが彼のペルセウス物語を書き散らして、脚本のなかの任意に変えられるプロ

ットの部分でレグ・プリンツの裏をかこうとしているとき、ハイヤーを雇って湖をぐるりとまわり、道順を土地の郵便配達人に教えてもらい、それを手掛かりにあなたの別荘へ行きました。そこはどこから見てもあのシャトーガのようでしたが、ただしクック氏の表情《ブランク》のない受付嬢はいませんでした。手頃なコテージ、こぎれいな邸内、堤防と桟橋、停泊所に繋がれた船――そして家には誰もいませんでした。

失礼を顧みずにご近所にお聞きしましたところ、あなたは「出たり、入ったり」なのだとか。一時間程待っていました。カナダ方向から吹いてくる清々しい風を身に受けながら、あなたの家の桟橋を行きつ戻りつしていました（その週のうちで月曜日と火曜日だけは晴れて、両日とも三月のように寒い日でした）。波に漂う小型のヨットのなかに立ってアメリカカワマスを釣っている漁師を除いては、湖には誰もいないようでした。欲求不満のまま（「カスティーヌ」についてあなたが**知ら**ないことがあるのですよ）立ち去ろうとしていたとき、ふと、郵便箱の列の中にあなたの郵便箱を見つけましたので、さらに失礼を顧みずになかを覗いて見ましたところ、郵便はたしかにこの住所宛であなたのもとに届けられることがわかりました。そしてそこに……先週の土曜日の私の手紙があったのです。**一九六九年六月十四日付オンタリオ州フォート・エリー**の消印の付いたものが！

腹立ちのあまり泣きそうになりました。私はその手紙をひっぱり出しながら、それを破り捨ててもう二度とあなたには一言半句も書かないでおこうと誓いました。けれども近所の安普請の家から年配の女が私をじっと見ていましたし、どちらにしろ、書いたものは書いたものなのです。それに別の手紙もありました。たぶんあなたはバッファローへ何かの用事で出かけるか、数日家をちょっと離れているだけなのでしょう。水曜日にあなたに電話しました。木曜日も。第一種郵便のスタンプが押された二オンス、十八頁の私の手紙がまだそこで不遇をかこっているのかどうか確かめる気持ちにはなれず、金曜日には私たちは飛行機で帰ってきました。

今、今朝のボルティモア『サン』を読んでいるところですが、昨晩、龍巻があなたの地方を襲い、旧シャトーカ会館は逸れたけれども、湖岸の他の場所では百万ドルもの損害を引き起こし、その地方の一部は災害被災地の指定を受けたらしいですね。どちらの方がよかったと思えばいいかしら。

そうね、あなたとあなたの財産（私の手紙も含めて）は災害を免れてほしいわね。それに、あなたが無関心という以外に、なぜ私が出した十四日付の手紙が開封されないでポストにあるかという理由もわかるといいけど。それに、悩み多き手紙――苦悶する手紙――しょっちゅう緊急の用件が書かれている手紙——三月以来のこれまでの手紙になぜ返事が来ないのか、その存在さえあなたには知られていないのではないかという、その理由もね。トマス・マンは、完全に名誉を傷つけられたとき、はじめて心の平安が訪れると言うのが好きだったけど、これ以上、体面をとり繕う必要はないわ！　その種の平安が来るような予感はしているけれど。だから以前よりはよく理解しているのです、引き潮に出したアンブローズの手紙のこと、からっぽの空《そら》に出す誰かの書簡のことを。

　さてまた今日は土曜日。突然暗い疑いが浮かんだ卒業式の、数時間前です。アンブローズはお母さんのいる病院へ出かけています。先週の半ばに病状が突然悪くなって、臨終が近いというので。私の方は、もう一度あなたに手紙を書く必要ができました。あなたが返事を下さろうが、下さるまいが関係なく。それだけでなく、あなたが読んで下さろうが、下さるまいが関係なく。

　このあいだの手紙に書いたような声で、「ムッシュ・カスティーヌ」が六日前に私に語ってくれたことは、次のようなことなのです。あまりに内幕の情報に近いのでとても信じられないほどだし、あまりに信頼できるものなので、彼が語る詳細に一言も異議を唱えられなく、また（私よりもはるかに多く）彼が思い出す私たちの古い関係はすべてまったく正確だと認めざるをえないにもかかわらず、私は彼の言うことをまったく信じませんでした。大きく息を吸って、さあ、始めるわね。

　その男は、**ずいぶん変ってしまった**けれど、自分は三十年前にパリで、そして二年前にはカスティーヌズ・ハンドレッドで、私に子供を孕ませたアンドレ・カスティーヌその人なのだと主張するのです。彼はまた、一見して無能な父親（アンリ・バーリンゲイム六世）と上機嫌で愛情深く絶縁したのは——一九四〇年以降私がそう信じていたけれど——実際は戦時中に、日本やナチではなく（太平洋から私宛に送ってきた真珠湾攻撃前夜のメッセージについては、彼にあえて尋ねませんでした）ソ連に味方していて、ソ連と緊密な協力をする隠れ蓑だったのです。ソ連が最初はアメリカと同盟を結ぶけれども、のちには敵同士になるということも彼らは見越していました。もっと正確に言えば、最終的には北アメリカの共産党のためと、合衆国の第二次革命という最終目的のため、だったのです。彼らは、もしも戦争が無条件の**連合**側の勝利でなかったら、これには大きな勝算があったのにと思っていました。

　私はただニュースを報告しているだけ。

　このような訳で彼らはマンハッタン計画を粉砕する企みに加担していましたし、人道主義一般に照らしても、これには反対していたのです。実際、**証人**の宣誓によれば、父親は一九四五年七月十六日の朝、最初の原子爆弾投下を最後の最後まで阻止しようとして、ニューメキシコのアラモゴードで気化してしまったそうです。今までは妻と息子、そして今となっては私とあなた以外の人間には、知らされなかった殉死。それ以降カスティーヌは、一九四〇年代後半は「原子爆弾の秘密」をソ連に流すことに、一九五〇年代はマッカーシー上院議員の赤狩りに秘密漏洩のデータを流すことに関与したと言い張りました（「六〇年代に以前と違う新しい役割を行う」には、まず「市民パワーから三〇年代のリベラル分子の残りを一掃する」必要があった、などなど）。転換期の年、一九五三年になると、彼は父親が愛していた計画は間違ったものだということに気づき始めました。そのような政治革命は、この世界のこの時期の先進国に起こりそうだと思われることでもないし、ましてやとくに待ち望まれていることでもない。スターリニズムはヒトラー政権と同様に嘆かわしいものだ。どちらにしろアメリカに起こる第二次革命は、来る十年間（つまり一九六〇年代）には、社会革命と文化革命になるのだと彼は言いました。次の一九七〇年代にはこれに続いて政治や経済機構に革命的変革があるかもしれないし、あるいはそんなものは場違いなものになるかもしれない。ともかく、これらすべてのことについて「ムッシュ・カスティーヌ」が個人的に立てた目標の年は、ズバリ言って、一九七六年だと。まだ聞いていますか、ジョン？　同じ頃――つまり一九五〇年代半ば、愛する年老いたトマス・マンが〈あなたの友〉に、懐かしきあのスイスで、完全に名誉が傷つけられることの解放的側面について語ったころ――**証人**はメリーランドに移り、アンドルー・バーリンゲイム六世という名の超右翼として出直していたのです。この名を公的には彼の父親からもらいました。ちょうどアンドレ・カスティーヌの名を母親からもらったように。彼は自分の外見も変えました（人の目には外見が変ったように見えますが、**まったく**完全ではないので、プロテウスのように「本当の」外見に「戻る」ときは、これまで見たこともないものになってしまうのです！）。彼は不労所得を持ったいばりちらす愛国主義のへぼ詩人のふりをし、ハリソン・マックの味方で、ジェイン・マックとは遠いいとこ同士だそうです。ワシントンやアナポリスの右翼の政治家の機嫌を取り、とうとうメリーランド州の桂冠詩人だと自称して――けれどもその地位を実際に持っている詩人からは、訴訟を起こすと脅され（脅しても何にもならないのに）――その上、自分はフーヴァー率いるＦＢＩ、アレン・ダレス率いるＣＩＡとはいろいろ関係があると言い、大衆には（彼はなんとかして自分の姿を大衆に見せ、自分の発言を大衆に聞かせるようにしたのですが）大なり少なり彼のことを尊大で粗野な反動分子に見せているのです。少数の人たちは――たとえばトッド・アンドルーズなどは――これみよがしの愛国心の下に、邪悪とは言わないまでも、真剣な秘密結社のファシストの顔があると信じていて、**さらに**少数の人たちは——六、七週前の土曜日にご報告したと思うのですが、ジョー・モーガンのような人は——彼の反動分子的なポーズは、多少とも**左**翼活動家であることを隠す煙幕ではないかと疑っています。けれども彼の息子アンリ・C・バーリンゲイム七世だけは——そして今では私自身も（ああ彼は私をかくも長きにわたって、何もわからない悲しみのなかに浸らせてきたのです）——「A・B・クック」と「アンドレ・カスティーヌ」は、同じ第二次革命を起こそうとしている人のまったく正反対の二つの顔だということを知っているのです。

もう、一杯食わされたりはしません。

三十代後半になって、ムッシュ・カスティーヌ／クックは自分の先祖の歴史を調べ——クック家もバーリンゲイム家も交互に時代を遡れば、メリーランドの最初の桂冠詩人、あるいはさらにその先に遡るということを知り——エベニーザー・クックの『酔いどれ草の仲買人』の詩をまねた『メリーランド物語』という題の諷刺叙事詩の原稿を準備するのです。彼の動機は三つあります。一つは、大衆に対する自分の隠れ蓑を強化すること、二つ目は、ご先祖様から延々と続いている壮観な子の反抗といったものに本当に興味をもっていて、その興味を満足させること、三つ目は、「私たちの」息子に親の系譜を正しく知らせてやることなのです。彼の調査は主にカスティーヌズ・ハンドレッドの地所をめぐってのもので、そのときの自分の名前によって、自分の研究の時間をカスティーヌズ・ハンドレッドの研究と、ボルティモア男爵の領地の研究に分け、そのかぎりにおいて、彼はまたメリーランド歴史協会を利用し——そこは、私が覚えているかぎりでは、〈あなたの友〉が一九六一年にA・B・クックに最初にどぎまぎさせられた場所ですが——それによって、当時の職員と親しくなり、そのままその一人をタイドウォーター工科大学の学長にどうかとハリソン・マックに推薦し、のちにはジョン・ショットのやることを黙認して、その人をマーシーホープから追い出すのです。

あくびをしているのではないかしら。でも、もうそうはさせませんわよ。「クック」がモーガン氏の経歴や、モーガン夫人の死を引き起こした不幸な出来事や、ジョーがウィコミコ学芸大学を「解任された」ことについて知りはじめているのです。彼はその情報をあとで利用することでしょう。実際一九五九年に、それが利用されたのですから。現在はペンシルヴァニア州で教鞭を取っているメリーランド生まれの人が、当時若かった頃、出版は確かにされても、人の注意は引かなかった小説のなかで利用したのですから。筋はいっそう込み入ってきます。クックは、モーガンの履歴書と、ある種の事件と、『旅路の果て』の登場人物とのあいだに、共通するものがあると見て、そこからモーガンの経歴を推論しています。合理主義者だけれど、けっして平和主義者でないモーガンは、憤慨のあまり、予言者殺しを真剣に考えるまでになっているということを彼は知ったのです（もしも予言者という言葉の意味が、詩人だけではなく小説家も指すのであればね）。モーガンが手を控えているのは、自分自身の幸福のためにしり込みしているのではなく――妻が死んで以来、そんなことはどうでもいいそう――結局、作家には罪はないかもしれないと思っているからです。

　あなたの注意を引きましたかしら。

　クックは笑い草にして喜んでいますが、モーガンのほうは頑固です。彼とあなたはまだ顔を合わせたことがありませんね。否定できない物騒な共通項はあるけれども、あなたの小説は、登場人物だけでなく、その他いろんな意味でも、現実の事件に符合したものではありません。その作者が猫かぶりとか厚顔無恥と思われているわけではありませんが、それでもあなたにひょんなことから出会ってしまうということが、つい数ヶ月前、あの歴史協会の図書館で起こったのです。モーガンがあなたを見かけ、一目であなたとわかってぎょっとしたのです。どうもあなたの方は気づかなかったようね。午後半分、あなたは忙しそうにそこで仕事をしたよう。モーガンの方は、うわべは用事の風を装って数回あなたのそばを通りかかったすごみのある顔の事務員が誰だか、あなたが気づいたかどうか、その兆候を見ようと、最高の悪意をこめて目を凝らしていましたが、見つけ出せませんでした。もしも彼がその兆候を見つけたなら、素手でその場であなたを死に至らしめただろうと、彼はおだやかに、しかしきっぱりと語りました。

　クックはそんなありえない偶然の一致は飲み込みがたいと思っているのでしょうか。それなら、この話をせいぜい無理にこじつけた話として飲み込まずに、クチャクチャ考えさせておきましょう。あなたがテーブルを立ち去るやいなや、テーブルの上をチェックしたモーガンは、あなたの調査のテーマがクック自身のものと明らかに同じだということを発見したのです。そこにあったのは、『メリーランド公記録』が何巻かと、『酔いどれ草の仲買人』と『甦りし酔いどれ草』の写本で、それに十七世紀メリーランドの歴史の一次資料と二次資料も種々あったと……

好奇心《イントリグード》に駆られた我らの大陰謀家《イントリグア》は、もしも知りたいと思えば、そのあとただちにあなたに近づいて、エベニーザー・クックなど一連の人物に関する情報や自分の文学計画とあなたの情報や文学計画とを比較して、あなたが『旅路の果て』の典拠について咎があるかどうかをモーガンのために調べようと申し出ます。モーガンは肩をすくめるだけ。

そんなことをしても妻が生き返るわけではなし、結局あなたは彼女の死には何のかかわりもないのですから。言行一致のクックは（ママ、まあ何と）ペンシルヴァニアまで車を飛ばし、地方詩人の詩の朗読に出たり「同郷のメリーランドの作家」に会うという口実をもうけて、あなたの学部生のクラスに侵入します。彼は自己宣伝用のパンフレットをあなたの学生に配り――学生たちは、こうしていばりちらしている侵入者を、半ば面白がり、半ば迷惑に思っているのですが――その後、授業が終ると、がらっと態度を変えて、当時二冊出版されていたあなたの小説とこれから書かれるはずのあなたの小説の背景や典拠について、あなたと議論するのです。そしてボルティモアに帰り、モーガンに、『旅路の果て』の筋は北西ペンシルヴァニアのスキー・ロッジになっている農家で見つけた断片的な手記から取ったとあなたが言ったと報告します。その逸話は散文という形式と同じくらい古いので、あなたに一杯食わせられたか、あなたが証拠を隠滅したかどちらかにちがいないと言うのです。

「カスティーヌ」物語のこの時点で、A・B・クックがかつてモーガンに**殺人をお膳立てしてやる**ともちかけたと、モーガンがトッド・アンドルーズと私に言ったことを思い出します。モーガンはその申し出を断ったらしいのですが、クックが本心で言っていることがよくわかったので、おそらく彼は反体制の地下組織、多分、暗黒街の地下組織にコネをもった、本当に手ごわい男だと思ったということです。しかしそのコネが実際はどんなものかは、はっきりしません。その申し出は本気だったの、と私はカスティーヌに尋ねました。

彼は鷹揚に微笑み、ほとんどアンドレみたいでした。そんなことを目論むのは簡単なんだよ、おまえ、この世で一番簡単なことさ。実際、彼は、そう、**半ばは**本気だったのでしょう。彼は真面目にモーガンという人間を調べていたのです。タイドウォーター工科大学の学長候補として適切かどうか、また第二次革命である種の役割を演じられるかどうかを。けれどもモーガンは後者の役割には不適切だと見てとって、結局どちらにしろ、あなたの当時のプロジェクトに興味をもって、あなたを殺《や》るのはやめにしました。このプロジェクトはじゅうぶん役に立つものだから、これのために、『メリーランド物語』を諦めて（彼はどっちにしろ「行動歴史学」に浸りっきりになっていたので、創作に苦闘する暇はなかったのです）、あなたには彼の研究結果を与えてもいいと思ったのです。彼に言わせれば、あなたの作品のエベニーザー・クックはオリジナルの酔いどれ草の仲買人と同様、喜劇性を強調したり、主題を深めるためには、彼の騙されやすさを引き立てるもの、彼の無垢さに対抗するものを必要としたのです。彼はあなたのために、ジョン・スミス船長の『秘録』と初代ヘンリー・バーリンゲイムの『私記』とともに、彼の「汎宇宙的性愛者」の祖先ヘンリー・バーリンゲイム三世という進物をさしだしたわけです。お返しにあなたは、将来「私たちの息子」が「私たちの大義」に巧妙に変節するときの助けになる反証記録の**出発点**を、それと気づかず、彼に提供するはずでした。

ここでおしまい。〈証人〉は、一九五九年のあの日以来、あなたと連絡は取っていないと宣誓しました。彼の題材をあなたが表現してくれたのを喜んでいましたが、一般論としては彼は言葉よりも行動を好んでいるのでしょう。のちにマーシーホープ大の権力闘争で、モーガンに対抗してばかなジョン・ショットの加勢をしなければならなかったことを悔やんでいましたが（彼の貴重な煙幕保持のためにも、そうすることが、そうしないことと同様に必要でした）、モーガンをアマーストに呼んで、彼を第二次革命の一員に加えるようにしたことには（「ムッシュ・カスティーヌ」の仮面で行いました。復帰院で何かをやるときは、いつもその仮面です）満足していました。しかし彼がさらに後悔したのは、それが一言モ言ワナイデ、進ンデイッタということです……

でも、いいえ、一九四〇年以降に**私が**経験した辛い試練を彼がすまなく思っているというたわごとを話して、あなたを楽しませるつもりはありません。彼は私と新しく関係を持てたことがうれしいと言い、私のために喜んで、「A・B・クック」にMSUの文学博士を辞退させたのだそうです。そのうえ、滝と復帰院でアンブローズが精力的に「ビビ」を追っかけ回しているのは、前妻と思いがけず再会《レコントル》したせいだと、わざわざ言ってくれました。カスティーヌは私に忍耐とそれに寛大さも必要だと助言し、私の立場なら、たとえば自分の年齢以下、社会的地位以下の服装をして、アンブローズの気を引こうと張り合うようなまねはしないと言いました……

恋人たちに話題が移って、「ポカホンタス」（世間が**途方もなく**狭いことに彼は舌打ちします）と彼のちょっとした取決めを、肉体的－事務的便利さ以上のものだと私が誤解していると、彼は言うのです。彼の心のなかにあるのは、**イツモ**私だったと安心させるようなことを言い、でも私たちの星回りの悪い初期の頃の親交関係を一九六七年に辛い思いをさせて再演したのちでは、私にはどんな権利ももう要求しないと言います。私たちはもはや若くはない、デハアリマセンカ？　彼のライフワークが完成するという日には、彼は六十歳近くになっているでしょう。アンドルー・クック四世の手紙に注釈をつけ出版することは別として（その手紙を二年前にバッファローで発見したことは、不可能性に満ちた人生のなかで、もっともあり得ないことで、かつもっとも幸福な偶然の一致だと彼は思っています）、彼は私からそれ以上のものは何も要求するつもりはないのです。

ここで彼は晴々とした顔をしました。「でも僕たちの息子《ノートル・フィル》については一言もしゃべってないね！　**バーリンゲイム家のなかのもっとも典型的なバーリンゲイム**については！」

私は彼の言葉を遮りました。実際、この時点で私は、私たちのインタヴューを終らせただけでなく、私たちのまだ続いている関係も終らせたのです。この男は疑いなくアンドレだったのか（けれどもいつアンドレなどというものがいたのでしょう？）、あるいは疑いなくA・B・クックだったのか、あるいは疑いなくそのどちらでもなかったのか……でも彼はあの手紙の束のように、疑わしいものでした——この時、突然の、強い、心重いけれども、疑いない衝動が起こって、私は彼に言い返しました。彼が誰であろうとも、彼は以前の彼ではなく、二年前に私が愛した男でもないと。それに私たちの息子が誰であろうと、どこにいようと、彼は私にとって、私のアンドレと同様に死んでしまっており、むしろ私のこの手で殺しているところもあるのだと。私については、再演熱病としか思えないものを、共有したりはしていない。私の後半生——最後の三分の一かもしれないけれど——は、これまでのものとはまったく違ったものにしたいと思わなければならないのよ！　これ以上私が彼に言うべきことはありませんでした。この時点では、たとえ私の息子が私のもとに「返された」としても、息子、二十九歳の異邦人に言うべき言葉はありませんでした。そのような再関係づけは、どちらの側にも困惑以外の何物でもないはず。彼が言ったように、私は前のようには心楽しく人を愛していないけれど、少なくとも、私の悩みはまた違ったものになっている。どんな未来が私をとらえようとも、それは過去の反復を約束するものではな**く**、私はそれに甘んじるつもりでいるのだ、と。

彼はお辞儀をし、私の手にキスをしました。こうして私たちは別れました——永遠の別れだと私は思っています。ただ、A・B・クックの別版が今日の午後のお祭り騒ぎに登場して、ムッシュ・カスティーヌとの関わりや、前述の会話への関与を否定して欲しいとは思っています。その男は嬉しそうではありませんでした。とくに手紙の件は再考してくれと懇願しました。たとえ過去の性交や私たちの息子がもはや私に何の意味もないとしても、その二つよりははるかに大きい大義、第二次革命という大義を、このようなささいな方法でも、支援する気はないのか、と。物事がうまくいけば、これにアンリが主役を演じることも考えられるのに、と。

あなたの**革命**なんて、くそ面白くもない、と言ったように思います。そんなところからは抜け出して——あのおぞましい、うす気味の悪い復帰院からは、そこで育つものと言えば、過去の亡霊しかないのよ——そしてエリー・モーテルへ帰るのよ。

こうも言えばよかったと思います。理解と共感と私のアンブローズのところへ帰るのよ、と。けれども私の恋人は種まきのときはいつも、私が妊娠して**映画の仕事**が終れば私と結婚するつもりだときっぱりと言ってくれるけど、この一週間は私たちのこれまでの関係のなかでは一番辛い時でした。月曜日と火曜日は、めったにない日光を利用して、プリンツはシャトーカ会館とシャトーカ湖と、そのまわりのブドウ畑の場面を撮りましたが、アンブローズには、こういったものはあなたの著作のどこにも登場しないということはわかっています。**コウモリ**は俳優と同じくらいに目立って、ミラー・ベル・タワーと、古い文芸《アテナイウム》クラブの丸天井と、（あえて言えば）レグ・プリンツとアンブローズ・メンシュの頭のまわりを飛びまわっています。プリンツは、あなたの小説『やぎ少年ジャイルズ』の結末で、「ハロルド・ブレイ」という悪漢が人目につかず羽をつけて空へ飛び立ったことについて、アンブローズがちょっとしゃべったことにいたく興味を引かれていました。ただ私が読み終えた所まででは（まだ半分ぐらいですが）、その山師がバットマンだとか、そのうち映画にでるなどとは一言も出てきません。断言できます。**プリンツ本人**は、ケープとドミノ仮面をまとって、月曜日の宵闇のなか、塔から懸垂下降したのです。それというのも、ビー・ゴールデン（あなたの小説の淫乱なヒロイン、アナスターシャというぴったりの役を演じています）をさらって、私の推量が当っているなら、やぎ少年の衣装をつけた**作家**を演じる**彼自身**の役をしているアンブローズに、キーキーわめいて威嚇しようとしたためです。アンブローズのやぎ少年の衣装は、**シープ**スキンのベストと角付きヘルメットで、シャトーカ・オペラ・カンパニーの小道具部屋、ワグナー・セクションから借りてきたものです。

もちろんまったくばかばかしいものだし、アンブローズが私にしようとしているのと同じくらいに、あきれるほどに原作に不誠実なのです。私はアンブローズが「アナスターシャ」を追いかけている様子を逐一説明したりはできません。それも、明らかにプリンツの同意のもと、おそらく彼の指示でやっているかもしれず、ビーは承認していて、いや煽ってさえいるのに、彼女は何の報いも与えないのです（と私は思うわ。最悪のことも信じる気になっている私でさえ）。それが、この**映画**の**全部分**なのです。けれども不快な映画と私たちの人生との境界は不分明なので、アンブローズが彼女を征服することは、それが映画のなかであろうとなかろうと、起こったときには、もし起これば、**映**

画の一部となり、そして私は恥をかかされ続けることになるのです。こんなこと大嫌い！

火曜日の夕方、出演者全員のパーティが行われましたが、ドンチャン騒ぎの大失敗に終り、気のふれた人を少なくとも一人キャストに加えることになり、映画の「プロット」の筋道が変りました。プリンツはシャトーカ湖の遊覧ヨット、ガドフライIII号をチャーターし、配膳係はそれにバーとビュッフェを設えました。バラタリアンたちは——シーズン前のリハーサルのためにそこに逗留している地元の劇団から、音楽関係の友達を引き抜いて増員していましたが——陽気にその辺に群がり、私たちは湖上で酒盛りをしようと、夕暮れの残光のなかを（ツバメか、コウモリか、カメラか！）施設の桟橋から船出しました。その日の船の船長がカツテ会ッタコトガアル人だということを知ったときの、私たちの驚きを想像してみて下さい。いえいえ、アンドレーカスティーヌーアンドルーーバーリンゲイムークックではありません、少なくとも表面上は。アンブローズは私に、ハリソン・マックのお葬式（私の心は別のところにありましたが）で出会って、私が覚えているはずの人だと言いました。そのお葬式に、タイドウォーター基金の間違った博愛主義の受益者として、ブレイ氏は出席していたのです。

ニューヨーク州リリー・デイルの**ジェローム・ボナパルト・ブレイ**とかいう人、あなたの小説のやぎ少年の大敵のたしかオリジナル。けれどもあなたの「ハロルド・ブレイ」は観念的に陰険なだけで、一種の陰気者にすぎないけれど、オリジナルの方は重要さのレベルでは劣っていても、本物で、まったく気が狂っていて、**あの血塗られた船の責任者**なので——だったので——はるかに驚くべき存在なのです。

古いフォルクスワーゲンが十五分ほど遅れて桟橋に向かってフラフラとやってきて（乗組員の大学生は、船長は時計ではなく星や太陽をもとに船を「進める」のだと、目をクルクル回しながら言いました）、サーカスの小さな車が大きな道化を吐き出すように、サングラスと、海用の長靴と、『勇敢な船長』に出演したときのライオネル・バリモアばりの雨合羽と、船に乗ったことのない新米水夫が持っているような外套とキッドの手袋をつけた、体の大きいひょろ長い人物を吐き出したときには、私たちはみな何か怪しいことがありそうだと**感じました**。私たちは彼のことを、芸人の一人だろうと思いました。バラタリアンたちははやしたて、口笛を吹き、遠慮もせずに彼をバットマンと呼びました。彼は同じ気さくな調子で言い返すどころか、バットマンと呼ばれたことにとくに腹が立ったようでした。外套を体に巻き付け、私たちのあいだを通って急ぎ足で操舵室に入り、戸口でこちらに振り向くと、奇妙に機械的な口調で、自分の名前は**キャプテン・ブレイ**であり、この船の持ち主に雇われた者として、法的に私たちが乗船することや、私たちがやろうとしているドンチャン騒ぎを禁じることはしないが、同様に船の主人として、自分をそんな汚らわしい呼び名で呼ぶことは断じて控えてもらいたい、それに操舵室に入ってもらっても困る、入ってこられれば、船の操縦を邪魔することになると強い口調で言いました。

私たちは当惑し、バラタリアンたちは、彼が冗談を言っているのだと思って、彼の言葉をはやし立てました。彼は操舵室のドアをバタンと閉め、ボーイが私たちの言葉を伝える前に船を出しました。ビー・ゴールデンは新しい役の割りにはくねくねとセクシーにしていましたが、飲み物を手のなかで回しながら、彼は**本気**かしらと言いました。アンブローズは額をぴしゃりと打つと、これこそ好機とばかりに彼女の腕を取って、事情の説明をしました。つまり、彼女の父親のお葬式にきて、コンピューターを使って何か革命的なことをしているのだと主張していた男と、シャトーカ近くのフォックス姉妹の故郷、リリー・デイルで行われた心霊主義者たちの名高い集まりと、ジョージ・ジャイルズかつ大チューターかつやぎ少年があなたの小説のなかで、命題に対する反命題として彼には必要だと思ったどこか胡散臭いペテン師の悪漢、この三人の間の関係です。プリンツは鼻唄を歌い、ファインダーのレンズを絞って、アシスタントをカメラと音響装置のところへ走らせました。

こうして私たちは州の魚卵孵化場を抜けて、湖の両岸が迫って細くなっているところへ向かいます。そこは、シャトーカ湖が——この名前は、フランス人の探検家が「真ん中で縛られている袋」という意味のインディアン語をそのまま綴ったものですが——真ん中の船着場のところでぎゅっと縛られたようになっているのです。ドンチャン騒ぎをしている私たちなぞ歯牙にもかけないで、船長はお決まりの観光客用のアナウンスを、船の拡声器で流しています。コンピューターの声だと見分けがつく時代の、コンピューターの合成声を彼自身が真似しているようです。船の名は、彼のイロクォイ・インディアンの父祖にちなんで付けられたと語り、この辺は**すべて**、イロクォイ・インディアンの土地だったと彼は語気強く言いました。本来なら、白人のDDTにも、マリファナにも、紫ツバメにも、コウモリ（!）……にも汚染されない土地であるべきなのだと。バラタリアンたちは口笛を吹き、ロック・ミュージックをかけ、ブレイはアンプの音量を最大まで上げます。私たちがいるところは、海抜二千フィート、エリー湖から七百フィートも高く、ここから八マイル北西のエリー湖に降った一滴の雨水は、ナイアガラの滝となってオンタリオ湖へ流れこみ、セント・ローレンス川を下って、北大西洋へ注ぎます。またシャトーカ湖に降る雨水は、チャダコワン川（これも同じ気高きインディアンの言葉を英語流に綴ったもの）経由でコネワンゴ川に流れ、アレゲーニー川、オハイオ川、ミシシッピー川を経て、メキシコ湾、大西洋に注ぎますが、大西洋こそ赤道付近で「細くなっている」ので、その辺で南アメリカはアフリカにくっついていたのです……昔、偉大な**真ん中で縛られている袋**と言えるでしょう。

野次と歓声。さらに大きい音量の音楽。その二つの湖のあいだに落ちた二つの雨滴は、ニューフランスの境界、アッパー・カナダとロウアー・カナダの境界をなぞり、後者の雨滴は、一七四九年にセロロン・ド・ブラインヴィルつまりシャトーカ湖の発見者ビエンヴィルが、革命によって退位させられボナパルト皇帝に道を譲った王朝ブルボン家の紋章を刻んだ鉛のプレートで印をつけたルートを辿るのです……

呪いの言葉をアンブローズは呟きました。またしくじったようです。というのも、彼はときどき〈あなたの友〉宛に、壜に入れた書簡を引き潮にのせて海中に投函しているようですが（その書簡は、幸福な時は、〈あなたの友〉への彼の愛を語ったものとなっていますが、この頃投函しているものに何が書かれているか、誰に出されているかは、神しか知りません）、それがけっして彼のもとには戻ってはこないと彼は信じていましたし、そう望んでもいました。けれども今、それがフロリダを回って、カリブ湾流に乗って北上し、ヴァージニア岬を過ぎてそのまま進み、チェサピーク湾を上り、メンシュの城のそばの川べりにいる投函者の元に戻ってくるかもしれないと思いはじめたのです。

水は流れます。夕暮れの湖南を巡り、星明かりを頼りに湖北に向かって船を進めているあいだ、音量の決闘、拡声器同士の争いはまだ続いていました。プリンツとアンブローズ、当然ビーも一緒に、その状況からエピソードを即興でつくるべく、ドンチャン騒ぎは避けていました（アンブローズとビーは酒を飲むことは避けないにしても）。アンブローズはプリンツに、あなたの『やぎ少年』の登場人物とプロットについて、たとえ不完全であろうとも、彼より最近読んだ私の記憶を頼りながら、かいつまんで説明しました。その話題から、私たちのプレイを誘惑して、あなたのプレイを演じさせようということになりました。なぜだかよくわからないけれど、ビーは飛べなくなった蛾か蝶のパントマイムをしてもてなすように言われ、『白鳥の湖』の爪先立ちのパドトウをしてみせ（思いがけずそのテープが流れました、次にはロック・ミュージックに変りました）、プリンツは彼女を脅かそうと、歯を剝き出し、腕をはためかせ、バットマン／ドラキュラ伯爵のシーンに変えました。ジークフリート兼ジャイルズをやっているアンブローズは、彼女を助けるつもりか、または脅しに抵抗するつもりなのか、大股でそのまわりを歩いていました。

　そう、あの女には才能がなくもないのです。プリンツと同じ。私の恋人の方は、バレエやパントマイム以外のところに才能があるようです。バラタリアンたちは仕事を開始し、何人かは船のライトをうまくそちらに向け、他の者たちはカメラとマイクを配置し、さらに別の者たちは暴行された観客か、怯えた観客のマネをしていました。ついに**誰であれ彼女**はつかまり、哀れを誘うように羽をばたばたさせましたが、甲斐のないことでした。彼女が顔をそむけると、プリンツの牙の前に、ますますその細い首が晒されるのです。彼女を助けるかもしれない人が泣き事を言おうが、ふざけまわろうが――その者は剣に見立てた万年筆を手にもち、構えの格好をしているのですが――プリンツは操舵室の方へぐるりと目を向け、いまにも彼女に噛みつこうとします。音楽は高らかに鳴り、私たちは船着場をまた通りすぎ、またS字型の海峡に入っていくのです。

　私はと言えば、アンブローズの最近の行動や、「カスティーヌ」関連の事柄や、フラストレーションのたまるあなたとのコミュニケーションに絶望し、心を砕いてきたせいで、一滴二滴きこしめしていましたが、もしも私や他の人たちが次に見たことがありきたりの酔いの幻想だとしても、カメラがそれをとらえ、記録しているのです。操舵室から突然に、ブレイ船長が飛び出してきました――**帆を立ててきた、飛んできた**、まったくそんな調子でした！　まるで『オペラ座の怪人』ばりの外套が、ムササビの羽膜にみえるほどの、すごい大股で。チャイコフスキーの『序曲一八一二年』の最後の大砲の響きのように恐ろしい音をたてながら、その男は操舵室から前甲板まで六メートルを一飛びで横切ってきました。プリンツはびっくりしてもんどり打ち、彼の眼鏡は飛んで、アンブローズは跳ね回った姿勢のまま、口をあんぐりとあけて棒立ちとなり、バラタリアンたちの仰天ぶりは、もはや演技ではありませんでした。というのも、次なる体操の妙技で、我らの気違いじみた船長は、甲板から船首の手すりの所まで、**ビー・ゴールデンを片手に抱えてもう一度ひとっ飛びして**、外套を彼女に巻き付け、舳の旗竿に手で摑まって、彼独特の語彙のなかからさらに大きな効果音をたてながら、私たちを脅かしたのです。**信ジラレマセン**《アンクロイヤブル》！

　こういったことが、ほんの三秒間で起こったのですよ、ジョン。そしてやっと〈哀れなチョウチョウ〉は息をつき、フェイ・レイばりの気絶はせずに、血みどろの人殺しと叫び、適切なヒステリーを起こして、連れ去った人の腕のなかに倒れ込んだのです。困惑した彼は彼女を下におろし、一歩さがったとき（まだ手すりの所に立っているのですから、一歩上がってと言った方がいいかしら）、勇敢なアンブローズがあわてて彼女を救おうとやって来ました――つまり彼女の腕をつかむと、そこから彼女を引き離したのです。

そのあいだ、一体誰がガドフライIII号を操縦しているのでしょう。まあ、誰もしていない。大学生のジョーは私たちと同じく、口をあんぐりと開けたままつっ立っており、その間、船は操る人もいないままに、S海峡の屈曲部を通りすぎて、波を切って、州立公園になっているロング岬のなかにまともに入っていくのです。まさに字義通りの意味で岬の**なかに**です。ということは湖水がかなりあって水位があがっていたにちがいありません。それはすごい衝突です。私たちは**みんな**、上下に激しく揺られ、金切り声を挙げ、叫び、ジントニックのグラスをカチカチ言わせるのです。まるでミニチュア版のタイタニック号のよう――でも氷山のかけらの代わりに甲板の上に降ってくるのは、楓の葉っぱ。船の舳先を木陰に突き入れるようにして、茂みに突っこんだのです。船は沈むかわりに、乾ドックに入れられたようにあるいは砂浜に押し上げられたように、かっちりと固定され、まるで一世紀も前に私のアンブローズが私たちの情事の第四段階を始めた場所、あのフェリーボートのレストランのよう。

バーもビュッフェも甲板に投げ出されています。私たちは無言のまま甲板を這って、スウェーデン風ミートボールやこぼれたソーダ水のなかから身を起こすのです。ぶつかった時のショックで、チャイコフスキーはクライマックスの途中で途切れました。乗組員の男の子がついにスロットルのところにたどり着いたとき、船のエンジンはゴボゴボ音をたてて停止しました。何とか立ち上がった乗客は叫び声をあげ、遠くの波打ち際から声がし（夜間、州立公園は閉まるので、湖岸ではここだけが人がいなくなる所みたい）、一、二、三隻の船外モーターボート――こちらに来る気になった漁師――のウーンという音が聞こえてきます。その他はまったく音がなく、どうやっても動かない船の有り様を反映しているよう。それに舳先の上を木の梢が覆い、明かりがついて天蓋のようになっているため、余計に気味悪くなっています。

驚くべきことには、怪我をした人は一人もいないようです。レグ・プリンツは自分の眼鏡をみつけ、カメラマンを呼びます。アンブローズは壊れた折りたたみ椅子の上に、ビーと一緒に倒れたのですが、そのままの姿勢で、必要以上にビーを慰めています。私はと言えば、ブレイの行動と湖岸がドンドン近づいてくるのに恐慌を覚え、手すりに必死でつかまっていたのですが、衝突の際に柱にパンティストッキングをひっかけて伝染させただけで、倒れはしませんでした。だから、一瞬のちに**ブレイが木々の梢のなかに飛び込んで**、やすやすと片方の手で木につかまりしばらくのあいだぶら下がっていたのを見たのは、多分、私だけでしょう。まるで彼は、そう——手長猿？　オオコウモリ？　類人猿ターザンのようだったのです。そこから、もう片方の手で自分の大きな怯えた目を隠しながら、眼下の大混乱を眺めていたのです。みんなが立ち上がったときには、音もなく彼は甲板に降り立ち、まるで泣きだしそうに、あるいは気絶しそうな感じで、目をパチパチさせて立っていました。プリンツはカメラマンを従えて、彼の方へ用心深く近づいていきます。懐中電灯をもった男たちが、何か叫びながら湖岸をこちらへ走ってきます……

けれども、もうこれ以上は書かないわ、あなたには。ただかいつまんで要約だけしましょう。ガドフライ号は船足の速い船でしたが、エンジンを逆転させても後退させることができないので、朝までそこに放置しておくことになりました。朝になれば、まわりの状況と船体の損害がもっとよく把握できるでしょう。（翌朝、船は「索をたぐられて」苦もなく移動し、私たちと同様に、お化粧が少々剝げている以外は、幸いにこれといった損傷もありませんでした）そのあいだ、州警察の車や公園警備の車、保安官の車、救急車、ボランティアの漁師、シャトーカ湖周辺に住んでいる人達が、何が起こったのか見て、助けようと集まってきました。私たちは手を貸してもらいながら、舳先から海岸へ——むしろ舳先から森の小道へと——梯子を伝って降り、あれこれと尋ねられ、怪我はないか調べられ、フラッシュと好奇心あふれる群衆のなかをバスのところまで連れていかれました。そのバスは会館（「シャトーカ精神会館」）から差し向けられたもので、私たちを最終的には家まで送り届けてくれました。その前にプリンツとアンブローズは、その光景で撮りたいと思うシーンをすべて——体よく利用したと言いたいのですが——撮り終えていました。

これらのニュースは全部、たぶん、バッファローの新聞『デイリー・シャトーカ』でも読むことができるでしょう。そのなかには、ブレイ「船長」には何の咎も与えられなかったけれど——じゅうぶん想像できることですが、酔っぱらった乗客がミズ・ゴールデンを暴行すると思って、彼女を救いに飛び出したのだと彼は主張したのです——有無を言わさず解雇されたというニュースもあると思います。私たちは謝罪され、もしも望むなら、無料でもう一度遊覧航行ができると言われ（その申込みをした人は一人もいません）、ドライクリーニングの領収書をその小さな会社に送れば、たてかえたものを払ってくれると言われました。その船の安全性は、これまでのところは非の打ちどころのないものだったし、ブレイは常雇いではなく、パートタイムの控えの舵手で、常雇いの船長が都合がつかなかったときなど予定外の折にだけ呼び出されていたのだと、説明されました。

ニュースの報道にないかもしれないことは、プリンツ、そしてアンブローズも、このエピソードを面白く思い、ブレイ氏に魅力を感じていることです——ブレイ氏は私たちが**単に演技していただけ**だということを知って、名誉を傷つけられ、屈辱のために号泣しました（彼が狂人かどうかは知らないけれど、彼が私たちに憤慨するだけの理由はあると**私には**思えるわ）。実際、彼は跪いて、私たちの許しを、とくにミズ・ゴールデンの許しを請い、彼女のためならば喜んで人を殺しもしようし、自分が死んでもいいと、穏やかならざることを断言しました。こういった感情の迸りがAとPに受け入れられると（彼に酒を持ってこさせたうえ、無慈悲にも**とっとと消え失せろ**と言ったビーには受け入れられませんでしたが）、彼は自分が「反ボナパルト派の陰謀の手先」に完全に騙されて、私たちや私たちの意図を誤解していたのだと言い、償いをさせていただけないかと頼みました。とくに私たち双方の後援者、故ハリソン・マック閣下の名において、リリー・デイルの近くの彼の家へ翌日きてくれないかと、そうすればこんなけちな遊覧船の破損ではなく、もっと重大な破壊の写真がとれるので、案内しようと。つまりそれは彼の「**リリヴァックII**」という「コンピューター設備」の故障のことで、それが故障したせいで、彼の「小説革命」（あるいは革命的小説、私は今もってはっきりわかってないの）も暗礁にのりあげ、その故障を企んだのは、タイドウォーター基金と、新黄金《ゴールデン》時代——ここで彼は敬愛の眼差しでビーを見ました——建設という世界最高の希望を挫折させたのと同じ陰謀家たちなのです。

折紙つきの精神異常！　ところがもちろん、それがアンブローズの心を捉えたのです。とくに「コンピューター＝小説家」という考えが。やっと文芸部館に帰ってくると——真夜中はとっくに過ぎていました——私はそのまま倒れるようにベッドに入り、眠ってしまいました。私の恋人は私のベッドに入ってきて（私を起こして夜の種まきをする）まえに、プリンツと一緒に、翌日、陸路遠出をしてリリー・デイルまで行き、メリーランドに戻るまえに**ストーリーのその部分を済ましてしまう**という計画を立てました。

翌日、私たちは重い荷物を抱えながらそちらの方へ足を向け、低い雲と冷たい雨のなか山間部に入り、シャトーカ湖を小さくした湖と、会館をもっとけち臭く真似した所にたどり着きました。総勢は私たち四人プラス、カメラマンと便利屋のアシスタントでした。ビー・ゴールデンは初めはいやだと言って、夜明けまでドラキュラの故郷トランシルヴァニアの悪夢に悩まされていましたが、とうとう、何と、彼女の船の英雄に説得されたのです。前夜の行動のせいで、彼が点を稼いだことは明らかです。アンブローズはプリンツに、車のなかの会話を録音してもいいよとまで言い、また到着地では「主演女性をめぐる象徴的な戦いで作家が演出家に勝っていく」芝居をビーと再演してもいいと提案しました。プリンツは小さく笑うと頭を振って、断りました。

私たちは心霊主義者たちのコテージのあいだを巡る田舎臭い道をくねくねと進み（どのコテージにもスレート板の「口寄せ」広告が掲げてありました）、クサダガ湖を見渡す小さな農場に着きましたが、それは丘の上のカソリック経営の保護収容所の真下でした。やぎが牧草を食んでいました。ワン・シーン。ビーは、前髪を切下げて跳ね回っている子供たちを気に入り、アンブローズは彼女を喜ばそうと、子供たちにまじって跳ね回り、保母さんからあっちへ言ってくれと言われてしまいました。ワン・シーン。

元船長のブレイは家から出てきて、私たちに挨拶しましたが、その様子には、へつらいとかすかな威嚇の両方がありました。私は彼が好きではありません。陰謀団のせいでドルー・マックやタイドウォーター財団と敵対することになり（**いずれ彼らは代償を支払うことになるのだ**、と彼は不気味に呟きました）、ガドフライ社からは免職になったので、彼の唯一の収入は、乳を出すやぎがもたらす僅かの収入のはずです。彼はやぎの乳をフレドニアにあるファッジ会社に、皮革を近くのセネカ・インディアン居留区の職人に売っています。職人たちはこの革を「スペイン製の」酒の革袋に変えて（このような変換に**革命**が伴ってくるのね！）、アレゲーニーのスキーリゾートで売っているのです。あらゆる人間のなかでもっとも買収されにくいと彼が判断していた**彼女**によって破壊工作された**リリヴァックII**がその後どうなってしまったかを見るのは、胸痛む光景でした。その他いろいろ。私たちはこっそり視線を交わしました。彼は私たちを、ミルク小屋の端にあるコンピューター施設へと連れていきました。ワン・シーン。まったくの気違い沙汰ばかり。

アンブローズは無邪気に、私たちのホストは小説のなかのやぎ少年ジョージ・ジャイルズ、大チューターを知っているのではないかと考えました、たとえ「ウェスト・キャンパス」での彼の冒険の作者は知らないにしても！　あらまあ、先生、あなたは世界的な称賛を浴びてはいないのね！　まず、ジョー・モーガンのためにあなたの暗殺を手助けしようと申し出たというムッシュ・カスティーヌの何気ない報告があり、そして今では、あなたのたっての頼みの告白に注意を払ってくれないあなたにもしも私が恨みをもっていたら、そんな私にはとても心嬉しいあなたに対する酷評があるのよ。けれどもブレイの非難は驚くべきこと、そう、ぎょっとすることだけれども（ガドフライを毎日見れる所にあなたが住んでいると彼に告げなかったことには感謝してもらいたいものね。彼はあっさりと《トゥ・クール》、あなたはバッファローの住人だと信じているのです）、彼の非難は、この過程で明るみに出てきたさらに**超自然的な偶然**によって、舞台の後方に引っこんでしまったのです。簡単に言えば——**長々と書く**必要もないでしょう——ブレイのどこか曖昧な急進的＝政治的＝文学的＝数学的＝生態学的企てのなかで彼が信用している「アシスタント」（この考えは不快だけれども、どうも彼女は彼の一種の愛人だったようね）、その「アシスタント」は「反ボナパルト派」の活動分子に誘惑されて、彼のコンピューターに破壊工作したのではないかと彼が考えはじめており、また私は何らかの形でその折に彼が彼女に暴行を加えたのではないかと推測するのですが、その「アシスタント」は、メロピー・バーンスタインという名で、ブランダイス大学経由でカリフォルニアからやってきたヒッピーの女の子なのです。我らのビー・ゴールデンが**恐怖の戦慄**とともに今、この女の子はビーの型破りな友人たちが五月に再生復帰院へ連れてきたヒステリー状態の女の子なのだと理解しただけでなく（ビーの友人たちは、彼女のことをシャトーカ湖畔の麻薬常習者の溜まり場で大量に飲んだヤクのために「幻覚症状になっている」と思ったのです）、それだけでなく、……心の準備はいいですか。**ブランダイス**と彼がたしか言ったような。バーンスタイン、メロピー、カリフォルニア出身？ああ神様と、ビーは叫び、助けを求めてふらふらと、彼女のレグ・プリンツの方へではなく、私のアンブローズの方へやって来ました。まあメリーだわ！　私にはあの娘が誰なのかわからなかった！　あの男は彼女にいったい何を**したのかしら**。なぜあの娘は私に、自分は誰なのかを**話してくれなかったのかしら**。私はここ六年間、彼女が十五歳のとき以来、会っていないのよ！

とうとう私たちはこの謎を突き止めました。以前別な姿をしていたとき、ビー・ゴールデンは、結婚と離婚を何度も繰り返していたハリウッドのマイナーな性格俳優の妻、ジーニン・バーンスタインでした。ブレイも認める二心あるアシスタントは（しかし今では彼は彼女のことをマーナ・ル・フェイと呼んでいます——本当に気違い沙汰）、この俳優の連れ子の娘だったのです。したがって……

おお、なんと！　アンブローズは叫びます。

君の性悪の義理の娘だって、ハハハ！　ブレイ氏はひるむビーに向かって興奮して叫びます。彼が彼女に参っているのは明らかで、彼女の心を失うのではないかと怯えています。ここでワンシーン。自分はミズ・バーンスタインを**傷つけ**はしなかったと彼は誓います。ただ彼女が自分のライフワークを壊したので、まあひっぱたくようなことはしたけれど、彼女を怖がらせたりはしなかった、信じてください。結局彼女は彼の命を一度救ってくれたのだし、おそらく彼女は信念をもって道に迷ったので、そう、代償を支払うのは彼らなのだ！　どんなにそれが仕方ないことではあっても、彼女の以前の義理の娘を折檻したことに対して、彼女に――ビーに――償いをするまでは、彼は心休まることはない、ビーに崇拝の情を捧げていますと、彼は公言するのです。彼らは一緒に一度、復帰院へ行かなければならない。彼はそこにいるホーナー氏の友達なのだ。そこで彼はミズ・バーンスタインに、彼女の以前の継母の前で次のことを宣言するのだと。たとえ良き意図から出た行為であっても、彼女は彼の人生を傷つけ、少なくとも新黄金時代の到来を遅らせたし、彼は**リリヴァック・**プログラムに関して彼女を再び信用することはけっしてないが、彼女に悪意を持っているということはまるでなく、彼女の（以前の）継母の良き名の下に、彼に対する彼女の取り返しのつかない裏切りを赦すことにしよう、と。

要約します。たいへんな苦労をして、私たちはそこから出てきて――ミズBのせいでだめになったとブレイが言っている有名な「プリントアウト」も見ずに――シャトーカ湖へ帰ってきました。そしてそのあとアンブローズと私は金曜日に**わが家**へと帰り着いたのです。ビー・ゴールデンが新しい崇拝者を得たことなど羨ましくは思わないわ！ブレイは彼女のために、**物事のけじめをつけ**、彼女についてフォート・エリーへ、メリーランドへ、どこでも彼女の行くところへ行き、やぎは自分たちで何とか草を食っていてもらい、彼女から助力とインスピレーションをもらって

リリヴァックⅡの謎を解決して、五ヶ年計画を彼の人生の「ファイポイント」の前に戻して、これからはスケジュール通りにやっていくのだと……

アンブローズは彼のことを恐ろしいとも、面白いとも思っています。ファイポイントと彼は言ったのでしたっけ。ポイント六一八とか？　ビーは彼を恐ろしい人だと思い、もしも自分の後を追ってピース・ブリッジやベイ・ブリッジを渡ってくることにでもなれば、法的手段に訴えると脅していま**す**。彼女はメル・バーンスタインの娘に親しみを覚えたことは一度もなく、彼女を後見しているのはもちろんその母親なのだと言います。彼女ビーが**彼女**を誰だかわからないのと同様に、メリーも新しい名前を持つ自分を誰だかわからないのじゃないかしらと彼女は思っていますが、この偶然の一致を説明することはできません。アンブローズもそれは無理で、ただこの婦人たちの安全を心配しているだけです。

カスティーヌ、カスティーヌよと、私は彼に言ってやります。**偶然**の神はいるのです。「ポカホンタス」が明らかに「ムッシュ・カスティーヌ」の保護のもとに自分を置いたように、ビーも自分を彼の遍在する保護のもとに置きさえすればいいのです。

僕の以前の変身については話さないでくれれば嬉しいと、アンブローズは私に言います。ああ、何て一週間だ！　マ

グダから母親に**関する**憂鬱な便りを受け取っただけでなく、この一週間にはマーシャとの気の滅入る再会があったにもかかわらず（彼がどういう意味で言ったか私にわかるかしら？　薄く引かれた眉と、眉の下の冷たい目と、細い顎。かつては魅力的だったかもしれないけれど、こういった表情のない几帳面な表情は性格の空疎さを表し、**復讐**の舞台用の仮面のように見える……私は何も言いませんでした）――これらすべてにもかかわらず、**可能性がある**と思って以来、もう長い時がたってしまった……

　ああ本当に。

ええそう、彼はそんなことも言ったのです。ええ、わかるわ、わかるわ。けれども彼が**本当に**言いたかったのは、**ミューズの機能**のことなのです。ペルセウス物語は第一原稿に挟み込んでいる。自分はこの思いつきと、それを実行することを嬉しく思っており、そのせいで自分のことを**作家**だと感じることができ、レグ・プリンツといても自分に自信をもてる。プリンツの映画も今では自分は十分に理解しているし、むしろ味わうことだってできる。彼は私の腕をとって、（私たちはバッファローからボルティモアへ向かうユナイティッド航空のなかにいました）、たぶん君にとっては、あちこちの前線で戦うきつい一週間だったねと言います。そのとおり、と私。次の数週間はもっときついものになるかもしれないよ、とあえて彼は言い、嬉しいこと、と私。彼が言うには、彼の新しい「上昇」は、本物であれ、プリンツがお膳立てしたことであれ、エスカレートした報復を呼び起こすことは間違いないというのです。そして彼は私に率直に、いずれにしろもうわかっていることを話しました。それはつまり、彼にとって私たちの関係は**中心的なこと**で、そのさらに中心的なことは私を妊娠させるだけでなく、それによって即、結婚したいということだが、もしも可能ならば、その途中でビー・ゴールデンを征服しようとも思うというのです。これは一種の狂気、おそらく（と思いたいけど）プリンツのゲームに乗っているだけ。そのためにだけ、彼はそうしようとしている。あの男のゲームのなかであの男を負かそうと。彼を、プリンツでなくさせようと。

　フーン、と私は言います。ねえ、助けてくれないかな、と彼。そんなこと忘れなさいよ、と私。あなたのママが死にかかっているのは気の毒だけど、あのマーシャ・ブランクとの関係が終っているのは嬉しいことだし、あなたのミューズがまだ歌を歌っているのなら、なお嬉しいわ。もしもそれが、プリンツとあの馬鹿らしい映画のことで、あなたに点を稼がせることになるのなら、それも結構。でも、ビー・ゴールデンとであろうが、一般論としてであろうが、私を物笑いにしたというのであなたの頭を撫でてやろうなどとは思っていないの。それに私があなたの雄やぎの取り持ちをするなんて、あなたから頼まれたら、吐きそうなほど気分が悪くなるわ。

彼はその言葉が気に入り、L二四番地に帰ってくるとすぐ、私のなかに長々と射精し、今朝早く病院へ出かけるまえに、もう一度射精しました。けれども昨夜はビー、ビー、ビーでした。オリジナル・フローティング・シアターII号は、週末ケンブリッジに停泊しています。BGは『パラシュート・ガール』のリヴァイヴァルの幕を開けるために、昨日飛んでくる予定でしたが、再生復帰院での「歌謡ショー」をやるために残りました。彼女は今日、着くでしょう。もしもブレイ氏が彼女と一緒に来ないなら、もっと事態は悪いわね。バラタリアンの残りの人たちもマーシーホープ大学の卒業式のあとで映画の撮影を再開するために、やってきます。七月四日のためにビッグな事柄が計画されていますが、アンブローズはそのまえに**彼の次の行動を起こそう**と思っているようです。

アンドレア・キング・メンシュは、本当に死にかけていて、アンブローズはそれに参っているよう。ジュリアノヴァ夫人はもちろん**まさにそこに**いて——やれやれ——アンドレアに仕え、最後の事柄については本当に現実的に、力強く、地中海風に対処しています。私は、今日の午後の文学博士号関連の仕事で、私の友が私たちの昔の関係、もっと良かった日のこと、名誉博士号指名の臨時委員会の頃のことを思い出してくれればいいと望んでいますが——か細い望みにすぎません。

委員会の仕事の儀礼的な仕上げとして、形式を整える時が来ています。それに向かって、私はかなり不安な気持ちで近づいています——このように長い手紙を書くことで、頁の下に押し込めようとしたのだけれど、この極度の臆病心は依然としてずっしりと私の心のなかに座っているのです。きのう自分のオフィスに立ち寄ったときに、ジョン・ショットとシャーリー・スティックルズが彼女のオフィスでいやに親密で、私に対しては、堅苦しく、きわめて堅苦しく挨拶したことは言いましたっけ。

フム！

さあ、走っていかなきゃ。まったくもう！

G

ドーセットハイツL二四番地

T　レイディ・アマーストから作者へ

マーシーホープ大学卒業式の総崩れとその結末。

一九六九年六月二十八日土曜日

ジョン。

まったく不名誉なこと！

もうこのオフィスにいるのも最後ね。いまいましい方のアンブローズ、**獣**の方のアンブローズと**すべてが始まったところ**には。机の上を整頓して――そう言えば、彼がこの机の上に私を押し上げたこともあったわね――自分の持ち物をまとめて。

馘になったのよ、ジョン。解雇されたの、免職されたの。事務局長代理を馘になっただけじゃないの、文学部からも追放されたのよ！　失業したの。ヴィザが切れれば、ここを立ち去らなければならない。国外追放よ。ジョン・ショットは、事務局長にハリー・カーターを任命したわ。来学期九月からのマーシーホープ英文科の特別客員講師を務めるのは、A・B・クック六世――これこそ、おそらく、彼がやった懲罰的行為と言っていいわね。

馘！

卒業式は？　総崩れ。ドルー・マックの「ピンク・ネックス」は結局大騒動を起こしたの。アメリカの大学のなかでこのシーズン中、デモをした最後の学生ね。彼らは、道理をわきまえ、冷静さを装って、「私たち」の油断につけこんだのよ。驚くべきことに**メロピー・バーンスタイン**らが彼らの背後にいて、計画は周到。彼女たちは楡と蔦が生い茂るレッドマンズ・ネックにヴェトナム戦争の枯れ葉剤をまき散らそうと、フォート・エリーからわざわざやってきたのよ。

アンブローズはそれに関係しているの。とにかく、関係していたように見えるわ。私たちはあまり話をしないから、よくわからないけど。アンブローズの名誉博士号授与の（計画にない、予想もされない、場違いの）「受諾演説」が、デモ隊出撃の合図になったようね。プリンツのカメラは回り、（彼が所属する学部の事務局長として）私が「二十世紀文学における古典的前衛伝統の生命と健康への彼の挑発的貢献」のくだりを引用している途中で、アンブローズがマイクを取って、アルファベットと暦のあいだに、そして**木**と著作のあいだに、神秘的―語源学的関係があるということについて錯乱した講義をはじめたの。つまり「最初の十二の子音」はそれぞれ各月を表し、五つの母音は春分秋分と冬至夏至を表すのだそうな（AとIはそれぞれ誕生と死という側面から、冬至を示すそうよ）。したがって、月は文字／文学《レターズ》の母で（アンブローズの母親が死にかけているっていうのが、彼の唯一の弁解になるわね）、綴り《スペリング》は呪文《スペルバウンド》のように魔法と関係していて、例えば、「作家《オーサー》」は「古い師《オーガー》」と、「鉛筆《ペンシル》」は「ペニス」と関係し、また、book（本）＞M. E. boke ＞O.E. bok（ブナの木）とか、codex（古い写本）＞L. caudex（木の幹）ということも考えられ、それに本の頁《リーフ》はもちろん葉っぱ《リーフ》で、葉っぱ《リーフ》は本の頁《リーフ》となるとか……

「そのとおり！」とメリー・Bや彼女に再動員された連中が叫んで、州警察が取り押さえにくるまで枯れ葉剤をぶちまけたり、他の学生たちは拳をあげて、野次を飛ばしていたわ。

どういう根拠で、Aの不当な行為のためにGが解雇されなければならないの？（アンブローズも逮捕されたけれども、咎められず、ただもちろん、彼の一時的なMSUとの関係が消滅しただけ。大学評議会は次の会議で、彼の名誉博士号を取り消すから）。ショットにとっては、根拠など必要ないの。私は終身在職権を持っていなくて、私の契約は年毎に更新するものだったから。そうであっても、当然出される解雇警告の条項はあるはずよ。全米大学教授組合には、規則もガイドラインもあるのだから。わざわざこんなことをあなたに言う必要はないでしょうけど。ショットは日曜日に私に電話をかけてよこしたとき、私にその規則を持ち出す気があるかどうか知りたがったわ。もちろん私はそうするわよ！　彼に言わせれば、まあそうしても、この件の根拠というのは、**道徳の堕落**か**精神の不安定による学術研究の不能**となり、どっちの根拠も状況に応じて取れるそうよ。糞いまいましい状況っていうのは何よ？　それは、たとえば六月七日にあなたに出した手紙で告白しているような私の行動――**そのカーボン・コピーがあるの**――が本当でも空想の産物でも、どちらでもいいってこと。私がアンブローズと**罪深い生活をしていること**（ショットが実際に使った言葉）、不法なドラッグをやっていること、不道徳で不品行な生活を送ってきたことが、本当でも空想の産物でもいいのだそうな。もしも私が自分の手紙を否認しないなら**道徳の堕落**ということになり、もしも否認したら**精神の不安定**になるのよ――私の突然の行動や服装の変化のせいで、彼は後者の方を取りたいと思っているようだけど。そのうえ私がこんなことの記録を私のオフィスで、個人的には全然知らない相手にタイプし、その**カーボン・コピーを取っている**という事実も、後者の立証には役立つわね。確かに、十八頁の記録には署名はないけど、私の筆跡であちこち訂正しているの。それに、もしも私が**最後まで戦う**決意をすれば、法廷で審議してもらう私の権利を否定できる人はいないはずだけど、でも……

私は最後まで戦ったわ。**いまいましくも**書くことで。このおぞましいへぼ作家の疼き、あなたが（つい最近）書き《スク》つけ《ラッチ》るよう私を誘惑したのだけれど。（Write〔書く〕＞M.E.writen ＞O.E. Writan〔破る、引っかく《スクラッチ》〕。私は書きつけ、アンブローズを**なだめる**）そうそう、一度――このようにオフィスにいて、長く書いているから気分転換でもしようと――私は　カーボン・コピーをとったのです。

アンブローズがあの復讐心のせいで私をみんなの前で愚弄しはじめたので、コピーをとれば事務的な事柄のように思えて、いくぶん気が休まったのです。それは私の毎週の告白に、公的意味合いと、(いまや失わなければならないことかもしれないけど)虚構的意味合いの両方を与えてくれたのです。まるで自分が一人称小説を書いているような気にさせてくれたの。文章を書き——何と自筆で編集している——書簡体小説作家ね。国籍も威厳もない五十歳の未亡人で、母親にもなれず、小説家にもなれず、大した学者でもなく、若い「愛人」の言うままになって屈辱的な仕打ちをされ、更年期にさしかかって、高名な作家の多くと実りのない関係を結んだこと以外、振り返るべき過去もなく、希望をもつべき未来もない女などではない、という気にさせてくれたの。

それにもちろん、カーボン・コピーをとって**編集し**、最初にそれをあなたに送るなんてもっと馬鹿なことだと知るのに、時間はかからなかったわ。そういう訳で、私はコピーを「破棄し」(つまり小さく丸めて、屑籠に入れ)、手紙の方を投函したわけ。けれどもスティックルズ嬢は守衛よりまえに、屑籠のところに行ったの。そんな大事なことが筋書に入っていなかったにもかかわらずよ。ただそうしたのがちょっと遅すぎたので、アンブローズの受賞を取り消すことはできませんでしたが(できればそうしたかったでしょうけど)、六月二十一日の卒業式をなんとかやりすごした後は、私の手紙を切り札のように使って、私たち二人を打ち負かしたのです。

そして、見てよ!

そう私は四十代の最後、などなど。**これまで**狂女のように騒ぎ立て、狂ったように次から次へと告白してきたわよ。今思いついた皮肉の極みは、**こういったことすべてを私が捏造している**とあなたも思っている、少なくともそうでないかと疑っていること。虚構化!　**フィクション**を書く!

まあ、何と何と、くそったれ!

それに《アロー》、もしも私が本当に堕落していて、ドクター・メンシュとの優しい関係も幻覚ではないなら、私は、あのどうしようもなく信用できない奴をすっかり頼りにしているのだわ。先週の今頃の私の「望み」は、マーシーホープ大学の卒業式で彼が私たちのことを優しく思い出してくれないかしらということだった。ハッ!　今、私が望むことはただ一つ、妊娠して、あのいけすかない奴《バスタード》とのあいだに私生児《バスタード》を身ごもって、それによって彼を私のもとに戻らせ、彼の正気を取り戻させること。でも彼がビー・ゴールデンにのしかかっているあいだは(まだ彼女のショーツのなかに入り込んではいないわ、まだよ、まだよ)、望みなしね。彼がそうしているあいだ、バラタリアンたちは、一八一三年のヴァージニア州のブラズワース島でのコーバーン提督によるハンプトン凌辱を再演しているのよ。

　まったく、まったく不名誉極まりないわ。私と同姓同名の人が知りもしなかったような不名誉。この寄る辺のない占い師は、もうこれ以上、哀れな樺の葉っぱの上を、彼女の粗末な蠟画用のペニスで引っかくことはできないのよ。トマス・マンが約束した平安はどこにあるのでしょう、この零落した

Gに？

〒二一六一二　メリーランド州レッドマンズ・ネック
マーシーホープ大学文学部
事務局長室気付

O　レイディ・アマーストから作者へ

第四段階の終り。第五段階の始まり。マグダの告白。ガドフライ号の大失敗の再演。撮影できない場面。

一九六九年七月五日

J

　そう、そうなのです。まだここにいるのです。それにまだ書きなぐっているわ。

　先週の最後の望みを思い出してくれたかしら。望みをもったとたんに、望み薄になるのね。本当。**アルファベットの母**が日曜日に満月で昇ったとき（「ホット・ムーン」だったわ、それに実際この辺はうだるように暑くて）、私は最近の素晴らしい規則正しさにもかかわらず血を流すことがなかったから、一瞬、あえて想像したのだけれど――でもそれは残酷な挫折した望み。次の日、彼女の名が付いた日、残念な月の最後の日、血は流れはしなかったけど、少なくとも不規則には漏れはしたわ。そして今週一杯、プレ・アンブローズ方式で滴り落とし、垂らし続けているの。

　でもポスト・アンブローズ生活の始まりとおぼしきものには益するかしら。大学から放逐される原因となった男は、たとえば先週の月曜日のように私を放逐し、たとえば昨日のように私を捨てておくの。L二四番地のクーラーの効いた一人ぼっちの部屋で、私がこの手紙を書いているあいだ、彼は新しい愛人、ジーニン・パターソン・マック・シンガー・バーンスタイン・ゴールデンと「バラタリア」で二人きりでいるのよ。彼は昨夜、ロケット弾の赤い光で彼女を勝ち取ったの。

　平静のように見えるかしら。ええ、どちらかと言えば**平静**ね。老トマスが約束してくれたような、望みが潰えたと

きのあの苦々しい平和。恐ろしいことに、みんな知りはじめたようです。善良なマグダ・ジュリアノヴァ・メンシュも（彼女については後で話すわ）、トッド・アンドルーズも、ジェイン・マックも、ドルー・マックでさえ。彼などは電話をかけてきて、自分がMSUの卒業式を台無しにしたおかげで、私の職（彼に言わせれば、ブルジョワ的、資本主義的、学術的気まぐれの実例）を奪うことになったのはすまないと言ってきたほどです。私の旧友「ジュリエット・レカミエ」はナンテール（セーヌ川沿いのパリ郊外の都市）の大学に現在籍を置いているのだけれども、そこから同情に溢れる手紙を寄越して（なんでこんなに早くこのことを知ったのか、私に聞いてもダメよ）――そこなら「（私を罷免するような）非道なふるまいに対しては、大学を焼いてやるぐらいのことはする」と言うのです。ああ、そう、「ムッシュ・カスティーヌ」からも（カスティーヌズ・ハンドレッドから）知らせが来て、ジョン・ショットの措置を遺憾に思う、そんなことは予想もできない、自分を来学期にマーシーホープに呼んでくれるというショットの招待をA・B・クックとして受諾したときには（私たちの**驚くべき会話**のなかでは言ってくれなかった事柄）、自分が私の**代わりになろう**とは思いも寄らなかったと言います。彼は、束の間の私の同僚として、彼の先祖の手紙を出版することについて、心を変えてくれないかと願っているそうです。私の状況が変ることで、彼や歴史学や第二次革命に寄与してくれるようになればと祈っているということ。まあ彼は、その手紙の出版については「別の手筈」をしているところだそうだけど。それはそうと、もしも私と私の現在の友人とのあいだにまずい事が起こり――めっそうもない――私が環境の変化を必要とするなら、いつでも、どれほどの**期間**でも、カスティーヌズ・ハンドレッドへ来てください、歓迎します、と。

この招待には丁寧にお礼を書きましたが、私の現在の友人との関係はきわめて良好だと付け加えておきました。

彼が私のもとを去ってビー・ゴールデンのところへ行ったときですら（もっと正確に言えば、彼の低運動の精子がまたもや失敗して私のなかへ泳ぎ着かなかったことがわかった月曜日、けれどもこれは彼がレグ・プリンツに勝った独立記念日より前のことでしたが）、そのときですら、アンブローズは私に私たちの情事は終ってはい**ない**と言ってくれたのです。ただ終ったのは第四段階だけで、（多少なりとも）彼の失敗した結婚に照合していると。私が妊娠しなかったので、第五段階が始まろうとしているが――そう彼は**感じているの**です――それを短い期間にしたいと思っており、その理由は私が第四段階ほど楽しまないだろうと思うからだと言うのです。また、私がこのような一方通行の文通をしているのは馬鹿だ、とくにこんな自分の信用を危険に晒すようなものを**カーボン・コピーしている**なんて馬鹿だ、と付け加えました（卒業式以来、こう言われたのは初めてではありませんでした）。けれども私の状況を考えると、こうするのも理解できるし、まあ許せる愚行ではある。このことと自分自身のせいで、私が職を犠牲にしたのはすまないし、ジョン・ショットの低俗な野心と見栄は軽蔑に値するが、多数教育の公立大学の活動を第一級の教育と錯覚しないかぎり、自分はマーシーホープ大学のような公立大学の多数教育を軽蔑したりはしない。私が、私のところに来た少数の優秀な学生に対してよく面倒をみたし、また一般の学生にも少なくとも害をなさなかったことはわかっている。彼さえも、私に同情しているのです！

彼はあの式次第のなかで、何が自分にとり憑いたかまったくわかりませんでした。急進分子たちが結局は**何かをやらかす**だろうという曖昧な暗示をプリンツからもらったことはたしかでした。そのニュースをプリンツはドルー・マックから得たのでした。私たちは二人とも、ビーから、メロピー・バーンスタインが元継母と心通じる再会を果たした後、その継母からジェローム・ブレイがフォート・エリーに現れてもおかしくないと警告されたので、行動を起こして、急いで復帰院から立ち去ったという話を前もって聞いてはいたのですが、単に面白がっていただけでした。「本当に」なんの前準備もなかったのです。ブルジョワを愚弄する一種のネオ・ダダイズム的な離れ業があの映画に打ってつけだという考えは、アンブローズの頭に閃いていただけで、彼は母親が死にかけているのに動転し、そのために、書くことの根源、つまり書くこととトートとヘルメスや、トキと鶴、月とファルスとライア（古代ギリシアの七弦の竪琴）の弦との関係に、作家として夢中になって**いた**だけなのです！　彼もまた錯乱していたのです。

それにそう、ところで、彼はまだ私を愛している、そうきっぱりと言いました。まだ私を妊娠させて、結婚したいと思っている。その目的のために、私の生理が終われば、またしょっちゅう**セックス**をしなければならない。それで？　部屋代や食べ物のことは気にしなくてよい。なんとかなるだろう。でもこれからしばらくのあいだは、私と会うのは少なくなるだろう。アンドレアの状態、物書きとしての仕事、プリンツの映画のなかの彼の立場、すべてが危機的レヴェルになっていると思っているあいだは、と言うのです。

うまく説明できないけど、**私もまだ彼を愛している**ことは言いましたかしら。そうでもなければ、このカビと蚊の培養器のようなところからは即刻出ていって、スイスの清涼な大気の下か、ナンテールにいる私の「ジュリエット」の少なくとも文明的ではある倒錯のところへ行っていますとも。私がレズビアンなら、と思うほどよ！　マグダが今朝、やってきたとき——表面上は入院中のメンシュのお母さんのお見舞いに行かないかということだったけれど、本当のところは、アンブローズの不貞を慰めに来てくれたの――私たち自身も驚いたことだけど、私たちは抱き合って、共に女の涙に暮れたのでした――その時、私は彼女の率直な理解と同情にいたく心を動かされ、ときには別の**女**に近づくのもとても心休まることだったので、私はほとんど**そのままいって**しまいそうでした。彼女もそうだったと、半ば思います。それに罪の意識はまったくなく、完全な心の調和がそこにはあったのです……でも私たちはそうしませんでした。私はしませんでした。それに私をもっと安らかな気持ちにさせてくれるのは、多分まったくのセックス抜きで、それはおそらく早晩やってくるのです。それまでの間は、どんなにそれが卑小なものであれ、あの不誠実でこんちくしょうのアンブローズを愛し、焦がれ、(そして待って) いるのです。私の痒いところを引っかいてくれる、あの作家を。

　私は物語のずっと先へ進んでしまったようね。おそらく今世紀、映画製作者たちは、ちょうど十九世紀に小説家がそうしたと私たちが思っているように、自分たちのポケットに世界があると思っているのでしょう。アンブローズに言って、進行中の小説のために幾つかの覚書を書けるように (あの野郎はそんなこと考えてもなかったのよ)、オリジナル・フローティング・シアターII号の船長に頼んで、三十分ほどケンブリッジを発つ時間を遅らせてもらいましょう。でも、何とも計り知れないレグ・プリンツを、カメラ・クルーや極めて曖昧な意図とともに登場させましょう……世界は止まり、一シーン、一シーンがそれ自身を再演し、**監督**が望んでいると思っていることをおこなっていくのです!

　ショーボートはマーシーホープ大の大騒ぎの週末にはロング・ウォーフ埠頭に入っていました。私たちはビーが土曜日の夕方、**チェサピークのメアリー・ピックフォード**を演じるのを見にいく予定でした――実際、アンブローズは豚箱からまっしぐらにそこに出かけ、プリンツとその一行もそうしましたが、〈あなたの友〉は驚きの連続で具合が悪くなっていましたので、もうこれ以上の喜劇には耐えられませんでした。OFTII号は月曜日に出航するはずでしたが、プリンツが**たぶん**使うことになるシーンを撮るために、水曜日まで出演者ともどもそこに停泊し、ケンブリッジには予定を変更して七月四日に帰還することにまとまり、そのためプリンツは有名なその土地の花火と――ほら――二週間前のガドフライ号の騒ぎの「一種の説明」を混在させたショットを撮ることができました。歴史とは、本当に、あなたがどこかで述べていた鳥のように、だんだん小さくなる円を描いて飛んでいき、遂にはそれ自身のなかに見えなくなってしまうものなのです!

その間に、私はここドーセット・ハイツで失意に沈んで、お払い箱になった事務局長代理はマーシーホープからいったいどこへ行けばいいのかしらと悩んでいました。映画のプロットは郡の南、「バラタリア」へ移動しており、そこで映画もアンブローズもビーも私なしでうまくやっているのに。誰がいったいプリンツの会計を担当しているのでしょう。あのセットは彼のために数ヶ月前に周到に作られたのに、ほとんど使われていません。『やぎ少年ジャイルズ』の最後まで（読みおわりました）、一八一二年戦争のことは全然書かれていませんね。でも一八一三年六月二十三日に英国海軍はジャン・ラフィットのバラタリアンたちを、ニューオーリンズ近くのグランド・テール島の砦から追い出そうとし、翌日にはコーバーン提督のチェサピーク艦隊がヴァージニア州ハンプトンを奪取し、その過程で多くのアメリカ人女性を凌辱したのです。場所や時は曖昧にしているけれども勇壮華麗なシーンの撮影に、この二つの出来事の「再演」を混ぜ合わせ、約百五十年記念祭にブラズワース島のセットで撮ろうと決まりました。だけど、なぜ彼らが二十二日のナポレオンの退位（すばらしい偶然ですが、それは私が解雇された日、ジェローム・ボナパルト・ブレイがやぎ農場を捨てて、ビーを追って日曜日にメリーランドに来た日です）や、二十五日のカスター将軍のリトル・ビッグホーンでのシッティング・ブル相手の最後の戦いを映画に入れないのかは私に聞かないで下さい。

正確にそこで何が行われているかも、私に聞かないでください。私は――おそらくお気づきのことでしょうが――先週の土曜日の手紙では、まだとても落ち込んでいたので、ニュースをちゃんと聞くことも、ちゃんと報告することもできなかったのです。アンブローズは何とか木曜日と金曜日を切り抜けて、自分の母親や娘と一緒に時を過しました。私たちは寝ました（ホット・ムーンがのぼって、私の最後の希望がなくなる直前でした）。彼のおざなりの言葉から、彼とプリンツがブレイ氏に好奇心をもっているのと同様に、ビーは彼に恐怖を抱いていること、あの男はしつこい蚊のように一行にうるさくつきまとっていることがわかりました。メリー・バーンスタインが（ブレイがケンブリッジに現れたさいに、ドルー・マックの用意した保釈を無視し、地下に身を隠してしまいますが、そのまえに）、ビーに打ち明けたところによれば、彼女は五月にシャトーカのアパートでブレイに襲われたときは、一風変って肛門からやられただけでなく、字義的な意味で毒々しい凌辱だったそうです。彼はペニスにCIAが開発した異国の毒を塗って、そのペニスをいやがる彼女のお尻に無理につっこんだのです。彼女は元継母に、あの男は人間なんかじゃないと警告しました。この時点では、ビーはまだブレイの弁明に怯えながらも、面白がっていたのです。彼女がアンブローズに打ち明けたところによれば（彼らの親密さが増していることのしるしね）、この話でメロピーの父親を思い出したとのこと、彼の肛門性交の好みが離婚の要因になったそうな。そのときはお尻をきつくしめておくのがいいと学んだとか。アンブローズはブレイのオブセッション（第一サイクルと第二サイクル、中間地点とファイ地点、フィボナッチ数列、プロピアンの公式）と彼自身の関心事との符合に魅了されていました。それは気違いじみているけれども、限界こそあれ有用なケースだと彼には思えたのです。ビーの歓心を得る新しいライバルとなったブレイには、それほどの関心はありませんでした。それが余計彼女を脅かすことになったようです。それにブレイ自身はアンブローズを、レグ・プリンツに対抗するための同盟者とみなしているようです——ご存じでしょうけど、プリンツは当時まだビーの愛人だったのです。

そう、撮影のこの時点で、ブレイ氏は——アマチュアの歴史家みたいな人だし、アマチュアのスタニスラフスキー方式の俳優みたいだったのですが——自分の海賊という役柄を、バラタリアの襲撃（音響効果はアメリカ海軍の好意を得ました）から、**ハンプトン凌辱**の場面に移しました。そのなかで彼はルイジアナ議会でジャン・ラフィットのクレオールの友人でのちに海賊に身を投じたジョン・ブランクとかいう人を演じました。さてここでコーバーン提督が、自分の部下のイギリス軍水夫ではなく、彼がハリファックスの牢獄船からチェサピーク軍役にまわした荒くれのフランス人狙撃兵たちが、ヴァージニアの女たちをレイプしたことを糾弾する場面があり、この二つの事件がまるでモンタージュのように進行しているあいだ……我らのベアトリーチェはプログラムに従って、二人のエキストラに飛びかかられますが、それだけではなく「フランス風の」唸り声と流し目を伴奏に、フープスカートとペチコートをいとも魅力的にはぎ取られ、しかし突然にムッシュ・ブランクに「救われ」、彼はすごい力で（太股の筋肉が鶩鳥の卵ぐらいの大きさ）バタラリアンたちに襲いかかり、彼らを彼女から引き離し、被害者が——彼女はブルーフィルム時代に逆戻りしたような気になったにちがいありません——パラソルで彼の股間をついて萎えさせてしまうまで、ほとんど**挿入**をやり遂げんばかりのようでした。

そのとおり、パラソルなのです。時期は六月の後半だ、みんなはパラソルをもっていたはずだとプリンツは言うのです。それが本当かどうかはともかく、彼には、開いたパラソルをもった裸の女を見るのが好きというフェティッシュがあって、ビーに、着ているものをはぎ取られているあいだも、装身具はちゃんと離さないでおくようにと指示していました。我らの海賊は今や彼の家宝の宝石を摑んだまま、ビーに許しを請います。彼はすっかりビーに参っていました。今や交尾の季節だったのです。アンブローズはこのときは助けることはせず、すぐ傍にいき慰めるように腕を被害者に巻き付けていただけです——被害者はプリンツが彼女に思い止まらせるまで、ブレイに婦女暴行の咎をきせようとしています。このお馴染みの活動画——追い詰め《イン・イク》られた《ストリミス》ビー、（一種の）救援におもむく**作者**、謝るブレイ——は、**監督**に**アイディア**を思いつかせました。この映画が「書物」のなかの出来事やイメージを再演し、再創造しているのであれば——書物も同様に人生や歴史や書物自身を再演、再創造しているのだから——映画自身のなかの出来事やイメージをなぜ映画が再演し反復しないのか、ということです。

アンブローズは魅了され、ブレイは喜々として、ビーは怯えていて、プリンツはボス然として、ガドフライ号のパーティを七月四日に再創造することを計画します。けれどもそれは厳密には、計画された再演ではありません。私たちは今は、別の予備のキャストと一緒に、ＯＦＴⅡ号にのってチョップタンク川を航海しているのですから。時代は進み、一八一二年戦争はもうどうでもよく、独立記念日ともなるのです。それぞれ主だった出演者にオリジナルのガドフライ号のシーンのヴァリエーションを思い描いてもらいましょう。

どんな風に、と私は考えます。プリンツはいろいろと提案を受けたらしいのですが、私はその場にもういず、彼の応答は聞きませんでした。いずれにせよ、すぐに出した私のヴァリエーションは、この頃私はずっと家のベッドで寝ているというもので、アンブローズのアイディアは——私が生理だったことと、ペルセウス＝メドゥーサの物語の草稿が完成しかかっているのに加えて、そのことのために、先日の手紙以来、その週のほとんど私からは御無沙汰となったのですが——プリンツが勝ちとった**書くことができないシーン**（五月十二日のオーシャン・シティの浜辺）に対して、勝つこと間違いなしの**撮影できないシーン**で答えるというものでした。

彼は興奮の極みだったので、あの満月以来、私がティーンエイジャーの格好をしなくなったことや、あまりに心が傷ついているので彼が予想したほど罵倒しないことについて、気がついていたかもしれないけど、何も言いませんでした。私たちが前兆、繰り返し、先見が異常にも一体になった中にいるという考えに私が賛成するかどうか知りたがりました。項目一、一年の真ん中、七月一日火曜日の正午に、彼は人生の古典的な中心地点についての物語の最中におり、自分が個人的にもまったくの中心点ニイルと感じていること。項目二、私たちがマーシーホープ大学を解雇されたのは（彼の机の上の暦によれば）ナポレオン百日天下の最終日の記念日だったこと。項目三、二日水曜日、その日はプリンツがガドフライ号の座礁の再演の準備を始め、アンブローズはペルセウスとメドゥーサの話をほとんど書きおわるところだったのですが、その日は、一八一六年にフランスのフリゲート艦メドゥーサ号がケープ・ヴェルド諸島の沖合で座礁し、筏を出して、それがジェリコーの有名な絵にヒントを与えた日であること。そのフリゲート艦というのはまさにその一年前――ちょうど同じ時期に――ロシュフォールでイギリス軍の封鎖を突破しアメリカへ逃げるという、ナポレオンの退位後の計画に関与したものなのです。それに――聞いて！――その日（つまり七月三日木曜日の真昼）、彼はトッド・アンドルーズから（たまたまケンブリッジの病院でトッドに会って、変人ブレイ氏のうわさ話をしたそう）、この男はかつて自分のことをタイドウォーター財団にボナパルト皇帝だと言ってきたとのこと。また、金を無心した変な手紙のなかで、彼が退位したことや、ロシュフォールへ逃亡したこと、イギリス軍の封鎖を突破させる計画があったこと、最後には降伏してアメリカへ移るパスポートを嘆願したことを語ったと教えられました。そこで（ブレイは申し立てたと申し立てられているのですが）彼は今日まで世を隠れて過し、二度目の国外追放から帰還する準備をしているそうな！

　けれども僕たちはだまされたりはしない。項目一、皇帝の弟ジェローム・ボナパルトのアメリカの友人のなかに、近くのサマーセット郡にいる「ベヴァリー」のキング家というのがいて、ナポレオンをセント・ヘレナから救おうという計画の真面目なものの一つに、ニューオーリンズの市長ジローのものがあり、チャールストンで高速艇を作り、それで皇帝に大西洋を渡ってもらい、人跡未踏のメリーランドの湿地帯にお連れし、海岸を開拓してニューオーリンズへ移動できるまでは、ベヴァリー領地の秘密の部屋に隠れていてもらおうというものがある。そのセラフィーン号が出航しなかったのは、ひとえに一八二一年にボナパルト死亡の知らせが来たため。よって、それがアンブローズの母、アンドレア・キングの祖先でなければ（アンブローズはその子孫としてこの物語と成人したときの変名の両方を受け継いだのです）、このサマーセットのキング家というのはいったい誰になるというのか。

　フーン、それは歴史をちょっとかじっている人なら誰でもやれるゲームね、と私。**恐るべき偶然の一致、面白いけど意味のないパターン**を探すゲーム。私が思いついたのもいくつか教えてあげましょうか、無料で。まず、ナポレオンの引き渡しを受け入れ、彼をロシュフォールからイギリスへ輸送した英国軍艦は、ペルセウスの従兄弟、ベレロフォンにちなんで名付けられていたこと。第二に、皇帝をアメリカへではなく、セント・ヘレナに輸送して流刑の身にさせた将校は、それ以前は夏になるといつもハンプトンを襲い、ワシントンを焼き払い、ボルティモアのマクヘンリー砦を砲撃した同じコーバーン提督だったこと。第三に私の前夫の先祖、アマースト伯爵ウィリアム・ピット（ジェフリー卿の甥）は、朝鮮海域で彼の船アルセステ号が座礁したのち、一八一六年にナポレオンと話をしようとセント・ヘレナに立ち寄ったこと。第四に、私のもう一人の有名な先祖、スタール夫人とバイロン卿はまさにこの頃初めて出会い、二人の間には、流刑に処せられた皇帝に興味をもつという共通の関心があったこと（バイロンの『ナポレオン・ボナパルトに捧げるオード』は一八一五年に作られ、『チャイルド・ハロルドの巡遊』のなかの第三歌「セント・ヘレナへのオード」が作られたのは一八一六年なのです）。第五に、Bの従兄弟の一人、国王陛下の軍艦メネラオス号の船長サー・ピーター・パーカーは、コーバーンがワシントンとボルティモアを襲撃したときに、メリーランド東岸の陽動作戦で死に、そのニュースがバイロンを刺激して、『ヘブライ歌曲』に「サー・ピーター・パーカーの死」というオードを付け加えるに至ったこと。加えて、ナポレオン三世を一八三七年にアメリカへ流刑した船はペルセウスの妻、アンドロメダにちなんで名付けられ、マルクスに『霧月《ブリュメール》十八日』の論文などを書く気にさせたのは、同じルイ・ナポレオンが叔父の人生をグロテスクに再演したからだということ。『霧月《ブリュメール》十八日』のなかには、**歴史**の茶番じみた反復についてのマルクスの有名な言葉があって、たいていの場合間違って引用されているが、私の意見では、この世はその意味においてではなく連想においてますます豊かになっていき、意味と連想を分けるのは一種の英知だという以外、何の意味もないということです。

「おまえは学者ぶった気取り屋だね」と、優しくなくもない口調で私の恋人は言い、私の額にキスをして、彼が予想する荒れた天候、第五段階を乗り越えて、私たちの関係を継続させたいという望みを繰り返すのでした。

同日、三日木曜日に、注目に値する二つのことが起こりました。二つとも、私に伝えてくれたのは、夕方私を訪ねてきたマグダでした（アンブローズは外出していました）。一つは**奇妙な渡り鳥**が五大湖からチェサピーク湖へと大移動したとき、ドーチェスター郡へ来たのは、ビー・ゴールデンとジェローム・ブレイだけではありませんでした。まさにその午後、前アンブローズ・メンシュ夫人、つまり結婚前の姓マーシャ・ブランク、つまり別名、再生復帰院のポカホンタスが来たのです。その朝彼女は湾の向こうから（もちろんシャトーガから）電話して、彼女の「雇い主」のために商用でブラズワース島へ向かっているが、町を通りすぎるので、そのとき娘を夕食に誘いたいと言ってきたのです。マグダは気が重くなりました。その女性の頻繁ではないけれども押しつけがましい訪問は、かならずアンジェラの壊れやすい平安を邪魔するし、祖母の病気もあって、最近の彼女の心はなおさら不安定なものになっているのです。アンブローズも、前妻がやってくると必ずその後、物事がほかの方面では平穏にいっているときでさえ、いつも何日も不機嫌になってしまうから。それに今は、アンドレアの臨終、マーシーホープの事件、メンシュ石材の新しい危機、L二四番地の情事がちっとも幸せなものではないことなどから推し量って、マーシャがくることを彼が耳にすれば、アンジェラだけでなく、彼のことも心配になると言いました。

新しい危機って?

マーシーホープ大の塔建設の基礎工事のことです。すでに予想外の見過すことのできない沈没の徴候があらわれていて、工事が続行されるかどうか本当に疑わしくなってきたのです。破産の危機が、しかも通常より大規模の破産の影が、ちらつきはじめたのです。ピーターはこのことをどう説明してよいかわかりませんでした。実際、彼の試掘の分析結果は楽観的なものに改ざんされ、それを知らずに、それをもとに彼は低価で競り落としたのだけれど、実際に掘削してみると、地質状況は彼の見積もりとは大幅に違うことがわかり、そのときにはすでに彼自身の負担で、工事は契約の明細事項をはるかにこえて進められていたのです。誰かが建築検査員を買収して、真実をもっと早く明らかにするのを止めていたのです。これまで建てられた上部構造をそのままにして問題を解決するには、彼の資金が足りませんでした。

さらに——貧乏になるかもしれないことや、いやなことにマーシャ・ブランクがまた現れることよりも、アブルッェサ夫人を動揺させたのは——ピーター自身の調子があまりよくないことです。彼は最近、ますます歩行が難しくなっていて、左足は実際びっこを引いており、そのことを彼女に認めるのを極度に嫌がりました。ちょうどレッドマンズ・ネックの岩芯のサンプルを歪曲したのは、ほぼ間違いなく自分の父親だということを認めるのを嫌がったのと同様に。けれどもかかりつけの医者は、レントゲンをかけてテストした結果、ピーターには黙っていてくれと頼まれたけれど、彼女に夫の左下肢の骨が癌にかかっていることを告げなければ、患者自身に対しても、彼女に対してもよくないことだと感じ、彼女にそっと打ち明けました。即刻の手術が必要であるにもかかわらず、母親が死にかけているあいだは手術しないとピーターが言い張っているかぎり、医者としては、若い方の患者が末期症状になる前に、死にかけている年取った方の患者が死んでくれと望むのみです。

そう、ジェフリーとともにあの忌まわしい道を下った経験をもつ私は、助けにはならなかったかもしれないけれど、本当に同情することはできました。私たちはさめざめと泣きました。わだかまりが氷解して、マグダが私に悪意をもっていないことがはっきりし、私はアンブローズとの関係がちっとも幸せでないことを認めました。さらに私はあのパターン狂いについて、率直に彼女に語りました。私への最初のラブレターのなかで『ニューイングランド読本』のはしがきをもじって遊んだことを皮切りに、アンブローズは私たちの情事の「各段階」と彼のおもな女性遍歴とを、おおざっぱにだけれども照らし合わせて楽しみはじめたこと、この照合は彼の想像力をいたく刺激して、彼が私たちの愛の経過を言うとき、もはや何が原因で、何が結果かわからなくなったと伝えました。

　マグダはいたく興味を引かれたようです。私はマグダにこれまでの四つの「段階」を、私が理解しているままに復習しました。（a）一九六八年の秋学期の最初のつきあいの時期。その時期にアンブローズはハリソンのお葬式のあとで唐突に愛の告白をし、そののち三月には気違いじみた序曲があり、臨時会議の会議室で最初の性交となる――それらすべてを、彼は途中でやめた小説『アマチュア』に書いたマグダへの若き日の憧れに照合させているのです。当時の熱情は（今となってはなつかしく思い出しますが）、すべて彼の熱情で、我慢したけれども、ついにはその対象によって叶えられるのです。（b）四月初めから五月初めにかけての、双方にそれほどの愛情がないままの熱狂的な交接。これは彼に、チェサピークのメッサリナ（ローマ皇帝クラウディウスの三番目の妻、不品行で悪名高い）、ジーニン・マックとの十代後半の性交発作を思い出させました。（c）奇妙で優しくセックスなしの五月の最初の二週間、そのとき私たちは二人とも、本当の愛の感動を味わったのです。この期間は、当時すでにピーター・メンシュ夫人となっていたマグダとの、二回目の無垢な「関係」に似てなくもないと言いましたが、私には類似点はよくわかりません。（d）不愉快な「夫ぶった」期間が今終ったところで、そのあいだに、ああ何ということ、私の熱情が彼の熱情を追い越し、私たちの肉体関係は、現実はどうであれ、とにかく意図においてはせっせと生殖に励んでいること。この期間で言えることはただ一つ、それがもしもアンブローズの結婚生活に類似していたとして、十五年間とは言わずもがな、十五ヶ月続くだけでも驚異に値するということです。もしも私が原因と結果を混同していないなら、マーシャの次から次への背信行為には全面的に共感できます。私が想像できないことは、私がすでに一ヶ月間容認していた高圧的態度を、あの冷淡な人間が二週間も許していたことです。あの馬鹿馬鹿しい服装！　私を侮辱するようなビー・ゴールデンへの執心！　さらに（私にはさらに残念なことに）、その下劣な戯言にもかかわらず、私が彼を愛していたことなのです。彼をまだ、とても深く愛しています、いまいましいこと。でも私には、ミズ・ブランクは誰に対してもこのような感情は持たないと思えるのですが。

いずれにせよ、Aの主張によれば、私たちはdを終え、eに入っているのです。三月三日のケイコクのなかで、私は彼の人生の六番目の愛人だと彼からきっぱりと言われたし、マグダとの三回目のつらい関係から私のところにきたのは明らかなので、第五段階にいる〈我らの友〉から何を期待すればいいか教えて欲しいと、彼女に頼みました。

さらに涙。それから彼女は長く熱心な解説を二回に分けてしてくれました。一回目の解説はそのときそこで、二回目は今朝。それにさっき話したようなすばらしい女同士の抱擁を所々に入れながら。ああ何とイタリア的。その自殺によってはじめて、私は、カルタゴのディードーはフェニキア人で、イタリアのカソリックの生まれではないと確信しました。もしも私が同じ道を辿るなら、神よ、私を呪いたまえ。クリネックスと要約部分を折り込みながら、それはどうも、こんな話のようです。アンブローズとマーシャの結婚が公的に完全にだめになった一九六七年、マーシャは愛人とナイアガラへ駆け落ち、その恋人がその後早々と彼女を捨てたので、彼女は再生復帰院へ行き、「ムッシュ・カスティーヌ」/クックのセックスの相手兼事務員として雇われました。一方、アンブローズはピーターに請われて、いやいやながら娘とメンシュの城へ戻り、ライトハウス塔を暗室に変えてしまい、(**とくに**彼が率先してだと思うのですが)口には出されないけれどもわかっている三角関係の一人となったのです(その罪深い背景については、以前の手紙でそれとなく言っておいたと思います)。見てみて下さい。アンブローズの言うように、そのためにコピーがあるのですから。

それから再び、マグダ。でもちょっと違って。aでは、アンブローズは青二才だったし、ただ恋い焦がれている素人でした。最後までセックスはなかったのですが、ただ一九四七年にピーターが留守をしたので、困惑しながらも(観念して)石の館が近くでぐんぐん建ってゆくかたわらで、その少年の憧れに自分を提供したのです。cでは——一九四九年以降は——二人の感情は相思相愛のものとなりましたが、たいていの場合、口には出されませんでした。彼らは交接せず、マグダの方は、自分の心がピーターと、新しくできた双子の子供一途であることに何の疑いも持ちませんでした。**この**頃(一九六七年)になって、彼女は運が悪くなり、アンブローズが消極的になり、疎遠になり、自分の結婚の破綻にまだ挫折したままでした。他方、マグダの方は三十八年間で初めて、無条件の、圧倒的な、自分を越えた(自分を驚愕させる)情熱の虜となってしまいました。あまり完全に虜となったので、アンブローズは、この情熱の原因であり対象なのだけれど、本当は単なるきっかけにすぎないのではないかと疑うようになりました。彼女には彼のことが完全にわかっており、彼の欠点も見え、それを称賛したわけでもありません。夫の方に尊敬すべきところがたくさんあることも知っていました。マーシャ的な単なる冒険的な浮気は、大いに軽蔑していました。けれども、そんなことはまったく関係ないのです。**彼女は完全に感情にさらわれていた**のです。

その女性がいかに自分の身にふりかかったことを理解しているかということに、私は感動しました。ピーターとアンブローズと自分自身がその経験にどう係わっているかを、非常に正確に見ているのです。彼女は四十歳近くなり、cのときよりも（また今よりも）体重は増えていました。ピーターは（情がある、力強くて、献身的な夫だけれども）、おそらく無関心な夫だったし、いまもそうだということがわかったのです。おざなりで、技巧もなく、生殖能力があることははっきりしているけれども、ときどき不能になり、それに**そのことにさして興味はない**のです。マグダは一人でやるとき以外、オーガズムを得たことはありませんでした。具体的な愛人ができる以前も、漠然とそのことには気がついていました。けれども、問題さえ起こらなければ、もっと多い収入が望ましいのと同様に、もっと生気に満ちたエロティックな生活が望ましいとも思っていたけれど、今の生活に満足もしていて、不足もなく、それまでは不貞を行おうという気にはなりませんでした。

とはいえ、eの段階で二人がどういう風に合体したかは知らないけれど、アンブローズはこのときは、もはやセックスの面では素人ではないというところを見せ、そのせいで彼女が参ってしまったことは疑いがありません。ここで省略する箇所は、三十八歳のとき彼女が彼からセックスの仕方を学んだこと、彼女も認めているように、その行為のせいで少し狂ったようになったことです。それが彼への情熱をかき立てる――それに集中し、その方に頭が切り替わる、どんな言葉を使ってもいいのです――ことになったのですが、しかしああ、何と、彼はそれに見合うものをお返しすることができなく、かろうじてお相手をつとめているだけだったのです。これは辛いところでした。もちろんマグダにとってはとくにですが、アンブローズにとっても（それにそれを聞く私にとっても）。私たちの関係の初期の頃、アンブローズは「アイネイアースはディードーの愛に答えることもできず、彼女の宮殿を去ることもできない……」と言っていました。彼女にはピーターと離婚してアンブローズと結婚するつもりはまったくありませんでした。自分がアンブローズを愛しているように、彼が自分のことを愛するとは思えなかったのです。望みは望みとしてあったでしょうが。自分たちの情事が長く続くとも思っていませんでした。他方、この経験が何の結果ももたらさないほど重要ではないと考えることもできませんでした――そう考えることが怖かったのです。彼女は彼に一緒に「逃げてくれ」と頼みました。心から誇りに思っている家庭を捨て、多分「一、二年」はもつだろうから、そのぐらいイタリアで恋人にだけ身を捧げてすごす覚悟ができていました……もっとも重要なことに、彼に妊娠させてくれと頼んだのですが、彼は彼女に次のような詩句を残して去って行きました。

　　宮殿で戯れるちっぽけなアイネイアース
　それに、こんなことがあっても、彼の姿をみるとあなた
　を思い出す……

それで彼女はケンブリッジへ帰って、それがどんなものであれ、結果を甘んじで受けることにしたのです。

でもそれは私たちのアンブローズではなかったのでしょうか、どうなのかしら？　彼は感動しました。彼女は、もしも彼が彼女にセックスの仕方をすべてを教えたのなら、彼女は彼に**愛**とは何かをすべて、ちょっと遅すぎたけれども、もっと思いやり深く教え、それによって、彼はそれまで自分が一度も本当の意味で愛されてはいなかったことを知ったという彼の言葉を信じていました。確かに、この教えのおかげで彼は自分の錨綱を切らないでおくことができたのです。そのように愛されるなんて、何と素晴らしく、目新しく、また心くすぐるものでしょう。それに彼だって、cやaのときほどではなくても、マグダを崇拝し、かつ愛していたのですから……

まだまだあります。何の役にもたたず、ただただ人を傷つけるだけの真実、それは――それに感づいて彼は自分が馬鹿で野獣でセックスの俗物だと思ったのですが、実際にそのとおり、彼が言わなくても、彼女にはそれが分かったのです――真実は、彼女がもはや彼を立たせられなくなったということ、彼がマーシーホープ大の初物の二十二歳に誘惑されかかっているということです。彼はそのことを嘆き悲しみ、それを嘆かなければいけないことに腹を立てました。二人にとってはとても辛いことでした。その間、控えめでわが身を恥じているピーターは、物事をまったく逆に見ていたのです。

eとはかくのごときものなのです。回りの状況と英雄的運命の欠如のために、アイネイアースはディードーほど女王然としていないディードー的女性とともに、彼女に敬意を払ってはいても、彼女の情熱にはそれほど応えられないまま、一冬ではなく、一年以上カルタゴにいることになり……。アンブローズはマグダに、学部学生のような格好をしろとは強制しませんでしたが（彼女は彼のたった一歳上なのです）、残酷なことは言い、そう言った自分を嫌悪し

ていました。彼女は優美でもなく、ピチピチもしておらず、彼は彼女に浣腸をさせ、毎日足と脇の下の毛をそらせ、お臍と毛のあいだの毛もそらせました。倒錯的なことをするたびに彼女は不格好になっていくのに、彼を引き止めようと目新しいことは何でも思いつこうとしました。

去年の九月、彼女の自尊心を決定的に枯渇させるまえに、アンブローズはついにこの五番目の情事を何とか終りにし、もしもピーターさえ固執しなければ、城も出て、レッドマンズ・ネックかどこかへ行っていたでしょう。でも狂乱したマグダがピーターに彼を引き止めるようにけしかけたのです。アンジーには彼ら二人が、彼ら三人が必要でした。でも彼女が失望で気が触れたようになっていた秋と冬のあいだじゅう、彼は一風変った元学生と背中を丸めて性交し、三月になる頃には、彼が誰かとふたたび**本気**の関係になったことを彼女は知りました。それを知ったことは、ディードーのナイフのように彼女の胸に突き刺さりました。彼女はまだ彼をとても愛していたのです。

けれども、前ほどではないということもわかっていました。彼女が腹を立てているのは私ではないと言われたし（私もそう思っています）。逆なのです。彼女は自分の**大いなる情熱**をまだ克服できていませんが、彼女自身驚いたことに、また大いにホッとしたことに、それを克服しつつあるのです。彼女と同じ感情を彼女に対して持っていないということで、彼に恨みを抱いているのでもありません。それにどんな意味があるということは想像できませんでしたし、彼女は再び恋するなどということは想像できませんでしたし、彼女の結婚がこれ以上傷つかなかったことを喜び、未亡人生活を目前にしている人と同じ（ショッキングなことに、事実そうなりそうなのですが）覚悟ができていました。けれどもエロイーズが彼女のアベラールに対して思ったように、彼女とアンブローズがやったこと、二人がやった場所……を忘れることができませんでした。

フーン。マグダの打ち明け話に同情しつつも、同じくらいの熱意で、彼女のケースと私のケースの相違点を見つけることに私が忙しかったのは確か。アンブローズは私には、いかにねじ込むかは教えてくれなかったわ。アンドレからは一時代昔にパリで教わったけど。それに私たちの素晴しい四月の邂逅は、私にとってと同様、彼にとっても、前よりもはるかに新鮮なものだったし。子供に関しては――私の方がよく理解していると思うけど――**彼の**アイディアであって、私のアイディアではありませんでした（マグダは涙ながらに七月はうまくいくようにと祈り、妊娠の喜びをもう一度感じたいと熱烈に思うと言い、そう言うことで、前の段落の言葉は嘘であるということを証明してしまいました）。こういったことはあるけれども、根本的に両者が類似しているのは明々白々なので、第五段階はピクニックのようにはいかないことは確かです。**近頃の私のアイネイアース**は、私の女王的な物腰をはぎ取り、私の使い古された子宮に彼の弱い種を発芽させるよう命令し、私がそうしているあいだ、自分はカルタゴの波止場の淫売宿に行って、私の顔に泥を塗っているのです！

「そうしているあいだ」と言うのは楽観的な考えね。私はいま月経の最中なので、七月にもう一度彼は私に種付けをしなければいけないから。これを書いているあいだ、彼が耕しているのはバラタリアにいるビー・ゴールデンで、たぶんL二四番地では彼のペンを滴らせることはもうないでしょう。

私の友人、ジュリアノヴァ夫人は別のことを私に請け合いました。昨夜とその結末は、**映画の一部にすぎない**と彼女は確信している。ビー・ゴールデンは教養はなく、文学的ではさらにないと。アンブローズはただ一回の対決でプリンツを表面的に負かしただけなので、彼女が映画スターになるという大事な最後の望みを、それだけで棒に振るとは私にも思えません。

その夕べの始まりと気違いじみた中間と同様に、その終りも、オープンエンドのシナリオといった側面をもち——「アーサー・モートン・キング」脚本、レグ・プリンツ監督——それだけでなく、次から次へとさらにエピソードが続いていく**エピソード**の側面もあるわねと、私は答えました。ジェローム・ブレイとマーシャ・ブランクは——ありそうもない新しい同盟！——航路を逆に引き返し、ビーはブラズワース島で新しい恋人の腕に抱かれ、バラタリアンたちは散り散りばらばらになって（撮影は十三日まで少なくとも一週間延期になりました）、プリンツは昨夜の「敗北」で表面上はへこまされて、アムトラックでマンハッタンに引きあげていきました。ええ、それもすべて演技、また別の**シーン**というだけだわ。そのうち皆が帰ってきます。でもそれまでのあいだ、プリンツの希望か彼女自身の希望かは別として、ビーはあそこにアンブローズと一緒にいて、ヤリまくっていることは確かよ。三十頁書いたからといって、私の惨めさが和らぐわけでなし、ただ長々と記録しているだけよ！

撮影できないシーン！　マグダが言うには、ジョン、それはこの手紙のような**手紙**にしかすぎないのだそうよ。アンブローズが二十九年前に拾った白紙の手紙の返事として「アーサー・モートン・キング」（関係各位）から「あなたの友」へ出された壜のなかのダムダム弾なのよ！　そこに彼らはみんな（私は違う）、高価な支柱の上——シャトーカ湖のガドフライⅢ号を「反復する」ため作り変えられたOFTⅡ号——に乗っているのよ。シャトーカ会館からきた音楽家と俳優たちが、フローティング・シアター号のオーケストラと一座にすげ替えられ、バラタリアンたちは数人のケンブリッジの人たちと集められ、ムッシュ・カスティーヌの気配はないけれども、しかめ面の「ポカホンタス」は乗っていて、食事をしたあとアンジェラをマグダに返して、驚いたことに「ブレイ船長」と何やら深刻な交渉をしているのです。アンジェラもマグダもピーター・メンシュも、プリンツに招かれてそこにいたのです。表面的には、群衆に土地の人のエキストラを入れてその味を出そうとしているのですが、たぶん緊張を少し解こうとしてのことでしょう。トッド・アンドルーズも、死に神そこのけのような様子でそこに居合わせていたと、マグダは報告します。ジェイン・マックがいる様子は見えませんでした。ドーチェスター郡の人たちは皆ロング・ウォーフ埠頭に集まってきて、総勢数千人、花火とそのときまではまだその土地で不評だった映画制作を目撃するつもりだったのです。遅い太陽が沈み、ＯＦＴⅡ号は錨をおろした遊覧船の群れのなかをバスンバスンと音をたてながらゆっくり進んで運河に入り、蒸気オルガンで演奏した（テープ録音済の）愛国歌をスピーカーでガンガンと流していました。カメラは回り、花火は炸裂し……

　そう、私はそこにいなかった。私が何をしなかったか、マグダが何をしなかったかを、なぜあなたにお見せしなければいけないの。その後起こったことの重要な点は、それが見えないものだったってこと、つまり映画に撮れないものだったってことなのです！　私のもとを去るまえに、アンブローズがこのエピソードについてざっと話してくれたのです。オーシャン・シティ・ビーチで五月十二日に撮った「書くことができないシーン」の呼び物は、六月十七日のガドフライ号でのパーティの他の呼び物——つまり**監督**が**人気落ちめの新人俳優**に言い寄るのを**作者**が阻止して助け出すこと——と一緒に、反復されるはずでした。この試みは別の**ウォーター・メッセージ**ともっと直接に関連していて、また「神話の場合と同様に」文字通りの意味で「夜の海の旅」とも直接に関連しているのです。あの意外な事故が再演されるとき、船は下弦の月の下、潮の流れに逆らって、河を上流に遡り、Ｊ・ブレイは間違った救助に再び飛んでいき、ビーはクライマックスでＡのウォーター・メッセージを受け取り、（たぶんオープンエンドになっている）大団円は赤と白と青のロケット弾の光で輝くのです。

　すべてこれまでのところは映画に撮れるもので、事実、撮られており、マーシャ・ブランクが表面上、ブレイと策謀らしきものをするところでは、さらにテクノカラーになっています。この男は自分がビーが欲しいので（アンブローズの推察）、プリンツを当面のライバルとみなし、それゆえ**作者**を助けて**監督**に抵抗する気になっているのです。マーシャは、私たちが思うに単なる散文的な執念深さのゆえに、アンブローズには彼が望むものを手に入れて欲しくなく、それゆえブレイを助けて、ブレイがビーを手に入れるようにする気になっているのです。ジョン、私に聞かないで――あなたが一番聞きたいことは、この場合、なぜ彼女が自分の恨みを私に向けないかっていうことだろうけど。私はそこにいなかったのだから。それにどちらにしろ、この視覚的な勇壮華麗さは、アンブローズの側に集まった赤（白と青）で、プリンツを油断させたのよ。**大きな驚き**は、この一連の事柄が、五月十二日の文字通り白紙《ブランク》になったもの（水に流れた原稿）と、六月十七日の些細な事柄（アンブローズが壜に入った信書をシャトーカ湖に投函し、ブレイのおしゃべりから、それは結局のところミシシッピー河とメキシコ湾流とチェサピーク湾を経由して彼のところに戻ってくる可能性が高いと知ったこと）が、いまや――繰り広げられ？　爆発し？　（どんな視覚的な動詞を使ってもいいわ）――クライマックスの「行動」に向かうことなのです。手紙を書くとか読むといった行動は、どんなに小さいものでも、なし。あるのは手紙それ自体だけ。

　手紙！　今までのところ、それを読んだのは**作者**と**読者**（ビーの新しい予想外の役）だけなのです。だから起こったことを目撃した人は誰も、何が起こったかがわからないのです。マグダや他の人達が見たこと（聞いたこと）は、前に起こったことの誇張した焼き直しだったのです。（板張りの歩道のシーンからビーチタオルを巻き付けて出てきた）ビーは、**監督**（シープスキンはつけず。男の俳優はテイルをつけている。これは動物の尻尾という意味で、燕尾服という意味ではない。私に聞かないで、鉛筆《ペンシル》＞ペニス＝尻尾？かどうかなんて）に脅かされているか、あるいは抱きしめられており、加えてブレイ氏からも、助けてやろうかと脅かされ、脅えさせられているのです。今回、ブレイはそれが**映画の一部分にすぎない**ということを知っているので、先月のように目をみはるような体操はせず、できず、ただふらふら歩くだけで、ビーに対して「相応しい役を演じよ」という**監督**の指示に応じることすらできないでいます。彼も股のあいだに尻尾をつけていて、ビーから目を離すことができません。ビーはもし自分に触れたら、たとえ**映画**であろうがなかろうが、目なんかえぐり出してやる、と本気で言ってます。マーシャが現れ、皆が驚きました（驚かなかったのは、たぶんレグ・プリンツだけ――マグダが言っていた服装、蝶の羽などをつけた、まえにビーが着ていたのとまったく同じ衣装をつけていたのです。プリンツ以外にこれをどこで用意できると言うのでしょう）。ちょっと酔っぱらって、**哀れなチョウチョウ**を素人っぽくやろうとしているのですが、ビーのようなセミプロの才能はなく、けれどもビーと同じく冷たい魅力があります。ビーとアンブローズとブレイは途方に暮れます。バラタリアンたちはばらばらに解散し、手に尻尾をもった男たちは、この五人の主役のまわりで踊っていました。

すばらしい映画だこと！　でもそのときアンブローズは彼の壜を取りにいったわ（「大きな壜よ」とマグダの報告。私の想像では、パイパーのエードシーク・シャンパンの大壜だったのじゃないかしら）。壜の首にビーの手を巻きつけ、自分の手をそれに被せ、進水の合図のように、それを舳先の舷墻に二人でぶつけるの。シャンパンの代わりに一折りの原稿用紙が飛び出してきたけど、**すべての始まりとなった**メッセージと同様、何も書かれていない。そこでコーラスが中断して、プリンツは顔をしかめる。それから我らのヒーローが一風変った尻尾を持っていることが明らかになるの。彼はビーを自分の前に置いて、麗々しく尻尾の先（話の糸口）と紙をひっつかみ（彼の最後の映画風の動作）、そう、**書き**はじめるの。

バラタリアンたちの尻尾ダンスはだんだん終っていく。ブレイとマーシャは（彼が彼女を**救出**したの。マントの下の彼の腕は彼女の羽に巻きつき、M曰く、彼女は居心地悪そう）言わば、釘付けになって。プリンツも同様、それに関して言えば、ビーも同様。ビーはビーチタオルを巻いたまま魅力的に立つより座る方が難しいと思ったようね。みんな何が起こるのかと思っているけれど、とくにカメラマンたちは。でも**監督**は何の指示もださない。

そしてアンブローズは書く。最初の頁を書き終え、ビーに手渡し、二頁目を書きはじめる。彼が書き、彼女が読み、二人とも声に出さず、ほとんど動かないで。マーシャはすべて事の再演をおこそうと一生懸命で、キィキィ、パタパタやっているけど、ブレイは何か重要なことを彼女の耳に囁き、彼女を連れていく。マグダが見たところ、彼女は不愉快で心もとない様子だけれど、彼と一緒に船のなかのどこかへ行って、見えなくなったわ。プリンツは眼鏡をはずして、何か考えているように、つるを口に入れている。通行人たちは、それ相応に肩をすくめ噂しながらも、注意をロング・ウォーフ埠頭から打ち上げられはじめた花火の方に移しているわ。ピーター・メンシュは鼻をかき、自分にはわからないことだらけで、とにかく、映画などあまり性に合わんと告白し、びっこを引きながらアンジーに土地のあれこれを説明しているの。彼女の方が理性を保っていて、この尻尾は一体何のためなのかを知りたがっている。マグダは精子に関係あるのじゃないかと思うけど（ビーのタオルはヴァージン・ホワイト、卵の殻の白さで、かぶっている水泳帽も白できっちりした旧式のもの、男性の幾人かの水泳帽は黒）、おたまじゃくしとか蛙とか王女のことを、何かもぐもぐと言っているだけ。彼女には**パパ**が心で何を思っているか、はっきりとはわからない、と答える。

アンブローズは書く。ビーは声に出さないで読み、すっかり心を奪われて、読みおわった紙を次々に船の外へ放っているの。半時間のちに――カメラはその間もずっと、花火の方を向いているのだけれど――二人は手に手をとって、船のなか、どこかに消えていくの。プリンツは重大そうなことをカメラマンと話し、それから大股で彼らについて消えていく。OFTⅡ号が波止場に着くと、アンブローズはちょっとだけ顔を出して、アンジェラにおやすみを言い、マグダに、ビーと一緒に二、三日バラタリアに行くと伝える。プリンツが怒っているので、撮影は中断し、映画は廃棄されるかもしれない、マグダはわざわざ私にそれを伝える必要はない、それは彼の問題だから、でも彼の母親が(三日間の)昏睡状態から回復するか、臨終の状態に再突入するか、どちらかのときはすぐ彼に電話してほしい、と。

そう、ハッピー・バースデイ、アメリカ! そしてさっさと失せろ、ジャーメイン!

虚構の媒体というものに、私の前の恋人がいかにとり憑かれているかが私にはわかっているので、これらの頁のなかで彼が何をしようとしたか、想像できると思います。(空白の紙の代わりに)**関係各位**から〈あなたの友〉へ出された、文字が詰まって豪華なラブレターというだけでなく――カメラがその文字を追って、それにナレーションをつけるには、文字があまりに詰まっています――その言語が指すものがまったく視覚的でなく、感覚的でもないテクストなのです。六月、彼の低運動の精子のためにひっくり返った姿勢のまま、小説のとくに非映像的な部分について、彼から何度、性交の後の思いがけぬ話題として聞かされたことか。プライベートに書かれ、プライベートに読まれ、少なくとも声をださずに、映像も動かずに、著者と読者は恋人のように一対一となる――彼の手紙/文学は理想的には、見せるかわりに読まれる一種のストーリーで、たとえば作家の全能さとか解釈とか、物語のなかに組み込まれたアイロニーによる「割引」とか、内面の独白とか、内省とかいった反映画的な要素を使ったストーリーとなるのです。言語は必須条件となるでしょう。強度があって、一風変っていて、高度に比喩的な言語――思索的で、分析的で、具象的であると同時に抽象的な言語。それは要約し、思考し、裁決するのです。それは解釈し、内部矛盾し、**親愛なる読者**に文章の前、文章の背後を指し示すのです。それは見えないものを語り、不可能なものを明らかにするのです。かつてアンブローズと、穏やかな口調で、そのような媒体の定義づけは、自分たちの元々の領域が映画によって浸食されたと感じる作家の衝動としては理解できても、厳密に言えば不必要ではないかと、議論したことがありました。雨が降っているという言葉は、現実に雨が降っていることとは違うのと同じように、映画のなかに降る雨とも、本質的に違うのではないかと……

おお、**至福の六月**、彼と一緒にいなかったからではなく、彼と一緒にいたからこそ惨めだったとき！

おお、それに、この種のことを彼が本当に書いているかなんて、誰にもわかりはしない！　私にはビー・ゴールデンがじっと何もしないで座っているなんて考えられない！　だって、時は最高であり、かつ最悪でしょう。雨が降っているなんて言わずもがな。雨は降っていないんですもの。テクストなどに彼女が魅了されるなんて、説明できないわ。アンブローズは次の小説で彼女に女の主役をふったのかしら。プリンツは自分の「敗北」をお膳立てし、無念を装って、ディードーを放棄しただけなのかしら。もしかしたらビーは？——ああ、神様、たったいま、四十頁も過ぎたころに、私にこの考えが浮かびました。（キャップの付いた）万年筆で文字通り花を散らされ、それ以降、その道具を振り回す人達に頻繁に誘惑される、私が知っているたった一人の女を演じるのは、もしかしたら彼女じゃないかしら。ああ、彼女は恋人だけでなく、演ずる役までとりあげたのね、

あなたの友、から?!

〒二一六一二　メリーランド州ドーセット・ハイツ
Lストリート二四番地

（第II巻へつづく）

レターズ(Ⅰ)
LETTERS
2000年5月25日初版第1刷発行

著者　ジョン・バース
訳者　岩元巌/小林史子/竹村和子/幡山秀明

装幀・造本　前田英造(坂川事務所)
編集　藤原編集室

発行所　株式会社国書刊行会
東京都板橋区志村1-13-15　郵便番号=174-0056
電話=03-5970-7421　ファクシミリ=03-5970-7427

印刷所　図書印刷株式会社
製本所　大口製本印刷株式会社　落丁・乱丁本はお取り替えいたします。
ISBN 4-336-03578-4